晋魂·血色江南

（上册）

夜起听花落　著

中国铁道出版社有限公司
CHINA RAILWAY PUBLISHING HOUSE CO., LTD.

图书在版编目（CIP）数据

晋魂·血色江南 / 夜起听花落著. — 北京：中国铁道出版社有限公司，2019.12

ISBN 978-7-113-26138-2

Ⅰ.①晋… Ⅱ.①夜… Ⅲ.①长篇历史小说－中国－当代 Ⅳ.①I247.5

中国版本图书馆CIP数据核字（2019）第168132号

书　　名：**晋魂·血色江南**
作　　者：夜起听花落

责任编辑：奚　源　　　**编辑部电话**：010-83545974
封面设计：刘　莎
责任校对：王　杰
责任印制：赵星辰

出版发行：中国铁道出版社有限公司（100054，北京市西城区右安门西街8号）
印　　刷：中煤（北京）印务有限公司
版　　次：2019年12月第1版　2019年12月第1次印刷
开　　本：700 mm × 1 000 mm　1/16　**印张**：30　**字数**：432千
书　　号：ISBN 978-7-113-26138-2
定　　价：78.00元（全二册）

自序

晋朝，一个先天不足的王朝。

以阴谋诡计起家，拉拢世族豪门，篡取曹魏江山，司马氏虽然一统天下，可道德沦丧使这个新兴王朝从诞生的那一刻起，便隐藏着深远的危机。

上自开国君主，下至权贵世族豪门，无不沉醉于奢华虚浮之中。玄学清谈的盛行，更让朝野沉溺于所谓的“风雅”不能自拔。但凡务实治国的贤臣，皆被视作“俗吏”排挤一旁。为国平叛的名将，亦受人诬陷枉死沙场。唯有精于玄学的“名士”，受人追捧，深得掌权者的垂爱。

随着武帝司马炎驾崩，这种隐藏的危机终于如同洪水猛兽一般爆发出来。司马炎所托非人，白痴儿子司马衷继承江山，惹得野心勃勃之人蜂拥而起，皇后、宗室、世族，争权夺利，打得你死我活，终是引发“八王之乱”。

短短二十年时间，一个曾经强盛的王朝便已四分五裂，匈奴、鲜卑、羯、氐、羌各族纷纷崛起。战乱肆虐，大好河山和百姓在铁蹄下战栗。

国难当头，存亡之秋。谁救得了这天下？谁救得了这百姓？是高高在上无所作为的皇帝？是权倾朝野利欲熏心的宗室？还是掌控机要左右朝政的世族豪门？

都不是！

随着西晋的灭亡，东晋朝廷在江南浴火重生。但虽有刘琨、祖逖这些人在江北苦苦挣扎，牵制南下兵锋，又有长江天堑隔断铁骑，可江南这半壁江山并没有就此变得稳如磐石。

江南看似乐土，实则并不太平。中原的战火虽然很少蔓延过长江，却也并非全无影响。在中原战火荼毒下，无以计数的百姓流离失所，苦苦找寻乱世桃源。然而在那些利欲熏心的封疆大吏眼中，流民百姓命如草芥，非但不去善待安抚，反倒当作晋升之阶和生财之道。官逼民反之下，荆州、扬州已然乱了天下。江南危如累卵，可在掌权的世族豪门眼中，最重要的还是如何把新生的东晋的军政大权牢牢把控在自家手中！

在一场场血腥的权力争夺中，东晋朝廷风雨飘摇。如若继续这般放纵下去，只怕未等强敌杀过江来，东晋朝廷便已分崩离析，最后一块休养之地也会就此彻底沦丧！

危难之际，终有救世英雄挺身而出。在那些眼里只有权力的人忙着勾心斗角的时候，他们为了救天下于水火而抛洒一腔热血。刘弘、陶侃、周玘、周访、温峤、郗鉴，有誉满天下的名士，亦有寂寂无名的寒门，都以一身铮铮铁骨，捍卫最后的尊严。

虽然在万般艰辛之中，这些人出生入死，挽救了濒临绝境的江南，可在掌权者的眼中，他们往往竟成了心腹大患。他们被利用、被排挤、被舍弃、被放逐，甚至丢了性命、毁了声誉，但依旧不改爱国救国豪情。

晋朝，一个在权力和浮华中迷失了的王朝，在注入了这群英魂之后，总算变得坚毅起来。

目录

引子

大晋咸宁四年（公元278年）。

京师洛阳，紧邻皇宫一处府邸，高墙深院，雕梁画栋。一瞧崭新的模样，便知是刚刚翻新不长时间。门上高书“征南大将军府”数字，笔法浑厚，苍劲有力，儒雅中颇显勇武气息。

门前焦虑地候着不少人，一瞧雍容华贵的服饰，便知多是朝中重臣。虽然淅淅沥沥下着小雨，可这些人并没有急着散去，全都紧张不安地望着将军府的大门。

等了许久，紧闭的大门终于开启，两个四十来岁的官员一前一后走了出来。

门前久候的朝臣转眼便已拥了上去，将其中一人围在中央，你一言我一语问个不停。那人却什么也没有说，在宫中虎贲卫士开路下，匆匆奔赴皇宫。其余朝臣什么也没打听到，不甘之中并未离去，紧随其后，亦去了皇宫。

将军府前一时清静下来，门前剩下的那个官员叹了一声。吩咐关了大门，重新回到府中，径直去了后院。才掀开正堂竹帘，便闻到一股浓烈的药味儿。那人稍稍皱了皱眉，走进房中，拜道：“大将军，张华已经回了宫中。”

就见榻上躺着一个六旬上下的老者，脸色蜡黄，显然病得不轻，乃是晋朝征南大将军羊祜。其姐嫁于景皇帝司马师，论起来，算是当今武帝司马炎的远亲。

自蜀国被魏所灭，晋朝又取而代之后，羊祜便奉武帝之命镇守襄阳，谋划伐吴策略。虽说吴国孙权早已亡故，可孙吴实力放在那里，又有陆逊之子陆抗守备荆州，使得羊祜在襄阳一驻就是九年。屡次交兵互有胜负，却难撼动孙吴要害。不得已只有推行怀柔政策，笼络孙吴人心，暂保边境安宁。直到陆抗在吴主孙皓猜忌下，病逝于荆州，羊祜这才等到了伐吴的最佳时机。偏偏在这个时候，羊祜亦染重病，再也没有精力管控襄阳军政，只能万分遗憾地回到了洛阳。

武帝对羊祜这个远亲敬重无比，在皇宫外修建府邸供羊祜安养。虽说羊祜数次上疏朝廷，请旨南征伐吴，武帝却迟迟没有应允。眼见羊祜油尽灯枯命不久矣，武帝终于遣中书令张华来将军府探视，讨教伐吴策略。羊祜强撑精神，将自己多年来的谋划和盘托出。待交代罢南征诸事，早已累得精疲力竭，命参军刘弘代自己送走张华，便瘫在榻上喘个不停。

听刘弘回来，羊祜微眯的双眼才稍稍睁开，说道：“这就好！这就好！但愿陛下这次能下定决心。”

刘弘本想伺候羊祜安歇，可迟疑一阵，终是问道：“大将军，学生有一事不明，还请大将军赐教。”

羊祜说道：“何事？”

“我大晋吞并蜀魏之后，经数年休养生息，国力早已远胜孙吴。而大将军久驻襄阳，厉兵秣马，如今陆抗又已病逝，正是吴国在荆州防备最为薄弱的时候，若能集结举国之力，自襄阳南下，必能势如破竹，孙吴亡国不远矣。为何偏偏要兵分四路，分别由益州走水路东进，再由荆州、豫州、徐州向江陵、夏口、秣陵进兵呢？”

羊祜沉默一阵，叹了一声：“九年前，我往襄阳赴任时，也是你这般想法。大晋得魏蜀两国之地，物力、财力、兵力远在吴国之上，必能挟灭蜀余威，一举荡平吴地。怎奈陆抗不愧名将之后，仅从军略来说，我绝非其敌手。西陵一战，吴国大将步阐叛吴降晋，我奉命以五万之众驰援西陵。算上步阐部众，岂止八万大军？然陆抗仅以三万人马，破我先锋大军，回师剿灭步阐，游刃有余，逼得我只能败退而还。”

说到这里，羊祜稍稍一顿，显然是在回味当年那场惨败。许久才接着说道：“有陆抗这等名将守备荆州，我也只能避其锋芒，稳据襄阳抵御吴军。幸而那吴主孙皓着实是个无道昏君，忌惮陆抗之功，不准其北上用兵，这才让我有机会推行仁政，安抚边境两国军民。虽说如今陆抗已死，可吴国实力尚在，其子陆晏、陆景、陆玄、陆机、陆云，皆非庸才，堪可独当一面，已接替其父兵权，守备荆州之地。若我大晋依旧只想着从荆州南下，只怕终是要重蹈西陵覆辙。故而唯有兵分四路，逼得吴国分兵抵御，才能显出我大晋兵力远在吴国之上的优势。”

刘弘似有所悟：“以学生愚见，大将军数年前，密表王濬为益州刺史，驻守巴郡，整治水军，便已是在为今后伐吴做准备了？若真如此，只怕荆州、豫州、徐州几路兵马多是疑兵而已，真正能将吴国置于死地的，还是在于王濬水军了？”

羊祜眼前一亮，勉强笑道：“和季能猜透这一点，我着实欣慰。当年钟会、邓艾伐蜀，继而争功生乱，两将皆枉死于益州。其后数年，益州一直不大太平。王濬奉命入蜀平叛，我便借机留他在巴陵，名为防备蜀乱，实则暗中积聚战船，只为有朝一日能用在伐吴之战上。待我大晋三路齐进，吴国唯有分兵抵御，如此一来，长江水路防备势必空虚。王濬便能顺江而下，直捣建业。”

刘弘点了点头：“大将军高瞻远瞩，末将敬服。只是这平吴之策，先前无论是太尉贾充，还是国丈杨骏，就连齐王司马攸来了，大将军都不肯明言，为何张华一个寒门出生的士子，大将军却要实言相告呢？”

羊祜叹了一声：“贾充受武帝宠幸权势滔天，可此人利欲熏心，绝不肯支持南征，免得被他人得此大功与其分权。而杨骏也好，司马攸也罢，各怀心思，未必就会劝谏天子伐吴。这些人来府上探问，不过是想摸清我的心思，才好从中作梗，阻断南征罢了。陆抗死后，我已数次请奏天子，却皆石沉大海。明面上说，是凉州鲜卑秃发树机能叛乱，朝廷忙于平叛，无力南征。实则是贾充这些人执意阻挠罢了。反倒是张华这种寒门士子，一心建功立业，才是真正愿意伐吴之人。莫看张华没什么背景，却因真才实学而得天子看重。官拜中书令，掌控机要，足见天子对其信任。借张华之口向天子进言，才有说动天子的可能。”

刘弘这才明白门外拥着那么多重臣冒雨等候究竟是为了什么。南征孙吴事关重大，牵扯太多人的利益，无论成与不成，都是对朝中权势的一次重新分配，自然引得万人瞩目。刘弘复又问道：“若天子下旨南征，大将军以为谁人可以担此重任？”

羊祜瞧着刘弘热切的目光，知他有心征吴，也好扬名天下。只是刘弘虽有些才干，却还从未领过兵马，征吴事关重大，武帝多是要用些宿将的。遂说道：“杜预曾随钟会征蜀，颇有军略，这些年一直与我有征吴的谋划，故而我有意推举杜预代我之职，往荆州领兵。何况杜预与贾充有些交情，若贾充这些人执意阻挠，杜预也能从中调停。巴郡王濬乃是一路奇兵，少他不得。张华奉天子之命，来向我问询南征策略，想必也有出征的可能。而豫州刺史王浑久驻边境，这些年抵御吴军侵扰，自然也算一路兵马。”

羊祜咳了几下接着说道：“再就是我那不成器的外甥王戎，颇有些声名，和嵇康、阮籍那些人搅在一起，叫做什么‘竹林七贤’。或许在玄学造诣上真有些什么建树，可行军打仗着实没什么能耐。当年西陵一战，王戎随我出征，险些触犯军法被我斩杀，这些年来几乎和我断了甥舅之情。若他有意出征，依着天子和他的交情，只怕多会应允。”

刘弘听羊祜所言诸将唯独没有自己姓名，脸上多少有些失望，酸溜溜问道：“那王戎从弟王衍可有出征的可能？虽说王衍才二十多岁，可这些年因精于玄学清谈，在士林颇有声誉，年纪轻轻已是尚书郎。既然王戎可以出征，想要照顾照顾他这个弟弟还是有可能的。也好积攒些军功，作为他日进身之阶。”

羊祜却摆了摆手：“王夷甫以盛名处大位，实则言过其实。败俗伤化，必此人也。此番南征，绝没有随军的可能。”

刘弘稍稍舒心，羊祜看了看他，勉慰道：“和季也不必失望。此番征吴，关系到朝中多少皇亲国戚的前程。若天子真的准允出征，他们无论事先反对与否，都会竭尽所能安插亲信部将、宗族子侄随军征讨。如此一来，多是没有和季的位置。可和季久随我驻守襄阳，我知道你的本事。日后能承继我志之人，非你莫属！”

刘弘心中一阵感激，还想再问些什么，见羊祜已然有些困倦，也就忍下其他的话语，伺候羊祜喝了汤药，昏昏睡去。转过身来，瞧着屋中所挂一幅荆州军图，陷入深思之中。

数月之后，晋初名将羊祜带着无尽的遗憾，于洛阳薨逝。终是没能看到晋朝四路大军齐发，向孙吴进兵的壮举。随着吴国的颠覆，晋朝终于一统天下。自东汉末年，董卓祸乱京师，天下大乱以来，长达近百年的纷乱终于结束。

然而，晋朝的一统，仅仅是场更大动荡的开始。

第一章　盛世繁华中虚度光阴

陶侃伸了个懒腰，打了个哈欠，把手中的书简卷了起来，随意放在一边。眼瞅着日头渐西，平淡无奇的一天又将结束，闲得让人有些苦闷。

伏波将军府一如往常，没有什么紧要军务，甚至连个像样的文书都没收到一封。陶侃百无聊赖，把那陈寿所著《魏书》又翻了几卷，总算打发过了一天。怎奈散了班也无处可去，孤身一人远离家乡，不过是借宿在将军府一处荒废的偏院里。偌大的将军府人丁单薄，本就没有几个仆役，多是要伺候伏波将军的，哪有人顾得上给陶侃留口饭食？陶侃端起破旧的几案上早已凉透了的清茶，细细嘬了一口，盘算着等会儿出去凑合对付一顿。望着执事班房门外斑驳的伏波将军府院墙，摇了摇头，叹了一声。

墙外便是洛阳城，大晋帝国的中枢，一座让陶侃魂牵梦绕了多年的繁华都市。巍峨庄严的城楼高塔，富丽堂皇的宫室庙堂，意气风发的青年才俊，数之不尽的仕途机遇，熙熙攘攘的南北街市，川流不息的往来客商，多少次出现在陶侃的梦境之中，如同一块魔石，深深吸引着这个满腹才学的士子。然而在洛阳浑浑噩噩数年，陶侃已对这座城市失去了所有美好的憧憬。

陶侃，字士行，原籍扬州庐江。父亲早年在吴国摸爬滚打，为孙家几经出生入死，总算熬了个扬武将军的军职。这个不大不小的杂号将军，让陶家在顾、陆、朱、张四大世族掌握国家命脉的吴国好歹有了立足之地。然而父亲的早丧，使得陶家跌落谷底。陶侃自幼孤贫，仅凭着那份坚韧的劲头，好歹学有所成小有声名。“习得文武艺，货于帝王家。”和所有志存高远的士人一样，年轻的陶侃使出浑身解数力求入京为官。然而在这个论出身讲门第的年代，朝廷沿用九品中正选官之法，使得陶侃这个寒门士子，纵有经天纬地之才，也难入中正官法眼。几经波折，才在好友引荐下，去郡上谋了个小吏的差事勉强糊口。

也是陶侃命好，总算遇到了贵人。郡守大人见陶侃办事得力，便赏了个主簿来做。恰逢郡守大人发妻病重，郡中难寻良医，天又突降大雪，遮天蔽日难寻路径。南方少雪，满府的属官掾吏忽见此景，都是慌了手脚。平日里阿谀奉承，亲得仿若儿孙一般，主母病危之时，个个畏于大雪躲在一旁。陶侃不惧道路湿滑艰险，顶风冒雪几十里路，拼死寻来医者救了主母性命。郡守大人知恩图报，破格推举陶侃为孝廉，荐往洛阳谋个前程。

能有这样的际遇，着实让陶侃兴奋不已。

虽说陶侃父亲乃是吴国旧臣，按理说国仇家恨让陶侃不该为晋朝效力。可晋朝四路大军齐发一举攻灭吴国时，陶侃不过二十来岁，尚未出仕吴国，对孙氏历经四朝帝王经营了近六十年的吴国并没有什么太深的感情。何况吴国末代帝王孙皓还是个不折不扣的暴君，残忍好杀，穷奢极欲，本就没有什么好名声。就连陆逊之子，吴国最后的名将陆抗，都在孙皓猜忌之下难有作为，只能苦守荆州，终是抑郁而终。吴国无论好坏都已消失在历史尘埃之中。陶侃没有什么出仕晋朝的心里阻碍，只是满腔热情的陶侃刚来到洛阳，便被浇了一头冷水。

晋武帝司马炎一统天下之后，纵情后宫声色之中，收纳吴蜀两国嫔妃佳丽，宫人竟有万人之多。据闻武帝忙不过来，便乘一羊车游于宫中，停在哪家门前，便留宿于此。如此纵欲，终是掏空了身体驾鹤西去。

太子司马衷承继帝位，怎奈心智不足，说好听些是忠厚本分，说难听些便是痴儿。武帝在时，也为究竟是否要立司马衷为太子摇摆多年。然而司马衷虽傻，却是嫡长子，生母杨皇后深得武帝宠幸，又娶了宠臣贾充之女贾南风。杨、贾两家颇有权势，在两家力保之下，武帝终是没有下定改立太子的决心。

武帝心知司马衷难堪大任，为防东汉外戚专权之事重现于大晋，遂以皇叔司马亮与国丈杨骏一并辅政。可武帝刚刚驾崩，杨骏便立即封锁洛阳掌控朝野。司马亮仓皇出逃许昌，朝廷终是落在杨家手中。

杨骏志大才疏，有权臣的心，没有权臣的能耐。纵然名满天下享誉士林，却无半点治国之才，只能肆意封赏拉拢人心。凡为武帝奔丧有爵位者，皆增封二等，满朝两千石大员皆封关中侯。对出逃许昌的司马亮也不敢痛下杀手，封为大司马小心安抚。

司马亮也是个绣花枕头，枉费武帝托付，对杨骏的夺权竟全无勤王的念头。得了大司马的封号便松了口气，安心留守在许昌。

这样看似温和的政变支撑起来的朝廷又能有多稳固？杨骏谁都不得罪，却还是惹恼了一人。

皇后贾南风，原本在司马衷继位之事上与杨家荣辱与共。当年贾皇后还是太子妃时，因争风吃醋暗害司马衷临幸的侍妾，以至于司马衷久无子嗣。事发之后，贾南风险些被武帝废黜。杨骏出于自身利益考虑，还需借助贾家的权势，硬是保下了贾南风。可如今司马衷成功继位，杨骏又得了势，贾家便对杨骏没有了利用价值，反而成了杨骏小心提防的政敌，自然对贾家没有丝毫封赏，甚至有意无意把皇后的兄弟们排挤在一边。

贾皇后本就是个泼辣的狠角色，飞扬跋扈惯了，哪里受得了这鸟气？可皇后的父亲贾充，虽然深得武帝宠幸，却在晋朝一统天下后不久，便病逝于洛阳，结束了卑劣可耻的一生。贾皇后哪有什么资本去和权倾朝野的杨骏抗衡？

好在贾皇后总算找到了盟友。杨骏得势，宗室也成了杨骏防备的对象。虽然大多宗室晋封王爵扩充食邑，却在朝中没有半点实权，对杨骏自然一肚子不乐意。楚王司马玮，乃是武帝第五子，颇有些勇力，领兵镇守荆州。贾南风暗遣心腹仔细游说，言司马天下岂能落在外姓人手中？鼓动得司马玮热血沸腾，请旨回京。

杨骏本就对手握兵权镇守重地的司马玮心存忌惮，既然司马玮主动回京，正好削去兵权留于洛阳做个闲散王爷，自然应允了司马玮所请。怎奈杨骏的小算盘打得响，却是引狼入室。

杨太后虽是皇帝亲娘，杨骏也是皇帝亲外公，可睡在皇帝身边的却是贾南风。皇帝被皇后连哄带吓，就真以为杨骏谋反，传旨司马玮领兵平叛。莫看司马玮只身来到洛阳，可毕竟贵为御弟，又在军中颇有些声名。手握圣旨，纵是杨骏掌控朝野军政，也架不住皇宫卫士被司马玮煽呼起来。

千余将士糊里糊涂一路跟随司马玮围攻杨府，惊得杨骏手足无措，连征召军队进城平叛都想不起来，吓得只顾逃命。终是被司马玮在马厩里搜了出来，废话都不多说一句，直接砍倒在石槽边上。

贾皇后借着司马玮一举扳倒杨骏，立刻大肆捕杀杨骏党羽。杨骏惨遭灭族之祸，杨太后被废黜软禁于金墉城。未过多久，便被贾皇后指使，活活饿死在冷宫之中。而杨骏官属尽皆罢官，亲近者夷灭三族，死者数千之多。怎奈贾皇后虽然手段毒辣，却也难服众心。在满朝文武力争下，司马亮被从许昌请了回来，征入京师拜为太宰主持朝政。

贾皇后费尽心思除掉了杨骏，却又被司马亮坐在头上，这岂能答应？

贾皇后一面大肆封拜贾家人，族兄贾模、外甥贾谧皆得以居于要职；一面继续拉拢司马玮，拜为卫将军统领京师驻军。利用司马亮对司马玮的忌惮，挑唆这对有着血缘关系的同族爷孙关系不断恶化。终是传密旨于司马玮，再次领兵围攻太宰府，捕杀司马亮父子于府中。

司马亮一死，朝野一片哗然。贾皇后处在风口浪尖上难以招架，遂把司马玮推出来当了替罪羔羊。污蔑司马玮所得密旨是矫诏，当即收捕，草草斩首于西市。可怜司马玮一身勇力，自以为是为国除奸，却是被贾皇后玩弄于股掌之间，落个兔死狗烹。

虽说贾皇后借此彻底扫清政敌，可经过司马亮之事，贾皇后还是多了个心眼。当年贾充在朝野中就没什么好名声，不过是借着武帝的宠幸得以大权在握。贾皇后若是还想借着娘家掌控朝廷，简直是痴心妄想。杨骏死后，满朝文武不就搬出了司马亮吗？无奈之中，贾皇后不得不在满朝文武中找一个德高望重又便于掌控的人物。

太子少傅张华成了贾皇后首选。

张华对朝廷来说，还真是元老功勋。当年平吴战事，便是张华顶着各方压力，极力说服武帝派兵南征。说来也是一桩怪事，曹魏吞并蜀国，晋室又取而代之，天下三分有二，国力蒸蒸日上。相较之下，吴国自孙权之后，一代不如一代，末代皇帝孙皓更是以残暴闻名于世，猜忌朝臣自毁栋梁简直就是家常便饭。任谁去想，晋室吞并吴国必是摧枯拉朽。然而这样的大好局面，朝中对南征却是一片反对之声。

吵得最凶的便是皇后的父亲贾充，简直把南征说成是穷兵黩武荼毒苍生，稍有差池更要毁了大晋社稷。这样心系天下的言语从贾充这等小人口中说出来，还真是让人意外。可明眼人都知道，有资格领兵南征的将军，多是有世族背景颇有声威之人，本就不怎么买贾充的面子。若是让这些人得了灭吴之功，贾充还如何权倾天下？

好在武帝在这绝世武功面前，总算没有听了贾充的谗言，终是派兵南征。张华也因主战，被委任度支尚书调配粮草军备。可笑的是，贾充的心思武帝心知肚明，这南征主帅竟落在这个反战之人头上。

虽说战事一路顺畅，可贾充在背后小动作不断。征战稍有阻遏，便兴风作浪，张华都险些被贾充害于军中。好在张华小心应对，又有主战世族支持，这才保得南征大获全胜。

张华身负此大功，自然在朝里朝外声名显赫。怎奈张华出身寒微，虽然有此大功，可南征首功却是归在宗室头上。出征大将自然也多有封赏，就连贾充都白得了八千户的增邑。反倒是张华虽然得封县侯，却被贾充排挤出朝堂，外放幽州边地。直到贾充病逝，张华才得以被召回京师，封了个太子少傅这等虽然荣耀却无实权的闲职。

如今贾皇后得势，急于寻找主政之人。虽说张华与贾皇后父亲颇有些恩怨，可张华既有功勋威望在身，足以压服朝野，又出身寒微，没有世族背景，绝不可能尾大不掉。在平息司马亮动乱中还颇有功绩，自然成了贾皇后可以利用的上上人选。遂拜张华为侍中、中书监，与皇后族兄贾模一起辅政。

陶侃来到洛阳时，朝廷便是这样的局面。

宫里宫外的大事都是皇后说了算，贾模、贾谧两人更是权势滔天。宗室中各路藩王大多掌控兵马，皇后也不敢过于开罪。怎奈各自为政也难撼动贾家，或被朝廷授以高官夺了实权，或被遣去封国离开洛阳。唯有宣皇帝司马懿之子，梁王司马肜、赵王司马伦作为宗室之首在朝中还算有些分量。而世族官宦借着九品中正选官之法，自曹魏时便已形成庞大的权力集团。尤其琅琊王氏，在晋朝取代曹魏时出力不小，深得文帝司马昭垂青，武帝继位后愈发恩重。最为盛名的乃是王戎，早在曹魏时便已名传于世，列于竹林七贤之中，后在平吴之战中得立战功，一路平步青云，前不久刚刚官拜司徒。其族弟王衍也官拜尚书令，算是实权人物。各方势力或依附于贾氏，或以王戎为尊，或以司马肜为首，盘根错节纷乱不堪。张华虽得辅政，却没什么背景，只能在几方势力之间小心调停，勉强保得朝政平稳。几年下来，张华被朝廷拜为司空。官是越做越大，可胆子却是越来越小了。平吴之战时的意气风发，也在多年宫廷权势争夺中消磨殆尽。

陶侃入京求官，自然是要拜会张华的。可让陶侃没有想到的是，同样出身寒微的张华，却对寒门士子没有什么亲近爱护之意。反倒是听说陶侃来自偏远之地，都懒得见上一面，再三拒之门外。陶侃在司空府碰了一鼻子灰，洛阳又没什么亲故，顶着个孝廉的帽子，却难得朝廷一官半职，落魄得在洛阳几乎待不下去。好在碰到一个同乡在朝为官，引荐陶侃见了江南名士顾荣一面。

孙吴亡国之后，孙皓君臣被送往洛阳，武帝对待亡国君臣还算优待，不但未予严惩，大多还保全了富贵。顾荣祖父乃是孙权时吴国名相，作为江南四大世族之首，声名才德放在那里，被武帝拜作廷尉属官，安抚吴国降臣。莫看晋吴两家互为敌国，可天下世族大姓之间利益纠结缠绵，绕来绕去还多少沾亲带故。士人又多崇尚魏晋以来兴盛的玄学，顾荣才品一流，还是被北方士人高看一眼。陶侃能有机缘与顾荣见上一面，当真获益匪浅。在顾荣帮助下，陶侃这才被张华草草召见，得了个郎中小官，征入伏波将军府，辟为舍人。

伏波将军一职由来已久，起于汉武帝年间。本也是个杂号将军，然而身居此职建功立业的名将数不胜数，多能为国开疆辟土驱逐外敌。最出众的还数东汉时马援，平定交趾叛乱，收服一州国土，堪称国士无双，却落个受人诽谤，马革裹尸含恨而终，使得伏波将军这一军职既有悲凉的气息，又有令人惊叹的传奇。

然而陶侃辅佐的这位伏波将军，却早已没了传承数百年的荣耀。这位爷乃是吴国宗室孙秀，论血缘还是孙权的亲侄孙。当年遭孙皓猜忌，为保性命，弃官北逃降于晋朝。吴国宗室臣服，这对武帝司马炎来说是何等幸事，自然高官厚禄好生笼络，拜为骠骑将军，仪同三司，封会稽公，简直就成了晋朝对吴国招降纳叛的金字招牌。

只是随着吴国灭亡，孙秀便没了利用价值。虽然没有鸟尽弓藏，却也被降为伏波将军，再也没有初来晋朝时的无限风光。伏波将军府也成了偌大的洛阳城无人问津的所在。清闲倒是清闲，可谁都知道，这里是最没有前途的府衙。但凡有点本事的，谁也不愿意到伏波将军门下任职。也就陶侃这样没有门路的士子，才会被像甩包袱一般，丢到这个几乎荒芜了的院子里来。

陶侃在将军府混了几年，都没有什么像样的差事可做。与孙秀虽为长官属员，可正经八百都没有见上几面。倒不是出身名门的孙秀瞧不起陶侃，而是孙秀历经亡国之耻，又逢大起大落，早已心如死灰，整日借酒浇愁。偶尔召见陶侃，也多是喝得大醉，拉了陶侃过去聊几句乡音俚语，慰藉心中哀愁。陶侃愁闷之中，倒也不是全无收获。朝中的权势更替和暗流涌动，都在孙秀的牢骚声中窥得一二。否则以陶侃这个小小的舍人，哪里知道朝廷中的纷纷杂杂？

陶侃没有公事可做，整日不过按部就班地在执事班房留守，日复一日地期盼着能有朝廷文书送来。最好是关乎天下命脉的大事，也好让陶侃能有一展才华的机会，却终是一天又一天地失望下去。以至于快到不惑之年，依旧一事无成。偶有江南旧友相约，也不过清谈一日，舒缓下心中的愁苦。

说起这清谈文会，乃是当时士林最为沉醉的学术集会。以儒道经典为根本，辨析玄学哲理，寥寥数语便能洞悉万物。若非博古通今，只怕是听得云里雾里，故而清谈最是能体现士人的“才学”。而洛阳首屈一指的清谈领袖，便是尚书令王衍。

陶侃对这清谈当真没有什么好感，总觉得辩论之中所言诸事，往往华而不实，听起来洞悉廷宇，实则于国于民没有一丝用处。精于清谈的名士，大多乐于此道，以“清静高雅”为荣，以“俗务缠身”为耻，心怀避世修身的情怀，却多身居要职。

清谈领袖王衍便是这样。官居尚书令，朝廷紧要公务几乎都从尚书台而出，可王衍沉迷于清谈不能自拔。为了一场清谈，往往撇开国家大事不顾。这般不知轻重缓急的恶习，在士人看来却是尽显“名士风范”。王衍置国家大事于后，按理说难以久居要职，可王衍不但有名满天下的声誉，又有其官居司徒的族兄王戎撑腰，当然是政坛的常青树。何况王衍还极会经营，长女嫁于贾皇后外甥贾谧，小女嫁于太子司马遹。既与当朝权贵贾氏攀上亲戚，又与将来的帝国之主成了翁婿。

陶侃对王衍的不务正业颇为不齿，对这清谈自然也就没什么好感。可清谈却是寒门士子一条扬名立万的出路。名士乐广出身寒微，就是靠着清谈得以享誉士林，官拜河南尹，成为与王衍齐名的人物。无论陶侃对清谈有多大成见，可为了前程也只能融入其中。好在陶侃熟读经史，对这清谈倒也有些本事，渐渐在洛阳清谈集会中小有名气。虽然对陶侃的仕途依旧没有什么帮助，可好歹算是让苦闷的日子有了那么一点点生趣。

陶侃看着日头又下去不少，暂且放下心中烦闷无比的思绪，走出房门反身锁上。正要往外去，便听有人唤住：“士行，且等一等。”

陶侃循声瞧去，便见伏波将军孙秀在一仆役扶持下晃晃悠悠走了过来，老远便闻到一身酒气。

孙秀不过五十上下，可满头白发佝偻着身子，便说是七十都不为过。陶侃还当孙秀又来闲聊，便迎上前去躬身一拜。正想开口，就听孙秀含含糊糊说道："今日是司空张华大寿，本将军身体抱恙，你且代我走上一遭，为张华拜贺一番。"

陶侃心想，张华虽然出身寒微，可如今执掌朝政地位显赫，按理说孙秀该亲自前去才对。只是孙秀身为亡国宗室，没了当年的风光，走到哪里都是受人挤对，这种场合多是能躲就躲。可孙秀即便自己不去拜贺，好歹也让府中主簿去才算得体。这样的场合，陶侃一个舍人出面，似乎有些怠慢了。又一想主簿是个北方士人，因落个伏波将军府的差事而心中不悦，平日里就不怎么听孙秀使唤，去了司空府也是受尽冷眼，自然是早早躲开了。孙秀无人可使，也只能让陶侃去了。陶侃憋下这口气，怎么说也混了顿宴席，便应了下来。

就听孙秀说道："你且去账房支上五两黄金，再抱上两坛好酒。张华贵为司空，可不能失了礼数。"随后转身离去，边走边嘟囔："本来喝了一日闷酒，心想能躲过张华宴请，可周玘那小子真是多事，觍着脸来府上专程提醒，说是怕我忘了。我伏波将军府就那么些俸禄，今日送，明日送，又落不下好，全是有去无回，真是枉费不少酒钱了。"

陶侃目送孙秀走得远了，渐渐听不清他的唠叨。奉命取了贺礼，这便要出府去。就见门前早有一人驾车等在那里，年岁与陶侃不相上下，只是衣着服饰显然要比陶侃华贵不少，果然是孙秀所说的周玘等在那里。

周玘，字宣佩，义兴人士，祖上也是吴国旧臣。其父周处，年少时仗着周家势力，飞扬跋扈横行乡里，被人视为祸害。忽有一日幡然悔悟，以一己之力搏杀山中猛虎为民除害，又投于陆氏门下为国效力，在江南颇有些名望。自吴亡国后，被晋室征入洛阳。周家远比陶家显赫，周处虽为亡国之臣，却先后出任数地郡守。如今回到京师，官拜御史中丞。周玘蒙其父荫蔽，也得以官拜议郎。虽然还是个无权的闲官，却远比陶侃要体面多了。

陶侃对其父周处早有耳闻，此人素来刚正不阿，虽然身为亡国之臣，却从不对洛阳显贵俯首帖耳。回到洛阳，担任言官后，就连贵为宗室之首的梁王司马肜，都因触犯王法而被周处弹劾，其风骨堪称江南士人楷模。而周玘作为周处长子，秉承父风，全然没有纨绔子弟的模样。自从在顾荣府中与陶侃见过一面后，便为陶侃的才学折服，不以陶侃出身寒微，折节相交，算是陶侃在洛阳难得的好友。

见陶侃走了出来，周玘大大咧咧笑道："士行，还不快上车来。本以为张华寿辰，你家将军多是要支应你去的，谁知你家将军竟在府中躲清闲。要不是为兄故意来此请他，只怕士行今日可就去不了司空府了。"

陶侃不由一阵腹诽，没好气地说道："那就多谢宣佩好意了。若不是你特意来此，小弟舒舒服服吃碗素面便优哉游哉夜游洛阳去了，哪还用去司空府上瞧那些达官贵人的脸色！"

对陶侃的不乐意，周玘故作不见，笑呵呵说道："张华寿宴，贵戚重臣云集，虽说多是些个势利小人，可也有不少真才实学。士行若想在仕途有个前程，少不得和这些人打交道。莫不成真想在伏波将军府混上一辈子？"瞧了瞧陶侃手中抱的两坛老酒，不由砸了砸舌头："你家将军也忒小气，还当张华是个侍中呢！人家现在问鼎三公，这点贺礼也忒寒碜了些。"随手从怀中掏出一块金子塞到陶侃手中："且拿去添作贺礼，省得你去司空府被人低瞧。"

陶侃听周玘这般说辞，心中一暖。虽说去司空府拜寿，免不得被人挖苦几句，颜面上不大好看，可也确实能让陶侃多一些人脉，不由对周玘的关照心存感激。可一掂那块金子，分外压手，足有十两之多，忙推辞道："如此厚礼实不敢当，我家将军也支了五两金子，备做贺礼应是够了的。"

周玘却不接陶侃递回来的金子，说道："你家将军这还像个样子，别整日愁眉苦脸让那些北方士人瞧不起。吴国虽亡，可我南方士人自有风骨，只要于国有利，管他司马当家还是孙氏当家。你也劝劝你家将军，多走动走动，只要我南方士人拧成一股绳，自能在朝廷立于不败之地。那金子你就拿去一并做贺礼吧。张华地位尊崇，五两金子虽是不少，只怕也不被瞧在眼里。今日我便卖孙秀个人情，也让你在司空府别被人挤对了。"

陶侃听周玘这样说，也便不再推辞。道了声谢，将怀中的酒坛放在车上，收好周玘所赠金子，坐到车上，随口问道：“张华寿宴，令尊怎么也不去拜贺？”

听陶侃这般一问，周玘面色凝重起来，说道：“父亲已经出征了。”

陶侃奇道：“天下一统，何处再起战火？莫不是凉州羌人又在兴风作浪？”

周玘惊异道：“士行整日闷在将军府，竟知天下大事？当真让为兄刮目相看！”

陶侃一瞧自己猜对了，忙说道：“自东汉以来，北方各族多被朝廷降服。匈奴、鲜卑、乌桓皆成大汉属国，虽偶有叛乱，却多成不了气候。尤其自曹魏以来，更是被曹操击得魂飞魄散，再也不敢与朝廷为敌。可凉州羌人叛乱却是从未停歇过，以至于到了汉末，几乎把凉州闹翻了天。虽然终被曹操收复失地，可羌人依旧没有臣服。当年武帝南征孙吴之前，凉州不就生出叛乱，扰得武帝焦头烂额吗？如今天下太平，想来想去也就凉州会出事了。”

周玘沉吟道：“士行还真是聪明了得。的确是左冯翊和北地羌人再次叛乱，连带卢水部和氐人都被煽动起来。朝廷以赵王司马伦为征西大将军讨伐叛乱，不但没能击溃叛兵，反倒和凉州驻军闹得不可开交，搅得局势越来越乱。故而征还司马伦，转拜梁王司马肜为征西大将军平叛，依旧毫无起色。叛军声势愈发浩大，接连击败官兵，如今共立首领齐万年为帝。眼见北地已经失控，朝廷加拜父亲为建威将军，领兵五千驰援北地。”

陶侃不由面色一变，问道：“据闻令尊与梁王有隙，如今梁王是平叛主帅，只怕令尊西征要受些苦了。”

周玘面色沉重：“只怕受苦都是轻的。那司马肜枉为宗室之首，却是个心胸狭窄之人。当日被父亲弹劾，便放出话来要让父亲难堪。如今领兵在外……今日，为兄去给张华拜寿，便想借着这个机会找张华攀扯一番，指望他能替父亲言语几句。最不济也让父亲能独领兵马平叛，而不要受制于司马肜。”

陶侃这才注意到周玘车上装满了贺礼。若不是有求于人，这份贺礼未免太过奢华了。可一想周处身为吴国旧臣，纵有天大本事，朝廷也绝不会放心让周处独领一军。即便张华愿意为周处说话，可周处被司马肜辖制那是无从避免的，只怕周玘这番是要白费了这些财货了。有心劝慰几句，可陶侃在洛阳人微言轻，哪里帮得了周玘？

两人各怀心事，有一句没一句地闲聊，任由马车向司空府行去。

第二章　豪门夜宴遇贵人

不觉之中，街上车马越来越多，多是往司空府拜寿去的。只因周玘父亲出征之事，一缕阴霾压在两人头上，使得陶侃与周玘的闲扯显得分外尴尬。眼见快到司空府，达官贵人、世族公子云集一处，使得府门仿若庙会一般热闹。司空府主簿正在门前迎来送往，一干掾属忙得热火朝天，就在路边搬来几案，将宾客贺礼一一记录，而府中仆役引着登记罢的车马转入后院卸下礼物。

陶侃望着眼前的喧闹，心中感慨万千。当年张华被排挤出洛阳时，只怕连个送行的人都找不到。如今得贾皇后赏识，大权在握，真是今非昔比。难怪陶侃初来洛阳，几番拜会都吃了闭门羹。张华整日要和这些达官贵人打交道，哪有时间理会一个穷乡僻壤的穷小子？陶侃想想自己的潦倒不济，心中一阵酸溜溜的，也不知何年何月才有出头之日？不过此刻总算找到话由，与周玘多了一些闲聊的谈资，说说谁家的车马更加奢华，哪家的公子更加洒脱，好歹缓解一下刚才的沉闷。

两人边聊边排上号，随着车马人流慢慢向府前推移过去。忽有一车从旁边经过，见到周玘停了下来。坐在主位之人对着陪坐一旁的年轻人说道："你瞧瞧，这便是江南人的散漫无度，全然不顾礼仪教化。他周家也算大门大户，却与一个庸鄙孤陋的小人同乘一车，真真有伤风化。泰真，你既已辟入司隶校尉府任职，就多管管这些个闲杂人等，别有事没事去与庾敳那些清谈名士找不自在。庾家虽和我温家并非同宗，可同为北方大姓，抬头不见低头见的，何苦自相倾轧？平白让那些南方人看了我北方士人的笑话。"

那人阴阳怪气的语调，好像是在教训自家犯了事的小辈一般，并非刻意说给周玘、陶侃听，可话语若有若无还是传入两人耳中。陶侃听得心中一阵怒意，却也无可反驳。自魏晋以来，世族渐渐崛起，衍生出的礼仪教条渐渐与前世不同。出自名门相互为伍，即便是无官的白身，只要出自名门望族，也有资格与当朝宰辅同行。可若是出身寒微，哪怕位列三公，也难与名门大姓相提并论。除了张华这等手握实权之人，也就乐广那些声名远播的寒门士子才会被高看一眼。像陶侃这样的无名小辈，与周玘同乘一车，真可谓是离经叛道了。

陶侃被那人臊得无地自容，正想下车，却被周玘一把拉住。就听周玘对那人冷冷说道："温侍郎，你可莫要小瞧我这兄弟，他日必能飞黄腾达不可限量，与其日后攀扯交情，还不如现下说话客气一些。"

那温侍郎斜眼瞧了瞧陶侃，哼了一声："我与自家兄弟说话，与你何事？"

周玘正要发作，温侍郎旁边那年轻人却站起身来，躬身拜了一拜："我兄弟二人闲聊几句，无意冒犯，万望海涵。"

陶侃这才仔细看了看那年轻人，生得俊秀美貌唇红齿白，仿若蓝田美玉冰清玉洁，举手投足尽显温文尔雅，让人不由得生出亲近之意。被那年轻人一拜，周玘也不好意思再与他二人争执，和陶侃一起拜了拜算是回礼。

温侍郎未曾想自己兄弟会向两人道歉，面上很是难堪，脸上红一阵白一阵，又不知该如何说辞。正尴尬之中，有司空府掾属认出温侍郎，忙笑嘻嘻迎上前来："温侍郎亲来道贺，怎好在此久候。小人这便引侍郎入府，留了下人去送贺礼便是。"

被那掾属打了个岔，温侍郎瞪了一眼周玘，和他兄弟下了车，随那掾属先进了司空府。早有府中仆役引着温家马车在记礼的几案前说了一声，便一路去了后院。

陶侃见二人走了，问道："这温家兄弟是何人？"

"哼！那年长的是吏部侍郎温雅，年轻的便是近来受人热议的温峤。温雅虽说不过是个侍郎，可吏部主管官吏考核升迁，自然让那些个溜须拍马的小人不敢怠慢。何况温家是太原大姓，温雅过不了几年就能混个吏部尚书，自然不用像我们这般，送个礼都要苦等。那温峤与温雅血缘疏远，不过同族兄弟罢了，只是温峤亲叔叔曾贵为司徒，温雅自然与他亲近。莫看温峤不过十七八岁，小小年纪已是司隶校尉府的从事，主管京畿百官监察，也是要让人小心伺候的主。好在这温峤还算个清正之人。前些日，清谈名士庾敳被他弹劾，闹得洛阳一片哗然。可笑那庾敳长着一副忠厚本分的面相，又在玄学颇有造诣而被王衍器重，在洛阳世族看来，庾敳可以说是王衍、乐广在玄学上的后继之人。谁曾想，庾敳看似清廉无争，实则身居高位肆意敛财，家资竟有两千万之多，显然来路不明。一下子被温峤点破，还真是有些下不来台。任谁都以为庾敳必会对温峤恼羞成怒。一个是太原望族，一个是颍川豪门，掐起架来自有一番热闹。谁知庾敳非但不怒，反倒大肆赞扬温峤有栋梁之材，不但让温峤在洛阳声名鹊起，也让士人赞叹庾敳以德报怨。至于庾敳来路不明的钱财，倒是再也无人过问了。"

陶侃心中直犯嘀咕。其实在豪门世族眼中，性情高洁与敛财与否没有什么冲突。晋朝崇尚奢华，挥霍无度甚至被看作是视钱财如粪土的洒脱，而钱财如何得来就少有人过问了。当朝首富石崇，万贯家财、富可敌国，来路就很不干净。据说是出任荆州刺史时，假扮匪盗劫掠商旅所得，只是没有留下什么证据罢了。相较之下，庾敳的那点家资当真微不足道。就拿眼前来看，张华过个寿辰，前来拜贺的宾客数不胜数，一日下来，收益何止千万？这还是上得了台面的财货，谁知道私底下究竟有多少利益往来？陶侃不由一阵哀怨。自己一身才学报国无门，豪门世族奢靡成风，无才无德身居要职，附庸风雅，尸位素餐。这天下难道就没有寒门士子的出头之日吗？

陶侃自顾自地想着心事，不觉马车已经到了门前。周玘唤了一声，两人下车走到案前递上礼簿。周玘给陶侃打了个招呼，便在仆役引路下，把车赶去后院。掾属翻开陶侃礼簿，对旁边同僚摇着头笑道："伏波将军府的。"随手把金子收在案边，努了努嘴："酒放在旁边就好，别挡了道。你且自入府去，座席就在侧院苗圃，可莫走错了路，扰了其他大人雅兴。"

陶侃仿若吃了苍蝇一般恶心。好在来拜贺之前，已经有了心理准备。即便伏波将军亲来，一个亡国宗室也不见得能被人稍稍尊敬，何况陶侃一个小小的舍人？强忍着心中不快，把酒放在各府送来的零散礼物之间。礼物待堆满了，便会由府中仆役赶车过来拉走。

陶侃整了整衣衫，走进府去。

此时天色已经暗淡，府中掌起灯来。偌大的庭院几进几出，一眼望不到边际。火红的灯笼把整个司空府照得仿若白昼。院里院外的树上缠满了彩绢，使得冬日中的院落别有一番春意。各房各院敞着门，拜贺的宾客按照身世背景、官职尊卑，分门别类引入房中。陶侃远远瞧着那些尊贵的宾客高谈阔论欢笑一堂，饮酒作诗其乐融融。曼妙的音乐配着撩人的舞蹈，为各房的宴席增添不少情趣。正院当中也摆满了席位，暖烘烘的铜炉点着迷人熏香，院中一片醉人气息，全无一丝寒意。不少人把几案拼作一处，随手推开满桌珍馐佳肴，铺开笔墨纸砚，龙飞凤舞描绘丹青，引得围观之人连连叫好，为寿宴助兴不少。

陶侃望来望去，也见不到张华，想必多是在正堂陪着朝中权贵，只怕今日也难见到一面。周玘又不知道什么时候才能进来，陶侃便想先去其他房中走动走动，看看有没有相熟之人。说不定能遇到哪位名士大家，攀谈上几句，也能充作他日进身之阶。可刚要往里走，就被府中侍卫拦了下来，瞧了瞧陶侃递上的伏波将军府名刺，冷着脸指了指旁边门廊，催着陶侃去了侧院当中。

侧院并不冷清，闹哄哄的都是拜贺之人。只是这边少有显赫名士，大多是各府陪同的掾属小吏，故而没有设下独席，而是十来人围坐一桌，划拳行令吵吵嚷嚷。虽然很是热闹，却全然没有正院那边的风雅。院中不再有铜炉熏香，不过用些火盆取暖，偶有那么几个在朝中有点分量的官员，怎奈门第不高也被安排在这边。冷着脸坐在一席，不愿与那些粗鄙的掾属混在一起。

陶侃正不知究竟去哪里坐下，忽听有几人在一起闲谈：“刘尚书有功于社稷，素来被张华看重。怎也被安排在这边落座？司空府处事未免有失礼数。”

陶侃循声看去，就见一个六十上下长者坐于一席正中，听旁边的人恭维话语，只是摇了摇手，笑道：“刘某不过在羊公麾下当了几年差，着实没有什么功勋。不过借着羊公余威，忝居尚书罢了。与诸位同坐一席，是刘某荣幸才是。”

“刘尚书也太过谦了。谁人不知，征讨孙吴乃是羊公一手谋划，要不是羊公运筹帷幄，早早安排下四路大军，朝廷如何轻轻松松平定了孙吴？即便司空张华力主南征，也不过是得了羊公指点罢了。只可惜羊公早逝，否则这破吴之功必是羊公囊中之物。武帝不就在灭吴之后说了吗？此乃羊公之功也！刘尚书当年是羊公参军，怎能说于国无功？若张华还记得当年羊公的提携，就不该把刘尚书冷落到这边侧席来。”

陶侃恍然大悟。那几人所说羊公，乃是前太傅羊祜。当年晋吴两国对峙长江，羊祜官拜征南大将军，坐镇襄阳。而吴国大司马陆抗，镇守江陵，与羊祜互有胜负对峙近十年。羊祜采用怀柔政策，虽与吴国交战，却对边境百姓秋毫无犯，战俘多能得到抚恤放归故乡。百姓所射野味落入晋境，只要有吴国箭矢，多被送回南方。而羊祜与陆抗可谓惺惺相惜，虽各为其主，却引为知己。陆抗赠予羊祜美酒，揭开便饮；羊祜送与陆抗良药，张口便吃。如此肝胆相照棋逢对手的一对名将，终是没能参与晋吴两国生死之战。陆抗久受吴主孙皓猜忌，苦不能北伐中原郁郁而终；羊祜见吴国自毁栋梁，请旨南征，还未开战便病逝洛阳。而晋朝吞并吴国之策，皆是羊祜所谋划。听这几人所讲，眼前这位长者竟是羊祜的参军刘弘，还真让人不敢小瞧。何况刘弘官居尚书，不由引得陶侃分外注意。见那桌宴席还有空位，便贴了上去坐在下首。

席上几人见坐过来一个生面孔，一时都看了过来。陶侃不好故作不见，一一拜了拜："晚辈庐江陶侃，给诸位大人见礼了。"

那几人听陶侃不过是个无名之辈，也便没有什么顾忌，继续在那里畅所欲言："按我说，当年羊公刚正不阿，最看不惯得就是这些个世族子弟的骄奢无度。即便王戎、王衍是羊公外甥，也丝毫没有被羊公抬举一二。听说王衍自以为才高八斗，去羊府卖弄才学，羊公颇不以为意，臊得王衍拂袖离去。"

"就是就是。还有那王戎，莫看征吴有他一份功劳，当年羊公镇守襄阳，王戎也不过是个偏将。听说攻打江陵时，触犯军法险些被羊公斩首。王氏兄弟名胜于才，如今却皆身居要职，王戎更是问鼎三公。倒是羊公，薨逝之后再少有人提及了。"

陶侃听得不由一阵诧异，身为江南士人，对羊祜之名可是如雷贯耳。然而来到洛阳这些年，但凡听到南征之事，多是说张华、王戎的风采，少有人提及羊祜功勋。按理说武帝在时，对羊祜很是感念，为何才过了短短二十年，羊祜就已经被人遗忘？陶侃一直觉得此事古怪，此时听这几人说起，愈发好奇，问道："晋吴分江而治，虽为两国，却是同宗同祖。羊公身为晋将，不分南北皆是爱护有加，乃是视天下为一家也，如此气度胸怀天下罕有。也正因羊公善待吴人，收拢人心，这才有武帝一统南北后，很快便可安抚江南。否则两国对峙分裂近百年，若吴人对朝廷心存芥蒂，只怕江南三五十年也难太平。羊公有如此长远的目光，其功绩已远在攻城略地之上。只是为何身故之后，便淡出人们视线之外呢？晚辈初来乍到，还请诸位大人不吝赐教。"

就听其中一人哼了一声："还不是羊公那两个好外甥！王戎、王衍当年没少被羊公挤对，如今得了势，自然多有诋毁。唉，二王当国，羊公无德！朝里朝外又多是些势利小人，既然要巴结王戎、王衍，自然也就没人去提羊公了。就连张华也丝毫没有当年风骨，左右逢源如鱼得水，连羊公的提携都忘得一干二净，不愿为了羊公而得罪了王氏兄弟。"转又对刘弘说道："可怜刘尚书，当年辅佐羊公镇守襄阳，如今也要跟着受牵连，备受那些人的冷眼。羊公在时，张华对刘尚书可是看重得很。如今刘尚书好心来给张华拜寿，却连正院都进不去。他张华堂堂司空，至于这样讨好王氏兄弟吗？”

刘弘听那人越说越离谱，院子里又人多眼杂，这般说张华和王氏兄弟的闲话多是不妥，忙打断话语：“可不能这么说，张司空对刘某还是看重的，刘某之所以来这边落座，不过是出身低微罢了，却与羊公没有什么关联。张华若是把刘某请去正堂，不但张华脸上无光，刘某也要受些讥讽，还不如在这边舒心痛快。”回过头来又对陶侃说道：“我几人闲扯几句，让足下见笑了。”

陶侃听刘弘言语生分，忙拜道：“晚辈胡言乱语几句，大人莫怪。只是羊公恩德，确实令吴人感念。莫看羊公已经故去二十多年，可襄阳至今有羊公祠堂供人瞻仰，也算告慰羊公在天之灵了。”

刘弘本对陶侃有些防范，听陶侃说起羊公之事，也是一阵感叹，不由对陶侃多了几分亲近：“当年羊公病重还朝，薨逝于洛阳。江南百姓听闻此事，为之罢市。哭号之声不绝于巷，就连吴军守边将士都为之落泪。本以为江南也如洛阳一般，这些年过去，早已将羊公淡忘，谁曾想竟是江南记住了羊公。方才听足下对羊公的评说，刘某甚是敬服。虽说刘某有幸在羊公帐下做了几年事，可还真没有足下看得这般透彻。当年羊公善待吴人，不少将士还说羊公妇人之仁，经足下这样一说，还真是我大晋一统天下的一剂良药。”

陶侃一听刘弘话语温和许多，不由越聊越是投机。初时不过谈些羊公的昔年风采，后来更是谈起羊公驻守襄阳时的谋划策略。其实陶侃不仅在经学上颇有造诣，就连顾荣都高看一眼，而且更精于兵家之事。刘弘又是个沙场宿将，听陶侃说了几句便看出是个行家，不由聊得愈发起兴。正在兴头上，就见刘弘被旁边一人拉了一下。刘弘顺着那人目光瞧了一眼，一时止住了话语。陶侃正在纳闷，就听身后一声洪钟般的声音：“末将给刘尚书见礼了！”

陶侃回身一看，见一俊秀的中年男子立于身后，双臂修长，容貌魁伟，一瞧面相便知绝非常人，正恭恭敬敬向刘弘行了个军礼。

刘弘也站起身来，回拜一下：“建威将军言重了。刘某早已不在军旅，哪受得了将军军礼。”

那人却愈发恭敬：“刘尚书身经百战，末将素来敬服，即便不在军旅，也是我等军人楷模。只恨不能聆听刘尚书教诲，实乃一大憾事。今日有幸得见，末将自是要表述敬仰之情。何况末将亦姓刘，自然要与刘尚书多多亲近。”

刘弘正要与那人客套几句，忽有司空府从事跑了过来，对那将军拜了一拜：“府中下人疏忽了，未能好生招待大人，小人特来赔罪，还请大人移步前院入席。”

刘弘面上一阵尴尬，那将军却不以为意，对刘弘拜了拜：“既然司空府有此安排，就请刘尚书多多包涵。末将他日定当登门拜访，向刘尚书讨教一二。”

陶侃看着那人走得远了，奇道：“不知这位刘将军是何许人也？”

刘弘默默无语，旁边的人却呸了一声：“什么刘将军？一个匈奴人罢了！连这等人都上得了前院，张华究竟怎么想的！”

陶侃愈发惊奇，想想刚才那人言行，分明便是一员儒将，哪里瞧得出是个匈奴人？就听一人说道：“哼！只怕又是攀上了哪家高枝，自然要被张华抬举了！”

刘弘见陶侃一脸诧异，说道：“莫听他们胡说。那人名唤刘渊，乃是南匈奴单于于夫罗之孙。虽说不是汉人，却自幼入侍洛阳，长于中原。学得孔孟之道，尊崇华夏风俗，早已与我无异。只因大汉朝时，汉家与匈奴通婚，故而从刘渊父辈开始，便以汉家外甥自居，改姓了刘姓。这刘渊师从名家，博习经史，又膂力过人善于骑射，武帝在时也分外赏识。如今官拜建威将军、匈奴五部大都督，自然有资格坐在前院。”

陶侃见刘弘虽这样说，可面上显然还是有些不快。若是单论官职，刘弘身为尚书，并不比那刘渊差到哪里，却被冷落在偏院，刘弘面上不说，心里又岂能乐意？就听旁边有人说道：“嘿！他刘渊自认刘氏宗亲，不过坐抬身价罢了。听说他私下还常说自己是那蜀汉亡国之君刘禅的亲戚，也不过是想借刘家的声名而已。刘渊有些才名不假，可也多是在洛阳四处逢迎，尤其与太原出身的王浑走得最是紧密。王浑身为灭吴大将，总是在武帝前说刘渊的好，刘渊的建威将军、匈奴五部大都督，不就是王浑为他讨来的？如今王浑病逝，刘渊没了靠山，这才想起和刘尚书攀交情，未免迟了些！”

另一人却说：“你可还真别小瞧了刘渊，虽说王浑死了，可刘渊那钻营的手段，岂能没有后路？听说近来又和成都王司马颖走得亲近，谁知和王戎、王衍兄弟有没有什么瓜葛？刚才我等只图口舌之快，说了些王戎、王衍的话，若是被刘渊听了去，转头说给王家，还不被那兄弟俩算计死！”

陶侃听得一阵发蒙。原本在伏波将军那里就已听闻不少朝野权争之事，此刻又听到如此多内幕，眼见皇亲国戚争得你死我活，大臣们也是派系林立，陶侃对纷乱无比的局势越发迷茫。忽听有人高呼一声：“杀人了！杀人了！”待陶侃惊得回过神来，就见不少人都向前院涌去。

刘弘眉头一皱，领了周围陪坐的众人便向外走，陶侃忙站起身来一并出去。

待到了前院，便见早已乱成了一团。拜贺的宾客你拥我挤，人头攒动中也看不真切究竟发生什么事。大多宾客听见杀人，惊得直往府外逃去，不少胆大的却往里走瞧热闹。满院桌席被挤翻在一边，珍馐佳肴掉落得遍地都是。更有甚者直接踩在翻倒的桌案上，伸长脖颈直往里观瞧。

府中护卫、仆役哪里拦得住？不管是世族公子还是贫寒士人，早已搅和得难分彼此。混乱之中，陶侃不知刘弘被挤到那里去了，一想究竟何人胆敢造次，竟在堂堂司空府动手杀人，索性凭着身强力壮使劲往里挤去。陶侃有些武技傍身，若能在此纷乱的局面当中，一举擒获杀人者，也算保张华安然无虞，为司空府立上一功，指不定便能借此扬名立万，得张华抬爱赏个一官半职。

好不容易挤到人群前面，才见案发现场乃是东首厢房。里面的莺歌燕舞此时已经停止，舞姬惊得手足无措挤在一边，乐师交头接耳头都不敢抬。倒是满堂宾客谈笑自若，酣饮如常兴头正盛，只是所有人的目光都不经意地扫在厢房中间。

就见厢房西侧次席端坐一人，年岁比陶侃还要小上几岁，生得眉目疏朗目光如炬。旁边陪坐一翩翩少年，也就二十来岁年纪，亦是潇洒英俊气度不凡。两个华贵公子同席宴饮并没有什么稀奇，奇就奇在几案前面横倒一物，赫然是曾经香艳可人的美姬的尸身。

便见那具尸首穿得一身华美绿裳，轻纱淡淡抹过香肩，遮得酥胸若隐若现，金钗玉钏插满秀发。怎奈一对秀目已经失神，透出临死前的惊恐和慌乱。白皙温软的脖颈亮出一条吓人的伤口，猩红的筋肉翻卷出来，仿若古玉之中透出一抹血沁。殷红的鲜血染遍每寸娇躯，衬着绿衣身段仿若一支血色寒梅。

在那尸身前面摇摇晃晃站着一人，应是西侧首席的贵客。满头白发显然年岁不小，生得雍容华贵慈眉善目。此刻喝得有些微醺，满面通红。一手握着柄似金似玉的名贵古剑，鲜血顺着剑锋滴洒殆尽，剑身竟未留下一丝血迹，显然正是行凶兵器。另一手强挽着一名美姬脖颈，支撑着贵客醉酒摇摆的身体。那美姬容貌更是清秀，豆蔻年华惹人爱怜，遍身没有寸金修饰，多以美玉明珠装点，却显得愈发珠圆玉润。只是此刻被那贵客拉在怀中，勒得面色泛红，再被那死去的美姬一吓，更是花容尽失，哭得梨花带雨，温声细语早已变了声调，连声哀求只为活命。手中捧着一盏清酒，早已颤抖得洒去大半。

就听那贵客很是不耐烦，嘟囔着骂了几句："抖抖索索成何体统，给老爷端稳了！再洒出一滴，仔细你的皮肉！"虽然这样恐吓，可那酒洒出来得却是越多了。

贵客却不在意，对那端坐的宾客说道："王处仲，老夫看得起你才敬你一盏，三番五次拒我是何道理？便是王戎、王衍见了我，也不敢驳了我面子。你个晚生后辈未免太过骄纵了些。今日这酒，非喝不可！若是不喝，便是嫌我这贱婢丑陋，不喝一盏我便杀一人！这些丑物丢人现眼，连盏酒都敬不出去，留着还有何用？"

那端坐的宾客浑不在意眼前的血腥，一手执箸吃口鱼脍："君夫莫怪，晚辈平生素不饮酒，君夫抬爱当真消受不起。"

那贵客却说："王处仲休要推辞，老夫知道你并不忌酒，这酒你倒是喝还是不喝？"

"不喝便是不喝，如此敬酒是敬还是不敬？"

那贵客显然是在找那人麻烦，却被一句话呛了回来，气得一阵哆嗦，抬手一剑，便将挽着的美姬割断了喉咙。恼羞成怒中下手显然用了狠劲，柔美的脖颈几乎快被切断，鲜血飘飘散散落在几案，娇躯一软横倒在那绿姬尸身上面。端坐的宾客头都未抬一下，视那洒满几案的鲜血如无物，自顾自地举箸吃食，便连沾上血迹的炙肉也未回避分毫。

贵客愈发气恼，回转自己座席，伸手便抓陪侍姬妾。不幸落在贵客手中的美姬早已吓得瘫坐一团，贵客拽了两拽，从席后拖了出来，那美姬慌得伸手乱抓，碰得桌上酒肉摔得到处都是，死命扣住几案，苦苦哀求。贵客拽得有些费力，转手抓了美姬发髻，依旧拽她不动，举剑一挥，纤纤玉指便散落席间。那美姬吃痛，终是敌不过那贵客气力，再次被拽到前面。

陶侃这才明白，不过是豪门贵戚为了私怨动手杀人。虽说陶侃与那几人素未谋面，可这几人的名声传遍洛阳，陶侃自然知晓。

那长者名唤王恺，乃是武帝舅舅，天下首屈一指的富豪。当年与首富石崇斗富，闹得沸沸扬扬。王府用糖水洗锅，石府便用蜡烛当柴烧饭；王府做四十里紫丝布墙，石府便做五十里锦布围障；王府用赤石脂涂墙，石府便用花椒泥涂墙。王恺与石崇斗富落在下风，可王府的奢华由此可见一斑。听闻王恺所养美貌姬妾数不胜数，他的府中走到哪里都有美姬环绕，就连如厕都有美姬服侍宾客更衣。王恺平日里又爱音律，所用乐师也多是女眷，但凡演奏稍不如意，便被王恺随手杖杀。王恺身为皇亲国戚，杀几个下人又有何人胆敢言语？只是如今武帝已经驾崩，贾皇后掌权，王恺虽然富贵依旧，可早已没了当年的风光。今日来张华府中拜贺，却并未坐在堂屋首席，而被请来厢房，足见权势已衰。此刻在司空府杀人，想必那些美姬是王恺府中随行的侍妾，否则以王恺今日的权势，只怕还真不敢对司空府的下人动手。

而那个驳了王恺面子的宾客乃是王戎族弟王敦，娶了武帝之女襄城公主。堂堂驸马爷，官居黄门侍郎。皇帝近臣，必然前途无量。旁边陪坐的美貌少年，瞧那年纪应该也是王戎族弟，名唤王导，官居尚书郎。如今王戎、王衍权势威重，王敦、王导也跟着沾光。王恺瞧在眼里多少有些眼红，或是当真好心与王敦亲近，却是热脸贴了个冷屁股，终是拿陪侍姬妾撒气。指望王敦能瞧在这些美貌女子面上，放软了心肠，好歹给王恺个台阶下。却是未能如愿，连杀两人反而愈发尴尬。

眼见王恺还要继续杀人，王导毕竟年轻，脾气要比王敦温和许多，若任由王恺这样杀下去，只怕随行美姬死完了，王敦都不会喝上一口，闹得大家颜面上都不好看。何况此刻在司空府做客，这般举动也太让张华难堪，遂上前劝道："处仲喝上一口便好，何苦为难这些女子。"

那断了手指的美姬，听王导开了口，眼见有条活路，哭哭啼啼哀求道："大人可怜！"还未说完，便被王恺掐住了脖颈，骂道："大人们说话，哪有你这下人开口的份！"

王敦却不为所动，淡淡说道："不喝便是不喝。他爱杀他家人，便由他去杀，与我何干？"

那美姬伸着没了手指的血掌扯着王恺手臂，还想再求上一求。王导正要站起身来，就见王恺被那美姬扯得心烦，又听王敦依旧不喝，随手一剑将那美姬扎个透穿。那美姬在绝望和不甘中，双目透着丝丝怨恨倒在血泊之中。

眼见王恺还要再去抓人，王导赶忙站了起来，恭恭敬敬拜了一拜："世伯息怒，我这堂兄确实不善饮酒。世伯或是听了闲人之语，误会了我家堂兄。且由小侄代饮了这盏酒，就此作罢可好。"说完端起自己酒盏饮了一口。

王恺见王导喝了酒，好歹留了点颜面，心知再争执下去，只会更加难堪，遂说道："还是茂弘知晓事理，老夫喜欢。"转身回来座席，对那满地横死的曼妙女子看都不看，若无其事地嚷道："还不与老夫换些酒菜过来。"

仆役们这才慌慌张张上来，七手八脚将那些尸体抬了出去，安排杂役将满地血迹擦个干净，重新为王恺布好宴席。乐师再次弹奏起来，舞姬小心翼翼避开王恺桌席，莺歌燕舞跳动起来。围观的宾客见没了热闹可看，也就各自散开，府中侍卫仆役依旧按座次引了众人回去。

陶侃转入侧院，未见刘弘回来。显然被方才一闹，没了兴致已经离去。陶侃还没动筷子，此刻望着满桌珍馐佳肴却没了胃口，满脑子都是那三个枉死了的姬妾。如此美好的年华，只因出生卑贱，就仿若猪狗一般任由权贵杀了。再想想自己出于寒门，年近不惑还不过是个将军府的小吏，而那些世族贵戚，哪个不是年纪轻轻便已高居庙堂？王戎、王衍便也罢了，就连王导那样一个弱冠少年，尚未显山露水就已得享高官厚禄，自己一个寒门士子究竟何时才有出头之日？

陶侃轻轻叹了一声，转身离开侧院便要出府，忽听有人喊道："士行等我一等。"

第三章　玄学清谈，掌权者的游戏

陶侃回头望去，便见周玘正走出来。眉头紧锁，显然和陶侃方才所想一般，给张华拜寿未能如愿，只怕其父周处想要独自领军征讨叛羌多是落空了。

陶侃拜道：“小弟左右未等到宣佩，正想先回去。”

“那便还与我同行好了，且等我驾车送你。”

陶侃有心婉拒，可一见周玘愁眉苦脸的模样，也有心听听周玘在司空府有何见闻，便未开口。待周玘赶来马车，两人缓缓离开。陶侃这才问道：“不知宣佩此行可还顺利？”

周玘苦笑一声：“张华忙着招呼王戎、王衍，还有贾模、贾谧那些当朝权贵，哪有时间理会我？若不是我送来那满车贺礼，只怕都没有机会见上一面。为兄在堂屋门前苦候许久，眼见一曲终了，这才被张华唤了进去。草草拜贺几句，便提起家父之事。可张华敷衍搪塞，显然不想掺和此事，也就中书令陈准说了句公道话。说那梁王司马肜身为贵戚，并无将帅之才，进不求功名，退不惧罪责，对平叛之事全无兴趣。不过是赵王司马伦平叛不利，司马肜这才被委以重任往凉州督战。还说家父虽是吴人，忠直果敢，又善于用兵，当以精兵万人补入家父军中作为前驱，方能平定贼患。否则以梁王秉性，念着和家父那点私怨，若是假公济私，强令家父进军，陷于绝地而不救，家父身死是小，平叛失利为大。”

陶侃赞道：“中书令倒是不惧那司马肜，当真有些风骨。”

周玘依旧苦笑道：“谁说不是呢。眼见中书令开了口，张华倒也不好当面反驳。毕竟中书令比起尚书令，还要高上一些，可就在这节骨眼上，那赵王司马伦偏偏也来府中拜贺。”

陶侃忙问：“莫不是司马伦从中作梗？毕竟司马肜是他亲哥哥。”

周玘叹了一声：“那倒不是。司马伦与司马肜虽然都是宣皇帝司马懿之子，却并非同母。司马伦因其生母柏夫人深得宠幸，故而亦得眷顾，素来骄横无比。与司马肜明面上过得去，可私下里并不融洽。这哥俩论起辈分，都是当今天子的堂爷爷，若是联起手来，以他们的声望，只怕就没有贾皇后耀武扬威的机会了。司马伦西征凉州不利，被朝廷召回，转而以司马肜代其征讨叛羌，只怕也多是贾皇后欲借此加深兄弟两人隔阂。司马伦冷眼瞧司马肜笑话还来不及，又怎会去替司马肜说话？”

“既如此，司马伦也只会帮衬着宣佩，力主令尊独自领军平叛了？”

“呵呵，人家尊贵显赫，哪里会去管我周家闲事？司马伦自凉州回京后，也不知怎么转了性情，放下往日骄横的王爷架子，整日与那贾谧亲密无间，因而深得贾皇后信任。虽然因出征不利屡遭弹劾，却依旧得享富贵，更官拜车骑将军，掌控兵权。听闻近来又想求贾谧录尚书事，也好干预朝政，更对尚书令之位垂涎了很久。只是尚书令攥在王家手里，自然不会轻易松手，司马伦这才未能如愿。今日来司空府上拜贺，多是想说服张华授其录尚书事罢了。”

“张华会同意司马伦所请吗？”

“我看未必。张华虽然左右逢源，谁都不得罪。可在这等事上还是拿捏得稳。莫看司马伦现在有求于张华而谦卑恭敬，可依着司马伦的性子，真录了尚书事，只怕早晚会把张华挤对出来。何况王戎、王衍也在席上，司马伦还未开口就被张华婉言安抚下去。只是司马伦这一来，众人便将我周家之事冷落一边无人提及，只顾着客套恭维，且把司马伦伺候好了再说。”

陶侃恍然大悟：“难怪东厢房都杀人了，也不见张华出面，却是有更难伺候的主。”

周玘摇了摇头，叹道：“司空主簿来给张华说王恺之事，众人忙着恭维司马伦，唯恐司马伦当众提起求官之事，与王家兄弟闹将起来，哪里有心思去管别的事？对王恺杀人权作一笑而已，只当王恺酒后失态，吩咐主簿出去料理便不再理会了。”

陶侃一阵怅然：“王恺草菅人命固然可憎，只是那王敦也太过执拗，一杯水酒而已，又能失了多大颜面？何苦要坏了那几个女子性命？”

周玘也是默然无语，许久说道：“你也莫小瞧了这王敦。他这样刚毅的性情，较起真来能买谁的面子？莫说王恺杀了三个姬妾逼其喝酒不成，就是王恺杀尽府中仆役也难说动王敦分毫。”

陶侃冷笑道：“王敦能这样目中无人，无非是仗着其族兄王戎高居三公罢了，假使没有王戎庇护，他何敢如此放纵？若王恺杀的是王敦家人，看他还能如此淡定？王敦与那些纨绔子弟又有何异？”

谁知周玘却说：“士行这次却说错了。王敦虽是王戎族弟，血缘却相距甚远，年龄又相差三十多岁，丝毫没有亲近之意。反倒对王戎的一些做法多有抵触，气得王戎时常骂王敦目无兄长，这兄弟两人可远没有士行所想那么融洽。平日里也就王衍在旁帮衬补救，再就是他那个族弟王导打打圆场，免得王敦得罪太多人。”

说到此处，周玘又轻叹一声，陶侃心知周玘正为其父周处之事而烦闷，也就不再多说些什么，就听周玘忽而说道：“不过今日给张华拜贺，倒也不是一无所获。方才宴上乐广也在，借着酒宴与王衍、顾荣攀谈，欲在正月过后，广邀南北才俊，齐聚一堂清谈研习，请顾荣推举几个南方士子。顾老爷子倒也抬举我等，荐了士行与我同去。”

一听清谈，陶侃不由皱了皱眉头，对这种附庸风雅的文人集会实在提不起什么兴趣，只是奇道：“就连王恺这样的皇亲国戚都被安排在东厢房入席，何故乐广这寒门出身的士子和顾荣这南方吴人也能被张华请入正堂？”

“王恺贵为皇亲，富贵却无权势，已是明日黄花。乐广虽然出身寒微，却因清谈而得王衍亲爱，有王衍这层关系，自然被奉为上宾，又官拜河南尹，大权在握，更是成都王司马颖的岳丈，如何敢冷落一旁？而顾荣身为南方士人领袖，张华必然不敢怠慢。何况陆机、陆云兄弟都被请入正堂，顾荣身为江南顾、陆、朱、张四大家族之首，又岂会被支到厢房去？”

“陆机、陆云可是吴国大司马陆抗之子？”

“正是这二人。可叹江南陆家满门忠义，陆机、陆云却要巴结逢迎贾谧才能在洛阳有个一席之地。如今陆机、陆云是贾家座上客，自然被张华请入正席。不知陆抗在天之灵，究竟要做何感想。”周玘瞧出陶侃对清谈似乎没有什么兴趣，转而说道：“乐广与王衍都是北方士林清谈领袖，士行莫要觉得清谈都是闲来无事打发时间的。如今朝廷选官取九品中正之法，想要入中正官法眼，便要赢得士林声誉。乐广所办清谈，远比寻常文会上档次些，受邀之人哪个不是声名显赫？士行与我若能在这清谈文会上崭露头角，对仕途前程的影响那是无可估量的。顾老爷子推举我二人，还不知有多少人眼红呢。”

听周玘这般一说，陶侃心中对顾荣不由感激起来。心想近些日还要好好准备一番，免得错失一举成名的良机。不觉已回到伏波将军府，与周玘道了别，回到府中。想去给伏波将军回复一声拜寿之事，却听孙秀又已喝得酩酊大醉早早睡去。转而回到凄冷的院舍，挑起一盏孤灯，取来经卷读了起来。

不觉又过月余，已是清谈文会之日。陶侃沐浴更衣穿戴一新，与周玘依旧同乘一车往乐广府邸赴约。

门前虽比不得张华寿宴热闹，却也是车水马龙。受邀之人欣然入府，未能得到请柬的士人心有不甘地在府外徘徊，一睹士林鸿儒风采，奢望能得人抬爱陪侍进去。

周玘、陶侃递上名刺请柬，步入府中。便见乐府虽然清简不少，却也亭台楼阁别样雅致，水榭歌台错落有序，颇有些仙境般的飘逸洒脱。文会并未设在正堂，而是转入花园深处。沿着蜿蜒的石阶而上，绕过潺潺溪水，跨过弯月般的木桥，便见一院草堂现于竹林之间。如虹的锦鲤游于池水，洁白的大鹅戏于水边，伴着若有若无的丝竹之声，很有些小隐于市的怡然自得。

两人颇觉心旷神怡，不禁流连于园林间些许时光，忽而听得琴声渐散，一声钟鸣悠然响起。这才猛然反应过来，清谈时辰将至，忙紧了脚步赶去草堂。早有一清秀小童迎上前来，不必二人自荐，径直引入堂中落座。

陶侃向前一望，主位两席尚空，显然乐广还未入座，这才舒了口气。再四处观瞧，客席已坐得七七八八。顾荣自然和那些早已声名在外的士子大儒坐在最前，王敦、王导、温峤那些北方才俊则与陆机、陆云这些南方名士相对而坐，而周玘、陶侃则坐在南方士子最末。显然今日座席也是经过考究安排，只是与以往不同的是，能来乐广府中清谈之人毕竟有限，陶侃还是头一遭和那些权贵坐得这般贴近。

除了那些熟面孔，陶侃大多并不识得，小声问了问周玘，也就识得寥寥数人还算小有名气。观瞧穿戴模样，只怕也多是世族子弟。清一色的宽带长袍，手持羽扇，显得很是飘逸。偶有几人上下摩挲，仿若在挠痒痒一般，看得人浑身不自在，想想便知是在学人扪虱而谈。只是与这清静的场面显得格格不入，仅仅是东施效颦故作高雅罢了。陶侃一阵猜度，周玘所言乐广清谈文会唯有真才实学之人，可眼前一瞧，只怕还是有世族豪门托请关系，送了子侄来此赴会，学到多少东西倒是其次，能来乐广的清谈露上一面，就足以在今后仕途被人高看一眼了。看来乐广虽说是清谈领袖，在面对豪门世族时也不能免俗。

陶侃正这样想着，就听又一声钟鸣，便见乐广、王衍相扶步入草堂。众人一阵躁动，纷纷起身相拜。稍稍寒暄几句，乐广、王衍一左一右坐于主位，在座宾客也各自落座。陶侃心中有些好奇，今日是乐广相邀，何故王衍也坐于主位？细细一想，王衍亦是清谈领袖，与乐广在玄学造诣上不相伯仲，若让王衍坐于客位，对乐广来说是有些倨傲了。陶侃对乐广、王衍的名声早已听得耳朵生了老茧，今日却还是第一次见到本人，抛开心中猜度，不由仔细打量一番。

就见乐广生得玲珑剔透仿若玉璧，王衍肤白如雪似珠似玉，虽说都已过不惑之年，却天生丽质颇有些仙风道骨。难怪时人评说乐广“人之水镜，见之莹然，若披云雾而睹青天”，称王衍“琼林玉树，自然是风尘外物”。这般人物，让陶侃初见便觉一阵敬畏，甚至生出些许自惭形秽来。还未开口便已让人心生仰慕，何况两人在玄学的造诣也是少有人及，能享誉士林当真不足为奇。就见两人各执麈尾，虚怀若谷，风度翩翩，俨然玄学领袖的派头。那麈尾乃是清谈礼器，形似羽扇，却以麈鹿尾毛做翼，取鹿群魁首之意而喻指玄学宗师。除了玄学泰斗，寻常人绝不可持有。乐广、王衍本就相貌堂堂身形秀美，经麈尾衬托，愈发风流倜傥。

陶侃看得一阵眼晕，就听乐广说道：“今日清谈文会，承蒙诸位雅士抬爱，共论玄学正宗，考究万物玄妙，还望诸位雅士不吝赐教。”

话音才落，便早有人急不可耐问道：“晚辈学富五车，然常觉迷惑，既已醉心于学术，却又不知如何才到彼岸。敢问乐府尹，心智如何研修，方可至绝顶？”

此话一出，陶侃听得不由一阵反感，循声望去，一个生面孔很是洋洋得意，也不知究竟是何许人也。可如此炫耀未免太过妄自尊大，言语之间颇有些不知天高地厚。又在不经意中拍了乐广马屁，立刻引得在座众人一阵嘀咕。

乐广面如止水，淡淡看了那人一眼，倒执麈尾，以柄轻扣几案，似答非答地问道：“至否？”

那人愣了一愣，回道：“已至。”

乐广却又收回麈尾：“既然已至，却又如何拿得开？”

陶侃不由惊叹。玄学以老子、庄周之道为基石，兼以儒家经学后自成一体，研讨学说包罗万象，上至天文下至地理，天理人心无所不含。而清谈便是在玄学基础上进行辩论，一问一答之间各树观点，探究万物之根本、通天之道理，言语务求简练精辟，方显手段。乐广寥寥数语，看似并未直接回答那人所问，却又把学无止境四字说得淋漓尽致，其中滋味让人回味无穷。

陶侃此来，准备月余。然而才听乐广这样几句，便觉自己那点本事还是不要拿出来班门弄斧的好。再看王敦兄弟和陆机兄弟只是静静听着乐广清谈，似乎并无发问的模样。只怕也是不想早早出头，唯有十足把握才会开口。便见那发问之人早已臊得满面通红，尴尬中匆匆拜了一拜，颓然坐了下去。

众人皆被乐广言语折服，一时安静下来。忽而听得门前一声："晚辈迟来，告罪告罪！"

陶侃循声望去，就见一个扎了总角的孩童款款步入草堂，虽年岁尚浅，然举止端庄得体，目光潇洒俊朗，神采飞扬飘逸，冰清玉洁仿若仙童一般，俨然是个少年才俊，哪里有顽童气息？陶侃正奇乐广清谈文会如何来了个孩子，忽又一想，便猜出三分，只怕多是那闻名于洛阳的神童卫玠了。此子出身豪门，其祖上在曹魏时已是高官，祖父卫瓘更是晋朝重臣，官至太保。只因在当今皇帝即位之事上，得罪了贾皇后，又在司马亮掌权时制衡贾氏，终是在司马亮倒台时殃及池鱼，满门死于非命，卫玠恰巧出门求医才幸免于难。这孩子自幼俊美异常，被人爱称为璧人，更因是忠良之后而得洛阳世族百姓怜爱。听闻每次出游，往往被人前挤后拥争相围观，空车而出总会被鲜花鲜果塞得满满当当。何况卫玠聪明绝顶，深得乐广推崇，今日清谈自然也是要来的。

卫玠刚刚进来，便引得一片惊叹。对卫玠的迟来，乐广只是淡淡笑了一笑。卫玠也不落座，对周遭的惊叹仿若未闻一般，向乐广躬身一拜："庄周梦蝶似幻似真，究竟何之为梦？"

乐广挥了挥麈尾："心之所想谓之梦！"

卫玠反驳道："梦中之物，闻所未闻，光怪陆离，梦岂是想？"

乐广却道："此乃因果也！"

陶侃听得愣了一下。因果之说源自沙门佛陀，言万事之果皆有前世之因，种下善因收得善果，种下恶因终有恶果，也便是说善恶终有轮回报应。乐广引用沙门学说融入玄学，无疑是种学术上的探索。正这样想着，忽听一声惊叫，便见卫玠面色变得煞白，似是对乐广所论想得痴了，竟跌倒在堂上。听闻卫玠素来身子单薄，忽然病倒于堂中，看来确如传言一般。

乐广吓了一跳，忙起身下来，贴近看了看，才算长舒了口气，将那孩子扶了起来，拉着手陪坐在身边，小声说了几句。这才见那孩子苍白的面色稍稍恢复了些血气。陶侃虽然听不到乐广究竟说了些什么，可猜了一猜也便明白个大概。

卫家世代名臣，只是为了国家长远之计说了些公道话，得罪了贾皇后，便落个身死族灭。若非卫玠年幼，只怕也要死于非命。这究竟是因是果？是善是恶？莫看卫玠平日里不苟言笑举止自如，可毕竟还是个孩子。家门忽然遭此大难，心中岂会波澜不惊？今日与乐广清谈论了几句，触到了伤心之事，自是忽然病倒。乐广悄悄说了些话，只怕也多是在开解这孩子了。

在座宾客本还在品味着卫玠与乐广一番辩解，忽见卫玠栽倒，草堂中稍稍躁动一阵。待平复下来，又有人问道："李有核而有果，无核则无果，然时下无核却有果，当真'岂有此李'？"

众人初时听得云里雾里，可待细细一想，不由一阵嬉笑。此人明面上是借李子果核、果实的先后探究万物之有无，实则暗有所讽。

且说王衍族兄王戎，早年也是凭借玄学造诣名列竹林七贤，又有征吴军功在身，颇有儒将风范。能位居司徒问鼎三公，还算实至名归。然而王戎年近六旬，家财万贯，越老越是吝啬无比。亲侄女出嫁，抠门得仅仅送了件便装，事后还索要回来。嫁出去的女儿回娘家，王戎竟觍着脸让女儿归还嫁妆。最让人耻笑的是，王戎家中有棵李树，异常甜美让人称奇，乃是招待宾客的佳品，又出自司徒府上，自然受人追捧。怎奈王戎一毛不拔，就是王衍想去讨要几颗都难如愿。但凡有人求取，皆是花钱来买。即便是这样，王戎还怕这甜李的果核落入外人之手，种下佳木再生良果而与自己争利，不厌其烦地将卖出的甜李逐个凿破果核。

堂堂司徒宰辅，不去操心国家大事，整日把心思放在这些蝇营狗苟的小利上面，自然被人暗地里瞧不起。怎奈王戎位高权重，又有何人胆敢明言？今日清谈文会，竟有人借此挖苦王家，当真好大的胆量。众人笑过之后，都对那人好奇起来。陶侃见那人坐在南方士子下首，只怕出身并不算高，问了问周玘，也是一头雾水不知姓甚名谁。

乐广是今日主人，心知那人所指之事，也不好作答。而王衍来此清谈，本有意重树威望，却被人这般挖苦兄长，面上稍有些尴尬。旋即镇定如初，从容答道："圣王之道，有核而有果！阴阳失调，毁核而存果！"

望着王衍羊脂般的手指与玉制的麈尾手柄浑然仿若一体，悠然自得随兴轻摆，众人不由"咦"的一声惊叹。王衍虽然并未明言，可众人心领神会。有圣王明主自然因果如常，然而如今贾皇后得势，天子痴傻昏暗，岂不是阴阳失调？如此纷乱之世，岂有正理可言？经王衍这般一说，王戎的吝啬竟变成了自毁名节，留存有用之身以待他日。王衍寥寥数语，竟已改变了众人对他族兄的成见，不愧是玄学高手。

陶侃先前对王氏一门颇有些看不在眼里，听王衍一番高论，竟也有些被说动了。此局一开，文会变得慢慢热烈起来。在座士子时而向乐广发问，时而向王衍请教，针锋相对畅快淋漓。大多仅仅辩答一轮便已落败，偶有人能谈到两番三番。虽然依旧无人能够驳倒乐广、王衍，依旧引得草堂阵阵喝彩。

就在清谈兴致正浓时，陶侃深思熟虑也想发问，忽有人匆匆忙忙闯进草堂，似是尚书台属官，慌慌张张拜在王衍面前："大人！出事了！周处战死，凉州惨败！还请大人速回尚书台主事！"

闻听此言，陶侃不由一惊，这才从清谈的遐想中回到现实。最最担心的事还是发生了！周玘父亲周处奉命西征叛羌，却与主帅司马肜有隙。将帅不和本就是兵家大忌，周玘深为不安。先前为张华拜寿，未能说动张华替周处美言，本指望周处身经百战能度过此劫，终是事与愿违。再去瞧周玘，便见双目血红满是怒火。陶侃忙伸手拦住，小声劝道："宣佩万万冷静。凉州究竟如何尚不得知，且先打探打探再从长计议。"

再瞧周遭宾客，除了寥寥数人为凉州之事显得有些不安，其余众人多是面露厌烦之色，显然被人打搅了好好的清谈文会有些懊恼。就听王衍不急不躁，慢条斯理说道："你这俗吏，安敢来此聒噪？今日我与众位雅士讨究万物道理，必是文坛一大盛会，足以流传士林青史，如何耽搁得起？凉州战事自有太尉操持，关尚书台何事？再敢以这些俗务搅扰了我等雅兴，定不饶你！还不与我速速退去！”

听闻王衍平日就懒于政事，称之为“俗务”。陶侃亲耳听到王衍在这军国大事面前，依旧不知轻重缓急，再次对王衍鄙夷起来。虽说出征平叛的确不归属于尚书台，可尚书令总揽政务，对平叛失利这等大事又岂能避身事外？身为国家重臣，关乎天下大计，身在其位便要谋其政。王衍既把持着尚书台权柄不放，又懒得去料理国务，纵有通天才学也是枉然。再看看满堂宾客，听王衍这般言论，大多竟是一副崇拜的模样，甚至赞不绝口。赞叹王衍不被“俗务”扰乱心性，真乃大隐于朝的典范。听得陶侃不由一阵厌恶，对这清谈再次抵触起来。

就见那属官显然也是习惯了王衍平日里这种懈怠，怎奈事关重大，实在不敢拖延，有心还要说上几句，指望劝动王衍先回尚书台再说。王衍却不耐烦地说道：“去！去！去！万事皆有定数，凉州平叛失利也是如此。羌人反反复复数百年，又何时成了气候？自有风平浪静之日。速速回去，待我与诸位雅士畅谈过后，自会去尚书台的。”

那属官苦争无果，眼见王衍快要动怒，也怕逼急了王衍真挨顿揍，只好哭丧着脸退出去。刚迈出门口，就见几个宫中宦官赶了进来，险些把那属官撞翻在地。便听宦官直奔王衍面前，尖着嗓子说道：“凉州失利，事态危急，皇上召集三公九卿速往宫中议事。”

方才还气定神闲的王衍，忽而变了副模样：“听闻凉州之事，王某正苦思良久。既然陛下召见，自要以国事为重。”转头向满堂宾客一拜：“边关危急，王某俗务缠身，不能与诸位雅士畅所欲言，实乃今日憾事。改日王某自当延请诸位雅士去我府中叙谈。告罪！告罪！”说罢便急匆匆地随着宫人离开了草堂。

陶侃心中冷笑连连。宫人传旨，说是皇帝召见，可皇帝痴傻，如何晓得利害？只怕多是贾皇后听闻平叛失利，这才慌了手脚，召见重臣商议。王衍自然知道是谁寻他，哪里还敢托大？如此名士风范着实令人不齿。

王衍一走，清谈文会被搅扰了下去。众人有说王衍身不由己的，也有小声说他逢迎权势的。少有人继续发问，乐广也觉得败了兴致，与众人寒暄几句，便散了文会。

周玘心中为凉州战事焦急不已，赶着回去打探消息。陶侃宽慰了几句，匆匆拜别。乘兴而来败兴而回，难得的乐广清谈文会，就这样白来一场。陶侃叹了一声，自回伏波将军府去了。

第四章 名将枉死，乱象初现

不觉又过月余。

这一个月当中，朝廷一改往日的虚华和不务正业，忙得一塌糊涂。就连平日闲得发慌的伏波将军府，都能感受到京师的躁动。整日借酒浇愁的伏波将军孙秀，居然也戒酒些许时日。并非孙秀一改往日颓废专心军务起来，而是这段时日，朝廷每天都要为西征平叛之事议上整整一晌。孙秀虽是个不入流的杂号将军，可也脱身不得，奉诏入宫商讨军务。

陶侃不过是个将军府舍人，倒也没有多少需要操劳的事务。也就整理下孙秀带回来的公文，偶尔听孙秀抱怨几句上朝时受得冤枉气。从这些点点滴滴当中，陶侃也知道个大概。周处孤军深入中伏战死，叛军声势大振，凉州已然大乱。

周玘早已赶赴凉州，为其父亲操办后事。陶侃本有意向孙秀告假，陪同周玘走上一遭，怎奈将军府本就没有什么属吏，虽说公务不多，可孙秀总不会自己去做，故而驳了陶侃的假。

看着一堆堆的公文，陶侃也为凉州的局势万分不安。那齐万年，大败周处之后，已拥兵十万，横扫凉州难逢敌手。当地羌人、氐人、汉人，或投奔其麾下效命，或被掳掠为奴，而余众为避战祸四处逃亡，凉州十室九空已成焦土。平叛统帅司马肜无力迎敌，只能死守城池拒不出战，使得叛军气焰更加嚣张，渐渐东侵，杀入关中。若任由齐万年这般纵横下去，只怕京师洛阳都将危如累卵。朝廷整日为平叛策略吵得天翻地覆，终是把矛头指向了司马肜。弹劾文书铺天盖地，多是骂司马肜难担平叛重任，改派别将的呼声也越来越高。在一片吵嚷声中，张华顶着压力，举荐积弩将军孟观为帅，接替司马肜西征叛羌。

孟观先前官拜黄门侍郎，不过是皇帝近臣，从未独自领兵出征过，自然多有反对之声。陶侃从孙秀言语中得知，这孟观原本不过是殿中中郎，芝麻小官而已。杨骏掌权时，贾皇后无人可用，这孟观便在那时投效于贾皇后。联络楚王司马玮一举铲除杨骏，故而深得贾皇后信任。事后拜为黄门侍郎，未过多久又升迁积弩将军，替贾皇后掌控一支兵马，制衡各方势力。司马肜西征叛羌，孟观与周处一同西进，亦受司马肜节制。

陶侃细细一想，司马伦、司马肜两个宗室贵胄平叛失利，惹了一身骂名，自然是对贾皇后掌控朝廷有利的。如今改任其亲信为主帅，若能平定叛乱，贾皇后的权势自然再也无人能够撼动了。张华痛斥司马肜，举荐孟观，虽说出自公心，只怕也多少是受了贾皇后之命。听闻孟观倒也孔武有力，但愿真能遏制叛军吧。

随着西征军务安排下去，朝廷总算消停下来，孙秀一如往日又开始酗酒。陶侃百无聊赖之中听闻周玘一路护持其父周处遗骸回到洛阳，忙向孙秀告了假，赶去周府吊唁。

待到府中，陶侃便觉一阵凄凉。周处为人耿直忠勇，做御史时，弹劾权贵得罪了不少人。如今战死沙场，前来吊唁之人三三两两，多是吴国旧臣，少有北方世族。听闻军报传回朝廷时，竟有不少人弹劾周处败军之罪。如此落井下石，当真令人不齿。幸而顾荣为首的南方朝臣力争，才保住周处名节。而张华也觉得在此事上对不起周家，请奏朝廷追赠周处为平西将军，赐钱百万，葬地一顷，划拨京城五十亩地为周府官邸，另赐皇室良田五顷，用以赡养周处老母。虽说封赐倒也不薄，然而良臣已死，纵然追封厚赐又有何益?

见周玘披麻戴孝跪于灵前，早已哭干了眼泪，双目浸得血红。陶侃心中伤感，拜祭一番宽慰了几句。就听周玘满是愤恨地说道：“家父征讨叛羌，哪里是什么中伏战死，分明是那司马彤公报私仇！”

陶侃一阵默然。周处本就得罪过司马彤，却受司马彤统辖出征平叛，必然凶险异常，周玘此言当真应了陶侃所想。

就听周玘说道：“此番赶赴凉州，我私下找活下来的侍卫探问。叛军拥众七万，屯聚梁山凭险而守。司马彤明知叛军势大，却公报私仇，强令家父出击叛军。非但如此，还将家父军中抽去不少精壮，仅仅拨付五千老弱。如此欺人，分明是催着家父送死。”骂了一声，又说：“司马老贼唯恐家父推托不战，派了亲信在军中督战，又分拨中军为左右两翼，将家父兵马挤在当中，说是为家父守护侧翼，实则以兵催战，若止步不前，便要以军法处置。家父明知必死无疑，却也毫无退意，杀猪宰羊大饷士卒。可那督战的小人，连顿饱饭都不让军士吃上，下了死命催促进军。”

说到此处，周玘从怀中掏出一张染血白绢递于陶侃：“此乃家父遗物。”

陶侃恭敬接过，就见上书一首小诗：

去去世事已，
策马观西戎。
藜藿甘粱黍，
期之克令终。

寥寥数句，流露出的满是周处受命于朝廷，却难施展抱负的无奈。以藜藿野菜自喻，宽慰自己坚持下去。仅看着这染血的诗文，陶侃便能感受到周处身临绝境时的不甘。

陶侃心中一颤，就听周玘说道：“家父统率五千老弱，出其不意奇袭叛军，夺其营垒拼死坚守。齐万年反应过来，调拨兵马便来围杀，自日旦至日暮，轮流冲杀未有一刻停歇。家父统兵斩敌万人，原指望司马彤见叛军气衰，为了唾手可得的战功，催兵上前围剿叛军。哪曾想司马老贼一心要置家父于死地，当夜撤军后退，将家父彻底抛在叛军重围之中。夜幕已深，弦断矢尽。侍卫皆劝家父乘夜突围。然而家父明知司马肜誓要治其死，即便突围出去，也难逃司马肜污蔑，落个败军之罪。与其受辱致死，倒不如杀个痛快。遂严词拒绝，告于将士：'此是为国尽忠之日，何敢言退？古者良将受命，盖有进无退。今司马肜负信，官军势必不振。我为大臣，以身殉国，当以死激励众将，必要阻遏叛军，不使东侵！'言罢，拔剑出战。冲着齐万年大帐所在死命攻杀。怎奈敌众我寡，终是力战而死。"

周玘说得咬牙切齿，连连痛骂司马肜无耻："我此去凉州为家父操办后事，然而家父战死于重围之中，侍卫们拼了死命也未夺回家父遗体。司马肜借称叛军毫无信义，不肯派出使节求取家父遗骸。而齐万年在家父手中吃了大亏，将家父四分五裂的遗骸挫骨扬灰。我此番回来，不过带回家父一柄断剑、一身血袍而已，权作家父遗体罢了。"

听周玘这样一说，陶侃一阵悸动。周处为国捐躯如此凄凉，又是如此豪迈，在朝廷军报之中，不过"孤军深入中伏战死"这样几个字眼。只怕传于后世的史书当中，也未必会壮烈到哪里去。少年的周处横行无忌欺凌乡里，青年的周处痛改前非报效孙吴，中年的周处心系天下出仕于晋，晚年的周处为国为民慷慨赴死。如此精彩的一生，终以这样让人叹息的结局收尾，究竟值也不值？热血男儿为国不惧身死，为何在司马家的朝廷中就这样无足轻重？难道就只会为了权势你争我夺，再以高深莫测的玄学清谈粉饰天下？望着灵台上端端正正摆放着的朝廷所赐"平西将军"印绶，陶侃只觉得是那样刺眼。

周玘擦了擦再次流出的眼泪："我吴人在晋人权贵眼中，终究是外人。家父忠于大晋，却落个这般下场，即便追认了个平西将军，也难慰藉家父在天之灵。我已对这朝廷心灰意懒。待为家父办罢丧事，便护送灵柩回义兴老家安葬。我周家不稀罕朝廷赏赐的葬土。"

顿了顿，他悄声说道："我看这司马家的天下也难长久。此番去了凉州，方知叛乱缘由。分明是那司马伦在凉州作威作福，逼反了各部羌众。如今齐万年大败家父，声势愈盛，搅得凉州乱成一片。四处避难的各族渐渐也成了不小的势力，虽然不肯听命于齐万年，却也各自拥兵自重。天水氐人杨茂搜，拥兵万人聚集于仇池，占据险要之地自称辅国将军。巴氐李特，领凉州六郡流民数万家逃入汉中，渐渐南下剑阁，若有异心，只怕蜀地不复为晋所有。而鲜卑拓跋氏，一路西掠，吞并三十余部，势力更是今非昔比。再这样下去，只怕司马家便要坐不住江山了。"

听周玘这样一说，陶侃心中一惊。东汉末年天下大乱，三国鼎立战乱不休，晋室一统天下不过短短二十年，难不成这天下就又要乱了？正这样想着，便听顾荣前来吊唁。顾荣乃是江南士人领袖，又对周玘、陶侃素来照顾，两人不敢怠慢，赶忙起身迎了进来。

顾荣久久凝视着周处灵位，沉默中祭拜一番，拉着周玘说了几句，坐了一会儿便要离去。两人默默陪到府门外，目送顾荣上了马车，若有若无地听着顾荣叹了一声："哎！自毁栋梁！自毁栋梁！吴国的前车之鉴难道还不够警醒吗？乱象已现，只怕天下又要动荡了！"忽又听他莫名其妙地叹了一句："好想故乡的鲈鱼啊！不知这把老骨头，还有没有机会再吃到了。"

两人本就抑郁，尤其周玘有丧父之痛，听了顾荣的言语，心中愈发烦躁。陶侃眼见顾荣都对晋室江山的稳固心生疑虑，显然已有隐退之心，又多生出些不安来。

望着顾荣匆匆而来又匆匆而去的马车，就听周玘说道："当初家父以亡国之臣的身份伴孙皓来到洛阳，前途未卜。武帝还算宅心仁厚，家父非但没有性命之忧，仍得以封官。外放过边郡郡守，也在京师做过言官。虽说没多大权势，可感念武帝的仁厚，受了晋室恩典，也愿为国家鞠躬尽瘁。为兄受家父影响，也渐渐把自己当成大晋儿郎。可这些年来，北方世族始终将我南方士子低瞧一等。如今，家父以性命还了武帝的活命之恩，我周家再也不亏欠于司马家了。为兄过几日就要离开洛阳，只怕今生也不会再来这等伤心地了。士行且听为兄一劝，这洛阳城乃是非之地，莫不如随为兄一并南归吧。待回到家乡，且避一避这乱糟糟的世道吧。"

陶侃心中有些迟疑。眼见快到而立之年，蹉跎半生还没有混出个模样。如今勉强算在洛阳稍稍有些名堂，虽说至今还只是个将军府的小吏，可若再耗上几年，想必多少也会有些起色。若就这样灰溜溜地回到故乡，陶侃实在放不下这脸面。然而天下当真乱了，那在洛阳继续待下去还有何意义？可如果就这样放弃，陶侃又着实有些不甘心。鸡肋！鸡肋！食之无味弃之可惜！陶侃心中实在是左右矛盾。

正不知该如何回答，就见有个仆役模样的人远远赶了过来，对着周玘深深拜道："小的给周侍郎请安了！"诧异之中，就听那人接着说道："小的是陆府执事，我家四爷听闻平西将军殉国，今日灵柩回府，本有心约了五爷来府上吊唁。怎奈贾府发了帖子相邀，只得命小人先来拜谒，还请周侍郎节哀。"

周玘面上有些难堪，但还是客气道："陆世叔有心了，还请代周某向陆世叔问好。"

陶侃想了想，总算知道那仆役所说的陆府四爷、五爷乃是陆机、陆云。当初周处在家乡胡作非为，幡然悔悟欲为国家效力时，便是拜访陆机、陆云。得二人劝导引荐，出仕于吴国。陆机兄弟对周处有知遇之恩，算是平辈，虽说兄弟俩比周玘还要小上几岁，可周玘还是以晚辈自居。按理说陆家与周家乃是世交，如今周处战死沙场，陆家兄弟着实应该亲来吊唁，却遣来一个执事敷衍，未免太让人寒心。

就见那仆役已和周玘见了面，算是办完了差事，递罢礼单，草草给周处灵位磕了个头，寻个由头离开了周府。周玘只当未瞧见，对陶侃叹了声气："陆家与我周家原本还算有些交情。然而来到洛阳后，陆机、陆云哥俩整日忙着巴结贾谧，就很少与家父往来了。家父时而叹息大司马陆抗为吴国尽忠，陆机、陆云三个兄长也战死于灭国一役，陆家门风堪称忠义。可陆机、陆云却甘愿做那贾谧爪牙，家父也便慢慢淡了与他俩的关系。"苦笑了一声："如今陆家兄弟已是贾谧府中座上客，为兄也曾求二人为家父出征说说话，可他二人却是闭口不提往日的情分。今日假模假样派个仆役吊丧，还真不如不来好看一些。"

陶侃在一旁宽慰几句。周玘见陶侃久久没有回应离开洛阳之事，也知陶侃能在将军府混个小吏远比自己艰辛，要放下洛阳的一切陪自己回乡多少还是有些不舍，也就不再多劝。陶侃陪着周玘在灵前照应了一阵往来的宾客，多少缓解了下尴尬。只是前来吊唁的宾客着实没有多少，随着天色渐晚，周府也彻底安静下来。陶侃见也没有什么忙好帮，辞别了周玘自回伏波将军府。

刚刚进了院门，却有仆役在等："将军说了，待士行回府，无论多晚都请去堂上叙话。"

陶侃愣了愣，只当孙秀又有什么差事要去办。心中本就因为在周府的见闻有些不快，大晚上还要安排公务，很是不乐意，嘟囔了一句，磨磨蹭蹭去了孙秀那里。

孙秀显然又喝了不少，陶侃进去时已靠在案上迷糊着。那仆役贴上前去叫了几声，孙秀醉眼蒙眬转醒过来。随手取了酒盏又喝了一口，挥挥手让那仆役退了出去。看了陶侃一会儿，仿若才算看清是谁。沉默了一阵，忽然问道："可曾瞻仰到周处遗容？是否安详？"

陶侃一阵纳闷。孙秀平日里唯有饮酒，对什么事情都提不起兴致，即便朝堂议事也不过是充个数，从没有多说过一言半句，今日何故想起周处来？难道仅仅因为同是吴人的关系？如实回道："周将军战死沙场尸骨无存，灵前唯有断剑血袍而已，属下未曾见到周将军遗容。"

孙秀听罢，久久未发一言，斟满一盏水酒，祭洒于地上。自己也斟了一盏，一饮而尽。慢慢合上双眼，堂上再次沉寂下来。

陶侃等了一会儿，见孙秀没说什么，只当孙秀酒醉睡去，正想叫仆役回来伺候，自己好抽身离去，就听孙秀忽然悠悠长叹了一声："可怜周处，不听我言，终有今日之祸！"

陶侃惊奇万分，就见孙秀又睁开双眼正看着自己："士行可知周处身为吴国旧臣，如何能得朝廷信任，竟授以军权西征？"

"凉州叛乱难平，朝廷用人之际，自然要以熟通兵事的大将方能胜任。周将军乃是将门之后，颇有武略，故而受此重任。"

孙秀却是冷笑几声："此言倒是不差，可也正是此言，断送了周处性命！"

陶侃心中有些恼怒，正想反驳，却听孙秀问道："士行可知何人举荐周处领兵？"

陶侃还当真不知，就听孙秀说道："正是曾被周处弹劾的那些宠臣贵戚，举荐之言简直和士行如出一辙。说什么周处乃是旧吴名将，忠烈果毅，平定羌乱非其莫属。听起来以德报怨义正词严，可那些个小人，谁不知周处得罪过司马肜，而司马肜又是睚眦必报。他们举荐周处，无非是借刀杀人而已。周玘那小子四处托人情，想找人替他父亲说几句好话，又岂能如愿？人皆以为是司马肜逼死了周处，却不知是这满朝文武葬送了周处。"

陶侃心中一惊，谁曾想还有这样关节。孙秀接着说道："当日周处受命之前，老夫曾悄悄去了周府。劝他切莫接下此诏，就推脱家有老母需他赡养。大晋以孝治天下，若借此事推辞，朝廷也难怪罪于他。可你猜周处如何说辞？"

陶侃听孙秀曾拜访过周处，很是惊奇。孙秀整日借酒浇愁，何曾对别人这样关心过？正觉自己平日似乎低瞧了这位吴国宗室，听孙秀问询自己，正要作答，却听他直言道："周处说：'忠孝之道，安能两全？既以身许国，周处便早已不属家母矣！今日是我死得其所耳！'可叹周处，明知此去是条不归路，却依旧慷慨赴死。"

陶侃心头一震。本以为周处是心怀平叛之志出征凉州，谁曾想竟是甘心赴死而去的，不免生出悲凉之意。孙秀叹了一声，看着陶侃说道："周处为国而死，忠义二字算是走到了头，自此之后只怕再也无人为国尽忠了！凉州局势虽然堪忧，可人心险恶更是国家毒瘤，晋室江山……"

陶侃听孙秀欲言又止，正想细问，却见孙秀饮了一盏，转又说道："前两日，听吏部令史黄庆提起你，说在乐广清谈上曾见到你，觉得你气度不凡，必然前途远大，有心举荐你在朝廷任职。我知道你的本事，若有个好出身，你绝非池中之物。这几年在我将军府上确实屈就你了，故而也向他推举了你。我孙秀名为吴国宗室，官拜将军，可你也知道，我并没有多大的权势。如真能推举你在朝廷任职，也算你我主臣同僚一场，对得起你了。"

陶侃心中一阵欢喜，忙向孙秀拜谢，却又满是疑惑。黄庆？闻所未闻。何故这般抬举自己？那日乐广清谈文会上，自己几乎未发一言，黄庆怎就觉得自己前程远大？

孙秀端起酒盏嘬了一口，说道："那黄庆什么心思我还不知道？他先前不过是个武库令，虽有点小权，可也是无足轻重的人物，近来刚刚去了吏部这个前程似锦的衙门，怎奈无人帮衬也难在其中立足，故而多是要寻些没什么根基的人物去吏部帮忙。虽说吏部是个让人眼红的好地方，可你若是听我劝，切莫听黄庆的话留在吏部。那种大衙门里非富即贵，没什么背景绝不会有什么前程可言。如有可能，最好外放个江南县令。江南富庶，却远离洛阳，若无意外，不会有人去和你争。无论今后朝廷究竟变成如何模样，远在江南治理一县百姓，于你算是衣锦还乡，于民也是个福分。"

陶侃听孙秀一说，豁然开朗。可一听孙秀也劝自己南下，再想想周玘和顾荣的话，这三人都觉得在洛阳没有待下去的必要，看来去南方当个县令还真是个不错的出路。遂说道："将军一席良言，属下犹如醍醐灌顶。若真有机缘，自当听从将军之言。如今洛阳局势堪忧，将军何不也求个闲差，回江南安养呢？"话才出口，便觉得有些不妥，孙秀身为吴国宗室，朝廷又怎会轻易放回江南呢？

孙秀却又满满饮了一盏，双目有些微红："士行说笑了。吴国宗室能苟延性命已是不易，别说回归故里，就是离开洛阳都是难比登天。"陶侃见自己不小心戳到了孙秀痛处，心中有些愧疚，正要致歉，就听孙秀说道："即便朝廷天恩浩荡，对我孙秀放得下心，准我归乡。可我堂堂吴国太祖大帝亲侄孙，背弃祖宗北上降晋，眼睁睁看着家国败亡，又有何面目去见我孙氏列祖列宗？有何面目面对江东父老？"说罢连饮数盏，泪满衣襟，嘴里含含糊糊也不知还在说些什么。

陶侃见孙秀已然喝得大醉，俯身上前将他搀起，送到榻上盖好被子，对候在偏房的仆役交代了一声。心中感慨万千自回了屋舍。

第五章　赵王兵变

自与孙秀夜谈之后，陶侃静心等待吏部辟命，然而左等右等就是没有消息。孙秀似乎对那夜深谈也不再提及，仿若只当是酒醉后一场胡言乱语。陶侃心中万分疑惑，孙秀那晚言词，难不成是瞧出自己对洛阳失望透顶心生退意，故而一通胡说，只是为了把自己挽留下来，继续为其当差？却又不好当面去问孙秀，只能耐着性子等了下去。

这一等，可就又等了两年多。这两年里，洛阳当真可用风云突变来形容，以至于陶侃都没有时间为自己的前程烦闷忧心。

且说孟观得张华举荐成了西征主帅，开始并不被人看好。谁知那孟观出身虽低，又是初次担任主帅，倒还真有些手段。开始也不过是把叛军拦截于关外，待到后来，接连大战十数场，竟无一败绩，最终大破叛军于中亭，生擒伪帝齐万年。

随着齐万年的败亡，声势浩大的凉州叛乱就此平定。张华一面拟旨传告益州，限定时日遣散李特巴人流民回归凉州，维持蜀地稳固。一面又举荐刘弘为宁朔将军，领乌桓校尉、监幽州诸军事，防备鲜卑、匈奴、乌桓等族生事。顾荣、周玘所担忧的朝廷危局竟然再次稳固下来。

陶侃虽为天下免去一场动荡而庆幸，至少能让他继续留在洛阳求取功名，却转眼又对朝廷的局势深为不安。

随着孟观平定齐万年，贾皇后的声威再次大涨。司马肜、司马伦这两个宗室元老皆在凉州败北，声名丧尽。尤其司马肜，白白替别人背负了暗害周处的罪名，惹来一身骂名。召回京师后，虽拜为大将军、录尚书事，看似权势不倒，其实说话已经没什么分量，整日窝在家中。司马伦眼见贾皇后势大，为求富贵依附于贾谧，已然成了贾家的附庸。这两个宗室元老都已失去对朝廷的影响，其他的皇室子弟更难与贾皇后抗衡。稍有点声望的皇叔司马颙，被拜为镇西将军，守备关中。皇帝同父异母的弟弟司马颖，仅仅因为得罪了贾谧，也被赶出洛阳，拜为平北将军远镇邺城。而以王戎为首的世族权贵，本就只顾着自家权势，相互间也难真正齐心协力。在贾家分化下，渐渐也难抗拒皇后权威。不少人都被网罗在贾谧门下，成了贾家的党羽。除了陆机、陆云这等吴国名士，富可敌国的石崇、灭吴功臣王濬之子王粹、中山名士刘舆和刘琨兄弟等二十四人，皆是贾谧亲信，号称金谷二十四友。

皇帝本就痴傻，事事听于皇后。贾皇后权势滔天，已然是这大晋江山的实际掌控人。若贾皇后真能胸怀天下，倒也是国家之福，怎奈贾皇后本就跋扈骄奢，如今大权在握，愈发淫乱奢靡。前几年还有些收敛，现在几乎已是明目张胆。就连陶侃这个小小的将军府舍人都有所耳闻。皇后不但与太医程据有染，更是遣宫人驾着箱车四处打探，道上遇见貌美少年，管他世家子弟还是贫寒游子，锁于箱中掳进宫去，春宵过后往往棒杀了事，埋于荒郊掩人耳目。吓得洛阳城中稍有些姿色的男子都不敢独行于市。

与皇后淫乱相对应的是，奢靡之风愈发昌盛。“没有了外患担忧”，士大夫们对玄学清谈更加沉醉。只是在学术上的成就远不如先前，倒是各种让人瞠目结舌之举蔚然成风。五石散原是一剂发热驱寒的药粉，曹魏时，名士何晏常服此药，据说能让人神明开朗，有助于玄学研习。如今受人追捧，简直就吹成了仙丹一般。每逢清谈，在座宾客十之六七皆服此药。在药性催动下，燥得人汗流浃背，不少人宽衣解带袒胸露乳，甚至有人赤身裸体。不以为耻，反被当作是看破世俗的风流。王衍的亲弟弟王澄，竟在乐广的清谈文会上脱得一丝不挂，惹得乐广连连摇头，却被世人传颂仿效。这样的风气带动下，还有几人真把心思放在学术讨究上面？多是以这等疯狂举动引人注目，博求一举成名罢了。

陶侃久久没有吏部的辟命，周玘又已护送周处灵柩回乡安葬，连个说话的人都没有。陶侃百无聊赖中，也只能出入各处清谈文会，硬着头皮与那些所谓的名士高谈阔论。陶侃对那些人的离经叛道虽然很是不齿，可有时想想，朝政把持在贾皇后那等人手中，纵是士人有志匡扶晋室，也无计可施。或许只有在清谈的惊人之举和纸醉金迷的骄奢中，才能找到一点点存在的意义吧。

皇后如此胡作非为，朝野一片缄默，倒也有两人告诫于她。实不是进言之人不怕死，而是那两人都是皇后至亲。皇后族兄贾模，唯恐皇后再这般淫乱下去，终会祸及宗族，数次劝谏皇后稍稍收敛。皇后非但一句都没听进去，反而疏远了贾模，气得贾模忧愤而死。皇后亲娘郭槐，临终前也劝皇后不要太过惹火。毕竟皇后无子，还当慈爱太子。免得皇帝驾崩后，太子登基，给贾家带来灭族之祸。郭槐的劝谏，非但没有引起贾皇后的悔悟，反倒对太子生出嫉恨来。

太子司马遹，幼时聪慧伶俐，深得武帝宠爱。成人之后却性情大变，不学无术整日只顾嬉闹。贾皇后本就视太子为眼中钉，如今更是心生废立念头。故而使贾谧派人陪伴太子玩闹，诱得太子愈发奢靡无道。待太子名誉衰败、为人诟病，贾皇后忽然传告朝臣，声称自己已产下皇子，依照礼法当立嫡不立长，故而应废黜太子储位。

此举引起朝野轩然大波。虽说太子声名稍损，却是名正言顺的储君。而皇后私生活并不检点，谁知那所谓的嫡子究竟是哪里来的野种？莫看贾皇后权势滔天，在这等废立大事上，还是引得朝臣一片反对之声。怎料贾皇后竟拿出一纸反书，虽然字迹含糊潦草，却能瞧出的确是太子所写，赫然是要谋害皇帝之言。

此等谋逆之事，立刻压住了朝中反对废黜太子的言论。然而素来以贾皇后马首是瞻的张华，竟在此时为太子说话，实在大出朝野意料。陶侃细细一想，张华竟敢驳了贾皇后面子，一者是这些年执政下来，张华在朝里朝外渐渐也有了些实力；二者张华曾为太子少傅，与太子有师生之谊；三者只怕张华也知贾皇后名声太差，出于公心，也要保全太子之位；四者保太子无事，也算是张华为将来留条后路。

张华倒也没有直言顶撞贾皇后，只说反书写得前言不搭后语，字迹潦草杂乱，故而请旨寻来太子平日书函，一字一句细细比对，折腾了大半日也没有得出定论。贾皇后终是耐不住性子，唯恐夜长梦多，只说暂废太子为庶人，并不害他性命，这才让张华松了口。毕竟贾皇后所谓的嫡子还只是个婴儿，司马遹却已成人。只要司马遹性命无忧，将来未必没有转机。此刻若是惹恼了贾皇后，只怕她犯起横来，司马遹连性命都难保全。

废黜太子旨意一下，立刻引得朝局一片震动。太子官属尽皆罢免，曾为太子说话的官员也多被贬放外郡。尚书令王衍乃是太子岳丈，一见太子倒台，忙不迭上表朝廷，从司马遹那里强行接回女儿，与太子断了翁婿之情，惹得朝野为之侧目。

倒也不是人人都似王衍那般势利。太子被废黜后，初时幽禁于洛阳金墉城，而后又被赶出洛阳送到许昌宫软禁。出行之日，贾皇后传诏百官不得辞送。让陶侃万万没有想到的是，那个跋扈蛮横的王敦，竟然约了数人为废太子饯行，让陶侃好生敬佩。

王敦此举无疑惹恼了贾皇后，送行诸人皆被锁拿下狱。捅了这样大的娄子，王戎本就与王敦不合，自然不可能去管。而王衍身为废太子岳丈，能明哲保身都已不易，对王敦也是有心无力。出人意料的是，乐广与王敦非亲非故，却是极力护全。有乐广在士林的威望，再加上贾皇后也不想过于激化与朝臣的矛盾，终是没有严惩王敦众人。

虽说有王敦这样几个刺头，惹得贾皇后不大痛快，可太子总算被赶出了洛阳。贾皇后得偿所愿，权势终于达到了顶峰。洛阳城一时安静了下来，忽然没有了往日的喧嚣。每日散朝后，大臣各自回家闭门不出，就连清谈文会都极少有人约请。也就贾谧府上有二十四友出入往来还算热闹，其他豪门世族大多自娱自乐，尽量少与别人打交道，免得惹祸上身。

这样冷清的京都，让陶侃都有些不大适应。总觉得太子被废黜、朝局震动过后，未免有些太过安静。这日，陶侃百无聊赖回到馆舍，刚刚脱了外衣准备躺下，忽有府中仆役敲了敲门：“陶舍人，将军有急事找你。”

陶侃一个激灵。那日孙秀夜谈，告诉陶侃将有吏部辟命，如今过了两年多，莫不是又有了消息？急匆匆披好衣衫，忙去拜见。却见孙秀并未提及辟命之事，而是满脸的惊慌，刚刚把仆役支出门外，就惶恐地说道：“司马遹死了！”

陶侃心中咯噔一声。司马遹被废黜，性命本就堪忧，可贾皇后先前明明允诺会保全司马遹，这才过去几个月，就出尔反尔，如此戏弄满朝文武，难道就不怕天怒人怨？疑惑地问道：“废太子幽禁于许昌宫，将军如何得知这等秘事？”

孙秀瞪着眼睛骂道：“你管那么多作甚？我一个亡国宗室，左右被人冷眼挤对，若没有些耳目，早不知死了多少回了。”

陶侃想想也是，不再多问，只是宽慰道：“司马遹虽死，不过是他皇家之事，将军独门独院，素不与人往来，就算殃及池鱼，也不会牵连到将军这里，又有何可惧？”

孙秀却说：“你可知废太子是如何死的？”

“自然是皇后指使。”

孙秀叹了一声：“你只知其一不知其二。废太子自然是皇后使人加害的。听说废太子迁往许昌宫后，唯恐受人毒害，所用饭食都是自己亲自烹煮，决不借他人之手。皇后赐了药酒，他如何肯喝？最后是被人活活打死的。”

陶侃心中一颤，司马遹贵为太子，一朝被废竟落个如此下场，着实让人感慨。却听孙秀说道：“贾皇后先前允诺文武百官，仅仅废黜太子，绝不加害。若没有情急之事，就算有天大的胆子，也不会蠢到行此下策，把所有人都得罪光了。”

陶侃奇道：“莫非其中另有隐情？”

孙秀又叹了一声：“自是有人从中挑唆。”

“难道是贾谧那个小人？”

“贾谧自然脱不开关系，背后主谋却另有他人？”

“何人？”

孙秀摇了摇头：“赵王司马伦！”

陶侃万分震惊：“这，这怎么可能？司马伦贵为宗室之首，论起来算是当今天子的堂爷爷。虽然为求富贵，依附于贾谧，可也不至于与自家血脉这般你死我活。难不成司马伦就对贾皇后这般死心塌地追随到底了？甚至不惜杀了废太子来向贾皇后表忠心？”

孙秀却压低了声音，小声说道：“司马伦那个老狐狸才没那么傻呢！司马遹被废黜后，有太子死党欲联络朝臣起事，废黜贾皇后，迎回司马遹。这些人先找了张华，本以为张华先前在废立之事上力保太子，自然乐见太子复位。可他们却没想到，张华保护太子不假，可张华的富贵权势却是贾皇后给的。若贾皇后倒了，张华富贵如何保全？只是推说天子健在，若司马遹强起事端有违孝道，故而推脱掉此事。那些太子党羽怎肯就此罢手？又四处联络其他憎恶皇后之人。司马伦掌控兵马，又是宗室元老，自然是他们想要争取的人物。司马伦倒也答应得痛快，说他委身侍贼只等今日匡扶社稷，立刻引得众人对其马首是瞻。只是这些太子党羽没有想到的是，司马伦久欲铲除贾皇后不假，却也并不希望司马遹复位。司马遹毕竟已经成人，若真复位，在那些死党支持下，提早登基都有可能。司马伦虽然贵为宗室元老，却与司马遹并不亲近。依着司马遹那倔拗的性子，只怕未必会高看司马伦一眼。司马伦冒这样大的风险，又岂会甘心在事成之后被司马遹冷落一旁？故而一面答应那些太子党羽，一面就去了贾府告密。贾皇后得知竟有人为了废太子要与她为难，索性一不做二不休，先杀了废太子，断了那些人的念想。”

陶侃不由骂道：“司马伦背信弃义，可耻！”转又一想，无论司马伦如何出卖废太子，又与孙秀无关，孙秀为何这般惶恐？

孙秀却说：“司马伦固然可耻。只是贾皇后行此下策，必将惹得朝野大乱。虽说贾皇后势大，可牵扯进废太子复位一事的人实在太多。为防贾皇后秋后算账，太子一党只怕多是要铤而走险了。听说那些人，已经找到司马肜府上去了。一旦司马肜应下此事，在天怒人怨之下，想要扳倒贾皇后还真是颇有成算。”

陶侃这才明白过来。司马肜是司马伦的哥哥，论起身份更加显赫，却又是个睚眦必报的性情。当初周处得罪过司马肜，便被他生生害死于凉州。而周处出征前，孙秀曾私下去过周府，见孙秀这般紧张的模样，只怕此事多已被司马肜所知。若司马肜借着废太子惨死之事，举兵扳倒贾皇后，以他的威望自然能大权独揽。待到那时，孙秀岂有好果子吃？

孙秀见陶侃明白过来，说道：“司马肜一旦掌权，自然是要杀鸡儆猴重树威信的。我这个伏波将军，说大不大，说小不小，又曾得罪于他，随便寻个由头害我性命，足以警示朝野。士行！你我好歹主臣一场，我知你颇有些谋略，在此危难之际，还请士行为我想想办法。”

看着孙秀惶恐的模样，陶侃心中是说不出来的复杂滋味。孙秀平日里郁郁不得志，唯有酗酒消磨时光。若能求得一死，未尝不是一种解脱。可待到大难临头时，还是苟活下去的欲望更加强烈。陶侃也难说孙秀此时的这种怯懦是对是错，虽说打心底里还是对孙秀生出一些鄙夷，可好歹在伏波将军府里受孙秀照顾几年，先前又曾向吏部举荐自己，对于在洛阳无亲无故的陶侃来说，孙秀的这点情分显得弥足珍贵，于情于理都该帮孙秀一把。只是此时局势尚不明朗，孙秀也只是听闻贾皇后在司马伦告密后秘密处死了废太子，其他事情仅仅是孙秀的一种猜测而已，遂宽慰道：“将军且先不要乱了阵脚。司马肜在废太子复位一事中，究竟是个什么角色尚不得知，不如先使人细细打探，待情势稍稍明朗再作计较。”

孙秀听陶侃也没说出什么像样的主意，不由有些失望：“那怎么行？我那些眼线毕竟不是什么重要人物，所得消息终是有限。废太子一个月前就已经死了，只是贾皇后还在刻意隐瞒罢了。这等消息，只怕京师不少人都已知道了，我是今日才得知的。若等把事情都打听清楚了，只怕司马肜都上位了。你先前去过张华府上，顾荣也对你青眼有加，是否需要到他两家打点打点？若需礼物，你只管开口，虽说将军府没什么权势，可要拿几百金出来还是有的。”

陶侃见孙秀已然病急乱投医，分明是要拿钱买命，不由一阵好笑。张华过寿时，孙秀甚至都没打算去拜贺。避无可避时，也才舍得支出五金走走过场。如今性命堪忧，才想起去求张华，哪里还来得及？何况张华没能保全周处，又怎会为了孙秀去得罪朝廷新贵？更重要的是，张华可是贾皇后的人，一旦贾皇后倒了台，张华自己都不见得能保全，哪还救得了别人？而顾荣无论给不给钱，依他的性子，多是会为孙秀这个吴国宗室说话的。可顾荣虽然颇有名望，毕竟是个吴人，在强权面前又能有多大分量？遂劝道："将军万万不可。若司马肜当真起事，扳倒了皇后，又岂会留下张华？此时切不可乱了方寸，一旦找错了人，反倒落了把柄在别人手中。此时宁可什么都不做，也不敢胡乱找人打点。"

"张华……张华毕竟执政这么些年，门生故吏遍于朝野，即便司马肜上位，也多是要借重张华吧。"孙秀虽然这样说，可显然也是拿不准主意了。

"司马肜西征无功，不正是张华弹劾的？司马肜睚眦必报，将军觉得他能放过张华？"

孙秀默默无语，正盘算着究竟要不要听陶侃的话，忽然听得一阵急促叩门声响，不由吓了一跳："何人叩门？"

却是仆役慌慌张张推开了门："老爷不好了！门外来了一队官兵，说是急召老爷入宫。"

孙秀惊得浑身绵软，瘫倒在地上。就见一队兵马已经强推开大门，径直来了内院："皇后荒淫无道，已被天子废黜，诏令京师两千石官员尽皆入宫议事！"

陶侃吃了一惊：贾皇后竟已被扳倒了？见孙秀六神无主，站都站不起来，若真是司马肜起事，只怕孙秀担心的事就要发生了。陶侃不由生出忠义之心，伸手扶起孙秀，向那带头军士说道："这位军爷，我家将军恶疾缠身，小的是府中舍人，恳请军爷准我陪将军同去。"

那军士厌恶地看了看孙秀，自然懒得去扶，也未驳回陶侃所请，努了努嘴，看押着二人出了府门。

深夜的洛阳显得异常冷清，时不时能见到一队队军士从其他府中押送朝臣入宫，一瞧面色都是惨白惨白。家家户户似乎都已得知城中生变，唯恐祸及自家，皆是熄了灯火。偶尔传出一阵吵嚷，便听兵刃响起，厮杀声打破沉寂的夜空，未过一会儿便又绝迹，再次安静下来，空气中却是多了些血腥气息。

待到宫中，人渐渐多了起来。就见披挂齐整的军士站满了城楼，各处宫门都有重兵看护，御道两侧更是十步一岗五步一哨。杀气腾腾的士卒显然并不全是宫中虎贲卫士。一瞧装束，多有城外北军将士。陶侃并不知道这些人马究竟如何掩人耳目进到城中，越往里走，便觉得血腥气息越是浓重。虽然看不到尸首，可渐渐多起来的血迹，足以说明，就在个把时辰前，这里已有一场血战。

待进到大殿，就见已来了不少人。王戎、王衍、乐广那些实权人物大多都在，顾荣、陆机、陆云为首的南方臣子也来了七七八八，只是不见张华、贾谧一些人物。

皇帝正木讷地坐在御座上一动不动，偶尔打个哈欠，揉揉眼睛，左右看看究竟来了多少人。想问问还要再等多久，却似乎也是有些惧怕而不敢说话。

御座前站着两人。才看第一个，陶侃心中便叫了声苦。正是梁王、大将军司马肜，正阴沉着脸，恶狠狠地盯着殿上众臣。莫不是真如孙秀所预料的那样，今日之事当真是司马肜谋划？若真如此，只怕孙秀今夜当真难逃一死了。陶侃心中一横，自己一个小小的舍人，只怕司马肜也懒得去管，若孙秀死了，无论司马肜是否应允，好歹都要为孙秀收尸。大不了惹恼了司马肜，自己陪孙秀同死，也算尽了一份心意了。

再往旁边一瞧，陶侃却是愣住了。为何赵王、车骑将军司马伦也站在那里？孙秀不是说了吗，废太子之死乃是司马伦告密。若司马肜起事，只怕第一个要开刀的便是司马伦了。可瞧司马伦那笑眯眯的架势，似乎也是主事之人。正这样暗自揣测，就听有军士上前，在司马伦那里报奏一声："禀奏赵王，京师两千石以上官员皆已进殿。"

司马伦笑了笑："先把那个小人带上来。"

就见两个军士如同拖死狗一般，架上来一人，相貌倒也俊美，可满眼都是恐惧。虽然穿着朝服，却已乱糟糟的，帽子也不知丢到哪里去了，一路哀号进来：“皇后救我！皇后救我！”正是贾皇后的亲外甥贾谧。

却听司马伦笑道：“长渊素来风流倜傥，何故今日如此蓬头垢面？当真可惜了这俊秀的脸蛋儿。”

贾谧一看到司马伦，仿若捡到了救命稻草，连连呼喊：“王爷！王爷！念在平日的情分上，救救小弟吧。”边喊边向前扑，想要挣脱束缚。怎奈贾谧不过是个文人，手无缚鸡之力，虽然极力挣扎，哪里敌得过两个身强力壮的军士？那两个莽汉哪管贾谧平日如何富贵，见他抗拒，登时一脚踹在腿上，用力向下一压。贾谧吃痛跪了下去，双膝磕在砖上，就听咯吱一声，鲜血便从衣襟渗了出来，锦衣玉食的公子显然摔碎了膝盖，立刻痛得惨叫起来。

司马伦哼了一声：“贾长渊，本王为求今日替国锄奸，忍辱负重屈侍于你。你真当本王肯与你这等下作之人为友？平日被你吆来喝去，可曾想到今日会成本王阶下囚？”

贾谧此刻哪敢顶撞，忍着膝痛，哭丧着脸不住哀求：“王爷乃是国家栋梁，昔日小人当真是诚心相待，打心底里愿与王爷结为至交，绝无一丝怠慢的念头。王爷胸襟似海，莫与小人一般见识！”

司马伦却是冷笑一声：“去！去！去！若和你成了至交，本王岂非也成了小人。”挥了挥手：“拖出去斩了，且为我太子复仇！”

军士不顾贾谧哭号，转身拖了出去。司马伦吩咐道：“将那贱人带上殿来。”

就在一阵叫骂声中，又有军士连拉带搡，拽了一女子进来。显然是从睡梦中惊醒，衣衫不整模样。又死命挣扎，扯得罗裙破破烂烂。半边肩胸袒露无疑，让人不忍直视。陶侃心中一猜，只怕多是贾皇后了。就见那女子五短身材，腿脚粗壮，蓬乱长发之下半露一张黑乎乎的脸颊，满面横肉挤得眼睛更显窄小，蒜头鼻子扯着地包天的嘴唇愈发不堪入目。陶侃早就听说贾皇后丑陋，竟是这副模样。当初能选为太子妃，皆是权臣贾充背后运作。听闻武帝亲眼见到贾南风时，也是暗暗叫苦，只不过木已成舟，只得打碎了牙往肚子里咽。

就听那女子连连咆哮："我是皇后！我是皇后！何人胆敢造次！"

司马伦义正词严骂道："贱人！还不速速住口！本王奉诏拿你，还不认罪伏法？"

贾皇后呸了一声："诏从我出，你何来圣旨？"此言一出，殿上文武皆是暗骂一声。人人都知道皇帝痴傻，不过是个摆设，所有诏书自然是皇后所出，可这样的事当众吵嚷出来，毕竟不是什么光彩的事情。

司马伦却从袖中抽出一卷诏书，朗声念道："中宫荒淫成性，有违妇道，又与贾谧共害太子，天人公愤！今遣车骑将军领兵入宫，擒拿中宫，为国锄奸。三部司马皆听调令，事成之日赐爵关中侯，不从者诛灭三族。翊军校尉、右卫都督皆当奉诏，见车骑兵马，开门迎纳，不从者诛灭三族。"

陶侃恍然大悟。难怪司马伦轻轻松松便调动了城外驻军，悄无声息占据了皇宫。却是有翊军校尉、右卫都督在宫中做内应控制了皇帝，又借皇帝名义调拨了兵马。那翊军校尉乃是齐王司马冏，晋武帝的亲侄儿，掌管着皇宫禁卫。陶侃四下一望，果然在押解皇后的侍卫前，发现一个华贵戎装男子。瞧着年岁倒也不大，只怕多半就是那司马冏了。也不知司马冏究竟是太子党羽，还是被司马伦拉拢过去，竟成了今夜起事的关键。而那些一心作乱的太子党羽，之所以想迎回太子，无非是为了富贵。虽说司马伦暗害了太子，可这些人没想着如何为太子复仇，反倒是没了太子，密谋又已败露，情急之下，也只有与司马伦共进退了。毕竟司马伦有兵权在手，成事的机会还是很大的。这些人口口声声是为太子出头，可到头来却甘心做了司马伦的爪牙。而贾皇后在事变当中，竟然几乎没有抗拒之力，也只怪她与贾谧太过信任司马伦。竟未想到司马伦刚刚告完密，转身又去举兵起事。

就听皇后骂道："你那是矫诏！皇帝与我情深义重，如何会害我？你究竟与何人造次，如此离间我夫妻之情？"

司马伦洋洋得意，站到司马肜身旁，笑呵呵说道："我与梁王乃是宗室之首，武帝都要叫我二人皇叔。你这贱妇蒙蔽天子，我二人身为皇亲，自然要为我司马家天下剪除贱妇。皇帝素来被你拿捏在手，孤苦无依，我二人既是长辈，得其诏命，自然要为他做主。这诏书如何假得了？”

陶侃心中一宽。诏书中说来说去，都是让司马伦如何如何，却丝毫未提及司马肜，显然今日主事之人乃是司马伦无疑。难怪司马肜虽然站在御前，却是铁青着脸，几乎未发一言，直到此刻才被司马伦拉过来做陪衬。陶侃细细想了想先前孙秀所得消息，看来还是有些偏差。司马肜在扳倒皇后时起到的作用，远没有孙秀所想那么重要。

司马伦一面答应太子党羽要迎回太子扳倒皇后，一面又担心太子得势对其不利，索性借皇后之手杀了太子，再借此事除掉皇后。好一个螳螂捕蝉黄雀在后！如此心机没用到西征平叛，却用在争权夺势，还真是个老狐狸。既然主事之人乃是司马伦，并非司马肜，看来这朝政多是要落在司马伦手中了。无论是谁掌权，至少孙秀的性命是暂且保住了。

再去瞧皇后，眼见与司马伦争辩无用，气得伸腿就向司马伦胡乱踢去，却被军士拉住，转去哀求皇帝：“陛下，你倒是说句话呀！臣妾素来与你情浓意浓，司马伦老贼倚老卖老，如此欺凌于我，陛下倒是为臣妾做主啊！”

皇帝一直坐在御座上，对眼前的争执看得似懂非懂。先前见贾谧被拉出去问斩，倒没什么感觉，后来见到皇后也被架了进来，想说话又插不上嘴。此刻见皇后求救，所有人都望向了自己，虽说不明白皇后所说的情浓意浓是什么意思，可整日闷在宫中，大多时候也就皇后陪在一起，鼓起勇气说道：“皇爷爷，皇后可怜得很，莫让那两个壮汉绑着她了。”

皇室之中，有皇帝称长辈皇叔的，哪有叫皇爷爷的？皇帝眼见赵王凶巴巴的，想着自己小时候，似乎父亲曾让自己叫他堂爷爷，嘴巴甜些总是没有坏处的，随口一声便叫了出来。这句皇爷爷叫得司马伦很是受用，可皇帝开口求情，分明就是说废黜皇后的诏书有问题。司马伦眼睛一瞪，说道：“陛下怎能为这贱妇求情？洛阳谁人不知，这贱妇淫乱后宫，毁我皇家声誉！太子乃是陛下的独苗，都惨死于这贱妇之手，今日本王便替陛下扫清门户！”

皇帝听得迷迷糊糊：“太子？我不就是太子吗？哦！皇爷爷说的是我儿子。我有两个儿子，一个去许昌玩了，皇后说了，那个以后就不是我儿子了；还有一个尚在吃奶，我昨日还看到的，皇后说那个才是太子。”

皇帝平日只怕没有说过这么多话，有一句没一句，前言不搭后语，听得司马伦不甚厌烦。皇后这时又在嚷嚷：“是啊，陛下！我可给你生了个儿子啊！为了我们儿子也救救臣妾啊。这老贼今日废了我，谁还帮衬你？隔两日这老贼也会废了你啊！”

皇帝并不知道“废了”究竟是什么意思，可听司马伦说要废了皇后，就把皇后绑了起来，若真如皇后所说，过几日就要废了自己，只怕也是要把自己绑起来了。一时慌了起来，忙哭求道：“皇爷爷不要废了我，不要绑我！”

司马伦被傻皇帝的胡话闹得有些心烦，瞪大眼睛呵斥了一句。皇帝被他一吓，一时不敢再说什么。就听司马伦转过头来骂道：“你这贱妇，休再聒噪！死到临头还不知悔改，依旧想着蒙蔽天子。本王宽宏大量，且留你个全尸。赐你金酒一杯，这便去吧。”

军士得令，拖着皇后就往外走。皇后眼见活命无望，恼羞成怒，连跳带骂，如同泼妇一般：“老狗！你安敢害我！是你说司马遹谋反，劝我杀他，有何脸皮为司马遹报仇！你这老狗，觍着老脸求我为你谋官时是如何摇尾乞怜？今日怎就这般反咬我一口！我恨啊！系狗要系脖子啊，我却系你狗尾巴，今日该被狗咬！”

皇后骂得兴起，司马伦却是气得面红耳赤，连连叫嚷：“还不让这泼妇住口！”

军士转手就是几个巴掌，扇得皇后满嘴是血，非但没让她住口，反倒骂得更凶：“老狗！你个没卵蛋的东西，跪着想服侍老娘的时候怎就那么乖巧！老娘嫌你又老又丑，将你踢得滚到一边去，你还一个劲地想往老娘床上爬！”皇后越骂越凶，污言秽语不绝于耳，此刻哪还有一丝母仪天下的气度，分明就是个骂街的泼妇。虽说总算被军士拉出殿外，可那骂声响了许久才越来越远，渐渐听不清了。

殿上群臣无论对贾皇后，还是对司马伦，都没有太多好感，又听废太子乃是司马伦下的黑手，不由鄙夷三分。听贾皇后骂得畅快淋漓，想笑却又不敢笑。

司马伦早已气得浑身颤抖。这泼妇浑不惧死，抖搂出是司马伦害了太子，这倒没有什么害怕的。反正大局已定，谅这满朝文武也不敢寻不是。只是这泼妇一番胡言乱语，骂得司马伦脸上挂不住。此时也没心思一个一个再审下去，喊道："把那些个贼子一并拉上来。"

一声令下，便见押上二十多人，众臣一瞧，多是贾氏亲党，为首一人赫然是司空张华。陶侃看了半天，陆机、陆云那二十四友并不在其中，看来司马伦并没打算赶尽杀绝。

张华倒没有贾谧和皇后那般狼狈，可面色苍白显然惊得不轻。虽然张华是皇后赏识执掌大权，平日也没少为贾家做事，可执政这些年来，举荐贤良打理国事，除了凉州反叛闹了不小的乱子，倒也保国家太平无事，自以为于国还是有些功绩的。眼见贾谧和皇后先后受死，又被司马伦归为皇后一党，忙争辩道："赵王为国除贼，何故要杀忠臣？"

司马伦深深吸了口气，平复了下被皇后搅扰坏的心情，冷眼瞧着张华："张华！你也有脸自称忠臣？忝居司空贵为宰相，眼睁睁看着太子被废，也未护全，这便是忠臣的风骨？"

张华忙解释道："赵王明察。张某身为太子师长，数次为太子直言。皇后要废太子，也是张某极力保全。此事既有满朝文武为证，亦有谏书存于内省，足以验证张某清白。"

司马伦却说："太子关乎国本，你敷衍争辩几句又能如何？本王也曾给过你机会！当日我等共谋大事，欲迎太子回京，本王念你是朝廷宰辅国之栋梁，欲与你盟誓锄奸，共匡社稷。你却是如何胆小怕事，拒我一片丹心的？太子被废乃是实情，如今又惨遭毒手，你有何脸面自称无关？你既然为太子谏言，却又不顾太子死活，想做忠臣，那便去为太子殉死吧！"

陶侃这才得知，司马伦起事居然找过张华，而张华竟为避祸而拒绝了此事。眼见张华被司马伦说得无言以对，心中不由一叹。可惜张华当年为晋一统天下，又在贾皇后这等奸人手中保国家数年太平，固然左右讨好谁也不得罪的做法颇让人不齿，然而总算还是个人物。如今错失铲除奸佞保全名节的机会，终是落个身死名灭的下场，好叫人叹息。

司马伦见张华不再反驳，也懒得理会张华身后那些连连求饶的贾氏党羽。挥了挥手："都带下去吧。张华尸位素餐，余者助纣为孽，皆斩首示众，夷灭三族。"

随着张华众人被带了下去，此起彼伏的哀号声渐渐淡了。司马伦转过来，冷冷瞧着众臣说道："本王差点忘了，还有几人险些漏网。"

殿上百官本以为司马伦已经完了事，忽听此言，立时紧张起来。就见司马伦大摇大摆，走到王家兄弟面前。冷笑几声，说道："司徒大人，张华好歹还为太子求过情，你这司徒同为宰辅，又做了些什么？"

王戎身子一颤："赵王明察，王某只恨贾氏势大，救护太子也是有心无力，实与贾氏并无勾连。"

司马伦又嘿嘿笑了一声，转对王衍说道："那本王倒要问问尚书令了！太子被废时，你这岳丈倒是怜惜女儿，接回家去。太子是饥是寒，你可曾想过？"

王衍头都不敢抬一下，连声说道："王某身为太子岳丈，不能救下贤婿，愧疚得很！怎奈贾氏跋扈，王某一书生，实在不敢抗拒。"

司马伦脸色一变："你倒是推得干净。本王且问你，太子囚于许昌，曾写书信给你小女，求你救他，可有此事？"

王衍脸色煞白，显然的确有过此事，眼见推脱不掉，忙说道："确有此事。只是贾氏权势滔天，太子又刚刚废黜，王某虽有心救护，也要从长计议。故而隐瞒此事，免得打草惊蛇。谁知苍天无眼，终是让我贤婿没能等到那天。今日王爷为国除奸，我那贤婿总算可以瞑目了！"说罢哭了几声，对司马伦拜了几拜："王某代我贤婿拜谢王爷了！"

司马伦哈哈大笑："好个王夷甫，不愧是玄学泰斗！这论起理来，本王还真说不过你。”转又问道：“太子是你贤婿，那贾谧也是你贤婿。当初太子蒙难，你还念着救你小女儿。如今贾谧也要族灭，你可还要救你大女儿？”

王衍愣了半天，埋头下去：“小女乃是太子妃，自然要护全。长女却是叛逆妻室，王某岂能为了私情而坏国家大义？全凭王爷处置！”

司马伦很是满意王衍的回答。陶侃心中暗想，既然王戎、王衍兄弟并非绑上殿来，足见司马伦也未打算严惩二人。张华位高权重，却是寒门出生。司马伦以张华人头既能立威，又不会得罪了太多人。何况张华还曾阻挠司马伦录尚书事，也趁此报了私仇。看司马伦的面色，只怕多是要放王戎兄弟俩一条生路。倒不是司马伦深明大义，而是王家乃是北方豪门世族，门高院深，关系盘根错节，若严惩了王家，司马伦也怕引得众怒。果然听司马伦说道：“王戎、王衍虽与贾氏并无深交，然而死罪可免，活罪难逃，罢去王戎司徒之位，归家自省。免去王衍尚书令之职，终身禁锢永不录用！”

王戎、王衍身子明显一震，可好歹留下性命，不再作声。

司马伦心情已转好许多，对着众臣说道：“太子蒙难乃是国之不幸，追复太子之位，往许昌迎丧，回洛阳安葬。本王得天子诏命，蒙祖上庇佑，终得为国除奸。今夜有劳诸位大人进宫，共灭国贼。如今荡清污秽，朝廷重振声威，诸位大人还当恪尽职守，助本王共辅朝纲。天色眼见要亮，诸位大人且先回府休息。本王忙了一宿也是倦了，就此散了吧。”

司马伦一声令下，殿上群臣如释重负，连连恭维一番表了忠心，这才在军士看护下出了宫门。

陶侃扶了大汗淋漓的孙秀，仿若逃命一般回到将军府。孙秀死里逃生，连喊仆役端上酒来，猛灌了几盏。陶侃却再陪不住，自回馆舍，沉沉睡去。

第六章 逃出洛阳

陶侃从睡梦中醒来，几乎已到了下午。想想昨夜一场惊乱，仿若一场噩梦。

司马伦兵变扳倒皇后，和伏波将军府并没有多大关系。孙秀之所以被押送去了皇宫，无非大事未定前，司马伦需要将满朝大员控制于一处。既防有人乘机生乱，又用这些人当他铲除皇后的见证。再者也是杀鸡儆猴，让满朝文武知道以后该站在哪一边。

陶侃稍稍洗漱，去见孙秀。却听仆役说，将军回来后便喝个痛快，方才睡下。陶侃笑着摇了摇头，慢悠悠去了执事班房，刚泡了壶茶清清肠胃，就有尚书台的小吏送来公文。

陶侃只觉诧异。尚书令王衍已被革职，这公文究竟出自何人？展开一瞧，心中了然，却是一份诏书副本。先对司马伦铲除皇后颂扬一番，接着便是冗长的封官加爵名单。

赵王司马伦拜为相国、侍中，持节都督中外诸军事，置府兵万人常备京师，几乎将文武大权把持于一人之手。拜其世子司马荂为冗从仆射；二子司马馥为前将军，封济阳王；三子司马虔为黄门郎，封汝阴王；四子司马诩为散骑侍郎，封霸城侯。而尚书令这些朝廷中枢要害官属，尽皆替换为司马伦心腹。除此之外，兵变中有功之人多有封赏，得侯位者数千人之多。只是同样作为锄奸功臣的梁王司马肜，却去掉大将军之职，转拜为太宰，明升暗降，削去了兵权。

陶侃叹了一声。司马伦兵变，朝廷自有一番震动，少不得权力重新洗牌，却没想到司马伦会这么快就下了手。只怕司马伦还在密谋起事的时候，就已经想好了这份封赏名单。

陶侃算算武帝驾崩至今，也就刚过十年，朝中先后就有杨骏、司马亮、贾皇后、司马伦四人轮流掌权。朝局历经四次变故，这样频繁的权力更迭，究竟是幸还是不幸？

陶侃在这样的疑惑中过了两个多月，总算也是有所收获。

司马伦初掌大权，急于收拢人心，征辟不少海内名士、豪门大族入朝为官。陆机虽然曾是贾谧亲党二十四友，因为名声太大，非但没有被司马伦追究，反而辟为参军，成了司马伦不计前嫌的招牌。除此之外，司马伦对京师之外的贾氏余党也各有安排。镇守凉州的孟观平叛有功，又有兵权在手，司马伦不愿过度刺激他，拜为右将军安抚其心。其他外放刺史郡守的贾氏亲党，大多加官进爵召回京师，免得这些人在外生出异心。朝廷从上到下清洗一遍，里里外外的官员撤换不少。随着朝中大员往来替换，各府衙门的属官掾吏也是大换血。陶侃终于等来了吏部的辟命，兴冲冲地去了吏部应征。

陶侃本以为能在洛阳得个一官半职，怎料贾皇后倒台，司马伦自然是最大的赢家，其他躲过一劫的世族在稍稍慌乱后，立刻搞清了形势，借着司马伦替换官员的机会，或花了钱财，或疏通关系，好些的差事都落在世族子弟手中。待陶侃来到吏部时，也就剩些吃力不讨好的苦差，甚至还比不上在伏波将军府自在。

陶侃左右一想，不少州郡县衙仍多有空缺，与其留在京师继续被人使唤，还不如主动求个外县县令来做。吏部令史黄庆本有意把陶侃留在吏部，怎奈实在没什么好差事。见陶侃去意已决，便做了个顺水人情，替陶侃张罗了一个武冈县令。武冈县位于荆州西南，远离中土地处偏远，与巴蜀倒是很近，世族子弟如何肯去那等蛮荒所在？虽说陶侃未能如愿衣锦还乡回到庐江，可好歹也是在江南，心中固然有些不乐意，也只得应了下来。

回到了将军府，陶侃且去拜见了孙秀，毕竟主臣数年，又在司马伦兵变时共患难一场，多少还是有些情谊。何况孙秀这些年在洛阳备受冷落，偌大的将军府算来算去也就能使唤动陶侃一个掾吏。若非陶侃兢兢业业，孙秀哪有时间借酒买醉？虽说心中很是舍不得，可也为陶侃外放县令而高兴，大摆筵席，为陶侃饯行。又厚厚备了一份礼物，权作陶侃行资。

陶侃在洛阳数年，一直郁郁不得志。今日虽然混了个县令，其实在心底里也不甚满意，索性在筵席上陪孙秀喝个痛快，不觉已是酩酊大醉。若在平日，怎会有仆役去照料陶侃？今日听闻这个穷小子成了县太爷，又得将军重金相赠，小心伺候送回馆舍安歇。借着陶侃醉酒，讨了几个赏钱。

陶侃素来不爱饮酒，今日又喝得多了些，虽然睡意渐浓，可肚腹之中如同翻江倒海，脑袋也是天旋地转。和衣躺在榻上翻来覆去，久久难以入睡。眼见都是三更天了，迷迷糊糊也不知是不是睡着了，忽然听得外面喧闹起来。

陶侃开始只当是在做梦，后来声音越来越大，黑暗之中便见灯火闪耀。陶侃一个激灵坐了起来，脑袋昏昏沉沉，险些吐出一口。静下心来仔细一听，就听到："出事了！出事了！打起来了！快快把门锁实了！"

陶侃也不知究竟谁打起来了，翻下榻来，走到门前。刚刚打开一条缝隙，被冷风吹了一道，立时打了个哆嗦，人也清醒不少。便见黑漆漆的院墙外面，也不知是何处火光冲天，隐隐有喊杀声和刀兵声传来。府中仆役似乎早被吵醒，惊吓中也无人敢往外看。胆小的只顾找地方躲藏，胆大的慌慌张张跑去前院堵门，唯恐被人杀进府来。

陶侃见外面出了事，自然要去帮忙，晃晃悠悠来到前院，拽过一个仆役问道："何处有人激斗？"

"小的如何知道？只听外面打得惨烈。不时有兵士从府前跑过，就这一会儿，已过去几路人马了。"

陶侃侧耳一听，果然有马队从府门外奔过，似乎都是朝着一个方向驰援而去的。陶侃见那些仆役哆哆嗦嗦堵在门前，也不知外面究竟发生何事，转身来到马厩，顺手拖过一架马车立在墙边，手脚并用爬了上去，却被前面屋舍一挡，也瞧不清究竟哪里厮杀。扶着墙头爬上屋檐，站在屋脊之上，这才看得真切。

就见十几条街坊外，一处大宅前火光闪耀，映得半边天空一片红光。陶侃想了想，那里分明是司马伦的王府，如今已改作相国府了。司马伦如今权倾朝野，究竟何人敢与司马伦为敌？

这时就听府外又有一队军士明火执仗向着相国府方向跑去，陶侃粗略算了一下，就有千人之多。为首一个将佐叫嚷道："都给老子放利索些！淮南王司马允狗胆包天，起兵叛乱，胆敢兵围相国府。都给老子跑快些！待擒了那贼逆，自有封赏！"

司马允？这是何人？既是王爷，只怕又是司马家的宗亲。想必是见司马伦得势，嫉恨中起兵造反吧。哎，这大晋朝怎就没有消停的时候呢！十年中先后四次动荡，司马伦这才刚刚上位，便又起事端。忽而一想，这才回过神来。司马允乃是皇帝的异母弟弟，官拜中护军，手握数千兵将。听说司马伦前两日想要拜司马允为太尉，却被司马允拒绝。陶侃当时还觉得这个司马允贵为皇帝兄弟，却不贪图三公之位，算是个贤王了。今日见司马允举兵，方才明白。司马伦把太尉送给司马允，只怕也是和司马肜一般，借机收了司马允的兵权罢了。看来这两人关系也差劲得很呢！再往深处一想，只怕此事远没有那么简单。司马伦扳倒贾皇后，怎么说也是司马家的功臣，虽然大权独揽，可对宗室还算优厚。若没到不死不休的地步，司马允贵为亲王，何故要铤而走险？

两个王爷兵戎相见，本来与陶侃并没有太大关系。此时陶侃借着酒劲，既对宗室自相残杀满是鄙夷，又对两人何故交兵心生好奇，下了屋脊翻出墙去。在夜色掩护下，悄悄跟了上去。好在官兵只顾着向相府驰援，到处都有厮杀声，倒也没人注意有个醉汉跟在后面。

陶侃一路小跑追到相国府前，便见威严的相国府早已变作生死沙场。只见府门紧闭，墙头挤满杀气腾腾的弓弩手，一个劲儿地死命放箭。而门外一群装备精良的士卒，正猛攻相国府，莫看仰攻没占到地利，却也丝毫不落下风。又有数百江湖打扮的游侠纵横其间，多有极善弓弩飞刀的好手，反倒射得墙头守军死伤不少。而战场外围多是闻讯赶来驰援相国府的骑兵，虽说兵强马壮，然而一者骑兵多是陆续杀来，难以集结成群；二者城中毕竟狭小，不利于骑兵冲杀。莫看相国府有里外两部人马，人数占了绝对优势，却丝毫没有击溃司马允部众。

那些攻打相国府的兵马甚是骁悍，被人前后夹攻，浑然没有惧意。分出一部，在外围结好阵势，以刀盾长枪抵御骑兵。另一部依旧猛攻不休。莫看鲜血将相国府石阶染得通红，却激起更多的斗志。而那些游侠剑客虽说人数不多，难以对战场产生压倒性的冲击，却仗着武艺精熟，仿若一道道血影，不断收割着骑兵队长的性命，搅得本就没有统一号令的援军愈发混乱。

陶侃见自己尾随的那队骑兵也已冲杀进战场，两边的厮杀更加白热化。这时被血腥气息一阵刺激，冒出一头冷汗，这才猛然清醒过来。司马伦与司马允火并，陶侃冒冒失失跟了过来，无论被哪边兵马撞见，只怕多是要死个不明不白了。正想趁着没人发现，偷偷溜回去，就见身后街巷又有不少骑兵赶来，退路一时也被拦断，只得且避入一处屋舍黑暗之中。

刚刚赶来的骑士，约莫有数百人。瞧那装束，却与司马伦的部下并不一样。陶侃仔细一瞧，竟是宫中虎贲骑士。再看为首一将，手持白虎幡，一路高呼过去：“天子有诏，两军休战！天子有诏，两军休战！”

陶侃心中了然，看来皇宫中已经得知司马允起兵围攻相国府之事了。无论谁是谁非，在洛阳城中这般激战，实在是大逆不道。任由两军这般厮杀下去，指不定把京师闹成什么样子，故而遣使解斗。那白虎幡乃是天子令旗，此旗一出，乃是停战之意，凡遵旨罢战之人，无论是否谋逆，都可保全性命。陶侃心里明白，皇帝痴傻，不过是个摆设。虽说司马伦此时困在相国府内，去不了皇宫。可那奉命解斗的使节，只怕也多是司马伦的亲信。

天子使节来到阵前，连呼数声。不少激斗的将士听闻诏命，迟疑中也闹不清该如何是好。可继续厮杀下去，难免背上谋逆之名，且战且退避在一边，先瞧一瞧局势再说。只是退出战场的人，多半是赵王司马伦的部下，那强攻相府的将士，却对诏命仿若未闻，依旧猛攻不休。

眼见相国府大门摇摇欲坠坚持不下去了，就听墙头有人高呼："淮南王！天子已有休战诏命，你如此丧心病狂，想要造反不成？"陶侃闻声望去，虽然离得很远，却也看出并非司马伦本人。

就见墙外众人环绕中站出一个金甲将军，应是淮南王司马允了。呸了一声，骂道："孙秀！你个小人！离间宗室之情，挑唆赵王谋逆，却在此诬我清白，要脸不要？你当我不知，赵王受你蒙蔽，欲废黜天子而自立，这般数典忘祖，我身为大晋亲王，岂能坐视不理？"

陶侃一愣？孙秀？伏波将军白天还和自己喝得酩酊大醉，如何此时却出现在相国府中？听司马允的意思，孙秀挑唆司马伦欲行大逆之事，难怪司马允要起兵围攻相国府了！就听那墙头之人喊道："淮南王！你休要信口雌黄。我孙某人辅佐赵王，铲除贾氏，为国除奸，鞠躬尽瘁死而后已，何曾有愧于国家？天子虽然心智有缺，却是忠厚仁慈君长，赵王贵为皇爷，乃是天子亲口所称。如今官拜相国，自是要为大晋天下去浊扬清。淮南王可不要道听途说，枉自成了大晋千古罪人，无颜面对列祖列宗！"

陶侃回过神来，听这孙秀言语，似乎并非伏波将军，而是赵王的亲信谋臣，不过同名而已。宽下心来，就听司马允骂道："孙秀！你羞也不羞！你这等小人也好意思自称鞠躬尽瘁？石崇与你何仇？不就是他的一个小妾被你瞧中，却不愿割爱送于你，就被你诬陷谋乱偷偷收押？石崇偌大的家产都已被你贪墨，如此假公济私，何敢自称良臣？"

石崇？富可敌国的石崇被抄家了？陶侃惊叹一声，若司马允所说是真的，这孙秀可真不是个东西。又想想石崇，四处搜刮来那么多钱财，奢华无度这些年，终究是便宜了别人。就听那孙秀似乎被戳破了丑事，也不再与司马允争辩，对着外面喊道："淮南王，你休要挑拨是非。而今天子使节已至，你再这般胡作非为下去，便是谋逆！门外的将士听着，尔等都是大晋勇士，莫要受人蒙蔽，随那叛贼起兵叛乱！再不停手，便是灭族的大罪！还不速速散了！”

司马允却骂：“将士们听令，如今天子蒙尘，惨遭赵王幽禁，这使节乃是司马伦亲党，休要听他胡说！都给本王精神些，待攻破相国府，擒拿赵王，尔等便是我大晋功勋，自有荣华富贵！”又喊道：“司马伦！你个老贼倒是出来，那日在殿上不是威风得紧吗？此刻支了孙秀出来，自己却做了缩头乌龟？”

陶侃也奇怪司马伦到底在哪里，就听墙上一处门柱后传来一声：“司马允，天子使节岂能受你污蔑？本王是你长辈，念你年轻不懂事，不与你计较。且退兵回去，本王保你富贵依旧。”

陶侃哑然，这样大的阵仗，司马伦还躲在门柱后面，未免也太胆小了些。虽说陶侃能外放县令，多少还受些司马伦的恩惠，可此时却对司马伦生出鄙夷之意。

墙里墙外这般骂着嘴仗，相国府的大门已然到极限。眼瞧着就要被攻破，那皇帝使节连呼道：“淮南王莫要疑心，末将当真是奉天子诏命而来。中书令陈准得知王爷为国起兵，感念王爷忠义，唯恐王爷吃了亏，这才禀奏天子，遣末将前来解斗。末将有旨在身，急需告知王爷。”

此话一出，所有人都愣住了。任谁都以为皇帝使节乃是司马伦亲信，听他言语却是在为司马允说话。何况那使节自称是中书令陈准所遣，他所说的话就让人不由得不信了。陈准算是朝中难得的直臣，这些年来不管谁掌权，陈准都敢仗义执言。当初周处西征凉州，满朝文武大多等着看周处笑话，唯独陈准替周处说了句公道话。也正因如此，陈准被不少人敬重。即便司马伦扳倒了贾皇后，也没敢轻易罢了陈准的中书令。

司马伦的部众听闻使节乃是陈准所遣，心中一时忐忑不安，渐渐有了退散之意。而司马允听闻此话，喜出望外。虽说沙场上占尽上风，可毕竟兵马有限，一刻没有攻破相国府擒住司马伦，就尚有太多变数。使节既是陈准所遣，多半对自己有利。司马允一边传令士卒加紧强攻，一边命军阵露出一条缝隙，放了那使节马队过来。

陶侃远远瞧着那使节走入军阵之中，跪拜在司马允面前，不知悄声说些什么。就见司马允听得连连点头，笑容满面。陶侃只当是陈准默许了司马允举兵之事，正交代擒住司马伦后该如何安排。忽然之间，那使节手中多出一柄短剑，寒光一闪，径直切断司马允咽喉。便见一股鲜血喷得那使节满面都是，而司马允满眼都是惊骇，慢慢暗淡无光。

事情发生得太过突然，所有人都愣在原地。那使节所统领的虎贲骑士已环绕在周围小心戒备，而使节旁有一军士，一脚踹倒司马允，提剑斩下首级，跳在司马允车驾上，高举首级，大声呼喊："司马允谋逆，已被我等诛杀。如今贼首伏法，再不退散，诛灭三族！"转对墙内喊道："父王！司马允死了，快快领兵杀将出来！"

那使节也对着相国府拜道："司马允大逆不道，胆敢起兵叛乱，末将伏胤虽奉中书令之命而来，却感念赵王忠义，受世子点拨，不愿与贼人为伍，手刃贼首以示忠心！"

陶侃摇了摇头。看来陈准多是已知道司马伦有了不臣之心，有意助司马允一臂之力。谁知那使节伏胤却被司马伦之子说服，临阵倒戈，反而借机刺杀了司马允。陈准不但没有帮到司马允，只怕连自己的性命也是堪忧了。

陶侃正这般想着，就见强攻相国府的兵马眼见司马允莫名其妙死了，而司马伦的军士又磨刀霍霍杀了过来，群龙无首中节节败退。不少兵将弃械投降，更多的人自知谋反大罪难逃一死，拼了性命突围而出。

陶侃眼见那些败兵冲了出来，一不小心也被裹在其中。惶恐中有心避开去，却见司马伦的兵马在后追杀正急，稍稍迟缓些的都被剁翻在地。陶侃心道："若是落到司马伦兵马手中，只怕要被当作司马允党羽了。"此刻哪有地方说理去？只得随着败兵一路逃亡。终是冲破城门，奔逃到洛阳城外。

败兵如鸟兽散，陶侃不知不觉，也逃出洛阳十几里路去。小心躲在树林当中，避开追兵搜捕，心中连骂自己多事，竟搅和到赵王与淮南王的火并当中。苦苦熬了一夜，待天色稍亮，寻些溪水稍稍梳洗了下，见周围再也见不到兵马，这才缓了缓心绪，回往洛阳城。

待到城前，陶侃叫了声苦。就见城门紧闭，不放一人进去。心中猜度，只怕多是昨夜两王火并，司马伦得胜之后，必要大肆搜捕淮南王余党。虽说陶侃与淮南王并无深交，可查到伏波将军府，不见了陶侃，终是说不清楚。就算伏波将军替陶侃打个掩护，就说已经离京赴任，而陶侃这时却出现在洛阳城外，岂不是自相矛盾？

愁苦之中，却觉怀中揣着一物。向里一摸，正是陶侃从吏部应征后带回来的任职公文。昨日刚回府，便被伏波将军唤去饮酒，也未来得及将公文装进行李当中。此时不由一阵庆幸，竟未在昨夜逃命时失落了。寻遍全身，尚有点银两。既然洛阳已经进不去，不如南下，且去武冈县就职。

陶侃振作精神，再次望了一眼洛阳城，匆匆向南走去。

第七章　弃官归乡

陶侃一路南行，到颍川时，身上那点银两早已干干净净。无奈中寻到郡府驿站，递上任职公文。驿站掾吏见这赴任的县太爷孑然一身，竟没什么随身行李，好一阵狐疑。验看公文倒也不假，只当是寒门士子外放县令，好歹给了一辆破旧驴车，又准备了些路上干粮，打发了陶侃继续南行。

就这样磕磕绊绊走了月余，陶侃才算到了荆州府。那辆驴车本就破旧不堪，一路行来几乎要散了架。再往南走，道路就不大平坦了，又多有水路，若不换个好些的脚力，还不知何时才能赴任。好在武冈县属荆州管辖，陶侃又有一口江南乡音，也算是到了半个故乡。索性先去州府拜见刺史大人，也为日后共事混个面熟。

怎奈一个小小的县令，本就官职卑微，陶侃又是一副落魄模样，如何进得去州府衙门？苦求一阵，那门前侍卫才接过公文一瞧，转手却又丢给陶侃，讥笑道：“这位县太爷，小的劝你一句，莫去送死了。刺史大人忙得紧，没时间见你。不过你家郡守吕岳倒是在州府小住，想必这些日还在馆驿，你且去寻他吧。”

陶侃心中恼怒无比。这州府侍卫也太势利，只怕多是瞧自己寒酸模样而拒之门外。若是富家公子，即便没有任职公文，也能随意进出府门了。只是不知他说的送死之言究竟是挖苦还是别有用意？既然郡守吕岳住在馆驿，正是陶侃顶头上司，且去找他问个清楚。

陶侃一路打听，找到州府馆驿。好容易说服了吕岳属官，这才进到吕岳馆舍。毕竟是郡守，封疆大吏，这住所远比寻常官吏要奢华气派一些。便见吕岳正斜倚在榻上，身边有两个歌姬陪酒，左拥右抱好不快活。

陶侃在洛阳见惯了达官贵人的奢靡，对吕岳这般毫无遮拦地召见属下见怪不怪。恭恭敬敬递上了公文，小心拜道："下官武冈县令陶侃，拜见郡守大人。"

吕岳笑眯眯道："陶县令舟车劳顿，辛苦了。郡中事务繁杂，扰得人一刻静不下心来。也未派人前去迎接，着实怠慢了！"

陶侃受宠若惊，忙道："郡守大人言重了。下官路上出了些岔子，遗失了行李马匹，耽搁不少时日才来到荆州，郡守大人不怪罪下官，下官已是感恩戴德，何敢劳烦大人。"

吕岳依旧笑道："陶县令太客气了。荆州虽然远离洛阳，可吕某也曾听闻陶县令大名，能得玄学泰斗乐广相邀，赴约清谈盛会，足见陶县令才学过人。未知陶县令先前曾在哪里高就？"

陶侃被吕岳一夸，面上一臊。心想乐广之名果然了得，自己有幸去他府上，也未开口辩上一句，竟已名声在外，也不知究竟是谁将此事传扬开去。既然没人知道自己究竟是否说过话，看来这传话之人多是场外人罢了。又不好拆穿此事，只得含糊支应过去："下官不过得乐令谬赞了。下官在洛阳时，曾为伏波将军孙秀舍人，得蒙朝廷天恩，放了武冈县令。日后在郡守大人府下做事，还望郡守大人多多照应。"

一个将军府的舍人，实在是个不入流的掾属，陶侃见吕岳热情，又不好隐瞒不提，只得如实相告。哪知吕岳听罢，眼睛一亮，推开两边歌姬，走出几案，竟向陶侃拜了拜道："哎呀！吕某当真有眼无珠了。陶县令竟曾在孙秀门下做事？着实让吕某敬佩万分！"

陶侃甚是疑惑，这吕某与孙秀有何交情，竟因孙秀而对自己这般恭敬？心中一想，孙秀乃是前吴宗室，吕岳既然在荆州任官，对前吴宗室还是有些感情的。心中一暖。莫看孙秀整日只知喝酒，还是有人念着他的。忙拜道：“郡守大人折煞下官了。下官能有幸服侍伏波将军，也算是略尽江南士人一份心意，为前吴宗室做一点点事了。”

谁知此话一出，倒是吕岳满面狐疑，问道：“倒是下官孤陋寡闻了。竟不知中书令大人乃是吴国宗室？”

陶侃恍然大悟，显然两人所说的并非同一个孙秀。伏波将军身为前吴宗室，苟活性命已是不易，决然当不了中书令这等大权在握的高官。吕岳所说的孙秀，十有八九倒可能是赵王司马伦的谋臣。

如今司马伦官拜相国显赫一时，把他的谋臣安置到中书令的位子上，必是轻而易举。陶侃再一想逃离洛阳那夜兵变，中书令陈准暗中支持淮南王司马允，谁料那使者反倒成了刺客，转投了司马伦。如今过去月余，既然孙秀做了中书令，只怕陈准已是凶多吉少了。

陶侃在路上耽搁了许久时间，反倒是吕岳先知道了孙秀官拜中书令之事。好在吕岳也没问陶侃是如何离开洛阳的，看来陶侃在那夜暗中偷窥兵变之事，并未被人知晓，心中稍稍一安。难怪吕岳听闻孙秀之名对陶侃这般客气，却是把陶侃当成中书令的属官了。

他这才解释道：“郡守大人听岔了。下官所说伏波将军孙秀，乃是前吴宗室，并非中书令孙秀。”

吕岳满面失望，撇了撇嘴回到座席：“哦，那便算了。不知陶县令是哪里人士，出自何家？”

陶侃见吕岳的态度大变，这才明白，吕岳之所以对陶侃这般客气，不过是知道陶侃从洛阳而来，又得乐广青睐，不清楚陶侃到底是什么来路，想摸摸底罢了。听陶侃并非中书令门人，又想探探出自哪个世家。

陶侃心中一阵懊恼，拱了拱手：“下官庐江人士，家父曾为前吴扬武将军，早逝于江南，不曾出仕于大晋。”

果不其然，吕岳听闻此言，想来想去庐江也没有什么陶家大姓，又见陶侃落魄模样，一改先前热情，不耐烦地打发道：“既如此，便请陶县令且回馆舍，待有差事，本官自会找你。”

陶侃忍着心中不悦，说道："下官既已拜见过郡守大人，这便告辞，且去武冈赴任了。若有差事传告县衙便好。"

吕岳却冷眼瞧了瞧陶侃："武冈？哼，武冈早都落在那群乱民手里了。若非如此，本官何需寄居在这州府馆驿吃苦受罪？"

陶侃万分诧异："乱民？哪里来的乱民？"

吕岳本已不甚厌烦，可陶侃却很不识趣地没有退出去的意思，又不好强行将他轰走，只得耐着性子说道："还不是从益州逃难过来的。凉州被齐万年闹翻了天，虽说已被剿灭，可战乱中逃难到益州的流民十数万计。那些流民以巴人李特兄弟为首，走到哪里吃到哪里，搅得益州很不太平。当地人为了避祸，又向东逃散，来了荆州。我那郡府离益州近些，当真倒了大霉，被那些益州流民搅得混乱不堪。本官也只得来州府避一避了。"

陶侃奇道："孟观平定齐万年后，朝廷已有旨意遣散流民回归本郡。眼下过去这么长时日，流民何故还滞留于益州？"

吕岳却问道："陶县令既是从洛阳来的，竟不知此事？"

陶侃万分疑惑："还请郡守大人赐教。"

吕岳说道："遣散流民的旨意是张华出的，如今张华都死个干净，又有几人会想着那时的事？相国司马伦为国锄奸扳倒贾氏，征召贾氏亲故好友回京任职，那益州刺史赵廞乃是贾氏姻亲，自然也在受征之列。只是忧心不为相国所容，故而心生歹念，有意抗旨不遵，招安了李特兄弟为将。又开仓放粮，收编了那些流民，充为部曲，一战击溃朝廷新任益州刺史耿滕。如今赵廞自称大将军、益州牧，已将益州官吏从上到下换了个遍。那李特兄弟皆为赵廞大将，为其招兵买马，已有万余精兵，又招纳四千多凉州部族骑兵归于门下。眼下已切断北路，俨然自成一国了。如若不然，怎有越来越多的难民逃入荆州？"

陶侃吃惊道："赵廞造反，朝廷难道就没有应对之策？孟观领兵驻守陇右，若得诏一举南下，岂容赵廞封断蜀道？"话才说完，心中明了，那孟观亦是贾皇后亲党，能不被司马伦追究已是庆幸，此时能明哲保身就好。无论孟观有没有入蜀的打算，朝廷也决然不可能派孟观平叛的。

吕岳却白了一眼："那我如何知道去？"

陶侃静了静心："益州大乱，荆州受其池鱼之祸，若我等不早早防备，只怕祸不旋踵。郡守大人何不禀奏州府，招募些精壮自保，至少也管束住那些益州流民。下官不才，愿为郡守大人分忧。"

吕岳似乎并不领情："我如何没有报奏州府？可本官在州府馆驿住了个把月了，至今都没有得刺史大人准话，哪里去征召壮丁管束流民？你要知道，武帝爷一统天下后，裁撤州郡府兵，除了司马家的王爷公侯，天下有几个外姓刺史郡守手握一兵一卒的？此事关系重大，刺史大人纵然有心，也不敢答应。我若是私募壮丁，被人参上一本，与谋反何异？"

陶侃心知吕岳所言不假。东汉末年三国鼎立，不少世族大家多有家兵护卫。北方有曹操打压世族大权独揽，情形稍好一些。可在江东，这种世族的家兵可就是不小的势力了。当年孙权能独霸江东，虽是文韬武略，却也离不开几大世族家兵的支持。凡事有利有弊，这种家兵既是抵御外敌的劲旅，亦是国家安危的隐患。待晋武帝统一南北后，自然视这种世族家兵为眼中钉，故而裁撤州郡兵马，唯有宗室方能掌握兵权。荆州原有楚王司马玮镇守，却被贾皇后征回京师剪除政敌，事后又被贾皇后卸磨杀驴死得不明不白，这荆州兵马就不知归于谁人了。遂问道："难不成荆州就没有驻军不成？"

"那倒也不是。新野公司马歆官拜南中郎将，掌控荆州兵权。可人家贵为宗室，把荆州刺史都不放在眼里。我一个小小郡守，哪里进得了司马歆府邸借兵？"

"那何不报奏朝廷，请相国派兵南下？"

吕岳冷冷一笑："我还当陶县令自洛阳而来，京师的消息远比本官熟悉，却也是什么都不知道。我早已将荆州情势报奏上去，可相国刚刚平定淮南王叛乱，如今又忙着为陛下操办大婚，待消停下来，只怕也要等个一年半载了。"

"大婚？"陶侃哦了一声。贾皇后已死，皇帝成了孤家寡人，自然是需要续弦立后的。既然司马伦肯为皇帝重新选皇后，看来那夜兵变听闻司马伦有意谋逆的言语也并非实情了。问道："恕下官一路耽搁，消息闭塞，不知何人选为皇后？"

"乃是尚书郎羊玄之的女儿。听闻羊玄之的岳丈似乎是中书令孙秀的什么远房亲戚。有这样一层关系，自然能选入后宫，母仪天下了。"

陶侃不知道这羊皇后与前太傅羊祜有没有什么关系，可荆州、益州局势危急，皇帝大婚却要折腾那么长时间，只怕叛将赵廞早已在益州站稳了脚跟，而荆州的动荡再也无法遏制了。遂请命道："既然朝廷暂无兵可派，下官斗胆，这便先去武冈，好歹守护县城不失，也为他日王师平叛占住一城之地。"

吕岳眼睛一瞪："陶县令怎就这般倔拗？武冈县衙掾属早已逃个干净，你个空壳县令又能怎的？"转念一想，骂道："莫不成你敢自行募兵不成？你吃了熊心豹子胆了！行此悖逆之事，你自己不怕死倒也罢了，岂不是要牵连了我下水？"随手将陶侃任职公文揣入袖中："你且在馆驿住下，待本官回去时，自会叫你。出去！出去！"

陶侃见任职公文被吕岳扣下，恼怒不已。还要争辩，却被吕岳呼来侍卫，三推两推把陶侃赶出了馆舍。陶侃虽说也有些武技傍身，可若是动了手，就真的撕破脸皮，再也没有转圜余地了。

孤身一人站在馆驿门前，陶侃气得浑身发抖也无济于事。好个吕岳！身为郡守，眼见郡府失落于流民，不想着如何控制局面，却躲在州府馆舍逍遥自在，他便是这般公务繁忙的！陶侃有心为国效力，也被他横加阻挠。此刻没了公文，陶侃连那辆破烂驴车都带不走。何况身无分文，纵是想去武冈也去不得了。

陶侃只觉一阵凄凉，不由感叹：苦学多年，习得文韬武略，想要报效国家，也好谋个前程，怎就这般没有出路？自己这份为国为家的赤子之情怎就这般下贱？大丈夫上不能匡扶社稷保天下太平，中不能功成名就光宗耀祖，下不能封妻荫子守护一方，难不成就要这般蹉跎一生吗？

正在哀叹之际，忽闻身侧有人惊呼一声："可是兄长吗？"

陶侃回头一瞧，还真是熟人。

那人名唤周访，字士达，祖上本是汝南安城人氏。东汉末年天下三分，周家迁居庐江避难于江南。传到周访时已是四代，渐渐融入南方士人当中，与陶侃在洛阳相识的好友周玘并非同族。周访祖父也曾是吴国威远将军，与陶侃父亲颇有些渊源。两家虽然算是世交，可这周家远比陶家要显赫些，又与北方士人多少有些关系，待天下一统后，其父曾被晋朝征为左中郎将。周访不愿去洛阳任职，便在郡府做个功曹。陶侃当年能在郡府谋个掾属，也是周访一力保举。两人关系非比寻常，陶侃虚长周访一岁，被他以兄相待。当日陶侃赴京求官，妻儿老小也托付于周访照料。如今他乡遇故知，又逢陶侃落魄至如此境地，不由热泪盈眶："士达，你怎也在此处？"

周访惊喜道："果真是兄长！兄长不是在洛阳？何故来了荆州？怎成了这般模样？"

陶侃叹了一声："一言难尽！"

周访见陶侃一副苦楚模样，心知怕是遇了难事。馆驿门前人来人往也不是说话的地方，陪了陶侃走过一条街巷，寻到一处酒家，要上一间厢房，烫了些酒菜。两人相对而坐，饮了数盏。

热酒下了肚，陶侃只觉浑身都暖了起来。长叹一声，将自己在洛阳数年来的辛酸娓娓道来，连同那夜兵变逃出洛阳，辗转来到荆州赴任一并相告。说到郡守吕岳扣下公文不准赴任，陶侃已是气得面红耳赤。

周访听陶侃受人欺凌，也是义愤填膺："兄长莫急！洛阳山高水远，小弟倒也没办法替兄长寻那些势利小人出气。可这吕岳不过一个弃官而逃的郡守，又有何可惧？小弟在荆州有些熟人，且吃罢了酒，就去寻那吕岳晦气，最不济也要索回公文才是。"

周家在庐江颇有些势力，虽说庐江地属扬州，与荆州并不算近，然而皆是南方州郡，自有盘根错节的关系。周访既然说要为陶侃出头，必不会说了空话。陶侃心中稍宽，可待静下心来，又是叹了一声。

周访只道陶侃还为能不能索回公文烦恼，宽慰道："兄长莫再为那吕岳烦心，小弟自会为兄长讨个说法。"

陶侃却说："为兄自然知道士达的本事，只是听闻武冈已被流民所侵，便是有了公文也实难赴任。方才在吕岳那里，一时热血沸腾，心想拼了性命也要去那武冈。可此刻细细一想，便是去了又能如何？就算自己担着天大的风险，收编些百姓坚守城池，可孤城一座，哪里挡得住铺天盖地的流民？听闻朝廷正忙着筹备皇帝大婚，待想起荆州的局势派兵平叛，只怕武冈早已成了白地。"

饮了一盏，接着说道："就算为兄勉强保全了武冈，可私募兵勇乃是大罪，事后追究起来，只怕也难全身而退。士达你不知道，这些年我在洛阳算是看个明白。我南方士人在权贵眼中，终是低人一等。平西将军周处为国平叛，慷慨赴死，好歹还有些人念他的好，可为兄如同蝼蚁一般，只怕到死也不见得有人能说句公道话。"

周访听得也是有些惆怅："其实小弟听兄长要去武冈，本也有意劝阻。只是兄长一腔热血，小弟纵是拼了性命，也要陪兄长往武冈走上一遭。既然兄长对此去武冈并不看好，小弟便如实相告。此番来荆州，乃是受了郡守大人委派，打探荆州流民动向。益州赵廞叛乱，流民避难荆州，与不少荆州土族混杂而居，有的被土族裹挟为奴，有的也与土族一同作乱。荆州土人本就不少，有了这些流民为助力，实力更是大涨。荆州驻军有限，一旦这些乱民成了气候，莫说武冈难以保全，只怕整个荆州都要翻了天。"

陶侃听周访竟想陪自己一同去武冈，心中很是感激。又听益州流民的情势竟远比自己想象中还要复杂，愈发有些担忧。荆州看似安稳，实际已是危如累卵。可从吕岳的态度来看，无论是州府还是朝廷，只怕都还没把益州流民当回事。

就听周访接着说道："再说那新野公司马歆，虽说手握荆州兵权，可如今人家有自己的事要忙，想去求他出兵驱散流民，那是想都别想。"

陶侃奇道："荆州除了这些流民，也再未听闻有何隐患，司马歆身为晋朝宗室，不以国家为重，还有什么事需他要忙的？"

周访压低了声音："兄长可听过齐王司马冏？"

陶侃自然知道。司马伦能扳倒贾皇后，手握禁军的齐王司马冏是其中关键。若非司马冏控制住皇帝，传出矫诏，助司马伦尽收兵权，只怕司马伦还真没有把握能够成事。说道："司马冏助司马伦除去贾皇后，身负如此大功，司马伦多是要好生嘉奖的。如今司马伦官拜相国，司马冏自然也是显赫无比。"

周访却道："司马冏有功于司马伦不假，可兄长尚不知道，那司马冏被朝廷拜为平东将军，出镇许昌。"

一听司马冏被排挤出了洛阳，陶侃不由摇了摇头，说道："司马伦未免过河拆桥了。"

周访也说道："司马冏原是禁宫将领，如今却镇守许昌。虽说兵权未失，官职也不算小，却是被赶出了洛阳。不过此事倒也不全是司马伦之意。听说如今中书令孙秀深得司马伦信任，朝里朝外的事几乎都是孙秀说了算，司马冏被支去许昌，也多是孙秀之意。只是那司马冏身负平叛大功，却被如此薄待，岂会甘心？出镇许昌后，与不少州郡联系紧密，而这些人大多手握重兵。小弟在新野公府上有些朋友。这新野公司马歆论起辈分，是司马冏的亲堂叔，两人走得很是亲密。若说他们没有密谋些什么，谁人能信？"

陶侃心中一悸，司马伦掌权不过短短月余，已经有过淮南王司马允一次兵变，难不成司马冏要再起事端？就听周访接着说道："即便司马冏叔侄二人不见得真敢与朝廷为敌，可就算为了自保，也必然要紧紧攥着兵权不放。这般情形下，除非荆州当真翻了天，司马歆绝不会派出一兵一卒的。"

陶侃只觉悲哀。凉州叛乱时，贾皇后与宗室之间争权夺利。如今贾皇后倒台，益州叛乱，荆州动荡不安，朝廷里依旧争权夺利。只不过全都换成了宗室权贵，而且这种争权夺利更有愈演愈烈的形势。当初在洛阳，周玘、顾荣皆对晋朝的稳固充满了怀疑。陶侃本以为随着凉州叛乱的平息，这天下会再次太平下去。怎料离开了洛阳，才发现这种希望已是越来越渺茫。陶侃叹了一声："壮志难酬！壮志难酬！"

周访见他伤感，宽慰道："穷则独善其身，达则兼济天下。司马家都不把这天下安危放在心上，我等就算急疯了又有何用？兄长去那武冈，无论成败都难自保，还不如随我回庐江去，且先安顿下来。留得有用之身，必有出头之日。”

陶侃知道周访劝得在理。可想想自己意气风发去了洛阳，最终却灰头土脸回到故乡，着实放不下这面子。周访却笑呵呵说道：“兄长离乡数年，洪儿、瞻儿兄弟几个，可都长大不少，洪儿都已成了亲。瞻儿也已过冠龄，长成个大小伙子了，也该为瞻儿寻一门亲事了。瞻儿这些年与我那丫头青梅竹马，若兄长乐意，小弟还想与兄长结个亲家，也算亲上加亲了。”

陶侃心中一暖。当年离乡赴京，陶侃刚过而立之年，本想着在京师站稳脚跟，便接妻儿去洛阳团聚。怎奈在洛阳这些年一直过得并不如意，虽然偶有家书往来，却是久久未能见上一面，连洪儿婚礼都未能回来。当初走时，瞻儿也才是个十来岁的少年，不觉中竟已长大成人。陶侃心中不由对母子几人心存愧疚，此刻也便断了去武冈的念头。周访提起这门亲事，陶侃自然愿意。只是陶侃自知已过不惑之年，依旧毫无建树，与周访结亲实在是高攀了。忙推辞道：“这些年承蒙士达照料妻儿，已是感激不尽，只怕令爱嫁到我陶家是要吃苦受罪了，士达还是先不提亲事的好。”

周访却哈哈笑道：“兄长何故这般见外，小弟就是瞧着瞻儿顺眼，别人家的小子想娶我周某人的女儿，我还看不上呢！”

陶侃又推辞几句，见周访意坚，也便应下了此事。为儿子说成这门亲事，算是稍稍弥补了这些年的愧疚了。喜事临门，陶侃心情也好了许多。既然与武冈无缘，那任职公文不要也罢，省得见了吕岳，又平添烦恼。两人痛饮一番，待过了一日，结伴回往庐江去了。

第八章　赵王篡位，暗流涌动

陶侃感慨万千回到庐江，在洛阳游历数年终是白白辛劳一场，一切似乎再次回到了原点。

好在陶侃曾救过郡守发妻性命，又有周访帮衬，再次被郡守征入郡府，得了个中正官的差事。莫看郡府的中正官品阶并不算高，却有为州府乃至朝廷举荐人才的大权，可以说掌握着一郡士人的仕途，实在是个让人眼红的肥差。

虽然陶侃在洛阳混得并不怎么样，可好歹有京官的背景，又有中正官这样的实权，在郡里渐渐有了些分量，借此拓宽不少人脉。莫看庐江远离京师，可陶侃还是凭借着如今的人脉，多多少少听到些洛阳政局的变动。

就在相国司马伦为皇帝重新选定羊皇后的同时，也在孙秀的运作下，为自己谋取了九锡之赐，这就不得不让人浮想联翩了。曹操得了九锡之赐，把汉献帝玩弄于股掌之间，传至曹丕，篡了大汉江山。司马昭得了九锡之赐，把曹魏天子当成了摆设，传至武帝司马炎，得了曹氏禅位，创下这大晋社稷。如今司马伦也有了九锡之赐，究竟想做些什么？虽说不少钻营之人闻风而动，归于相国府效命，可也有不少人对司马伦的辟命敬而远之。就连梁王司马肜对朝廷所拜丞相之职都拒不应诏。

陶侃不由再次想起淮南王司马允兵变时所骂之言，只怕司马伦当真有了不臣之心。果不其然，司马伦加九锡之后仅仅半年，终于按捺不住，野心暴露出来。诈言得其父司马懿神诏，受禅大晋社稷，堂而皇之地君临天下。皇帝司马衷，论辈分是司马伦的侄孙，却被拜为太上皇，软禁于金墉城。这爷爷篡了孙子的皇位，还把孙子拜为太上皇的滑稽之事，实在让人瞠目结舌。

在陶侃看来，这种禅位是不是个笑话无关紧要。大晋社稷已经在武帝驾崩后十数年的权力争夺中摇摇欲坠。司马衷毕竟是个痴儿，绝难改变这种危局。司马伦虽说西征叛羌毫无建树，可好歹是个心智健全之人。扳倒贾皇后势力，平定司马允兵变，还是有些能耐的。如能力挽狂澜，或许真能改变天下的垒卵之势，这对国家来说未必不是一件好事。

然而司马伦君临天下后的所作所为，似乎并未显示出一个中兴之主的气度。

随着司马伦登基称帝，大赦天下，朝廷又是一番人事更替。司马伦世子司马荂立为皇太子，其余诸子皆封王爵增添采邑。其亲信中书令孙秀，更是官拜侍中、骠骑将军、仪同三司，堪称显赫无比。而昔日相国府那些幕僚，皆居于要职。除了遍封亲党，司马伦为了得天下世族人心，凡州郡举荐的孝廉、秀才、贤良，皆不测试直接任用。太学生满十六年以上，皆辟掾属。这样不问才学，肆意封官，对天下而言怎能称得上幸事？又遍封郡守为侯爵，一时之间，得侯位之人太多，以至于印绶铸造不及，仅以白板替代。而府库所积财货粮谷，都不足以供赏赐之用。如此穷尽朝廷积蓄，邀买人心，又岂能长治久安？

让陶侃稍稍宽心的是，新皇帝司马伦对益州赵廞的叛乱和荆州的流民之祸，总算没有置若罔闻。驻守凉州的孟观是贾皇后旧党，自然不会被派去益州平叛，转拜为安南将军，调离凉州东进，屯兵于宛城。既能提防孟观与赵廞勾结，又能防备荆州流民继续北上。又拜其亲信张轨为凉州刺史，代替孟观驻守凉州，阻拦益州叛军。再拜灭吴功将罗尚为平西将军、益州刺史，领军七千入蜀平叛。

让人万万没有想到的是，那赵廞收买巴人李特兄弟起兵反叛，割据益州，却难驾驭这些骁悍的部族。还未等罗尚大军杀进蜀地，李特击溃赵廞兵马，杀进成都纵兵大掠。又收拢财宝无数，连同赵廞人头一并送入罗尚营中。称赵廞谋反，李特等人为国除奸。罗尚收了李特贿赂，又轻轻松松得了平叛之功，对李特的叛逆之举不再过问。领军进驻成都，又限了时日，命李特遣散部曲了事。

陶侃对此深感不安。李特既然能反咬赵廞一口，又岂会受制于罗尚？只怕益州的事态绝不会就此平息。

这两日，陶侃正为益州的局势愁闷不已，周访忽然来了府上。

陶侃回到庐江后不久，便与周访结了亲家，办完了儿女婚姻大事。两人虽说情谊非比寻常，怎奈多事之秋，各自也有忙不完的公务，故而见面少了许多。前段时日听闻周访去了扬州府办事，今日忽然造访，只怕多是与扬州之行有些关系。

刚把周访迎入堂中，就听周访叹了一声：“哎，真是祸事啊！”

看着风尘仆仆的周访，显然从扬州刺史府回来，便直接来找自己，一开口又说是祸事，陶侃心中觉得有些不妙，忙问道：“难道是荆州流民又生出乱子了？”

荆州局势深受益州影响，如今益州刚刚内乱一场，荆州只怕多少又要受到波及。而扬州与荆州休戚与共，自然难逃池鱼之祸。谁知周访摇了摇头：“罗尚刚刚进驻成都，李特又已归降，一时倒也平静。”

陶侃却忧心道：“罗尚入蜀前曾言：‘赵廞素非雄才，蜀人亦非诚心归附，其败亡计日可待。’果如其言，兵不血刃便得了成都。只是罗尚说别人的事轻松，轮到他自己就看不清楚了。李特兵强马壮，部众近万，比罗尚大军有过之而无不及。罗尚却仗着平叛之功，心有骄纵之意，又得了李特贿赂，竟对叛军网开一面。虽说传命于李特遣散部众，可李特兵马强盛，只怕未必会听从罗尚军令。听闻李特游说罗尚幕僚，延缓遣散时日。罗尚也是时紧时松，这限定的期限一拖再拖。益州的危机并未根除，仅仅是李特投鼠忌器收敛一时而已，这益州终是难免一战的。”

周访却道：“兄长所言在理。只是益州毕竟远隔千里，对我扬州威胁倒也未有那般紧迫。今日之事，却是万分危急了。”

陶侃猜道：“莫不是齐王司马冏要有所动作了。”

周访很是惊异：“兄长并未去过扬州府，如何得知此等机密之事？”

陶侃淡然道：“此事稍想便知。益州既然暂无大事，朝中隐患便会激发出来。如今司马伦得了禅位称帝，只怕心存不满之人必然要生事端。士达先前曾言，齐王司马冏有功于司马伦，却被排挤出洛阳镇守许昌，私下里与不少手握重兵之人往来密切。眼下司马伦初登大宝，人心不稳，若司马冏想要动手，也只能抓紧时日。否则等司马伦坐稳了天下，司马冏便再也没有机会了。”

周访听陶侃这般一说，点了点头：“正是司马冏要对司马伦下手了。已遣使传密函于扬州府，着令扬州刺史郗隆集结兵马北上，助其围攻洛阳讨伐司马伦。那使者很是得意，声称成都王司马颖、河间王司马颙、常山王司马乂、新野公司马歆、安南将军孟观都已尊奉齐王为盟主，天下州郡皆已得齐王檄文。只等齐王一声号令，便要大兴义兵，会师于许昌，共除国贼了。”

陶侃心中一惊，原以为也就新野公司马歆会听司马冏之言起兵，怎料竟有这么多宗室牵扯其中，竟连孟观都是司马冏的人？静下心一想，只怕那使者言过其实了。

成都王司马颖与常山王司马乂，都是废帝司马衷的同父异母兄弟，无论情谊是否深厚，也绝不愿意自家的皇位被一个远房的爷爷抢了去。既然司马冏愿意挑这个头，讨伐司马伦，司马颖和司马乂自然愿意起兵相助。

只是那河间王司马颙和安南将军孟观就不好说了。

司马颙当年和司马颖一起被贾皇后排挤出洛阳。司马颖镇守邺城，司马颙镇守长安。这些年来，司马颙即便心中不满，也没有什么非常之举。司马伦铲除贾皇后，可以说替司马颙也是报了仇的。无论谁当皇帝，司马颙也少不了荣华富贵，犯不着为了废帝司马衷去蹚这次浑水。

而孟观虽是贾皇后的党羽，可贾皇后倒台后，镇守凉州的孟观，心安理得接受了司马伦的官爵，老老实实离开凉州转镇宛城。足见孟观对司马伦并没有什么排斥，甚至还念着司马伦不计前嫌的恩情，只怕也不会奉司马冏的檄文。

陶侃遂说道："那使者多是为了说服刺史大人，故而夸大其词了。齐王司马冏未必有这样大的影响力。其父司马攸是武帝亲兄弟，当年过继给景皇帝司马师为子，在宗室之中倒是有些分量的。只是司马攸早年并不得武帝亲近，甚至是被武帝忌惮，故而多有打压，早早病逝于洛阳。司马冏远没有其父在宗室中的威望。除去平辈的司马颙不说，司马冏身为司马颖和司马乂的叔叔，想要二王对他言听计从，都没那么容易。而孟观就更不要说了，若是想反司马伦，早在凉州就该与叛党赵廞勾结，至少也要赖在凉州不走，又岂会奉命来了宛城？只怕也就司马歆会心甘情愿尊奉司马冏，却又被驻守宛城的孟观拦在荆州，想要赶去许昌助阵，未必有那么容易。司马冏唯一的优势，也就在于司马伦得惠帝禅位不清不楚。若司马冏能借此事大做文章，收买天下人心，或能多些胜算。"

周访想了想陶侃说的话，点了点头："那使者也是这般劝说刺史大人的。除了怒骂司马伦篡位谋逆，对那孙秀也是口诛笔伐。听那使者说，如今孙秀已不仅仅是司马伦的智囊和亲信了，几乎架空了司马伦。司马伦的诏书，孙秀想改便改，都不必言语朝廷一声，到后来嫌改诏书麻烦，竟然以青纸自作诏书，比司马伦的圣旨还要管用。而洛阳不少姓孙的世族官宦，眼见孙秀专执朝政，为求富贵，恬不知耻地甘为孙秀附庸。甚至拉下脸，求与孙秀合族，以至于寒门出身的孙秀，如今已是洛阳一等一的旺族。"

陶侃听得心中一悸。若真如那使者所言，司马伦铲除贾皇后、平定司马允，一步步大权在握君临天下，却被孙秀无声无息地控制。背负着天大的骂名，竟只得到一个皇帝的空名，究竟值也不值？而孙秀俨然已是天下的实际掌控者，再这样下去，司马伦只怕也要学废帝司马衷一般，禅位于别人了，而晋朝的社稷也就走到了头。

就听周访接着说道：“愚弟看来，废帝司马衷在位这十多年，朝廷昏暗纷争不断，扬州虽然远离洛阳，可也深受其害。而司马伦得司马衷禅位，也未瞧出什么治世之才来。说句僭越的话，他司马家谁当皇帝都没什么关系，至于孙秀秉权，也是司马家的人不争气。朝廷权势究竟归于谁人无关紧要，只要保天下太平就是万幸了。可扬州府的参军幕僚们听使者一番慷慨言辞，个个义愤填膺，怒骂司马伦数典忘祖，申斥孙秀小人得志，连劝刺史起兵响应齐王。”

陶侃忙问道：“刺史可答应了？”

“既是答应也未答应。”

陶侃奇道：“这是何意？”

“刺史大人传令整备兵马以待军令，却又言扬州兵马有限，故传书郡县征召新军。愚弟自扬州府回来，便是带了征兵文书呈于郡守的。只是据愚弟所知，刺史大人侄儿郗鉴尚在洛阳。若是早早起兵，郗鉴必然落入司马伦手中，故而刺史大人多是不肯轻易出兵的。只是群情激愤，刺史大人也不好触了众怒，故而以整备兵马为借口，且先拖延些时日，瞧瞧中原局势再做定夺。愚弟在扬州府多待了些时日，并没急着赶回来，托朋友暗中打听到不少消息。齐王使者刚来不久，刺史便悄悄使人去了邺城、许昌打探消息，甚至长安也派了人去。莫看司马冏、司马颖、司马颙那些王爷，个个掌控近万大军，可司马伦也并非没有防备。三王麾下将军幕僚，不少人都是司马伦安插的眼线。也是司马冏倒霉，就在他信誓旦旦要举兵讨伐司马伦的时候，许昌城外偏偏又有数万乱民闹事。司马伦以此为借口，派其亲信爱将管袭为齐王军司，领兵数千去了许昌，名为助齐王平乱，实则在旁监视。司马冏自顾不暇，哪还有机会讨伐司马伦了？”

听着周访说的这些内幕消息，陶侃听得眉头紧锁。司马伦登基称帝，或许并不得人心，越是那样大肆封赏官爵，越显得司马伦心中没有底。而齐王司马冏游说宗室大将、刺史州牧，想要讨伐司马伦，且不说能不能拉起队伍来，还未起兵便已生出这么多事端来，究竟能不能成功还真瞧不出端倪。起兵之事本该万分隐秘，可司马冏为找寻助力，如此大张旗鼓，哪还有半分机密可言？只怕早已被司马伦所知，要不然为何要派兵去许昌？只是如此一来，司马冏已是骑虎难下，不反也得反了。晋朝的权势争夺，过去也就集中在洛阳城中，虽然少不得兵戎相见，却也规模有限，影响算不得太大。可司马冏一旦起兵，战火必然蔓延中原，如此一剂猛药用于病体沉疴的大晋，究竟能解当下危局，还是把大晋再往深渊推上一把，还真不好说。

周访看着陶侃面色凝重，问道："依兄长所见，齐王能有多少胜算？"

陶侃回道："局势错综复杂，一时倒也难说。司马伦得九锡封赐时，手握三万嫡系精锐，再有京师常备军马，约在五万上下。相较而言，司马歆久驻荆州，自晋吞并孙吴之后，也就保留五六千驻军，而孟观守备宛城，其心意尚无定论，故而司马歆对许昌的作用实在有限。许昌离洛阳算不得远，齐王司马冏又被人盯得紧，手中应该也就万余兵马。除去其他州郡不提，齐王胜败的关键还是落在邺城的司马颖和长安的司马颙身上。司马颖与司马颙镇守重镇，依宗室兵权，应有万人部众。可这些年为了提防贾皇后，只怕暗中扩充不少军备。再加上司马乂的部众，司马颖和司马颙究竟有多少实力还真不好说。若这两王诚心相助，司马伦必败无疑，可若两王模棱两可，则司马冏死无葬身之地。"

周访连连点头："那我扬州究竟该如何自处？"

陶侃心想，司马冏虽然急需司马颖和司马颙相助，却也不敢过于倚重两王。司马冏起兵讨伐司马伦，为国除奸倒在其次，多是争权而已。而司马颖和司马颙也是宗室贵胄，一旦风头盖过了盟主，那司马冏担着天大的干系起兵，不就便宜了两王？故而除了拉拢两王，也需借助其他州郡兵马以壮大自己实力。若扬州能支持司马冏，事成之后少不得封赏，可八字还没一撇，扬州早早向司马冏示好，未必不会被人当了马前卒。无论扬州刺史郗隆究竟是如何考虑，此时暂不出兵倒也是个法子，至少也要看到司马颖和司马颙的动静之后才好出兵。

正想告诉周访，忽然就听外面有人一路叫着陶侃、周访表字跑了进来，吓了两人一跳，却是郡府主簿。见到周访果然在陶侃这里，忙说道："士达，总算找到你了，出大事了！"

周访忙问："出了何事？"

主簿上气不接下气说道："打仗了！齐王司马冏约请管袭讨伐乱民，刚刚得胜便即刻收押管袭，吞并其部众，竖起勤王大纛，以管袭人头祭旗，广邀天下共伐洛阳。"

陶侃心中咯噔一声。正和周访谈论此事，司马冏竟已动手了，看来司马冏终是熬不住了，忙问："都有何人受了齐王檄文？"

"新野公司马歆早早集结了兵马，齐王刚刚动手，便已急速开赴许昌。而成都王司马颖集结河北兵马得十万之众，亦已誓师西进，并以常山王司马乂部众为后队押运辎重。河南不少州郡见齐王起兵，纷纷征集部众投奔麾下，短短数日间，许昌已集结数万大军。郡守大人刚刚得了扬州刺史府急令，命庐江速速抽调壮丁往石头城集结，随军北上响应齐王。郡守大人听说刺史府早早就已让士达带回征兵的文书，却未见到士达，想来多是在士行府上，故而差我来找寻。士达！这征兵文书事关重大，你怎未早早报于郡守？如今刺史府要兵，短短数日间，哪里征来这么多壮丁？快快随我回郡府去，郡守这会儿都急疯了。士行也随我去，郡守少不得士行出出主意。"

周访忙说道："只因刺史大人迟迟未下定决心北上，周某为打探消息在扬州耽搁了些时日。这刚刚回来，刺史大人竟已决心驰援齐王了？"

"嗨！刺史已经不在了！齐王起兵势大，扬州将士们都愿追随齐王谋个前程，可刺史却拖延不去。将士们忍耐不住，一怒之下已经起事，擒杀刺史献首于许昌，传令各郡速往石头城集结。"

郗隆竟被军士哗变杀了？陶侃和周访皆是愣住了！若是放在平日，擒杀刺史与谋反何异？这些军士求功心切，行此恶劣之事，对司马冏来说求之不得，只怕非但不会追究哗变军士弑主之罪，反倒要大肆封赏嘉奖了。只是此时两人已顾不得管扬州之事了，陶侃忙问："宛城孟观有什么动静？对司马歆北上如何应对？还有河间王司马颙是否支持齐王？"

"听说孟观闭门自守，两不相帮，既未助司马伦抵挡荆州兵马，也未阻挠司马歆北上。河间王司马颙对齐王檄文并未应命。听说司马颙已经杀了齐王使者，献首于洛阳，向司马伦表忠心。已奉司马伦旨意，遣其大将张方统领长安兵马东进，驰援洛阳抵御义军。”

陶侃默默无语。看来孟观是要置身事外了，只是放任司马歆北上，在司马伦来看孟观是帮了齐王，而在齐王来看，孟观是为司马伦尽忠。无论谁胜谁负，孟观事后都难以避祸。而司马伦得司马颙相助，司马冏有司马颖支持，虽说司马冏在兵力上占据上风，可毕竟要一路西征，战线绵长，两军倒是不相上下了。让陶侃有些意外的是，这司马颖本来也就万余兵马，就算这些年暗中积蓄不小实力，可突然冒出十万大军来，未免也太让人吃惊了。遂问道：“成都王十万兵马可属实？”

“如何假得了？司马颖当年被贾皇后排挤出洛阳，皆是看不惯贾氏的跋扈，故而出言顶撞，才被派去邺城镇守。你是不知道，司马颖这些年在黄河以北颇有声望。世族百姓深受贾氏之害，故而对司马颖很是爱戴。而司马颖又以东汉名臣卢植后人卢志为军师，颇有些才德，把邺城治理得好生兴旺。听闻司马颖要起兵勤王，河北世族百姓皆来投军，只怕十万大军都是说少了。齐王有司马颖相助，大事必然可成。二位还是莫再耽搁，速速去郡府商议征兵之事吧。”

陶侃心中叹了一声，看来这场中原大战终是无从避免了。但愿此战早早结束，切莫旷日持久，伤了天下筋骨。益州、荆州本就尚不太平，扬州又刚刚起了兵变，若江南再出了事，只怕天下大乱再也无法改变了。也不敢再耽搁，忙和周访一起赶去了郡府。

第九章　五王争霸，天下大乱

一阵急促的敲门声响了起来，陶侃、周访拔剑在手走到院中，警惕的家丁早已抄起兵刃戒备起来。有人攀上院墙对外喊道：“何人敲门？”

“在下荆州刺史府功曹，奉我家大人之命来寻庐江陶士行。不知陶士行可在院中？”

那墙头的家丁探着身子往外一瞧，忙抽回身来，悄声说了句：“来了好些人，都带着家伙。”

陶侃眉头一皱，来到门前，隔着门问道：“外面的朋友，荆州刺史已经殉国，你家大人究竟是谁？若敢胡言乱语，休怪陶某乱箭伺候。”

那人忙说道：“兄台勿怪，在下当真在荆州刺史府当差。前刺史西征益州病逝沙场，朝廷已拜刘弘刘尚书接任荆州刺史。刺史大人说曾在洛阳与庐江陶士行有一面之缘，虽然不过聊了几句，却对陶士行的才学很是敬佩。如今荆州用人之际，刺史大人欲请陶士行出山，往荆州刺史府任职，也好为国效力平息叛乱。”

刘弘到了荆州？陶侃喜出望外，就见门外隔墙扔进一封手札，打开一瞧，果真有荆州刺史府的大印。陶侃一把拉开大门，连连拜道："哎呀呀！竟是刘尚书门下高士，失敬失敬！快快请进！快快请进！"和周访一起迎着那人进了堂屋，吩咐家丁伺候随行之人。

众人把访客接入府中，沉重的大门再次紧紧关闭起来。

也不怪陶侃、周访小心了些。这两年来，天下当真是乱得天翻地覆了。

当日齐王司马冏起兵讨伐篡位的新帝司马伦，虽说有成都王司马颖、常山王司马乂、新野公司马歆及中原各州郡兵马相助，声势颇为雄壮。可司马伦得了河间王司马颙支持，不但多了数万兵马，洛阳以西更没了威胁，故而调兵遣将阻击义军。以其上将张泓领精兵两万四千众，兵分三路占据险关，阻挡齐王司马冏，以孙秀之子孙会领禁军三万抵御成都王司马颖，又以皇子广平王司马虔领军八千，为各路兵马后援。

莫看司马伦满打满算也不过派了六万余大军出征，却多是朝廷常备兵马，更有不少精锐是司马伦驻守凉州时的边军，骁勇善战，勇不可当。而义军看似人多势众，可真正称得上劲旅的，不过是四个宗室嫡系部众不到三万人马。其余大军多是新入伍的壮丁，平日里举着锄头务农养家，莫说上战场了，摸过刀枪的人都没有几个。看起来乌泱泱的甚是唬人，实则没有多少战力。司马冏与司马颖虽是盟军，可一个在河南，一个在河北，相互之间又没有统一调度，刚刚与朝廷大军相遇便吃了大亏。

司马冏与张泓战于颍川，短短两月时间，三战三败，被张泓逼得一路败退，仓皇中退守颍阴，仅能据城坚守。而司马颖先锋与孙会在黄桥遭遇，仓促迎战，被孙会大败，死者万余之众。

声势浩大的义军竟然如此不堪一击，天下为之侧目。扬州哗变的军队，信誓旦旦要追随司马冏为国除贼，甚至不惜杀了扬州刺史郗隆向司马冏表忠心，可谁知司马冏非但没能杀到洛阳城下，反倒被张泓追得仿若丧家之犬。扬州哪还有人再敢提集结兵马北上的事情？只能摇摆不定地驻守石头城，且再观望一时。庐江也就无须忙着征兵，陶侃、周访一时闲了下来。整日耗在郡府，不断派人来回打探义军消息。

司马颖先锋大军惨败后，慌乱中想要退守朝歌，可军师卢志极力主战，总算说动司马颖不再退后一步。而孙会初胜之后防备松懈，又忙着和副将争夺战功，闹得不可开交。司马颖集结精锐之师，出奇兵一举击溃孙会于溴水，朝廷三万大军死伤惨重，余部皆降了义军。随着司马颖大军乘胜而进的消息传遍各地，使得战场局势立刻扭转过来。

张泓部将听闻孙会惨败，唯恐司马颖南下，与司马冏合兵，不少人开了小差，弃军逃回洛阳。为逃军法处置，那些逃将诈称张泓也已战败，闹得洛阳人心大乱。而河间王司马颙本以为司马伦实力雄厚，义军绝非敌手，故而支持司马伦，遣大将张方领军增援洛阳。可才走到半路，就听说朝廷大军惨败于义军。各种消息不绝于道，多是说义军已有百万之众，洛阳岌岌可危。司马颙慌乱中只当自己押错了宝，传命张方改旗易帜，助义军反攻司马伦。又亲领兵马从长安一路赶来，以示对义军的支持。

这般一来，司马伦当真成了孤家寡人。虽说也不知道张泓究竟是否真的败亡，可孙会三万大军却是实实在在的没了。而司马颙临阵倒戈，更让司马伦雪上加霜。孙秀也没了主意，盘算着究竟是裹挟司马伦南下投奔驻守宛城的孟观，还是一路东逃出海避祸。还没来得及收拾洛阳珍宝细软，便有京师守军在城中哗变，诛杀孙秀满门，强逼司马伦退位，复迎废帝司马衷登基，又抬出梁王司马肜主持朝政。

遂传诏书于司马冏、司马颖、司马颙三王，嘉许勤王之功，实则意在劝三王退兵。免得三王统领大军来到洛阳，搅得京师不稳，天下大权落入三王之手。

然而这只是洛阳权贵的一厢情愿罢了。司马颖在溴水大胜之后，再无阻挠乘胜西进，听闻洛阳城中军士哗变，司马伦已经退位，司马衷复辟，喜出望外急速行军，第一个领军进驻洛阳。未过两日，司马颙也从西面赶来，在洛阳与司马颖会师。两人稍一合计，分兵驰援齐王司马冏，夹击张泓，尽快结束颍川战事。

司马冏虽为义军盟主，却几乎一路败退，仅有几场小胜挽回点颜面。讨伐司马伦的首功归于司马颖，司马冏心中五味杂陈。遣使先去了张泓营中，告知司马伦已经落败，说服张泓统领其部众归降。

洛阳大局已定，司马衷重登大宝，司马冏倒不急着赶去京师了。一路上招降纳叛扩充兵力，又把各州郡听闻义军捷报后陆续赶来投军的部众纳入麾下。待司马冏浩浩荡荡来到洛阳时，手中已经掌控数十万人马了。司马冏在这场讨伐国贼的战事中，有没有功劳已经不再重要。数十万大军在洛阳城外摆开阵势，无论是洛阳的宗室权贵，还是司马颖和司马颙，心中都为之一颤，恭恭敬敬把司马冏迎入城中。

这场波及百万军民的大战，持续六十余日落下帷幕，莫看时间不算长，然而前后死伤也要近十万众。司马颖虽居首功，可眼瞧着司马冏人多势众，也只能自居其下，让司马冏摘得胜利果实。司马冏毫不客气，将篡位称帝的司马伦诛灭三族，其余党羽斩首于东市，凡司马伦所辟官属尽皆罢官。驻守宛城的孟观也未能避祸，虽然没有阻截义军，依旧被归为司马伦党羽，传旨斩首于宛城。可怜这平定凉州叛乱的功臣，自始至终避身权力争夺之外，却终是没能保全性命。

随着洛阳大开杀戒，严惩司马伦党羽过后，司马冏也是恩威并施，启用不少世族大姓入朝为官。王戎、王衍兄弟当初因废太子之事被司马伦罢黜，如今反而被当作是国家忠良重新征辟。王戎拜为尚书令，王衍为河南尹，虽然没有当年的威势，可也再次成为洛阳实权人物。刘舆、刘琨兄弟乃是汉朝宗室，虽然曾是贾谧府中座上客，也被司马伦征辟为官，却得司马冏赏识，并未牵连进司马伦党羽中，反而继续征为属官留用。为了拉拢南方士人之心，司马冏还把顾荣请了出来，征入齐王府做了主簿。

勤王的宗室功勋自然也少不得封赏。司马冏自居首功，官拜大司马。司马颖为大将军，司马颙为侍中、太尉，司马乂为抚军大将军，司马歆进为王爵拜镇南大将军，司马肜为太宰、领司徒。随着司马冏一系列人事更替，悄无声息中排除异己，把亲近齐王府的士人渐渐安插进了洛阳中枢，朝中大权渐渐归集于司马冏手中。待司马冏大权在握，终是流露出与司马伦一般无二的嘴脸，也为自己加赐九锡。只是忌惮司马颖和司马颙的大军，遂为司马颖也赐九锡、假黄钺、录尚书事，为司马颙也加了三锡之礼。

这九锡之赐似乎已是权臣抢夺皇权的必由之路，司马冏的所作所为无异于在向朝野暗示着什么。莫看司马冏给司马颖同样的荣耀，可司马冏兵马最盛，一旦翻了脸，司马颖势必落在下风。为求避祸，司马颖在卢志劝说下，辞谢九锡之礼，领兵离开洛阳退回邺城，司马颙也很识趣地回了长安。没了二王威胁，司马冏亦遣司马歆回了荆州，只留了兵马最少的司马乂在洛阳，拜为骠骑将军，算是个陪衬。

远在庐江的陶侃，虽然没能参与到这场大战中，可对中原这场战乱却是无比痛心。这司马家的皇亲贵胄怎就这般没有轻重？国家危难之际，没有人想着中兴乱世，反倒一心只为争权夺利。司马冏口口声声大兴义兵为国除贼，可扳倒了司马伦，自己却成了另一个野心勃勃的权臣。

看来看去，也就那成都王司马颖还算有些贤名。听说回到邺城后，司马颖在卢志谏言下，从河北转运粮谷十五万斛送至颍川，赈济中原大战时流离失所的灾民，又造棺椁八千余具，收殓战死于黄桥的将士，连同战死的敌军士卒一并安葬。而陆机、陆云兄弟曾为司马伦撰写禅位诏书，本来都已被司马冏下了大狱，要当作首恶，斩首以儆效尤。幸有司马颖出言相救，好歹保全了性命，外放了平原内史和清河内史，成了司马颖的属官。这般一来，不但北方世族百姓很是感念司马颖恩德，南方士人对司马颖也多了些好感。

陶侃虽然曾在洛阳为官，可身份卑微，未曾见过司马颖本人，只是这些年来看惯了司马家那些皇亲贵戚的虚伪，对这司马颖的贤名也不敢轻信。总觉得司马冏无功而掌大权，司马颖功高却避祸在外，这种隔阂与矛盾，只怕终会有爆发的一天。

然而还没等二王之间的冲突激化，益州战火再次燃起。这一次的危难，不但彻底搅乱了益州，也极大地破坏了荆州，甚至连扬州都陷入动荡之中，整个江南几乎都深受影响。

罗尚进驻成都后，虽然隔三岔五就催促李特遣散部众回归本郡，可流民听闻中原三王征讨洛阳，唯恐回乡后被战火波及，大多人只想留在益州。李特深知流民所想，借着为民请愿，重贿罗尚，不断延缓回乡的时日。故而颇得流民拥戴，其部众非但没有减少，反倒渐渐扩充至两万余众。罗尚察觉出不妙，着急忙慌调集广汉各郡兵马三万，集结成都，欲强逼李特启程回乡。谁知罗尚的副将，眼见李特整车整车的金银送于罗尚，贪婪之中，欲私自集结兵马暗杀李特抢夺财货。怎奈走漏了消息，非但没能杀了李特，反倒被李特所败。李特眼见和官兵翻了脸，索性借着此事大做文章，诈称罗尚欲将流民尽皆斩杀以向朝廷请赏，惊得流民共推李特为镇北大将军，心甘情愿追随李特杀官造反。待罗尚反应过来，李特已经连胜数场，兵围成都。

罗尚本性贪婪，自进驻成都以来，鱼肉百姓横征暴敛，深为百姓所患。而李特却与蜀民约法三章，军政肃然，不但得流民支持，也得蜀民拥戴。罗尚数次出城迎战，惨败而还，只得据守成都，向朝廷求援。

此时，朝廷大权刚刚落入司马冏手中，也急于一场胜仗树立权威，遂遣部将领军一万入蜀，并传旨于驻守长安的河间王司马颙，一并派兵入蜀平叛。然而李特所领流民大军已是生死存亡之际，虽在三路大军夹击之下，却浑然不惧。在蜀人支持下，李特占据险要之处，袭扰官兵。杀得朝廷援军还未进入葭萌关，就已死伤惨重，余部皆归降于李特。

李特大胜后，自称大将军、益州牧，都督梁、益二州诸军事。蜀地不少郡县听闻李特声威，纷纷投效于军前，罗尚连吃败仗，只剩成都一座孤城苦守。

司马冏派兵平叛无果，反倒自损声威，心知没有用兵之才，干脆自甘堕落，只顾骄奢玩乐起来。梁王司马肜此时已经病逝于洛阳，而常山王司马乂是成都王司马颖的兄弟，自然不会被司马冏信任。司马冏遂拜东海王司马越这个宗室旁支为司空，领中书监，打理朝政。自己转身沉沦于酒色之中，使得天下世族和百姓对司马冏失望之余，对司马颖的期望越来越强烈。

河间王司马颙奉命征蜀惨败后，自知在中原大战时心存二心，终不为司马冏所容，遂借着朝野对司马颖的呼声，暗中大造声势，诈称得天子密旨，要天下义兵铲除司马冏，拥戴司马颖辅政。随即联络邺城，与司马颖相约起兵夹击洛阳。又说服留守于京师的常山王司马乂为内应，趁着司马冏因二王起兵惊慌失措，于洛阳城中举兵围攻大司马府。

按理说司马冏初到洛阳时，手握几十万大军，以司马乂的实力，着实难以撼动司马冏。可那几十万张吃饭的嘴巴，纵是司马冏也招架不住。在洛阳局势得以控制后，大多兵马都已遣散。司马冏忽遭司马乂围攻，抵挡不住，兵败被俘，夷灭三族，受牵连死者二千余人。

可笑司马冏首起义兵为国除贼，掌控朝政不足一年，便步了司马伦后尘。

司马乂得手之后，恭奉司马颖为辅政大臣。原以为司马颖会风风光光进驻洛阳，迅速控制国家，谁知司马颖倒很有分寸地再次退回邺城。这种以退为进的做法，愈发为司马颖笼络了天下人心。虽说洛阳朝政被司马乂掌控，却事无巨细，请命于司马颖，一时朝野倒也安稳起来。司马颙见司马冏已经死了，自己也算得以保全，亦退回了长安。

随着天下大权落入司马颖、司马乂兄弟之手，司马冏未能平定的益州叛乱，便成了司马颖该操心的事情。对势头越来越强盛的李特叛军，司马颖倒也不敢掉以轻心，既然葭萌关已经在叛军手中，蜀道已然切断，从雍州南征变得很不现实。对于缺少战船的叛军，水军便成了李特的软肋。司马颖遂传令于荆州，命荆州刺史征集水军三万，溯江而上驰援罗尚。荆州兵权原本控制在新野王司马歆手中，可随着司马冏战败身亡，作为司马冏亲信的司马歆就处在十分尴尬的位置。想要紧握兵权抵制司马颖，自知没有那个名望和实力，只能俯首示好，支持司马颖对益州用兵。不但对荆州刺史征兵从不过问，甚至还从自己军中调拨了人马随军西征。

此时的李特拥兵数万，又得蜀民支持，先前大败三路朝廷兵马，势头正盛，按理说罗尚连战连败不足为患，只要李特及早抽调兵马拦截荆州水军，未必会落在下风。可李特偏偏在接连大胜后出了个昏着儿。

随着李特兵马越来越多，粮草却是越来越难以接济。无论士卒如何勇猛善战，可吃不饱饭，如何打得了仗？益州数年动乱，田地大多荒芜，蜀民为求自保，多是自发地聚集在一起，修筑坞堡囤积粮草。李特虽然得蜀民支持，可约法三章，也不好向蜀民强征军粮。退而求其次，将本部兵马分散到各处民坞，既助蜀民协防官兵流寇，又能解决军粮问题。虽然这个法子倒也能解决一时的困境，却有着极大的弊端。

荆州水军急速西进，眼见过不了十来日，就要杀到成都，可李特分散各处的兵马一时难以集结。再加上这段时日以来，蜀民存粮虽说没有被李特收走，可那些吃白饭的流民，实在让蜀民生出厌恶之心。听闻荆州援军不日将至，降于李特的蜀民渐渐生出二心。

这种人心的浮动，被苦守成都的罗尚察觉，暗中游说各坞主，又使人诈降于李特。随着诸坞蜀民哗变，又在罗尚内外夹攻下，李特战败身死，惨遭斩首焚尸。

按理说，随着李特战死，流民大军群龙无首，益州局势也该当平息了，谁知却是应了虎父无犬子那句话。李特虽死，其兄弟子侄尚在，尤以李特第三子李雄最有谋略，迅速接管李特兵权，平定了战败后流民大军的内乱。诈降于荆州刺史，又出奇兵一举击溃荆州水军先锋。荆州刺史吃了败仗，惊恐恼怒中病逝于军中。荆州军没了主帅，再也不敢轻进，退回了荆州。益州局势重新控制在李雄手中。

司马颖派兵西征益州，虽然死了李特，可叛军声势不减。为了一鼓作气，彻底平定蜀患，司马颖决意加派兵马再次西征。可坏就坏在这征兵之事上。

三万荆州水军入蜀，本就已经征召不少荆州壮丁，死了那么多人惨败而还，已让荆州人悲痛恼怒不已。朝廷还未抚恤，竟还要加征男丁，这让荆州人如何肯依？然而朝廷下了死命，催逼甚急，凡征兵不足或延缓时日的郡府，两千石以上郡守尽皆免职。为了保住官位，上自新野王司马歆，下到各郡郡守，荆州的官老爷们全都下了狠手。开始还软硬兼施征召军兵，到后来几乎已是抢人了。

荆州先前就因益州的战乱，有大批流民涌入境内，搅得荆州南方郡县乱得一塌糊涂，如今再被这征兵的催命文书一逼，不少荆州人为逃兵役，投奔流民山寨中落草为寇。荆州本就有大量的部族与汉人杂居，平日里就争闹不断，被官老爷们强抢壮丁，恼羞成怒杀官造反。

有义阳土人首领张昌，掌控数千流民乱兵，在荆州征兵的动荡中，依附的百姓渐渐有了万余之众。张昌野心渐长，更名为李辰，造谣于民间，称："当有圣人出世为民主。"抓了个县吏，诈称是汉室后人唤作刘尼，奉为天子。张昌自称相国，私刻玉玺，遵循汉家礼法，有不应募者，皆被族灭。转而攻没郡县，占据江夏。又四处传播谣言，称江淮以南皆已造反响应"大汉"，旬月之间聚众已有三万。随着张昌势力暴涨，分拨兵马四处为祸。荆州的叛军急速蔓延，很快便有张昌大将石冰杀入扬州。

面对气势汹汹的叛军，早已没了刺史的扬州简直就是一盘散沙。驻守石头城的扬州兵马，先前哗变杀了刺史郗鉴，现在终是尝到了恶果。没有统一的调度，扬州兵马很快就被石冰击溃，风花雪月的扬州立时陷入战火之中。

庐江离江夏不过两三日路程，在肆虐的张昌叛军刀兵下首当其冲。郡府虽然征召了千余兵马，可面对浩浩荡荡的叛军，哪有迎战之力？只能紧闭城门自守城池。好在叛军虽众，却没有攻城器械，倒也不敢轻易强攻城池。然而城外的村邑就没那么幸运了，逃得早些的人还能避入城中，逃得慢些的皆被拒于城外。但凡叛军所过，百姓所存粮草钱财几乎扫荡一空，稍有反抗便难逃一死。年岁大些的好歹保全性命，年纪轻的大多被裹挟而去。扬州女子生得颇为秀气，更是惨遭叛军掳掠，尤其姿色俊美些的，背井离乡远送荆州献于张昌。

听着逃难进城里的百姓不绝于耳的哭诉，陶侃心如刀绞。最最担心的事终是发生了！益州的动荡终于冲破蜀地，冲破荆州，侵入扬州，而大晋的王爷们只顾着争权夺利，对灭国的隐患视而不见！总算是乱了北方的天下，乱了南方的太平！既然那些高高在上的宗室权贵、世族豪门尽不到该尽的责任，那便由我等寒门士子来做些该做的事。我陶侃做了朝廷的官，拿了朝廷的俸禄，那便要为一方百姓做主。

陶侃与周访一合计，死守庐江孤城终是难逃灭顶之灾，遂向郡守请缨，与周访一起去了城外周家庄园。高筑壁垒，加强防备，收纳百姓，训练兵丁。能多救一人便多救一人，总胜过眼睁睁看着百姓惨遭叛军荼毒。如今朝廷内外都已大乱，虽说司马冏败亡后，司马颖、司马乂、司马颙三王之间形成了微妙的平衡，可一直忙于权力的再次分配，很难顾及扬州的局势。世族豪门大多已经私自募兵保护产业，官府再难扼制私兵的膨胀。故而陶侃和周访招募百姓之言是被郡守默许，至少也能成为协防郡府的新生力量。

周访家大业大，府中常年备着不少粮草，足以支应数百人一年用度。本就有百十家丁，再招募些逃难的乡民，购买精铁打造兵甲，好歹有了自保的实力。而陶侃乃是将门之后，除了熟读经史才学过人，在用兵之道上也颇有些手段，本指望凭着文韬武略为国效力闯出一番名堂，却因出身寒微久不得志，如今倒也是有了用武之地。协助周访把这周家庄园布置得铜墙铁壁一般，逃难乡民稍加训练也堪可一战。叛军四处掳掠战无不胜，强攻了几次庄园皆被击退，吃了些亏也就懒得再来自找没趣。反正到处都是全无反抗之力的村落，犯不着为了抢周家庄园这些钱粮丢了性命。

周家庄园就这样奇迹般在兵荒马乱的扬州保全下来。陶侃与周访整日小心防备着四处流窜的叛军，苦苦等着朝廷派兵南征。今日忽有荆州刺史府的功曹造访，又是刘弘所遣，自然喜上眉梢。

陶侃当年在洛阳时，曾去张华府上拜寿，与刘弘有过一面之缘。作为晋朝名将羊祜的参军，刘弘颇有些才干，只是时逢王戎、王衍兄弟当国，恶意诽谤羊祜，使得刘弘虽然官拜尚书，在朝中也是屡受人排挤。陶侃对羊祜很是敬仰，故而也对刘弘颇有好感。当年不过匆匆聊了几句，谁知刘弘竟还记得自己，陶侃心中不由一阵暖意。

与那使者叙谈几句，陶侃方才知道。荆州刺史西征病逝，荆州动荡难以扼制。新野王司马歆本是司马冏亲信，如今没了靠山，只得向司马颖示好。谁知洛阳朝堂控制在司马乂手中，明面上事无巨细请奏于司马颖，实则两人关系并不如看上去那样好。司马歆倒向司马颖，却难以得到信任，反而得罪了司马乂，简直是两头不讨好。司马颖与司马乂固然忧心荆州的叛军，可更难对司马歆放下心来，这才委派刘弘出任荆州刺史，免得荆州彻底落入司马歆手中。为了一劳永逸解决荆州叛军，司马颖与司马乂倒是合作起来，各自分遣兵马助刘弘南征，现屯驻于宛城。又传旨于雍州，命河间王司马颙与雍州刺史分拨兵马，合一万五千众，自蓝田南下，与刘弘分兵两路夹攻张昌。

得闻此讯，陶侃大喜。扬州的混乱，究其原因出自荆州张昌，若刘弘能一举平定荆州叛军，那么扬州的混乱也便迎刃而解。既然刘弘特意征辟陶侃，陶侃自然愿意为刘弘效力。

陶侃与周访稍加商议。周家庄园初具规模，已是对抗石冰叛军的堡垒，不可轻易裁撤。故而留下周访守备庄园，以待荆州局势平稳后反攻石冰。荆州战火连绵，陶侃带着家小也着实不便，妻儿依旧托付于周访，住在庄园之中。安排好了家务事，陶侃挑了十数家兵，与那荆州功曹连夜投奔宛城去了。

第十章　襄阳血战，初露锋芒

陶侃奉刘弘征辟，自庐江赶到宛城。便见城中厉兵秣马，一副枕戈待旦的模样，只等一声号令，就能一路南下征讨叛军。与印象中那些豪门权贵的虚浮拖沓，当真有天壤之别。心中不由对刘弘务实的军人作风很是敬仰，心甘情愿效力麾下，预备随时奉命出征。

对陶侃的到来，刘弘也很是欢喜。虽说刘弘当年曾追随羊祜驻守襄阳，可十多年过去，已是人走茶凉。天时、地利已在张昌手中，唯有把握人和，才有平定叛乱的胜算，故而刘弘急需南方士子的辅佐。陶侃虽然出生寒门，可当年在洛阳小有声名，回到扬州也颇有人脉。至于陶侃究竟有多大才干，刘弘尚不得知，毕竟当初在洛阳不过简简单单聊了几句，哪能看出陶侃的本事？倒是陶侃的名望才是刘弘所仰仗的。刚刚见到陶侃，刘弘便拜为南蛮长史，留于军中参赞，算是刘弘招纳贤才的标杆。

只是陶侃虽然很得刘弘赏识，可自投入军中以来，不觉已过月余，却迟迟没有等到出征的军令。整日不是在主帅那里无休无止地军议，就是在营中训练新兵耗费时日。陶侃试着问了刘弘几次，多是说雍州兵马迟迟未到荆州，宛城驻军没有侧翼，实在不好孤军深入。陶侃也很是无奈，慢慢对刘弘的认识有了些改变，只当也和那些世族豪门一般虚有其表。可既然已经来了荆州府，也只能耐着性子等下去。

这日，陶侃正在营中闲得发慌，忽有刘弘亲兵传话，说是有紧急军务召见各营将佐商议。陶侃只当雍州兵马总算来了，急匆匆便赶去主帅大帐。才刚进去，便见已经来了不少人。瞧来瞧去，多是宛城将佐，并未见到什么生面孔，显然不是雍州兵马来了。就听帐中吵吵嚷嚷，正在和刘弘说着什么。陶侃来得稍迟些，不知众人究竟争吵何事，便站在人群中先听上一听。

“刺史大人，莫再迟疑了！张昌逆贼虚有其表，实则不堪一击，我等在宛城驻扎这么久，无疑坐失良机！”

“是啊！两万叛军不是小数目吧？却被豫州刺史轻易击溃，足见叛军都是些乌合之众。大人迟迟不肯出兵，再耗下去，只怕那张昌就要落在豫州军手中了！”

“朝廷养兵千日，用兵一时，我等既然奉命讨伐叛军，岂能被豫州军抢了风头去？若大人怕担干系，末将请命，只领本部兵马，直捣江夏贼穴，必将张昌擒于帐下！”

陶侃听了半天，这才明白过来。就在宛城集结兵马的时候，张昌派兵两万北上，绕过宛城，杀入豫州，似乎想要兵逼洛阳。却被豫州刺史迎头痛击，败散而回。据陶侃所知，那豫州刺史名唤刘乔，曾是当年灭吴时王戎部将，倒也有些手段。刘弘官拜荆州刺史征讨叛军，刘乔亦官拜豫州刺史驻守汝南，防备叛军侵入中原。刘弘身为平叛主将尚未一战，却让负责防守的刘乔抢先得了大功，宛城将校自然眼红。又见两万叛军被刘乔轻松击退，猜度那张昌实在是没什么本事，放着这样唾手可得的战功，城中将校心痒难耐，纷纷请战。

陶侃心中先是一番惊喜，转而又变得万分疑惑起来。那张昌搅得荆州翻天覆地，仅仅派去扬州的大将石冰就已是个狠角色，闹得江东再无宁日，怎会这般不堪一击？刘乔固然有些能耐，可手中兵马也多是新军，要不然也不会留守汝南。竟还能击溃两万叛军，着实让人难以置信。只怕此事必有蹊跷。

刘弘被众将追问得急了，忽然瞥见陶侃已在帐中，忙问道：“士行既然来了，不知对汝南一役有何高见？”

陶侃忙说道：“末将方才知道汝南战事，其中细节还不甚明了。只是依末将来看，荆州流民之祸，自当年凉州叛乱时便已开始。张昌能这么快成了气候，绝非一日之功。实在是这些年来流民越聚越多，却迟迟未曾疏导，又被张昌妖言惑众，这才不得已铤而走险反叛朝廷。据末将所知，如今张昌少说也有五六万之众，两万兵马也不是个小数，若没有所图，绝不会长途跋涉去了豫州。如真是志在洛阳，未免太儿戏了些。且不说远征洛阳需要多少辎重器械，单是所需军粮就是个不小的数目。何况刺史大人手握重兵驻守宛城，一旦切断叛军道路，那两万人马立刻断了与江夏的联系。如此一支孤军，既无援手，又无补给，别说强攻洛阳，能不能穿过河南都是未知之数。张昌不是傻子，从他自居汉臣，煽动流民来看，便能窥见其心机之深，只怕汝南一战必有阴谋。末将虽然亦有请战之心，只是不明叛军所图，实在不好轻举妄动。”

刘弘对陶侃之言很是赞同，还未说话，就听有人冷笑道：“陶士行未免忒胆小了些，到底是书生气多了。这些年躲在庐江，被那些流民吓破了胆！那些个不知死活的乱民，只知今日混个饱饭，哪管明天死活？素来没有长远打算，都是走到哪里吃到哪里。出兵汝南，足见叛军断粮在即，只能继续往北就食。说不定，还是叛军之中起了内讧。想要擒拿张昌，眼下必是绝佳时机，一旦让张昌缓过劲儿来，只怕又要后患无穷了。”

陶侃一瞧那人，乃是成都王司马颖爱将赵骧，官居前将军。莫看刘弘是平叛主帅，赵骧是副将，可司马颖是朝廷的实际控制者，故而南征倒是赵骧更有话语权。赵骧这般一说，立刻引得不少人附和。听他们所言，似乎再不出征，张昌被乱兵哗变杀了都有可能。

陶侃虽被赵骧讥笑，也只能忍气吞声，正琢磨着该如何反驳，就见一个满头大汗的斥候跑了进来，慌慌张张拜道：“禀报刺史大人！樊城陷落，新野王战死，张昌吞并南方部众，拥兵已达十万之众！”

闻听此言，帐中一下子静了许多，便是赵骧也是目瞪口呆。新野王司马歆竟然被张昌杀了？虽说司马歆并不被司马颖信任，死了也算少了个政敌，可赵骧知道，司马歆是制衡荆州叛军的助力，此时兵败战死，对司马颖来说绝对不是什么好事。

此时便是傻子都猜出来了。张昌明面上派兵两万，北上袭扰豫州，不过是疑兵而已。实则趁着北方官兵忙着阻截，顾不了南方，张昌亲领大军西进，一举击溃了樊城驻军。司马歆手握精兵数万，又坐拥樊城重镇，竟然会被张昌击溃，连性命都丢了，一下子就让帐中将帅闭了嘴，再也听不见一句嘲弄叛军之言。

更为严峻的局势立刻摆在面前。随着司马歆败亡，荆州南部再无兵力扼制叛军，张昌已然控制了南荆州全境。最让人恐惧的是，樊城处于北荆州冲要之地，张昌控制了樊城，随时可以挥军北上横扫荆州全境。此时就是宛城都已处于张昌虎视之下。刚才还信誓旦旦请兵出征的将帅，此刻早已成了霜打的茄子，再也不敢吱声了。

眼见众将心生惧意，刘弘眉头紧锁。想想陶侃方才所言，竟然切中叛军要害，遂问道："情势危急，不知士行可有对策？"

陶侃琢磨半天，对众将的不屑和鄙夷视而不见，一个大胆的想法冒了出来，拜道："末将不才，斗胆向刺史大人请战。"

"士行如何出战？"

"叛军气势汹汹，若我等避而不战，定然助长叛军气焰。眼下唯有派兵南下，阻挡叛军一时，挫其锋芒，方有反击的机会。"

刘弘对陶侃的勇气倒很是赞赏，可张昌拥兵已有十万，宛城不过万余兵马，就算倾城而出，都未必能与张昌对上几阵，陶侃所言未免太托大了。说道："士行此计壮则壮矣，却是太过凶险了些。宛城兵马有限，若固守城池求援于朝廷或有转机，出城迎战实在没有多大胜算。"

听刘弘这样一说，众将纷纷应和，陶侃却道："张昌迟迟未敢北上，在于新野王驻守樊城，对叛军威胁太大，故而张昌定是要先取樊城的。末将出征非是要螳臂当车强阻叛军，意在抢占坚城，再次形成对叛军的威慑，使张昌不敢轻易北上。待雍州兵马来到荆州，末将与刺史大人里应外合，夹击叛军，张昌必败无疑。"

刘弘眼前一亮，问道："士行欲取何处城池？"

"末将愿往襄阳！"

此言一出，帐中一下子炸了锅。襄阳地处大江以南，与樊城隔江相望。陶侃此计，深入敌后，无疑是在张昌后腰狠狠插了一刀。张昌必是要除之而后快的。帐中有说陶侃信口开河的，有骂陶侃不知天高地厚的，竟没有几人支持。

刘弘对陶侃所言也是万分惊异，良久才问："不知士行要带多少兵马？"

"三千足矣！"

众将倒吸一口凉气。雍州兵马至今遥遥无期，还不知什么时候能来。也就是说，宛城驻军一时半会儿没有南下的机会。以三千兵马屯驻襄阳，在十万叛军环绕之下能守几日？陶侃此计已不是胆大包天了，分明是自寻死路！虽然仍有人耻笑陶侃妄自尊大，可面对陶侃这份胆识，倒也引来不少人的敬意。

刘弘默默点了点头，说道："众将且散，我与士行有话要说。"

听刘弘这般一说，显然已是同意了陶侃所请，赵骧有心反驳，可自知没有陶侃这份魄力，又不过只带三千兵马南下，对宛城倒也没有多大损失，能拖住张昌一时，便拖一时，就让陶侃去吧。赵骧一走，其余将佐也便慢慢退出大帐。

待众人散去，刘弘叹了一声："雍州大军是指望不上了！"

陶侃本以为刘弘是要商议出征之事，却听刘弘莫名其妙冒出这样一句话，心中一惊，忙问道："刺史大人此言何意？朝廷不是已传旨长安，着令河间王司马颙会同雍州刺史合兵一万五千众驰援荆州吗？"

刘弘摇了摇头，苦笑道："朝廷传旨于长安不假，可司马颙却没有奉诏之意。先前司马颙与司马颖、司马乂，三王合兵共灭司马冏。事成之后，司马乂控制洛阳，司马颙与司马颖则各自退兵。士行也知道，司马乂与司马颖是兄弟，无论朝廷大小事情都要请示于司马颖，已颇让司马颙心中不满。而司马颙曾奉诏出兵征讨益州，损兵折将势力大损，此时自然不肯再听司马颖的诏书轻易出兵了。非但如此，司马颙不仅自己不肯出兵，还吞并了雍州刺史一万兵马，此时哪里还有雍州援兵了？此事我早已得了密报，只是一直压着不敢公之于众，唯恐众将闻听此事乱了军心。只能拖延着出兵时日，求援于洛阳，怎奈一直没有得到回应罢了。”

陶侃心中一阵怒骂。益州乱了！荆州乱了！扬州乱了！半个天下都已经乱了！司马家的皇亲贵胄竟然还不知轻重缓急，只顾忙着争权夺利，究竟要置天下于何地？

见陶侃现出怒意，刘弘面有愧色：“援军遥遥无期，然荆州局势已是万分危急。士行方才所言，着实是条险中求胜之计。刘某敬重士行之勇，这才将雍州实情相告。若士行不愿去襄阳，刘某也不强求，只是出去此帐后，士行莫将雍州之事传出去半句。”

刘弘以实情相告，陶侃反倒不好推辞了。何况刚才就已说了大话，此时反悔容易，就怕今后难在军中抬头了。既然心怀建功立业匡扶天下之志，岂有临危退避的道理？想想自己转眼已到四十四岁，蹉跎半生。襄阳之行固然凶险，成，则扬名立万！败，便以这七尺之身为国尽忠了，总好过一味避让碌碌无为。再想想那些皇亲国戚的所作所为和宗室贵将对自己的蔑视，陶侃不由义愤填膺。这浑浊的天下终是要由一人扛起来的！该当作为之人躲了开去，那便由他们眼中的贫贱寒士，为天下振臂一呼！即便是死，也要用这满腔热血，倾洒襄阳城头，算是不负七尺男儿凌云壮志，不负乡梓父老故土深情，不负天下苍生大好山河了！

陶侃双手抱拳，深深一拜：“国家危难匹夫有责，末将得刺史大人抬爱，食君之禄，自当为国分忧。这襄阳，末将去得！”

刘弘既感意外又觉意料之中，双手扶起陶侃，颤着声音说道：“士行如此识得大体，刘某代国家谢过士行！既如此，刘某便拜士行为大都护，所需兵马皆由你自行挑选，兵甲辎重但有所需一应俱全，襄阳便托付于士行了。”

陶侃昂首走出大帐，在众人敬佩、嘲弄的复杂眼神中回了本部。

不少壮士听闻即将出征，纷纷来了陶侃营中，短短数日便凑出三千精锐。

交接了粮草补给，配备了铠甲兜鍪，武装了刀兵弓矢，陶侃领军离开宛城。一路偃旗息鼓昼伏夜行，横渡了滔滔汉江。趁着叛军初胜之后疏于防备，一举杀入襄阳城中，抢占了这座荆州要塞。隔江望着巍巍樊城，陶侃心中暗祷：“但愿朝廷早日派来援军，能让我三千壮士坚守到反攻的那一刻。”

只是陶侃终是要失望了。

得知襄阳被官军抢占，张昌虽然恼羞成怒，却并未盲目强攻。派兵探查一番，便知城中兵马有限。张昌颇有些心计，且分兵围住城池，阻挠官兵出城袭扰，舍了襄阳不顾，亲领大军挥师北上直取宛城。

刘弘兵马不过万余，又多是各地抽调而来，难以调度自如。军中不少大将都是朝中权贵的亲信，对刘弘的将令时遵时不遵，忽然面对数倍的叛军，立时军心大乱。刘弘还没来得及调配兵马守备城池，早有不少兵将逃出城去。

副将赵骧眼见叛军势大，哪管刘弘是主帅，仓皇中领军北逃，正撞在张昌阻截的大军面前，数千兵马顷刻被围，死伤殆尽，赵骧亦被张昌斩杀。

刘弘眼见宛城绝难守得住，只得领兵突围，趁着赵骧被叛军围堵混战，总算杀开一条血路，一路逃往豫州梁国。

张昌击溃晋朝在荆州最后一股生力军，分拨兵马南征北讨。先后攻破武陵、零陵、豫章、武昌、长沙，江州、湘州，各城相继落入张昌之手。而石冰借着张昌威势，亦横扫扬州。不再只顾着抢掠村邑，而是集结兵马强攻城池，刚刚赴任的扬州刺史死于石冰之手，各郡皆望风而降。就连徐州、豫州也有流民作乱，抢占城池响应张昌。一时之间，江南竟多为张昌占据，就连江北也有了叛军势力，其声势几乎已能和当年吴国比拟。张昌遂委派牧守官吏，俨然自成一国。

陶侃出奇兵占据襄阳，谁知转眼之间，张昌不但控制了荆州全境，更是占据了五州之地。孤零零的襄阳城在张昌巨大身影下，摇摇欲坠。待张昌掌控了少半个天下，转身过来，统领浩浩荡荡的数万大军，向襄阳围了回来，且要看看是何人胆大包天，敢这般自寻死路。待攻破城门，必要拿陶侃人头祭祀天地，而后一举横扫中原，改朝换代了。

襄阳作为荆州重镇，历来便是兵家必争之地。东汉末年，孙坚与刘表争锋于襄阳，落败战死；三国时，关羽掌控荆州北伐襄樊，铩羽而还；晋吴对峙时，陆抗与羊祜交兵于襄阳，终是没能保全吴国半壁江山。一座襄阳城，留下太多名将的姓名。陶侃初出茅庐掌控兵马，便要以这座城池抵御滔天的叛军。想想襄阳过往硝烟，似乎占据此城之人多能大获全胜，陶侃不由这般安慰自己，但愿上天庇佑，我陶侃也能扬名于襄阳。

想归想，巨大的敌我差距还是把陶侃拉回了现实。以往那些借着襄阳击退强敌的守将，哪一个不是手握数万精锐之师，何曾有人像陶侃这般只有寥寥几千兵马的？好在情势危急，襄阳百姓自知破城后，少不得被叛军血洗报复，为求活命，也只能仰仗于陶侃。故而多有青壮少年投效军中，总算凑出万余人马，勉强足够守城之用。

莫看陶侃是正经八百第一次领兵，可在周家庄园训练壮丁倒也有些经验。借着叛军扫荡荆州，无暇顾及襄阳的这点时间里，好歹让那些新兵习得御敌之法，至少不再是个只懂操持农活的粗把式了。

随着城外震天战鼓响起，连战连胜的叛军喜气洋洋杀奔过来。襄阳是荆州中心，除了是战略要地外，也以富庶闻名天下，待攻破城门，叛军少不得洗劫一番大发横财。叛军近来未曾经历一败，所过之处仿若摧枯拉朽，最激烈的一战也莫过于奇袭樊城，那样一座坚城都落入叛军手中，心中全是骄纵之意。在叛军眼中，襄阳孤城一座，守军兵力不足，猜想也会和其他城池一般，只需冲杀一阵，便会开城投降。故而叛军全然没有把襄阳放在眼里，这一下可就吃了大亏。

陶侃传令全军严阵以待，未有将令不得射出一箭，违令者定斩不赦。眼见叛军都已冲进一箭之地，望着城头射出一阵箭雨，守军竟毫无应对，愈发助长叛军嚣张气焰。在陶侃刻意示弱下，叛军只当胜券在握，松松散散没了冲锋势头。

忽然，随着几声悠长的号角响起，冲在最前面的叛军只叫一声不好，就见一阵密集的箭雨，仿若流星一般，转瞬落在面前。疏于防备下，那一支支箭矢便如同追命的罗刹，轻而易举收割着活人性命。

一朵朵血花绽放在空中，淡淡的血雾弥漫在洛阳城前。成百上千的士卒，刹那变作丢去性命的尸首；无数的亡魂，哀号着萦绕在战场上空。后面的兵马猝不及防，反应迟些的被绊倒在血污之中，还未及重新爬起，便被一阵踩踏，仿若面团一般揉进成堆的尸首之中。反应快些的纵身跳过，惊惧之中还未及防备，就见又一阵箭雨，几乎没有间歇地射了过来，把一张张惊异的面孔永远定格在了最后的瞬间。

一切发生得太过突然，电光火石之间，千余叛军枉死于洛阳城前。正在冲锋的叛兵受此重挫，心惊胆战之中已然没了劫掠洛阳的念头，此刻活下去才是道理。聪明的渐渐聚在一起，收拢坚盾结好阵势，踩着尸首缓缓向前推进。更多的人却茫然不知所措。毕竟叛军之中大多是些流民匪盗，疏于训练，不过仗着人多势众，四处扫荡罢了，遇到强敌之后便没了主意。有心逃回阵去，可身后的战鼓尚未停歇，只怕回去之后也少不得丢了性命；有心冲上前去，可满眼望去都是惨死的尸首，惊慌之中也未敢轻进。犹豫不决中，第三阵箭雨再次袭来，替这些人拿了主意。不进不退，那便留在原地，以血肉之躯陪伴先死的躯壳。

几轮箭雨过后，第一波攻城叛军已经所剩无几。那些结阵推进的士卒，眼见周围渐渐没了活人，心中也没了底。自知即便靠到城边也决然没有冲破城门的可能，只得弃了继续前进的打算，生出退意。开始还是有模有样地后撤，待到后来谁也顾不了谁，丢盔弃甲转身便逃，被索命的箭矢一个个追上，能活着回去的已是屈指可数了。

张昌自起兵以来还未吃过这样的大亏，眼见数千兵马还未摸到城墙，竟然已经死个干净，恼羞成怒中，将那些胆敢退回来的士卒处决于阵前，警示三军。随着一阵胜过一阵的战鼓响起，又有数队兵马向前摸了过来。

城中守军刚见到叛军时还有些慌乱，可在陶侃指挥下，初一交锋便有斩获，心中的恐惧渐渐散去，不由对襄阳的固若金汤坚信起来。

叛军经历了一轮惨败，已经谨慎了许多，再也不敢托大。数百人一队结好阵势，层层叠叠仿若惊涛骇浪，在阵阵杀声中向襄阳冲击过来。箭雨虽然依旧覆盖了整个战场，可对叛军的杀伤远不如刚才那样猛烈。在坚盾硬甲保护下，叛军小心翼翼贴了上来。

只是襄阳城能数百年来立于不败之地，自有其道理。也不知是哪位先贤筑造此城，当真堪称铁打的襄阳。此城半边临水半边向岸，虽说北岸樊城落在张昌手中，可叛军缺少战船，故而陶侃得以集结兵马死守正门。这城门不但高有数丈，俯瞰整个战场，绵延出去的城墙在侧翼伸出两处卫墙，墙上又有高塔紧紧盯着攻城兵马，一个“凹”字形的城防，仿若两只臂膀将城前开阔的空地夹在当中。叛军不明所以贸然来到此处，侧翼立刻暴露无遗。正面箭雨压制叛军视角，侧翼齐射顷刻间便把叛兵射成穿糖葫芦。得以幸免的叛兵，趁着冲锋势头杀奔门前，可冲锤、云车那些攻城器械，早已在混乱中落在后面，仅凭手中的刀枪，如何砍得开坚硬的城墙？随着礌石滚木倾落而下，成片的活人转眼化作肉糜。惨烈的哀号声回荡在洛阳城前，在城墙的反射下放大不少，仿若无形的箭矢刺入敌阵当中，震慑着叛军耳目心神。

莫看叛军声势浩大，席卷五州之地，可自起兵至今还不到半年光景。虽说先后也经历不少恶战，然而像襄阳这样的硬骨头还是头一遭遇见。之前能拿下樊城，多少有些侥幸。新野王司马歆为政严苛，本就不得民心。自从靠山司马冏倒台后，整日活在惊惧之中，对所辖百姓愈发暴虐。张昌以疑兵袭扰豫州，出其不意兵临樊城时，城中军民多有逃亡归顺，故而叛军轻而易举便将樊城收入囊中。虽然襄阳与樊城仅从城防来看不相上下，可守军的意志却是大相径庭。叛军在襄阳受此猛烈阻击，眼见两轮攻势竟对城防几乎没有构成威胁，被打蒙之后，军心已然松动。张昌浑然不觉，被守军气得咬牙切齿，传令兵马再次压上前去，就是用人命往上推，也要把襄阳冲出一个豁口来。

叛军起兵之初，几乎每一战都事关生死，人人都拿出了拼死之心，故而所向披靡。可数月过后，叛军声势已大，最早追随张昌起兵的那些人多少混个一官半职，赚得盆满钵满。兜里的钱多了，命也值钱了，胆量却是小了许多。而后来投军的流民、归降的官兵，本指望跟着张昌能有个前程，可现明知襄阳是个露出獠牙尖爪的猛兽，哪里还敢轻易涉险？在张昌催逼之下，第三轮兵马畏首畏尾探上前来，还没进入射程之内，便在惊惧中作鸟兽散，逃了回去。

张昌纵然气得连声喝骂，也总不能将这些人都杀了以正军法。所谓一鼓作气，再而衰，三而竭。张昌不是没有脑子的莽夫，眼见士气涣散，破城无望，只得鸣金收兵。且先扎好营盘，将襄阳围困其中，指望能把襄阳耗到山穷水尽不战自溃。

此举却正中陶侃下怀，守军毕竟人手有限，虽说有襄阳坚固的城防可以倚仗，可若是叛军孤注一掷死命冲杀，守军也有精疲力竭的那一刻。既然张昌暂缓了攻势，陶侃自然乐得如此。趁着叛军退去，抓紧时间补充箭矢，搬运礌石滚木，以应对新的攻势。

虽然陶侃已经听闻宛城战败的消息，可陶侃坚信，刘弘绝不会就此退出荆州。只要自己把张昌拖在襄阳城外，待刘弘集结朝廷援军南下，必能里应外合一举剿灭张昌叛军。

夕阳西下，襄阳结束一天苦战，在血色中沉寂下去。

第十一章　平定叛乱功名易成，暗箭难防险失襄阳

襄阳城在叛军围困下已近一个月。在这短短二十多天时间里，陶侃几乎没有一刻消停。

虽说在攻防战的首日，陶侃一举击退叛军攻势，不但杀伤数千敌兵，更是狠狠打击了叛军军心，张昌无奈中只得暂缓了攻势。然而叛军毕竟实力雄厚，稍稍停歇几日，张昌抽调各处兵马向襄阳集结，把襄阳围得密不透风。待兵力补充之后，激增至七八万之众，士气复振，轮番猛攻城池不休。

好在陶侃早有防备，来回奔波四处督战，哪里最是凶险便赶赴哪里，与将士同仇敌忾，故而深得军民拥戴。无论叛军白天强攻还是深夜偷袭，都被陶侃一一化解。虽然攻防愈来愈白热化，城中死伤渐渐多了起来，可陶侃依旧没让一个叛军杀入城中。

襄阳粮草积蓄丰足，兵器箭矢充裕，军心愈战愈勇，丝毫没有溃败的迹象。相较之下，情势对叛军越来越不利。莫看张昌手握数万兵马，可人马越多，每日消耗越不是小数目。刚开始靠着四处劫掠所获颇为丰足，可叛军又没有什么精打细算的念头，未过多久便已捉襟见肘。

而张昌刚刚占据荆州各郡，立足未稳，所封州郡官吏全无理政之才，更没有什么管束百姓征税缴粮的手段。叛军能收到的粮草越来越少，送到张昌军营的粮草当真杯水车薪。攻城兵马在漫长消耗战中斗志日益衰退，粮草供应又跟不上来，对襄阳的攻势也便越来越稀松。

陶侃虽然察觉了叛军的情势，可也不敢贸然出击。一者叛军人多势众，以守军之力未必就有胜算；二者前些日忽然见到一封城外射来的信函，着实让陶侃不敢掉以轻心。

那书函所言之事，既未说援军何日能来，也非张昌劝降言语，竟说的是洛阳又经历一场动乱。

却说司马颖、司马颙、司马乂三王合力扳倒司马冏之后，司马颖仗着军功显著，又颇有些名望，日益骄横起来，对军师卢志越来越疏远，反倒亲近起几个佞臣来。在这些小人鼓吹下，司马颖对司马乂渐渐轻视无比，整日指手画脚，更有意踢开司马乂，自己去洛阳亲自掌控朝廷，闹得司马乂生出不满之心。这兄弟俩微妙的关系变化，被长安的司马颙察觉。身为皇叔，司马颙非但没有想着如何劝说兄弟和睦，反而心生夺权的念头，一面离间兄弟之情，拉拢司马颖，欲再次合兵夹击洛阳，逼迫司马乂就范；一面又派出亲信去洛阳任职，意在里应外合剪除司马乂。

司马乂也不是傻子，眼见长安与邺城往来密切，为防备司马颙在背后下黑手，亦委派亲信皇甫重出任秦州刺史，驻守天水，借此制衡长安。司马颙见自己所谋被司马乂察觉，一面分拨兵马围攻天水，一面密令洛阳亲信召集党羽谋杀司马乂。只是司马颙在洛阳的势力毕竟有限，密谋被司马乂察觉，抢先动手，洛阳激战一夜，将司马颙党羽一网打尽。

虽然这次洛阳兵祸倒也没有造成太大的破坏，可朝中不少明眼人都瞧出其中玄机。三王之间早晚是要分道扬镳的。司马颙已经兵围天水，只怕杀了皇甫重后，必会引兵东来，洛阳少不得一场祸事。故而许多朝臣偷偷逃离京师，念着司马颖的名望，大多投奔于邺城。就连建威将军、匈奴五部大都督刘渊这样的人，都觉得洛阳已是是非之地，归往邺城效力。

陶侃看着这封信函，当真是愤怒之心无法言语。益州战乱未休，荆州、扬州、江州、豫州、徐州亦是落入叛军之手，半个国家纷乱不堪，晋室的王爷们依旧不知轻重缓急只顾内斗，当真让人痛心疾首。此信函来路不明，从其所书内容来看，绝不会是刘弘派人送来的。襄阳鏖战已经艰辛无比，若让城中得知洛阳生出动荡，援军一时半会儿指望不上，襄阳军心必然浮动。刘弘不是傻子，绝不会做这样多余的事。只怕此信多是张昌派人射进城来，意在击溃守军意志。虽说难辨真假，可依着陶侃对朝中那些权贵的印象，此事倒有七分是真。

好在此信还未拆开便直接送到陶侃手中，倒也没有让军士得知。陶侃遂暗中压下此事，不敢透露出去，免得扰乱军心。只是悄悄做着长远打算，能多坚持一月便坚持一月。

就在这样危难之时，忽有一日，叛军竟如潮水一般退去了，当真让陶侃难以置信。陶侃唯恐是张昌诱兵之计，也未敢轻易追击。待过了数日，城外叛军大营已经空空荡荡，陶侃这才遣出几路斥候沿途查探。便见几十里内竟然再也见不到叛军主力，沿途多有损毁的车驾，遗失的包裹，再就是三三两两掉队的叛兵。张昌似乎已经对襄阳失去了耐心，果真退兵了。这时又有刘弘军令传来，命陶侃迅速追击叛军。

陶侃喜出望外，心中一寻思，或是叛军粮草已经告竭，只能暂且退兵休养，抑或是刘弘终是等来了援军，已经来了荆州，张昌唯恐腹背受敌，不得已退守别处。无论如何，襄阳决不能错失良机。陶侃于军中调拨出数千精锐，遍寻城中马匹舟船，水陆并进，沿途追击。

叛军以步卒为主，没有多少脚力可以借助，船舶也多是捕鱼的小船，大多数人只能靠着两条腿走，虽然早出发了几日，可还是被陶侃追上了尾巴。

莫看陶侃不过数千人马，可叛军多是逃难的流民，本就少于训练，如今又是败退，早已乱了序列。瞧见官兵追了过来，也不知究竟来了多少人马，先是慌作一团。任谁也不敢停下脚步阻击官兵，一个劲地只顾逃命。后面的人一跑，前面的人更不知道追兵情势，顺着人流只想逃得越远越好。近七八万叛军你拥我挤，还未与官兵交手，自相践踏已是死伤不少。而乘船的叛兵，被高大坚固的官船一追，玩命躲闪中受风浪拍打，成千上万士卒跌落江中，被卷得无影无踪。陶侃见到叛军惨状，喜出望外，催动兵马死命追击，但凡落下的士卒皆被斩杀，吓得叛军逃得更是没了抗拒之力。

张昌听闻官兵追来，不明所以也未敢停留。舍了后部流民散兵不顾，只收拢了最早追随起兵的嫡系部众，迅速往江夏老巢退去。这一退一追，直杀得叛军心惊胆战，已然成了溃逃之势。

陶侃领兵追杀数日，竟未感到一丝疲倦，反倒是越来越精神。而官兵在洛阳苦守了一个月，早已憋屈无比。如今胜券在握，把坚守洛阳时的怨气全都撒了出来，当真是越战越勇。即便折断了长槊，砍卷了刀刃，随手夺了叛军兵器，就继续追杀下去。刚开始还有人砍了首级缚在马脖，留作战后计算功勋的凭据。可越杀到后面，越见叛军溃败已是定局，只要剿灭了张昌，得此大功，还何须首级见证自己功绩？故而只将成群结队的叛军杀散之后，都不做停留，只管朝着张昌中军奋力追杀。

眼见已入竟陵，渐渐到了江夏地界，张昌迟迟不能甩掉追兵，反倒是近十万大军死伤逃亡折损殆尽，派出去的斥候已经探明，追兵不过数千人马，恨得张昌咬牙切齿怒不可遏。如今已到张昌起兵之地，军心稍稍缓和，随即止住兵马，收拢乱哄哄的逃亡士卒，勉强得了万余兵马结好阵势，朝着追兵方向反扑过来。

陶侃追得正急，忽然见叛军转身回来，心道一声不好。这几日追杀下来，少说也斩杀三四万叛军，战果固然辉煌，可将士们也在无休无止的追击中精疲力竭，已到了强弩之末的边缘。叛军显然是被杀急了，这反戈一击当真非同小可。张昌中军皆是其心腹精锐，这些日并未出战，虽然一路逃亡，累得不轻，可实力尚在，远比陶侃杀得手软的将士们精力旺盛些。

陶侃有心止住兵马，可人困马乏中，就是想要及时停下来都非易事，哪里还能避开叛军？眼瞅着兵马在惯性驱动之下，就要与叛军交上手，陶侃好歹分出数百弓弩手绕到侧翼压制叛军。刚刚射住阵脚，就见两军已经冲撞在了一起。

才一交手，官兵便已陷入被动之中。这些日追杀溃逃的叛兵所向披靡，忽遇叛军反攻，若是精力旺盛时，官兵训练有素习于搏杀，面对人多势众的叛军未必吃亏，然而此时精疲力竭，在旷野中又无险可守，自然落在下风。困倦的马匹几乎已经没了冲锋势头，被人一撞便跌倒在地，挣扎半天爬不起来。跌落的骑士，狼狈地避开敌兵砍杀，双手颤颤巍巍几乎拿不稳刀枪，格挡几下险些就要脱手。那些防备不及被刺中的将士，都来不及惨叫一声，转眼便被愤怒的叛兵斩作肉泥。

陶侃叫苦不迭，实在是大意了，贪功冒进以至于受制于叛军。早知如此，就当见好就收，好歹休整一日再追不迟。此时后悔也没有办法，以身疲力竭的士卒突围实在没有多大胜算，倒不如拼死一战。呼喊士卒慢慢靠拢过来，结下一个圆桶战阵，将弓弩手围在其中，刀枪兵护在阵前。战死的士卒横七竖八倒在外围，渐渐成了官兵御敌的壁垒，稍稍阻遏了叛军攻势。而将士们也知身处绝境，这些日杀了不少叛兵，若是落在敌人手中，能求痛快一死都是奢望。虽说人困马乏，可也是使出了最后的气力。追击的官船此时也已击散叛军水兵，横在江上猛射叛军，狠狠压制住敌兵势头，杀声震天的战场上，两军竟然就这样胶着对峙起来。

张昌此刻早已红了眼，短短半年时间横扫江南，竟在陶侃手中吃了这样的大亏。非但没能攻下襄阳，更让数万兵马折损在几千官兵手中。恼羞成怒的张昌，此时不计伤亡猛攻不休，誓要活捉陶侃，千刀万剐以泄心头之愤。

就在两军杀得热火朝天时，叛军身后忽然传来一阵杀声，就见一队晋军悄然出现，旌旗招展盔明甲亮，正杀气腾腾望着叛军冲了过来。张昌大惊失色，心知兵马在与陶侃对决之中已没了锐气，哪里抵御得了前后夹击？张昌如何敢再作停留，舍了大军不顾，慌不迭逃离战场。叛军没了主帅，惶恐中各自逃散，可后有官兵阻截，前有陶侃追击，还没逃开多远便像羊群一般被赶在一处，纷纷弃了兵甲，哭号之中跪降了官兵。

陶侃本已心存死志，忽然见到有援兵合击张昌，心想刘弘援军总算来了。待大局已定，收缴了叛军兵刃，又派兵看押降卒，陶侃来不及擦去浑身血迹，就去了援军阵中。果见刘弘正在那里和一个将军说着什么。

看到陶侃来了，刘弘兴高采烈迎了过来，离得老远便拱手相拜，再一把扯住陶侃双手，激动不已："士行果然不负众望，成此大功，真乃国家栋梁！"

陶侃几乎都要哭出来了。本以为坚守襄阳已是自己以死明志的时候，可总算等来了刘弘援兵，剿灭了张昌叛军，心中着实五味杂陈。望着刘弘深深一拜："末将不辱使命，向刺史大人复命。幸得刺史大人救援，方能击溃叛军。末将不敢居功，皆是刺史大人之力。"

谁知刘弘却是满面愧色，叹了一声："士行也太谦逊了，刘某惭愧得紧。宛城一战，刘某惨败北逃，兵马亡失一空，投奔于豫州刺史刘乔，却把士行丢在了襄阳。刘某这月余时间里，数次求救于洛阳，可司马乂与司马颙闹得不可开交，哪有一兵一卒驰援？转而求救于邺城，司马颖虽有意派兵，可眼瞅着洛阳局势不稳，也是一拖再拖，迟迟没有出兵的将令。刘某与刘乔商议许久，若是任由张昌占据江南，只怕襄阳破城之日，便是豫州受袭之时。无论朝廷的王爷们争斗如何，待荆州失陷，豫州失守，定是要有人来做替罪羔羊的。于公于私，都不能再坐视荆州不管。好歹从豫州军中拨出一部人马，合荆州残部得兵一万，由刘乔大将李杨统率南下。刘某放心不下荆州之事，也随军而来。张昌围困襄阳久攻不克，江夏必然空虚，故而我等乘虚而入，先取贼巢，引张昌回救，又使士行沿途追击。我等正欲引兵合击叛军，却见张昌大军竟已溃逃至此。"赞叹了一声，又说道："刘某当年曾为羊公参军，在其帐下效力几年，被羊公谬赞，称刘某可继其身后。今日士行显威襄阳，扫荡荆州，刘某自愧不如。能继羊公遗志，唯有士行耳！"

陶侃听刘弘竟把自己与羊祜相提并论，着实受宠若惊，忙推辞一番。又有一想刘弘所言，心知襄阳所得书函确有其事，而张昌退兵果然是江夏受袭所致。虽说荆州叛军经此一战大伤元气，可能打赢此战实在是有些侥幸。即便自己坚守襄阳耗尽了叛军锐气，可若没有刘弘请来援兵袭取江夏，自己也断没有可能追击张昌重创叛军。虽说荆州危局稍解，可洛阳已是山雨欲来，复又问道："不知洛阳现在局势如何？"

刘弘叹了一声，将陶侃已经听闻的洛阳情势说了一遍，后又言道："司马颙密谋暗杀司马乂事败，既然已经撕破了脸，遂传令天水猛攻皇甫重，又调拨精兵七万，拜其大将张方为都督，已出函谷关向洛阳开进。听说又派了不少使者去了邺城，显然是在游说司马颖。"

陶侃一惊，五王起兵围攻篡位称帝的司马伦时，司马颙虽然势力不小，可也不过两三万兵马，谁知这才过去两年多时间，竟能变出七万精兵，这还不算围攻天水的兵力。实力膨胀如此之快，当真令人咋舌。只怕司马颙趁着朝廷无力控制关中，这些年没少吞并周遭郡县兵马。先前朝廷派兵南下征讨荆州叛乱时，雍州刺史一万多精兵不就被司马颙扣下了吗？若司马颖再被说服，不顾兄弟之情，也向司马乂发难，只怕司马乂还真难抵挡。

陶侃正这样想着，就见刘弘身后过来一个将军，面有愁容，正是刚才和刘弘谈话那人，对着陶侃拜了一拜，说道："在下豫州刺史麾下偏将军李杨，久闻陶将军威名，今日一见三生有幸。"

陶侃忙拜谢李杨驰援恩情，就见他将一封手札递于刘弘。刘弘诧异中接过一瞧，连连摇头叹息："天下危如累卵，宗室却忙着同室操戈，实乃天下大不幸！"

陶侃只觉不妙，接过那手札一看，果然是一场大战已经悬于一发了。成都王司马颖不顾军师卢志力劝，已与司马颙结盟，共发檄文于天下，言司马乂论功不平，专擅朝政，杀害忠良。广邀天下州郡，共讨司马乂。司马颖已拜平原内史陆机为前将军、前锋都督，领大将王粹、石超，集结大军二十余万，向洛阳开拔。而司马乂亦借朝廷名义传召天下，指责司马颖与司马颙狼狈为奸祸乱天下。已分兵一万，屯驻宜阳抵御关中张方大军。司马乂则请了皇帝御驾亲征，自领太尉为三军主帅，倾尽洛阳兵马得数万之众，屯驻于偃师，迎击陆机大军。

陶侃也觉得万分无奈。三王再次交兵，规模远胜于五王之战，若这些兵马集结一处，无论是益州叛军还是江南乱党，何足道哉？可这些王爷宁肯自相内斗，也对叛军熟视无睹，实在让人痛心疾首。想来想去，司马乂难以中兴晋室，司马颙又是野心勃勃，也就司马颖好歹有些名望，如今又以陆机为将，或许真能成此大事。若朝廷归于司马颖之手，但愿真能扭转这天下纷乱的局势。遂说道：“陆机身为吴国名将陆抗之子，统率二十万大军，想必司马乂是必败无疑了。”

谁知刘弘却说：“只怕未必。陆机身为名将之后，想必多少有些手段。又得司马颖活命之恩，自然会为司马颖殚精竭虑。只是据我所知，陆机终究是个南方士人，与北方世族还是有些隔阂的。而王粹、石超那些北方大将，为司马颖南征北战功不可没，如今陆机却成了主帅，又岂会心服口服？将帅不和历来便是兵家大忌，莫看二十万大军着实唬人，可要真打起来，只怕司马乂未必没有胜算。”

陶侃心中一凉。当年在洛阳为官数载，对南北士人之间的若即若离深有体会，既然刘弘这般说辞，看来陆机的麻烦也真不少。天下本就已经纷乱不堪，再让这三王一番混战，“太平”二字，看来是遥不可及了。正这样想着，就听李杨说道：“中原大战在即，豫州只怕也难太平。如今荆州危局已解，末将也该回豫州复命了。就此拜别刘刺史、陶将军。”

刘弘面上显然露出难色。虽然叛军大溃而逃，可匪首张昌仍在，又有其大将石冰占据扬州、江州，若是集结兵马再战，荆州还真说不上安然无虞。一万豫州兵，对刘弘而言举足轻重，若李杨撤兵，荆州缺兵少将，如何防备叛军卷土重来？可刘乔好心派兵助刘弘收复失地，如今豫州危机重重，刘弘又怎么好意思拉着李杨不放？默默无语仰望苍穹，终是挤出一丝笑容，对着李杨拜道：“有劳李将军不辞辛劳出征荆州，既然豫州有难，李将军自是要回去的，刘某怎好挽留？如今荆州受叛军祸乱，一时也难收集粮草资助李将军，以谢驰援荆州之情。烦请李将军代刘某谢过刘豫州。待荆州局势缓和，只要刘豫州开口，刘某必当还报今日恩情！”

李杨面有愧色。未能彻底剿灭叛军，自己就要收兵，实在是有失信义。可豫州不稳，李杨也实在待不下去。只能道了一声珍重，随即传令兵马往豫州退去。

刘弘与陶侃叹了几声，且先合兵一处，收拢降卒。又在江夏清理叛军余孽耽搁月余。再征集粮草补给，而后缓缓退回襄阳。此时荆州兵马不足，实难彻底剿灭张昌，只能先回襄阳，休整兵马，即便叛军杀回来，也能靠着襄阳防备敌患了。

待大军回到襄阳，城池防备并无松懈，不少破败之处已经修缮一新，城前战场也已打扫干净。腐败的尸体、破碎的器械焚烧掩埋。除了成片已经黑透了的血迹，已经瞧不出这里曾经历过一场惨烈的攻防战。

陶侃很是满意。看来离开这段时间，副将还算尽责。派人通报了姓名，副将慌慌张张迎了出来："将军可算回来了。刺史大人等了好久，说将军一回来，便即刻去府上。"

陶侃目瞪口呆："哪里的刺史？"

那副将回道："自然是荆州刺史。将军追击张昌许久未回，前几日便有刺史大人来了襄阳，接管了城池。"

陶侃大惊失色。荆州刺史明明是刘弘，何时又冒出一个荆州刺史来？那副将见陶侃面色有异，猛然瞧见刘弘就在陶侃身后，也是一脸诧异，说道："末将拜见刘大人。朝廷已转任长水校尉张奕领荆州刺史，不知大人为何也来了襄阳？"

刘弘面露怒色，说道："且在前引路，刘某要去刺史府拜会。"

陶侃未知这张奕究竟是什么来头，可刘弘尚在，也已收复失地，张奕鸠占鹊巢未免太不地道。只怕此去刺史府，少不得争执。为防备万一，陶侃遣散大军回营休整，留了百十护卫随行。那副将本也是刘弘属下，眼见刘弘动怒，想想其中必有隐秘，还当自己轻易放张奕进城闯了大祸，哪敢吱声，慌慌张张引了刘弘、陶侃去了刺史府。

离刺史府尚远，远远瞧见已有不少人候在府前。多是刺史府属官，还有不少守城将佐。就见为首一人高高兴兴迎了出来："陶将军建此奇功，真乃国家幸事，张某代朝廷深谢将军。张某听闻将军凯旋，已摆好酒宴为将军庆功。日后张某在荆州为官，还要仰仗将军多多帮衬才是啊！"

陶侃见那人衣着华贵，说起话来甚是客气，应是张奕本人了。当年陶侃微末之时，何曾受人如此抬举，今日显威襄阳，自然被人高看一眼。听张奕言语恭敬，倒也不好当面翻脸。瞧他对刘弘视而不见，只怕并不认得。遂回拜一下，说道：“陶某为国效力不敢居功。只是陶某听闻荆州刺史乃是刘弘，却不知朝廷何时改派大人来了襄阳？”

张奕撇了撇嘴，笑道：“刘弘平叛不利，朝廷不治他败军之罪已是难得，怎能继续留任荆州？故而已经转拜张某为荆州刺史讨伐叛军。今日将军大破贼兵，提那个败军之将太过晦气。”转又笑道：“不怕陶将军笑话，张某虽也曾为军职，领过兵马，可打起仗来，远不如将军手段高明。这平定叛乱之事，还要仰仗将军这等国士。陶将军放心，张某虽为刺史，可绝不会抢了将军风头。待剿灭张昌，张某定会为将军请功于朝廷。”

陶侃这才明白张奕对自己如此亲近究竟是何用意。无论他是如何谋得荆州刺史之位，可初来乍到，张奕也知难以服众，故而对军功显赫的陶侃折节下交，以此收纳人心。何况张昌贼首尚在，荆州叛乱并未绝患，莫看张奕曾为长水校尉，可护卫京师的将军又有几个是靠真才实学？于公于私，张奕也绝不敢怠慢了陶侃。

陶侃正猜度着张奕心思，就听张奕忽而贴到身前压低了声音说道：“不瞒将军，张某与范阳王司马虓亲近得很。将军的前程全都包在张某身上，封官加爵绝不在话下。”

司马虓？陶侃思来想去半天，才知道这个王爷究竟是谁。齐王司马冏掌控洛阳时，为了排挤压制司马乂，抬举宗室旁支东海王司马越做了司空。虽说司马冏已被诛杀，可司马越却在朝中并未失势，这司马虓正是司马越的堂兄弟。张奕自称是司马虓亲信，出任荆州刺史只怕也多是司马越的心思。

陶侃怒火中烧。荆州叛军贼势滔天时，刘弘数往洛阳求取救兵，却没有一人胆敢南下。如今荆州局势刚刚缓和，司马越恬不知耻地攫取荆州战果也就罢了，眼瞅着司马颖、司马颙、司马乂三王战事将起，司马越非但没有想着为国效力劝和三王，反倒忙着安插亲信掌控州郡，其心着实卑劣无耻。哼！又是一个野心勃勃的宗室权贵！

陶侃这样想着，一时默默无言。张奕哪知陶侃究竟做何感想，只当陶侃出身寒微，如今攀上自己这个高枝必然感恩戴德。正要亲热地拉着陶侃手臂回府赴宴，忽听身后有人骂道："荆州叛乱不休，尔等小人却忙争权夺利！司马虓算个什么东西！也敢往荆州选派刺史？"

张奕忙着和陶侃套近乎，未曾料到陶侃身边有人听到自己刚才的话，被人这样骂了一句，心中不由恼怒。可那人与陶侃随行，也不知是什么身份。看着陶侃面子，实在不好发作，喝道："你是何人？敢如此污蔑宗室贵胄？"

"宗室贵胄见得多了，司马虓何时也能上得了台面？拿这样的人自抬身价，也太寒碜了些！"

张奕面上好不难看。本以为荆州远离京师，有范阳王做靠山，足以吓住这些没见过世面之人，却被人当面揭穿，气得声音都变了调。终是按捺不住，骂道："你是个什么狗东西！敢如此狂妄！"

那人冷笑一声，从怀中摸出一方印信："张大人，你既受命接替刘某刺史之职，为何这刺史大印尚在刘某手中？"

张奕冷汗淋漓，这才知道眼前之人竟是刘弘。张奕得司马虓之力，官拜荆州刺史。虽有圣旨，却尚未与刘弘交接，印信自然还在刘弘手中。刘弘出任荆州刺史许久，手中又有兵马，张奕哪敢去找刘弘索要印信？只能靠着手中圣旨，先抢占了刺史府。本打算收拢人心，掌控大局之后，再逼刘弘让位。谁知退守豫州的刘弘竟回到了荆州，还和陶侃一起进了襄阳，着实吓了张奕一跳。

张奕方寸大乱，堆着脸讪笑道："原来是刘大人。张某有眼无珠，还请大人见谅。非是张某要与大人为难，实在是朝廷有旨，命张某来荆州赴任，张某哪敢抗拒圣旨不是？刘大人忠君爱国之心，张某仰慕许久。如今张昌覆灭，刘大人功不可没，想必朝廷必然另有重用。刘大人不妨宽心等上几日，朝廷征辟圣旨也就该到了。"

张奕刚才还数落刘弘兵败之事，此刻变脸竟如翻书一般，让陶侃一阵恶心。刘弘冷笑连连："等上几日？是等朝廷圣旨？还是等你调拨人手暗害了刘某？"

张奕讪讪笑着还想分辩几句，就见刘弘突然抽剑在手直直刺了过来。张奕大惊，可好歹也是个武官出身，忽然受刺还是躲了开去，衣服却已被划开一个口子，跌跌撞撞摔倒在地，满身都是灰尘，好不狼狈。

张奕亲随一瞧，纷纷抽了兵刃就要冲上前来。陶侃本就受刘弘之恩拜为大都护，虽然困守襄阳，可若没有刘弘，也就没有陶侃扬名立万的机会。而上自司马越兄弟，下到张奕，都是些不顾国家安危，只求自家富贵的小人，早已让陶侃生出厌恶之心。相较之下，刘弘才是真正能扭转荆州危局的人。此刻陶侃已是铁了心，要助刘弘夺回荆州，又岂会让刘弘吃了亏？吩咐一声，早有军士赶上前去，拦住了张奕亲随。

张奕本是刻意拉拢陶侃，故而也未佩戴兵刃，此时没了亲卫保护，被刘弘追得连滚带爬，想跑回府去，可还没来得及站起身来，就被刘弘一剑刺个通透，惨叫一声跌倒在台阶边上不住抽搐。而张奕的亲随眼瞅着主子死了，又被陶侃部众围住，惊惧之中不敢抗拒，纷纷弃了兵器束手就擒。

刘弘回转身来，望着刺史府众属官一拜："兵祸连年，国家危难！张奕贼子假传圣旨窃据刺史府，已被本刺史手刃。若诸位觉得本刺史有失公正，大可禀奏朝廷弹劾于我。只是荆州平叛正在紧要关头，还望诸位恪尽职守，与本刺史同心协力剿灭贼患。待到那时，本刺史自会回朝负荆请罪，绝不会牵连了诸位。"

众人面面相觑，就见陶侃拜道："刺史大人除此奸贼，平复内患，必能安抚荆州复归太平。末将唯刺史大人马首是瞻，有违此言天诛地灭！"

众人先前好生奉迎张奕，谁知张奕转眼便丢了性命。唯恐刘弘借此发难，谁知刘弘并无追究的意思。见陶侃与刘弘一起回城，此时又表了忠心，想必也多是站在刘弘那边的。历经襄阳一月血战，众人对陶侃心存敬畏，既然陶侃带了头，众人哪还会去管张奕那个死人，皆是心甘情愿为刘弘效力。

襄阳终于再次稳固起来。

第十二章　三王相争，各族崛起

陶侃大破荆州叛军，助刘弘重新掌控襄阳后，抓紧时日修整城防，训练新兵，时刻防备叛军反攻。好在苍天眷顾，总算让荆州免去了兵祸之灾。

却说张昌逃脱性命后，也有心征集各州兵马回襄阳复仇。然而张昌声势浩大时，或是为了荣华富贵，或是为了有口饭吃，多有依附的豪强世族、流民百姓，心安理得接受张昌封号，甘为叛军爪牙。可得知张昌落难后，竟没有多少人来荆州驰援。豫州、徐州的叛兵或是归降了朝廷，或是占山为王，不再听从张昌号令。而横扫扬州、江州的张昌爱将石冰，即便有心救主，也是无力回天。

莫看石冰兵强马壮，几乎已经抢占扬州、江州各郡城池，却和张昌一般，全无长久之计。所派官吏多是些贪图富贵的小人，鱼肉乡里横行霸道，惹得天怒人怨。

在义兴为父守丧隐居避世的周玘，再也忍不下去。身为周处之子，岂能眼睁睁看着家乡父老陷于水深火热之中？为了赶走这群匪盗，周玘暗中联络不满石冰的世族豪强，尽起家兵讨伐叛军。庐江周访、长沙王矩、会稽贺循、丹阳甘卓和葛洪相继起兵响应。共推吴兴太守顾秘，都督扬州九郡诸军事。传檄州郡，攻杀石冰所派将吏。顾秘虽不如顾荣声望高，可也是江南顾家出身，而甘卓乃是吴国名将甘宁曾孙。有这两人挑头，一时扬州到处都是反攻叛军的浪潮。

石冰纵然人多势众，可双拳难敌四手，刚刚平灭一处隐患，便有更多郡县起事，疲于奔命狼狈不堪。自保尚且不易，哪还有余力去救张昌？

陶侃听闻扬州之事，心中对周玘、周访两位挚友感激不已。二人不仅救护了一方百姓，更是极大牵制了叛军势力，使得张昌无力对襄阳构成威胁，只能藏身于下俊山苟延残喘，荆州局势总算稳定下来。

刘弘也不愧是羊祜参军，不但在军旅之事上颇有些手段，在处理政务方面更是行家里手。荆州受张昌祸乱后，各郡县多有郡守县令空缺。刘弘委任官吏可不管什么九品中正之法，也不管名望出身，看的是真才实学品德口碑，随才授官，人皆敬服其公允。有这些能人干吏治理一方，在刘弘调度下，劝课农桑，宽减刑律，减免赋税，使得百姓爱悦，人心稳固。江南本就水土丰足，没了叛兵祸害，百姓安心耕作再无忧惧，短短数月时间，公私给足，仓储丰盈，荆州转眼恢复了生机。

然而，与荆州的太平安宁截然不同的是，中原三王之间这场酝酿已久的战事，终于打了起来。

司马乂受司马颙、司马颖联兵夹攻之后，分兵宜阳防备西路张方部众，自己又奉皇帝御驾亲征，迎击东路陆机大军。司马乂本就兵微将寡，又是两线作战，战争伊始，便落在下风。宜阳守军不过万余，被张方七万精兵轻松击溃，短短十数日后，张方兵马便已直达洛阳。

司马乂东征几乎带走了洛阳所有兵力，防备空虚之中，被张方攻破城池杀入城中，纵兵大掠，军民死者万余之多。司马乂还未与东路军交手，便让人端了老巢，只得匆匆撤兵回救。

陆机见状，哪会让司马乂如愿？自然衔尾追击。数次试探，却被司马乂击退。陆机虽为名将之后，可邺城兵将果如刘弘所预料那般，对陆机并不认同。又见陆机数次袭扰皆无果而还，愈发瞧不起他。

司马颖此时也对陆机不大放心，遂增兵驰援，反被司马乂趁着两军会师之后疏于防备，以数千精锐骑兵绑缚铁戟，突袭邺城援军。在排山倒海的铁骑面前，刚刚开赴前线的援军还未立稳，便已被骑兵军阵杀散。

败讯传至陆机军中，各部将佐对陆机坚守大营的军令抗拒不遵，大开营门擅自出战，反倒在败兵冲击下乱作一团。司马乂乘势大举进攻，陆机兵团一溃千里，退至七里涧，死者如积，水为之不流。

司马颖把二十万大军交由陆机统率，却被司马乂几万兵马击溃，怒火中烧，又听信身边小人谗言，对诸将抗命出战之事全作不见，只当陆机首鼠两端暗中投敌，使人夺了陆机兵权，连其兄弟陆云一并下狱诛杀。

可怜陆机兄弟名将之后，辗转出仕晋朝这些年，为求一展宏图，不惜先后委身于贾谧、司马伦那些野心勃勃的小人。多少年来碌碌无为，自投效于司马颖后，只当遇到了明主，却终是把一片丹心错付了庸人。

司马乂大破陆机后，军心大振，挟此战余威回到洛阳。虽然张方占据了京师，可听闻陆机二十万大军竟然败于司马乂之手，张方兵将皆是心惊胆战，远远瞧见皇帝仪仗，便已没了战心。在司马乂强攻之下，死伤五千余众，撤出洛阳，退守十三里桥。

莫看司马乂接连挫败陆机、张方，可杀敌一万自损八千，司马乂部众也折损不小。而司马颖冤杀陆机后，亲领大军开赴洛阳，又邀了张方再次合围京师。

司马乂虽然侥幸赢了两仗，可城外敌军主力尚在，眼瞅着城外浩浩荡荡的两路大军，京师百官早已慌了手脚。惴惴不安中，以中书令王衍为使，游说司马颖，却被严词拒绝。

司马乂没了退路，反倒能豁出去了。传旨征集洛阳王公世族家奴入伍，并令官宦权贵捐饷捐粮，违令者抄家充军。又在部将祖逖谏言下，传旨于雍州刺史，命其征召兵马袭扰长安司马颙。那雍州刺史先前被司马颙吞并万余兵马，本就恼恨无比，得知司马颙大军主力出征洛阳，长安必然空虚，随即征集兵马向长安复仇。

张方听闻长安受袭，惶恐中有心退兵回救，司马乂乘着张方犹豫不决，再次主动出击，突袭司马颖。东路大军本以为守军人少，必是要坚守城池的，哪料守军竟敢出城迎战。猝不及防中，被司马乂大破于洛阳城外，死伤达七万之众。

处于劣势的司马乂居然先后三次大捷，着实让人难以置信。只是司马乂虽然在战场上占尽了优势，若无意外，只怕彻底平定司马颖，继而反击司马颙都有可能，谁知战事却在一夜之间逆转。

司马乂掌控朝廷这一年多时间，天下州郡分崩离析，司马颙与司马颖占据大州，切断了京畿与其他州郡的道路，使得洛阳所得赋税钱粮寥寥无几。这三个多月仗打下来，城中粮草殆尽，人心惶惶。司马乂大败司马颖凯旋时，已是半夜时分，且先回府休息，欲等天亮后便去朝中送上捷报，安抚人心。怎奈这些日来，以东海王司马越为首的朝中权贵，都以为司马乂兵微将寡，眼见粮草将尽，只怕终是难逃败亡。与其等城破之后被司马颖、司马颙问罪，倒不如拿了司马乂，向城外请功。遂于当夜起事，将疲惫不堪的司马乂收押下狱，送往张方大营。

张方虽勇，却是个没什么头脑的莽夫，在司马越暗中挑唆下，竟把司马乂活活炙杀，以报洛阳兵败之仇。而后又得司马颙求救军报，言雍州刺史围攻长安甚急。张方遂将洛阳掳掠一番，裹挟宫中奴婢万余人回救长安。

张方退兵后，司马颖进入京师。洛阳已是一片萧条景象，哪里有大晋国都的气势？望着这样一座残破的城池，司马颖气不打一处来。折损十数万人马，耗费无数钱粮，不惜与兄弟反目，到头来就换了这样一个空壳都城。此刻哪还想在洛阳多待一日？分兵五万，命其大将石超留守洛阳。加拜东海王司马越为尚书令，算是对他铲除司马乂功绩的嘉奖。又匆匆给自己加了一个丞相的头衔，随后便统领大军浩浩荡荡撤回邺城。司马颖念着军师卢志在出征之前力阻用兵之言，遂表卢志为中书监，留在邺城，总揽丞相府政务，算是对卢志这些年辅佐之功的回报。

听闻三王相争落得这样一个结果，陶侃和刘弘着实唏嘘不已。虽说司马颙召回张方后，雍州刺史很快被击溃，可司马颙并没有得到多少好处，仅仅是巩固了对关中的控制。而司马颖杀来杀去，依旧是回到了邺城。如此大张旗鼓，到头来却没有谁能称得上赢家，反倒把中原搅得一片焦土。也就东海王司马越，原本受诸王压制，如今却成了洛阳朝廷的实际主宰，可以称得上扬眉吐气。

陶侃和刘弘曾刺杀司马越委派的荆州刺史，只怕已是司马越的眼中钉，怎奈洛阳朝廷此时已是山穷水尽，即便司马越想要找陶侃和刘弘的麻烦，也是有心无力。

相较于让人惆怅的洛阳，江南还是让陶侃和刘弘欣慰许多。周玘、周访众将在扬州起兵后，石冰集结大军出击周玘联军，欲毕功于一役。莫看石冰人多势众，可早已失了人心，在周玘调度下，石冰惨败而逃，避往寿春。

陶侃有一同乡，名为陈敏，驻守寿春。虽然手中不过寥寥数千兵马，面对石冰数万败兵浑然不惧，与石冰数次交锋，杀得败兵全无招架之力。待周玘追兵赶来，两军夹击之下，彻底剿灭石冰部众于建业，扬州祸乱终于得以平息。

周玘、周访众人建此大功，心怀对洛阳朝廷的失望，皆不愿受朝廷封赏，各自散了家兵部众，仍回家乡隐居。也就甘卓奉诏去了洛阳，封了个闲散官职，陈敏也因功被司马越拜为广陵相。

而荆州叛乱贼首张昌，也终于日薄西山。在陶侃围追堵截之下兵败受擒，斩首以谢天下。刘弘也不薄待陶侃，表奏朝廷，拜陶侃为江夏太守，封东乡侯，食邑一千户。

陶侃见荆州太平无虞，北方战事稍稍停歇，有心向刘弘告个假，且回庐江探望好友，也顺道接了家小来江夏团聚。陶侃碌碌无为颠沛流离半生，与妻儿聚少离多，如今功成名就，也该接他们来享享福了。谁知还没来得及开口，益州便有求救文书送来。

益州刺史罗尚，苦守成都数月，久久等不来援军。城中粮食耗尽，终于被李雄攻破城门，成都失陷。罗尚兵败东逃，避难于巴郡，虽然一路收拢败军，勉强在江阳布下防线，可军中少粮难以自救，遂遣使来了襄阳，向刘弘求粮五千斛以解燃眉之急。

刘弘对罗尚贪婪成性，放纵李特父子，终让益州落入叛军之手很是气愤。然而刘弘也不好置罗尚于不顾，毕竟罗尚若再战败，叛军势力便到了益州与荆州边境。出于长远考虑，刘弘还是从荆州紧张的军粮储备中，调拨三万斛驰援罗尚，并派兵驻扎于巴东，为罗尚后援。

成都失陷后，又有益州流民十余万户逃难来了荆州。刘弘为防流民落草为寇，祸乱荆州，遂划拨田地赠送粮种，又广选流民中贤才，辟为掾吏管束流民，总算安抚了这些落难之人，也化解了荆州又一场危机。

陶侃眼见刘弘忙成这般模样，也就断了回乡的念头，好生辅佐刘弘安置流民。

幸好陶侃没有离开荆州，只因中原三王相争仅仅过了六个月，北方战火再次点燃，将晋朝王室之间的争权夺利推上了顶点。北方州郡再无一方宁土，无论世族权贵，还是平民百姓，再无一人能够置身事外。

就当时而言，这场战争不过是晋朝宗室又一次争权，可对整个华夏来说，战火自今日点燃之后，旷日持久，不仅烧垮了晋室江山，更以燎原之势吞噬着大江南北的鲜活生命，揭开了长达三百年之久的战乱序幕。

司马颙平定雍州刺史后，表奏朝廷，言皇帝已无子嗣承继国祚，请册立丞相司马颖为皇太弟。司马颖自然乐得如此，准了司马颙的奏疏。投桃报李，拜司马颙为太宰、大都督、雍州牧。

成为储君后，司马颖自认为唯一能与其相提并论的司马颙，都肯俯首称臣，愈发骄纵起来。声称皇后羊氏乃伪帝司马伦所立，如何母仪天下？废羊皇后为庶人，囚于金墉城，免得傻子皇帝司马衷突然有了子嗣，威胁自己的储位，顺便也敲打了那些不服管束的世族朝臣。只是司马颖的目空一切，却是大失众望。

东海王司马越，扳倒司马乂降于司马颖后，惊奇地发现，威名远扬的司马颖也不过如此。邺城兵马虽盛，却在与司马乂的争斗中大伤元气。司马越本就是野心勃勃之人，如何肯为司马颖效力？虽说洛阳深受重创，可皇帝和朝廷都握在司马越手中，而司马乂的残部，也都有心为主子复仇。司马越遂暗中联络各方势力，把司马乂之死归咎于司马颖身上，突袭留守洛阳的司马颖驻军。石超猝不及防，兵败逃回邺城，把五万大军一股脑丢给了司马越。

掌控兵马后，司马越复立羊皇后之位，以此拉拢人心树立权威。为了彻底清除司马颖的威胁，司马越为自己加拜大都督，尊奉皇帝御驾亲征，讨伐邺城。一路传檄四方征召兵马，至安阳时，部众已有十余万之多。

此时司马越实力雄厚，决然不在司马颖之下，惊得邺城一片惶恐，求和之声此起彼伏。可司马颖自视甚高，哪肯降于司马越这个宗室远亲？对逃命回来的石超非但没有问罪，反而再次分兵五万，命其出讨司马越，将功折罪。又接连派出数人诈降于司马越，言邺城早已人心惶惶，兵马逃散，使得司马越全然不设防备。石超大军突然出现在司马越面前时，仓促迎战的各路联军顷刻间便被击散。司马越惊惧之中弃军而逃，皇帝身中三箭落在石超手中，被司马颖遣卢志迎入邺城，改元建武，大赦天下。

东海王司马越兵败之后，听闻司马颙已遣张方领兵两万抢占洛阳，再次废黜羊皇后。眼见没了栖身之所，司马越只得去了封地东海国。痛定思痛，誓要报此大仇。自知孤掌难鸣，遂遣使游说四方共讨司马颖。

司马越的弟弟司马腾，时为并州刺史，得司马越书函后，自然起兵响应。而安北将军、都督幽州诸军事王浚，自司马伦篡位之时，便以为天下将乱，结交周边，拉拢鲜卑段氏部族为己所用，表奏其首领段务勿尘为辽西公，以此笼络人心，在幽州颇有势力。当初司马颖征讨司马伦时，曾传檄于王浚，命其随军征讨，却被王浚拒绝，自然成了司马颖的眼中钉。司马颖大败司马越之后，再次征召王浚往邺城为官，王浚如何肯去？恰逢司马越使者来了幽州，王浚自然乐意助其一臂之力，遂与并州司马腾相约，合兵数万南下征讨邺城。

司马颖得知北兵南下，仗着大胜司马越之后士气正盛，遣石超、王粹领兵迎敌。然而王浚兵马本就是驻守边疆的精兵强将，又有鲜卑段氏部众为助力，大军以骑兵为先驱，岂是司马颖久战之后的疲兵所能阻挡？石超、王粹先后惨败于王浚，邺城震恐，士卒百姓各自逃散。

卢志劝说司马颖护送皇帝还都洛阳，可司马颖却贪恋邺城狐疑不决。建威将军、匈奴五部大都督刘渊，自投于司马颖之后，曾数次请命，欲回匈奴征集兵马辅佐邺城，却被卢志极力反对。司马颖也知刘渊虽长于中原，可骨子里毕竟是个匈奴人，一旦放其北归，无异于龙入大海，故而一直没有应允。如今邺城万分危急，司马颖无计可施，只得准了刘渊所请，拜其为北单于、参丞相军事，回匈奴征集兵马。可刘渊久久未回，王浚大军却已兵临邺城。司马颖所剩万余兵马逃散一空，眼见邺城难保，这才慌慌张张逃出城去，在数十骑兵护卫下，与卢志一并保护皇帝逃往洛阳。

王浚轻而易举攻入邺城，久驻边疆的士卒哪有什么军纪可言？眼见邺城繁华，兴高采烈抢掠一番，百姓死者难以计数。王浚见走脱了司马颖，派兵追捕无果，却不愿久留于冀州，徐徐退回蓟城。鲜卑部众多有掳掠妇女，被王浚得知后，不想背负引其族侵扰中原的千古骂名，传告鲜卑，敢挟藏妇女者，定斩不赦。王浚本是好心放了那些妇女性命，却被鲜卑人会错了意，将八千妇女尽皆淹死于易水之中。

司马颖哪有心思去想邺城的安危。一路上躲避追兵，着实狼狈不堪。悔不听卢志之言，早做退守洛阳的准备，以至于仓皇之中，不仅最后的万余兵马丢个干净，就连干粮行李都没有分毫。风餐露宿逃至济河，才在张方接应下回到洛阳。

落地的凤凰不如鸡。尊贵无比的司马颖，如今不仅丢了冀州，手中兵马也是亡失一空，在张方这个莽撞军汉面前，哪敢以皇太弟、丞相自居？夹着尾巴小心伺候，朝政大权落入张方手中。而张方听闻司马颖惨败于王浚，唯恐王浚西征洛阳，遂纵兵大掠京师。将魏晋以来财宝积蓄扫荡一空，裹挟了皇帝和司马颖撤还长安。退兵之际，张方本有意放火烧了洛阳城，以绝众人归心，总算听了卢志劝说，也不想和那董卓一般遗臭万年，这才断了此念头。

待回到长安，司马颙见司马颖落魄成这般模样，一改往日亲近面目，全然没了当初举荐司马颖为皇太弟时的恭顺，废去国储之位软禁起来。而对司马越却是刻意拉拢，举荐司马越为太傅，与自己共辅皇室。又拜司马越两个弟弟司马略为司隶校尉、司马模为宁北将军，分别留镇洛阳、邺城，变相将关东州郡尽皆交于司马越手中。为向司马越示好，亲近于司马越的王戎也再次被拜为司徒、录尚书事，王衍为尚书左仆射。如此厚加封拜，不过是谋求以函谷关为界，与司马越各自为政均分天下。

对司马颙的这点小算盘，陶侃只觉得可笑。司马越击败司马颖，成为北方最强势的宗室后，绝不会满足于对东方州郡的控制，其野心必是要将司马颙除之而后快的。陶侃实在不想去理会这些宗室的目光短浅，此时最让人忧心的是，益州和并州都已不在晋室掌控中了。

李雄攻破成都，将罗尚赶出益州后，承继其父李特的宽容，废除晋法，与民约法七章，渐渐被蜀人所接纳，又辟用不少蜀人长者为官，颇得益州民心，遂自立为成都王，将益州彻底从晋室江山割裂出去。

而那口口声声为司马颖北上征召匈奴大军的刘渊，虽说短短一月之间，便征集了五万匈奴大军，却没有丝毫驰援邺城之心，仅仅遣出五千人马刺探军情。听闻司马颖兵败出逃，刘渊终于成了出海蛟龙，再也无人能够管束。借着多少年来苦心营造的汉室宗亲噱头，声称汉室江山遭晋人篡夺，今当恢复祖上基业，遂建国号为汉，自立为汉王。并州刺史司马腾眼见刘渊坐大，拉拢鲜卑合击匈奴，却被击败。刘渊趁势夺取太原、屯留、长子、中都，已然占据大半个并州。

益州因其山川险峻，历来易守难攻，先后有公孙述、刘备占据三川之险，成就一方霸业，若非天命难违，只怕益州足以角逐天下。而匈奴历来便是最大的威胁，虽然经两汉几百年数代名将征讨，匈奴远没有当年的势力，可从魏晋以来，蛰伏几十年时光，还是恢复不少元气。陶侃想想当年在洛阳见到刘渊时的情形，温文尔雅几乎与汉人无异，刘渊不称单于而称汉王，足见其吞并天下的野心。匈奴有这样一个颇有心机的新主，只怕再无安枕之日了。

司马颙面对各族称王、割据州郡的局面，却仍天真地想着和司马越平分天下，实在让人无言以对。陶侃无奈地想着，但愿二王暂停交兵之后，能看清大晋真正的威胁究竟来自何处。若司马颙收复益州，司马越击溃匈奴，或许这晋室的天下，还能有些转机吧。

第十三章　东西对峙，扬州叛乱

陶侃吩咐侍卫收拾好行装，除了军图、令旗那些行军所需紧要之物，也就带了少许换洗衣物，但凡累赘之物尽皆舍弃。饶是如此，也是满满当当装了十几大箱，看得陶侃一阵皱眉。

前两日，得了刺史大人刘弘将令，命陶侃引本部兵马万人北行，往萧县驰援司空、东海王司马越，讨伐太宰、河间王司马颙。

虽说陶侃对刘弘这道将令多少有些迟疑，可一者刘弘对二王之争看得甚是透彻，二者刘弘乃是陶侃恩主，万没有拒绝的道理。陶侃终是奉命集结兵马，预备领军北伐。

只是从荆州到萧县，跋涉千里之地，补给万分艰难。听闻北方这几年战乱不休，司马越与司马颙军中都缺少粮草辎重，荆州兵只怕多是要靠自己募集军粮的。虽然荆州倒也有些积蓄，可没了舟船之便，仅靠牛马牲畜运粮，就显得很是艰辛了。故而陶侃传令全军轻装简行，能舍之物便留在驻地，尽可能把车马空出来携带军粮辎重。

可看着帐中堆的这些大箱子，陶侃就生出一阵无奈。身为主将便已有这么多的行李，再加上营帐、护栏、箭矢就足以占去一大半的车辆，所能携带的军粮着实有限，能支应上两月只怕都是极限了。若司马越与司马颙对峙旷日持久，也不知后续的补给能不能及时送到。再想想司马越又一次挑起的战火，陶侃就一阵怨愤。

自司马越击败司马颖占据东方州郡后，司马颙自然心存戒惧。好在手中攥着皇帝司马衷，故而想借皇帝名义，与司马越维持现有的平衡。

然而司马越却没有丝毫让步的意思。对司马颙所封的太傅，瞧都不瞧一眼，随口拒绝回去。逼迫司马颙厚封王浚击破邺城之功，又挟私愤命司马颙贬黜张方官爵。可笑王浚引鲜卑部侵扰华夏腹地，屠害无辜百姓，却被司马越当作有功之臣大肆褒扬。司马颙对厚封王浚倒也没什么意见，反正关东早已落在司马越手中，不过是给他个人情罢了。可张方作为司马颙的得力大将，若是受外人胁迫而被贬黜，实在难服人心。故而司马颙对司马越的无理要求并无应答。

司马越自然不会就此罢手，既然司马颙不肯听命，那便把皇帝抢到自己手中。遂传檄天下，称张方劫持天子西行，败坏朝纲，当集结天下兵马讨伐长安，奉迎天子还都洛阳。只因司马越得王浚支持吞并了司马颖，势头正盛，又有其亲兄弟司马腾、司马模、司马略及堂兄弟司马虓占据大州，使得司马越实力远胜司马颙。

司马越意气风发，欲一举攻破长安一统中原。自领徐州都督，统率精锐甲士三万进兵萧县。拜范阳王司马虓为豫州刺史，以刘琨为司马虓军司马，合兵屯驻荥阳，又以刘舆为颍川太守进驻许昌。

天下州郡得司马越檄文，见其实力如此雄壮，多有派兵随军之人，就连平定扬州石冰叛军的功将陈敏，都亲领数千兵马去了萧县。

虽说司马越三路大军声势浩大，可还未与司马颙交手，便吃了大亏。司马越拜司马虓为豫州刺史，一下子就惹恼了原豫州刺史刘乔。虽说司马越转拜刘乔为冀州刺史，也算给刘乔有了个交代。可冀州这些年战乱不休，远没有豫州富足，刘乔又岂会听从司马越摆布？

刘乔以司马越檄文非天子诏书，拒不从命，引兵围攻许昌。又分兵其子刘祐进军灵璧，阻击萧县司马越。刘乔绝非泛泛之辈，远的不说，在平定荆州张昌叛军时，就颇有些功绩。莫看刘乔兵力处于劣势，竟以豫州那点兵马，生生拦住了司马越大军。

司马越数次出击刘祐皆被击退，士气涣散。而后院又起了大火，当真焦头烂额。

击败司马颖后，司马越看似占据了函谷关以东州郡，实则并不稳固。汉王刘渊实力雄厚虎视中原，数次南侵，蚕食土地，扰得并州没有一刻安宁。司马越只能留下弟弟司马腾严防死守，时胜时负难以占据上风。而司马颖虽败，其余党却遍布冀州各地，有其部将公师藩，自称受司马颖之命，集结旧部人马，趁着司马越在豫州胶着之际，起兵于魏、赵之间，众至数万。其麾下有一员猛将，名唤石勒，骁勇善战精于骑射，攻城拔地所向披靡，转眼已经合围邺城。

说起这石勒，原本是并州上党羯人，只因并州饥困，刺史司马腾为求募集粮饷，掳掠部族卖于山东为奴，这石勒便是被司马腾出卖的奴隶。石勒从主家逃亡后，落草为寇，听闻公师藩起兵，遂投于军中。司马腾酿下的苦酒，却让哥哥司马越来喝，真是成也萧何败也萧何。

邺城受困，让司马越惊恐不安，可萧县兵马本就敌不过刘祐，如何再敢分兵回救？只能传命于尚未交战的司马虓，遣其部将苟晞领兵驰援邺城。

司马越西征受阻，让司马颙一下子看到了希望。有了刘乔这个救星，司马颙喜出望外。加拜刘乔为镇东将军、假节，又以皇帝名义传诏天下，征集兵马增兵于刘乔。并以张方为大都督，统关中精兵十万，向许昌集结。听闻冀州公师藩起兵之事，冷落了许久的司马颖又变成了宝贝，被司马颙表奏为镇军大将军，另拜卢志为魏郡太守，在自己亲信大将吕朗监护下，领兵千人屯驻于洛阳，以此笼络司马颖旧部人心，又以司马颖旧将石超为前车骑将军，占据河桥。几路兵马虎视眈眈合围过来，许昌已成了两王相争的焦点。

荆州先后收到司马越的檄文和司马颙的诏书，当真让刘弘难以抉择。天下纷乱不堪，实在受不起更多的折腾。自武帝司马炎驾崩后，先后有司马亮、司马玮、司马伦、司马冏、司马乂、司马颖、司马颙、司马越八王轮流掌控权势。这些王爷相互猜忌，视为仇雠，杀得血脉亲情荡然无存。今日为忠，明日为贼，只怕秦汉以来都未有骨肉相残如此之过也。宗室贵胄非但没有守住祖宗基业，反倒闹得江山破碎天下大乱。好好的晋室社稷，哪还有半点大国盛世的气度？如今各族称王，野心昭然若揭，江山危在旦夕。司马越与司马颙能和解休战，齐心协力消除外患，才是天下之幸，岂能只顾眼前之利而同室操戈？

刘弘遂写信于司马越和刘乔，欲使二人解怨释兵，共辅皇室，却是石沉大海杳无音讯。又上表于长安，求司马颙以皇帝旨意传告天下，命司马越、刘乔各自罢兵，今后再有擅自兴兵者，天下共讨之，亦不被司马颙所用。

就在刘弘苦口婆心劝说两王罢兵休战的时候，刘乔趁着司马虓分兵回救邺城，豫州空虚之际，一举袭破许昌，刘舆败逃。司马虓遣刘琨救援不急，心知许昌失陷后绝难守得住荥阳，遂在刘琨、刘舆兄弟保护下，引兵退回河北。

刘弘眼见自己逆耳忠言被人置之不理，心中恼火不已。虽说司马颙此时已经占据上风，可刘弘却觉得司马颙大将张方，先后两次洗劫洛阳，又炙杀司马乂，性情如此残暴，绝难成就大事。司马颙重用这样一个豺狼般的人物，必败无疑。就算侥幸击败司马越，也绝对是天下又一场浩劫。

刘弘左右权衡，终是拿定主意，传命于陶侃，领兵驰援兵败受阻的司马越。既然两王终究是要决出一个胜负，那还不如快刀斩乱麻，早早结束这场无谓的战争，也好抽身出来抵御强敌。

陶侃得此军令后，也有过迟疑。平心而论，陶侃对司马越、司马颙都没有好感。尤其司马越的兄弟司马虓，还曾偷偷派了亲信来荆州替换刘弘，抢夺州郡大权。在这件事上，刘弘便与司马越有隙。而豫州刺史刘乔对荆州却是有恩情的。当初张昌叛乱闹得荆州几乎颠覆，刘弘兵败退守梁国，若非刘乔借兵平叛，仅以陶侃之力绝难剿灭张昌叛军。今日陶侃奉命北上驰援司马越，首当其冲就要面对刘乔大军，就算陶侃能狠下心来夹击昔日的盟友，可在道义和良心上还是过不去的。只是刘弘以天下安危为重，不顾与刘乔的私情，陶侃又岂能违了刘弘将令？

陶侃正为心中这些事烦恼，却有侍卫通报：“少将军入营求见。”

陶侃忙迎出帐外，果然是刘弘之子刘璠来了。刘弘文武兼备颇有才德，又素来爱惜百姓，对麾下官属将佐也很是照顾，凡有功绩多让于手下，待有过失又一肩扛起，故而颇受陶侃敬佩。其子刘璠却远没有刘弘的治国理兵之才，好在承袭了其父宽宏大度的性情，倒也得陶侃的尊重。忙拜道：“末将不知少将军来访，有失远迎，万望少将军海涵！”

刘璠回拜一下，也未说什么，拉着陶侃回到帐中，支开了正收拾行装的卫士，苦着脸说道：“奉刺史大人之命，加拜将军为前锋都督，着令将军调拨兵马回守江夏，屯兵夏口，防备扬州叛军。”

陶侃本以为刘璠此来，乃是代刘弘入营劳军。谁知竟忽然变了将令，万分惊异中疑窦丛生。刘弘素来果决，既然已派陶侃北伐，何故要朝令夕改？莫不成是刘璠假传军令？可刘璠性情忠厚，何曾有过什么歪心思？待接过刘璠递来的军令虎符，验看之后也无疏漏，这才疑惑着问道：“刘乔袭破许昌，东海王全线回防，刺史大人既有意助东海王一臂之力，那便当急速北行，何故命末将转道回往江夏？扬州石冰已经败亡，哪里又来了叛军？”

刘璠叹道：“将军可认得广陵相陈敏？”

陶侃回道：“那陈敏与我都是庐江人氏，听说还是同年举的孝廉。虽然未曾谋面，可陈敏在剿灭石冰之战中颇有功绩，因此官拜广陵相。扬州能有陈敏这些义士，实乃国家之幸、百姓之福。眼下似乎正领兵驰援东海王，拜为右将军，前锋都督，此刻应屯兵于萧县吧。”

刘璠皱了皱眉眉头，说道：“东海王在萧县受阻，损兵折将，陈敏已向东海王请命，自回扬州募兵。”

陶侃心中咯噔一声。刘璠方才说起扬州有叛军出现，此时又说陈敏回了扬州，难不成二者之间有什么关联？问道：“陈敏身在扬州？”

“正是！陈敏此时正屯兵于历阳，非但没有北上的意图，反而招揽人马扫荡州郡，意欲割据江东！”

陶侃惊道："陈敏虽有平定石冰之功，却也和我一般出身寒门，人微言轻，又有多少人会受其蛊惑？何况扬州多有周玘、周访这些名震江东的义士，若陈敏当真有所图谋，必然不会坐视不管。刺史大人令末将重兵严防扬州，只怕小题大做了。"

刘璠冷哼一声："将军真是小看了这陈敏。此贼回到历阳后，恰逢甘卓、顾荣先后弃官也回了扬州。陈敏与甘卓曾合兵围剿石冰，因此颇有些交情，故而结了亲家，自抬身价。待生米做成熟饭，陈敏威逼利诱，使甘卓诈称得了皇太弟之命，拜其为扬州刺史，已将州郡大权掌控在手。遂征辟顾荣为右将军，周玘为安丰太守。其他平定石冰叛乱的功将，也多在其征用之列。"

陶侃面色一变："顾荣、周玘都应征了？"

刘璠摇了摇头："周玘本就无心做官，连朝廷征辟都不应从，又岂会效力于陈敏？只是顾荣不明所以，真当陈敏是朝廷委派的刺史，故而去了历阳。听说顾荣对中原局势甚是忧心，还谏言于陈敏，言：'中原丧乱，部族侵扰，观今日之势，只怕绝难振奋。江南虽经石冰之乱，可人物尚全，荣常恐没有孙权这般明主保全江东，幸有将军神武不世，带甲数万，若能任用君子各尽其才，必能以江东一隅为我中华留下一丝血脉，以待他日重整山河还天下太平。'顾荣这番言辞，对陈敏可谓忠心可鉴，足见顾荣是真心实意想要辅佐陈敏统御江东的。有顾荣、甘卓这等名士引头，不少江东豪杰都归往陈敏麾下。陈敏见时机成熟，遂指使幕僚推举自己为大司马、楚公，录尚书事，加九锡，都督江东诸军事，但凡能加的尊号几乎没有遗漏。可陈敏这般贪心急进，也将其野心暴露无遗。顾荣后悔不迭错保了奸臣，江东名士也多有微词。陈敏疑心江东豪杰不肯为其所用，本有意暗中诛杀以绝后患，在顾荣苦劝之下才算作罢。陈敏反叛做得滴水不漏，直到昨日，荆州才得到密报。听闻陈敏诈称得皇帝诏书，命其领兵往汉水迎驾，已遣其弟弟陈恢为主将，以钱端为副将，统领兵马侵入江州。只怕江州落入陈敏之手后，荆州必要受其侵害。刺史大人为了防备万一，不得已改换军令，命将军留守江夏抵御叛军。"

陶侃只觉一阵心凉。原以为陈敏这个同乡，必能在这乱世之中有所作为，至少也可护全一方百姓，哪知竟然这般贪婪。刚才自己还对陈敏赞叹不已，却是这样阴险奸猾之人。难怪刘璠听了自己的话，脸上有些不好看呢。

陶侃面上一红，说道："陈敏叛乱不可不防，可中原战事也不好放任不管。毕竟刺史大人已经传书东海王，不日便将派兵驰援。若失信于他，不但刺史大人声威受损，也让中原局势愈发混乱了。"

刘璠却道："将军不必忧心此事。刺史大人已拜参军刘盘为都护，从襄阳抽调兵马，代将军北上，受东海王节制。也在今日开拔，不会误了行程。刺史大人使我转告将军，江夏是荆州门户，万万不可有失。陈敏起兵只为其野心，绝非可保明主，若使陈敏得了江南，必为天下之大不幸。荆州刚刚太平没几日，受不得这等兵祸，还请将军为国为家，严拒叛军于荆州门外。"

陶侃听刘璠话里有话，面上有些迟疑，遂问道："少将军有话但讲无妨。"

刘璠犹豫再三，抿了抿嘴说道："其实有些闲话本不该说与将军听的。扬州陈敏反叛，刺史大人以将军为前锋都督抵御叛军。有人提醒刺史大人，说将军与陈敏同为庐江人氏，又有同年举为孝廉的情谊。若心存异志，荆州东大门不复存也。"说到这里，刘璠怕陶侃见怪，忙解释道："依我之见，那些说闲话的都是以小人之心度君子之腹。将军是何等人物，岂是陈敏那等小门小户出身的贼子所能比拟的？"才说完此话，就觉得不妥。陶侃出身也不算高，刘璠骂了陈敏，顺带连陶侃也一并骂了。有心解释一番，却又不知该如何说辞，憋得面上一阵臊红。见陶侃并无责怪之意，半天才说道："其实刺史大人如何会听得进那些闲言碎语？已将那人狠狠斥责一番。还说将军忠义无双，他心知肚明，以将军阻击叛军，必无忧也！"

陶侃本对那诋毁之人有些恼怒。出身不高的自己，因功拜为郡守，又得了封爵，引来不少世族大户出身的士人眼红。平日里在那里搬弄是非也就罢了，带兵打仗岂是儿戏？这等诽谤之言，几乎已把陶侃与叛将陈敏归在一起，简直是要把陶侃往绝路里逼。好在刘弘不是昏聩之人，不听小人谗言，否则自己岂不是莫名其妙丢了性命？心中对刘弘愈发感激起来。

又一寻思，这领兵打仗出征在外，最怕的便是这等离间之言。刘弘听到一次两次不打紧，若是战事正急之时，刘弘耳边尽是这些诽谤之言，也难保不会生出疑虑。到那时，不但平叛无功，只怕想要活命，都是难比登天了。考虑再三，无论是向刘弘表露忠心，还是对刘弘的信任投桃报李，陶侃都要有所表示。

他遂说道："请少将军转告刺史大人，末将必当不负重托，定不让叛军一兵一卒踏入荆州。只是战事瞬息万变，末将也实在照顾不得家人。故而存些私心，将我儿陶洪、侄儿陶臻托付于刺史大人代为照管。不怕少将军笑话，末将这些年来四处奔波，实在无暇教导子侄学业，以至于这些孩子没多少学问。刺史大人博古通今，若有闲暇，能指点一二，必让他们受用无穷。"

刘璠眼前一亮，要说指点学业，父亲可远没有陶侃的学识高。陶侃话说得漂亮，实则是把长子陶洪和侄儿陶臻送往襄阳做了人质，借此向父亲表露忠心。这倒也是个两全之法，既让父亲有了制衡陶侃的法子，又让陶侃铁了心抵抗叛军，也使那些小人闭上嘴巴，忙笑道："陶将军这说的是哪里话，两位贤弟的学问得自将军亲传，倒是刘某要向他们讨教才是。"

刘璠这般说辞，显然没有回绝陶侃所请，自然是默许了。陶侃倒也没有什么好担心的，自己行得端坐得正，本就没有投敌之意，也就不怕受人胁迫，洪儿、臻儿自然不会有性命之忧。又与刘璠说了说出兵之事，便唤了陶洪、陶臻出来，嘱咐了几句。送了三人出了大营，转身告于侍卫："传令全军，即刻开拔，兵进夏口！"

第十四章　临危受命，东征扬州

陶侃愤愤地望着敌军逃回船上，七手八脚撑了出去，顺着江水转眼已在百十步外，朝着自己肆意嘲弄。陶侃怒不可遏，下令射箭，却是尽皆落于水中，引得敌军又是一阵笑骂，趾高气扬退过江去。陶侃眼中都快瞪出火来，也无济于事，只能眼睁睁看着敌军再一次全身而退。

驻守江夏已有近一月光景，叛将陈敏之弟陈恢，在袭取江州后，果然毫不停歇，继续西进。见江夏防守严密，遂转攻武昌。据斥候所探，陈敏已拜陈恢为荆州刺史，显然有吞并荆州之意。

好在刘弘早有防备，使陶侃抢在叛军之前，从江夏进驻武昌，将陈恢挡在大江对岸。又接连派遣朱伺、郑攀两员战将，领步军增援陶侃。这二人皆是刘弘麾下宿将，尤其朱伺勇猛善战少有敌手。陶侃在这二将辅佐下，数次击退陈恢。

虽说以陶侃的本事，陈恢想要攻破武昌那是痴心妄想，可一想到陈敏已经占据扬州、江州，陶侃便不敢死守武昌。要知道，陈敏可不是那个流民统帅石冰可以相提并论的。陈敏本就是庐江人士，又有平定石冰之功，更诓得顾荣、甘卓为其效力，假以时日，未必不能割据江东。这样一个野心勃勃的人物虎卧身侧，对荆州垂涎三尺。若不能一举击溃陈恢部众，打得叛军断了对荆州的念头，只怕荆州就无一日安宁了。

只是陶侃所想虽好，却拿叛军没有办法。当日陶侃集结大军时，本意在于北上驰援东海王司马越，故而军中并无船舶。谁知临危受命驻守江夏，大军几乎是清一色的步卒。守备武昌倒是足够了，可想要出击叛军却是没有可能。陈恢横扫江州，自然手握水师，试探了几次武昌城防后，便不再傻傻地强攻。在江对岸筑下营垒，隔三岔五遣水师运兵过江袭扰。或掳掠村庄，或抢劫粮草，闹得武昌、江夏鸡犬不宁。

陶侃只得再次向襄阳求取援兵，刘弘增派水陆两队人马来了前线。陶侃手中好歹也有了水师，可依旧难以压制陈恢。这水师统帅乃是刘弘一个远房外孙，名唤应詹。倒不是应詹仗着是刘弘的亲戚，就瞧不起陶侃，不受节制。而在于荆州是守，叛军是攻。两军隔江对峙，漫长的江面有太多地方需要水师防备。荆州又是仓促备战，应詹水师战船有限，四下分散后，着实对叛军构不成多大威胁。而荆州沿江百姓渔船，也早被控制了江面的叛军毁去，陶侃纵是想要征用民船，都是无从下手。

说起另一队兵马，还真让陶侃有些意外。竟是太宰、河间王司马颙听闻陈敏割据扬州叛乱，遣部将张光，率领步骑五千南下平叛。要知道，司马颙可是个铁公鸡。当初荆州被张昌祸乱成那个样子，朝廷传诏长安派兵平叛，司马颙非但没有派出一兵一卒，反倒吞并驰援荆州的雍州兵马以壮大实力。如今司马颙与司马越交锋正急，正是用兵之际，怎就良心发现想着讨伐叛军了呢？

陶侃还以为中原战事已经结束，毕竟司马颙已借刘乔之力抢占豫州，把司马虓赶回了河北，逼得司马越无力西进。指不定这一个多月时间，已经乘胜追击，大获全胜。可陶侃私下一问张光才知，近来战事再次逆转，司马颙反倒落在了下风。

自司马虓被刘乔击退，回到河北后，在刘琨辅佐下，及时收稳脚步，其部将苟晞也击退了公师籓和石勒，邺城之围已解。司马虓遂留苟晞防备公师籓，免得冀州再生事端，又遣刘琨往幽州借来王浚突骑助阵，反攻回河南，斩杀司马颖旧将石超，逼得刘乔节节败退。司马越也乘势进兵，两军合击，杀刘乔之子刘祐于谯县。此战之后，刘乔兵马溃散，退守平氏。

对此战局，陶侃很是疑惑。刘乔战败，司马颙再次被司马越压制。如此不利情形下，司马颙究竟是哪根筋不对了，竟会派兵南下平叛？想来想去，或是司马颙知道荆州支持司马越，故而派来五千兵马，名为平叛，实则借此告诉刘弘，皇帝眼下在长安，司马颙会代朝廷管天下事。刘弘既然以忠臣自诩，那就该站对立场。若能以这五千兵马换来荆州改旗易帜固然最好，即便不能，至少也让刘弘不再支持司马越。何况扬州陈敏本就是司马越的部将，虽然此时割据扬州叛乱，可若是再次倒向司马越，对司马颙来说也是心腹大患。倒不如派兵助阵，讨灭陈敏，也算是削弱司马越的实力了。陶侃如此一想，司马颙派兵南下也算有了个合理的解释。

得了襄阳援军，陶侃设下陷阱，引诱叛军再来夺粮。可那陈恢还真和他哥哥一样是个老狐狸，刚刚来到陶侃精心布下的口袋，就嗅出了危险气息，转身便向江边退去。陶侃纵兵狂追，几乎没有多少斩获，依旧被敌军逃了回去。非但没有震慑敌军，反倒惹得一阵嘲笑，着实让人恼火。

江面上的敌船渐渐消失在烟波之中，陶侃一路谋划着该如何除掉陈恢，慢慢退回武昌。实在不行，便彻底放弃沿江防线，把应詹水师收拢一处，再次设下埋伏诱敌深入。

才刚到城外，陶侃便见十数人迎来，隐隐瞧着长子陶洪、侄儿陶臻竟也在其间。待到近前，果然见陶洪、陶臻拜倒在地。

陶侃惊异问道："洪儿、臻儿去了襄阳，何故回了武昌？"刘弘派陶侃出镇江夏时，不少眼红之人颇有微词，陶侃遣陶洪、陶臻去了襄阳，名为避祸实为人质，此刻出现在眼见，陶侃自然觉得奇怪。

陶洪乐滋滋说道："刺史大人说了，年纪轻轻的大好儿郎，不学父亲为国效力征战沙场，学他个……"笑着顿了顿："学他个老东西躲在襄阳算怎么回事？故而拜我二人为参军，来武昌为父亲参赞军事。父亲，孩儿如今也有了军职，可算是出息了？”

陶侃心中一暖。刘弘分明是不想留陶洪、陶臻为人质，故而做了个顺水人情授予军职，以此安抚陶侃之心。对刘弘这份信任，陶侃万分感激，嗔怒怪道：“你这孩子，怎敢对刺史大人如此不敬？说话没大没小，仔细我收拾你！”话虽这样说，可脸上还是笑了起来。想想自己年过四十，才在伏波将军府那个无人问津的府衙谋了个舍人小官，如今儿子、侄子才二十多岁，便已是个参军，日后前程不可限量，陶侃如何不高兴？

陶洪见陶侃满脸笑意，自然不怕，说道：“刺史大人便是这样说的，儿子可没有胡说。刺史大人还说了：‘你小子不用怕，去了武昌，有什么鬼主意尽管说给你爹。你爹聪明得紧，若你说对了，他自然会用。就算你说错话闯了祸，也不用你爹担待，自有老子来顶祸！’父亲，莫看刺史大人年岁不小，可说起话来当真有趣得很！”

陶侃不禁莞尔。陶洪学的这些话，只怕还真是刘弘所说。莫看刘弘出身名门，官也不小，说话却随性得很。平日里，有了功劳，全说是属下的能耐，可出了祸事，刘弘从来都是老子长老子短地往自己身上张罗。也不知他这性情是不是和当年羊祜一般模样。若真是一样，那博学能文的羊太傅，张口闭口老子，还真是让人意想不到。

正这样想着，就听陶洪兴冲冲地说道：“孩儿本还想在襄阳多陪陪刺史大人。可襄阳已装了百十船粮草运来武昌，刺史大人便催着孩儿顺道来找父亲。”

陶侃一个激灵，厉声问道：“你二人如何来的武昌？”

陶洪本来得了官职，心情甚好，正兴致勃勃说着话，忽然被陶侃厉声一问，吓了一跳，还当说错了什么，一时不敢答话。陶臻上前小心答道：“真是刺史大人让我二人回来的，小侄绝不敢欺瞒叔父。”

“我没问你们这个！你们是怎样来的武昌？”

陶臻缩着头小声答道：“坐船来的。”

“有多少？”

“百十条粮船……”

陶侃哈哈大笑：“天助我也！正愁无船可用，刺史大人便送来粮船，破贼必矣！”

陶洪、陶臻听不懂陶侃究竟说的什么，可陶侃身边的副将朱伺却听明白了，迟疑了一阵，终是忍不住劝道：“都督，这船是刺史大人送粮所用，可没有军令留于都督调度。若都督私自截留，只怕是不妥！若再让那些小人搬弄是非，终是对都督不好。”

陶侃不以为然，笑道：“以官船击反贼，有何不妥？”乐呵呵地学着刘弘的口气笑骂道：“老子今天就用这官船了！”

数日后，陈恢留了副将钱端守备大营，自己领了水师再次袭扰江夏。空顶着一个荆州刺史的头衔，却久久攻不破江夏、武昌，何日才能杀到襄阳？陈恢自己也是有些焦躁。

兄长陈敏书函中言，东海王司马越已经全线进逼关中，并遣使去了长安游说司马颙，命其护送皇帝还都洛阳。若肯应命，便依司马颙先前所言，以陕为界各自为治。听闻司马颙因刘乔战败，已经心生惧意，有心言和。然而其大将张方自知屠掠洛阳胁迫皇帝西迁，如此重罪必是要被司马越杀鸡儆猴的，故而一力主战。如今关中精兵几乎全部掌控在张方手中，司马颙也渐渐难以辖制，故而迟迟没有答应休战之事。虽说两军暂时僵持下来，可北方战局随时可能发生变化。

无论司马颙答应言和，与司马越划界而治；或是被司马越击溃，中原再次统一，对陈敏来说都不是什么好消息。荆州是扬州的咽喉，攥在刘弘手里，就等于抓住了扬州命门。只要司马越抽出身来，岂会对陈敏的反叛坐视不理？若和刘弘两路夹攻，扬州必败无疑。

故而陈恢要趁着北方两军尚在纠缠，尽早抢占荆州，把长江天险尽握于手中。到那时，进可以逐鹿中原，退可以与北方隔江而治，陈家才能高枕无忧。

陈恢所想虽好，可那个同乡陶侃丝毫不念乡情，把个武昌城守得仿若铁桶一般，让陈恢着实没有可乘之机。陈恢也曾听闻陶侃坚守襄阳之事，数千兵马硬是拖垮了张昌数万大军，更一举击溃叛军收复荆州，着实让陈恢不敢小觑，故而只能在别的事上动些心思。

陈恢遣出不少密探去了襄阳，散布流言煽动人心。时而说陶侃拥兵自重，时而说张光居心叵测。可那个刘弘年岁那么大了，却一点都不糊涂。对陶侃信任无比也就罢了，对司马颙部将张光也无一丝排斥之意，反倒还向朝廷为张光请功，当真大出陈恢意料。

离间之计全无收获，陈恢只能与副将钱端轮流领兵袭扰江夏、武昌，逼得陶侃四处奔波，欲以此打乱荆州驻军防线。可那陶侃还真有些手段，至今没有让陈恢找出破绽。好在荆州水师不成气候，陈恢可以在江上来去自如，所以也没吃什么亏。

陈恢水师渐渐贴近西岸，透过缥缈的江烟，竟发现荆州兵早已严阵以待。陈恢眉头一皱，只当走漏了消息，悻悻驶离西岸，顺江向下行了十数里，再次贴了过去。却见远处山林中隐隐约约旌旗闪动，似乎藏着不少兵马。陈恢前些日袭扰江夏，险些中了埋伏，见林中透出不少杀气，也不敢轻易登岸，旋即退回江中，继续沿江航行。陈恢心想战船便利，总能寻到陶侃布防缺漏之处，杀上岸去劫掠村庄。可这般行了大半日，每次靠近岸边，总有荆州兵或明或暗严防死守。

陈恢有些糊涂了，莫不成江夏沿岸都有荆州兵布防了？陶侃虽说兵马不少，可也没有这么多人手！陈恢忽然一个激灵，若江夏沿岸都有兵马，武昌城岂不是守备空虚？陈恢大喜若望，传令船队溯江而上，急速奔赴武昌。

待到城外，远远瞧见城头果然没有多少兵将，只怕真是被陶侃抽去沿江布防了。陈恢气血上涌，虽说多年征战，让陈恢觉得此情此景实在难以置信，难保不是陶侃的陷阱，可这样一份大礼摆在面前，即便是毒饵，陈恢也实在忍不住想咬一口。陈恢强压着心中的激动，想想自己攻陷江州全境仅仅用了不到一个月，可如今与陶侃对峙已过一月，还未侵入荆州一步，着实浪费了不少时日。若能在此刻拿下武昌城，便是在江对岸楔进一根钉子，足以借此扫荡江夏。

陈恢迟疑中，在武昌城外停留了半个多时辰。若再耗下去，只怕陶侃听闻武昌危急，要集结兵马回救过来了。陈恢终是忍不下去，心想陶侃缺少战船，纵然武昌城是个陷阱，自己也有充裕的时间撤回船上。随即传令下去，全军靠近岸边，将士们在战船弓弩掩护下，小心翼翼向武昌城贴了上去。

随着一阵急促的警鸣号角响起，城头奔出不少守军，多是些羸弱新兵，甚至有妇人掺杂其中，惊慌失措形于言表，慌慌张张小心戒备，显然未曾想到扬州兵竟会突然转回武昌来。在这样松散的防守下，扬州兵很快便已冲到城下，铺开阵势抢攻城防。

陈恢大喜，当真天助我也！催动后部兵马继续向前冲去，必要一鼓作气杀进城去，趁着陶侃援军未到，抢先占据武昌城。

战鼓一阵猛过一阵，扬州兵的热血已经被彻底点燃，你争我夺猛攻城池。虽说武昌坚固无比，可守城兵将不过是些乌合之众，几乎难以对扬州兵造成多大伤亡。一架架云梯搭了上去，仿若一支支手臂狠狠抓住了城墙。成队的扬州兵兴高采烈直往上爬，幻想着冲进城去，便能大肆劫掠财货。

城头忽然一阵旌旗闪动，垛口间猛地蹿出一片精悍军士，锐利的箭矢直指墙外。攀墙的扬州兵还未反应过来，便在一阵弓弦声中，仿若熟透了的荔枝，一串串地跌落下来。只是摔溅出来的不是清爽扑鼻的果汁，而是殷红腥浓的血浆。

城下一时乱成一片，可没有得到退兵的军令，扬州兵也未后退，很快恢复了秩序，一面还击一面强攻。蓄势待发的水师见友军受袭，也以重弩齐射压制城防。虽然狠狠回击了守军，可两军已然胶着在了一起。

陈恢只觉一阵不妙，武昌城果然有所防备。正强压着心中的不甘，想要鸣金收兵，就见城南远郊出现一队杀气腾腾的骑兵，显然是驰援荆州的张光部众，正以雷霆之势冲击过来。

陈恢怒骂一声，赶忙传令大军向江边退还，借着水师的弓弩猛射张光骑兵，总算稍稍扼制了突骑气势，掩护兵马徐徐逃回船上。饶是如此，依旧有不少兵马被敌军隔断了退路。陈恢眼见武昌城门大开，守军冲杀出来，心知已无可能救那些人脱困，好在大部分兵马已经退回船上，随即传令下去，水师驶离了江岸。

陈恢愤愤地望着岸上敌军围杀受困的扬州兵，只怪自己今日贪功冒进，终是落在陶侃圈套之中，咬牙切齿骂着陶侃祖宗，思量着隔几日必要血洗江夏以报此仇。忽然传来一阵警鸣，陈恢心中一紧，循声望去，便见船队退路上不知何时突然出现了一队船舶，旗舰船头立着一员儒将，不是陶侃还是何人？

陈恢大惊失色。月余之中一直没有受到陶侃水师袭扰，故而很少留意防备江面，也不知陶侃何时竟调集了水军。看这阵势，只怕是不打算放陈恢东去了。陈恢稍稍平复惊慌的心情，瞧着陶侃水师似乎也是仓促备战，船队并无巨舰，多是些笨重的运船改装而成。陈恢惧意稍散，催动战船冲了过去，想要凭借着战船犀利，冲破陶侃围堵。

眼见就要撞在一起，便见敌船阵中闪出不少艨艟斗舰，显然也是小艇改装而成，向着陈恢侧翼围了过来，仿若群狼一般围攻猎物。凭着行动迅敏，专射舱中舵手。陈恢只得放缓战舰冲势，在重弩掩护下，也以小艇迎击，两军就此混战在一起。

陈恢自以为精于水战，可两军斗了个把时辰，竟未占据上风。扬州水师今日来回奔波大半日，又在强攻武昌时遭遇了敌袭，早已有些疲乏。与陶侃胶着越久，情势越是不利。陈恢越战越慌，陶侃却是指挥若定，俨然已经控制了局面。而那朱伺果然不负勇名，在战船之间来回厮杀，打得扬州兵只顾躲闪，哪有人敢去阻拦？随着扬州兵死伤不断加剧，陈恢终是在绝望中舍弃大军，仗着旗舰坚固，撞开一条水路往东岸逃去。主帅没了踪影，扬州兵方寸大乱，逃又无处可逃，惶恐中弃械投降。

陶侃本就是扬州人氏，虽然陈恢反叛令人恼怒，可其兵马却是扬州子弟，故而陶侃不会对敌军赶尽杀绝。收押了降卒，调取不少精壮船夫，驾船转运荆州兵将，趁着今日大胜士气正旺，直奔大江对岸。朱伺一月多来苦受敌军袭扰，窝着一肚子火没处去，总算在今日一雪前耻，兴高采烈引兵开过江去。

陈恢惊得方寸大乱，连大营都不敢回，便往扬州逃去。苦了守营的副将钱端，还没弄明白怎么回事，便见荆州兵杀了过来。慌慌张张抵挡了半夜，终是全线溃败。偌大的扬州大营，已然落在陶侃手中。

待过数日，陶侃清理了两岸战场。陈恢大军死伤无数，余众逃散一空。归降之人，或被陶侃收编，或被遣散回了故乡。荆州危局已解，陶侃调兵遣将，留了郑攀守护武昌，只等粮草齐备，便欲以朱伺为先锋，挥师东进讨伐陈敏。忽然有襄阳公文传来，陶侃只当刘弘已经准了自己请命，谁知打开一瞧，面色一变。

就见苍白的绢帛之上寥寥数字：“刺史病危，速速还军！”

陶侃心中一痛，不甘地望着扬州方向，摇了摇头，在深深不安中，统领大军退回了荆州。

第十五章　后来者居上又能笑到几何

陶侃筋疲力尽回到襄阳城中的府邸，浑身上下仿若没了骨头一般，累得连孝服都懒得脱去，便和衣倒在榻上。

击退扬州叛军还师江夏后，陶侃把郡府军政交由朱伺、郑攀打理，马不停蹄赶回了襄阳。刺史刘弘果然已经病入膏肓，也就剩了一口气在那里苦苦吊着。看着刘弘形容枯槁的模样，陶侃几乎不敢相信卧在病榻上的那人，就是平日精气十足嬉笑怒骂的刺史大人。在陶侃眼中，刘弘永远都是顶天立地的真丈夫，一个把支离破碎的荆州打理得欣欣向荣的中兴贤臣。竟从来没有想起，这个为荆州、为天下操碎了心的人，已是年近七旬的垂暮长者了。

陶侃只觉心如刀绞，刘弘不仅是陶侃的伯乐，更是挽救天下的柱石。在晋朝宗室为一己私欲祸乱天下的时候，是刘弘以一己之力扛起了本该由那些高高在上的宗室权贵扛起的责任。在有心救国却无力回天的矛盾中，刘弘终是掏空了最后的精力，轰然倒了下去。

陶侃哪还顾得上东征扬州讨伐陈敏之事。一旦刘弘薨逝，荆州时局必然动荡。若轻易出兵扬州，变数实在太大。陶侃传书江夏，命朱伺、郑攀小心防备敌袭，决不可过江出战。好在陈恢兵败之后，损兵折将几乎全军覆没，陈敏忌惮陶侃的本事，一时也不敢再对荆州动什么心思。陶侃安心留在襄阳，小心伺候病危的刘弘，聊表一点忠孝之心。

怎奈刘弘虽然已是无药可医，几乎不能言语，却一直放心不下中原局势，瞪着眼睛就是咽不下这最后一口气。整个荆州刺史府不住派人往北方查探消息，随司马越出征的荆州参军刘盘也每日传来军报，可刘乔战败之后，司马越与司马颙的交锋依旧持续了近四个多月时间。

听闻司马越遣使去了长安后，司马颙在是战是和的问题上，左右摇摆了许久。司马颙心存对张方的忌惮，终于被司马越使者买通其心腹，诬告张方拥兵自重意欲反叛长安自立为王。司马颙惶恐中遣刺客刺杀张方，将其首级送于司马越，欲借此向司马越求和。

怎奈司马颙自毁栋梁向司马越示好，却是与虎谋皮。没了张方阻挡关东大军，司马越数路大军急速推进，接连攻破河桥、荥阳，杀入关中。司马颙悔恨之中匆忙迎战，却被司马越击溃，心惊胆战逃往太白山躲避。长安被王浚的鲜卑突骑攻陷，纵兵大掠，屠杀官属百姓两万余口。皇帝司马衷在恐惧之中，被鲜卑兵马护送回了洛阳。

司马越分兵留守长安，终于得偿所愿把大晋朝廷牢牢攥在手中。遂以皇帝名义，加拜自己为太傅、录尚书事。拜司马虓为司空，镇守邺城；司马模为镇东大将军，留守许昌；王浚为骠骑大将军，领幽州刺史，都督河北诸军事。

消息传回荆州，刘弘得知二王之争落下帷幕，司马越果然如其所想那般兼并了关中，心愿总算了结，胸怀恢复晋朝荣光的无限遗憾，终于合上了眼睛。

荆州上下一片哀号，无论是世族豪杰，还是平民百姓，无不对刘弘的薨逝痛哭不已。陶侃在万分悲痛之中，留在刺史府送了刘弘最后一程。忙里忙外一个多月，才算让刘弘入土为安魂归幽冥。四十多岁的汉子，哭得眼睛都已血红，纵是铁打的身体，也已虚脱。陶侃回到府上，虽然身心俱乏，却久久难以入眠。这座府邸乃是刘弘所赠，以嘉陶侃坚守襄阳之功。触景生情，陶侃满脑子都是刘弘音容笑貌。翻来覆去，不觉已经天亮。

摇了摇胀痛的脑袋，陶侃坐起身来，唤了仆人稍稍梳洗。还未喝上一口热粥，就听府中执事通报："少将军入府拜访。"

陶侃只当是刘弘刚刚安葬，刘璠入府答谢宾客，忙迎了出去。就见刘璠在刺史府治中郭舒陪同下，一脸阴沉，见了陶侃拜了一拜，也未多说什么。

郭舒在刘弘来荆州前，就已在刺史府为官十数年，颇有些贤名。故而被刘弘拜为刺史府治中，这些年助刘弘做了不少实事。刺史府许多紧要军政，都是在郭舒谋划下得以推行。今日陪刘璠入府拜访，瞧那面色，显然出了什么事情。

陶侃忙引二人进了正堂，还未坐定，刘璠已经按捺不住，慌慌张张说道："陶将军，出大事了！"

郭舒远比刘璠要稳重些，给刘璠使了个眼色，说道："刘刺史呕心沥血，还荆州太平，怎奈尸骨未寒，便有奸贼意欲作乱，将刘刺史多年心血平白葬送，不知陶将军对此做何感想？"

陶侃心中一惊，二人入府果然有事发生。听郭舒言语，似乎是有人乘刘弘薨逝，荆州时局不稳，想要兴风作浪。只是陶侃久驻江夏，对眼下襄阳的人事格局不大熟悉，也不知究竟是何人想要生事。只是无论究竟是谁，这荆州太平是刘弘鞠躬尽瘁换来的，也凝聚了陶侃无数心血，岂容奸险小人觊觎？

陶侃愤然道："陶某虽然鄙陋，却也识得大体，若真有奸贼欲冒天下之大不韪，陶某自当剪灭此贼。只要少将军一句话，陶某必为荆州安危死战到底！"

刘璠大喜："有陶将军这句话，荆州必无危矣！"转对郭舒说道："我就说陶将军忠义，定能嘱以大事，郭治中也太小心了些。"

郭舒面上有些尴尬，对陶侃拜道："事发突然，又干系太大，郭某实在不敢轻易走漏消息，还望陶将军见谅。"

陶侃与郭舒并无深交，既然事关机密之事，郭舒这般小心也没有什么，摆了摆手说道："郭治中不必如此，不知究竟是何人欲行歹事？"

郭舒见四下无人，小声说道："东海王攻破长安，司马颙兵败逃亡。成都王司马颖避开东海王追捕，自武关南下，已经来了新野地界。军司马郭劢利欲熏心，欲起兵反叛，拥立司马颖为主，割据荆州。"

陶侃不由摇了摇头。

司马颖早先在军师卢志辅佐下，颇有些贤名，深得河北世族百姓拥戴。怎奈这份贤能随着权势渐重，日渐消散。在与司马越争斗之中身败名裂，只能委身于司马颙苟延残喘。如今司马颙战败，司马颖倒也命大，竟能避开东海王追兵逃到荆州。

刘弘刚刚薨逝，荆州眼下是无主之地。司马颖来此避难，虽是无奈之举，却显然有所图谋。虽说陶侃早年也曾对司马颖抱有一丝奢望，寄希望于这个以贤王自居的宗室，能扭转晋朝的颓败，却终是幻想破灭，自然不会希望司马颖入主荆州。何况刘弘在时，无论是对司马颙，还是对司马颖，都不看好。觉得天下归于司马越，才算是最好的结局。就算是承继刘弘遗志，陶侃也决不能把荆州交给司马颖。

再往深处想，冀州尚有公师籓借司马颖名义起兵抗拒司马越，除了番将石勒，又有青州豪强王弥起兵响应，闹得司马越疲于应付。此种情形下，司马越定不会纵容司马颖在荆州站稳脚跟，必是要杀之而后快的。一旦让司马颖留在荆州，势必引来北方战火，这是陶侃万万不想见到的局面。

陶侃拜道："司马颖绝非可保之主，郭劢为一己私欲，想把荆州送于其手，实乃自取其祸。陶侃不才，愿助少将军讨伐此贼。"

郭舒喜道："将军深明大义，郭某敬服。所谓名不正则言不顺，当下紧要之事，还当选出荆州之主。刘刺史恩威遍于州郡，依郭某之见，当与荆州官属，共举少将军为荆州刺史，如此这般，方才出师有名。"

虽说刘璠远没有其父刘弘的才能，可秉承其父遗风，倒也是个忠正之人，刘璠继任荆州刺史，必能得州郡拥戴。陶侃自然乐见其成，遂跪拜道："刘刺史待陶某恩重如山，陶某愿以少将军马首是瞻！"

刘璠面上却现出一丝犹豫："郭治中，今日我二人来寻陶将军，意在讨伐郭劢叛逆，免去荆州一场灾祸。刘某有自知之明，实难担此重任，还请郭治中莫再提起此事。”

自五王起兵讨伐篡位的司马伦算起，天下大乱至今已有六年，莫看时间不算太长，可战乱不休几乎没有一日停歇。放眼天下，也就江南还算稳定。尤其是荆州在刘弘治理下，堪称乐土。天下大乱之际，任谁都会对这样一块地盘垂涎三尺的。陶侃偷瞄了一眼刘璠，倒也不是矫揉造作。依陶侃对他的了解，还真不是与人相争的性情，应该真没有霸占荆州的心思。然而时局动荡，若刘璠不肯接替刘弘之位，不但使荆州难以稳固如初，也引得无数贪婪之徒心存奢望。司马颖避难荆州已让人觉得棘手，扬州叛将陈敏亦久存吞并荆州之心，若知荆州无人主持大局，势必再度侵袭，到那时只怕荆州再无宁日了。

陶侃劝道：“少将军莫要妄自菲薄，荆州安乐之土，唯有德者方能镇抚，若少将军不肯挑起这份担子，难道要眼瞅着刺史大人心血付之东流？少将军在刺史府一日，便会有郭治中这等忠义之士殚精竭虑，何愁荆州不好治理？一旦少将军撇下荆州独善其身，只怕人心离散无从挽回，荆州必会落入那些奸险小人之手了。”

刘璠依旧面有难色，可也识得大体，叹了声气：“也罢，刘某便暂且应下此事，待他日再有贤者来此，刘某让贤便是。”

郭舒、陶侃面带喜色，以主臣之礼拜了刘璠，又细细商议平叛之策。

陶侃兵马留于江夏，此刻身边也就十数卫兵，郭舒乃是文官，更不可能有兵权在手。而襄阳驻军多已被都护刘盘带去了北方，还未回来，正是刺史府最空虚的时候。叛将郭劢手握数千兵马，驻守于顺阳，乃是襄阳门户。据谍探归报，郭劢已将顺阳官属不从之人羁押，并与司马颖有了联系，只怕举兵叛乱近在眼前。一旦郭劢从顺阳起兵，襄阳危在旦夕。

三人商议之后，绝不可让郭劢与司马颖合兵一处，遂由郭舒联络襄阳城中忠于刘弘的官属豪杰，各自调拨府中卫士、仆役，凑出数千人马，急速北上突袭顺阳。陶侃则一面传书江夏，命朱伺出兵北上征讨新野，向司马颖施压；一面亲领了府中杂役百十人，虚张声势切断新野与顺阳道路。

此次平叛看似艰难，实则远比想象中容易。

成都王司马颖当年不可一世，如今却是落地凤凰不如鸡，自被王浚攻破邺城仓皇出逃之后，早已是胆小如鼠之辈。听闻江夏朱伺兵马袭来，去往顺阳的道路又断了消息，司马颖甚至都不敢再派人前去查探，在数百旧部护卫下，慌慌张张离开新野逃往河北，欲投奔其旧将公师籓。

司马颖一逃，一下子把郭劢晾在了顺阳。没了起兵的借口，郭劢反叛立刻成了个笑话。郭舒刚刚到了郡府，叛兵便已成群结队出城归降。郭舒锁拿郭劢斩首示众，免得再有奸险小人仿效。荆州终于免去一场祸端。

而司马颖逃离了新野，却是落入虎口。想穿过豫州去往冀州，绝非容易的事。刚刚到了顿丘，便被人识破，绑了个结实，送到范阳王司马虓手中。慑于司马颖在河北的声望，司马虓也未敢轻易处置，仅仅软禁于府中。

数月之后，司马虓病逝，再也没有人可以保护司马颖了。刘舆、刘琨兄弟本是司马越的部将，可这些年多是辅佐司马虓征战沙场，渐渐与司马越走得远了。如今司马虓薨逝，刘舆没了靠山，只能琢磨着重新投效司马越。遂幽杀司马颖，密报于洛阳，借此向司马越表忠心。

刘舆为司马越除去心腹大患，又没让司马越担负骂名，司马越自然欢喜。遂把刘舆召回身边，拜为左长史，军国要务皆委于刘舆之手。司马虓病逝，其旧部也被司马越拉拢过来，拜其部将苟晞为兖州刺史。至于司马颖的军师卢志，素有谋略，怎奈不被司马颖所用，司马越一并征入府中，拜为军师祭酒，以此拉拢司马颖旧部人心。

司马颖一死，其盟友司马颙也走到了尽头。司马越从关中退兵之后，司马颙旧部再次集结，欲把司马越驻军赶出关外，却反被击败，受困于郑。穷途末路之中，司马越征召司马颙往洛阳出任司徒。司马颙自以为有了一条活路，感激涕零离开关中，刚刚到了新安，便被司马越指使部将掐死在去往洛阳的车驾上。

司马颖和司马颙当年是何等风光，最后落个这般凄凉下场，陶侃叹息不已。争来争去多少年，谁也没落下好处，反倒让司马越这个宗室旁支得了天下。也不知这二王到了地下，遇到先前死去的司马伦那些野心勃勃的王爷，究竟该如何说辞。

唯一让陶侃安心的是，在这些年的争斗中，稍有些实力的宗室皆已败亡，仅存司马越一枝独秀。就算有人想和司马越争，都没有那个本事，这天下也该稍稍安稳些了。司马越扫清宗室政敌，雄心壮志，倒也有心重振晋朝雄风，先后征辟不少名士往洛阳任职。此时王戎已经病逝，司马越遂拜尚书左仆射王衍为司空，主持朝政。

听到王衍之名，陶侃便一阵头疼。王衍虽然声名远播，却实在算不得治世能臣。当年贾皇后权倾朝野时，王衍官拜尚书令，整日不务正业，沉醉于玄学清谈之中。司马越重用王衍，只怕所托非人。而司马越先后封拜的那些名士，也多是和王衍一般，徒有虚名，整日纵酒高歌，哪管天下疾苦？

每日听着洛阳传来的各种小道消息，无不是说这些人尸位素餐无所事事，陶侃甚是无奈。朝廷百废待兴，却没有一人肯担起这份重担。陶侃只能自欺欺人，当司马越是借这些人名头装点门楣，以名士的虚华给天下一种复归太平的气象，也好安抚州郡人心，才能放手治理天下。

未过多久，又传来皇帝司马衷驾崩的消息，听闻竟是被人下毒暗害。想想司马衷一个心智不全的傻子，这些年来受人摆布，也是个可怜人。虽说大晋乱成当下模样，也不能全都归罪于他，可坐在不该属于他的位子上，也难逃干系。如今受人毒害，在陶侃看来，也算是以死给天下大乱一个交代。只是司马衷死得蹊跷，任谁想都觉得必是司马越下了黑手。就连陶侃都觉得司马越这是要君临天下了。谁曾想司马越竟没有这样的举动，而是拥立武帝之子司马炽承继帝位。

武帝共有子嗣二十五人，经历这些年的动乱，眼下尚存的仅有司马炽及司马晏二人。相较之下，司马晏才智平庸，而司马炽机敏好学。司马越竟能以大局出发，拥立司马炽为帝，还当真让陶侃刮目相看。

听闻司马炽登基之后，遵行旧制，每日听政于东堂，与群臣共商国是，倒真有些明君气度。只是晋朝积病已深，可不是一朝一夕就能扭转的。司马越这些年忙着与宗室征伐，对李雄、刘渊那些人无力征讨，终是小疾养成大病。

却说公师籓听闻司马颖死后，起兵围攻邺城为其旧主复仇，反被兖州刺史苟晞设伏斩杀。公师籓虽死，石勒、王弥众将拥兵自重，河北愈发不得安宁。

而司马腾和汉王刘渊在并州交兵数年，闹得州郡饥困，盗贼纵横，十室九空，民不聊生。司马腾丢下这副烂摊子，领着余部万余人退往邺城。司马越非但没有治司马腾之罪，反而加封这个弟弟为王爵，拜为车骑将军，接替司马虓镇守邺城。

并州倒也没有彻底丢给刘渊，而是在刘舆举荐下，拜刘琨为并州刺史，收拢流民镇守晋阳。偌大的并州，此时竟只存两万户，刘琨仅有数百杂兵，只怕并州落入刘渊之手不过是时间问题了。

而成都王李雄趁着中原动荡，再也无力干涉益州，已然站稳脚跟。遂登基称帝，国号大成。追尊其父李特为景皇帝，依汉、晋之法，立百官制度，终于自成一国。

陶侃万分不安地环顾四周，西面是李特在益州所建大成，东面是叛将陈敏割据江东，北面是司马越风雨飘摇的大晋朝廷。荆州在强敌环伺之中，危机四伏。如今刘弘薨逝，刘璠接任刺史，荆州究竟该何去何从？

第十六章　各族扬鞭，晋室衰败

陶侃握着东海王司马越的征令，久久难以抉择。

郭劢一场叛乱平息后，郭舒众人将此事报奏洛阳，欲共举刘璠接任刘弘的荆州刺史。司马越曾得刘弘支持，击败司马颙，如今刘璠又赶走了司马颖，故而刘氏父子对司马越功不可没。众人原以为刘璠接任刺史是水到渠成的事，然而司马越仅仅追封刘弘为新城郡公，谥号元。对刘璠继任刺史一事，一拖再拖，最后竟未应下此事。

司马越翻脸不认人，引得荆州官属很是不满。后来一打听，这才知道缘由。新皇帝司马炽登基后，很快亲揽朝政。虽然司马越有拥立之功，可皇帝非但没有亲近倚重之意，反倒处处提防。想想也是，无论司马越有没有不臣之心，这样一个要兵有兵、要地有地、要威望有威望的权臣，任哪个皇帝能放得下心？或许司马越当真也有辅佐皇帝中兴大晋之志，可皇帝这般排斥，司马越也满心不悦，留下司空王衍坐镇洛阳，自己统领大军出镇许昌。

司马越辛辛苦苦平定中原拥立新帝，却被挤出朝堂，如何甘心？既然朝廷容不下自己，那便把天下州郡大权握在手中。进可以征讨四方、中兴大晋，退可以保存实力、自固权势。遂分割州郡交由几个弟弟掌管，以南阳王司马模为征西大将军，都督秦州、雍州、梁州、益州四州诸军事，镇守长安；以新蔡王司马腾，都督司隶、冀州二州诸军事，镇守邺城；以高密王司马略为征南大将军，都督荆州诸军事，镇守襄阳。对有功于社稷的刘璠，仅仅给了个顺阳刺史，算是有了个交代。

陶侃深受刘弘恩遇，本有心与郭舒一起，共拥刘璠为荆州之主，谁知却被司马越拒绝，本就心中不满。而接任荆州大权的司马略，实在是个庸碌之人，在司马越征讨司马颙时就几乎没帮上什么忙，如今来了荆州依然没有什么长进。短短数月，便搅得太平无事的荆州再次动荡起来。

陶侃劝谏几次，皆不被司马略采用，心中失落无比。陶侃也不愿为司马略效力，恰逢母亲去世，便借此辞官归家。这些年四处奔波，一直未能在母亲身边略尽孝道，如今子欲养而亲不待，让陶侃心中着实哀痛不已。既然报国无门，那至少也要当个孝子，送别母亲最后一程。

就在陶侃在家丁忧的这些时日当中，天下局势可谓瞬息万变。

先是扬州叛乱得以平息。

陈敏西进荆州受阻后，分遣亲信去往扬州、江州各郡，意图稳固对两州的控制。怎奈陈敏虽有将兵之才，却对刑律政务一窍不通，所倚仗的多是自家的兄弟子侄，也没有一个靠得住的。这些人贪赃枉法、鱼肉百姓，竟无一人用心在安民守土的正事上。

顾荣受陈敏蛊惑，糊里糊涂成了帮凶，早就后悔不迭。周玘亦对陈敏为祸江东愤愤不平。两人一拍即合，谋划铲除陈敏之事。周玘暗中结交江东豪杰，发兵临江讨伐叛军，顾荣留于陈敏身边充当内应。

陈敏见江东豪杰起兵抗拒，忙使弟弟陈昶将兵数万严守乌江。却被周玘游说陈昶部将钱广刺杀陈昶，放了义军过江。陈敏惶恐之中，只得以亲家公甘卓为将，尽起坚甲精兵御敌。本以为甘卓乃是名将之后，素被江东豪杰敬畏，由他出马必能旗开得胜。殊不知身边的顾荣早已生出二心，与周玘一起，再次说服甘卓临阵倒戈。

陈敏众叛亲离，恼羞成怒中亲领万余兵马迎击义军，还未交锋便已人心离散各奔东西。陈敏惶恐中单骑北逃，被义军擒获，遂斩首于建业，夷灭三族。

司马越得江东捷报，喜出望外。遂征召顾荣为侍中，周玘为参军。转而以琅琊王司马睿为安东将军，都督扬州江南诸军事，假节，镇守建业。司马越故技重施，在掌控荆州之后，再次把扬州也揽到怀里。

只是让陶侃有些意外的是，这琅琊王司马睿在宗室中算是个后辈，出自宣皇帝司马懿第五子司马伷一脉，其叔父司马繇原本与司马颖亲近，却因劝说司马颖归降司马越，而被司马颖嫉恨杀害。司马睿论血脉与司马越算不得亲近，就算叔父曾帮司马越说话丢了性命，也不至于被司马越如此信任，将完好的扬州交给他。

陶侃细细一打听，才知道缘由。

这司马睿与司马越参军王导关系甚是亲近。如今司马越朝政全都倚仗王衍，王澄、王敦，王导作为王衍的弟弟，自然也得司马越信任。眼下司马越和三个弟弟各自管辖一片州郡，分身乏术，一时还真没有可靠的人接管扬州。有王导在前面说好话，司马睿这才得了扬州这个大便宜。而王导也请命于司马越，做了司马睿的军司马，一起去了扬州。

陶侃在洛阳时，曾见过王导数面，那时还是个二十来岁的小伙子。就当时来看，王导能处理好王戎、王衍、王敦几个族中兄长间并不和谐的关系，还算有点手段，但愿王导能辅佐司马睿治理好扬州一方乐土吧。

如今司马越平定北方，天下复归一统，有顾荣、周玘这等贤士往洛阳效力，想必国家也能步入正轨吧。然而接下来的事，却让陶侃大失所望。

虽然司马越借苟晞之手，平定了冀州公师籓，然其部将石勒借为司马颖复仇为名，趁着苟晞退兵，收拢败兵再次围攻邺城。

镇守邺城的司马腾，刚刚从并州退到冀州，还未站稳脚跟，便受强兵围城。危难之际，司马腾不想着如何退敌，反而性情吝啬，贪恋财货，仅以米数升、帛数丈为军饷，强逼士卒出城迎敌。人心浮动中被石勒攻破邺城，司马腾死于乱兵之中。石勒遂火烧邺宫，杀军民万余人，大掠而去。

司马越无比震惊，亲领大军屯驻官渡以拒外敌，又征召苟晞再次起兵讨伐石勒。两军相斗于平原、阳平之间数月，大小三十余战，终于击败石勒，杀敌万余人。

石勒兵败之后，一路北逃，自知没有靠山，绝难立足于冀州，遂决意投奔汉王刘渊。沿途说降数部匈奴、乌桓，得兵数千。被刘渊拜为辅汉将军、平晋王，增补其兵马。石勒栖身于刘渊麾下，得以喘息，虎视眈眈只等南下复仇之机。恰逢青州王弥亦被苟晞击溃，也降于刘渊，被拜为镇东大将军，青徐二州牧。石勒遂请战于刘渊，与王弥合兵征伐魏赵。

探知石勒、王弥在刘渊支持下大举入侵，司马越再次领军离开许昌，屯兵于鄄城。又传命青州苟晞、幽州王浚合击强敌。虽然王浚应司马越之命，在常山击退石勒，可苟晞却对司马越的军令置若罔闻。

原来，苟晞凭借收复邺城之功，初时也被司马越亲善无比，结为异性兄弟，拜为抚军将军，假节，都督青、兖州诸军事。苟晞感念司马越厚恩，一心要为朝廷效力。赴任之后，执法严峻，即便同族至亲犯法，依旧难逃死罪，杀伐果断，甚至得了个“屠伯”的名号，一时州郡肃然。怎奈随着苟晞威名日盛，司马越心生忌惮，遂改任苟晞为青州刺史，把兖州收回手中。为了安抚苟晞之心，还加拜苟晞为征东大将军，开府仪同三司，又加了侍中衔，但也难弥补两人之间的裂痕。

苟晞已对司马越生怨，对入侵的王弥坐视不理。任由王弥收拢旧部兵马，扫掠青州、徐州、兖州、豫州，再次拥兵数万。待苟晞反应过来，对王弥生出戒备之心时，王弥已乘虚攻破许昌，迅速西进兵逼洛阳。

司马越大惊失色。虽说与皇帝司马炽不和，可洛阳一旦失陷，晋朝覆灭在即，连自己的许昌都顾不得救援，着急忙慌遣部将王斌统精锐甲士五千，火速驰援洛阳。凉州刺史张轨亦在皇帝求救下，遣部将北宫纯领兵数千护卫京师。

王弥一路高奏凯歌，耀武扬威。本以为洛阳空虚，志在必得。可镇守洛阳的王衍，在国破家亡之际，一改往日虚华，临危受命，出城迎敌，以凉州骁将北宫纯为先锋，与王斌前后夹击，击退疏于防备的王弥大军，挽救了洛阳危局。

司马越虚惊一场，此刻已经顾不了冀州紧张的局势，缓缓从鄄城退兵，也没有回师许昌，径直回到洛阳。

司马越一撤兵，冀州立刻暴露于强敌眼前。王弥兵败之后，因征讨洛阳之功，被刘渊拜为司隶校尉，增派兵马，与石勒再次合兵，卷土重来入侵魏国，攻破邺城。

百姓眼见国家难以保境安民，望风而降五十余垒，近五万精壮受刘渊征召，为汉效力。刘渊实力大增，随即登基称帝，建都平阳，大赦天下，改元永凤。以其长子刘和为大将军，第四子刘聪为车骑大将军，养子刘曜为龙骧大将军，岳父呼延翼为大司空。宗室以亲疏远近封为郡王、县王，异姓臣子以功封为郡县公侯。

刘渊称帝，无异对风雨飘摇的大晋朝又是重重一击。只是司马越此刻心思已难放在北方了，仅仅派遣部将领兵屯驻几处战略要地，防备汉军突袭，司马越则有更重要的事情需要解决。

自皇帝亲政后，为了重振朝纲，与司马越的摩擦越来越大。不但拉拢州郡刺史，更在洛阳封拜不少官属，替换司马越的亲信。凉州刺史张轨、江州刺史华轶皆归心于皇帝。

张轨乃是当年伪帝司马伦派驻凉州的，本就兵强马壮，又远离中原战火，颇有些实力。这些年被排挤在权势中心之外，得皇帝亲近自然甘愿效力，故而会在王弥进犯洛阳时派兵驰援。

而华轶原本是司马越亲信，陈敏叛乱平息后，被司马越派往江州主事。谁知这人明面上对司马越恭恭敬敬，一去了江州即刻投效于皇帝。

这样的局面，本就已经对司马越不利。偏偏这个时候，被司马越派去镇守襄阳的弟弟司马略，又在玩乐之中薨逝于任上。皇帝自然不会让荆州就这样无人管束，抢在司马越之前，委派其亲信尚书仆射山简，出任征南将军，都督荆、湘、交、广四州诸军事，接替司马略镇守襄阳。

随着司马腾和司马略相继死去，冀州、荆州已经脱离司马越掌控，而凉州、江州又向皇帝暗送秋波。此消彼长，司马越也渐渐觉得被皇帝压制下去。

除此之外，朝中也是暗流涌动。皇帝为了把司马越的势力排挤出洛阳，重用其亲友中书监缪播、太仆卿缪胤、舅舅散骑常侍王延、尚书何绥、太史令高堂冲，参录机要。就连替司马越留守洛阳的司空王衍，也被皇帝拜为司徒，王衍族弟王敦拜为中书监，拉拢之意不言而喻。王衍倒也不傻，知道究竟该站在哪边，将洛阳之事一五一十密报于司马越，否则司马越还蒙在鼓里。

司马越在前线与石勒、王弥斗得如火如荼，皇帝却在背后暗中削弱司马越，这让司马越如何不恼羞成怒？要知道，皇帝是司马越力排众议拥立登基的。对皇帝的疏远，司马越也只是负气离开洛阳驻守许昌，并没有对不起皇帝的地方。司马越为国征战沙场抵御外患，皇帝却忙着拆台，无论战事胜败，司马越都是吃了大亏。这仗再打下去，只怕战事结束之日，便是司马越鸟尽弓藏的时候。就在王衍、王斌击退王弥之后，又有一件机密之事泄露出来，终让司马越再也无法容忍。

前北军忠侯吕雍、度支校尉陈颜等人，密谋拥立清河王司马覃为太子。吕雍、陈颜之辈不过是些小人物，胆敢策划此事，只怕多是皇帝授意。皇帝虽有子嗣，只是年龄尚小。想必皇帝也觉天下大乱，早早册立太子也是紧要之事，若以年幼的皇子为国储，难保不会再次成为权臣的傀儡，故而司马炽属意于侄儿司马覃。这却是司马越无法容忍的。对司马越而言，身为朝廷首辅，国储大事岂能绕开自己？拥立皇帝本就已让司马越懊悔不迭，继任之人自然要仔细甄选，怎能由着皇帝一人说了算？

故而司马越对石勒、王弥扫荡冀州不管不顾，甚至对刘渊称帝也不加理会。一面传命于王衍，将司马覃囚禁于金墉城，吕雍、陈颜杀头了事；一面着急忙火赶回洛阳，稳定朝局。唯有解决了身后隐患，才能放下心来抵御强敌。

刚刚回到洛阳，司马越便在刘舆谏言下，处决司马覃以绝后患，又以雷霆手段迅速缉捕缪播一干皇帝亲信，率甲士三千入宫，当着皇帝的面，将缪播众人交付廷尉，即日处斩。既然已和皇帝翻脸，司马越索性把事做绝，转拜王衍为太尉，自领司徒主持朝政。对宫中宿卫尽皆替换，以亲信党羽率兵数百充为宫中禁卫，把皇帝彻底监控起来。又在王衍谏言之下，以王衍亲弟王澄为荆州刺史，分割山简在荆州的势力，以其族弟王敦为扬州刺史，助司马睿加强对江南的掌控。皇帝自登基以来，殚精竭虑想要中兴晋室社稷，却在司马越强权面前一败涂地。

随着王澄到了荆州，使得本就混乱的荆州愈发动荡。王澄效力于司马越，山简却受命于皇帝，本就是水火不容。又都大权在握，谁也瞧不上谁。偏偏两人又都是嗜酒如命，忙着游山玩水纵酒高歌，整日喝得酩酊大醉，哪还顾得上军政大事？在刘弘治理下堪称世外桃源的荆州，一时匪盗四起，怨声载道，世族百姓无不追思前刺史刘弘。

山简自己没本事也就算了，排挤别人倒是一把好手，忌惮荆州对刘弘的敬重，唯恐州人拥立刘璠为主，遂表奏于洛阳。司马越虽看不上山简，可对刘璠也不可不防，招刘璠往洛阳出任越骑校尉。刘璠一走，荆州的局势愈发难以控制。

陶侃为母守丧刚过，所见到的就是这样一幅残破的江山。短短不到一年时间，朝廷先经历石勒、王弥祸乱，又有朝野内外权势更迭，再有荆州的混乱，使得刚刚经历了两王争霸，有些平稳的大晋再次动荡起来。

就在这样的局面当中，陶侃忽然得到司马越的辟令，欲请陶侃往洛阳任职。

平心而论，陶侃对司马越并没有多少好感，此人不过是八王之乱的最终获胜者罢了。当年为了保住荆州，陶侃和刘弘一起，袭杀过司马越弟弟司马虓所派的荆州刺史张奕。其后，刘弘以天下为重，支持司马越征讨司马颙，陶侃也助刘璠赶走司马颖。故而对司马越而言，陶侃功大于过。即便这样，陶侃也难对司马越生出什么亲近之心。

看看司马越重用的司马略、王衍、王澄这些人物，陶侃很难想象司马越有中兴天下的大才。只是天下混乱不堪，时局越是不稳，越是需要有人站出来。顾荣、周玘都能放下对朝廷的成见，奉命北上出仕朝廷，陶侃又有什么可推脱的?

想想离开洛阳转眼已近十年，当日仓皇出逃，来荆州赴任一个小小的县令。这些年在荆州，身陷绝境过，征战沙场过，风光富贵过，受人排挤过。如今又有机会能和周玘一起为国效力，陶侃不由有些憧憬起来。

洛阳！我来了！

第十七章　击退强敌，内乱再起

陶侃心情阴郁，走出东海王王府，晃了晃被吵得昏昏沉沉的脑袋，也未骑马，就在深秋的冷风中，一路信步走过。洛阳早已没了往日的繁华，大白天的街上也没有多少行人。秋风卷着枯叶，堆在杂草丛生的街边，显得分外萧条。不多时便到外城，陶侃沿阶而上登上城楼，遥望依稀可辨的洛水边上不见首尾的北汉军营，听着若有若无的战马嘶鸣，眉头紧皱，叹了一声。

陶侃奉司马越征辟来到洛阳，本欲大展拳脚。谁知司马越并无重用之意，仅仅给了陶侃一个参军之职留于幕府。静心一想，方知司马越是忌惮自己在荆州平叛之功，唯恐在荆州坐大，这才和刘璠一般，被召到洛阳管束起来。

愁闷之中，左右又寻不见顾荣、周玘。私下一问，方知两人压根儿就没来洛阳。听说二人受司马越征辟之后，本已渡过淮河来到徐州，眼见中原被刘渊、石勒、王弥闹得没有一日安宁，盗贼纵横于世，尸骨裸露于野，全无一丝百废待兴的朝气，比八王之乱时更加混乱不堪，对朝廷最后一点希望已然幻灭，转而逃回扬州，不再奉诏北行。司马越得知二人遁逃，恼羞成怒欲以军法捆绑二人北行，却终是被二人走脱。

陶侃一肚子苦水，连个知心人吐露一番都找寻不到。有心离开洛阳，可四处都是司马越亲信，如何逃得开去？何况就是想逃也来不及了。

司马越回师洛阳大肆清洗，不少皇帝的亲信逃了出去。有无耻之徒叛逃刘渊麾下，将洛阳的混乱一一禀奏。刘渊大喜，以车骑大将军刘聪、灭晋大将军刘景、征东大将军王弥为将，兵分三路南侵晋朝，并以安东大将军石勒为先锋。汉军势如破竹，攻破黎阳，三万受俘军民被刘景淹死于黄河。

并州刺史刘琨，笼络鲜卑拓跋部族，借拓跋猗卢兵马抢先占据壶关，构筑了通往洛阳的一道防线。然而汉军声势浩大，且不说刘聪、刘景、王弥三路大军，仅先锋石勒扫掠冀州，便有十万之众。莫看石勒是个羯人，这些年仗打下来，早已不再是个莽汉，招拢不少士人，设君子营参赞军务，更以张宾为谋主。这张宾虽然出身寒门，却颇有些能耐，在其辅佐下，石勒大军已然不是乌合之众。刘琨虽有壶关险要，可也绝难抵挡汉军，只得求救于洛阳。

司马越以部将王旷领兵数万驰援壶关，却在长平遭遇刘聪伏击。晋兵大败，战死一万九千众。刘琨外无援兵，匆忙撤军，壶关失陷。刘聪不等王弥、石勒几部人马，长驱直入进攻洛阳。眼见京师危急，弘农太守垣延诈降于刘聪，夜袭其营，大败汉军。而并州刘琨从壶关退兵之后，突袭汉军刘虎别部，幽州王浚亦大破石勒于飞龙山。汉军接连受挫，只得匆匆退兵。

洛阳一场危机得以化解，可还没等司马越长舒一口气，仅仅过了两个多月，刘渊重整旗鼓，再次遣刘聪、王弥、刘曜、刘景率精骑五万众进犯洛阳，并以其大司空呼延翼率步卒五万众为后援。司马越本以为汉军新败之后怎么也要休整年余，谁知这么快卷土重来，惊惧之中仓皇备战。幸而凉州部将北宫纯倒也骁悍，趁汉军立足未稳，以千余骁骑突袭汉军，斩其先锋官而还。汉军后部兵马又生哗变，呼延翼为其部下所杀，刘聪稍稍退却，屯兵于洛水。

虽然朝廷在极端不利条件下，力挫汉军锐气，可毕竟城外近十万敌军虎视眈眈，上自司马越，下到将军官属，都是垂头丧气。面对汉军一日猛过一日的强攻，司马越唯有日夜防备坚守城池。好在洛阳乃是晋朝国都，城坚池深，汉军死伤无数，依旧无法撼动洛阳城防。只是久困之后，洛阳究竟还能再坚守多久，谁的心中都没有底。

东海王幕府中，整日议得沸沸扬扬，却争来争去也没个主意。有说传诏天下州郡，命各自遣兵驰援洛阳的；有说出兵袭扰，断去汉军粮道的；有说夜袭敌营，斩将夺旗的。主意倒也不少，却也没有多少成算。洛阳城外有十万敌军，就算有勇士敢于出城往州郡求援，只怕也难突出重围，若是落到汉军手中，反倒暴露洛阳空虚的军情。而长平一战，晋军阵亡近两万，司马越大军伤筋动骨，若无把握，也不敢轻易出城迎敌。

如此危境之中，汉军忽然暂停攻势，退守大营罢战数日。司马越满心疑惑，遣斥候外出查探，竟得知隐秘军情。

汉军接连受挫后，汉主刘渊已生退意。然而主帅刘聪却言晋军微弱，说服刘渊准其继续围攻洛阳。虽然得刘渊允准，汉军暂未退兵，可刘聪心中也没有把握，遂外出祭祀嵩山，以求神明庇佑，仅留安阳王刘厉暂摄大军。

东海王幕府再一次喧闹起来。为究竟是否该趁着刘聪不在营中，遣兵出击，争得面红耳赤。陶侃在幕府中名为参赞军事，实则说不上什么话。这些日守备洛阳，无论战事多么紧张，司马越都没有给陶侃安排什么差事。军议时无论多么热火朝天，陶侃永远都是其中最不被人注意的一个。也就懒得一争长短，任凭他们口若悬河滔滔不绝。

听得烦了，索性趁着没人注意，溜出幕府往城楼上巡视一番。看着哪里防备稀松了，提点一二，免得在敌军攻城时措手不及。守城将士对这个没什么实权又备受冷落的参军爱搭不理，也就些新兵蛋子瞅着陶侃出入幕府而稍稍敬畏，故而陶侃对城防的督导作用着实有限，可也总比待在幕府里打口水仗要管用一些吧。

陶侃望着远方敌营，再瞧瞧墙外尸骨成堆，心中油然而生一丝失落之意。想想在襄阳、武昌两场攻防血战，有刘弘那等恩主，陶侃放开手脚只管抵御外敌，也算打出了一番声名。自问还算一员良将，如今困守洛阳却沦落到无所事事，事关国家生死存亡的战事仿若与己无关一般，着实悲凉不已。

不觉已绕着城墙转了大半圈，又到了西明门上。天色渐渐暗了下来，陶侃心中烦恼，想着回去也是无事可做，虽然墙上冷风刮得一阵猛过一阵，陶侃还是没有回去的打算。

正在这时，就见城内来了一队人马，悄然无声来到门前，黑压压一片约有千余。不多时，城门吱呀开启，千余人马鱼贯而出，借着月色向汉军大营摸去。

陶侃心知是司马越终是准许了袭营之策，也不知是哪位将军有此胆魄，千余人马便敢夜袭敌军大营。转身伏到垛口，向着敌营方向望去。

深秋本就天黑得早，袭营兵马转眼已经消失在夜幕之中。陶侃等得更声响了几回，依旧不见敌营有什么动静。守城将士守备了一日，除了哨兵轮流警备，其他的大多已经回帐歇息了，城头愈发冷清起来。陶侃肚子里早已饿得咕咕直响，却没有离去之意。今夜兵马出城，必有所图，耐着性子又等了一阵。

便见敌营在灯火阑珊的朦胧中忽然现出一片火光，初时只觉得比营中灯火稍稍亮了些。再过一会儿，便在深秋的冷风中，腾起冲天大火。在肆意舞动的火光中，就见营中人影攒动，依稀辨别装束，似是受惊的汉军正在四处躲避大火。寂静的敌营慢慢变得喧嚣起来，忽明忽暗的火光里，不少装备齐整的军士正在挥舞刀枪追杀着惊恐的汉军，显然是袭营的晋军勇士得了手，搅得营中愈发嘈杂。

陶侃站在洛阳城头的冷风中，离敌军大营太远，却仿佛看到了敌军惊慌失措的面孔，听到了金戈铁马的冲天杀声，刺激着陶侃胸中的战意无限膨胀起来。

这时，城头留守的哨兵似乎发觉了敌营中的异动，把沉睡中的将士们呼喊起来。显然守城将士很少有人知道今夜袭营之事。眼瞅着汉军大营乱成一片，虽然一头雾水，却也兴奋不已，高呼万岁。

在城头的人声鼎沸中，陶侃见司马越在一群参军将佐簇拥下，也闻讯赶来。瞧那喜出望外的模样，只怕对这次袭营原本没有抱太大希望，谁曾想竟真成了事，惊喜之情溢于言表。

陶侃见司马越众人并未瞧见自己，也就懒得过去招呼，只是避在一边瞧着敌营方向。胸中的战意慢慢消散，那种失落和无奈再次浮上心头。

冲天的火光直到东方发白才慢慢淡了下去，敌营早已乱得一塌糊涂。近十万汉军已然在昨夜遇袭后逃散一空，留下了满营辎重粮草和难以计数的尸体。袭营的勇士兴高采烈，拥着成队的大车，装满了各种战利品和尚在滴血的首级，风尘仆仆转回洛阳。

陶侃远远看着司马越亲自走下城门，将得胜的将士迎入城中。百姓也听闻官兵打了胜仗，欢欢喜喜涌出街道，送酒送肉犒劳厮杀一夜的勇士。本是死气沉沉的洛阳，忽然又有了国都的热闹。

陶侃见司马越一行走得远了，没有跟过去。此刻汉军溃败，司马越必是要引文武百官为得胜将士设宴庆功的，想必数日应是没有什么要紧事需要商议。陶侃从头到尾被冷落在这场攻防战之外，也就不去凑这热闹自找没趣了。一夜未睡，已有些倦怠，自回官舍歇息。

接连十数日，司马越也未召集军议。陶侃无事可做，读读书打发时日。想想庆功的喧闹也该差不多了，这才慢悠悠地往东海王府露个面。

才进府中，陶侃就察觉一丝古怪。

里里外外全无大胜后的喜悦，反而到处充斥着不安和慌乱。陶侃疑惑中拉来一个小吏，想要问个究竟，那人却甩了个冷眼，只说有公务在身，便转身走了。陶侃对王府中的冷落早已习惯，犯不着为此置气。待穿过两处院落，便到了司马越议事大堂，远远便见官属进进出出，忙得热火朝天。

进到堂中，便见上自司马越、王衍一干重臣，下到幕僚、将军，几乎都已来了，正在那里商讨着什么。陶侃很是意外，未曾想到经历洛阳两次危机之后，满朝文武竟突然转了往日浮华虚荣，开始为国事操劳起来，心中不由有些自责。纵然受司马越冷遇，也该担负起一个臣子该做的事，自己懈怠了十数日，未免太不知轻重了。

好在陶侃本就不惹人注意，门前又人来人往， 倒也没有人发觉陶侃来迟了。陶侃远远瞧见原成都王司马颖的军师卢志也在众人后面，便悄悄靠了过去。

卢志本也算得谋略出众，当年辅佐司马颖数年，便让一个被排挤出洛阳的亲王拥兵数十万、声名传播海内。怎奈司马颖偏信小人，慢慢疏远卢志，最终败于司马越，屈死在刘舆手中。卢志虽被司马越征辟入府中，却不过是司马越拉拢人心的工具，也和陶侃一般并不被重用，故而这些年在东海王府过得也不如意。

虽说卢志是司马颖旧臣，而陶侃却助刘播把司马颖从荆州赶走，陶侃与卢志也算有些过节，却是各为其主罢了。如今两人都在东海王府坐着冷板凳，多少有些同病相怜，偶尔也攀谈几句。

陶侃走到卢志身边，打了个招呼，悄声问道："汉军已经败退，不知这些日王府中在忙些什么？"

卢志出身名门，素有匡扶天下之志，怎奈错保庸主，以至于如今报国无门。虽受司马越冷落，可也从没有懈怠过一日。卢志与陶侃并无深交，对陶侃平定荆州之乱倒也佩服，只是听陶侃这样一问，显然这些日躲清闲去了，不由没好气地说道："又出乱子了，自然忙得不可开交。士行也算是个人物，怎能在这用人之际，和那些只顾附庸风雅的'名士'一般，自寻乐子去？未免太不知轻重了些！"

卢志几句话，说得陶侃面红耳赤。忙谢罪道："卢兄说的是！是陶某浪荡了。"

卢志见陶侃谦恭，也就不再去怪他，叹了一声说道："那日袭营破敌后，虽然敌军大将刘厉战死，可汉军死伤倒也不是很大，只是粮草亡失一空，刘聪和刘曜收拢残部，只得退兵了事。而王弥与石勒也各自撤军。这些叛贼，自称汉军，实则与匪盗无异，退兵之后一路烧杀抢掠。王弥沿途掳掠颍川、汝南、南阳、河南百姓数万家回往青州；石勒则扫荡冀州，攻破信都，收降魏郡，回到黎阳。"

陶侃对卢志说的汉军动向并不奇怪。刘渊虽然号称大汉，实则是匈奴人居多，在洛阳吃了亏，自然要在别处找还回来。虽然中原百姓又吃了苦，可素来高高在上的洛阳权贵又岂会在意百姓死活？只怕王府中忙成这样，多是与汉军没有多大关系。

果然就听卢志接着说道："那幽州刺史王浚，本就包藏祸心，当年司马颖掌控河北时，王浚就和鲜卑、乌桓眉来眼去。虽说明面上臣服于东海王，数月前也曾出兵伏击石勒，缓解了洛阳局势，实则并不受控制。之所以与石勒交兵，无非是抢夺河北权势罢了。此番石勒退兵后，东海王委派的冀州刺史被石勒斩杀，王浚趁着冀州无主，都没有给洛阳一封表书，便自领了冀州刺史。听闻东海王在冀州的部将，欲合兵讨伐王浚，亦被王浚吞并。"

陶侃心中一阵默然，洛阳已经三次受外敌入侵，虽说都以敌军败退收尾，可晋朝已在存亡之秋，王浚却还在与朝廷抢夺着冀州所剩无几的权柄，不臣之心昭然若揭，问道："不知东海王对王浚如何处置？"

"唉！洛阳自顾不暇，东海王哪里还管束得了王浚？何况还要仰仗王浚牵制石勒，自然对他不臣之举睁只眼闭只眼了。汉军虽然已经败退，可实力尚在。东海王忧心汉军和上次一般，稍稍整备后便又要南下侵扰，故而忙于从州郡调拨兵马入京护卫。也给王浚和苟晞送去了诏书。王浚说是要讨伐石勒无暇分身，苟晞亦说王弥祸乱青州忙着御敌，都没有一兵一卒驰援。其他州郡大多没有了消息，就连东海王的弟弟征西大将军司马模都没有回书。也就征南将军山简、荆州刺史王澄、安东将军司马睿有所回应。只是如今南阳也不太平。听说益州刺史罗尚病危，成主李雄派其大将诈降夺了梓潼关，雍州震动，不少百姓惊慌东逃，避难于南阳。为首一人名叫王如，拥众五万之多，切断了荆州往洛阳的道路，山简、王澄就是想要派兵北上也被王如所阻。"

南阳隶属荆州，想想刘弘治下，荆州风调雨顺，百姓安居乐业，谁知才过一年，已经乱成这番模样，陶侃不由心中伤感。至于成主李雄渐渐掌控益州，反倒没工夫去想了。摇了摇头问道："那扬州可有兵马回应？"

卢志又叹了一声："司马睿已经回书朝廷，并传命扬州刺史王敦、建武将军钱璯，集结兵马于广陵，只是迟迟还没有开拔。"

陶侃想了想，司马睿虽与司马越并不亲近，却以王导为军师，又有王敦为扬州刺史，二人都是王衍族弟，司马睿怎么也要对洛阳诏书有所回应的。问道：“既然洛阳时局不稳，王敦领兵也该抓紧时日才对，为何兵马齐备，却不动身呢？”

卢志面色沉重：“昨日刚刚得到王敦密函，听闻副将钱璯对北上驰援京师颇有微词，故而一再拖延时日。”

陶侃对钱璯稍有耳闻。此人乃是吴兴人氏，陈敏叛乱时，起兵响应周玘。平定陈敏叛乱后，钱璯以军功官拜建武将军。就听卢志又说：“王敦还言，在钱璯帐下瞧见一人，与亡吴旧主孙皓之子孙充很是相像，请东海王在洛阳严查孙充是否还在京师。”

陶侃心中一惊，如今洛阳兵荒马乱，还有谁会去留意一个亡国旧主的子嗣？只怕钱璯营中之人多半就是孙充无疑。按理说，钱璯作为一个江南士人，收留孙氏后人无可厚非。可在国难当头之际，就让人不由担心钱璯的动机了。卢志也是满心忧虑地与陶侃对视一下，说道：“举目四望，如今也就江州刺史华轶派人朝贡天子，送来不少粮草贡品。”

陶侃终于明白东海王府这些日来究竟为何如此忙碌了。

司马越自以为吞并司马颙和司马颖后，一统晋室江山，能和当年的曹操一般挟天子以令诸侯，今日终于发现，不过是一厢情愿罢了。天下之大，司马越却是无兵可用，怎能不着急上火？而洛阳城中世族权贵，终于在骄奢淫逸中警醒过来。一旦洛阳陷落，进而荼毒中原，哪里还有这些豪门大族的容身之地？故而东海王府高速运转，忙得热火朝天，欲扭转这种局面。可天下积病已深，只怕此刻幡然醒悟终是太迟了些。

陶侃在吵吵嚷嚷的东海王幕府又是耗了一日。众人也没个对策，只得暂且散了军议。好在北汉这次也不知何故，竟迟迟没有再派兵马侵扰洛阳，让晋朝军民稍稍喘息。

不觉中，洛阳竟在短暂的安宁中度过了大半年时光。虽然北汉一直没有杀来洛阳，可晋朝却又经历了两次叛乱。

那扬州钱璯果然如所有人担忧的那般，起兵造反了。听闻钱璯本有意谋杀王敦，掌控广陵，怎料王敦早有防备，发觉不妙后，逃离广陵，投奔于司马睿。钱璯遂拥立孙充为吴主，自号平西大将军，在军中排除异己委派亲信，甚至击退了司马睿闻讯派来的平叛兵马。危难之中，周玘再次挺身而出，召集江南世族，与司马睿合军讨伐钱璯。钱璯兵败被杀，传首建业。周玘三定江南，虽然因不奉朝廷征命而遭司马越嫉恨，可在扬州有如此威名，司马睿也顾不得朝廷怪罪，拜周玘为吴兴太守，助其治理扬州，依旧被周玘拒绝。

相对于扬州一场虚惊，南阳却是让司马越头疼。山简、王澄集结兵马欲北上救援京师，为了打通南阳道路，遣兵驱散王如所领雍州流民，反倒激起民变，攻破宛城，击退荆州兵马。王如自号大将军，领司、雍二州牧，遣使称臣于刘渊。

司马越征集天下兵马驰援京师，非但没有征来一兵一卒，反倒惹起两场叛乱。扬州虽然再次平稳，可南阳却降于刘渊。不但阻断了荆州救兵，而且让北汉在洛阳背后安插下一颗钉子，随时能给洛阳致命一击。

司马越焦头烂额，休战半年多的北汉终于再次集结兵马向南杀来。石勒与王弥先在冀州、青州、徐州清除晋朝势力，与王浚、苟晞斗得不可开交，又合兵杀入兖州，掠民九万余口。未过多久，刘聪、刘曜集结兵马，仍以石勒为先锋，杀入冀州河内郡。河内与洛阳隔河相望，一旦有失，洛阳势必危急。司马越调拨人马渡过黄河迎敌，却全军覆没。

让人意外的是，汉军攻陷河内便止步于此，不再南进一步。在洛阳惊惧不安中，忽然退兵了。

举朝上下皆是不明所以，使人北上刺探消息，终于有了回信。上自司马越，下至百官黔首，无不弹冠相庆。

汉主刘渊竟然在声势正盛的时候驾崩了！

第十八章　东海惨败，衣冠南渡

刘渊作为一个匈奴人，身为晋臣久居中土，素以汉室宗亲自居。在八王之乱中，栖身成都王司马颖麾下，非但没有辅佐司马颖争霸中原，却借司马颖的名义，集结匈奴各部族众，收拢王弥、石勒各路兵马，逐鹿河北。终是成了气候，建国大汉，登基称帝。眼见国运日盛，兵强马壮，吞并晋朝指日可待，却在谁都没有想到的时候，突发急症撒手人寰。这对苦守洛阳的司马越来说，当真是一个天大的喜讯。

往北方查探消息的斥候不绝于道，各种消息飞快传入洛阳。

听闻刘渊驾崩后，以太子刘和继承帝位。并以陈留王刘欢乐为太宰，长乐王刘洋为太傅，江都王刘延年为太保，楚王刘聪为大司马、大单于，四王并录尚书事，其余重臣皆得封拜。

虽说刘和继位，可刘聪有军功在身，手握十万重兵，刘曜亦与刘聪亲近，故而颇受刘和忌惮。刘渊尸骨未寒，刘和便密谋诛杀刘聪及其一干亲信宗室。谁知机密外泄，反被刘聪所杀。刘聪假意拥立刘渊嫡子刘乂继位，可刘乂无兵无势，哪敢与刘聪争位？

刘聪遂在其文武群臣拥立下，继承大位，以刘乂为皇太弟，官拜大单于、大司徒。封自己长子刘粲为河间王，官拜抚军大将军、都督中外诸军事。另封其子刘翼为彭城王，刘悝为高平王，又以石勒为并州刺史，封汲郡公，以此拉拢石勒继续为其效力。

刘渊一死，北汉便经历一场内乱，洛阳还没来得及高兴，很快就陷入恐慌之中。

刘聪继位后仅过两月，便以其子刘粲、始安王刘曜为帅，领王弥众将，率军四万南下，侵入洛阳。又招石勒率骑兵二万，会师于大阳。

晋军连战连败，洛阳岌岌可危。

并州刺史刘琨再次与鲜卑拓跋猗卢结盟，合军两万，击溃北汉偏师刘虎部。刘琨表奏朝廷，拜拓跋猗卢为大单于，封代公，欲以此拉拢拓跋猗卢驰援洛阳。并请命于司马越，求洛阳出兵合击汉军。怎奈代郡属幽州地界，刘琨自作主张封拜拓跋猗卢，虽是为国家着想，却惹恼了幽州刺史王浚。王浚本就利欲熏心，名为司马越臣属，实则并不受司马越管束，为了自己权势，出兵击退拓跋猗卢兵马，与刘琨就此结下仇怨。

司马越得到刘琨军报之后，思来想去，只觉得刘琨兵马被汉军所阻，出兵合击胜算不大，又忌惮青州刺史苟晞，故而不敢再派兵北上。仅仅拜刘琨为平北大将军、王浚为司空，欲以此安抚两人，摒弃前嫌共辅晋室。又遣使往江南求取救兵。

山简奉诏再次派兵北上，却被南阳叛军王如所败，非但没能驰援洛阳，反而激怒南阳叛军围攻襄阳。山简苦守数日，弃城败逃，退往夏口。而王澄亲领大军北上驰援京师，听闻山简惨败，惶恐中亦退兵而还。而扬州刚刚平定钱璯叛乱，对洛阳的诏书全无回应。

洛阳再无援兵。先后经历汉军三次围城，除了江州刺史华轶偶有钱粮贡品外，也就凉州刺史张轨曾献马五百匹、毯布三万匹，此外再无丝毫补给，早已饥困日盛。老天爷又偏偏与世人为难，幽、并、司隶、冀、秦、雍六州降下大蝗旱灾，颗粒无收、赤野千里，对粮草早已告竭的洛阳更是雪上加霜。

朝里朝外皆是洛阳坚守不住的言论，朝臣纷纷上书，请旨迁都避祸。有说西去长安的，有说渡江南下的。京师人心浮动，人人自危。

王衍却义正词严，斥责舍弃洛阳绝非良策。甚至卖了车马，以示与洛阳共存亡的决心，这才稍稍安抚人心。

谁料，汉军进入洛川后再次分兵。石勒没有侵入洛阳，反而径直南下，侵入南阳。叛将王如虽已归顺北汉，实则拥兵自重而已。听闻石勒侵扰南阳，只能匆匆自襄阳撤军，回救宛城。却哪里是兵强马壮的石勒对手，惨败于石勒落荒而逃。石勒随即渡江南下，寇掠襄阳，荆州立时陷入战火摧残之中。幸而石勒兵马有限，也不敢孤军久留荆州。大肆劫掠之后，迅速北上，屯兵于南阳。

石勒此举，不仅仅是因为冀州也有灾荒，故而抢掠富庶的荆州补充军需。更重要的是切断了洛阳往江南的道路，此刻朝廷就是想要舍弃洛阳南迁，都没了可能。

洛阳尚未被汉军兵临城下，已经乱了方寸。司马越自知坚守洛阳绝无可能，遂请旨朝廷，出征石勒。以太尉王衍为军师，朝中名士臣属、将军校佐皆征入幕府，尽出洛阳兵马，合甲士四万众，兵进许昌。

凉州部将北宫纯奉其刺史张轨之命护卫京师，骁勇善战数破汉军。见司马越都舍了都城不顾，回绝了司马越征命，也不留下等死，集结部众离开洛阳，向西退还。

陶侃作为司马越参军，亦在受征之列。四万饥困的大军，狼狈不堪离开洛阳，一路几乎与流民无异。陶侃想过司马越的心思，名为出征外敌，实则逃离洛阳那块是非之地。北汉声势正盛，对洛阳这座天下帝都志在必得，司马越或许有匡扶晋室之志，却也没有为晋室殉葬的心思。把一个没兵没权的皇帝司马炽，撇在空壳洛阳城中，吸引北汉大军贪婪的目光，好给司马越一个逃走的机会。想想大军离开洛阳时的情景，陶侃便觉得凄凉无比。

繁华的洛阳早已没了帝都的昌盛。偌大的皇宫，除了司马越留下监视皇帝的百余兵马外，再无一名虎贲羽林军士护卫。别说洛阳百姓饥困交加，便是皇宫中都随处可见饿死的宫女宦官。街上时不时便有烧杀劫掠的匪盗，见到司马越大军一哄而散，待兵马走过，便再次集结，为所欲为。

陶侃至今难以忘记离开洛阳时，司马炽那恐惧怨毒的目光。可叹一个身负中兴大晋之志的天子，终是没能挽救奄奄一息的社稷。遥想东汉末年，献帝刘协不也是聪慧过人，被人称作有中兴之主的气度？大汉江山不照样四分五裂国破家亡？若司马炽能早十年登基，大晋朝或许还有一线转机。时至今日，纵是司马懿亲临，也难料理这副烂摊子了。

离开洛阳后，司马越没有选择西去关中。依陶侃猜度，长安虽然在司马越弟弟司马模手中，可洛阳三次危急，司马模都没有一兵一卒驰援，着实让司马越指望不上。何况长安乃是晋朝西都，北汉抢占洛阳后，又岂会放过长安？故而司马越一路东行，或是想逃往其封地东海国，容大军休养生息以图东山再起吧。

果不其然，司马越大军来到许昌后，几乎没有停留，便继续东进。到了项城，兵困马乏，只得暂且屯驻休养。

陶侃对避往东海国没有什么兴趣。洛阳陷落，大晋亡国，东海绝非乱世桃源。王弥、石勒在冀州、兖州、青州、徐州纵横多年，城池多已沦陷。东海隶属徐州，既无山川险阻，又无江河天堑，绝无抵挡汉军铁骑之力。虽说东海暂无兵祸，可北汉吞并大晋取而代之，必是要一统中土的，岂会放任东海不顾？更何况青州刺史苟晞与司马越这对异姓兄弟，生死与共早已是陈年旧事，如今两人势同水火。司马越坚守洛阳时，一面要想方设法抵御外敌，一面还要仔细防备苟晞下黑手。只怕司马越回到东海国后，少不得与苟晞争斗起来。强敌环伺之下，东海国又如何保全？

陶侃到洛阳的第一天起，便有了南归之心，此时就更不愿陪司马越去东海了。本想趁着大军东进时混乱之余，不辞而别，计划大军从项城开拔后就动身。原以为司马越急于回东海国，在项城也就停留数日，谁知已过去三个多月了，司马越依旧没有开拔的意思。反而加大各营巡查，但有逃亡之人尽皆诛杀，以儆效尤。还以朝廷名义自领豫州牧，似乎就想留在豫州不走了，当真让陶侃有些不明所以。

这样一来，陶侃实在没了脱身的机会。让陶侃更为忧心的是，司马越自进入项城后不久，便很少露面了。也就王衍、刘舆那些心腹，才能时常出入司马越行台。营中不时便有流言传出，听得陶侃愈发不安。

有说大军离开洛阳后，皇帝司马炽便缉拿了司马越党羽，掌控了洛阳最后那点守兵，并已传密旨于苟晞，言司马越专权，命苟晞讨伐；有说苟晞深恶朝廷封赏不公，把天下淆乱的罪过加于司马越头上，已传檄州郡，起兵讨伐；甚至说苟晞已经诛杀了司马越留在青州的官属，正集结大军，于青徐边境严阵以待，绝不容司马越踏足徐州一步。

流言蜚语讲得绘声绘色，说来说去，无非是司马越与苟晞即将开战。大军滞留在项城时日越长，这种说法就越显得真实。

陶侃不由苦笑。大晋亡国已近在眼前，这些所谓的国家栋梁，就算不想着合力救国，至少也该为了自身安危，结下同盟，共同进退。却为了那点拿不上台面的恩怨情仇自相残杀。如此不知轻重缓急，若再不败，可真是天理难容了！

不觉又过了十数日，司马越忽然传告各营，召集将校、参军入行台军议。

司马越如此着急，必有大事发生，陶侃却已懒得去过问了。麻木地走进府衙，便见司马越面色惨白坐在当中，脸上竟无一丝血色，全无往日的意气风发。王衍、刘舆一干亲信陪侍左右，都是一脸慌张模样。

就见一封封书信、竹简在堂中官属之间来回传阅。但凡看过的人，不是摇头叹气，便是惶恐不安。待陶侃接过一封观瞧，赫然竟是皇帝司马炽与苟晞的往来书函。略读几句，果如营中传言那般，皇帝已经加拜苟晞为大将军、大都督，督青、徐、兖、豫、荆、扬六州诸军事。并贬司马越为县王，着令苟晞即刻起兵讨伐。

陶侃撇了撇嘴。皇帝给苟晞封的官倒还真不小，若放在以前，唯有权侵朝野的重臣怕才有这等威势。只是青州、徐州大多郡县已被王弥侵夺，兖州、豫州也多为石勒吞并，荆州由山简、王澄掌控，又遭石勒掳掠，至于扬州也被司马睿、王导、王敦那些人牢牢把持。苟晞不过占据青州数城而已，哪有实力与别人争抢地盘？皇帝如此高抬苟晞，不过是想借苟晞之手诛杀司马越罢了。

陶侃叹了一声。皇帝自知晋朝大限已到，在司马越手中做了许久傀儡，临死之前好歹取了司马越性命，最好身败名裂，也算报了一箭之仇。

司马越截获这么多皇帝与苟晞的往来书信，只怕早已知道了二人密谋。如此机密之事，自然不敢告于他人。若是传扬开去，众人得知司马越已被皇帝所弃，苟晞大军列阵于前，只怕人心离散无从挽回。此刻司马越既然敢明示于众人，一者或许是司马越再也隐瞒不下去了，二者只怕有更可怕的事情发生了。

陶侃偷偷环顾四周。众人虽对天子和苟晞往来书函满心惊惧，却也不敢轻易离去。按理说司马越被天子贬黜，显然已被归为国贼之流，众官属若还留在这里，便是同党。可天下动荡难安，司马越毕竟实力尚在，留在这里还有一线生机，逃散出去只怕必是要死在兵荒马乱中了。

就在众人沉默之中，刘舆上前言道：“天子昏聩，不辨是非。苟晞贼子，忘恩负义。行如此勾当，真是亲者痛仇者快！东海王一心为国，却遭这等算计，必要痛击国贼，以正视听。下官以为，当以兖州刺史、徐州刺史为将，发两州军民，共讨苟晞！”

司马越点了点头，也未说话，算是认可了刘舆谏言。陶侃不由愣了，兖州刺史、徐州刺史都不过是个光杆司令，听刘舆的意思，是不会给二人一兵一卒，而是要自行募兵平叛的。这可真是难比登天了。就见兖州刺史、徐州刺史身子一颤，上前领命而去。

堂上微微有些唏嘘之声，显然对迎击苟晞并不抱什么希望。刘舆却信誓旦旦说道：“苟晞小贼狗胆包天，二将此去必是手到擒来，不足为虑。只是那汉将石勒着实不可继续放纵了。”

司马越离开洛阳，是借口领军征讨石勒的。刘舆此时这样说，难不成真要起兵征讨南阳了？陶侃有些难以置信，就听刘舆举重若轻地说道：“据斥候所探，那石勒掳掠荆州回了南阳后，再次引兵南下，攻陷江夏，似有割据江汉之心。幸而上天眷顾，怎会将我大好河山交予这奴隶出身的贱民？石勒军中闹了瘟疫，死者过半。石勒依他那狗头军师张宾之言，已狼狈不堪逃离荆州，欲避往河北。既然上天将这贼人交予我手，自要痛打落水狗，乘其衰落之际，一举剿灭其部，则国威可振，江山可保也！”

刘舆话说得铿锵有力，可满堂臣属却没有他那般乐观。石勒攻陷南阳，吞并王如部众，又扫荡荆州掳掠百姓无数，只怕此刻少说也有六七万之众。军中闹没闹瘟疫并无确切消息，即便真有，石勒的兵力也决不在项城晋军之下，又有铁骑开道，岂是晋军所能抵挡？项城避开石勒还唯恐不及，何苦要去招惹？刘舆又不是傻子，哪根筋不对了，要这般急于寻死？

就听众人议论纷纷，多是反对出击石勒之言。虽说司马越军中不乏勇士，先前洛阳三次危急，都是这些人力挽狂澜痛击强敌。只是晋军早已是强弩之末，实在难堪一战，这些勇士也在无休无止的坚守中耗尽了锐气。别人不说，当初口口声声卖了车马要和洛阳共存亡的王衍，不照样背弃了誓言，逃离了国都？此时已和霜打的茄子一般，在司马越身侧久久不发一言，显然对刘舆讨伐石勒之言并不认同。只怕司马越在和两人私下商议军机时，王衍多半并不支持征讨石勒，故而此刻被司马越冷落一旁。

堂上吵吵嚷嚷嘈杂一片，争了半晌也没个结论。司马越似乎对刘舆的谏言很是认同，却被满堂文武一致反对，面上很是不满，终是耐不住性子，厉声喝道：“都给本王住口！”

见司马越动了怒，堂上立时静了下来，就听司马越咳了一声，朗朗说道：“本王向天子辞行之际，天子曾苦苦挽留，言：‘强虏侵扰京畿，人无坚守之志，大晋社稷依赖于卿，岂可轻易远征而舍京师不顾？’本王却道：‘臣出，幸而破贼，则国威可振，远胜坐以待毙也！’虽然天子受苟晞蒙蔽，对本王有些误解，可本王为国之心天地可鉴！今日之事，便如本王先前所言，大晋已危在旦夕，兵马亦是穷困至极。若能孤注一掷，拼死一搏，只要击破石勒，汉贼必然震慑，而大晋可再树国威也！如此这般，方能重新收拢州郡人心，大晋才有中兴的可能。何况石勒正是最虚弱的时刻，我军突袭大有可为！否则一味躲避，待石勒恢复声势，我军又凭什么与石勒抗衡？再有反战之言，以通敌论处！”

经司马越这般一说，反战之言一下子被压了下去。若再阻挠，只怕死在顷刻。避无可避，反倒生出些哀兵的悲壮。

陶侃细细品味着司马越的话，倒也对司马越最后的勇气有些敬服。

北方是磨刀霍霍的北汉，虽有刘琨愿意为朝廷尽忠，自然会接纳司马越，可居心叵测的王浚虎卧一侧，使得北上绝对是个坏主意。东路又已被苟晞切断，司马越退往东海国的念头也随风消散。而掉转兵马折回长安，又是路途遥远祸福难料。就算想要南下扬州，也要直面石勒兵锋。四面楚歌之中，倒不如趁着兵马最后一点气力，置之死地而后生，与石勒痛痛快快打一场。无论胜败，总好过奄奄一息时，在屈辱中被石勒蹂躏。哀兵必胜，这一仗倒也有得打！

司马越见激起了文武群臣的战意，便要与刘舆调兵遣将。忽有一声尖锐的通报声，打破了堂上的沉寂。众人循声望去，就见一个斥候惊慌失措奔入堂中，来到司马越面前，呈上一分军报。

司马越接过一瞧，面色一下子变得煞白。刘舆贴近观瞧，也是呆若木鸡。众人见两人这般模样，显然又有不好的事情发生。见司马越没有告知众人的意思，只能心中胡思乱想，耐着性子等候。

司马越的面颊时而恼怒，时而悲愤，在颤抖中慢慢扭曲起来，狠狠将那军报摔在几案上，砸得刀笔竹简摔得满地都是。

王衍壮着胆子上前拿起军报，身子分明颤了一下。虽然嘴里嘟囔着的话语声调不高，可还是让满堂文武听得真切。

“石勒攻陷许昌！”

王衍失言道出机密，也被自己的话吓了一跳。就听身后扑通一声，忙转过身去。

就见刘舆摔倒地上，昏死过去。听说刘舆在洛阳时就已犯了毒疽，病得不轻。这一路颠簸，只怕愈发严重了。刚才多是硬撑着一口气，力主出战。忽闻石勒大军攻陷许昌，与项城不过十数日路程，显然远非传言那般衰败。此刻不但征讨敌军成了笑话，能不能逃过敌袭都是未知之数。刘舆终于再也坚持不下去，倒在了军议之中。

王衍忙上前探瞧，连掐带揉，也不见刘舆转醒。手足无措中，去看司马越，就见司马越似笑非笑、似哭非哭，双眼越睁越大，眼珠子像要蹦出来一般。

王衍正不知该如何开解，就见司马越忽然喷出一口鲜血，洒满了整张几案，溅得王衍白皙的面庞点点血花。

王衍大惊失色，忙和左右扶起司马越转入后堂，连连传召军医救治。堂上早已乱成一团，有想跟进去瞧瞧的，却被王衍传令阻在外面。有吓得惊慌失措，跑出行台的。陶侃见混乱中再也无人理会刘舆，探上前去一瞧，已是进气少出气多了。

在这节骨眼上，陶侃也不敢早早离去，和剩下不少官属候在堂中。时不时有宗室重臣被唤进后堂，却迟迟不见出来，惹得堂上愈发焦躁不安。

刘舆已被人抬了出去，不久便传来死讯。王衍那些能拿主意的人都去了后堂，就任由刘舆尸首留在行台外面。堂上时而窃窃私语，时而嚷嚷起来，搅得人更加烦躁。

不久又有斥候跑了进来，慌慌张张找不到司马越，手中一封军报也不知该交给谁，急得团团转。有胆大的属官夺了军报展开来瞧，就见上面同样是慌乱的笔迹写道："石勒大军劫掠许昌，已奔项城而来！"

堂上立刻再次混乱起来。

不出十日，石勒大军便会兵临城下，小小项城如何抵挡？事关重大，早有人冲破侍卫阻挠去了后堂找寻王衍，过了个把时辰，依旧没有回应。刚才还在待命的官属，又有不少人瞧瞧离开了行台，自顾性命去了。

行台府衙大堂渐渐空荡起来，一个校尉模样的武官等得恼羞成怒，骂了一声："王衍匹夫，成事不足败事有余。罢！罢！罢！既然无人敢去阻击石勒，老子拼上性命，挡住一日算一日。"说罢愤愤离去。

陶侃也未瞧清那人是谁，就听旁边有人嘟囔一句："哼！也不知是去迎敌还是逃命去了！”陶侃心道：“无论真假，好歹那人有胆量说这样的话，总胜过尔等在这里束手待擒！”对那人倒也生出不少敬意。

那武官刚刚离去，王衍总算露了面。人称风尘外物的琼林玉树，此刻早已满面惊惧，哪还有分毫飘逸俊秀的气度？随后跟出来的那些宗室、重臣，也是个个魂不守舍模样。

王衍对空荡荡的府衙故作不见，勉强振作精神，说道：“东海王突发风疾，不便理事，已把军政托付于我。军情紧急，就不多劳舌了，传令全军，速速集结，两个时辰后开拔东进，且往东海国避一避贼兵锐气。”

陶侃听王衍说要往东海去，看来司马越果然曾如自己所想那般，有去东海避难的想法。只是在苟晞阻遏下，不得不断了这个念头。又被石勒追来，才生出了拼死一搏的想法。谁料石勒军中疫情远没有众人所想那般严重，这才惊得昏厥过去。追兵不日将至，主战的刘舆又死了，王衍只得顾着逃命了。

然而此刻不见司马越露面，刚才又是那般模样，就算没死，只怕也就剩口气了。陶侃心中暗叹一声：“大晋终究是无药可救了。既然司马越也完了，我又何必留在北方为其殉葬？与其死得轻如鸿毛，倒不如趁着兵马纷扰，回江南去吧！”

王衍军令已经传了下去，虽说不少听闻敌情的人逃了出去，可大军尚在，依旧奉命开拔。沿途百姓听闻晋军东进，人心惶惶也不敢继续留在河南，一路尾随，指望能得官兵保护。数万大军在十数万百姓跟随下，绵延十数里路，混乱不堪徐徐行进。

就在浩浩荡荡的队伍当中，陶侃舍了身外之物，仅留些随身口粮，配了护身长剑，独自向南走去。

第十九章　荆州动荡，错投江州

陶侃逃离司马越大军，混乱中倒也没有晋兵阻挠。路上偶尔遇到些汉军散兵游勇，都被陶侃小心避了开去。

陶侃没有回往故乡庐江，而是去了江夏。虽说大晋亡国在即，陶侃不愿为司马越殉葬。可陶侃并非那种满口仁义道德，实则只顾私利的所谓名士。纵然天下颠覆，也要以一己之力做些能做之事，至少也该问心无愧。

陶侃曾在江夏为郡守数年，凭着在荆州平乱之功，还算有些威名。若能在此立足，至少能在乱世中有个大展雄才的机会。何况陶侃家小此刻也在江夏，听闻石勒大军曾侵扰这里，陶侃也着实放心不下。

待过了长江，进了江夏地界，陶侃总算长舒了一口气。

石勒大军来江夏时间仓促，又有过割据江汉的心思，故而人口掳去不少，城池却倒还算完备。待石勒大军离开江夏讨伐司马越后，四处逃散之人慢慢聚拢回来，江夏很快恢复了生机。虽然家家都在料理丧事，可与陶侃在北方州郡见闻相比，江夏已经算得上是太平世道了。

回了家中，已是空空荡荡，只有几个老仆看家护院。陶侃一问才知，妻儿都已被周访接去庐江安置，陶侃悬着的心才算彻底放了下来。

稍稍梳洗，陶侃便去了郡府。离开荆州一年光景，也不知现在究竟是何局面。襄阳被南阳王如叛军侵扰时，征南将军山简弃城逃往江夏，后来石勒又攻破了襄阳。虽说王如叛军已被石勒吞并，可王如统领残部依旧游荡在襄阳一带。山简回不去州府，只得常驻江夏，郡府也就成了山简的将军府。

陶侃为母丁忧辞去江夏郡守后，郡府已有不少人事更替。陶侃进了府衙，四处找寻，也难见到几个熟面孔。

郡府随处可见北方避难来的士人，陶侃也是从司马越军中逃回来的。国破家亡之际，大家心照不宣地不去说逃军之罪。山简刚刚备了宴席，为北方逃难来此的名士豪族压惊。陶侃名扬于荆州，既然来了将军府，自然也被山简请去赴宴。

国家危难，山简不想着安抚州境，依旧忙着宴饮，陶侃心中着实有些不悦。可此时已是白身，为求在荆州一展抱负，也不好得罪了山简，只得苦着脸入席。赴宴之人多是愁眉苦脸，有为活命下来暗自庆幸的，有为舍弃国家逃避重任而愧疚的，宴上一时有些沉闷。

酒过三巡，菜过五味。人们渐渐忘却心中的烦恼，活跃起来，不少人嚷嚷着枯饮无趣，请山简唤了伶人歌舞助兴。

山简叹了一声："社稷颠覆，山某不能匡救，实国家罪人也，心痛尤不能及，何敢舞乐自娱？"

山简这样一说，那些提议歌舞之人面上不由臊了起来。宴席一时有些尴尬，众人喝着闷酒，偶尔闲谈几句。忽有将军府的小吏来了堂上，给山简呈上一卷军报，山简才看几句，便大哭起来："石勒大破晋军，国家危矣！"

陶侃对此没觉得意外。离开司马越大军时，石勒已经沿途追击。十数万饥困的军民行进缓慢，被石勒追上是迟早的事。只是对结局究竟如何，陶侃也想听个明白，就见有人接过那军报读了起来。

石勒离开许昌后，亲领骁骑衔尾追击，虽有不少晋兵沿途阻击，皆被杀败，终在苦县宁平城追到晋军主力。莫看石勒所统骑兵不过万余，可晋军早已在一路奔逃中了无战心，还未与汉兵交手，已经开始溃散。石勒纵骑狂追，如同围猎一般肆意射杀晋兵。本来指望能得官兵保护而随军东进的百姓惨遭波及，亦遭汉兵屠戮。先后死者十余万，尸骨堆积成山，无一人幸免于难。上自王衍那些重臣，下到百官属吏，也无一人走脱，皆被石勒所擒。

王衍妄为风流名士，受缚之后痛哭流涕，全无一点风骨。言天下动荡罪不在他，皆是司马越之责。更恬不知耻劝谏石勒，言汉家天下有一半疆土是石勒之功，不如登基称帝问鼎中原。

王衍本欲以劝进之功免去一死，石勒也似乎有所动容，又知道王衍在士林中颇有声名，故而欲留为己用。终是在其谋士劝诫下，心知尚无反叛北汉的实力，遂将王衍怒骂一番。言王衍少壮登朝，名扬四海，身居重任，尸位素餐，破坏天下的正是王衍这般人物。遂命左右将王衍活埋于断墙之下。

而司马越早在离开项城时便已薨逝，不过是王衍秘不发丧，免得本就脆弱的军心彻底瓦解罢了。当初石勒被司马越弟弟司马腾作为奴隶卖到冀州，早就对司马越兄弟恨之入骨，遂将司马越剖棺戮尸、挫骨扬灰。东海王世子及宗室四十八王皆被石勒枭首，送去汉廷请赏。

宴上众人听闻此讯，无不痛哭流涕起来。或是真为国家而哭，或是为枉死百姓而哭，或是为兔死狐悲而哭。无论真情假意，此刻总要哀号几声。

就听山简哭道："司马越把持国政，目无天子，受石勒之辱咎由自取。而山某虽敬王衍之才，可国家危难，王衍难辞其咎，临死之际又向石勒摇尾乞怜，实在是我天下士人之耻！司马越、王衍遭此天谴大快人心，可怜我数万将士战死沙场。国家受此重创，祸不旋踵矣！山某枉为晋臣，上不能报效天子之恩，下不能挽救社稷之危，呜呼哀哉，痛彻心扉！"

山简这般痛哭，引得宴上哭声此起彼伏。

陶侃对山简的看法稍稍有些改观。山简刚来到荆州主持军政时，整日只顾游玩饮宴，与那王衍如出一辙，何曾把治理荆州当过正事？

如今国破家亡，山简暂停舞乐，又对司马越、王衍痛心疾首，似乎也有悔过之心。若山简肯一改务虚浮华的风气，专下心来治理荆州，陶侃倒也有意助其一臂之力。

刚才与将军府官属闲聊时，陶侃已对荆州这一年多的局势也有些了解。

洛阳受北汉侵扰，山简和荆州刺史王澄都曾派兵驰援，怎奈被南阳叛军阻挠，以至于战火蔓延到荆州。又有石勒大军肆虐，使得州郡纷扰不断。

年前，益州刺史罗尚病逝，成主李雄乘机抢占了巴郡，惊得不少巴蜀流民涌入荆州。眼见荆州混乱，有蜀人李骧聚众反叛于乐乡。

王澄、山简对此皆无应对之策。南平太守应詹，作为前刺史刘弘的远亲，见上差一个个不理军政，恼怒中统领醴陵县令杜弢，合力击散李骧叛军。王澄这时才站了出来，遣其部将王机招降李骧残部。却出尔反尔，袭杀李骧，将八千已经归降的叛兵淹死于江中，妻女尽皆赏赐将士。

王澄本以为这般一来，足以震慑巴蜀流民，却是捅了大娄子。流民被王澄蒙蔽屈杀，怒火冲天中再次反叛，五万巴蜀流民接连响应。而最早征讨叛军的杜弢，原本也是蜀人，早年避难荆州，得应詹赏识拜为醴陵县令。此刻眼见王澄这般对待蜀人，怒发冲冠，转投于叛军。被共拥为主，自称梁、益二州牧，领湘州刺史。南破零陵、桂阳，东掠武昌，败王机于巴陵，算是为屈死的蜀人报了仇。只是这般一来，使得本就混乱的荆州愈发动荡。

陶侃正有心向山简请命征讨叛军，就见在众人哭号中，有一人站了出来，向山简拜道："征南将军为国哀痛至此，下官敬服。如今荆州动荡，蜀人为祸，州郡久剿不绝，为防万一，莫不如挥师东进占据江州。下官听闻江州刺史华轶在任上难有作为，莫不如取其疆土，以作我荆州平定叛乱的根基。"

陶侃闻言，嗤之以鼻。荆州官属不想着平定境内叛乱，转而去夺他人土地，当真是欺软怕硬。那人话音刚落，便有人起来反驳："江州刺史与征南将军皆为晋臣，岂能同室操戈？下官作为江州属官，对这等言语好不羞耻！征南将军爱国之心下官敬佩，不瞒将军，我家刺史大人亦对各族侵扰痛心疾首，常怀救国救民匡扶晋室之心。国家危难之际，若荆州、江州结下盟约共讨叛逆，方是国家之幸。”

那先前说话之人显然不知道宴上竟有江州使臣，立时尴尬起来，揶揄几句，便自顾自喝酒去了。山简说道：“山某与江州刺史乃是旧友，岂会为求自保而夺其州郡？此等话语休要再提。”

那使者听闻山简之言，喜出望外，忙说道：“我家大人言荆州受叛军祸乱，还请大人早日剿灭叛军，还荆州太平。若征南将军有意，我家刺史大人愿遣兵相助，共讨杜弢。”

陶侃本就心存讨伐叛军的心思，一听此言，正中下怀。忙上前请命道：“陶某虽是白身，却也不敢置身事外。若将军征讨叛军，陶某甘为将军马前卒！”

山简愣了一下。认出说话之人是陶侃，忙笑道：“陶士行过谦了。士行讨灭张昌叛乱，抵御陈敏外敌，两度救荆州于危难，山某佩服至极。眼下荆州用人之际，还要请士行出山辅佐才好。只是那杜弢叛乱乃是王澄妄自尊大才会激起民变，不足为虑。由王澄自己去料理便是，我等守御疆土，抵御北患才是紧要之事。”

陶侃满心热忱想要助山简平定荆州，可山简话虽说得漂亮，却显然没有征讨杜弢的心思。陶侃方才听到山简哭声，还以为山简已和过去不同，此刻一想，回过神来。

山简与华轶皆是皇帝司马炽委派，而扬州司马睿和荆州王澄却是司马越的人。虽说司马越树倒猢狲散，可随着北方陷落，江南也就成了勾心斗角的战场。山简本就失了襄阳，若再与华轶斗起来，多半是被司马睿和王澄占了便宜的，故而不会去与华轶为难。可王澄就不同了。王澄官拜荆州刺史，素来与山简不合，若是剿灭了杜弢，等同帮了王澄的大忙，山简自然不会乐意。

陶侃再往远处一想。当初刘弘薨逝，司马越委派其弟司马略来了荆州。待司马略一死，又有山简和王澄接替。无论是谁，都对刘弘旧部心存疑虑。陶侃当日为母丁忧在家，山简可从来没有想过请陶侃出任什么官职。如今刘璠去了洛阳，音信全无，陶侃便没了可保之主，而山简在几方势力中焦头烂额，这才有了征用陶侃的心思，说起话来也就客气了许多。可对讨伐杜弢，却是没有什么兴趣的。

陶侃心中一凉。山简并没有什么不同，晋朝权贵们的尔虞我诈也没有什么不同，纵是国难当头，依旧各怀心思罢了。

陶侃失落地坐了下来。此番回到江夏，虽然暂且保全了性命，可瞧着山简的态度，只怕就算杜弢杀了王澄，都不会引得山简注意。眼下叛军已经在荆州闹得不亦乐乎，零陵、桂阳、武昌都被叛军染指，待杜弢吞并王澄，山简就不怕唇亡齿寒吗？

对山简的热情招揽，陶侃敷衍一阵，再也待不下去。辞谢几句，转身出了郡府。

陶侃心中烦闷，顺着街道溜达着。就听有人在身后喊了一声，回头看去，却是刚才宴席上的江州使臣。

那人深深一拜，说道："下官江州刺史府长史，久闻将军威名。征南将军竟放着将军如此栋梁不用，着实可惜。我家刺史大人一心报效天子，正缺将军这等人物。将军不嫌，可愿往江州为官？"

陶侃叹息一声，山简之流庸碌无为，绝非可保之主，要想有一番作为，还当另谋出路。虽然陶侃与华轶并无深交，可也听闻华轶乃是曹魏太尉华歆曾孙，颇有些才名。陶侃在洛阳时，天下州郡对洛阳的求援熟视无睹，唯独江州、凉州有贡品献于朝廷，这华轶至少也比山简要强上许多了。

那长史见陶侃久久没有回应，说道："将军也不必为难。征南将军避难于江夏，我家刺史遣兵驰援，现于夏口屯兵。若将军有意，可往夏口大营任职，依旧是留在荆州的。下官在刺史大人那里还是说得上话的，以将军之才，足以受领夏口大营。"

陶侃见他意诚，遂叹道："既然足下如此相邀，若陶某再不去，就是自大了。陶某愿随足下往江州一行。"

那长史大喜。趁着天色尚早，唤了舟船，便邀陶侃同行。江州与江夏不过隔条江而已，未到日落，两人便已到了刺史府。华轶听闻是陶侃，喜出望外，好生款待。当即表奏陶侃为扬武将军，领兵守备夏口。

陶侃见华轶倒不是山简那种虚华之人，心中稍宽，总算不虚此行。本就是雷厉风行之人，既然得了华轶的官职，那便即刻赴任。辞谢了华轶的挽留和款待，仅在刺史府待了两日，便急急赶赴夏口。

如今司马越已经败亡，只怕洛阳城破不远矣。北汉吞并中原之后，江南迟早要有一战。还当早早整备军务，免得敌军进犯时手忙脚乱。

陶侃当年出任江夏太守抵御陈敏叛军时，曾驻守夏口大营，此番回到驻地，算是故地重游。然而营中和江夏郡府一般，已然物是人非。也就侄儿陶臻亦被华轶征辟，依旧在营中任参军之职。

陶侃见过营中将校，训过话后回到帐中。陶臻一路跟了进来，见没了外人，跪地拜道："小侄拜见叔父。"

陶侃点了点头："我不在夏口许久，辛苦你等维持营中诸事了。"

陶臻却道："叔父说的是哪里话，本就是侄儿分内之事。只是叔父千不该万不该，怎就受了华轶官职？"

陶侃听他这样一问，甚是奇怪，说道："山简庸碌之人，又听不进我等良言，若想为国效力，自然别寻他处。我虽与华轶并无深交，可也听闻此人忠于朝廷、心存天下。若非如此，也断不会辅佐他。"

陶侃话还未说完，就被陶臻打断道："叔父只知其一不知其二。华轶虽有忧天下之志，却才能不足，哪里管得住江州上下？就说这夏口大营，看似是华轶兵马，却有多少人会听其调遣？何况安东将军司马睿接掌扬州，都督江南诸军事，对江州也能伸手管上一管。华轶却自诩是晋室之臣，几次三番驳了司马睿的差事。依侄儿所知，华轶虽曾为司马越亲信，实则早已归心于皇帝司马炽，故而对依附于司马越的司马睿不放在眼里。虽说司马越死了，可司马睿已在扬州站稳了脚跟。华轶在江州人生地不熟，故而急需四下笼络以求自固。叔父平定张昌叛乱名震荆州，如今没了恩主，华轶自然是要好生拉拢为其所用。只是华轶既与司马睿不和，又不得江州世族官属拥戴，只怕终难立足于江州。叔父不知深浅受其征辟，只怕绝非什么好事。"

陶侃在洛阳时，稍稍知道些华轶的事。虽然华轶是司马越派来江州任职，却在赴任后投效于皇帝司马炽。华轶或许是真心忠于晋室，一心想把江山社稷归拢到皇帝手中。可司马越战败之后，洛阳迟早沦陷。没了晋朝天子，华轶这份忠心怕是没有报效之处了。听陶臻这般一说，陶侃才看清华轶眼下的处境。

只是受人之托忠人之事，陶侃在荆州没有作为，转而受华轶辟命来了江州，初次相识便被拜为将军执掌兵权，自然感念华轶之恩，纵然心中生出悔意，却也不能出尔反尔。摇头叹息："天下汹汹，纷争不断。华轶久负盛名，纵然才能不足，可若重用贤才，励精图治，也能保江州太平。我等助其一臂之力，也算为天下做些事了。"

陶臻却道："叔父这般想未免自欺欺人了。这些年来，宗室之间为了权势杀得你死我活。如今洛阳危殆，华轶失了靠山，一旦与司马睿争斗起来，哪有半分胜算？到那时，叔父莫说一展抱负绝无可能，只怕阖家性命都要为华轶殉葬了。"

陶侃不由苦笑，本欲躲开权力纷争的蝇营狗苟，却终未能避身事外。原想为了天下太平，略尽绵薄之力，也好庇佑一方乡亲父老，得以扬名天下光宗耀祖。然而正如陶臻所说那样，随着司马越败亡，司马睿已经无人可以管束。听闻陶臻所言，司马睿在扬州可是风生水起，远比荆州、江州要太平些。为保江东无忧，司马睿无论如何也要想方设法把荆州、江州握在手中，以长江天堑抵御外敌，方有阻挡北汉南侵的可能。无论华轶有没有贤名，只要不服司马睿统御，自是要被剔除出去的。到了司马睿与华轶开战的那一天，陶侃又岂能置身事外？统率三军，保天下稳固，是陶侃之志。把精力耗费在内斗之中，绝非陶侃所愿。

见陶侃并未反驳，陶臻壮着胆子说道："华轶绝非可保之主，山简也是庸碌之人。为今之计，莫不如投效于司马睿，才算寻到一条建功立业的出路……"

听闻陶臻说出这样的话，陶侃不由怒不可遏，骂道："住口！"虽说陶侃此时已对华轶不抱太大希望，可要让陶侃朝秦暮楚，一边做着华轶的官，一边向司马睿暗送秋波，实在是对陶侃莫大的侮辱。何况陶侃从未见过司马睿，也不知这位宗室究竟有没有过人之处。当年成都王司马颖不也是声名远播？却是徒有其表，全无中兴天下之才。

与其贸然转投阵营，倒不如先在夏口做好分内之事。

“我陶家虽不是什么名门大户，可也素以忠义自处。你这孩子不知深浅，竟说出此等话来，置我陶家祖宗颜面于何地？”陶侃心中一怒，说话声音也大了三分，门前侍卫听着叔侄两人似乎吵了起来，忙掀了帐幕探了进来。

陶侃见有外人，且止住话语，吹胡子瞪眼生着闷气。陶臻何曾见过平日慈爱的叔父竟会这般生气，吓得一个劲儿赔不是。

陶侃忽而一想，此刻乃是在夏口大营，营中多是华轶的人。一时恼怒，骂了陶臻，也不知自己叔侄二人密谈，是否被外人听去。毕竟刚刚成为华轶的部将，对夏口军营中人事脉络并不熟悉，若被好事之人在华轶那里告了刁状，岂不被华轶猜忌？毕竟对华轶来说，陶侃还是个外人，相交并不算深，华轶自然更愿意相信其亲近之人的话。陶侃虽然尚无背弃华轶之心，可瓜田李下如何说得清楚？这般下去，还如何在江州自处？冷静下来，不由对刚才的失态懊悔不迭。

无论今后究竟走向何方，此时都需表明立场。陶侃叹了口气，说道：“本将已在夏口大营赴任，陶参军且回江州刺史府一遭，代本将向刺史大人述职。也不急于回来夏口，便先在刺史府供职。刺史大人但有吩咐，即刻传书夏口，免得他人办事拖沓，误了刺史大人的差事。”

陶臻一阵错愕，先前就曾被叔父派往荆州刺史府刘弘那里充为人质。好在刘弘为人大度，非但没有滞留陶臻，反倒给了个参军军职送回夏口。如今叔父要把自己赶回江州府，名为述职，实则又要充当一回人质。这让陶臻好不失落。

在陶臻心中，叔父绝非食古不化之人。天下纷乱如此，那些以忠义自居的宗室贵胄、世族豪门，哪个不是只顾着自家利益？又有几人真为了天下南征北战？难道我寒门出身的士子，就活该命贱，没有资格为自家的前途考虑一二，只能埋下头去，为那些高高在上的权贵们当牛做马持鞭坠镫？其实陶臻早已在夏口大营谋算了很久，欲向扬州投诚。恰有叔父来此坐镇，本以为此事必能得他应允，却被他如此严拒。如今陶臻所谋已经泄露，迟早要被华轶知道。即便华轶有意借重叔父，不敢拿陶臻如何，可此去江州想必也要举步维艰，处处受人监视，稍有不慎便有杀身之祸了。

陶臻面如土灰，有心向陶侃再劝上几句，可陶侃却摆了摆手：“臻儿宽心，有我在夏口一日，必保江州门户稳固，且将此言告于刺史大人，叫他不必为此忧心。”

陶臻知道，陶侃此言意在让华轶善待自己，免得在刺史府受人冷眼。对叔父的善意，陶臻依旧是一百个不愿意。撇了撇嘴，向陶侃拜了一拜，转身离了大帐。

陶臻草草收拾好行囊，满心不豫，离开了夏口。远远回望渐渐瞧不真切的大营，陶臻一阵埋怨。叔父想保全忠义之名固然没有什么可指责的，然而在这乱世之中，忠义之人往往难以长久。不是被人利用，便是替人背上黑锅。到头来，也就换取几声叹息。刘弘倒是忠义，可薨逝之后，不过追封个虚爵，得了个谥号而已。其子刘璠亦有功于社稷，竟连个荆州刺史都落不到头上。陶家本就是寒门出身，举目四望，无依无靠。当初靠着刘弘，叔父显名于荆州，陶家这才有了起色，陶臻也能得个参军之职。如今刘弘这个靠山没了，而华轶夹在荆州、扬州之间自身难保，陶家唯有别寻明主方有出路。

陶臻振了振精神。平日都是叔父替我等做主，今日便由我陶臻替叔父做一回主！也不往江州府赶路，调转车头，直奔扬州建业而去。

第二十章　洛阳陷落，建业兴起

看着扬州送来的崭新轺车、精美鼓乐礼器，陶侃心中左右为难。

陶臻离开夏口之后，转身便去了建业。擅作主张，代陶侃向安东将军司马睿表了忠心。司马睿本就有意西进江州，若能有陶侃相助，自然事半功倍。故而对陶侃甚是看重，加拜为奋威将军，仍驻守夏口。还送来轺车、鼓乐，以示对陶侃的敬重。司马睿特意送的礼物，不过是一种荣誉罢了，陶侃对此并不是非常在意。只是那使者所说的话语，着实让陶侃心中起了涟漪。

听闻司马睿刚刚来到扬州时，也异常艰辛。虽然是受位高权重的司马越指派，可扬州世族豪门早已对宗室权贵心灰意懒。扬州三次叛乱，都是凭着顾荣、周玘这些江南士人自发起事，平定叛乱。司马越没有费上分毫心思，便坐享其成，岂能得江南世族归服？尤其顾荣、周玘奉命北上任职，眼见山河破碎，振奋国威全无希望后，转身回了扬州，还险些被司马越追兵缉捕，愈发引得江南士人对司马越排斥。因此，受司马越委派来扬州任职的司马睿，也被江南士人抵触，以至于司马睿的将军府空空荡荡，就连府衙小吏都没有多少。司马睿年岁不大，受此冷遇颇为失意，又想想北方的战乱，愈发伤感，整日借酒浇愁，不理政事。好在司马睿从谏如流，被王导劝诫一番，就此戒了酒。

王导又为司马睿谋划，首要之事在于安抚人心，故而精心筹备一场祭祀。司马睿身着礼服，端坐肩舆，神情肃穆。王导、王敦一干官属乘马陪侍，举止端庄。将军府的队伍浩浩荡荡行走于建业街市，全无颠沛流离的失落和无助，反而满是意气风发的朝气，引得世族百姓争相围观。天下动荡之中，司马睿的一场祭祀，让人们看到了太平盛世的希望。

顾荣、周玘虽对北方世族权贵不满，可也乐见扬州能有个真正保土护民之主，故而撇下心中的成见，甘心往将军府效命。司马睿遂以顾荣为军司，加散骑常侍，凡军府政事，皆与其谋划；周玘亦拜为仓曹掾，在将军府任职。这两人肯出山辅佐司马睿，立刻引得江东世族豪强诚心归附。甘卓为扬威将军、历阳内史，周访为参军。王导又劝诫司马睿无视南北，皆要一视同仁，不可厚此薄彼，故而很得扬州拥戴。

听闻顾荣、周玘皆为司马睿效力，就连亲家周访也去了安东将军府，陶侃不由对司马睿多了几分期许。其实，在刚刚来到夏口大营，听了侄儿陶臻一番话语之后，陶侃便已对华轶失去了信心。只是华轶待陶侃不薄，若刚刚投到华轶麾下，便转投于建业，对陶侃来说，还真是抛不下那脸面。

如今陶臻已经替陶侃拿了主意，无论是否愿意，都已进退两难。当日与陶臻的密谈，想必也已传入华轶耳中，只怕在华轶看来，陶臻去了建业，多是受了陶侃指使，无论如何也不可能再信任陶侃了。

陶侃在这种煎熬中过了数日，终是在愧疚中作了书信一封，送去江州府，就此与华轶绝交，算是有始有终。夏口大营兵马，本就对华轶并不如何听从，先前已在陶臻谋划下，有意归顺建业，故而除了些华轶的亲信弃营而去，其他大部人马倒也本分。

陶侃抛去心中的杂念，把心思仔细放在夏口大营防务当中。整日忙着训练兵马，安排军备，随时准备应对北方的巨变，这才稍稍安抚了些心中的愧疚。枕戈待旦中，大晋亡国的消息终于传到了江夏。

石勒大破司马越部众后，皇帝司马炽自知洛阳危在旦夕，遂拜幽州刺史王浚为大司马、侍中、大都督，督幽、冀两州诸军事；拜凉州刺史张轨为车骑将军；拜琅琊王司马睿为镇东大将军，都督扬、江、湘、交、广五州诸军事。

皇帝如此大肆封赏，无非奢望能有一人派出兵马救援洛阳，却皆是石沉大海了无回应。

苟晞见司马越一死，恩怨一笔勾销，倒也有救主之心，派兵五百、船数十艘、粮千斛，欲迎皇帝迁都于仓垣。皇帝有心从之，怎奈朝臣贪恋财物，不肯出行。直到苟晞所献粮草殆尽，朝臣饥困之中，只得随皇帝迁都。

说来也是可悲！堂堂大晋天子，出了皇宫，竟在洛阳城中被匪盗所袭，慌乱中再次退还宫内。

皇帝迁都不得，而汉主刘聪的大军却是兵临城下了。以其大将军呼延晏为前锋，领兵两万七千众，杀奔洛阳。沿途倒也有不少晋朝兵马、百姓自发迎击，可朝廷精锐尚不能阻挡汉军，何况这些临时拼凑起来的乌合之众？皆被呼延晏击溃，死者三万余众。

呼延晏见洛阳城竟然没有多少兵马护卫，喜出望外。纵兵攻城，几乎没有什么阻碍，便杀进洛阳。焚烧东阳门及诸府台，见后续兵马迟迟未到，心中忐忑，唯恐这是晋人阴谋，随即将城中劫掠一番退出城去。

皇帝虚惊一场，趁着城中盗贼被汉军击散，再次出宫外逃，怎奈舟船已被呼延晏焚毁，顿足捶胸转回宫中。数日之后，王弥、刘曜、石勒兵马先后与呼延晏会师于洛阳。再次杀进城中，冲入皇宫，尽取珍宝图书，掳掠宫人。皇帝逃无可逃，落入汉军之手。

听闻刘曜因洛阳被呼延晏最先攻破，心中不大高兴。而王弥劝谏刘曜保全宫室城池，迎汉主迁都洛阳，也被刘曜拒绝。称天下未定，洛阳四面受敌，无险可守，绝非国都上上之选。遂大肆屠杀宗室、百官，士民死者三万余人。挖掘皇陵，捣毁宗庙，将前惠帝司马衷的皇后羊氏据为己有。最终把洛阳一把火烧个干净，将皇帝司马炽及其国玺一并送回平阳。

好在汉主刘聪早年在洛阳为官时，与司马炽交厚，又需借善待司马炽之名来统御江山，遂封司马炽为平阿公，官拜光禄大夫。只是大晋朝却是就此亡国了。而王弥虽然投效北汉，却是汉人，恼怒刘曜不纳其言，焚毁洛阳，引兵东回项关。

随着洛阳陷落，荀晞率其官属，奉司马炽之子司马端为太子，于仓垣置行台；洛阳逃亡朝臣则拥立秦王司马业为太子，于许昌设立行台；王浚也未落下，寻来年幼宗室册立为太子，于蓟城设立行台。皆以自己的小朝廷为正统，封赏州郡刺史，四处拉拢人心，欲在国破之后号令天下。

陶侃虽有爱国之心，却不是那种愚忠之人。虽然出仕于晋朝，可这些年来久受排挤和压制，也就在刘弘赏识下，才算有了些建树。故而对宗室权贵、世族豪门把控的大晋朝廷，并没有多少情义。然而听闻洛阳陷落、大晋亡国的消息后，陶侃还是心中一痛。尤其黎民百姓深受屠戮，身为华夏男儿却只能眼睁睁隔江观望，如何不义愤填膺？虽说北方陆续有人拥立宗室为太子，看似想要延续晋室国祚，可明眼人一瞧，那些年幼的太子如何中兴大晋？不过是野心勃勃之人逐鹿中原的工具罢了。

陶侃暂停练兵一日，权作对亡国之恨的祭祷。忽有侍卫来报，一队兵马自东而来，已到江夏地界。约有千数之众，观其服色，似是扬州兵马。

陶侃不知司马睿派何人来了江夏，也不知其心意如何，传令全营戒备。来到营前，远远观瞧。待那队兵马近了，陶侃喜出望外，却是亲家公周访来了。

陶侃与周访感情至深，当年陶侃受刘弘征辟来了荆州后，一直忙于军政要务，后又受司马越征辟去了北方，竟再没有机会回去过庐江。这些年来，家中妻儿多受周访照料。两人一别数年，总算在今日相见，陶侃如何不喜？忙大开营门，将周访迎了进来。

两人相扶回到大帐，各自坐下。谈起这些年来的际遇，陶侃在荆州四处平叛，周访也在扬州响应周玘讨伐石冰、陈敏，几经生死，嗟叹不已。又说起晋室亡国，又是一番感叹。

陶侃因周访的造访甚是惊喜，早早安排了庖人准备饭食，却见周访不经意间总是有些愁绪流露出来，遂问道：“士达今日来此，愚兄甚是欢喜。只是听闻士达在安东将军府任职，不知有何公干来了江夏？你我既是兄弟，若有什么为难之事，但说无妨。只要愚兄做得到，必然会助士达一臂之力。”

周访叹了一声：“小弟受安东将军表奏，拜为扬烈将军，奉命领军屯驻彭泽，恰巧路过兄长防区，故而前来拜谒。”

陶侃心中不由生疑。彭泽在南，夏口在北，周访不管如何顺路，也不可能南辕北辙。今日来此，只怕别有用意。想想兄弟一别数年，虽说感情深厚，却也有了些隔阂，不免不大高兴，却不露声色笑道：“士达素有领军之才，今日官拜将军，必能一展雄才。”

周访见陶侃话语有些生分，知道自己言语显然有些纰漏，忙解释道：“兄长勿怪。小弟本来确实是要去彭泽的，只是心有不忍，这才来了夏口，想与兄长小聚一番。非是小弟刻意隐瞒，不过是奉军命而已。”

陶侃见周访这般说辞，也就不再怪他：“身为军人，自当遵从将令，士达不必挂怀。”

周访却道：“其实兄长也能猜得出来，小弟来江州究竟意欲何为。”

陶侃刚才只顾着和周访相聚而高兴，这时听周访这般说，才深思起来。彭泽在江州腹心，若是没有什么意外，只怕周访多半是针对江州刺史华轶而来。想想也是，洛阳已经陷落，皇帝司马炽落入汉主刘渊之手。晋朝亡国，司马睿统御扬州，再也无人可以管束。无论是为自身安危着想，还是为了天下大计考虑，都需尽快掌控江南。华轶素来不服司马睿辖制，即便洛阳陷落，华轶仍称没有朝廷诏书，绝不尊奉司马睿将令。司马睿征华轶入其将军府任长史，依旧被华轶拒绝。华轶已成司马睿的绊脚石，既然不服软，自然要动刀兵了。

陶侃悄声问道：“安东将军是对华轶起了杀心？”

周访点了点头：“华轶为人正派，素有匡扶天下之志。小弟虽受安东将军将令，可也素来敬服华轶这等人物，故而不忍加害于他。

欲转屯于寻阳，避他一避。但愿华轶能幡然醒悟，向安东将军俯首称臣，合力共御强虏。国破家亡，实在经不起内斗了！”

陶侃心中默然，华轶虽是江州刺史，却难管束州郡，兵马也未尽皆听从调遣。司马睿先前客客气气，不过是有朝廷在上，故而不想担个侵扰同僚的坏名声罢了。如今晋朝已亡，若司马睿真动起手来，华轶必败无疑。

陶侃正这样想着，就见周访迟疑许久，说道：“小弟知道华轶对兄长有些恩遇，只是于公于私，华轶都不该与安东将军为敌。故而小弟也想劝兄长一劝，一旦两军交锋，兄长能避身事外最好，若真到了刀兵相见的时候，切莫心慈手软。遍观江南州郡，荆州、湘州纷乱不堪，江州疲弱无力，广州、交州蛮荒之地，不说也罢，唯独扬州休养数年最为富足。无论将来如何，安东将军是最有实力保护江南的。兄长切不可妇人之仁，错保他人！”

陶侃这才明白周访此来意在何处。若司马睿真和华轶动了手，周访怕陶侃因为华轶的恩遇而保护江州，故而不惜绕道来了夏口，劝自己与华轶划清界限。其实陶侃早已作书与华轶绝交，周访还是怕陶侃在紧要关头变了主意。对周访的好意，陶侃心存感念。忽而一想，只怕周访来此，难保不是司马睿的意思，毕竟夏口大营对江州举足轻重。

陶侃叹了一声：“华轶虽有恩于我，可毕竟国事为重。真到了那一日，愚兄也绝不敢以私废公。”

周访见陶侃明白了自己心意，松了口气。也便不再提此烦恼之事，只聊家中那些细碎琐事。当夜抵足而眠，畅谈一宿。待到天亮，两人依依惜别，周访领军往寻阳去了。

送走了周访，陶侃专心于夏口军务。若司马睿真要征讨华轶，陶侃也想随军南征，如能生擒华轶献于建业，好生劝慰，或许能保他性命，也算报了知遇之恩。谁知过了月余，久无建业调拨兵马的军令，却等来了周访的书信。

周访屯驻寻阳之后，依旧没能震慑华轶向建业屈服。司马睿终于没了耐心，以扬州刺史王敦为帅，领甘卓、周访共讨江州。华轶遣其部将陈雄屯驻彭泽，自己亲领水军作为后援，抵御王敦、甘卓。又分兵其部将冯逸，领军屯驻柴桑，抵挡周访。

冯逸收买周访部将，幸而被周访发觉，将计就计，引冯逸袭营，反被周访击败。华轶又遣新征壮丁万人驰援冯逸，与周访大战于湓口。虽说周访不过一千两百余人马，可周访素有领兵之才，远胜华轶临时拼凑的乌合之众，再次大破江州兵马。而王敦、甘卓亦击溃彭泽陈雄驻军，华轶接连战败，退守安城。

江州官属见华轶难以抵挡扬州兵马，本就对华轶不服，此时愈发人心浮动。前江州刺史卫展与华轶部将周广暗自沟通，放火烧城，追捕华轶及其五子，送于周访营中。周访遂将华轶连同其子尽皆诛杀，首级送于建业。司马睿终于如愿以偿，尽收江州州郡。

华轶战败而死，让陶侃心中一痛。这样的结局其实早已注定。自华轶效忠皇帝司马炽，抗拒司马睿将令那日起，就已经无法挽回。虽说陶侃打心底里希望华轶能有个更好的结局，可也知道不过是自己一厢情愿罢了。对周访斩杀华轶父子六人，陶侃没有什么好迁怒的。周访与自己不同，并未受过华轶恩遇，算不得弑主求荣。纵然敬重华轶品性，可周访作为司马睿的臣属，自然要为司马睿着想。华轶声名远播，一旦逃得性命，被其旧部拥戴，只怕江州战火久拖不决。江南不稳，又如何抵挡北方之敌?

想想华轶这个愚忠之人，在浮华糜烂的晋朝世族权贵中，还真是一个另类。或许华轶也知道以江州之力抗拒司马睿不过是螳臂当车罢了，也知道必败无疑。却丝毫没有舍弃这份愚忠而向司马睿屈服，大概就是要用这份愚忠来血祭亡国的大晋吧。

华轶之死，让陶侃心中悄然发生了点小小的变化。陶侃少年求学，欲在晋朝盛世之中博取功名封妻荫子，怎奈宗室世族掌权，竟无寒门士子出头之日。浑浑噩噩半生，在天下动荡之中，总算闯出一番威名。然而晋朝亡国，让陶侃在对晋室的失望中，只想保护乡土，抵御强敌，维护一方太平，也便对得起自己的才学了。华轶之死，却让陶侃醒悟过来。无论是北汉刘聪、益州李雄，还是亡晋遗老遗少、州郡大吏，只要这种四分五裂不能结束，那巧取豪夺、吞并州郡就永没有终点。烽火连天、兵戈不断，又如何守得了乡土，护得了父老？只怕想要保全宗族老小都是奢望了。

司马睿已经收取江州，荆州、湘州自然不会放过，待江南一统，足以与北汉隔江抗拒。想必司马睿和他的谋主王导也是这般想的吧。

陶侃不由对司马睿和王导这对君臣，满心期待起来。有了江南半壁江山，晋朝就算不得亡国！陶侃一扫心中的颓废和伤感，生出豪情壮志。要以满腹才学，辅佐这个刚刚起步的朝廷一统江南。待到那时，陶侃誓要挥师北上，收复故土，为枉死的百姓讨个说法。让人知道，泱泱中华，岂曰无人？绝不容荼毒江山！

华铁之死，让陶侃满腔热忱欲为国效力，待冷静下来，却又一阵怅然！司马睿征讨华铁这样大的事，陶侃身在江州，除了周访透露出的点点消息，竟无建业一封军令。显然司马睿并无调动陶侃兵马讨伐华铁的念头。这究竟是好心让陶侃避身事外，免得左右为难，还是对陶侃的不信任？

陶侃陷入深深的沉思之中。

第二十一章　巧计严惩宗室

琅琊王司马睿讨灭华轶，吞并江州。湘州震惧，早早归顺。司马睿欣喜之中，对有功将帅尽皆封拜。以甘卓为豫章太守，以周访为寻阳太守。对按兵不动没有驰援华轶的陶侃也很是满意，拜为武昌太守。主帅王敦本就是司马睿谋主王导的族兄，自然封赐最厚，拜为左将军，假节，都督征讨诸军事。而王导也被司马睿加拜为振威将军，领军师祭酒如故。

陶侃见司马睿似乎对身为华轶旧部的自己，并没有生出什么排斥之心，又拜为郡守掌控实权，心中稍安。不再为华轶之死郁郁寡欢，转而意气风发，用心治理武昌。

武昌隶属荆州，司马睿这般封拜陶侃，足见已有意对荆州下手。如此一来，势必侵犯了山简和王澄的权势。然而山简对洛阳的陷落哀伤过后，依旧不理军政，听闻近来又染了重病，故对陶侃出任武昌太守不理不睬。而荆州刺史王澄，对愈演愈烈的杜弢叛军也毫无办法，只顾饮酒作乐，就更不会对陶侃的任命有什么排斥了。

陶侃心知武昌必是司马睿西进荆州的前站，故而励精图治，为西征早早做好准备。刘弘为荆州刺史时，陶侃曾在武昌大败扬州陈敏叛军，对此城还是非常熟悉的。可待到了武昌，局势已与当年大为不同。

武昌境内有西阳县，地处江淮平原当中，是武昌最为富庶的地方，此时已被封赐给宗室司马羕作为采邑。陶侃对那些宗室权贵很是反感。朝廷败乱至此，除了世族荒怠军政，更重要的是宗室治国毫无章法，争夺权势倒是把好手。陶侃有心不理那西阳王司马羕，可其封国毕竟在武昌境内。而陶侃刚刚来武昌赴任，若与这些地方上的实力人物闹僵了，也对治理武昌大为不利。故而陶侃还是压制着心中的鄙夷，打算去会一会这司马羕。

陶侃拜访王府前，也使人探了探这司马羕的底细，竟是宣皇帝司马懿直系孙辈，当年武帝的辅政重臣司马亮之子。陶侃这才明白司马羕如何能占住西阳县这块宝地。司马羕在宗室中地位颇高，而掌控江东的琅琊王司马睿却只是个宗室旁支，自然需要厚待司马羕，支持他在江东的霸主地位。

陶侃既然受司马睿官职镇守武昌，自然不好怠慢了这位大爷。何况陶侃虽是郡守，却是新近投奔司马睿麾下，难保这西阳王不是受司马睿之命，在武昌盯着自己的。陶侃不敢马虎，仔细选了些锦缎备为礼物，亲往西阳王府拜谒。

陶侃恭恭敬敬递上名刺，只等司马羕召见。才过一会儿，便见府门大开。有一个二十来岁的风华少年，迎出府外。高冠玉带，器宇不凡，面容柔美，身材细长，一瞧便知出自豪门富家。

陶侃只当是西阳王世子出门迎候，忙探上前去，躬身拜道：“下官陶侃拜谒西阳王，怎敢劳烦世子亲迎！”

此话一出，便听府中侍卫一阵嬉笑。那年轻人喝了一声：“都给本王消停些！陶郡守乃是贵客，尔等怎能这般没了规矩？”

转对陶侃拜道：“小王正是司马羕。早就听闻陶士行两定荆州，力破张昌、陈恢那等叛逆，小王对陶士行的威名可是如雷贯耳。今日一见，果然虎虎生威，不愧是我大晋栋梁！”

陶侃大吃一惊，眼前这个年纪轻轻的少年居然就是司马羕？不由为刚才的失言懊悔不已，赶忙谢罪道：“下官有眼不识泰山，竟未认出王爷，罪过！罪过！下官虽得琅琊王赏识，拜为郡守，却不过一俗吏，怎敢劳烦王爷亲迎？下官当真受宠若惊！”

司马羕不以为意，乐呵呵上前，一把拉住陶侃手臂：“陶士行未免太过谦逊了。谁人不知，荆州能有十数年太平，不都是陶士行之功？纵是刘弘，不也是靠着陶士行，才能安抚州郡？小王对陶士行可是佩服得紧！只是一直苦无相见之日。今日总算见到本尊，真是足慰平生。”说罢，拉着陶侃便往府中进去。陶侃推辞不得，只好客随主便。

两人来了正堂，主客各自坐定。早有仆从奉上香茗，佐茶的糕点也颇为考究。陶侃暗中观瞧，便见一座厅堂装点得分外奢华，雕梁画栋自不必说，满眼望去，随处可见黄铜装饰，就连堂中幕布也是锦帛所做。虽是夏日，可正中一座龙鸟铜炉，依旧焚着檀香，熏得堂中香气扑鼻，却又不觉得燥热，就见堂中角落，果有寒冰蒲扇消暑。

陶侃早已见惯了宗室贵戚和世族豪门的奢靡，对此也是见怪不怪。可如今国破家亡，司马羕身为宗室魁首，不知节俭救国，依旧过着如此奢华的生活，陶侃心中多少还是有些不快。

就听司马羕寒暄几句，愤愤说道：“当年荆州在刘弘与陶士行治下，何等繁荣昌盛。这才过去几年，便已乱成这般模样？可笑那山涛位列竹林七贤，也算对国家有些建树，其子山简却是无能至极。再说那王澄，名大才疏，和他兄长王衍一般，都是酒囊饭袋！我大晋朝就是让这些个无能之辈祸害到这般田地！琅琊王还是仁慈了些，对山简、王澄留了些情面。依我之见，就该把这些个尸位素餐的狗奴才全都下狱查办，也好腾出位置来，交由陶士行这等国士治理，方是国家之幸。”

陶侃听司马羕怒斥山简、王澄，又对刘弘和自己很是推崇，心中不由生出些得遇知己的好感，忙拜谢道：“王爷虽然年岁不高，却有如此胸襟远见，下官敬服。下官虽然才疏学浅，可得琅琊王抬爱，必当竭尽所能，为国效力。下官也在此给王爷打个保票，不出半年，必让武昌恢复太平。若下官信口开河，王爷便是把下官绑去建业，也绝无怨言！”

司马兼哈哈一笑："陶士行说玩笑话了，本王自然信得过陶士行。"说完叹了一声："只可惜武昌这些年来也乱得够呛。两山土人本就不服管束，见官府颓废，愈发放纵。过去也就在山里劫道，如今胆大妄为，竟然光天化日拦江抢劫过往船只。本王只恨无兵可用，不能将这些贼寇斩尽杀绝。既然陶士行来了武昌，此事还要多多上心才是。"

陶侃刚刚赴任，对武昌的局势还不大清楚，此时听司马兼这般一说，方知武昌竟有匪盗为患，正色说道："下官多谢王爷提点。既然两山土人狂妄放纵，下官自会让他们老实本分起来。"

两人聊得投机，不觉已到了饭点。陶侃推辞不得，便在王府陪司马兼用了午膳。虽说饭菜的精致让陶侃有些不大高兴，可司马兼心系国事，远比那些只知奢靡玩乐的宗室强了百倍，陶侃还是满心欢喜。受不住司马兼苦劝，多饮了几盏，待到下午，这才在司马兼陪送下，出了王府，登车回到治所。

陶侃虽有些微醺，可一路上一直在想着匪盗之事。进了郡府，下了车马，正想着如何平定匪患，就听府中长史过来说道："大人，有二位壮士，说是大人故交，已在府上久候多时了。"

陶侃问道："可知是谁？"

"只说是安陆朱伺、荆州郑攀。"

陶侃大喜。二人都是刘弘属官，陶侃驻守武昌时，得二人辅佐，共破陈恢保荆州稳固。此时来找陶侃，想必多是来投奔自己的。

陶侃忙整了整衣衫，去了堂中。果然见到朱伺、郑攀正坐在那里闲聊。见陶侃回来，忙过来拜见："朱伺、郑攀拜见郡守大人。"

陶侃笑道："二位老弟，想煞我也！"

朱伺、郑攀心中一暖："我二人何尝不想郡守大人。"

陶侃摆了摆手："莫叫什么郡守大人，太生分了。自陶某离开荆州已有数载，二位在刺史府可还顺心？今日过府，可是来叙旧的？"

朱伺面有难色，郑攀却抱怨道："别提了。自老刺史薨逝，郡守大人又守孝归家，不久便去了洛阳，我等就成了刺史府的闲人。山简、王澄先后来了荆州，都是豪门显贵背景，只喜欢结交风流雅士、世族大姓。我二人出身寒微，哪入得了他二人法眼？留在刺史府整日受着一肚子窝囊气。听闻郡守大人来了武昌，索性辞了那鸟官，来郡守大人这里讨口饭吃！”

陶侃不由一阵感叹。朱伺、郑攀可谓良将，当年武昌一战，着实助陶侃良多。山简、王澄放着朱伺、郑攀不用，却都用些无能之辈，荆州焉能不乱？

陶侃关切地问道：“难道当年老刺史的官属都被山简、王澄废黜了？”

朱伺答道：“也不尽然。应詹乃是老刺史的孙辈，王澄好歹要留些情面，转拜为南平太守。而郭舒虽然也出自寒门，却曾是刺史府治中，王澄转拜为别驾，代其处置政事。二人倒也颇受王澄礼遇。”

陶侃刚刚南渡回到江夏时，就曾听闻应詹平定蜀人流民叛乱之事，只是尚不知郭舒也还在王澄麾下效力。应詹、郭舒虽说出身不同，却都是享誉士林的文士，王澄自然欣赏。至于朱伺、郑攀本就出身不高，又都是些只知战场厮杀的勇将，在王澄眼里，想必都是些匹夫粗汉，自然不会礼遇了。

听二人这些年过得很不如意，陶侃感同身受，宽慰道：“应詹、郭舒能在荆州继续为国效力，好歹能为百姓做些实事，总算告慰老刺史在天之灵。既然二位投奔于我，陶某也不薄待。陶某初来武昌，正是用人之际，能得二位辅佐，必能恢复武昌生机。且先委屈二人暂为督护，待建功勋，也好向建业为二位请功。”

朱伺、郑攀闻言，现出欣喜色彩。陶侃素来务实，留在郡府哪怕做个小吏，只要能有功绩，何愁没有出头之日？双双拜谢。

陶侃正谋划剿灭匪患之事，正好有了朱伺、郑攀相助，不由生出一条计谋。

数日之后，一队商船浩浩荡荡出现在武昌水域。一瞧船舷吃水深浅，必然满载货物。如今天下不大太平，已经少有这样规模的船队路经武昌了。船上虽有不少护卫，可看那松散的模样，不过是些乌合之众罢了。

船队到了武昌渡口休整了一夜，补充些大米果蔬、日用杂物，第二日便继续向下游行去。偏偏出了武昌二十余里，一艘大船不熟水路，在江边搁浅下来。船队一时慌了手脚，无论用大船牵引，还是雇了本地青壮拉纤，都不能拉出浅滩。货主无奈中，只得将船上货物先运到岸上，待船吃水浅些，才好把船拖出去。

也该是那货主倒霉，货才卸了一半，便发现船是撞上了暗礁，难怪如何拖拽都拉不出来。就见汩汩江水顺着破损之处直往船舱里面灌，货主疯了似的让人把货全都卸到岸边。如此一来，又要寻人来修船，只怕十天半月也走不了了。

成捆的蜀锦、华美的皮货，乱糟糟堆满了岸边，早就引得土人江匪心痒难耐。这样大一笔买卖，一股匪盗哪里吃得下？武昌境内的匪盗，闻讯之后，拉帮结伙纷纷赶了过来。

入夜之后，江匪铺天盖地杀到江边，那些守夜的护卫，见势不妙，惊得如鸟兽散。不少商船听到岸上动静，解了缆绳便想逃到江里，早被江中的匪船劫了回来。

江匪兴高采烈争抢财货，待到近前，却发觉蜀锦、皮货竟只有表面一层而已，中间填满了杂草。恼羞成怒，还以为是哪路头领黑吃黑，调换了财货。正吵得不可开交，就见黑暗中不知何时聚来了数千官兵。

江匪这才知道中了埋伏，见官兵势大，各寨头领引了本部匪众便要逃去，可官兵早已围得密不透风。死伤数百匪人后，除了些水性好的凫水逃去，千余江匪多为官兵所擒。

陶侃设计围捕江匪，一时郡界大震。陶侃念这些匪人多是官逼民反，为求活命不得已落草为寇，除了首恶之人下了大狱，其余人等细加盘问，登记造册，严词训斥一番后，也便放了他们一条生路，赠些盘缠，遣归故乡。

据陶侃审讯所知，两山土人之所以铤而走险，除了劫掠收益甚大，也在于武昌纷乱，市井萧条。两山土人的山货不能换回盐巴、大米、生活琐碎，只能抢掠为生。陶侃明白这一点，遂于郡东开了市，官府出面收购土人货物，不但让土人再次得了生活所需诸物，再也不用去干杀人越货的勾当，又让郡府大收其利，日渐富足。

数月过后，武昌渐渐太平无事。陶侃正谋划与朱伺、郑攀收留流民，充为府兵，也好为武力平定荆州提早准备。却有人入府报案，称自家船队在武昌被人劫掠，血本无归。

陶侃甚是奇怪，江匪明明已经肃清，何时又有了匪患？莫不是那些放归的匪兵再次为祸？早知如此，便不该心慈手软了。遂命朱伺、郑攀四处查访，却与那些得以活命的匪兵无关。

据朱伺、郑攀所探，有个名唤陈声的市井无赖，手下聚有两千余匪人，乃是武昌黑道上的头把交椅。偏偏陶侃设计围捕江匪的那日，陈声没有现身，这才成了漏网之鱼。自众匪帮遭受重创，陈声消停了许久，近日却又再次活跃起来。

陶侃岂容那陈声逍遥法外，使朱伺、郑攀必要追捕归案。可说来也怪，每次朱伺、郑攀好不容易寻到些蛛丝马迹，正要出兵围剿，陈声便好似得了消息一般，逃得无影无踪。接连几次之后，匪人没抓回几个，商队倒是又被劫掠不少。

陶侃怒火中烧，细细一想，必是府中出了奸细，否则陈声岂能未卜先知？只怕那日围捕江匪，陈声就是得了消息，这才没来凑热闹。

陶侃不动声色，假作知难而退不再过问此事，实则暗中只与朱伺、郑攀私下商讨，选了些心腹之人，密谋抓捕陈声之事。

待到大年三十，朱伺一举端了陈声一个窝点，都未押回郡府，就地连夜审讯，逼得那窝点匪首带了朱伺杀奔陈声贼穴。

大年初一，陈声正与寨中头领饮宴。入冬以来，陈声数次得手，所获颇丰，寨中都是喜气洋洋。哪曾想到，大过年的，竟被官兵堵到门口。陈声虽有两千人马，可面对杀气腾腾的官兵，惊慌中派了弟弟出寨归降。

朱伺假意收了陈声所献财货，允准陈声遣散部众。可瞧着营中匪盗，只是在借机逃走罢了。

朱伺不动声色，仿若贪图陈声贿赂一般，任由匪盗逃出寨去。待走得远了，朱伺这才勒令兵马急速追杀。匪徒没了营寨坚守，忽受官兵突袭，立刻吃了大亏。可这些亡命之徒，见官兵出尔反尔，反倒激出了血性，在陈声统领下，猛攻朱伺。

此番围捕匪盗，为防走漏消息，朱伺不过领了数百可靠的士兵，面对杀红了眼的匪盗，一时节节败退。朱伺连杀数十贼人，也震慑不住匪盗，只得暂且退兵。

陈声也不追赶，东进攻破董城。本想在城中休整一夜，便逃入山林之中，谁知朱伺很快传讯于陶侃，带了郑攀引着兵马驰援而来。天亮之后，陈声已被围困城中。

陈声不过市井无赖出身，打家劫舍是行家里手，可真正与官兵对阵，哪里有那本事？眼见董城周围竖起高楼，城中布局一目了然。陈声走到哪里，箭雨就追到哪里，惊得匪兵不敢冒头。水源又被朱伺截断，仅仅数日，匪兵便已大溃，共杀陈声，出城乞降。

陶侃除掉武昌匪首，心情大好，正想为朱伺、郑攀庆功，就见朱伺铁着脸走了进来，说道："郡守大人，请屏退左右。"

陶侃见朱伺这般脸色，多是有什么要紧事，除了郑攀，其余人等全都支了出去。就听朱伺小声说道："那匪首中有人自称与西阳王府相熟，求郡守大人网开一面。"

陶侃迟疑道："莫不是为求脱困，诈称官亲？"

朱伺却道："我看不像。那人说王府中人是陈声座上客，每次截获，都会有王府中人来寨上，拉走大半财物。那些官人与陈声称兄道弟，时常走动。昨日寨中饮宴，就有二十多王府官人赴宴。陈声自己也常说他有大背景，不惧官府缉捕。"

陶侃不由怒火中烧："将那匪首带进来。"

一会儿工夫，朱伺绑了人进来，慌慌张张跪倒在地："小人拜见郡守大人。"

陶侃冷冷问道："本官问你，你所言西阳王府之事可属实情？污蔑宗室可是要诛灭三族的！"

那人吓得一个激灵，犹豫中也不知到底该不该说，就听朱伺在旁说道："若你所说属实，郡守大人自会为你做主，放你一条生路。可若知情不报，被我查了出来，且先治你个包庇奸佞预谋造反之罪！"

那人也不知究竟哪个罪重一些，可既然有条活路，还是愿意好好活着的，忙说："小的敢打保票，陈声确实送了不少财货给王府。有时寨中出去劫掠，还有府中官人在旁监护。”

陶侃当真出离愤怒了。司马羕口口声声心系社稷，可背地里却和江匪暗通款曲。只怕幕后的庄家都是司马羕本人，陈声不过是他的鹰犬而已。陶侃拜访王府时，司马羕故意迁怒江匪扰乱武昌，不过是借陶侃之手替他除掉竞争对手罢了。想当年首富石崇在荆州为刺史时，干的就是劫匪勾当，赚得盆满钵满。如今司马羕依葫芦画瓢，倒是学得像模像样。难怪那夜围捕，几乎将武昌江匪捕获一空，偏偏就走脱了陈声。难怪每次出兵，陈声都能早早得了消息逃之夭夭。司马羕在武昌财大势大，郡府中自然有他眼线，这些人从旁通风报信，若非陶侃察觉有异，使朱伺隐秘行事，只怕陈声至今都还不能伏法。

然而陈声已死，这匪首也不过知道个大概，若是贸然行事，只怕要被司马羕反咬一口了。陶侃权衡左右，问道：“你可指认得出那些王府中人？”

那匪首急于立功，连连点头：“自然认得出。”

陶侃传了画师进来，依着那匪首所言，描绘二十余人图像，写了姓名匪号，做了通缉文书，交于朱伺手中，耳语一阵。

朱伺欣然领命，点了百十府兵直奔西阳王府，才到门前，扯着嗓子高呼：“休要走脱了匪人，都给我看紧了门户。”

朱伺这般叫嚷，府中早有管事出来，骂道：“何人胆敢在王府前滋事？”

朱伺上前笑道：“下官郡府都护，只因昨日围捕江匪，走脱了些首犯，已得匪首陈声指认，现于全郡通缉。下官得了线报，不少首犯隐秘身份，逃进王府。郡守大人唯恐王爷受惊，命下官且来围堵。郡守大人已领数千府兵赶来，必要那些匪人插翅难逃，以保王爷安全。”

那府中管事面色一变，嘟囔一声，匆匆跑了回去。朱伺哼了一声，且让人守住了门户，听着府中一阵喧闹，显然乱糟糟地正在集结人马，不时有人从墙头向外探望。朱伺视若不见，守在正门。

不久，陶侃也来了府前，高声拜道：“武昌太守陶侃拜见王爷！听闻有匪人逃进了王府，下官忧心王爷安危，这才引兵来此，还请王爷勿要惊扰！若王爷方便，就先在府中巡察一番，将那些生面孔赶出府来，下官查验后也好绳之以法。若王爷不大方便，便让下官进来代劳，免得匪人藏匿府中，对王爷不利！”

陶侃如此行事也是无奈。司马羕毕竟是琅琊王座上客，陈声已死，陶侃并无司马羕通匪实据，若是贸然指认他，非但扳不倒司马羕，反倒要被琅琊王猜忌。可又不能任由司马羕继续为非作歹，只好退让一步。保全司马羕的脸面，逼他交出匪人，也是警示司马羕一番，日后休要再做此等买卖。

其实，那些联系陈声的属官跑回府中时，司马羕早已慌了手脚。本想遣那些人出去避避风头，谁曾想陶侃这么快便追到府上。司马羕只知道陈声栽在陶侃手中，却不知陈声生死，真当陈声狗胆包天已经供出自己。若是真交了人，岂不是坐实通匪罪名？可若是强撑着不交，与陶侃争斗起来，郡府兵强马壮，又不见得是陶侃对手。被陶侃闯进府来一搜，必是人赃俱获。

司马羕为难中听陶侃言语，只说要锁拿那些与陈声往来之人，并没有刻意要对付自己，似乎还是有些转圜余地。心中一横，索性斩草除根，将那些去过陈声寨中的官属二十余人，私斩于府中，隔墙丢出了首级。

陶侃听门里有人高喊一人：“我等已奉王爷之命，逮住了混进府中的外人，一经盘查，果然是江匪头目，搏杀中尽皆伏法，就请郡守大人拿去验看便是。”

陶侃微微一笑，使人取回首级，回拜一声：“王爷果然好手段。只是日后还是要加派守卫，免得再被外人闯进府去。若王爷有意，下官府上倒是有些不错的护卫，便差来府中替王爷效力。”

司马羕自然不会让陶侃的人来府上，回绝道：“本王谢过郡守大人好意。本王自会调教府中侍卫，就不必郡守大人劳心了。”

陶侃冷笑一声：“既如此，就不搅扰王爷清静了，下官就此拜别。”

虽然陶侃并没有把司马羕如何，可逼其交出那些通匪之人，首级往郡府门前一挂，武昌里里外外自然知道陶侃连王府都敢闯上一闯，一时再也无人胆敢行不法之事。为了活命而四处流亡之人前来归附，皆得陶侃赈抚安置。

司马羕吃了个哑巴亏，也不敢声张，自此断了劫掠的念头。陶侃以朱伺、郑攀之功，表奏建业，封朱伺为威远将军，郑攀为明威将军。

武昌在陶侃雷霆手段中，终于恢复了往日的安宁。

晋魂·血色江南

（下册）

夜起听花落　著

中国铁道出版社有限公司
CHINA RAILWAY PUBLISHING HOUSE CO., LTD.

图书在版编目（CIP）数据

晋魂·血色江南 / 夜起听花落著. — 北京：中国铁道出版社有限公司，2019.12

ISBN 978-7-113-26138-2

Ⅰ.①晋… Ⅱ.①夜… Ⅲ.①长篇历史小说－中国－当代 Ⅳ.①I247.5

中国版本图书馆CIP数据核字（2019）第168132号

书　　名：晋魂·血色江南
作　　者：夜起听花落

责任编辑：奚　源　　　　**编辑部电话：**010-83545974
封面设计：刘　莎
责任校对：王　杰
责任印制：赵星辰

出版发行：中国铁道出版社有限公司（100054，北京市西城区右安门西街8号）
印　　刷：中煤（北京）印务有限公司
版　　次：2019年12月第1版　　2019年12月第1次印刷
开　　本：700 mm×1 000 mm　1/16　　**印张：**30　**字数：**432千
书　　号：ISBN 978-7-113-26138-2
定　　价：78.00元（全二册）

第二十二章　新亭一观群雄

不觉之中，陶侃出任武昌太守已有些时日。就在武昌日趋平静时，北方又有几场战事渐渐平息，晋军的抵抗再一次惨败于北汉之手。

刘曜众将攻破洛阳后，果然如陶侃所想那般，乘胜追击，兵进长安。

南阳王司马模本欲割据关中，故而对其兄长司马越的求援全无应答。谁知司马越败亡、洛阳陷落，北汉几乎没有停留就杀进了关中。司马模野心不小，却没有那个才智，麾下部将也没有靠得住的。听闻汉军侵入关中，司马模先锋大将未有一战便引兵归降，反倒成了汉军先锋。凉州部将北宫纯勇猛善战，离开洛阳后被司马模挽留于长安，见司马模难以成事，亦领兵降于刘曜。

司马模连战连败，长安陷落，死于汉军之手。北汉在攻破洛阳后，将西京长安一并收入囊中。汉主刘聪拜刘曜为车骑大将军、雍州牧，封中山王，镇守长安。为安抚与刘曜生隙的王弥，也拜为大将军，封齐公。

刘曜攻陷长安的同时，北汉对青州苟晞也未放过，遣石勒引兵东进，一路所向披靡，苟晞本就没剩多少城池，很快便被石勒扫荡干净。苟晞兵败受擒，被石勒拜为左司马。石勒因此战功，亦被刘聪封赏，拜为幽州牧。

陶侃不由叹息，当日司马越离开洛阳，就算没有在项城受石勒突袭，得以保全兵马，可无论是去往长安还是回到东海，都免不了今日的结局。纵观中原，如今除了凉州张轨、冀州刘琨、幽州王浚，再就是秦州诸郡尚还在晋人手中。怎奈凉州、秦州与冀州、幽州之间被北汉隔断，而刘琨又与王浚生仇，只怕北汉一统中原，已经近在眼前了。

在这样的忧虑中，陶侃得王导相邀，往建业一行。陶侃如今也算是司马睿部将，虽有侄儿陶臻留在建业，算是个人质，可陶侃也早就该去扬州述职，表述忠心了。随即欣然应邀，也好看看如今扬州的局面。

待到了建业，果然一派欣欣向荣的模样。陶侃心中甚是欢喜，看来司马睿倒真是个明主，既有王导、王敦这些北方豪门扶持，又有顾荣、周玘这些南方士人相助，必能在江南有一番作为。

陶侃既是受王导相邀，自然先要去王导府上拜谒。府中管事却说王导今日不在府上，得知是武昌太守应邀而来，忙客客气气引着陶侃径直到了江边。

陶侃远远望去，便见江边有一处亭台，修得甚是雅致，看起来也就刚刚完工的模样。陶侃不由眉头一皱。

国土沦丧，江南百废待兴，王导为何不把心思放在军政之上，却在江边修了这处亭台？待到近前，便见门首一处牌匾，上书“新亭”二字，笔迹委婉秀美、平和自然，一瞧便知必是名家手笔。听闻王导有个族侄唤作王羲之，兼善隶、草、楷、行各体，笔风自成一家，有“书圣”之称，只怕多是出自其手。

陶侃还未进到亭中，便已隐隐听到酒宴之声。陶侃心中愈发不快。人称王导有管仲之才，为何不勤于政务，反倒在江边游玩，大摆宴席？又想了想王衍的不务正业、王澄的饮酒放纵，莫不成这王家人都是一般模样？待走了进去，陶侃却渐渐宽慰下来。

站在亭外瞧不真切，进来之后就会发现，这新亭看似是个游玩之地，实则暗藏玄机。周围有坚墙环绕，墙上开有暗孔，既能窥伺江面，又能射箭御敌。亭上又有暗阁，对江面一览无余，分明是一处屯兵堡垒。王导还真有心，在江边建此要塞，远远望去哪里知道这里有兵马驻扎？一旦有外敌入侵，不但早早便被新亭察觉了踪迹，又能趁敌不备发起突袭。

陶侃在亭中扫视一番。

王导仅仅三十多岁，虽然在早已成名的士人当中年轻得很，可毕竟是江东谋主，自然坐于首位。和陶侃当年在洛阳时的印象相比，王导显然成熟了不少，又刚刚被司马睿加拜将军之职，官运亨通、春风得意，远不再是当初那个忙着替王敦收拾烂摊子的年轻人了。

旁边陪着一人，乃是西阳王司马羕，显然作为宗室贵胄，也得王导相邀来此赴宴。

其下首坐着一个儒雅文士，约莫四十上下。陶侃在司马越府中做参军时曾见过。乃是司马越之子司马毗府中长史，名唤周顗，字伯仁，汝南人士。听闻年纪轻轻便已有重名，与王导自幼相熟，感情很是深厚。

对面坐着两个长者，为首一人是陶侃的老熟人，江南世族魁首顾荣。旁边那人也是江东人士，乃是与顾荣齐名的纪瞻。其祖上原是孙吴时尚书令，在江南也是实权人物。归于晋朝之后，纪瞻多是出任郡守、国相，很少在洛阳，故而陶侃先前并不相熟。只是听闻陈敏叛乱时，这纪瞻也曾助顾荣、周玘平定扬州，因此被陶侃注意。如今也在司马睿将军府任职，官拜将军府长史，又因在征讨华轶时出谋划策，封为都乡侯，可以说比顾荣都要得宠。

再往下一看，陶侃心中一喜，也是老朋友了。乃是三定扬州的挚友，义兴周玘。

除此之外，王敦正留守江州，甘卓驻守湘州，周访屯兵寻阳，故而三人不在宴上。其他多是些生面孔，陶侃并不认得多少。

这时，王导见陶侃进了亭中，站起身来拜了一拜。旁边的司马羕刚刚被陶侃治了一回，断了财路，心中满是愤恨，冷冷瞧了一眼就不再理会。陶侃故作不见，忙向王导还礼，又与顾荣、周玘相见。

王导正要唤人为陶侃摆上座席，周玘早早一把将陶侃拉了过去，并席而坐。虽说陶侃如今也算名声在外，远比当初在洛阳时要被人高看一眼，可也称不上人人敬畏。王导稍稍客套一阵，便又忙着和其他人攀谈。陶侃侧听几句，多是聊国家大事，想想王衍、王戎兄弟痴迷于清谈不务正业，而王导却忙于国事，显然要比王衍、王戎识大体些。故而陶侃对王导忙于招呼别人不以为意，回过头来与周玘聊了起来。

当年，周玘护送其父周处灵柩回乡安葬，洛阳一别，已有近十五年。这些年来，两人一个在扬州，一个在荆州，各自忙着平定叛乱，几乎断了往来，自然有说不完的话。想想两人转眼竟已是知天命的年纪，不禁阵阵叹息。虽然不幸生于乱世，可好在周玘三定扬州，陶侃也是两保荆襄，总算不负男儿壮志。

两人聊了一阵，不觉说起今日宴席。不少人陶侃并未见过，周玘一一说给陶侃知道。其他人倒没什么，有这几人很是让陶侃在意。

刁协，字玄亮，渤海人。少好经籍、博闻强记，先后在司马颖、司马伦、司马乂、司马腾府中任职，洛阳城破前，官拜河南尹。能在这么多相互仇杀的宗室府中任职，足见不是个简单的人物，现被司马睿拜为军师祭酒。

刘隗，字大连，彭城人士，据闻是汉室宗亲，原任彭城内史、冠军将军，南下后被司马睿拜为从事中郎。

这两人都是四十上下的年纪，近前还坐着一个面貌秀美绝伦的少年，也就二十来岁，名唤庾亮，字元规，颍川人士，性情很是外向，在席间与众人谈得头头是道，现被司马睿辟为西曹掾。

这三人之所以引得陶侃注意，乃是周玘特意提醒，莫看官职还不大，却深得司马睿信任，故而是将军府的红人。

陶侃心中明了。北方动荡，多有世族南下避祸，尤其司马越败亡、洛阳陷落之后，和陶侃一样来到江南的士人更是难以计数，时人称作“衣冠南渡”。听起来甚是文雅，实则是不想提及亡国的伤痛罢了。

这对司马睿来说，自然是件好事。扬州正是用人之际，这么多士人来了江东，其中不乏栋梁之材，故而在王导引荐下，征入将军府中。如今将军府人才济济，时人谓之“百六掾”，足见将军府的兴旺。

王导今日在江边设宴，除了有顾荣这些江南士人应邀作陪，多是北方流亡而来的名士，算是王导在为这些大难不死的士人接风洗尘了。陶侃虽然是南方士人，可毕竟也是从北方逃归，故而也被王导当作是南渡士人，一并邀来赴宴。

陶侃不由向周玘问道：“看来今日赴宴之人大多是北方世家出身了！”

周玘却道：“也不尽然。”指着末席一个四十多岁满面愁容的人说道：“那人唤作郗鉴，字道徽，兖州高平人。虽说是东汉御史大夫郗虑后人，其叔父郗隆也曾为扬州刺史。可郗鉴自幼孤贫，倒是有些学问，曾在惠帝时出任中书侍郎。听说司马越和苟晞都想拉拢他，却皆被他婉拒。洛阳陷落后，郗鉴被匪盗掠于寨中，听其声名，想逼他为主。郗鉴趁着匪人不备逃归乡里，收拢千余百姓避难于邹山。琅琊王听闻郗鉴之名，拜他为龙骧将军、兖州刺史。”

陶侃哦了一声，想了起来。郗隆当年在扬州做刺史，逢齐王司马冏讨伐伪帝司马伦，就因郗鉴困在洛阳，郗隆迟迟没有发兵增援司马冏，以至于被哗变的扬州军士所杀。如今郗鉴投奔建业，又逢北方混乱，琅琊王司马睿不可能控制兖州，却又不能放任不管。故而拉拢郗鉴镇守兖州，算是扬州在江北有一个抵御外敌的缓冲屏障。陶侃听闻许昌的行台和冀州刘琨皆委派了一个兖州刺史，以至于被石勒侵扰破败不堪的兖州同时出现了三个刺史。难怪郗鉴满面愁容。本就难是石勒敌手，兖州残存的郡县又被三家刺史分割，能控制得住州郡才怪。

就见周玘又指着郗鉴下首一人，说道：“那人名唤陈頵，字延思，陈国人，也是出身寒门。曾为陈国督邮，在任时检举官吏三千余人，以此显名于郡，曾在齐王司马冏麾下做事，任历阳参军，如今在将军府任参军之职，管束军纪。”

两人正品论着赴宴之人，忽有阵阵哀哭之声，一下子打断了二人言语。陶侃与周玘忙着私聊，这时一瞧周围，宴上宾客无不痛哭流涕，就连旁边的顾荣和纪瞻也是隐现泪痕，甚是疑惑，忙向顾荣悄声问道："我二人方才未曾留心，不知众人因何而哭？"

顾荣抹了抹眼角，叹了一声："本也无事，王导正与众人品评江上美景。只是周顗忽而叹了一声，言：'风景倒也不俗，怎奈长江黄河迥异！'众人一想国家危亡，中原正受荼毒，触景生情，因而痛哭罢了。"

陶侃和周玘也是一阵惆怅，默默无语。众人情绪低落，有望着长江掩面叹息的，有伴着眼泪举杯狂饮的。就见好好一场酒筵，被阵阵哭声搅得仿若丧事一般。

王导今日邀众人赴宴，意在收拢人心，为江东征用贤才，众人却是这幅伤感模样，还如何谈得下去？王导随即正色说道："山河破碎、国家蒙难，正是我等戮力王室、克服神州之时，岂能作楚囚对泣、望江兴叹？诸位皆是海内名士，博学通儒，各有所长，琅琊王素有中兴大晋之志，诸位若以国家败亡为耻，那便该知耻而后勇，助琅琊王共扶晋室！待我等恢复旧时山河，王某便在洛水河畔，与诸位把酒言欢，岂不快哉？"

王导一席话，掷地有声，立时震慑住众人哀哭，引得阵阵应和。陶侃心中倒也对王导之言生出敬意。难怪司马睿无亲无故赴任扬州，很快便能控制住局势，王导还真是有些才能。

众人哭声皆是周顗言语惹的，此刻听到王导之言，满面羞愧，正襟拜道："茂弘之言振聋发聩，周某拜服！有茂弘这等管仲之才辅佐江东，何愁国家不能复兴？"

王导笑了笑，拜道："伯仁谬赞了！皆是琅琊王任人唯贤罢了。国家百废待兴，还需诸位患难与共、生死同行才是。"

周顗却道："茂弘不必过谦。正如茂弘之言，若我等齐心协力，必有一番作为。何况据我所知，北汉也并不稳固，迟早必有一变，我等若能保住江东这份基业，富国强兵、作壁上观，定能驱逐强虏，恢复山河。"

王导奇道："伯仁所说北汉之言是何意？"

周顗愤愤说道："也是我一路逃亡所知。莫看北汉如今兵强马壮，实则暗流涌动。汉主刘聪并非什么贤主，不过仗着匈奴的性子，夺其兄弟大位罢了。刘聪虽说铲除了北汉太子刘和，可他上头还有个哥哥刘恭。刘聪越次而立，常不自安，故而遣人刺杀刘恭绝了后患。刘聪又以刘渊嫡子刘乂为皇太弟，实则不过是借此树立自己声名而已，常有废去刘乂，改立其子刘粲之心。刘聪之位本就名不正言不顺，国储又不稳固，就足以让北汉根基动摇了。这刘聪又是个荒淫成性之人，登基之后急不可耐地充实后宫，就连单太后年少美貌，都被其淫辱。听说单太后因此羞愧而死，闹得北汉风言风语。”

王导问道：“这刘聪当年随其父刘渊在洛阳为官，我倒是见过几面。聪慧好学，知书达理，就连乐广、张华都惊异其才，如何会成这般不堪模样？”

周顗还未说话，刘隗却在旁边插话道：“刘聪匈奴出身，本就不谙礼数，当年在洛阳时不过假面欺人而已，待小人得志，自然原形毕露。素闻茂弘有识人之明，却是看走了眼。”

刘隗虽说骂的是刘聪，却把王导连带说了一句。陶侃有些诧异。刘隗也算声名远播，王导是主，刘隗是客，说话何故这般没有分寸？这时就听刁协也在旁边附和：“正是！正是！王茂弘既是江东谋主，还要擦亮了眼睛，免得所托非人，坏了国家大事！”

两人阴阳怪气，王导面上有些不自在。周顗瞪了一眼，也不理会，继续说道：“且不说刘聪朝廷内混乱不堪，就是掌兵大将也非一心。刘曜倒是刘聪亲信，可在攻陷洛阳之后，因不听王弥谏言焚毁洛阳，就此与王弥生仇，气得王弥自领兵马回了青州。”

陶侃对此事倒是早有耳闻，就听刁协又骂了一句：“可恨这王弥奸贼，既是汉人，其祖上也曾出仕大晋，却甘为北汉爪牙，屠戮百姓，待我等挥师北上克定中原之日，必要将这贼子剖心挖腹以谢天下！”

陶侃心中一阵叹息。以汉室宗亲自居的刘渊父子祸乱中原也就罢了，毕竟是匈奴人。可其朝中多有名士为官，这就不得不让人反思了。虽说自然也有投机小人充斥其中，可也有不少闻名天下的贤才心甘情愿为刘氏父子效力。别人不说，那北汉大将石勒的军师张宾，能辅佐一个兵败逃亡几乎没有立足之地的石勒纵横河北，就足见张宾绝非庸才。这样的人在晋朝难有作为，却在北汉朝廷如鱼得水，真是可悲可叹！

却听周顗接着说道：“除了刘曜、王弥不合，石勒与王弥也是勾心斗角。两人都对北汉居功至伟，王弥纵横青徐，石勒扫荡冀州，又曾合兵攻打兖州，三次侵扰洛阳，按理说应该有些情谊。实则外相亲而内相忌，都怕被对方下了黑手，迟早分道扬镳。”

王导若有所思地说道：“既然如此，我等何不拉拢石勒为我所用？王弥身为汉人投效北汉，我等也能拉拢石勒这个羯人讨伐匈奴！”

这时忽有一人打断道：“只怕是指望不上了！听闻石勒遭司马腾掳掠卖到冀州时，与其母王氏、侄儿石虎失散，并州刺史刘琨偶得其母侄，送回石勒营中，欲借此修好，劝石勒效忠于晋室。可石勒不过备了金银财宝赠予刘琨以表谢意，自此再无往来。而石勒的侄儿石虎，年仅十七，凶戾残忍，回到石勒身边后，被拜为征虏将军征讨四方，凡所过城池，屠戮一空，鲜有遗类。刘琨好心办了坏事，生生把一个屠夫送还给了石勒。”

陶侃看那人眼生，悄声问周玘：“那是何人？”

周玘看了一眼，说道：“那人名唤祖逖，字士稚，范阳人，其父祖武曾为上谷太守，也算是北方大姓。这祖逖轻财好侠，江湖上颇有些声名。只是不喜为官，对州郡举荐孝廉、秀才皆不应辟。后来曾与刘琨一起在司隶做过州府主簿，两人出则同车，入则同寝，关系非比寻常。后来祖逖曾效力于齐王司马冏、长沙王司马乂。司马越掌权时，也想征辟祖逖为己所用，恰逢祖逖丧母，故而未应征，士行也就未在司马越营中见过他了。待洛阳陷落，祖逖也来了江东，被琅琊王拜为徐州刺史、军师祭酒。郗鉴好歹在兖州还有立足之地，祖逖虽为徐州刺史，却哪里有地方让他去赴任？只能且居于丹徒。听闻当年祖逖夜闻鸡鸣，言于刘琨：‘此乃乱世之象也！’遂唤刘琨夜起习武，以备乱世所需。那时还是太平盛世，人人都当祖逖、刘琨傻了，谁知竟是一语成谶！他既然说刘琨拉拢石勒不成，只怕多有此事。”

陶侃默默不语，就听王导叹道："中原动荡，刘越石以数百兵马独守并州，北汉侵扰洛阳时，刘越石收纳鲜卑拓跋猗卢抵挡强敌，真乃乱世英豪。虽然石勒不识天命，也怨不得刘越石了。"

这时，几乎没有说过话的郗鉴却说道："刘琨长于招怀却短于抚驭，一日之中虽归者数千，然而转日之间离去大半。听闻幽、并两州百姓听闻刘琨之名，去往晋阳归附，先后有三万之众，惹得幽州刺史王浚怒不可遏，遣兵截回。刘琨全无应对，百姓大失所望。而王浚借助鲜卑段务勿尘兵马得以掌控幽州，刘琨依葫芦画瓢，也想拉拢鲜卑拓跋猗卢为其所用，虽说胜了北汉几场，却与王浚就此生仇。何况拓跋猗卢兵强马壮，也绝非刘琨所能辖制，不过借刘琨的官职坐大罢了。待拓跋猗卢羽翼丰满，必是北方一害！刘琨饮鸩止渴，贻害无穷！"

陶侃听郗鉴直呼刘琨名讳，言语又多有讥讽，心中一想便明白过来。郗鉴受司马睿官职为兖州刺史，刘琨亦派人去兖州为刺史抢地盘，郗鉴自然对刘琨瞧不上眼。

祖逖与刘琨交好，听郗鉴如此诋毁刘琨自然不愿意，反驳道："刘越石好歹还在并州独抗北汉，不知郗道徽在这里纸上谈兵，又于国做了些什么？"

眼见两人就要吵起来了，王导忙劝道："都是为了江山社稷，二位莫要为了这些细枝末节伤了和气。"

祖逖哼了一声，不再理会郗鉴，反而向王导说道："听闻刘曜虽然攻破长安，可安定太守贾疋已联合秦州诸郡，起兵五万反攻长安，关中晋臣皆起兵响应，已有十数万人马。而许昌行台已经护卫秦王司马业西入关中，投奔贾疋，收复长安指日可待。祖某数次向琅琊王请命北伐，却迟迟没有回应。王将军方才一席良言，亦有北伐之志，何不谏言于琅琊王，起兵响应关中？祖某不才，甘为先锋！不克中原，誓不回还！"

陶侃听闻祖逖之言，得知北方晋军残部竟然同心协力反攻长安，精神一振，也是热血沸腾，摩拳擦掌也想请命，却被旁边周玘轻轻拽了一下，就听他悄声说道："士行宽坐，王导绝对不会答应祖逖所请的！”

陶侃不由诧异，就见王导面上似有不豫，转瞬即逝，笑道：“士稚有此豪情，王某敬服。只是贾疋起兵之事不过是谣传而已，王某还曾听闻贾疋众人欲送质子于北汉归降刘聪呢！关中暂无可信军报传来江东，实不好轻易出兵北上。何况江东百废待兴，虽然刚刚平定江州、湘州，可荆州依旧动荡不安，若不能安抚江南，根基不稳，又如何北伐中原？”

王导之言引得周顗一阵应和，就连刚才冷言冷语的刁协和刘隗都很是认同。陶侃虽然也觉得王导所言有理，可总觉得其中似有隐情。

对于贾疋反攻长安之事，陶侃还是刚刚从祖逖那里听说，转而又听王导说贾疋降了北汉，如此前后矛盾，也不知究竟谁的消息更确切些。

就在这样的疑惑中，陶侃猛然醒悟过来。无论贾疋降汉还是攻汉，司马睿都不可能在这个时候北伐的！司马睿正在江东独大，刚刚吞并了华轶，更把目光投向了荆州，可见其志绝不局限于江东一隅。如今皇帝司马炽被北汉掳走，虽说勉强保全性命，可大晋已经无主。北方先后拥立了三个太子，苟晞很快便已败亡，其他两个太子又能有多长久？只怕以司马睿的心思，绝不会支持任何一个太子。司马睿独占富足的江东，要人有人，要地有地。退可以保全江南抗拒强敌，博得一个中兴大晋的贤王之名；进则足以承继天命，登基称帝。如此一来，北方剩下的两个太子就成了司马睿的绊脚石。祖逖方才说起许昌行台的秦王司马业投奔贾疋，若果有此事，司马业自然会得贾疋拥戴，司马睿又如何肯发兵助贾疋攻打长安？

想明白这一点，陶侃才知道周玘为何断言王导不会支持祖逖了。陶侃与周玘四目相对，忽然发现，周玘眼中不知何时隐隐现出一些不甘和失落。细细回想一番，似乎从与周玘刚刚见面时，周玘就已经有了这样的神色。不过陶侃刚才沉浸于旧友重逢的喜悦，又想王导勤于政务江东大有可为，故而并未在意罢了。

周玘瞧出陶侃明白了江东如今的真正局面，悄声说道：“王与马，共天下！这句话士行在武昌可能少有听闻，如今在建业已是广为流传了！这‘天下’二字是何意思，士行应该明白。偏偏多了‘王与马’三字，就不得不让人多想一些了！天下岂有两姓同坐的道理？莫看江东之主是琅琊王司马睿，可王导、王敦兄弟倒是能做得了江东一半的主！即便他日司马睿当真当了皇帝，只怕这天下也有王导兄弟一半！”

陶侃心中一悸，王导、王敦名为辅佐司马睿，实则是要做江东的权臣！就听周玘接着说道：“其实，依我看来，只怕司马睿连那一半的主都做不了！司马睿虽然有宗室的身份，可这江东基业却是王导兄弟俩从司马越手里谋来的。将军府人才济济不假，也大多是得王导引荐，承了王导的情谊。如今王敦又在江州立下军功，司马睿几乎把兵权都交给了他。这兄弟俩一文一武，一个总揽政务于建业，一个领兵镇守重地，司马睿又如何抗拒？故而司马睿已经对王导兄弟生出戒心。眼下洛阳、长安两都陷落，大批士人逃奔江东，司马睿避开王导，招揽亲信，刘隗、刁协便是司马睿最为信任之人。”

陶侃这才明白，为何方才刘隗、刁协总是在言语之中对王导不敬，不仅仅是因为两人正得司马睿宠幸，而在于两人就是要不断压制王导，谋求盖过王导势头，以此与王导兄弟分权。可待听闻祖逖谋求北伐，刘隗、刁协却又和王导站在统一战线，执意不从。陶侃心中愈发悲凉。原以为司马睿和王导不同于北方那些只知道争权夺利的宗室和世族，刚刚来到建业时的所见所闻，也让陶侃失望许久的心再次燃起了希望，谁知却是天下乌鸦一般黑！

周玘叹了一声说道：“司马睿与王导争权夺利，却是我等江南士人倒了霉！二人刚刚来建业时，全无根基，故而借重我等江南士人治理州郡。如今已经在扬州站稳脚跟，旋即过河拆桥。司马睿和王导各自安插亲信，抢夺权势，我江南士人已渐渐被排挤出了将军府，只怕长此以往，再无立足之地了！想当初在洛阳时，我江南士人便被那些北方权贵压制得没有抬头的机会，如今鸠占鹊巢反客为主，好不羞耻！”

陶侃一阵沉默，周玘在洛阳时，就因其父周处为国出征，却遭北方士人暗中诋毁枉死沙场而满腹成见。如今周玘三定江南，又再次被这些北方士人攫取胜利果实，如何不怒？

两人正愤愤不平，忽听有人向王导拜道："王将军既然说起江东百废待兴，下官倒有一言相献。中原之所以败落至此，皆是选人之法出了大问题。无论有无实才，皆是先听他人举荐，世族豪门所言必为人所重，寒门士子所言必为人所轻。加之朝野重臣对庄老之言、玄学之说乐此不疲，尸位素餐视为清雅，忙于正事却被讥为俗人，以至于朝政荒废，法治沦丧。国家欲求长远，便当由此入手。宜改选人之法，无论是出身豪门还是贫寒士子，只要于国有用，便不该去看出身。若国家能改此选人陋习，则中兴可待也！"

陶侃循声望去，便见是那寒门出身的陈頵谏言。陶侃亦是出身寒门，只因门楣太低，以至于快到四十岁时依旧还是个小吏，真正建功立业的时间仅仅是晋朝动荡的这短短十年。陶侃心中对曹魏以来的九品中正选官之法早已恨之入骨，对陈頵之言自然很是认同。满心期待想要听王导如何作答，可遍观满堂宾客，几乎没有一人对陈頵谏言感兴趣。

陶侃心中一沉。是啊！若用陈頵之言，那些真正有才干的"俗人"登堂入室，岂不是要分去那些空吃俸禄的"雅士"权势？果然，就听王导敷衍两句，就不再理会陈頵。

陶侃愈发失望。王导正在那里安抚祖逖请战之事，就有一个小吏模样的人闯进了亭中："王将军，出大事了！诸位，凡在将军府有军职的，速回将军府军议！"

王导见那小吏着急的模样，料想必有急事。宴上南北名士云集，王导也不能失态，遂镇定地说道："今日宾客皆是将军府干将，若有急事，此时说来便好。"

若是陶侃刚刚进来时听到王导这番话，定会觉得王导不拘小节，以国事为先。可听过周玘一番话后，只觉得司马睿在王府等得着急，王导却在这里不紧不慢，未免有些自大了。

那小吏也是有些迟疑，终是说道："贾疋与刘曜决战于黄丘，大败汉军，迎秦王司马业入驻雍城。"

听闻此事，王导面上无光。刚才还说贾疋投敌卖国，这时却已大败刘曜，王导压制祖逖北伐立刻没了根据。何况贾疋接纳司马业，这对心存拥立司马睿承继国祚的王导威胁太大。

祖逖却是兴奋不已，再次请命道：“汉军在关中惨败，足见北汉已是强弩之末，若我江东肯发兵北上，必能与贾疋合击汉军，收复失地。”

王导面有愠色，还未说话，那小吏却又接着说道：“石勒吞并王弥，劫掠豫州，现屯驻于葛陂，打造战船，似有跨江进逼建业之意。”

此言一出，满堂宾客皆是一脸惊异！王导也没了刚才的稳重，慌张问道：“王弥兵强马壮，如何会被石勒悄无声息吞并？汉主刘聪就任由石勒肆意妄为？”

众人方才还说石勒与王弥勾心斗角，本指望两人杀个你死我活，谁曾想石勒竟突然兼并王弥，已然占据冀州、青州、徐州、兖州、豫州五州之地，实力急剧膨胀。此刻又有跨江杀奔建业的意图，如何不让众人惊慌失措？想想也是，石勒先前就曾扫掠荆州攻破江夏，自然对富庶的江南垂涎三尺。那时石勒实力还不足以掌控荆州，又受了瘟疫，不得已退回江北。如今吞并了王弥，实力大增，自然觊觎富足稳固的江东。

那小吏说道：“王弥听闻石勒大破苟晞之后，心存戒惧，欲先发制人奇袭石勒。怎奈青州生了民变，王弥只得先顾着平乱。石勒用张宾之计，假作不知王弥心意，遣兵助王弥平定青州动乱。王弥还当石勒亲善，掉以轻心，受石勒相邀安心赴宴，被石勒亲手斩杀，兼并其众。屈身于石勒的苟晞，本欲趁着石勒、王弥相争，趁乱诛杀石勒，亦被石勒发觉，斩杀于军中。石勒还上表汉主刘聪，构陷王弥叛逆。刘聪虽然恼怒，将石勒斥责一番，却依旧加拜石勒为镇东大将军，都督并、幽二州诸军事，领并州刺史。”

众人心中皆是一阵颤动。张宾此计瞒天过海，着实歹毒。石勒吞并王弥之后，刘聪已难辖制，故而只能默许石勒对青徐的兼并。北汉隐隐有分裂的趋势，这对江东来说是件好事，可石勒兵锋直指建业，若不能渡过此劫，只怕江东是看不到北汉分裂的那一天了。

众人面色阴沉，匆匆跟着王导向司马睿将军府赶去。

第二十三章　长安建国，荆州大乱

石勒大兵压境的消息传入建业，立刻引得江东震动。上自镇东将军府，下到世族百姓，皆是惊惧难安。若被北汉杀过长江，没了天堑阻碍，强敌长驱直入，依着这些人在北方残杀掳掠的手段，只怕江南百姓便要遭大难了。

危急存亡之秋，倒是激励得江南世族百姓空前团结一心。嗜杀成性的敌骑固然让人惧怕，可若只想着躲避，就怕躲到最后，再也难寻一块容身乐土了。

琅琊王司马睿举江南州郡之力，调集境内兵马抵御强敌。除了西线驻军防备荆州叛兵东侵之外，其余州郡兵马皆奉命北上。王敦驻守江州盯着荆州局势，难以抽身出来，司马睿遂以将军府长史纪瞻为扬威将军，统领各部人马北上御敌。纪瞻是南方士人，而各部兵马多是南方部众，故而更好节制。

武昌虽在荆州境内，乃是江东应对荆州的前沿，可与石勒大军驻地葛陂的距离，只怕比建业还要近上许多。陶侃奉命赶回武昌，严阵以待防备敌袭。虽然因为荆州的威胁，陶侃没有渡江迎敌的军令，可也不敢掉以轻心。毕竟北汉大军近在咫尺，那石勒军师张宾又足智多谋，万一明修栈道暗度陈仓，武昌难保不会受袭。

陶侃一面加强警备，一面不断派出斥候盯紧江北局势。南北大战一触即发，江南命运悬于一发。然而这种紧张的局势仅仅持续了不到一个月的时间，就悄然化解了。

莫看此番石勒南征气势汹汹，又刚刚兼并了王弥部众，气势正盛，实则外强中干而已。北方天灾人祸颗粒无收，石勒大军又是连年征讨，素来以劫掠补给军需，哪有工夫劝课农桑？故而其兵马早已饥困许久。石勒虽有那么大的胃口吞下王弥，可没有个一年半载，哪能轻松将王弥的势力消化干净？石勒没有稳固好后方，便急不可待忙着南征。前脚刚走，王弥旧部立刻降而复叛。而并州刺史刘琨亦遣其侄儿刘演突袭邺城抢占三台。

石勒野心勃勃，原以为自己大兵压境，江南那些腐儒必然闻风而逃，正好用富庶的江南休养兵马。谁知不但后院起火，江东又集结大批晋军渡江，北上驻守寿春，切断了石勒向建业进军的道路。如此一来，石勒便陷入了进退两难的境地。

石勒内忧外困，老天爷也帮了晋军一把。才到三月，雨季便提前来临。接连十数日大雨连绵，不熟江南气候的北军士卒困于洪涝之中苦不堪言，疫病再次肆虐起来。石勒可没有去年在江夏时那样的好运气，这番疫病空前猛烈，不过半月，死者已经过半。得知晋军集结寿春的消息后，士气低迷，甚至有人谏言石勒暂且归顺扬州，诈称愿挥师北上反攻刘聪以赎罪，待晋军退兵之后，再从长计议。

石勒心知此战绝无胜算，即便退兵都怕没那么容易，不由为此番贸然南下后悔不迭。想想攻陷洛阳、杀害王公贵胄无数，就算石勒肯降，只怕也难容于司马睿。遂从张宾之计，使辎重先从北道出发。石勒则统领大兵逼近寿春，佯作攻势，又以其侄儿石虎统领骑兵两千为先锋。

寿春守军见北汉大军袭来，坚守不出。那石虎偶遇晋军粮船，士卒争相抢夺。纪瞻见汉兵松懈，遂领兵马出击，大破石虎部众，斩杀五百余人。沿途追击，却见石勒大军严阵以待，惊恐之中还当是汉军诱兵之计，慌慌张张退回寿春，再也不敢出城一步。石勒待辎重退走之后，不慌不忙撤还冀州。

待纪瞻发觉敌军虚实时，石勒早已走远了。虽说未能乘此良机歼灭石勒，着实可惜。然而赶走了北汉大军，消除建业危机，人人都是松了口气。

纪瞻有此功劳，再算上先前平定陈敏之功，被司马睿拜为会稽内史，封临湘县侯。

对寿春这场声势浩大，却又虎头蛇尾的对峙，陶侃感叹不已。天时、地利、人和，被晋军占尽，石勒纵然万般不甘，也只能退兵北还。可江东今天能幸免于难，下一次还能有这样的运气吗?

虽然陶侃对江东今后的局势忧心忡忡，可石勒这次无功而返，似乎引发了晋军反攻北汉的浪潮。使得几乎已经亡国的大晋声势复起，隐隐有盖过北汉的势头。举国上下似乎都看到了一丝希望。

然而这种希望不过是一时的假象罢了。

就在石勒从江东铩羽而还的时候，刘曜亦在关中接连失利，贾疋于黄丘大破汉军之后，凉州刺史张轨遣步骑五万驰援晋军。刘曜连战连败，撤出长安，掳掠关中男女八万余口，退回北汉国都平阳。贾疋光复西都，因功拜为征西大将军，遂将秦王司马业行台搬入长安，重建宗庙朝堂，大赦天下。

并州刺史刘琨见汉军势弱，遂传檄州郡，广邀四方晋臣，欲联兵反攻北汉国都平阳，怎奈响应者寥寥。刘琨非但没能兵临平阳，反倒惹来汉军征讨。兵败退出关中的刘曜，乘虚攻破晋阳，刘琨仅以数十骑逃奔常山。虽然刘琨引来鲜卑拓跋猗卢二十万大军，再次击退汉兵。刘曜死伤万余，惨败退兵，可晋阳却落入鲜卑拓跋猗卢手中。名为扶助刘琨抵御汉兵，实则把触角伸到了并州。刘琨只能转屯阳曲，召集逃散的部众。

而幽州刺史王浚，本就野心勃勃，见刘琨与汉军杀得热闹，也早就有意铲除石勒，霸占冀州。何况石勒在江东失利，正是最为虚弱的时候。遂联合鲜卑段疾陆眷，合兵五万征讨石勒，却也是一头撞在了铜墙铁壁上面。

石勒自葛陂退兵后，兵困马乏，面对刘琨侄儿刘演坚守的邺城无可奈何。只能听从张宾之言，不在邺城争一时长短，引兵撤往襄国，分兵诸将征讨冀州各处叛乱，巩固原有领地，招降王弥旧部人马，收取州郡粮草暂且休养生息，并遣使朝拜汉主刘聪，以示忠汉之心，被加拜为冀州牧，封上党公。短短数月，石勒声势复振。面对王浚的侵袭，虽然心存畏惧，却也没有归顺之心。在张宾谋划下，石勒示弱于敌，连日闭战不出，待王浚联军懈怠，出奇兵袭破鲜卑大营，俘获段疾陆眷从弟段末柸。杀得鲜卑枕尸三十余里，获铠马五千匹。段疾陆眷一路奔逃，退归渚阳。石勒大胜之后，放归段末柸以示诚意，又遣侄儿石虎与段疾陆眷结盟于渚阳，约为兄弟。王浚偷鸡不成蚀把米，非但没能杀败石勒，反而让鲜卑段氏部众与石勒交好。王浚没了鲜卑为羽翼，声威一落千丈。

刘琨和王浚的衰败，使得晋朝在北方的势力再次跌落谷底。而光复长安的贾疋，很快也被北汉煽动起来的羌人等部族围攻，不慎陷入重围兵败而死。长安行台群龙无首，先是经历一场内斗，死伤无数，最终共推贾疋部将麹允、索綝接掌行台大权。

晋朝中兴的希望就在举国瞩目中迅速湮灭。

陶侃听着北方不时传回的消息，也只能摇头叹息。已经亡国的大晋在这短短数月之中，看似形势一片大好，不过回光返照而已。无论是贾疋、刘琨还是王浚，几方势力被北汉隔绝开来，各自为战，互不往来，本就已经处在劣势，就连为何而战只怕都不相同。

贾疋或许和刘琨一样，有复兴大晋之心。拥兵十数万，刚刚收复长安，手中又有秦王司马业为太子，可谓声威正盛。刘琨却没有自知之明，仗着这些年抵御北汉有些声名，对其他州郡指手画脚，仿若是天下盟主一般，邀集兵马反攻平阳，又岂会有友军响应？再说那王浚，本就与刘琨不和，明争暗斗不断。之所以征讨石勒，绝非有维护大晋之心，不过是抢夺东方霸权而已。这些年靠着鲜卑段氏兵马横行无忌，一旦被段氏所弃，王浚立刻被石勒压制下去。

虽说石勒自吞并王弥那刻起，汉主刘聪渐渐难以辖制，北汉内部也有了隐患，可大晋在北方残存的几方势力，仍相互仇视不能生死与共，只怕被击溃仅仅是时间问题而已。

陶侃此时已经没有精力继续去想北方的纷乱，如今有更重要的事情去做。陶侃奉司马睿之命驻守武昌，意在谋取荆州。如今的荆州局势，真可谓错综复杂。

就在石勒退兵后不久，征南大将军山简在惊恐、羞愧中病逝于江夏，把一个烂成一锅粥的荆州撇了下来。荆州南部有蜀人流民叛军杜弢部众横行无忌，北部有雍州流民叛军王如残部四处为祸。在这样的纷乱中，又有包藏祸心之人跳出来搅上一把。

原新野王司马歆旧将胡亢、杜曾，占据竟陵起兵反叛，胡亢自号楚公，杜曾为竟陵太守。两人兵马原是司马歆精锐，自然骁勇善战。尤其杜曾勇冠三军，能披重甲畅游水间，有万夫不当之勇。一时搅得新野不大太平。

按理说，平定荆州叛乱之责在山简、王澄身上。然而两人素来不和，山简活着的时候就不能和王澄同舟共济平定叛乱，随着山简病逝，其部将王冲接管兵马，自然也不会投奔王澄。反而拉拢南平太守应詹，欲拥应詹为荆州刺史。应詹本是前荆州刺史刘弘远方侄孙，在荆州有些名声，又与蜀人叛军主将杜弢颇有交情。王冲之所以拥立应詹为刺史，意在借其名声自固而已。若是能凭着应詹与杜弢的交情，招安叛兵自然更是一件好事。然而应詹对王冲的那点心思了然于胸，早早逃回了南平。王冲随即自称荆州刺史，掌控江夏。

如此一来，荆州境内竟有杜弢、王如、胡亢、王冲、王澄、应詹六方势力，再加上武昌的陶侃，真是犬牙交错阴云密布。

这样的乱局之中，本该是荆州刺史王澄主持大局。然而王澄却和他亲哥哥王衍一般，俨然一副世外高人的模样，对荆州的动荡不屑一顾。又对其部将王机信任无比，引为知己，将军旅之事尽皆交于其手。王机生得风流倜傥，却是个绣花枕头，代王澄征讨杜弢连战连败。王澄不以为意，整日与王机纵酒博弈好不快活。喝得痛快便脱个赤身裸体，还美其名曰坦诚相待。

刺史府别驾郭舒原本是刘弘部下，当年助刘弘把荆州治理得繁荣昌盛。王澄赴任后，依旧征用郭舒，将烦心的政务尽皆丢给郭舒打理。刘弘为刺史时，郭舒才能得以施展，可面对王澄这样一个长官，纵然郭舒如何苦口婆心，也难劝得王澄幡然悔悟。被劝得急了，王澄俘获本郡富贾李才，诬以通贼之名草草诛杀，将其万贯家财收入库中转赠于郭舒。看似是对郭舒的器重，实则以此让郭舒声名受污，免得整日聒噪个没完惹得王澄心烦。

直到杜弢叛军杀到长沙，王澄这才惊慌失措，弃城而逃投奔建业。气得郭舒独自留了下来，坚守沌口不退。

王澄一走，荆州彻底成了无主之地。各方势力无论官兵还是叛军，皆是自我委任，无一人能名正言顺接管州权，相互仇杀愈演愈烈。

琅琊王司马睿倒是很乐意。荆州越是动乱，越是方便司马睿抢夺荆州大权，遂征王澄回建业拜为军师祭酒，以周顗接任荆州刺史。

对司马睿的这一任命，陶侃满心疑虑。周顗虽然名声不小，可从未担负过如此重任，多是些秘书郎、尚书郎的文职，也就在司马毗府中为长史时，曾兼任镇军将军之职，却也从未真正领过兵马。能被任命为荆州刺史，只怕多半是王导的关系。

新亭一聚，陶侃对建业的局势渐渐有了清晰的认识。王导需要借助江南士人管束江东，又不能全都仰仗江南士人。身为琅琊世族，王导自然更亲近于北方士人。如今王导在江东站稳脚跟，恰逢大批北方世族南下，王导急需以北方世族替换南方士人在将军府的权势。只是司马睿虽然感念王导扶助之功，却对王导兄弟的权势心存忌惮，故而拉拢初来乍到的刘隗、刁协制衡王氏。王氏权势稍损，对荆州这块无主之地，王导必然是要培植自己势力的。周顗与王导关系非同一般，自然成了上上之选。

陶侃倒不是看不起周顗一介书生，毕竟当年陶侃临危受命征讨张昌叛乱时，也从未领过兵马。幸有刘弘委以重任，陶侃才得以收服荆州成就声名。周顗未必不能力挽狂澜。只是如今荆州局势太过复杂，当年荆州动荡不过张昌一人而已，今日却有数方势力。周顗真有那么大的手段，抚平荆州？陶侃对周顗可没有太大信心。

果不其然，周顗刚刚赴任，便碰了钉子。

周顗也知荆州险恶，故而不敢孤军深入贸然前往长沙，而是将州府移于沔阳，与武昌相邻。从其州府选址来看，周顗是想以陶侃为后盾，徐徐渐进收复失地。谋划倒也不差，可人算不如天算。周顗才到沔阳不过月余，便有流民反叛响应杜弢，杜弢随即派兵突袭沔阳。周顗内外交困，转眼便被击溃。若非陶侃早有准备，派朱伺领兵驰援及时，接应周顗退守浔水城，只怕周顗没能收复荆州，连自己性命都要交代在叛军手中了。

沔阳陷落，使得司马睿西进荆州的谋划严重受挫，甚至武昌都受到威胁。若叛军乘胜杀过来，只怕江东在荆州最后一块土地都将失去。武昌对江东而言，位于长江以西，叛军一旦占据此地，便能借长江天险阻断司马睿西进道路。甚至能凭舟船之便，随时侵扰江东。

司马睿也察觉出荆州对江东的威胁，终于下定决心出兵迎击。遂以左将军王敦为帅，进驻豫章，尽起西线驻军征讨叛兵。武昌便如陶侃当初所想那般，成为征讨荆州的前沿。而陶侃也再一次被时局推上了风口浪尖，被王敦任命为先锋大将，并遣寻阳太守周访、豫章太守甘卓为副将。

如此大的阵仗，让陶侃终于有了用武之地，厉兵秣马，便要西征杜弢。然而出征之日一延再延，不觉过了数月之久，转过年来又到四月，依旧杳无音讯。

陶侃等得火急火燎也无济于事。兵贵神速，西征大军迟迟不得军令，陶侃只能转攻为守，且在武昌边境严加戒备，提防叛军突袭。一面又派人去豫章，向征讨都督王敦探询消息。这才知道建业这半年多时光里，可真没有一刻消停。

被北汉俘获的晋帝司马炽去往平阳后，初时受汉主刘聪礼遇，倒也过得安稳。然而晋军接连反攻，北汉在关中、并州先后失利，让刘聪恼怒无比。本有意握着大晋天子号令诸侯，谁知并不如意，故而待司马炽日渐冷淡。开春时节，刘聪大宴群臣，命司马炽侍奉一旁为其行酒，引得晋室旧臣不胜悲愤暗自哭泣。刘聪愈发震怒，遂将司马炽连同归降的晋臣十余人尽皆诛杀以绝后患。

司马炽作为亡国之君，其实早已被人淡忘。刘聪怒杀司马炽，反倒帮了晋朝一个忙。司马炽活着时，虽然是个俘虏，可在晋臣眼里依旧是大晋的皇帝。各方势力如何不把司马炽放在眼里，也不敢挑头废其帝位，只能拥立太子设立行台。如今司马炽遇害，驻守长安的麴允、索綝早早得到消息，抢先拥立秦王司马业承继帝位。麴允因功拜为尚书左仆射，录尚书事掌控朝政；索綝则拜为尚书右仆射、京兆尹，领太尉之职，管束军国之事。

刘聪得知长安又拥立晋帝，怒不可遏。再次以刘曜为帅，统领大军西征关中。

莫看麴允、索綝二人尚有些兵马，可自贾疋兵败战死之后，关中晋军实力大损。长安城中，户不过百，杂草丛生，举朝望去，仅有车马四乘。文武百官连官服、印绶都不齐全。面对北汉的入侵，麴允、索綝只得领军屯驻于黄白城迎敌。又以皇帝之名传诏天下，命刘琨、王浚合兵三十万进兵平阳，命司马睿出兵二十万收复洛阳。这张诏书对刘琨、王浚来说无异于一张废纸，且不说二人有没有三十万大军，即便有这么多人马，二人本就不和，又岂会奉诏合兵讨伐平阳？而对司马睿来说，就更加为难了。

司马睿毕竟是宗室的身份，而司马业此刻也算是名正言顺的皇帝。无论司马睿对江东、对天下有怎样的抱负和壮志，都要维持住一个大晋贤王的好名声。故而对天子的诏书，无论如何都不能置之不理。何况长安还特意遣使，加拜司马睿为左丞相、大都督，督陕东诸军事，催促司马睿尽快派兵北上。官不可谓不大，权也不可谓不小。麴允、索綝几乎把关中以东半壁江山全都交到了司马睿手中，指望着司马睿就算为了自己权势着想，也该兵进洛阳。

荆州局势正在紧要关头，大战一触即发，司马睿此刻对出兵北伐实在是有心无力。然而若是不派兵去，司马睿对天子、对天下又实在没个交代。左右为难中，西征荆州之事便这样拖延下来。

听闻建业的消息，陶侃万般无奈。虽说陶侃也有收复中原之志，可在此时看来，司马睿的决策无疑是正确的。

北方战乱不休、生灵涂炭，若没有必胜的把握，轻易北伐是绝不可取的。如果不能尽快平定荆州叛乱，稳固江南州郡，北伐便多了些变数。陶侃只能耐着性子等下去。

数月时光弹指一挥之间，西征良机一次次失之交臂。炎炎夏日已经到来，武昌热得焦躁无比。在烈日当头中，西征的军令终于传到了武昌。

听闻司马睿终究没有下定北伐的决心，而徐州刺史祖逖，自投奔建业后就一直谋求北伐，故而对司马睿的迟疑很是不满。整日上疏，闹得司马睿不胜烦恼。遂拜祖逖为奋威将军、豫州刺史，既无一兵一卒派遣，更没有铠甲兵器供给，仅给了祖逖千人用度的粮草，外加粗布三千匹，草草派去北方征讨。祖逖浑然不惧，统领家兵门客数百，慷慨渡江而去。

陶侃对祖逖的豪迈敬佩不已。

国破家亡，人人争相南渡。祖逖逆流而上，烟波浩渺的长江一如萧萧易水的悲壮。无论祖逖此去究竟能否有所成就，已经不再重要。仅祖逖这份为天下奋起一搏的勇气，就足以名垂青史。

陶侃没有时间再去为祖逖感叹。西征荆州已经耽搁了太多时间，接到军令那一刻起，陶侃便以最快的速度调拨兵马，传书周访先行，并以侄儿陶舆为侧翼，尽速向西推进。

各部兵马杀气腾腾奔赴荆州，陶侃正要领兵跟进，忽有求救文书自浔水城而来，陶侃只觉不妙，打开观瞧：杜弢亲领大军围攻浔水城，掳掠郡县百姓无数，城破在即,请速救援。

第二十四章　西征荆州，显威武昌

八月的武昌，正是最热的时光。天上仿若有件浸水后的裘袍受炭火烘烤，烫得正急时跌落尘世，将广阔的天地紧紧包裹其中，闷得人直发慌。即便到了夜晚，也未有丝毫凉气，反倒被天上浮起的云层笼罩，愈发沉闷起来。江边长满了一人多高的芦苇，被江风吹拂起起荡荡，依旧卷着灼人的热浪，肆无忌惮地挤进每一寸皮肤，逼出涔涔汗水，伴着空气中的潮湿，黏糊糊地粘满全身。

在这样潮热的烦躁中，一群甲胄齐整的将士隐隐藏于芦苇荡间。这样的天气里，只怕脱个精光都不觉得舒爽，何况这些人还穿戴着厚厚的甲胄，自然苦不堪言。不少人索性将半个身子泡在水里，才稍稍除去一些热气。更多的人则趴在芦苇荡的烂泥里，任凭蚊虫叮咬，也没有一声抱怨。叮得急了，干脆闭目养神不去理会，偶尔睁开眼睛，瞧瞧南来的道路，再瞥一眼寂静的武昌城，便又昏昏小睡过去。

为首一员将军，面庞消瘦白净，相貌倒也平平无奇，若是没有这身甲胄，瞧去与一乡间教书的先生无异。只是微眯的双眼，不时流露出些许睿智和精明，让人一见便觉得与众不同。这将军与兵士们皆藏身芦苇荡中，自始至终没有动弹一下。正是武昌太守、龙骧将军陶侃。

那日接到周顗求救文书后，得知杜弢亲征浔水，陶侃不敢大意。周访和陶舆已经领兵南征，陶侃遂集结武昌余部精兵速速向浔水驰援。

十日的行程，陶侃硬是只用了三日。叛军声势浩大，至少也有数万之众，将浔水团团围住，显然志在必得。叛军外围四处散落着劫掠而来的粮草财货，大车装得满满当当。时不时传来阵阵嘤嘤哭泣之声，显然是被叛军掳去的良家百姓绑缚其间。

只因周访、陶舆已分兵去往长沙，此刻陶侃兵不过万。好在叛军看似人多势众，却忙着围城。陶侃遂大张旗鼓突袭敌阵。

叛军忽然受袭，慌乱了一阵。出乎陶侃意料的是，叛军很快便冷静下来，分拨兵马上前阻截官兵，大营中军则收拢辎重缓缓撤军。叛军以蜀人流民为主，兼有荆州百姓，在荆州肆虐年余，所得兵器铠甲丝毫不逊于官兵。久经沙场磨炼，打起仗来进退有序，着实让人汗颜。与当年张昌叛军相比，几乎不可同日而语。

陶侃对叛军的训练有素暗暗吃惊，正调兵遣将应对叛军的反扑。谁知叛军稍稍抵挡一阵，待其中军撤走之后，且战且退，缓缓离开了浔水战场。

陶侃甚是疑惑，对退走的叛军未敢轻易追击。瞧叛军的情形，似乎对官兵的到来并没有感到意外，就连撤军都显得从容不迫。甚至还来得及带走不少劫掠的粮草辎重，掳走不少青壮男女。

陶侃使人入城拜见周顗，方知叛军侵扰浔水，虽说人多势众，却没有攻城的迹象，连日来只是围困浔水，又分兵劫掠郡县而已。

听闻此事，陶侃隐隐觉得有些不妥。

浔水城隶属九江郡，与武昌、江夏、豫章连成一线，共同构筑成江东防御荆州的长江防线。杜弢如此大的阵仗，出动数万大军入侵浔水，显然是听闻司马睿西征的消息后，抢先下手，有东进的意图。

周顗出任荆州刺史，在沔阳受挫后，退守浔水，自然成了杜弢首选。一者周顗兵败后士气衰败，二者若能擒获江东的荆州刺史，必能极大挫伤官兵锐气。杜弢亲领大军入侵浔水也就显得合情合理。只是战场上叛军的举动，却万分诡异。

若杜弢真有心抢占浔水，那便该趁着陶侃援军未到，全力攻城。毕竟城中守军兵力不足、了无战心，强攻城池未必没有胜算。就算杜弢不愿过度消耗兵力，也该围困城池，布下伏兵以待陶侃援军，可杜弢偏偏又没有这样做。刚刚与陶侃交手，便匆匆退去。瞧这举动，似乎根本没有攻占浔水的意思。

陶侃遣出斥候沿路查探，叛军退兵之后也未走远，于泠口安营扎寨。陶侃不明叛军意图，未敢轻动。猜度杜弢或是有意引官兵来浔水决战，就地先在城外建起大营，与浔水城遥相呼应，防备敌袭。又传命周访、陶舆向浔水靠拢。不管杜弢究竟作何打算，待两部人马集结，必能将叛军围困于泠口。

数日过后，陶侃愈发狐疑。

周访两将南征后，陶舆一路几乎没有遇到多大阻挠，数次击破叛军，得陶侃军令后，迅速赶回了浔水。可周访却迟迟没有奉命集结，仅仅传来军报一封。

周访这路军马远比陶舆要艰辛许多，刚到长沙便遇叛军猛烈阻击。叛军虽然没有战船抵御，却造出无数桔槔阻挡官兵。那桔槔本是农田灌溉器具，被叛军改良，居然可抛砖石，又以江水为动力，百斤重的巨石都能被丢出数十丈远。眼见数艘战船被巨石击沉，周访也未硬闯，而是做长岐枨列于船侧。但凡砖石袭来，皆被弹入江水之中，使得叛军桔槔再难危害战船。周访这才顺利冲破敌阵，杀入长沙境内。

初战告捷，周访正要乘胜追击，却得征讨都督王敦军令。杜弢已遣其大将张彦绕道青草湖，杀进豫章，焚烧城邑。王敦兵马接连受挫，急调周访回救豫章。周访得令之后，只得舍弃征讨长沙的计划，尽快赶赴豫章，与王敦兵马汇合后大战叛军。

叛军异常彪悍，周访身先士卒，力斩张彦于阵中，这才击退叛军，却被流失击中，所幸射中唇齿未及要害，仅仅断了两颗门牙，保住了性命。周访为保军心，追杀叛军一阵，待敌退远了，这才缓缓撤军。

叛军失了主将，周访正谋算隔日突袭敌营，彻底清剿豫章叛军。谁知入夜之后，又有大批敌军往豫章集结，竟已有数万之多，乃是杜弢亲信大将杜弘再次引兵而来。

叛军兵力已是官兵数倍之多，周访眼见叛军如此势大，心知激战之后兵马困顿，此刻绝难是杜弘敌手，若被叛军死死咬住，只怕全军覆没近在眼前。周访遂遣千余兵马扮作樵夫隐入山林，复而大张旗鼓明火执仗回到营中，沿途诈称陶侃援军奔赴豫章，又在营中多布营火埋锅造饭，显得人声鼎沸兵马雄壮。叛军疑惑中只能再次退兵。周访遂引兵退回江北，构筑防线，借长江之险抵御叛军。此刻豫章兵力捉襟见肘，能抵御叛军入侵已是难能可贵，实在无力驰援浔水。

陶侃初闻周访中箭，先是担心一阵，得知并无大碍，依旧可以领兵御敌，这才放下心来。周访能否赶来浔水，此刻倒不甚打紧。杜弢兵马虽盛，可陶侃得到陶舆增援之后，又有浔水城在旁策应，倒也不惧叛军。关键是豫章受袭之事，让陶侃对叛军的意图更加摸不着头脑。

依杜弢部署，显然是以两路大军齐进，一路走浔水，一路走豫章，无论哪一路突破防线，都可以顺势杀进江东。虽说长沙的叛军被周访击溃，可豫章受袭，周访只能回救，使得杜弢巢穴安然无虞。

与豫章的激战不同的是，浔水似乎仅仅是一种试探和佯攻，至今没有一场真正的交锋。浔水与豫章，一虚一实，杜弢究竟打什么主意？听闻杜弘引大军增援豫章，难道是从叛军泠口大营分兵南下？然而据斥候所探，敌营中旗帜不变，营火不减，似乎并没有大队兵马离去。

陶侃思虑许久，猛然醒悟！浔水、豫章！中计了！

无论是浔水的佯攻还是豫章的血战，都不过是杜弢的障眼法！江东大举征讨荆州，谋划年余，却迟迟没有付诸行动。杜弢自然早已获悉官兵布防。从其行军意图不难看出，杜弢是想以攻为守，将战火推进到江东地界。可官兵早已大军压境，在长江沿线布下重兵，杜弢想要渡过长江，显然困难重重。浔水、豫章两地皆在荆州南部，杜弢调兵遣将，分明是在引江东兵马尽皆南下。如此一来，武昌空虚，这才是杜弢真正的目标！

陶侃想通这一点，不由冷汗淋漓。武昌一旦失陷，江东在荆州最后一块土地便失落敌手，虽说荆州尚有王如、胡亢、王冲、应詹、郭舒几方势力，可杜弢兵马最为强盛，隔江阻断江东兵马后，杜弢便有充裕的兵力和时间来围剿这几部兵马。而武昌又与建业最近，若杜弢趁着江东兵马皆在南方，顺江而下，旬日之间便可兵临建业。只怕江东不但征讨荆州成了泡影，就连扬州、湘州、江州都将成为杜弢囊中之物了。

陶侃越想越怕，叛军泠口大营越瞧越觉得可疑。如自己所料不差，想必此刻敌营不过虚张声势而已，而杜弢早已领精兵北上了。陶侃在浔水耽搁了这些时日，已然被叛军甩在身后，若再不抓紧赶回武昌，大势去矣！

陶侃随即不再迟疑，点齐兵马便要回救武昌。为防自己判断有误，陶侃分兵陶舆驻守浔水，自己统领兵马尽速北归。叛军已经提前走了数日，为了赶在杜弢之前回到武昌，陶侃传令全军舍弃一切辎重，除了兵器铠甲，就连口粮都不带分毫。

陶侃本来还忧心军士饥困，士气懈怠，这时在武昌练兵的成效终于显露出来。

虽然昼夜行军苦不堪言，可全军将士硬是没有一声抱怨。陶侃营中兵马又多半是武昌、江夏就地募集，不少人当年还曾追随陶侃平定张昌叛乱，阻击陈敏侵扰，对陶侃的威名打心底里敬服。再想想过去的荆州，在刘弘、陶侃一干贤良治理下安居乐业，如今却被这些叛军四处祸害，将士心中早就怒火中烧，誓与叛军不共戴天。故而饥困交加中，将士们在剿灭叛军的信念支撑下，硬是在三日之内再次赶回了武昌。

要知道，陶侃驰援浔水时，虽然也只耗费了三日时光，可毕竟那时是顺水而下有舟船便利。往回赶时，可全靠着双脚，一路沿着蛮荒捷径跑回去的。

待远远瞧见武昌城，尚未受到叛军侵袭，陶侃这才长舒一口气。

算算时日，叛军这两日也该出现了。陶侃不急于回城，就近于江边芦苇荡中蛰伏下来。只等叛军出现后，打杜弢一个措手不及。为防被叛军瞧出端倪，陶侃仅仅派出亲信回城报警，也不敢让城中送来饭食，免得走漏消息。白天，将士们躲在芦苇荡中悄无声息，只有到了深夜，才借着月色，在江边捕些鱼虾果腹。也没有篝火烹煮，都是混着血水，忍着腥臭，活生生吞下肚的。

第一天就这样熬了过去，全不见叛军踪迹。第二天又已夜深，眼见太白渐渐现于东方，依旧没有等来叛军。

陶侃心中甚至开始有些怀疑，是不是自己猜错了杜弢心意？回首扫视一圈，将士们忍饥挨饿，昼夜奔袭，接连数日粒米未进，又在武昌这般燥热中浸在江水里许久。如叛军不来，陶侃当真无颜面对这些忠义果敢的勇士们了。

陶侃正有些吃不准，心中琢磨着若再等不来叛军，索性领军回入武昌，让将士们好生休整。即便杜弢杀来，便以武昌坚城御敌。虽说那样一来，战事必然旷日持久，可至少也能让将士们少受些折磨了。只要有这些坚毅的勇士在，杜弢如何声势滔天，也必有剿灭叛军的那一日。

一群老鸦忽然从林中惊起，盘旋在渐渐发白的夜空中，哇哇叫个不停，一下子打断了陶侃思绪。

陶侃一个激灵，振奋精神，死死盯着南方道路，眼睛都不敢眨一下。就见一队人马，渐渐从夜色中显现出来。初时不过百数十人，悄悄向前试探。未过一会儿，便有大队兵马浩浩荡荡出现在眼前。

埋伏了两日的将士们大多都在闭目养神，此刻被淡淡的杀气惊醒，仿若看到猎物的猛兽一般，恶狠狠地盯着叛军。浑身上下紧绷着肌肉，在渐渐沸腾起来的热血驱动下，好似搭在弓弦上的箭矢。只等陶侃一声令下，便要冲杀出去，以叛军的血肉，弥补这几日奔波的艰辛。

陶侃不动声色，冷冷看着叛兵慢慢贴向城去。在陶侃看来，叛兵偷袭倒也颇有章法。这么多人集结行军，竟能在夜色掩护下几乎没有多大动静，着实令人可畏。难怪杜弢能在荆州闹得这般凶猛，确有领兵之才。只可惜这种才能没有用到正途，反而被叛军引诱，甘心去做叛军的统帅。若非陶侃察觉杜弢意图，及时奔回武昌，只怕武昌落入敌手无从挽回了。

随着一声尖锐的警鸣声从武昌城头响起，依稀瞧见已经爬到城墙半腰上的数十黑影跌落下来。

叛军中发出一阵躁动。眼见偷袭暴露，索性明火执仗猛攻起来。杀声响彻于武昌城外，叛军仿若打了鸡血一般，浑不惧死前赴后继，要用血肉之躯冲破武昌城防。

城中早先已经收到陶侃警讯，对叛军的偷袭早有准备。武昌本就是荆州坚城，陶侃官拜武昌太守两年有余，在其治下，武昌更是固若金汤。莫看城中守军不过寥寥千余，可面对数万叛军的猛攻，心知陶侃就在城外埋伏，故而全无一丝慌乱。各司其职沉着应对，杀得城下早已成了尸山血海，依旧没有让叛军杀进城中。

不觉天色渐渐大亮，叛军已经猛攻了三四个时辰，死伤足有数千之众，依旧没有稍缓攻势的迹象。杜弢似乎吃定了武昌一般，继续催令各营轮番上前攻城。

一员身形健硕的偏将，单手持刀，扶着云梯，冒着漫天箭矢礌石，硬是抢上城墙，连斩数名守军。面对争相赶过来的官兵，浑然不惧，直杀得城头乱成一团。有那员偏将在城上搅乱守军阵势，后面的叛兵蜂拥而上，顷刻间已有数十人登上城楼。

陶侃眼见武昌失陷在即，叛军锐气也消磨差不多了。一声令下，苦守了两日的将士，早已急不可耐地跳出芦苇荡。憋了这么久，陶侃将士仿若猛虎出笼一般，都不必战鼓助威，杀气腾腾便向叛军后翼冲了过去。

杜弢正全神贯注于攻城战事，瞧着麾下猛将毛宝已经杀上城头，心中乐开了花。杜弢原本是成都小吏，以才学著称举为秀才。李雄父子霸占益州，杜弢辗转流亡荆州，得应詹赏识官拜醴陵县令，本也有心一展才学平定天下。可王澄那些官宦世族只顾荒淫玩乐，全不把流亡百姓性命放在眼里，屈杀已经归降的八千蜀民。父老乡亲的惨死，让杜弢终于对这腐败的朝廷失去了最后的信心。既然朝廷救不了百姓，那就依靠百姓来自救。此番鏖战月余，江东兵马皆被诓去南方，武昌终于如先前谋划那般即将落入手中。自此之后，杜弢便不再仅仅是一个流民统帅了。经此一战，足以震慑荆州各部势力。待掌控州境，杜弢便有了东进江东角逐江南的实力。

杜弢正兴冲冲地畅想着今后的宏图伟业，忽然听闻后部兵马阵阵躁动。使人忙去查问，方知官兵不知何时从天而降，已经冲破后阵，往中军杀来。杜弢不由一愣，自己偷袭武昌谋划得天衣无缝，只怕今早攻城时，才被官兵察觉，就算求救讯息传了出去，离武昌最近的陶侃部众至少也要十日方能赶来，这突然出现在身后的官兵究竟是从何而来？

杜弢无论如何也猜不透究竟是哪里出了问题，只当官兵不过是周遭城池闻讯后，匆匆集结赶来的兵马，料想也不会多到哪里去，遂分拨兵马前去阻截。谁知还未过半个时辰，后部的动乱转眼已经蔓延到了眼前。远远瞧着那些泥污血水沾满全身的官兵，如狼似虎追杀着自己的部众，而自己的百战之师，竟如丝帛一般，轻松被官兵扯个稀烂，杜弢这才察觉出异象。这偷袭的兵马分明就是武昌的精锐大军！陶侃究竟如何手段，竟能瞒天过海？

杜弢心生慌乱，虽然武昌城破在即，可兵马苦攻半日早已有些倦怠，想要抓紧时间抢入城去已经没有指望。中军受袭，瞧着官军的气势，若再迟疑，只怕不但攻破武昌无望，自己都要交代在城下了。

杜弢满心不甘，鸣金收兵，统领兵马便要突围，然而官兵却像黏人的膏药一般，死死咬住中军不放。杜弢虽为统帅颇有谋略，却原本是个文士，并无武技，在官兵围攻下，渐渐慌乱起来。

主帅一乱，中军随即成了一盘散沙，被官军杀得愈发没有了章法。眼见杜弢受擒在即，最先抢上武昌城头的毛宝瞧见中军受袭，已从城上撤了回来，匆匆救护杜弢。

毛宝不愧是杜弢猛将，在强攻武昌时已经耗费不少气力，此刻却无半点疲态，仅以一柄单刀，就杀得官兵不得近身。

眼见杜弢即将退去，陶侃部将朱伺冲破阻拦杀了过去。就见乱军丛中，一老一少两员骁将，你来我往斗得不可开交。单刀与长枪铿锵作响，不慎卷入二人争斗的士卒，惨遭波及死得不明所以，惊得余众纷纷避开。倒是为两将腾出一块空地，正好放开手脚拼杀一场。

两人斗了百十回合，依旧难决高下，毛宝毕竟年轻气盛，渐渐压制住了朱伺气势。心中却又思量着护卫杜弢撤军，也就不愿继续与朱伺争斗下去。猛攻一阵，击退朱伺，转身闪回阵中，护着杜弢杀开一条血路。终是冲破了官兵阻截，领着残兵一路向长沙退去。

陶侃见杜弢兵败而逃，有心乘胜追杀。可兵马自浔水回救武昌，奔袭千里，能养足精神大破叛军已经不易。想要一战剿除杜弢之患也绝无可能。随即唤住朱伺，有条不紊剿灭未能退走的叛兵，清理武昌战场。此战斩敌近万，受降数千，尽获叛军辎重，战果还真不小。陶侃唤了参军王贡，将武昌捷报送去豫章，告于主帅王敦知晓。

第二十五章　才拜刺史，便遇叛乱

武昌一役，陶侃先知先觉，在极端不利的情形下，逆击杜弢，重挫叛军。短短数日，官兵大破叛军之事便已传遍荆州。

南平太守应詹、荆州别驾郭舒，原本就与陶侃同为刘弘部将，早早遣使送来书函，愿归心于江东，助陶侃共平荆州。而雍州流民叛军统帅王如，在荆州各部势力中最为弱小，既无城池栖身，又无粮草补给，饥困之中率部向王敦投诚。

除去这三部人马倒向江东，其余各方势力也发生剧变。

胡亢反叛之后，整日疑神疑鬼，忧心被部将出卖，听闻武昌战况，愈发乱了分寸，诛杀不少受猜忌的部将。惊得杜曾唯恐波及自己，遂暗中与伪荆州刺史王冲媾和，刺杀胡亢，兼并其众。

而王冲驻地江夏紧邻武昌，虽然与杜曾合力铲除胡亢，除掉心腹大患。可陶侃大破杜弢，吓得王冲集结兵马向西转屯于江陵，以避陶侃兵锋。陶侃遂遣朱伺领兵清剿王冲叛军余孽，顺势收复江夏。

荆州错综复杂的局势，在武昌一战后立刻变得脉络清晰起来。陶侃不但力保武昌不失，更是打开了征讨荆州的大好局面。

王敦得了陶侃所奏军报，又有王如部众归降，喜出望外。豫章一战，周访虽然击败叛军，斩敌大将张彦，却被驰援而来的叛军大将杜弘逼回了江北。王敦正为豫章胶着的战事苦恼，陶侃便给王敦送来一颗定心丸。

相较之下，想想琅琊王司马睿委派的荆州刺史周顗，王敦便觉得烦恼。王导刻意提拔周顗，王敦自然知道其心意，可周顗去往荆州后，连战连败，皆是靠陶侃救护及时方才保全性命。退守浔水后，周顗见陶侃撤军北归，还忧心陶侃是惧战而逃，唯恐泠口叛军杀来，舍弃城池，过江投奔豫章。周顗枉为荆州刺史，实在难堪此重任。偏偏又恃才傲物，自以为与王导亲近，就连王敦都不大恭敬。王敦看在王导面上不与周顗计较，可这刺史之职还是另选他人为好。遂在陶侃参军王贡力谏之下，上表于建业，拜陶侃为荆州刺史，加宁远将军，持节，领西阳、江夏、武昌三郡。

陶侃大胜之后，又受了王敦官职，意气风发。自从在刘弘麾下当差，纵横荆州建功立业之后，陶侃已经压抑了七年之久。这些年来，陶侃凭借当初平定张昌、陈敏叛乱，身负盛名，却苦无大展雄才的机遇，心中早就憋屈难耐。如今扬名立万的机会再次摆到陶侃面前，而王敦又如此器重，陶侃欣喜之余，不由对王敦多了几分好感。回想当年王敦在张华寿宴上，对王恺连杀三名无辜侍妾全不理会，此时也不觉得王敦有什么不对的地方，反倒觉得王敦颇有些果敢和不妥协的气度了。虽说王氏兄弟与琅琊王司马睿明争暗斗，可王敦能顾全大局收复江南，远比那些尸位素餐的宗室权贵要明理许多。有这样的人物掌控江东军政大权，对这纷乱的天下也未尝不是件好事。

陶侃颇有得遇知己的畅快，这些年来的苦闷一扫而空。还当再接再厉平定杜弢，才好回报王敦的知遇之恩。陶侃在武昌稍稍休整几日，便领军进屯沔江，筹划南下长沙清剿杜弢之事。只是到了沔江后，陶侃却不敢轻易南下了。

北方尚有杜曾、王冲两部叛军，显然有联兵抗拒官兵的打算，甚至隐隐有和长沙杜弢交通的意图。若陶侃贸然南征，杜曾与王冲在北方闹起来，还真是陶侃心腹大患。

陶侃一面传书于豫章，谏言王敦遣周访趁着杜弘已经退兵，再次西进长沙，与陶侃齐头并进，两路大军合击叛军。一面又谋划着如何稳住杜曾、王冲，为南征扫去后顾之忧。

忽有小校自竟陵而来，言参军王贡独闯虎穴，已经说降杜曾，领兵袭破江陵，斩杀伪刺史王冲，兼并其众。

陶侃大喜。难怪王贡去豫章递送捷报后迟迟没有回来，却是做成了这等大事。王贡不但为陶侃争来荆州刺史之职，又一石二鸟，替陶侃除去心腹大患，当真是个人才，还当委以重任才是。

问那小校来龙去脉，就见那小校似有不安地说道："王参军此去竟陵，为说服杜曾，诈称是受将军指派，加拜杜曾为前锋大都护，这才说降杜曾攻破王冲。"

陶侃闻听此言，倒不以为意。虽说王贡擅作主张，假传军令，却是办成了大事。毕竟纵横捭阖少不得尔虞我诈，何况陶侃也久闻杜曾勇名，若能收为己用，必是南征杜弢的一柄利刃。遂对那小校说道："王参军劳苦功高，你且回竟陵去，传告王参军，命杜曾领其部众，速来沔江合兵，共征长沙。待破杜弢，本将必为二人表功于建业。"

送走了那小校，陶侃安心谋划南征长沙。调拨粮草，召集部众，只等杜曾应命，便要开拔。可陶侃左等右等，连过半月有余，依旧没有杜曾兵马踪迹。陶侃使人催促了几次，仍是杳无音信，心中渐渐不安起来。

正想点起兵马，往竟陵一探究竟，忽有斥候来报，言竟陵方向涌来数千兵马，正是杜曾领兵，参军王贡亦在军中。

陶侃稍稍放下心来，看来王贡总算说服了杜曾。耽搁了这么长时日，想必多是杜曾心中有所顾虑。随即传令营中将佐，陪同自己亲往营前迎候，以示对杜曾的器重，又命庖人准备酒宴，款待杜曾部众。

然而陶侃在营前候了大半日，眼瞅着日头西沉，依旧没有见到杜曾兵马。陶侃心中有些不豫，

算算时辰，杜曾早该到了，如此迟缓，未免有些太过自大了。耐着性子又等了半个时辰，忽有斥候慌慌张张来报："杜曾领兵袭破沌阳！"

陶侃面色一变。在沔江立起大营后，先后在沌阳、沔口另立两

营，分别以大将郑攀、朱伺留守，以作沔江大营的侧翼。若沌阳有失，沔江必然不稳。只是王贡已经说降杜曾投奔自己，为何会突袭沌阳？如今荆州局势一片大好，杜曾明明有一条光明大道，何苦要再次反叛自寻死路？喝问道："所探可曾有误？"

那斥候惊恐回道："并无差错！沌阳确实已被杜曾攻破！"

陶侃喝道："再探！"

还未等那斥候匆匆离去，就见一队人马狼狈不堪跑到面前。为首一将正是沌阳守将郑攀。甲胄凌乱，赶到面前拜道："末将无能，丢了沌阳。本要赶去沔口，与朱伺合力拒敌，却被杜曾抢先袭破营寨，朱伺下落不明！"

听闻此言，营中将校已是面色惨白，陶侃更是目瞪口呆。郑攀、朱伺皆是陶侃旧将，素来稳重，能堪重任，尤其朱伺算是陶侃麾下最为勇猛的老将，竟也未能挡住杜曾？而沔口被杜曾攻破，叛兵几乎已在门前了，沔江大营岌岌可危。

陶侃喝问道："沌阳、沔口守备严密，岂会被杜曾轻易攻破？"

郑攀摇头叹气："杜曾兵马雄壮，又有参军王贡引路。末将只当是北军来降，全无防备之中被赚开营门，顷刻间便被杜曾杀得大败！朱伺只怕也是如此丢了沔口。"

陶侃气得咬牙切齿，愤愤骂道："王贡小贼，安敢如此！枉我如此看重于你，居然甘心事贼，其心可诛！"回首说道："传令中军，随我迎敌！"

闻听此言，众将吓了一跳，郑攀忙劝道："将军不可意气用事。杜曾勇猛如此，便是朱伺都难是其敌手，非是末将贪生怕死，不敢去战那杜曾。敌军突袭得胜，气势正猛，若我军轻易出击，再败于其手，只怕军心涣散，大势去矣！"

也有人说："我等奉命讨伐荆州，杜弢乃是首恶，若与杜曾纠缠于此，实为舍重就轻。为今之计，莫不如谨守大营，以拒杜曾！杜曾侥幸袭破沌阳、沔口，可其兵马毕竟有限，绝难撼动沔江大营。待其士气懈怠，必为我军所败！"

还未说完，又有人说："不可不可！杜曾骁勇善战，已连破两营，沔江大营未必能挡得住杜曾兵锋！不如趁着叛军尚未杀来，速速收拢兵马退去涢中，借涢水阻断敌军攻势，暂且避其锋芒。”

旁边又有人骂道：“胡说什么？杜曾兵马近在眼前，大军岂能擅动？撤军之中，军阵松散，岂不是放在那里任由杜曾屠戮？”

一时营前诸将七嘴八舌，嚷个没完。陶侃本就怒不可遏，被众将说得不甚厌烦，喝道：“都给我住口！叛军不过数千兵马，我沔江大营有数万之众！还未有一战，便将尔等吓成这般模样！成何体统！传令各部人马，速拨甲士万人，随我往沔口迎战！我倒要看看，这杜曾小儿如何挡得住我百战雄师！”

见陶侃动怒，众将如何敢劝。情势危急，若再耽搁，只怕还没与杜曾交手，便要被陶侃军令惩处了，忙各自调兵。未过一刻工夫，万余精兵集结待命。陶侃披挂上阵，在郑攀陪同下，亲领大军向沔口奔去。

待到营前，就见营门紧闭，外面尚有没来得及清理的残破兵器、铠甲。虽然未见尸首，却有不少血迹并未遮掩干净，空气中也弥漫着血腥气息。显然如郑攀所言，必是经历过一场血战，沔口大营必然已经落在杜曾手中。就见营中人影闪动，隐隐藏有不少人马。

陶侃反倒沉着起来，既然杜曾不敢出营交锋，又刻意隐藏沔口大营厮杀的痕迹，足见杜曾兵马并不充裕，显然未曾想到自己竟会这么快就领兵杀来，故而杜曾有意坚守大营抗拒官兵。杜曾远离竟陵，孤军深入，既然放着锦绣前程不要，那便就地围剿，省得自己南征长沙时，杜曾在身后兴风作浪。

一声令下，万余精兵摆开阵势，便要探上前去，抢攻大营。郑攀领着前部人马已经小心翼翼贴了过去，营中却全无应对，就连弓箭都没射出一支来。就见郑攀兵马已经到了营前，猛攻营门，这才有不少叛兵慌慌张张挺枪迎战，隔着营栏与官兵厮杀起来。

陶侃安心下来。叛兵如此御敌，想必是缺少箭矢。从竟陵远来，又先后袭破沌阳、沔口，只怕所带弓箭早已耗尽。杜曾匹夫之勇，只凭着蛮劲便想撼动沔江数万大军，丝毫不顾及辎重补给是否充裕，未免太不自量力了。想想也是，但凡有些头脑的，明知荆州叛乱平息在即，又何苦自寻死路非要与官兵作对呢？陶侃专心瞧着营前厮杀，只等攻破营门，便要催动后军杀上前去，擒拿叛兵了。

忽然，一阵惊天动地的马蹄声传入陶侃耳中。陶侃心中大骇，循声望去，便见军阵侧翼不知何时出现数千骑兵，已经列好阵势奔行正疾。

杜曾原为新野王司马歆部将，统领北方兵马驻守新野，故而军中多有战马，待司马歆死去之后，部众自然归于杜曾。相较之下，江南水路纵横，多有船舶而少马匹，陶侃军中几乎没有骑兵，将士们更没有与骑兵交锋的经历。见到万马奔腾的气势，早已吓得心惊胆战，哪里还提得起勇气结阵杀敌？

郑攀更是目瞪口呆。守备沌阳时，有王贡赚开营寨，郑攀几乎还未反抗，便被杜曾杀得逃出营去，都未来及发觉杜曾大军乃是骑兵压阵。难怪郑攀一路逃来沔口，都没时间警示朱伺，依旧被杜曾抢先攻破营寨。

陶侃不由心如死灰。原想杜曾不过数千兵马，自己领万余精兵足以应对。谁料杜曾竟以骑兵为主，难怪如此有恃无恐。沔口大营不过是个诱饵，又何须重兵防备？只要引得陶侃去攻大营，杜曾凭着马快，绕出营外，奇袭陶侃后翼，胜负便已分晓了。

骑兵结阵冲锋的气势，岂是没有经过训练的步卒所能抵挡？顷刻间便被扯破军阵。身经百战的江东士卒，还未交手，便已被撞倒一片，摔得筋断骨折，转眼又被马蹄踩得稀烂。周遭将士惊恐之中，强作精神迎上前去，被骑士的长槊刺得只有招架之力，稍有不慎，便被扎个通透。从两军交锋的那一刻起，战场几乎已经成了一边倒的屠杀。

陶侃连声大叫，召唤郑攀节制各部速速退兵，可归路早已被杜曾骑兵截断。万余兵马硬是被数千骑兵一步步地碾压过来。再往后退，只有茫茫沔江了。

退一步是死，战一阵是死。绝境之中，求生的欲望倒是激起将士们背水一战的勇气。毕竟久战沙场，死亡的威胁，使得这些勇士渐渐摸出些门道，三三两两聚在一起，抵御骑兵的冲击，倒是稍稍阻住了敌军气势。

而在此时，江上忽然行来一队战舰，对着敌军骑兵便是一阵齐射，一下子压制住了敌军嚣张气焰。

陶侃回首望去，竟是败于杜曾后没了音讯的朱伺立于旗舰。看来朱伺虽然大意失了营垒，却并未丧于杜曾之手，而是逃了出去，引水师回救。陶侃心中稍安，有朱伺水师压住阵脚，便有了抵御杜曾的底气。

杜曾骑兵稍稍骚动一阵，小心防备箭袭，继续猛攻陶侃步卒。陶侃眼见伤亡越来越大，心知虽有水师驰援，也绝难反攻杜曾，还是撤军为妙。待船队贴到跟前，陶侃亲领兵马断后，招呼郑攀统率各营将士且战且退，登上船去。

随着退到船上的将士越来越多，江边留守士卒的压力越来越大。一员骁将咆哮一声，纵马冲破已经薄弱的防线，径直向陶侃杀来，正是叛将杜曾亲来。

陶侃虽也有些武技傍身，可在杜曾面前，竟仿若孩童一般全无抵挡之力。只觉一阵劲风拂面，陶侃慌忙避开，一杆满是鲜血的长槊擦身而过。举剑一挡，便被横扫到一旁。陶侃摔倒在地，沾得满身鲜血泥污，好不狼狈。刚刚爬了起来，便见长槊已经刺到面前。陶侃暗叹一声："我命休矣！"

便听一声暴喝："休伤我主！"

哐啷啷一声，一柄长刀隔开长槊，溅得火星闪耀。陶侃一瞧，却是朱伺见陶侃危急，跳下船来，生生在杜曾手中救下陶侃性命，转眼已和杜曾杀得难解难分。

陶侃从鬼门关走了一遭，惊得一身冷汗，心知绝难帮上朱伺，留在这里反倒是个累赘，见兵马退得差不多了，慌慌张张逃上船去，指挥军士射住敌军骑兵，传令已经满载士卒的船只先行退去。

朱伺虽然也是一员猛将，可与杜曾交手，还是落在下风。才斗了三十余合，已然只有招架之力。见陶侃回了船上，朱伺小心应付，慢慢退了回来。

杜曾如何肯依？朱伺虎口夺食救走陶侃，早已让杜曾暴跳如雷，好歹也要留下朱伺，一解心头之恨。怎奈越到战船跟前，箭袭越是密集。杜曾虽然勇猛，可一边防备暗箭，一边要与朱伺交手，也是有些疲于应付。骂了一声，退了回去。

待朱伺逃回船上，已经身受数创。陶侃来不及瞧朱伺伤势，眼见尚未脱困的士卒早已淹没在叛军之中，再无逃生的机会，急命郑攀引着战船速速向江中划去。

陶侃稍稍舒了口气，这才来看朱伺。虽然气喘吁吁，倒也并无大碍。刚谢过朱伺救命之恩，战船忽然一震，停在江边。陶侃回首望去，便见杜曾唤了兵马赶来，抛出刀叉绳索，硬是将陶侃旗舰牢牢勾住。

郑攀引着船队已经退去远了，仓皇失措中，竟无人发觉主帅旗舰被叛军困住。杜曾哈哈大笑，一边躲着渐渐稀松的箭袭，一边指挥士卒弃马登船，擒拿陶侃。

朱伺强作精神，拾起长刀便要再战。陶侃见船后绑缚小舟，拽了朱伺便逃去后面。登了小舟，弃了旗舰，舍了船上还未逃走的士卒。陶侃狠狠盯着涌上船头的叛兵，划了小舟向江中行去。

第二十六章 失之东隅，收之桑榆

陶侃在沔口惨败于杜曾之手，虽然全军上下拼死力战，又有朱伺领水军及时救援，可伤亡也不在少数。随陶侃出征的将士，逃回来的还不足半数。杜曾骑兵之骁勇，着实让陶侃大军心惊胆战。陶侃深知此刻绝难再战，随即撤离沔江大营，在水师庇护下匆匆退回武昌。

战败的消息传回豫章，王敦对陶侃的败军之罪也未轻饶，罢去陶侃所有官职，以白衣领军，将功赎罪。

陶侃虽然失了官职，可好歹还能继续统率兵马平叛，尚有翻身的机会，故而并未怨恨王敦，只是对杜曾降而复叛，怒不可遏。而参军王贡居然暗中投敌，使得讨伐荆州功亏一篑，也决不可轻饶。

陶侃撤军之后，早早遣了斥候往竟陵查探消息，这才知道杜曾反叛缘由，竟与长安朝廷有些关联。

秦王司马业在麴允、索綝拥立下承继帝位，引得北汉刘曜再次领大军进犯长安，司马业只能急招天下州郡举兵勤王。

可江东忙着平定荆州，司马睿安心受了丞相之职，封赏不少近臣，以刁协为丞相左长史，刘隗为司直，庾亮为丞相参军、掌书记，借此安抚江东人心，甚至还为世子司马绍迎娶了庾亮的妹子。却对驰援长安只字不提，仅仅有祖逖数百人北上。虽然祖逖很快募集两千余众，屯兵于淮阴，可要远赴长安未免痴人说梦。

王浚又忙着与石勒争夺冀、幽，见鲜卑段疾陆眷被石勒拉拢过去，转而贿赂仇家拓跋猗卢，又收买了鲜卑慕容氏，邀其首慕容廆领兵相助，欲再次举兵讨伐石勒。自然也不会派兵去救长安。

仅有刘琨想要袭扰平阳，解长安之危，却因兵微将寡，被北汉轻松击退。

司马业见外无援兵，只得以麹允、索綝领兵屯驻黄白城御敌，在北汉兵锋下连战连败。长安亦被刘曜乘虚袭破，司马业都险些被北汉擒去。刘曜攻破长安，恃胜而未防备，麹允及时回救，出乎意料击败汉军，逼得刘曜再次退回平阳。

司马业虚惊一场，对琅琊王司马睿自然怨恨无比。王浚也便罢了，毕竟是个外人，司马睿身为宗室，却对皇帝安危不管不顾，让司马业出离愤怒。遂拜亲信第五猗为安南将军、荆州刺史，南下接管荆州，以此分割司马睿权势。

恰逢杜曾被陶侃参军王贡说服，攻破伪刺史王冲。杜曾正要举兵投奔陶侃，听闻皇帝派第五猗来了荆州，心思立刻浮动起来。

陶侃是琅琊王拜的刺史，第五猗却受的是皇帝官职。虽说如今的大晋朝廷已是垂死挣扎，可第五猗的官职更名正言顺一些。何况第五猗还未与杜曾见面，便准了杜曾一个南中郎将，比王贡的前锋大都护可要风光许多了。杜曾已经杀了王冲这个伪刺史，不在乎再多杀陶侃一个“伪刺史”，随即决意尊奉第五猗，突袭沔江大营。

而王贡原本是陶侃的说客，诈封杜曾官职已经是触犯了军律，若真能说服杜曾归顺倒也罢了，如今杜曾却打起了沔江大营的主意。若王贡落到陶侃手里，岂能有好果子吃？况且杜曾已经铁了心要奉第五猗为主，王贡胆敢抗拒，只怕死在顷刻。为求活命，王贡便这样甘心归顺杜曾，一路引着叛军，接连赚开沌阳、沔口，终是大败陶侃部众。

得知杜曾降而复叛的因果，陶侃纵然气急败坏也是无济于事。征讨荆州的大好局面，硬是被司马业这个大晋皇帝生生插进来一脚，也不知究竟是幸还是不幸。虽说站在司马业的立场来看，倒也无可厚非，毕竟琅琊王司马睿对其帝位威胁太大。可司马业既然承继大位，首要之事应该是攻灭北汉，然而长安稍稍安稳，便想对司马睿下手，未免操之过急了些。

陶侃不敢再往深处去想。此时反击杜曾不但没了时机，更没了出师之名。毕竟杜曾是皇帝的人，陶侃若是与其交兵，岂不成了乱党？只能小心提防，莫让杜曾杀到武昌便好。

而杜曾奇袭得胜，被陶侃逃命出去，倒也没有进逼的意图。毕竟天下动荡，杜曾也要给自己留条后路。两军交锋时，若能擒杀陶侃最好，如若不能，还是不要结下死仇为妙。为向陶侃示好，杜曾甚至只领数百兵马，对着陶侃大营遥拜问候，以示绝无争斗之心。转而迎了第五猗向西征讨，驱散流民，占据襄阳，重新设立了刺史府。招降纳叛，转眼有了万余之众。杜曾本与荆州别驾郭舒有些交情，有心拉拢过去，却被郭舒严拒。杜曾遂领兵攻破沌口，郭舒兵败投奔豫章王敦。杜曾辅佐第五猗有功，两人还结了亲家，关系愈发紧密。

对陶侃来说，虽然杜曾势力猛增，可瞧他四处用兵，只是忙着吞并荆州西部诸郡，一时倒也没有侵扰武昌的空闲。故而陶侃暂放下对杜曾的恼怒，趁着杜曾无暇东征，专心对付荆州叛军首恶杜弢。只要平定杜弢，才好抽出身来专心对付杜曾。而王敦也已回书，决意听从陶侃谏言，使周访领水师西进长沙，甘卓亦领步卒随军征讨。

得闻此讯，陶侃大喜。随即统领大军经江夏南下，又传书应詹领军从南平北上，三路大军杀气腾腾开赴长沙，围剿杜弢在此一战。

杜弢在武昌惨败于陶侃后，其兵马主力尚在。只是自杜弢起兵以来，还是头一遭受此重创。自以为无敌于天下的叛军，早已士气涣散。故而陶侃一路势如破竹，接连大败叛军。未过许久，应詹亦领兵与陶侃会师。应詹曾在荆州助陶侃抵御陈恢侵扰，保武昌、江夏不失，又是陶侃旧主刘弘的远房外孙，今日会师，两人也多了分亲近之意。官兵实力愈壮，不觉已经行至休障，两人只等周访水师一到，便要大举进攻长沙。

这日，有王敦使者自豫章而来。先前陶侃在沔江，一时大意惨败于杜曾，被削去官职以白身领军。如今陶侃连破杜弢，不日便将进逼长沙。王敦遂请命于建业，为陶侃官复原职，也好让陶侃在围攻长沙时，能名正言顺号令三军，放开手脚剿灭杜弢。

陶侃面上还算镇静，可心中自然欢喜。惨败于杜曾使得陶侃颜面扫地，总算凭着本事，再次得到朝廷的认可。陶侃心头阴霾立时消散。

应詹、朱伺、郑攀诸将闻言，纷纷来大帐恭贺。陶侃平日很少饮酒，今日正在兴头，随即置下薄酒。一者算是慰劳诸将连日苦战；二者以谢诸将尽心辅佐，终有今日官复原职；三者也算是激励诸将，再接再厉共讨长沙。

众人几乎都曾在荆州为官，又同受刘弘恩遇，故而没什么隔阂。饮了几盏，三言两语便聊起了刘弘往事。

朱伺说道："朱某年少时曾为前吴小吏，吴亡之后迁居江夏，举为郡府武官，本以为今生也就这般模样了。谁知张昌作乱荆州。朱某有幸追随老刺史鞍前马后，总算有了建功立业的机会。和那些个道貌岸然的士大夫相比，老刺史当真堪称独具风骨。素不与部将争功，反倒替朱某背了不少黑锅。每念及老刺史的恩遇，朱某今生今世都无以为报。只可惜刘璠公子受诏去了洛阳后，便失了音讯，也不知今生还有无相会的一日。"

陶侃心中一阵悸动，只因刘弘在荆州人望太高，东海王司马越掌权之后，为防荆州士人拥立刘弘之子刘璠为主，刻意征召刘璠去了洛阳。怎奈司马越没有中兴之才，终是被石勒所败。陶侃早早逃回了江南，可刘璠却留在了北方。听闻石勒攻破司马越部众后，杀人十余万众，只怕刘璠多是已经死于乱军之中了。

郑攀却道："老刺史恩泽遍于州郡，便是荆州之外也多受其惠，每有紧要之事，老刺史总是亲书信函，人言：'得刘公一纸书，贤于十部从事。'但有老刺史一句话，何人不买他一分面子？刘璠公子去了北方，有老刺史余威庇护，必能逢凶化吉。"

众人都知道刘璠能活下来的机会实在太过渺茫，郑攀这些话不过是给众人宽心而已。可明知如此，却人人都愿这是事实，也能让心中稍稍安慰一些。

今日酒宴是恭贺陶侃官复原职，可几人还没说几句便提及伤心事。应詹忙转开话题：“其实舅爷能得州郡士人拾爱，无外乎凡事出于公心罢了。平定张昌、抵御陈敏自不必说，为求天下早日平稳，宁可与待其有恩的刘乔为敌，也要助司马越讨伐司马颙；为保荆州稳固，宁可受司马越猜忌，也要保下驰援荆州的司马颙部将张光性命。如此顾全大局而不念私情，方能名显于天下。”

陶侃受刘弘恩遇最深，虽然应詹刻意转开话题，可几盏酒下肚，陶侃不由一丝悲凉从心而起：“老刺史在时，虽逢中土八王之乱，天下纷争四起，然举目四望，独荆州郡县安宁，夜不闭户路不拾遗。怎奈天不假年，不能一扫污浊，还国家太平，着实令人惋惜。想想老刺史薨逝已有十载，当日繁花似锦的荆州，已然离乱成今日模样。我等愧为老刺史部将，不能守护其土，当真有负老刺史待我等恩遇了！”

郑攀愤愤说道：“还不是司马略、山简、王澄这几个无能之辈祸害的！这些个宗室贵胄、豪门世族，名气大得吓人，哪一个不是酒囊饭袋？除了游山玩水，便是卖弄诗词，要么就是拿个鹿尾巴摇头晃脑。说些高深莫测的胡话，装得像是个得道高人，实则招摇撞骗坐抬身价罢了。可说来也怪，偏偏就是这么些个玩意儿，就能得朝廷青睐，高官厚禄显耀无比，你们说气人不气人！”

郑攀是个粗人，硬是把玄学清谈这一风雅之事说成是装腔作势。应詹是个文人，郑攀如此诋毁玄学，应詹自然不喜，可也不好刻意纠正。

朱伺也在旁边嚷嚷道：“可不是吗？陶刺史当年从江夏卸任郡守为母丁忧时，那继任的郡守就是个无能之辈。稍稍有点山贼匪盗，便已束手无策。问计于他那些个亲信，哪一个不是口若悬河，却无不是纸上谈兵。那郡守怪我不发一言，我便告他说：‘诸将用口舌攻贼，朱某只凭武力取胜。’非但没能让他转醒，反倒乐得他不着边际。待石勒杀来江夏，众人闻风而逃，朱某力战不敌，只能退守夏口。想想这些个庸碌之人执掌权势，朱某气就不打一处来。”

陶侃早年在洛阳，也是借着清谈得以显名于士林，却对这清淡不甚厌烦，叹了口气道：“清谈固然儒雅，的确也能修身养性。可世族权贵以此卖弄才学，实乃本末倒置。陶某先前去建业拜会王导时，有个唤作陈頵的参军，便曾痛斥士人以清谈治学为雅，以躬身理政为俗的陋习，亦对九品选官之法深为忧虑。陶某倒很赞赏陈頵见地。如今中原遭敌侵扰，琅琊王守江南半壁，如能广开言路，一改旧时恶疾，必有重振江山之日。待讨灭杜弢，陶某也有意附议，上书朝廷从陈頵之言清整朝堂。”

朱伺、郑攀不是什么世族出身，听陶侃说起陈頵之言，很是喜欢。陶侃如今已经官拜荆州刺史，在琅琊王司马睿麾下，也算是一号人物了。若真能一改朝廷用人之法，寒门士子终有了出头之日，朱伺、郑攀自然乐见其成。谁知应詹面有难色说道：“依应某所见，刺史大人还是不要附议为妙！”

朱伺、郑攀因为应詹是刘弘的晚辈，故而很是敬重，谁知应詹居然反对陶侃谏言朝廷的良策，不由有些恼怒。冷言说道：“应太守大门大户，自然不知我等这些下贱之人的求官之路如何艰难。若老刺史尚在，必会支持陶刺史之言了。”

谁知应詹却说道：“二位误会应某了。虽说应某远不及舅爷风骨，可也不是那等阻断别人仕途的小人。刺史大人说的这陈頵，应某倒是有所听闻。听说近来又上疏于琅琊王，依旧言及此事。终是惹恼了建业的世族权贵。琅琊王不愿因为一个陈頵而得罪了那些亲党，已把陈頵贬出丞相府，外放谯郡太守了。若刺史大人不知轻重，牵扯进此事当中，只怕非但没能一改朝野风气，反倒要再次丢官弃爵了。”

听罢应詹之语，陶侃一阵默然。

陶侃此刻奉命平叛，干的是刀口上舔血的活儿，可想要天下太平，可不能一味只靠武力。即便是北伐中原，也需要一个稳固的江南为后盾。陶侃虽为武将，却精于治学，深知治国抚民的道理。当日在新亭酒宴上，听到陈頵之语，虽然被满堂宾客置若罔闻，亦被王导敷衍过去，可陶侃却听得耳目一新。

陶侃出身寒门，深知九品选官之法对国家选用贤才的扼制。自己便是个活生生的例子。就因出身太低，快四十岁时，还不过是个伏波将军府的小吏。若非时势造人，张昌叛乱扰乱荆州，陶侃又遇刘弘明主，只怕时至今日，依旧是个忙于整理文卷的杂吏吧。

再说那清谈文会，多少执掌机要的权贵重臣沉迷于此，整日附庸风雅而把国家大事丢在一旁。王衍、王澄兄弟俩，不就如此荒废国务？上行下效，搅得大晋朝野奢靡成风。陶侃对此深恶痛绝。

眼下征讨杜弢形势大好，待剿灭杜弢、反攻杜曾，荆州得以平定，则琅琊王掌控江南全境，正是一改陋习奋发图强的时机。故而陶侃早就琢磨着战事结束后，谏言朝廷，一改用人旧制。谁知首发此言的陈頵，竟会被贬官外放。足见司马睿可没有废止九品选官的心思。

陶侃叹了一声，想想也是。司马氏本就是世族起家，对九品选官之法岂会排斥？何况司马睿是被王导这些世族支持，才能得以坐稳江东。这么多人的利益牵扯其中，又岂会支持废除旧制？

朱伺、郑攀见陶侃面有难色，而应詹所言确有道理，刚刚燃起的希望再次破灭。跟着叹了一声，喝起闷酒。

正在此时，忽听营外一片嘈杂之声。陶侃次子陶瞻慌慌张张跑进帐中："父帅，敌军袭营！"

陶侃官拜荆州刺史后，长子陶洪被琅琊王征辟，在丞相府给了个掾吏的差事。虽是对陶侃的器重，其实也有人质的意思。陶侃倒并不在意，只要自己忠于社稷，陶洪便没有什么性命之忧，反而有了在丞相府的经历，日后必有一番前程。此番征讨长沙，陶侃带了次子陶瞻随军，指望能让陶瞻历练一番，也好将来有个出路。陶瞻倒也不负陶侃期望，随军以来，颇能帮上些忙。陶侃此时正与众将饮酒，就让陶瞻在外寻营戒备。

见陶瞻慌成这般模样，陶侃只当陶瞻毕竟年少，没见过什么大场面。杜弢接连败于官兵，早已覆灭在即，即便袭营也不过是滋扰生事而已，成不了什么气候。遂斥责道："慌什么？可曾看见何人领军？来了多少人马？"

陶瞻回道："领军之人戴着一个铁面鬼脸，瞧不见面容。观将旗所书，乃是杜弢大将王真。天色已晚，并未瞧清究竟来了多少人马。似是以小舟渡江，已经攻破了前营，只怕不在少数。又有一员小将甚是骁悍，好像叫做毛宝，营中将佐无人能挡得住他！”

王真？陶侃并未听过杜弢麾下何时有了这样一员战将，可毛宝随杜弢偷袭武昌时，给陶侃留下了深刻的印象，只怕今夜袭营绝没那么简单。

陶侃忙与众将来了帐外，果见前营方向一片火光，杀声已经越来越近。

陶侃骂了一声。近日来连战连胜，原以为杜弢必不敢再战，只能退守长沙。谁知竟会派兵袭营。陶侃今日官复原职，却被叛军来了这么一手，若被叛军击败，哪还有脸面执掌兵马？传下军令，再敢退后一步，军法处置。亲领卫兵上前督战。应詹、朱伺、郑攀诸将，早已各归其营，统领兵马上前迎敌。

虽说王真、毛宝袭营，令官兵有些猝不及防，吃了大亏。可经历沔江战败后，陶侃已经分外小心，故而各营都加强了守备。此刻众将又已归营，将士们有人约束，慢慢从初时的慌乱中镇定下来，收拢人马向叛军反攻过去。

叛军奉命突袭陶侃大营，皆知长沙已到了生死存亡的边缘。今日袭营若能得手，或能击退官兵，重整旗鼓。如若不然，待官兵合围长沙，外无援兵必败无疑，故而也是死战不退。袭营的叛兵多是蜀人精锐，故土残破流落他乡，昔日王澄招安蜀民之后，八千蜀人被淹死于江中，自知兵败之后唯死而已，也只能拼尽了全力。一时与官兵在营前杀得难分难解。

朱伺四处观瞧，便见毛宝骁勇异常，依旧使口单刀，早已杀得仿若血葫芦一般。但凡贴近身前的官兵，几乎战不了一合，便被剁翻在地。朱伺抄起长刀，直奔毛宝杀去。两人在武昌曾有交手，正是棋逢敌手，一时杀得难解难分。只是毛宝被朱伺拖住，叛军气势渐渐被官兵压制下去，阵脚已然慢慢被推了过去。

叛军主将王真眼见袭营受阻，反被官兵杀了过来，又不甘心就这般撤军，唤了士卒将渡江的小舟拖上岸来。短短一阵工夫，便在江边搭起御敌工事，渐渐收拢人马退到后面，以弓箭狠狠射住阵脚。且先消磨官兵锐气，才好反攻大营。毛宝也不再与朱伺纠缠，搏杀一阵退了回去。

朱伺没了敌手，把长刀丢给小校，抄起强弩回射叛军，几乎无有不中。但凡被朱伺盯上的，皆被射个透心凉。叛兵大惊，一时箭雨也稀松起来。朱伺只顾射住叛兵，便觉腿下一紧。低头一瞧，一支羽箭射穿小腿。吃痛中跌倒在地，被人抢回阵中。

虽说陶侃在应詹、郑攀相助下压住阵脚，可朱伺负伤退回，使得大军少了一柄杀敌的利刃，叛军气势复盛。眼瞅着再次杀进营来，陶侃渐渐有些招架不住。王真分明是一副同归于尽的架势，再打下去，只怕是要吃亏了。陶侃正筹划着引兵后撤，暂退往滠中。也好引王真离开江边，瞧一瞧叛军究竟来了多少人马。待避开敌军锐气，诱敌深入，才能围歼其众。

这时但见江上逆流而来一队战船，陶侃心中慌乱，还当王真又有援军杀来。正要传令全军速速后撤，待细细一看，不由喜出望外。乃是久久未曾现身的周访水师，终于赶来了。

周访水师还未靠岸，对着叛军后腰便是一阵猛射。叛军初见官兵后撤，心中大喜，正兴冲冲要追上前去厮杀，身后忽受一阵箭袭，全无防备中死伤一片。余众不明所以愣在原地，待发觉身后受袭时，便见周访水师已经离得近了。

叛军惶恐不已。杜弢偷袭武昌时，引兵数万，都被陶侃杀得惨败回还。今日袭营兵马为求隐藏踪迹，贵精而不贵多，皆是各营所选精猛壮士，出其不意打了官兵一个措手不及。然而陶侃硬是在万般不利下，掌控住了局势。叛兵与官军来回厮杀许久，死伤已经不小，剩下的人纵然是铁打的硬汉，也早已有些疲倦。眼见官兵援军杀来，再怎么愚钝，也知绝无胜利的可能。趁着官军水师尚未登岸，王真引着残部，在毛宝拼力冲杀下，逃命而去。

陶侃见叛军败逃，喜出望外，集结兵马一路追杀。待到天明，叛兵沿江留下一路尸首，而王真、毛宝早已遁去。陶侃兴冲冲回了大营，这才与周访见了面。

周访面有倦容，见到了陶侃，精神一振，上前拜道："末将姗姗来迟，还请刺史大人见谅！"

陶侃一把拉了过来："士达说的哪里话，也太与愚兄见外了。若非士达驰援及时，险些被那王真夺了大营去。虽说我军伤亡倒也不大，可我军连胜之后，若还被叛军抢了大营，未免有失军威了。"陶侃与周访情同兄弟，又是亲家，自然少了些虚礼。

陶瞻也忙上前一拜："小婿见过岳父大人。"

周访见陶瞻一身戎装，显然昨夜也经历一场厮杀，笑道："瞻儿堪当大事了，兄长可真是虎父无犬子。"

陶侃哈哈一乐："不也是你的孩儿！"

周访笑了笑，与营中诸将一一见过，说道："这一路行来，那叛军大将杜弘，受贼首杜弢之命，领兵沿江袭扰，闹得我军不慎厌烦。为求稳妥，周某只得击退其众，才迟迟领军到此。恰逢叛军袭营，能助诸位一臂之力，周某心中稍安。"

周访说得轻松，可陶侃看周访疲惫模样，只怕这一路也不轻松。杜弘先前就曾东侵豫章，逼得周访撤军，想必这次没给周访少找麻烦。陶侃引着周访大军进入营中，且先休养一阵，再谋征讨长沙之策。

第二十七章　招安？围剿？叛乱未平内斗又起

陶侃于休障击溃王真、毛宝兵马，叛兵袭营受阻，惨败而还，战死的、淹死的叛兵不计其数。随即统领周访、应詹、朱伺、郑攀众将，率大军浩浩荡荡开赴长沙。而甘卓亦扫清障碍，与陶侃会师。遂于城西立下大营，围剿杜弢之战终于到了最紧要的关头。

杜弢数次败于陶侃之手，其声势早已不同往昔，可叛军的意志着实让陶侃众人叹为观止。

长沙城固然坚固，可叛军的意志更是坚如顽石。陶侃领众将轮番攻城，无论是夜袭还是强攻，不管是集全军之力猛攻一门，还是水陆并举齐攻各门，都被叛军一一化解。城里城外早已死伤无数，可长沙城依旧屹立不倒。

陶侃不愿为剿灭杜弢而折损过甚，毕竟平定江南之后，便要把目光放在抵御强敌收复中原上。若在荆州伤筋动骨，将来还如何挥师北上？故而陶侃暂且放缓攻势，且先消耗叛军锐气。待叛军士气懈怠，再去攻城，必能事半功倍。

不觉陶侃已在长沙城攻杀了大半年，自陶侃南下征讨长沙这些时日，中原的争斗再次白热化起来。

王浚败于石勒之后，拉拢拓跋猗卢及慕容廆两部鲜卑兵马征讨石勒，而石勒已与鲜卑段疾陆眷结盟，既分化了王浚势力，又为自己赢得助力。王浚与石勒在冀州往来厮杀，互有胜负，相持不下。

在这种僵持中，石勒率先打破平衡，一举袭破邺城，赶走了刘琨安插在石勒身后的刘演，扫除后顾之忧，得以全力对抗王浚。

拓跋猗卢本与刘琨亲近而与王浚有隙，不过贪图王浚财货而暂且助战。见王浚久久难胜，随即抽身而去。王浚势力大损，尚不自知，这些年忙于征杀，也未好好治理旧土安抚百姓，再加上旱蝗天灾，幽州颗粒无收。王浚积粟百万，不仅没有颗粒粮食赈济灾民，反而刑政严苛、赋役繁杂，人心渐渐离散。

王浚早在司马越时就已有自立之心，眼前万般不利情形下，依旧执迷不悟，以其父字处道为由，自称上应"当涂高" 谶语，欲谋登基称帝。其部将郡守多有不愿同流合污者，或被王浚诛杀，或弃官投奔他方，使得王浚势力愈衰。

石勒瞧出王浚败象，遂从军师张宾之计，遣使献珍宝财货于蓟城，诈称愿上从天命归顺王浚。还自降身份呈上表奏，劝王浚早日登基。言天下有匈奴人为辅佐名臣，从未有过匈奴人为帝王者，故而甘愿辅佐王浚扫平天下。还把从王浚那里逃来归附的部将斩首送回蓟城，又心甘情愿接纳王浚派到帐下的主簿，以示绝无抗拒之心。

王浚得石勒奏疏，喜出望外。本还为鲜卑部众的背弃而伤脑筋，石勒竟愿投效麾下，王浚还真以为天命归于自己。也未想想这些年来，和石勒在冀州、幽州打得热火朝天，究竟是为了什么？王浚对石勒竟无一丝怀疑，封石勒诸子皆为列侯。随即置立宫室，封赐百官，自谓汉高魏武，不日便将登基，闹得幽州愈发纷乱。

石勒又从张宾之计，密遣使者游说刘琨，言自己对这些年抗拒大晋悔恨无比，愿征讨僭越称帝的王浚，以归顺于晋。刘琨虽与王浚同为晋臣，可这些年来明争暗斗不断，早就有心除掉王浚，遂对石勒讨伐幽州坐视不理。

石勒没了刘琨在身侧的威胁，诈称献牛羊马匹于王浚，领兵北上蓟城。王浚不顾部将反对，大摆筵席以待石勒，终是被石勒冲进蓟城，杀王浚精兵万人。王浚悔恨交加，投水自尽不成，被石勒绑回襄国，斩去首级，献于汉主刘聪。石勒尽得王浚土地、官属，已然占据中原东部疆土。

刘聪这几年来贪恋美色，日渐荒淫。听闻石勒所奏，虽喜石勒除去王浚这一强敌，可石勒实力猛增，愈发难以辖制。刘聪只能为石勒加官进爵，安抚其心。拜石勒为大都督、督陕东诸军事、骠骑大将军、东单于，增封十二郡。

虽说石勒非常低调地辞谢了刘聪的封拜，仅仅受领二郡而已，可刘聪仍是寝食难安。石勒愈是如此谦卑，愈见其野心之大。刘聪暂放下荒淫之心，专心军国大事。再次以刘曜统率大军，杀进关中。欲攻克长安，覆灭残存的晋室朝廷，一统中原西土，以防石勒不轨之心。

麹允、索綝于冯翊败于汉军，而凉州刺史张轨病逝，其子张实接管凉州，迟迟没有兵马驰援关中。眼见长安不保，麹允冒死夜袭汉军，逼得刘曜稍稍后撤。

并州刺史刘琨见王浚败亡后，石勒并无归顺大晋之心，这才慌了手脚。遣鲜卑数百骑兵往长安报信，被刘曜误以为鲜卑驰援关中，为避免两线作战，故而匆匆撤军。

虽说长安再一次幸免于难。可陶侃明白，随着王浚败亡，石勒一统陕东，无论将来石勒究竟是否会背弃刘聪，晋朝在北方的势力已经被挤压到极限。中原的局势也已清晰可辨。

刘琨夹在石勒与刘聪之间苟延残喘；随着张轨病逝，凉州局势动荡；麹允、索綝虽然前后三次击退了刘曜，可究竟能不能再一次挡住北汉兵锋，前景着实堪忧。

一旦北方彻底落入敌人之手，江南岂会被他们轻易放过？前两年，石勒侵扰建业未遂。虽是江东集结兵马早早占据寿春，可也要谢谢老天爷降下瘟疫，逼退了敌兵。即便那样，晋兵还被石勒兵马击退。如今石勒没有王浚这个后顾之忧，若放开手脚举兵南征，江东还能再一次挡住其攻势吗？

荆州的战事再也不敢拖延，陶侃加紧攻势，猛攻长沙。唯有尽快平定杜弢，收复荆州，才能抽兵北上，抵御强敌。虽说这半年多来，杜弢兵马日渐衰竭，粮草辎重也消耗殆尽，守军意志逐渐消沉，不少叛兵逃出城外归降陶侃，可长沙城依旧牢牢掌控在杜弢手中。

陶侃忙得焦头烂额，也难攻破城池。就在这样的胶着中，应詹忽然给陶侃送来一份书函。陶侃展开观瞧，竟是杜弢归降文书：

天下初危，始于益州，蜀民流离，亡走荆州。幸有应君赏识，杜某得以归效朝廷。虽蜀民于乐乡起事，杜某亦忠于社稷，追随应君左右，讨平叛乱。怎奈王澄无道，枉杀降卒，蜀民惧死，遂相结聚，以求自保。我等遭小人污为乱党，唯有拼死抗拒方有活路。莫看陶侃、甘卓拥兵十万陈列长沙，威则威矣，然吾众窃未以为惧。吾众心存忠义，愿归于丞相，负戈前驱，却定中原。待到天下太平，我蜀民求得糊口之粮，复归乡土，逐灭李雄此寇，虽死无恨矣！

杜某远州寒士，遣使建业，不为丞相所信。应君出自名门，若能上呈我等忠义，救蜀民于危难，解荆州之兵祸，必能隆应君之威望，名垂青史矣！

陶侃看罢杜弢降书，方知杜弢竟暗中遣使建业，直接向琅琊王献了降书。只是人微言轻未被司马睿所信，这才转求于应詹，想让应詹为其作保，寻求一条招安之路。

杜弢曾为应詹部将，助应詹平定乐乡蜀民叛乱，故而两人还是有些交情的。应詹既然以杜弢降书示与自己，显然也想促成此事。

就听应詹说道："杜弢本为益州秀才，素有名望。流亡到应某郡界，见其才学过人，故而举为醴陵县令。恰逢蜀人李骧于乐乡叛乱，杜弢尽出家财，招募忠勇，平定叛乱。后与其同乡相遇，怒于王澄屠戮蜀人，这才被其同乡共拥为主。其实，依应某对杜弢的了解，本性倒也不坏，怎奈世事逼人，终是酿成滔天大祸。刺史大人应该知道，中原久受强虏侵害，既然杜弢有意归顺，何不给他一个改过自新的机会？"

应詹是个谦谦君子，又与杜弢有旧，自然愿意给杜弢一条出路。可陶侃对杜弢是不大相信的。杜弢起兵之初，就曾假意归降于山简，借此稳住山简兵马，从而集中精力对付王澄。那山简本就与王澄不和，自然乐得杜弢去找王澄麻烦。终是养虎为患，使得杜弢叛军再也难以扼制。如今杜弢再次归降，难保不是缓兵之计。

陶侃有心提醒应詹，小心杜弢这条中山狼。然而围攻长沙大半年，死伤难以计数，至今不能破城。再想想北方的局势，陶侃也想尽快结束长沙之战，倒也不妨试上一试。遂说道："既然杜弢有意归降，那便依应太守之言，给他一个报效朝廷的机会。应太守需要陶某做些什么，只管明言便是。"

应詹见陶侃允诺，不由大喜，说道："末将代杜弢谢过刺史大人。保举杜弢之事由应某一人担着干系便好，不必刺史大人牵扯其中。只是应某奏疏送往建业，一来一回少不得十天半月，劳烦刺史大人暂缓攻势。待丞相府回书之后再做定夺。免得我军攻伐凶猛，逼得杜弢心生疑虑，坏了招安之事。"

陶侃点了点头："应太守自去处置便好，本将便容杜弢半月时间。"目送应詹兴冲冲离去，陶侃叹了一声。应詹虽是好心，可杜弢却是个反复之人，但愿杜弢不要辜负了他。虽说陶侃在应詹撮合下，也有意招安叛军，可也不能不防备叛军，免得杜弢出尔反尔。故而传令三军暂停攻势，各回营垒加强守备。

十数日后，有使者自建业而来。琅琊王还真听了应詹谏言，准许杜弢归降。入城宣读赦书，免去叛逆之罪，拜杜弢为巴东监军。虽说是个不入流的杂号将官，可也算对杜弢有了个交代，也未夺其兵权，依旧使杜弢监管其兵，以待军令。杜弢随即在那使者看护下，兵卸甲、马归厩，倒也真没有作乱的意思。

陶侃舒了口气。心中奇怪司马睿为何第一次接到杜弢降书后并未允诺，这次却痛快地答应下来。难道真的只是因为杜弢出身寒门不足为信？

陶侃悄悄问了应詹，才知应詹与丞相府司直刘隗有些交情。司马睿对刘隗、刁协、庾亮这些士人亲近无比，想必刘隗在其中也帮杜弢说了些话。否则司马睿为何凭着应詹一个刚刚转投于江东的郡守一面之词，就肯招安了杜弢？

陶侃心中一阵迟疑。刘隗这些人虽然有些能耐，可与江东谋主王导绝非一路人。在新亭酒宴上，陶侃已经明白，司马睿就是要用刘隗众人制衡王氏的势力。听闻征讨杜弢这两年来，刘隗与王导在建业可是斗得不可开交。前段时日，刘隗还为王导未经司法审理便擅杀官吏而弹劾于他。应詹暗中站在刘隗这边，究竟是福是祸？

陶侃暂不去想那些事，既然琅琊王已经招安了杜弢，那便没有留在长沙的必要。陶侃传令各营，整备人马，便欲各自收兵。却有平叛主帅王敦军令传来，着令各部加紧攻城，尽早剿灭杜弢叛军。

陶侃有些迟疑，杜弢已经招安，王敦何故要将叛军斩尽杀绝？深思一番，明白过来。

杜弢承了应詹之情归降建业，而应詹又与刘隗有交情。眼下王氏在建业已没有刚刚南渡时那般受琅琊王看重。虽然王导依旧是丞相府谋主，王敦亦执掌兵马大权在外，可琅琊王明显在用刘隗、刁协分割王氏权力。杜弢兵马强盛，无论是真心归降还是缓兵之计，效命于建业之后，自然与刘隗这些人亲近，必是王氏心腹大患。故而王敦是无论如何也不会容杜弢在建业为官的。

一面是琅琊王的诏命，一面是王敦的军令。陶侃有些难以抉择，虽说陶侃并不怎么信任杜弢，可叛军既已归顺，却又攻其城池，未免失了信义。

正犹豫中，却听甘卓得了王敦军令，不等陶侃将令，已经领了本部兵马杀奔长沙。

陶侃吃了一惊。好歹自己也是先锋都督，甘卓擅自出战，未免也太不把自己放在眼里。忙调了兵马赶去长沙，便见甘卓已经催令攻城。杜弢早早察觉官兵突袭，抢先关闭了城门，才未让甘卓杀进城去。这会儿已经大开武库，再次武装兵马，守备城防。

陶侃远远望去，见城上抛下一物。待死士捡回，乃是那入城宣读诏书的使者首级。陶侃叹了一声，无论自己是否要留杜弢性命，此刻杜弢也决然不会相信官兵的招安诚意了。

既然此战无从避免，还是遵从王敦军令吧。王敦好歹对自己有赏识之恩，无论建业今后权势如何争夺，平定荆州还是首要之事。何况杜弢已经有过一次反复，若真招安了他，在与北方强敌对局中，难保杜弢不会再次生事。为求稳妥，彻底剿除这个隐患也是有必要的。再往坏处想，王敦毕竟是平叛主帅，自己若是违抗军令，被王敦罢去官职改任他人也不是不可能的。

陶侃随即传下将令，命各营速引兵马增援。趁着杜弢突受甘卓袭击，尚未巩固城防，一举攻破长沙。

谁料杜弢虽然仓促应战，可初降之后，对官兵也是心存戒心。甘卓来得虽快，可杜弢还是勉强阻住了官兵。待陶侃大军集结，长沙城依旧是一座坚城。

陶侃连攻十数日，还是未能叩开长沙城门。这时，忽有紧急军报送到帐前。

叛将王贡领杜曾精兵三千，出武陵江，招诱五溪土人，合兵一万五千众，似有沿江东进之意。

陶侃心惊之余不由暗自庆幸。虽说杜曾看似没有侵扰武昌的迹象，又主动向自己示好，可一旦自己大军南下，难保杜曾不会下了黑手。小心驶得万年船，在沔江吃了大亏后，陶侃早已对杜曾生了戒心，故而早早留了眼线，盯着杜曾一举一动。否则自己在长沙城前久攻不下，杜曾一旦对武昌动了心思，岂非祸不旋踵？

待招了众将军议，应詹骂道："这王贡小贼着实奸险，为保性命屈膝侍贼，今日又生此毒计，这般绞尽脑汁效力于杜曾，当真是恬不知耻辱没祖宗！若刺史大人信得过末将，末将愿领本部兵马阻截王贡！"

应詹招降杜弢，然而众将却猛攻不休，再次逼反长沙。应詹自知有愧于杜弢，又于建业无功，灰头土脸，自然急于建功。

见应詹主动请缨，陶侃心有愧意。可长沙毕竟是重中之重，相对而言，自己对杜曾已有防备，故而王贡不足为虑。勉励道："王贡不过是受杜曾之命，欲乘我军南下兴风作浪罢了。王贡虽然自甘堕落归降于杜曾，可依陶某来看，只怕杜曾未必就那么信任王贡。不是陶某夸大其词，武昌在陶某手中，陈恢、杜弢数万大军皆铩羽而还，杜曾虽是个莽夫，岂不知武昌的坚固？杜曾先前能侥幸攻破陶某大营，乃是王贡暗中投敌所致。如今王贡已经暴露，以武昌的城防，岂是王贡三千兵马便能攻破的？杜曾之所以让王贡拉拢土人侵袭武昌，不过是杜曾忙着吞并荆州西部，又不想坐视陶某平定杜弢罢了。这样一个吃力不讨好的差事交给王贡，一者是袭扰武昌，让我不敢全力征讨长沙；二者也是逼王贡与我决裂。可见王贡出卖陶某，给杜曾送了份大礼，却在叛军中过得并不如意呢。王贡袭扰武昌必败无疑，若是让应郡将赶去阻截，实在是杀鸡用了牛刀。收复长沙才是当下紧要之事，应郡将还是随我围攻长沙，才是人尽其才。”

听闻陶侃并不太过在意王贡，应詹也觉得正如陶侃所言，长沙才是建功立业所在，也便作罢，不再请命征讨王贡，拜道：“末将听凭刺史大人调度。”

陶侃转对郑攀说道：“大军不日便将兵临长沙，讨灭杜弢只在眼前。这等紧要关头，决不可轻易后撤。本将要职在身，片刻不得离开长沙。可武昌危急也不能不救，对王贡亦不可放任不管。如今王贡兵马尚在武陵，我军便有应对之策。本将来看，巴陵夹在武陵至武昌必经之路，又离长沙不算太远，昼夜奔袭三日可至，实乃天赐的伏击所在。本将欲以你为将，引精兵五千赶赴武陵，阻截王贡，不知郑将军可敢一去？”杜弢有猛将毛宝，若无朱伺压阵，只怕还真拿不住他。故而陶侃以败于王贡的郑攀为将，阻截叛军对武昌的袭扰。

郑攀也算是一员良将，可在与杜曾交锋中，莫名其妙丢了沌阳，一直羞愤无比，对那暗中投敌的王贡早已恨得咬牙切齿。能被陶侃信任，受命阻击王贡，郑攀自然欣然愿往，拜道：“末将愿立军令，必让王贡有来无回！”

陶侃很是满意，所谓知耻而后勇，郑攀此去必不负重托。调拨兵马，连夜使郑攀北上。数日之后，便有郑攀捷报送至军前。

巴陵一战，王贡猝不及防被郑攀突袭。叛军中以土人为主，受王贡蛊惑，本以为能去武昌劫掠一番，谁知还没捞到好处便忽然受袭，立时大乱。各部土人哪管得了王贡辖制，只顾自引部族逃命。郑攀大破叛军，斩敌千余级，受降万余口，王贡兵败而逃下落不明。

陶侃见郑攀不辱使命击溃王贡，遂留其守备巴陵，免得杜曾贼心不死。此刻陶侃没了后顾之忧，沉下心来猛攻长沙。

然而叛军本因招安有了一条活路，如今却被彻底断去，一种被人戏耍的怒火充斥于叛军之中。回想当日蜀人李骧起兵，被王澄假意招安，枉死于江水之中，蜀人的仇恨再一次被点燃起来。虽然陶侃加紧了对长沙的攻势，依然难以撼动坚固的城防。

陶侃本就已经疲于应对，又有紧急军报自豫章而来。

杜弢大将杜弘引兵东进海昏，豫章告急！

陶侃心中一惊，杜弢守备长沙已经兵力不足，何时瞒天过海，秘遣杜弘偷袭豫章？陶侃恨得牙根痒痒，这杜弢还真非等闲之辈。王敦不允杜弢归降，杜弢竟胆大包天，不顾长沙危急，分兵远袭王敦。看来杜弢已是破釜沉舟，即便不能击退官兵，也要和王敦鱼死网破了。豫章不得不救，陶侃急命周访引水师顺江而下驰援王敦去了。

第二十八章　攻破长沙，究竟是福是祸

陶侃遣周访驰援豫章后，官军兵力少了许多，然而杜弘东去袭扰豫章，使得守军兵力亦是骤减不少。陶侃得知杜弢竟然无视自己的攻势，不免有些被人低瞧了的怒火。先前为求保存实力，陶侃攻城时多少留了些余地。此刻既然得知长沙守军不足，陶侃终是使出浑身解数，传令全军竭力攻城。

守军的压力骤增，而杜弘奇袭豫章，仅仅引走官军一部人马，剩余各营攻城愈发猛烈。叛军的意志终于开始崩溃，渐渐已有人逃出城外，归降于陶侃。

未过许久，周访有捷报传来。

王敦本以为杜弢破灭在即，责令全军不受叛军降书，猛攻长沙。谁知豫章反受杜弘奇袭，王敦猝不及防中接连败退。幸有周访救援及时，于柴桑偷渡过江，一战击溃杜弘，杀敌数百，逼得杜弘退守庐陵，王敦这才转危为安。

那杜弘颇有些能耐，初战失利后，转而断去了周访粮道，迫使周访撤往巴丘。虽说粮道被断给周访带来不少麻烦，可杜弘这支奇兵，不过是杜弢的垂死挣扎而已，看似气势汹汹，实则久困于长沙，早已饥困交加外强中干。周访很快得到王敦的粮草补给，仅仅数日后便再次进逼庐陵。

杜弘兵微将寡，难以坚守城池。遂将城中劫掠财物丢于城外，乘着官军争相抢夺，趁乱突围，逃往南康。周访以军法弹压兵士的混乱，匆匆集结兵马一路追杀，获叛军鞍马铠甲兵器不计其数。杜弘兵败一溃千里，向南逃奔于广州。

豫章之危得以化解。长沙城的守军似乎也收到了风声，每日归降的兵士越来越多。听那些降兵所言，杜弘奇袭豫章兵败，使得杜弢最后一线希望破灭，城中人心动荡，夜夜哀号。杜弢疑心部将反叛，已经连杀数将，欲稳住军心，却是适得其反，兵马愈发慌乱。

陶侃心中渐安，只等城中兵士哗变，就能收复长沙了。

这日，长沙城门忽然开启。杀出数千兵马，列好阵势，连连向陶侃叫战。

陶侃心中一乐。只怕多是杜弢自知难以坚守，这才孤注一掷，欲借挑战之名挫官军军威，也好重新振奋士气。只怕在那杜弢眼中，陶侃身为三军统帅，身娇肉贵，又是五十六岁之龄，必不敢应战。陶侃偏要压一压叛军的嚣张气焰。

陶侃领兵出营，来到长沙城前。就见敌军阵前有一骑将，披挂齐整，戴着一个铁面鬼脸。长刀插在地上，盘腿坐于鞍间。显然以为陶侃不敢出战，正洋洋得意骂得正欢。

陶侃见那人戴着铁面，想想应该就是先前夜袭休障大营的杜弢大将王真了。陶侃全无惧意，策马向前，喝道：“荆州刺史陶侃在此，何人不知死活敢在此叫阵？还不报上名来？”

叛军之中一阵骚动。本还趾高气扬骂得正欢，谁知陶侃真敢应战，一时静了下来。那骑将愣了一下，显然吃惊不小。此刻已是赶鸭子上架，既然陶侃来了，那便战上一场。若能斩杀陶侃，正好解了长沙之围。

那将军冷冷说了一声：“本将乃是梁、益二州牧杜弢麾下大将王真是也。陶侃既然不知死活，那便休怪本将欺辱你个老汉了。”

那将军不过说了寥寥数语，陶侃却觉得声音甚是熟悉。猛然醒悟过来，冷哼一声："既是老相识了，为何不以真面示人！难道就这样羞于见我吗？"

应詹、朱伺陪同陶侃而来，听他这样一说，皆是愣住了。王真乃是杜弢大将，先前也就在休障与陶侃交手，二人如何成了旧识？就见那将显然没有想到会被陶侃识破，身子明显一震。呆立半晌，终是摘下了铁面。

应詹并不认得，朱伺却是惊呼出来。竟是那背弃陶侃转投于杜曾，不但为虎作伥袭破沔江大营，更是拉拢五溪土人欲奇袭武昌，反被郑攀击溃后下落不明的叛将王贡。

陶侃见果然被自己猜中，气得直抖。

难怪休障受袭之前，陶侃并未听过杜弢麾下有王真这号人物！难怪王真夜袭休障才过数日，便有王贡在武陵拉拢土人欲偷袭武昌！

原来这王真与王贡就是一人！

此贼在休障袭营失利后，未退兵南下，反而北上武陵，向杜曾借了兵马，欲袭取武昌以解长沙危急。幸而陶侃对杜曾一直留有戒心，早早发觉了武陵异动，这才未让王贡得逞。再想想杜弢与杜曾两路叛兵原本并非一丘之貉，可王贡竟游走于两人之间。只怕杜弢与杜曾早已暗中勾结，想来也多是王贡在其中穿针引线。

陶侃怒不可遏！我陶侃究竟如何有负于你王贡，竟让你如此处心积虑要与我为敌？

陶侃冷冷说道："王参军去了豫章后，便未回来复命。一走就是两年多，别来无恙啊！"当日王贡替陶侃往豫章报送武昌大捷军报，归来后擅自去游说杜曾，最后却自甘堕落追随了叛军。故而自那之后，两人便再未曾见过。

王贡这时已没了刚才叫阵的骄横，盘在鞍上的双腿放了下来。面有愧色，深深拜了一拜："王某安好，刺史大人别来无恙！"

陶侃哼了一声："还没被你气死！"心中却是动起了心思。

杜弢败亡已经是无从挽回，可被王敦拒了招安之意后，只怕多是要顽抗到底了。虽说陶侃已经占据上风，可要和杜弢这个亡命之徒死磕，想必死伤也绝不会在少数。陶侃早就有心尽快结束荆州战事，引兵北上抵御。若能说动王贡归降，便能彻底击溃叛军意志，也能让收复长沙少些伤亡。

王贡被识破身份之后，面有愧色，想必也有归顺之意。何况王贡投敌，以铁面遮脸，又化名王真，显然对投奔叛军之举懊悔不迭，无颜面对世人。回首往昔与王贡的情谊，陶侃愈发想给他一条活路。毕竟王贡去了豫章，力争之下，才从王敦那里给陶侃求来荆州刺史之职，自然有功于陶侃。说降杜曾攻杀王冲，也是为陶侃早日平定叛乱着想。怎奈杜曾受了第五猗的官职，这才裹挟了王贡反叛。这般一想，王贡虽然降了叛军，其情着实可悯。

陶侃不由叹了一声，说道："杜弢本为益州小吏，盗用府库公款，是为不忠；父死不奔丧，是为不孝。卿本佳人，奈何为贼？王参军年岁还不大，正是建功立业之时，难不成就甘心追随这样一个不忠不孝之徒反叛到底？天下宁有白头贼乎？"

陶侃一席话，听得王贡泪流满面，本以为背弃陶侃，又数次领兵与其为敌，必不被他所容。谁知听陶侃之言，竟有放过自己的心思。就见陶侃拔剑在手，割断一缕花白头发："我陶某断发为誓，若王贡肯降，必不追究其叛逆之罪。有违此誓，天诛地灭！"

无论是真是假，王贡已没有选择的余地，只能相信陶侃的诚意，丢了长刀，弃了兜鍪，策马上前，翻身下地，跪倒便拜："罪将姗姗来迟，恳请刺史大人责罚！"

陶侃长舒了口气，下马扶起王贡，拍了拍臂膀："回来就好！回来就好！"

列阵于长沙城外的叛军，本来是向官军叫战，主将却在阵前降敌，一时方寸大乱。想想王贡背弃陶侃都能被他赦免，皆是动了心思，丢盔弃甲奔入官军阵前归降。

杜弢站在城前望着外面，叫战不成，反而失了最后数千精兵。惊慌失措中，自知城破在即，回府裹了些金银细软，弃城逃去。

陶侃在王贡引路下，兵不血刃，终于如愿以偿进了长沙城。

守城的敌将毛宝，被杜弢舍弃，心灰意冷中不再抗拒，被绑到军前。毛宝之勇不在朱伺之下，陶侃早就喜其勇武，赦其叛逆之罪，收归帐下。见杜弢早已没了踪影，遂传令三军接管城防，看押降卒，又派了兵马沿途追击杜弢。未过数日，杜弢终是被追兵寻到踪迹，顽抗之中，死于非命。

声势浩大的蜀人叛乱，终于被陶侃彻底平定。琅琊王封赏出征将士以嘉功勋。拜周访为龙骧将军，加豫章太守，赐爵寻阳县侯；拜甘卓为湘州刺史，进爵湖侯；拜应詹为建武将军，监巴东五郡军事，赐爵颍阳乡侯；拜朱伺为广威将军，兼竟陵内史。而平叛主帅王敦封赏最盛，拜为镇东大将军，封汉安侯，加都督江、扬、荆、湘、交、广六州诸军事，兼江州刺史，几乎把江东兵权尽皆握于手中。

此番封赏颇耐人寻味。名义上是丞相府表奏于长安朝廷，实则多是王敦从中调配。虽说有功将士几乎都有封赏，却明显有所偏颇。周访两次为王敦解围，仅仅拜为豫章太守，而甘卓之功远逊于周访，竟能被王敦表奏为湘州刺史，位在周访之上，想来也多是甘卓与王敦亲近之故。应詹与王敦并非一路人，给了个监巴东五郡军事，算是有了个交代，却悄无声息把应詹的南平太守收了回去，反倒没了往日的权势。朱伺勇猛善战，数次击溃叛军，只因出身寒门，不过给了竟陵内史，也无爵位赏赐。至于郑攀，更是分毫未提封赏之事。最让人没有想到的是，征讨叛军功绩最大的陶侃，既无升迁，也无进爵增邑，依旧是荆州刺史、宁远将军，持节，领西阳、江夏、武昌三郡。

陶侃虽说心中有点酸溜溜的，可也并未过分在意。自己的权势已不算小，想来王敦也是在考虑如何封赏才算得体吧。

荆州此刻尚有杜曾一部兵马，名义上是长安委派的荆州刺史部将，实则行叛乱之事。杜弢未灭时，陶侃只能暂且与杜曾相安无事，如今心腹大患已除，陶侃也就管不了杜曾究竟是不是皇帝委任的竟陵太守了。而朱伺是陶侃部将，官拜竟陵内史，可竟陵掌控在杜曾手中，若不以武力夺取，朱伺如何赴任？丞相府这样封拜朱伺，显然是在向陶侃暗示着什么。

也罢，便挟平定杜弢余威，顺势铲平杜曾，好向丞相府和王敦再报上一功，也让陶侃的荆州刺史实至名归。

陶侃随即领兵北还。听闻杜曾屯兵于石城，显然也是忌惮陶侃兵势，欲负隅顽抗。陶侃自以为剿灭杜弢士气正盛，遂合围石城，欲一战剿灭杜曾。然而陶侃却是有些骄纵了。杜曾有精锐骑兵在手，顷刻间便杀散陶侃军阵。陶侃慌忙撤军，死伤数百人。杜曾也未敢继续追杀，得胜之后匆匆退兵顺阳。

陶侃虽受小挫，却也因此从剿灭杜弢的骄纵中醒悟过来。仔细谋划，继续追讨杜曾。却有王敦军令传来，命陶侃不得西征竟陵，速速退还武昌，并责令陶侃往镇东大将军府述职。

陶侃只当或是石勒，或是刘曜，侵扰江东。问那使者，却说并非外患，乃是杜曾已献降书于王敦，欲引兵反攻襄阳，围剿长安委任的荆州刺史第五猗，以作归顺江东的投名状。

陶侃对杜曾这等反复之人实在信任不起来。写了书函送于王敦，言杜曾天生反骨，决不可轻信其言，还当征讨竟陵，方能一劳永逸，去除心腹大患。王敦却未采纳陶侃之言，只是唤陶侃速速往将军府一行。

陶侃心中隐隐有些不安，可也不能抗拒军令，只得应命。眼瞅着快到将军府行辕，天色已经不早。隔江扎下营盘，欲等天亮再去拜见王敦。

夜幕渐深，有人夜叩大营。也不说姓名，只说是陶侃旧识，特来拜会老友。

陶侃甚是奇怪，传那人进了大帐。待访客脱去遮得严严实实的大氅，陶侃这才认了出来。果真是老相识了！乃是昔日刘弘长史郭舒。郭舒自被杜曾击败后，投奔豫章，眼下正在王敦帐下效命，现为将军府参军。

陶侃忙起身相迎：“自与稚行荆州一别，已有数载。陶某明日便会去将军府，自能相见，稚行又何苦连夜过江？”忙又命卫兵去唤朱伺、郑攀来。几人都曾在刘弘帐下效力，既然郭舒来了，自然也要见上一面的。

就听郭舒拜道：“郭某此来，奉劝士行切莫去将军府，也不要回武昌，速速领军往江陵去。”

陶侃心中一惊，问道：“稚行何故劝我不去见王敦？若是擅自去了江陵，岂不是抗拒军令？”

郭舒却道：“管不了那么多了。虽说襄阳在第五猗手中，可江陵也曾是刺史府行辕。士行官拜荆州刺史，去了江陵，也算是名正言顺建起了刺史府，王敦便奈何不了士行了。”

陶侃心中咯噔一下。本来就对王敦急着召见自己而有些迟疑，听郭舒所言，似乎王敦有意要对付自己，忙问道：“稚行为何如此说辞？”

郭舒叹了一声：“王敦有一宠臣，名唤钱凤，乃是吴兴人士。献谗于王敦，言士行功高盖主，决不可放纵。我观王敦颜色，似乎也对士行之功深为忌惮。此去将军府凶多吉少，若是回了江陵，王敦就是想要对付士行，也没那么容易了。”

陶侃本因王敦没有在意自己寒门出身，拜自己为荆州刺史，全权负责征讨杜弢之事，而对王敦的提拔之恩颇为感念。只当王敦是继刘弘之后的恩主，欲效全力以谢其信任。可听郭舒之言，方知王敦远没有刘弘的肚量。甚至听信谗言，要加害自己。陶侃对王敦的好感，顷刻荡然无存。

再想想那吴兴钱凤，自己闻所未闻，更不曾得罪于他。同为江南人士，何苦要与自己为难？世上怎么总是有这样的小人，就是看不得别人建功立业？

陶侃久久未发一言，就听郭舒接着说道：“还有一事，士行可能还不知道，顾荣和周玘都已病逝了。”

陶侃闻言，身子不由一颤。

顾荣乃是江南世族领袖，曾推荐陶侃于名士乐广，才使陶侃的名声渐渐在洛阳响起。而周玘更是陶侃挚友，当初在洛阳时，陶侃久不得志，没有少受周玘恩惠。正是周玘的开解，才让陶侃有了留在洛阳的勇气。

新亭酒宴，陶侃还曾与二人把酒言欢，这才过了不足三年，竟已阴阳两隔，如何不让陶侃痛彻心扉。

这时，朱伺、郑攀已经来了帐中，一一与郭舒见过。两人本以为郭舒是来营中叙旧，却见他面有忧色，也便不再多言，只是陪在一旁。

陶侃伤感中还未反应过来郭舒为何说起顾荣、周玘，郭舒却叹了一声，说道：“顾荣好歹寿终正寝，周玘却是抑郁而终。”

陶侃不由愣了，朱伺、郑攀听了个大概，忙问道：“周玘究竟是如何死的？”

郭舒面带忧色：“琅琊王初来江东时，在王导、王敦辅佐下，征辟顾荣、纪瞻、周玘、甘卓、周访一干江南士人效力，这才得以掌控江东。怎奈随着洛阳陷落，北方士人举家南迁，琅琊王与王氏兄弟皆是北方人，自然更愿意重用那些新近投奔的世族。刘隗、刁协、庾亮最受琅琊王信任，渐渐委以重任，就连王导都渐渐被压制下去。随着顾荣病逝，南方士人在建业的权势愈发衰减。周玘三定扬州，名望太盛，琅琊王甚是忌惮，故而渐渐被排挤出建业。周玘自以为是被这些北方大姓平白利用一场，到头来被人反客为主，南方士人反倒没了立足之地。恼怒之中，便欲联结南方世族豪门再次起兵。倒不是要与琅琊王为难，而是欲铲除专权跋扈、排斥南方士子的刘隗、刁协，夺回南方士子在建业的权势。然而机密外泄，还未起兵便已被琅琊王所知。琅琊王没有与周玘为难，只是一日之间三次改任官职，臊得周玘无地自容，病逝于芜湖。”

陶侃众人这几年来忙着在荆州平叛，对周玘之事竟然毫不知情，显然是建业那边刻意隐瞒消息，免得被荆州战场上的江南士人听闻后，人心浮动。

朱伺在旁叹息道：“周玘有功于琅琊王，却落个这般结局，着实可惜了！”

陶侃心中一阵哀痛。

周玘父亲周处，早年征讨凉州叛乱，却受满朝北方士人排挤，非但没能建功立业，反而屈死于沙场。周玘本已心灰意懒，不愿再与那些北方士人为伍，这才护送其父灵柩回乡安葬，自此隐居故乡不问天下大事。

怎奈天不遂人愿，八王之乱闹得天下分崩离析。周玘为保乡梓父老，再次披挂上阵。在万般不利情形下，三次平息扬州叛乱，恢复江东稳固。周玘本就无意为官，功成名就后淡然离去，一点也不贪图朝廷封赏。直到乱世不休，周玘为天下着想，这才受琅琊王征辟，往建业效力。

以陶侃对周玘的了解，绝非那种看重权势之人。只是树欲静而风不止，周玘父亲报国无门含冤而死，使得周玘极其看不惯北方士人只顾抢夺权势，而丝毫不念及南方士人的权益，这才有了反抗北方士人专权的念头。

即便是这样，周玘也绝非是为他自己谋利，而是为了所有江南士人着想。陶侃同为南方人，对周玘的义举自然很是感念。可惜周玘三定扬州无有不胜，终是在第四次起兵时，败得一塌糊涂了。

陶侃正在伤感不已，就听郭舒接着说道："周玘事败病逝之后，其子周勰、侄儿周续欲其为复仇，怎奈年纪尚轻，难以服众，遂诈称受周续父亲周札之命，暗中联系南方世族豪门，成就周玘未成之事。不少扬州世族早就看不惯北方权贵的跋扈，都暗中应允起兵之事。万事俱备只欠东风，周勰、周续张罗好各部兵马，才将此事告知周札。谁知周札身为周玘亲弟弟，非但没有周玘的魄力，更没有为周玘复仇的心思，死活不肯应下此事，反而告密于建业。各部兵马群龙无首，很快机密外泄各自败亡，就连周札之子周续也丢了性命。周札倒是因此加官进爵，拜为右将军，封东迁县侯。"

郑攀气得大骂："周札鼠辈，当真辱没义兴周氏威名！"

郭舒叹道："谁说不是呢！今日之所以说起周玘之事，不过想借此劝诫士行。我南方士人已是北方权贵的眼中钉，不但刘隗、刁协容不下南方士人，就连王导也有意打压建业的南方士人。周勰的起兵，除了周札泄露机密，正是王导从中谋划，这才迅速平定。士行收复荆州功高盖世，绝不会被王敦所容。还是听了郭某一言，速速去江陵吧！"

陶侃一阵悲凉。

颠沛流离半生，看够了皇室权贵、世族大姓的权势争夺。身为寒门士子，本无意牵扯其中，只是天下危殆，无论是为了黎民百姓，还是为了自家安危，唯有辅佐明主匡正社稷，才算不负一身才学。尤其外族在北方屠戮，更是激起了陶侃救民于危难的血性。

然而自刘弘薨逝之后，陶侃先后在司马越、山简、华轶手下做事，碌碌无为毫无建树。本以为王导、王敦兄弟辅佐琅琊王，使得江东独安于乱世，投效其麾下，必能有一番作为。征讨荆州杜弢，前后已有近三年，总算不负众望，攻破长沙。因王敦举荐陶侃做了荆州刺史，使得陶侃颇有些得遇明主的感觉。

周玘的抑郁而终，终是敲醒了陶侃。无论是司马睿，还是王导、王敦兄弟，宗室和世族对权力的渴望一如既往，没有丝毫改变。如今司马睿如愿以偿独霸江南，也到了南方士子鸟尽弓藏的时候了。

陶侃还是有些不甘心，好歹替王敦打下了荆州，怎么说也对王敦有功，不至于这般急于过河拆桥吧。似是自言自语，又像是对郭舒说道："周玘之事乃是王导处置，王敦并未掺和进去。相对而言，王敦还是要务实一些，未必就如稚行所言那般容不下我。"

郭舒摇了摇头；"士行还是不要期望过高。要知道，王澄也死了，正是王敦下的黑手。"

陶侃咦了一声。

前荆州刺史王澄乃是王衍亲弟弟，在荆州毫无作为，被杜弢打得狼狈东逃，往豫章投奔王敦。听说受了司马睿征辟，去丞相府为军师祭酒，如何死在了王敦手中？陶侃不由惊道："王敦为何要杀王澄？"

郭舒曾在王澄手下为官，颇受其器重。无论王澄如何无能，可郭舒似乎还念着王澄恩情，此时面上有些伤感，说道："王澄志大才疏，却以博学鸿儒自居，又生得健壮，通些武艺，素来恃才傲物，说话没什么分寸。当年有他哥哥王衍撑腰，故而王澄颇有些目空一切。在荆州兵败投奔王敦后，依旧本性难改，还当是在洛阳时那样，对王敦吆五喝六，耀武扬威。王敦当年没少受王澄挤对，看着王衍面子也就不与他计较。如今风水轮流转，王敦在江南大权在握，王澄反倒要寄人篱下。可王澄却没有意识到这一点，依旧把王敦当成底下人使唤。王敦可没有那么好的脾气，如何忍得下去？遂宴请王澄，灌得酩酊大醉，忌惮王澄健硕，又有王机兵马护卫，唯恐制不住他，遂使力士潜入内室掐死王澄。诈称得了王澄与杜弢往来通谋书信，故而将其依法处决，以正国法。王澄一死，其心腹爱将王机惊慌失措，领了兵马逃奔广州而去。”

陶侃一阵沉默。王导、王敦皆是王衍族弟，当年受王衍扶持，才能来了江东，有了今日的权势。王衍又有恩于王敦，料想王澄是想借王敦疏通，去丞相府谋个好差事，谁料却被王敦刺杀。虽说王澄不过是个纨绔子弟，搅得荆州动荡不安，杜弢叛乱更是王澄一手激起，当真死不足惜。可王敦丝毫不念王衍的恩情，杀了王澄。想想王敦当年在张华寿宴时对枉死的侍女冷眼相看时的冷酷，只怕郭舒所言还真是确有其事。

陶侃不由打了一个冷战。王衍对王敦的恩情，只怕远高于陶侃对王敦的功绩了。王敦连王澄都下了杀手，又如何会感念陶侃征讨荆州之功？

朱伺忙劝道：“王敦决然不会放过刺史大人，此去将军府着实凶险，刺史大人还是听了稚行的话，往江陵去吧。我等本就是南方人，又出身寒门，更不受那些北方大姓的待见。只要刺史大人愿意，我等甘愿辅佐刺史大人，共治荆州。总好过在那些人手底下披荆斩棘，最后落个兔死狗烹。”

郑攀是个直性子，说话可没朱伺那么客气，骂道：“王敦就是个白眼狼。名为西征主帅，可自与杜弢交锋以来，王敦可曾有过一战？就连个豫章都守不住，两次险些被杜弢夺去。若非周访救援及时，他这个将军府都要被杜弢连锅端了。若没有刺史大人力挽狂澜，这荆州能收得回来？要我说，这荆州既然是刺史大人夺回来的，那便该由刺史大人掌管。我等去了江陵，先把刺史府行辕建起来。待讨平杜曾乱贼，大可独占荆州，何必要受王敦那个白眼狼的鸟气？”

朱伺说话好歹含蓄一些，不过是说治理荆州，可郑攀连声嚷嚷要独占荆州，岂不是拥兵自重割据一方？朱伺忙止住郑攀：“切莫胡言乱语，刺史大人是忠义之人，素以国事为先，即便是回到江陵，也会听从建业号令，共御北方，岂能把荆州当成自家的基业？”

两人一番话，虽说都是劝陶侃别去面见王敦，速速回往江陵，却给陶侃提了个醒。

陶侃的官职是建业给的，若是不奉王敦号令，擅自去了江陵，虽然要地有地，要兵有兵，或许王敦一时还真拿陶侃没什么办法。可如此一来，便是与建业分道扬镳。王敦只要请奏建业，罢了陶侃的官职，陶侃在荆州可就名不正言不顺了。占着荆州不放，与张昌、陈敏、杜弢那些割裂州土叛乱生事的乱贼何异？

想想那些被陶侃讨破的叛兵，无不是兵强马壮，又有哪一个最终成了事？失了天下大义，纵然陶侃如何用兵如神，也终将沦为千夫所指的逆贼。

何况荆州尚有杜曾一部叛兵，本就骁勇善战堪称劲敌，若陶侃有江东为后盾，倒也能讨灭其部。可一旦与江东反目，陶侃夹在王敦与杜曾之间，又能坚持多久？

陶侃深思许久。去见王敦可谓九死一生，然而去了江陵也未必就是一条出路。虽说王敦忌惮陶侃军功，已经动了杀心，可杜曾尚在，王敦还是有借重陶侃的地方。若能涉险往将军府一行，自陈忠义，消除王敦对自己的疑心，或许还能继续在其麾下效力，这才是一条真正的出路。

毕竟周玘是江南望族，对王氏威胁太大，自然不被王导、王敦所容。而王澄之死虽是咎由自取，只怕也绝不仅仅是因为王敦看不惯王澄的目中无人。王衍对琅琊王有恩，若王澄去了建业，未必不会取代王导、王敦，故而才会屈死于王敦之手。

与周玘和王澄相比，陶侃虽有功在身，却绝没有二人对王氏兄弟的威胁大。此去将军府，还是有机会说动王敦信任自己的。

陶侃正色道："我已决意去往将军府，诸位休要再提回去江陵之事。"

朱伺、郑攀大惊，心知陶侃此去是什么心思，连连苦求："刺史大人何苦要如此执着？王敦绝不是老刺史刘弘，没有那样的胸襟和气量，听不进刺史大人的金玉良言。只怕此去将军府，刺史大人即便保全性命，也绝难再回荆州。"

陶侃只是不听，说道："王敦并非不明理的人。虽说听信谗言，欲与我为难，可陶某自认为没有什么心虚的。敢往将军府一去，便足以向王敦坦露忠心。无论王氏兄弟如何争权夺利，欲将南方士人排挤出去，总也要用些真才实学之人为其效力。甘卓不也是南方人，不就被王敦看重，将湘州交给了他？荆州没有王敦的支持，绝难长久，只要能一统江南平复天下，我陶某愿为王敦驱驰。即便此去将军府果真回不来，我也认了。若不能救国护民，一展雄才，与死何异？”

郑攀几乎已是带着哭腔了：“就怕王敦那种小人，不懂刺史大人的忠肝义胆！”

郭舒现在是王敦的参军，念着与陶侃共事一场，不忍见他被王敦暗害，冒着被王敦怪罪的风险，偷偷过江提醒陶侃，见不能说动他，又怕回去晚了被人怀疑。叹了一声，辞别众人，连夜先回将军府去了。

第二十九章　功高震主，贤臣贬黜广州

陶侃闷在客房之中，心乱如麻。

本就已是盛夏时节，热得人大汗淋漓，偏偏客房的门窗又关得密不透风，使得房内弥漫着汗臭味儿。经江南的湿热一渲染，愈发让人难以忍受。窗外的蝉声，一阵胜过一阵，吵得陶侃愈发烦躁。终是忍耐不住，推开了房门。虽然没有丝毫凉意，反而一股热浪涌到陶侃面前，可好歹眼前视野开阔，让陶侃不由舒畅许多。

再看那树枝上叫个不停的金蝉，此时也没有那么恼人。就听蝉声滔天，倒也有些音律暗含其间。被人一惊，也未飞去，顺着树枝往叶片后面躲藏，笨拙的样子颇显滑稽。

陶侃看着出神，心中却是无奈。那金蝉有翅，无论去留，皆由它自己决断，自己却是软禁在将军府中，是生是死至今也没个定论。

还没感叹自己的尴尬际遇，门前就有一个侍卫转了过来，对着陶侃拜了一拜："大人还是回屋去吧，莫要让小的为难！"

陶侃苦笑一声，回到屋内，房门旋即合上。屋内再次陷入昏暗和汗臭之中。

当日，陶侃不听郭舒、朱伺、郑攀苦劝，执意要来将军府，婉拒了朱伺和郑攀的随行护卫，孤身一人过江，面见王敦自陈忠义。

陶侃刚刚来到将军府时，门前的侍卫还不敢相信孤身而来的老者就是陶侃。待验过印信，这才慌慌张张进去通报。过了许久，才得王敦召见。

虽然陶侃在洛阳时，也远远见过王敦几面。可王敦出身名门，陶侃却是个伏波将军府的小吏，自然也就没什么深交。自陶侃归于琅琊王后，受王敦节制，可领兵在外征讨杜弢三年，也一直没有机会拜会王敦。直到那日，才算是两人正式见面。

王敦比陶侃年少六七岁，当年张华府上眉目俊朗的青年才俊，如今也已年过五旬。可相对于陶侃的花白须发，王敦要显得精神许多。显然这些年天下动荡，没让王敦受多少磨难，面上几乎没有什么岁月的痕迹，依旧是一张果敢俊逸的面庞。

想来也是，王敦南渡建业时，北方虽然也不太平，可司马越尚能掌控大局，好歹与石勒、刘聪抗衡。王敦并非仓皇失措逃难到江东，故而没受多少颠沛流离。

依陶侃所想，杜弢能够覆灭，自己居功至伟，由此来说，自己堪称是王敦的一柄利刃。然而初次会面，王敦显得很是冷淡。全然没有欢喜之情，倒是多了些生分，甚至隐隐流露出些许排斥和厌恶。

陶侃深感失落，却也只能装着没有察觉到王敦的疏远。行过大礼，隐隐瞥见堂后人影闪动，似有刀枪之声若有若无。陶侃心中一紧，王敦果如郭舒所言，欲对自己不利。虽说陶侃有些武艺，可王敦也不至于如此大阵仗吧！

陶侃惶恐之中倒是静下心来，对那伏兵故作不见。征讨荆州军报早已报于王敦知晓，随便捡了些围攻长沙的紧要之事讲与王敦。破城之后，幸有应詹早早领兵护住了杜弢府邸，这才未让杜弢的财货被乱兵瓜分，已经装好大车，不日便将送往建业。如今丞相府人丁兴旺，无论是养兵还是支付官属俸禄，少不得用钱的地方。陶侃故意说起此事，不过是向王敦示好。

王敦对此似乎并不是很在意，从其面色来看，显然未想到陶侃是一个人来了将军府。若陶侃是带兵而来，想进将军府，自然只能有十数侍卫，府中伏兵足以应对。可陶侃偏偏没有带兵，这反倒让王敦不好下手了。王敦对陶侃宽勉几句，手却数次放在剑柄上，看来是对陶侃的坦荡也有些敬服，故而迟迟没有下定决心。

陶侃遂以杜曾之事请命王敦，言杜曾狼子野心、凶狡异常，正所谓“鸱枭食母之物”，决不可轻信其归降之言。此人不死，州土不宁，还当速速派兵征讨，方能永绝后患。否则中原被北汉所得后，挥师南下侵扰江南，杜曾必是心腹大患。

陶侃之言在情在理，倒也提醒了王敦，毕竟荆州尚未安定，此刻对陶侃下手还是早了些。王敦对陶侃的杀意渐渐淡了不少，却也没有应允陶侃请兵征讨杜曾之言，也未放陶侃离去，就在将军府为陶侃安置了客房。说是感念陶侃征讨荆州之功，留在将军府好生款待，实则软禁起来。

这一留便是近月时光。陶侃整日闷在客房中，就连房门都出不去。幸好郭舒偶尔能悄悄送来消息，让陶侃不至于和外界彻底隔绝开来，多少知道些军政要事。

陶侃软禁于将军府后，未过数日，便有杜曾领兵围攻宛城的消息。王敦忙遣周访派兵北上，这才解了宛城之围。虽说杜曾的两面三刀让王敦终于不再奢望能说降其众，也动了征讨杜曾的念头，却也没有放出陶侃。而是瞒着陶侃，罢去他荆州刺史之下所有官职，转而以其从弟王廙为荆州刺史，替代陶侃全权负责西征之事。朱伺、郑攀诸将，皆被并入王廙军中。

这段时日里，王敦只来见过陶侃一次。披挂一身，似是要出征般模样。陶侃只当王敦要征讨杜曾，或是来征询自己意见。然而王敦随意闲扯了几句，丝毫未提此事，才过一刻工夫，被其侍卫叫了出去，就再没露过面。

后来，郭舒在饭食中夹了纸条。陶侃方知王敦那日来客房，竟是来取自己性命的！王廙接管荆州后，王敦以为足以应对杜曾，故而打算把陶侃斩草除根。还未及动手，便被侍卫唤去，是有王廙刚去荆州便被杜曾挫败的军报传来，王敦才知道杜曾没那么好对付，这才放过了陶侃性命。

陶侃不由冷汗淋漓，若非王廙战败，只怕自己早已死得不明不白了。

自那日过后，陶侃便再没有见过王敦，而郭舒也再没有传来过消息。陶侃整日无所事事，浑浑噩噩中，只觉得自己已被天下所忘。

就在今日，陶侃见送饭的杂役又换成了郭舒亲信，果然在食盒中又见到郭舒的字条。

只说陶侃迟迟未能返回荆州，王廙又非杜曾对手，惹得军心动荡。郑攀邀了营中不少将佐，共来将军府面见王敦，联名上书，求王敦复以陶侃为荆州刺史。惹得王敦勃然大怒，将郑攀众将斥责一番，逐回了荆州。

陶侃心中稍稍一暖。自己不听朱伺、郑攀之言，强行要来将军府见王敦，以为自己的坦荡或能赢得王敦的信任，也好继续领兵征讨叛逆。终是事与愿违，被软禁于府中，心中多少也有些后悔。难得郑攀有这份情谊，顶着被王敦斥责的凶险，肯来将军府仗义执言，只是不知朱伺究竟如何。

陶侃烦闷之中，也难吃得下饭，在客房里急得团团转。不知郑攀得罪了王敦，回荆州后会不会被王廙责难。可陶侃就连这房门都打不开，又能替郑攀说些什么话？正被心中的焦虑和房里的潮热闹得不胜厌烦，就听房门忽而开启，正是那进谗于王敦的钱凤。

陶侃见此人来了，心中只觉不妙。小心提防，唯恐被他下了毒手。却听钱凤假意斥责了门外侍卫一声：“你这人也是，怎就那般没有眼力见儿！大将军是要你好生保护陶荆州，你却把个门不放！这屋里都热成什么样了？是人待的地方吗？告诉你！陶荆州乃是大将军的贵客，你敢如此怠慢，仔细你的皮！”

钱凤转身进了房中，被里面的闷热和汗臭熏得不轻，强忍着没说出口，对着陶侃讪笑道：“这些日来，大将军忙着军务，怠慢了陶荆州，还望见谅！也怪手下办事的人粗鄙，委屈了大人。钱某乃是吴兴人士，也算陶荆州半个同乡，若早知道陶荆州受这份罪，早就该来陪陶荆州在府里转一转了。今日大将军专门设宴，为陶荆州庆功，这便随钱某赴宴去吧。”

听着钱凤的嘘寒问暖，若非陶侃早知道此人有暗害自己之心，还真要感念他这份同乡之谊了。装着对钱凤的关心受宠若惊，试探着问道：“不知大将军设宴是为何事？又为何要为陶某庆功？”

钱凤依旧笑道：“陶荆州这是故作不知了！还真是谦虚得紧！”

陶侃不明所以：“还请钱参军明示。”

“陶荆州讨灭杜弢，收复荆州，如此大的功劳，岂会被大将军忘记？今日设宴，就是要嘉奖陶荆州之功。”

陶侃万分疑惑，杜弢早已破灭，王敦何故在今日为自己庆功？难道真是觉得亏待了自己？可人为刀俎，容不得陶侃不去。一路暗中揣测，来到王敦后院，果然见王敦在正堂摆了宴席。虽说没有多少人赴宴，可郭舒好歹也陪侍一旁，陶侃这才稍稍安心，上前拜谢。

王敦面上依旧是副冷峻模样，瞧不出喜怒颜色。见陶侃来了，不过单手虚抬一下，算是还了礼。陶侃不知王敦心意，又不好刚见面就问，只能在钱凤指引下，小心坐了客席。

酒菜倒也精致，却无歌舞助兴。听闻王敦早年也喜音律，尤其善于击鼓，只是被人说了句玩物丧志，便戒了这喜好，连府中乐师舞姬全都遣散干净。也就在这一点上，王敦能比那些贪图玩乐的权贵好上了许多。然而此时宴上久久无人说句话，没了舞乐，就显得愈发尴尬。

陶侃见无人说话，先敬了王敦一盏，想借此探探王敦心意。

王敦不过端起酒盏抿了一口，一双眼睛透出寒光，看得陶侃直发毛。良久才说：“陶士行收复长沙，讨灭杜弢，救社稷于危难，实乃国之栋梁。这些日来，久久没有封拜，非是国家薄情寡义，乃是本将请命于丞相，好让陶士行人尽其才。”

陶侃听王敦这般一说，稍稍放下心来，忙拜谢道：“末将追随大将军，得以效犬马之劳，不敢居功，此乃大将军运筹帷幄决胜千里，末将不过秉承大将军余威，扫荡残寇而已。若大将军准允，末将这便回往荆州，讨灭那杜曾，以报大将军知遇之恩。”

陶侃把平定叛乱之功皆推到王敦身上，无外乎能让王敦信任自己一些，也好继续留在大将军麾下征战沙场。毕竟王敦如何争夺权势，总是要用些有本事的人充为羽翼的。既然这天下总是绕不开争权夺利四字，陶侃也不介意靠在王敦这棵大树上。只要王敦不倒，那陶侃也就有用武之地，为这摇摇欲坠的天下做些该做之事。

王敦对陶侃的示好仿若未见，说道："荆州乱党破败在即，就不劳陶士行费心了。王澄与杜弢暗中勾结，已被本将军依法处置，然其党羽王机率部南逃，穷途末路乞降于本将，请命征讨交州越人，以报效朝廷。本将念其尚有忠义之心，便给了他这个痛改前非的机会，拜其为交州刺史。谁知此贼到了广州之后，一拖再拖，就是不肯往交州发兵。而那杜弢余孽杜弘，自豫章战败后，亦南逃于广州。这两人匪性难改，相互勾结，已占据广州起兵反叛。本将已表奏建业，拜陶士行为广州刺史、平越中郎将。荆州征讨杜曾战事吃紧，也无兵马可以调配，陶士行自往广州募兵，讨伐王机、杜弘去吧。"

听罢此言，陶侃仿若置身冰窟一般。陶侃方才听王敦说要封拜犒赏自己，还以为至少能回荆州去。哪知王敦一下子把自己支到了广州。广州偏远蛮荒之地，去了那里与发配边疆何异？王敦口口声声说荆州平定在即，却又说战事吃紧调不开兵马，如此自相矛盾，不过是给了陶侃一个空头刺史，如弃破履般把陶侃丢去了广州。

何况王机、杜弘，哪一个不是因为王敦的缘故才逃去了广州？陶侃此去，依旧是给王敦的失误善后，却是吃力不讨好的活儿，并不能因此而被王敦所喜。王敦此举，分明是借刀杀人，既除掉了陶侃，又没脏了他的手，其心着实歹毒。

陶侃心中万分厌恶，可看着王敦那冷峻的眼神，只怕在他心中，能给自己这个出路已经是开恩了。要知道前些日，王敦已经打算杀了自己永绝后患的。此刻若不应承下来，能不能走出大将军府都很难说。

陶侃强忍着心中的委屈，上前拜谢道："末将诚惶诚恐，深谢大将军提携之恩。此去广州，必不辱使命，为朝廷平定动乱。"

王敦嗯了一声，便不再多言。陶侃正感无趣，想就此拜别。却见王敦侍卫贴到身前耳语几句，递上一纸帛书，王敦看过之后面色一变。狠狠看了陶侃一眼，转回内堂。

陶侃只觉不妙，却见郭舒朝着自己努了努嘴，似乎说了“郑攀”二字。

方才郭舒离王敦近些，或是瞧见了帛书所言何事，可人多眼杂，又不好明言，只能稍作暗示。陶侃一阵迷茫，郑攀不过来将军府替自己说了句公道话，已被王敦斥责回去，却又发生何事，惹得王敦如此动怒？

陶侃还在揣测郭舒向自己提起郑攀究竟何意，就见王敦回到宴上。已然换上一身戎装，手持一杆长矛，身侧十余铁甲护卫，隐隐将陶侃拦在中间。

陶侃大惊失色，王敦此举在十数日前已经有过。其意不言而喻，分明是要将陶侃置于死地。

陶侃不明白王敦为何忽然翻脸。刚才还要把自己发配去广州，此时竟连最后的生路都要断绝。就听王敦喝问道：“郑攀领兵袭取涢口，击退刺史王廙，扬言不放你回去，便要切断道路，割裂荆州。郑攀是你旧将，此举究竟是不是你指使？”

陶侃目瞪口呆。郑攀对自己忠心可鉴，为救自己脱困，真可谓费尽心思。然而谋事未免太偏激了些，起兵击退王廙与谋反何异？王敦是个软硬不吃的狠角色，自己尚困在将军府，郑攀行兵谏之事，只怕非但不能逼王敦放自己去荆州，反倒要把自己往黄泉路上推一把了。

陶侃忙辩解道：“大将军息怒，末将这些日留宿于将军府，何曾与郑攀见过？必是有小人从中作梗，煽动郑攀作乱。大将军若是信得过末将，末将这便写下书信，劝郑攀罢兵休战，免得荆州再生事端。”

王敦倒也很是奇怪，陶侃软禁于将军府，连房门都未出一步，半个外人都未见过，若说是他指使郑攀作乱，也着实没有可能。只是郑攀哗变，使得刚刚平定的荆州凭空生出隐患，陶侃既是郑攀之主，实在难以洗脱嫌疑。何况郑攀反叛，若陶侃真能说降叛军，也能省去不少麻烦。疑惑之中，便见有王廙的参军慌慌张张来了府上，连连呼喊：“大将军！大将军！不好了！”

跑到王敦跟前，气都还未喘匀：“郑攀已派使者去了竟陵，求杜曾增兵涢口，共拒刺史大人。”话刚说完，却发现陶侃就站在旁边，才觉得此事被陶侃知道似乎不大好。果然见王敦狠狠瞪了他一眼，吓得忙住了口，退到一边。

王敦刚才还在疑惑陶侃究竟知不知晓郑攀兵变之事，此时得知郑攀竟与杜曾勾结起来，再次怒火中烧，骂道：“陶士行，你就是这般带兵？先前王贡投敌还未与你计较，今日郑攀又与杜曾眉来眼去！说！是不是你与杜曾有什么往来？”话未说完，长矛已经挺了过来，眼见就要刺到陶侃喉头。

陶侃心中仿若吃了黄连一般。若郑攀真与杜曾往来，王敦就是杀了自己也无可厚非。

想想王澄被王敦刺杀，就是被污蔑与杜弢勾结。那还是捕风捉影的事，并无实据。可如今郑攀袭破王廙，又求杜曾增兵，陶侃就是跳进黄河也洗不清这罪责。

陶侃辛辛苦苦攻破杜弢，为江东收复荆州大片疆土，到头来却落个身败名裂！短短一生数十载，几乎所有的心思都放在为国为民上，如今却被天下所弃！难道这些年来南征北战，就这般毫无价值？心灰意冷之中，陶侃淡淡说道：“大将军要取我性命，拿去便是！只是陶侃一片丹心，绝无通敌之举！”也不想再辩解什么，死了倒也干净。挺起喉头伸向长矛，只等王敦取了自己性命。

王敦见陶侃浑不惧死，一种被人蔑视的感觉油然而生。恼怒中哪还管郑攀兵变究竟该如何处置，便要一矛扎透陶侃脖颈，先解了心头之恨再说。忽然被人扯了一把，矛尖擦着陶侃面皮划过，留下淡淡血痕。

王敦被人阻挠，气得暴跳如雷，怒骂一声：“何人如此放肆！”

回过头来，却是郭舒扯自己。郭舒虽是南方士人，又曾为王澄部将，可颇有些谋略，又远没有周玘、陶侃这些南方士人功绩，故而不会对王敦构成威胁。这才被王敦辟入将军府参赞军事，倒凭着真才实学而得王敦青睐，渐渐委以重任。此刻竟救下陶侃性命，惹得王敦勃然大怒：“郭稚行！你可想清楚了！陶侃通敌，罪大恶极！胆敢救他便是同党。别以为本将军看得起你，就敢这般没了分寸！小心本将连你一块处置了！”

郭舒跪在地上：“大将军息怒，卑职绝非以私废公之人，不敢因和陶侃有旧而为其求情！郑攀作乱，本是以此要挟大将军放过陶侃。若是得知陶侃死于大将军之手，岂不是逼得郑攀铁了心要与朝廷为敌？荆州战事绵延三年之久，刚刚平定杜弢，百废待兴。可若是郑攀与杜曾狼狈为奸，荆州局势顷刻颠覆。大将军难道还想再耗上三年对付杜曾？”

闻听此言，王敦一下子清醒不少。

随着王敦与王导合力辅佐司马睿掌控江东，权势越来越大，心中的野心自然膨胀起来。“王与马，共天下。”想要王家在江东长盛不衰，自然在拉拢党羽的同时，时刻要打压那些日渐崛起的家族。陶侃虽出自寒门，可功高盖主威名日盛，已隐隐对王敦构成威胁，故而绝不会放陶侃回到荆州。

可王敦并不是一个眼中只有权势之争的庸人，若被北汉杀过长江，王家的权势又岂能保全？因此，王敦必须要尽快结束荆州战事，稳固江东疆域，整饬兵马，富国强民，方能有抵挡北方的实力。若一怒之下杀了陶侃，无异于给郑攀叛军火上浇油，荆州也将再无宁日。

想到这里，王敦杀意渐退，郭舒却又跪上前来，接着说道：“何况周访与陶侃是亲家，关系素来亲密，若大将军杀了陶侃，周访又岂能答应？”

听到这里，王敦倒吸一口冷气。前几年征讨江州，便是周访攻破华铁。如今征讨荆州，除了陶侃功大，便是周访最为出众。豫章两次危急，都是周访及时回救，才保王敦无事。且不说周访对王敦有无恩情，单是周访手握雄兵，就不得不让王敦防备。若杀了陶侃，把周访也逼反了，别说平定荆州成了痴人说梦，能不能保全江州、湘州都不大好说了。

王敦不由庆幸刚才没有杀了陶侃。这时就见府中长史陈颁、参军梅陶亦上前劝道：“郭参军所虑确有道理。周访与陶侃亲如左右手，安有断人左手而右手不来救护的？”

陶侃本以为必死无疑，谁知郭舒竟然仗义执言，救下自己性命。

虽说暂且逃过一死，可瞧着王敦眼神，时而凶戾，时而困惑，显然还没有放过自己的意思。

陶侃算是已经死过一次，眼见王敦犹豫不决，满是鄙夷。正色说道："大将军志向高远，欲平天下，素来雄断果决，为何如此优柔寡断？要杀便杀，要放便放，这般迟疑不决，惹人笑话！"

王敦被陶侃一激，又动杀心，可又不敢动手，一时愈发犹豫。这时有人走来堂中，在王敦身边耳语几句。王敦面色稍缓，目光也不再那么迟疑，对着陶侃说道："本将军念你劳苦功高，不与你计较。只是郑攀反叛，你也难辞其咎。这便往广州赴任去吧。但愿你能将功折罪，早早平定广州的动乱，也不负本将军对你一番信任。"

陶侃不由一愣，还当自己听错了。见王敦收了长矛，再也不理会自己，而是转回内室，郭舒众人也都跟着散了。

陶侃这才确信，王敦的确是饶过了自己性命。慌慌张张退出大堂，故作镇定往府外走去。

眼见快到大门前，忽见前面来了十数甲士。陶侃心中一慌，还当王敦又反悔了，忙向路边避上一避。可那队甲士却对陶侃视而不见，中间似乎拥着一人，向府中走去。

陶侃慌乱之中也未瞧清楚，隐约觉得像是儿子陶瞻，却又不大肯定。此刻哪敢琢磨此事，迈开步子跑出了将军府。

待转过街角，却见郭舒已经等在那里。忙上前拜谢道："今日若非稚行，我命休矣。"

谁知郭舒叹了一声，说道："王敦能放过士行性命，并非郭某之功，还是亏得你有个好儿子。"

陶侃心中一慌，想想刚才甲士拥着的那人，忙问道："难道瞻儿来了将军府？"

郭舒点了点头："陶瞻见王敦久久不放你出来，故而来了府上，说是想在王敦手下谋个差事。不过是甘愿充作人质，以换你平安离开罢了。"

陶侃身子一颤。长子陶洪留在建业琅琊王府，老二陶瞻又来王敦将军府做人质。难道我陶侃一片忠心就那么低贱，唯有用儿子充当人质，才能让这些权贵们对自己放下心来？虽说先前陶侃也曾让子侄做过人质，可毕竟出于自愿，何况刘弘也好，华轶也罢，都不可能害了陶侃子侄性命。如今陶侃已和王敦翻了脸，陶瞻在将军府必然举步维艰。

见陶侃面色凝重，郭舒开解道："难得陶瞻有这份孝心。士行也不必过于担忧，郭某既然在将军府，能帮衬的必然不会委屈了这孩子。倒是士行还要设法平定那割据广州的王机、杜弘。虽说广州偏远蛮荒之地，可好歹也是一份根基。士行若能治理好广州，王敦也不会对陶瞻如何过分的！"

陶侃叹了口气："如今我孑然一身，纵是有心去广州，又如何斗得过王机、杜弘？"

郭舒却道："周访现为豫章太守，士行何不向他求兵？"

陶侃被郭舒提醒，不由大喜："幸得稚行提点，我这便去豫章。"接了郭舒草草准备的行囊，道了一声珍重，陶侃愤愤望了一眼将军府，头也不回往南去了。

第三十章　含恨远赴边疆，亦能建功立业

陶侃失魂落魄离开大将军府，行色匆匆投奔豫章。虎口脱险哪敢一刻停留？唯恐王敦又变了主意派人追杀，连驿站都不敢住，寻了一条小船，沿江而下。待过了郡界便弃船登岸，一路寻着荒野小路昼夜奔行。虽说旅途着实艰辛，可陶侃更对自己一心报国却落个如此境地而肝肠寸断。

回想自己这大半辈子的际遇，陶侃便一肚子委屈。

年少时自以为满腹才学，必能建功立业扬名立万，怎奈世族权贵把持选官之路，陶侃碰得鼻青脸肿才知仕途艰难。辗转游历洛阳，三十多岁还不过是个伏波将军府的文书小吏，虽也积攒了些人脉和声名，依旧没有一展才学的机会。

直到荆州张昌作乱，江南再无宁日。陶侃心怀保护乡土之愿，与挚友周访收拢乡民抵御叛兵，得恩主刘弘赏识，终于有了用武之地。平张昌、退陈敏，两度救荆州于危难。

随着刘弘薨逝，陶侃一度陷入仕途的低迷之中，只能在司马越军中做个有名无实的参军。可随着北方沦陷，晋室国破，天下大乱，陶侃这等寒门之士凭着文治武功得以重用，让陶侃颇有些得遇明主的舒畅。再想想中原被荼毒，也有了为国为民救百姓于水火的志愿。

在荆州征讨杜弢这三年当中，陶侃纵然几经生死，也毫无怨言。总算攻破长沙，收复荆州大片疆土。年华易逝，不觉已是五十多岁。回想这大半辈子的经历，陶侃自问无愧于天下！无愧于朝廷！也无愧于良心！正想趁着还有些气力，再接再厉扫平杜曾叛军，厉兵秣马克复中原。谁曾想，所有的抱负和豪情壮志，再一次被砸得粉碎！而这操刀之人竟是陶侃心中的明主，堂堂琅琊王麾下的大将军王敦。

这一路上，陶侃不住地反省自己。于公于私，都不曾得罪王敦，就连平定荆州的首功，陶侃也甘心献于其手。可这世族大家眼中，怎就容不得别人功成名就？

想想洛阳时的经历，杨国丈、贾皇后这些皇亲，司马伦、司马彤、司马冏、司马颖、司马乂、司马颙、司马越诸多国戚，再加上王戎、王衍这些世族大姓，哪个不是为了权势争得你死我活？

陶侃深知权势之争太过凶险，也太过阴狠。张华、乐广这些寒门士子也曾位高权重，可一旦陷入其中，都落个家破人亡。陶侃无依无靠，又是南方士人出身，自然不愿牵扯进去。只想凭着真才实学有一番作为，可躲来躲去，终究是成了王敦的眼中钉。

陶侃不住哀叹，苍天何其不公也！满朝权贵、世族大姓，哪一个不是尸位素餐、不务正业？又有几人真正把天下装进心里？大晋朝繁荣昌盛短短二十年，便已分崩离析，何曾不是他们附庸风雅、骄奢淫逸种下的祸根？这些人不管天下兴亡，我等寒门士子、有志之士振臂一呼救社稷于危难，在他们眼中怎就变成了图谋不轨争权夺利？

陶侃心事重重，好不容易到了豫章，落魄得仿若流民乞丐一般，险些被郡府侍卫轰了出去。幸而遇到奉命北上驰援宛城击退杜曾的兵马回师，而周访之子周抚正是主将。这才认出陶侃，慌慌张张引入府去，见到了周访。

陶侃一见周访，便已哭得泣不成声，似要将这些年的委屈全都发泄出来一般：“若非贤弟外援，你我兄弟二人恐无相见之日了！”

周访并不知陶侃被软禁于大将军府之事，还当陶侃在武昌筹备西征杜曾。正奇怪为何杜曾还有机会抽兵北上袭扰宛城，而大将军府也没有就近从武昌调兵，反倒从豫章选派人马驰援宛城，就见陶侃这般模样来了豫章。殊不知王敦一心算计陶侃，自然要封锁消息，以至于周访对陶侃一个月来的遭遇全然不知。

听陶侃哭得肝肠寸断，周访还以为陶侃已经知道家中的噩耗，忙在一旁陪着哭道：“人死不能复生，兄长切不可这般悲伤，否则洪儿在天之灵，也难安息！”

陶侃本就哭得伤心不已，忽听周访莫名其妙冒出这样一句话，惊得目瞪口呆，颤抖着声音问道：“洪儿？洪儿怎么了？”

周访这才明白陶侃并不知晓陶洪之事，不由为自己的失言懊悔不迭。见他伤痛如此，有心避开不说，可陶侃是聪明人，如何瞒得住他？只得小心说道：“兄长节哀！洪儿在丞相府染了时疫，就在十数日前去了！听说此病来得很急，洪儿倒没受什么罪，去得很安详。洪儿是孝顺孩子，也不愿看到兄长这般伤痛，还请兄长万万保重身体。”

陶侃只觉心中仿若刀搅一般。本就因自己的遭遇而伤痛不已，又忽闻长子陶洪噩耗，一口气没提上来，嘴里咕咕几声，昏死过去。周访吓得连拍带掐，陶侃这才幽幽转醒，失声痛哭。

陶洪在丞相府为属官，不过是人质罢了。算算亡故时日，正是陶侃被软禁在大将军府的时候。如此巧合，难保不是王敦授意加害。要知道，王敦这些日来一直就有暗害陶侃的心思。自然要斩草除根，连陶侃长子陶洪一并处置。谁知郑攀突然起事，逼得王敦措手不及，又忌惮周访领兵在外，这才放过了陶侃性命。即便如此，也是把陶瞻攥在手中之后，再次有了挟制陶侃的人质，这才容陶侃离开。虽说陶侃对陶洪之死并无实据，可想想这些日来在大将军府的生死一发，不由恨得咬牙切齿:“王敦小儿，陶某与你不共戴天！”

周访虽然听得一头雾水，可又不傻，听陶侃怒骂王敦，想必多有些隐晦之事。唯恐隔墙有耳，忙把外人指使出去。问道：“不知兄长为何与王敦结了梁子？”

陶侃缓了缓心中的伤痛，这才将王敦如何加害自己之事一一道来。

周访听罢，怒不可遏。连声骂道："无耻小人！无耻小人！我兄弟二人何曾对不起他，竟如此算计兄长！试问西征江州、荆州以来，他王敦可曾有过一战？哪一次不是远远躲在后面，指使我等在前厮杀？有功全是他的，有过全是我等的。他王家兄弟没一个好东西！王衍身居大位不能助司马越保住中原，王澄镇守荆州闹得州郡大乱，这王导、王敦，也忙着排除异己打压我南方士人。只恨周玘起兵未果！不能将这些狼心狗肺的北方世族赶出江东。要我说，干脆你我兄弟就此起事！有应詹掌控荆州降兵，有郑攀在外遥作声势。再说那甘卓，也未必就肯对王敦俯首帖耳。再加上我豫章兵马，足以击退王敦。到那时，我等占据荆州，顺势杀到建业，将那风流倜傥的王导一并丢到江里去！我倒要问问司马睿，这江东到底该谁做主！"

周访一番说辞，陶侃很是感激，心中一瞬间还真有了这样的念头。只是这个念头转瞬即逝。

周访之言自有道理，虽说杜曾仍是荆州的隐患，可陶侃与王敦反目之后，就有了与杜曾结盟的可能，想要抢占荆州反攻江东也有成算。何况杜曾拥第五猗为主，而第五猗受命于长安朝廷，也算名正言顺。

可陶侃还是对反攻王敦的念头深深排斥。陶侃素以忠义自居，纵然王敦对不起自己，可司马睿毕竟对陶侃很是看重，若背弃建业失之于忠！而杜曾乃是天生反骨，背信弃义之辈，陶侃实不愿沦落为乱党之流，失之于义！何况陶侃凡事大局为重，想想北方的杀掠，长安已是朝不保夕，若自己再生事端，起兵杀奔建业，只会让人渔翁得利。

即便陶侃甘愿背负这骂名，怎奈陶瞻已经落在王敦手中。如今陶洪已经病逝，次子陶瞻就成了陶侃的承继之人。虽说陶侃儿子不少，算上陶洪足足十七人。可陶瞻相对于陶洪的敦厚，更加聪慧一些。随军征讨荆州以来，颇有些才气，让陶侃寄予厚望。陶瞻不仅是陶侃的儿子，也是周访女婿。一旦自己与周访起兵，陶瞻性命危在旦夕。于公于私，陶侃是万万不敢在此时向王敦发难的。

陶侃叹了一声："瞻儿落在王敦手中，你我兄弟势必投鼠忌器，又如何成得了事？"

闻听此言，周访也是一阵默然，良久说道：“狡兔未死，走狗已烹。难不成就任由王敦欺辱我等？”

陶侃默默擦去眼角泪痕，恨恨说道：“王敦绝非善类。杜弢刚刚覆灭，便忙着排挤功将。我观其行，必然包藏祸心！王敦窃据西征首功后，已在其从弟王导斡旋下，都督六州诸军事，将江南兵权几乎尽握于手中。就连州郡官吏选派也都是王敦拿大主意，琅琊王不过是最后点头而已。人言‘王与马，共天下。’王在前，马在后，这天下究竟姓王还是姓司马？难道琅琊王就不担心王氏兄弟功高震主？前番我往建业一行，那刘隗、刁协之辈，不都是琅琊王拉拢过去制衡王氏兄弟的？可见琅琊王对王敦并不放心，势必要徐徐收回王氏的权势。王敦偏偏又是个骄纵跋扈的性子，怎会容忍自家被打压下去？王家与琅琊王必有分道扬镳之日！待王敦撕掉忠义为公的假面，图谋作乱之时，我等便可在琅琊王号令下征讨叛逆！如此既不失大义，又能让王敦遗臭万年！君子报仇，十年不晚，你我兄弟还是暂且忍耐，以待天时！”

周访点了点头：“兄长说的是！小弟所想有失妥当，需要我做些什么，兄长但说无妨！”

陶侃喝了一口周抚递过来的热茶。滚烫的茶水顺着干涩的喉咙下去，这才将抑郁得仿若阻塞住的心脉疏通开来，长长舒了一口气。被王敦暗算的怨恨与丧子之痛纠结在一起，这才算稍稍淡了下去。

“荆州局势尚未安定，王敦也还没到只手遮天的地步。贤弟有所不知，郑攀为救我脱困，暗通杜曾起兵抗拒王敦。王敦使其从弟王廙接替愚兄之职，征讨杜曾。依那王廙手段，绝非杜曾、郑攀敌手。待西征战事久拖不决，王敦势必要借重贤弟讨伐叛军。杜曾虽勇，其兵马虽盛，可贤弟也非等闲之辈，必能克定杜曾收复荆州全境。愚兄受困大将军府之前，郭舒曾劝我领兵回往江陵，不奉王敦将令。愚兄高估了王敦心胸，也忌惮受杜曾、王敦夹击，故而未行此计。待杜曾覆灭之后，贤弟切不可如我一般，轻易放弃兵权。没了杜曾威胁，贤弟大可在荆州厉兵秣马，安心与王敦对峙。只要不起兵事，想必琅琊王也乐得贤弟掌控荆州制衡王敦。”

周访叹息一声："也是，王敦鼠辈，欺软怕硬。只要我等手握兵权，他必不敢与我为难。只是杜曾倒也不惧，怎奈郑攀原是兄长左膀右臂。此番叛乱又是为救兄长而起，若害了他性命，小弟于心不忍。还有朱伺亦是兄长心腹大将，为何此番没了他的踪迹？"

陶侃沉默许久："郑攀虽是好意，却失分寸，怎能暗通叛贼与虎谋皮？贤弟切不可妇人之仁，若能救了郑攀固然最好，若是不能，切莫因小失大。至于朱伺，想必多是被划拨于王廙麾下。愚兄此番受困于王敦之手，无论朱伺是否有过救我之举，我都不去怪他。毕竟我尚且自身难保，朱伺也是寒门出身，又能做些什么？"

周访点点头："那兄长又有何打算？"

陶侃道："王敦已表奏我为广州刺史，命我征讨王机、杜弘叛兵，却无一兵一卒给我，分明是借刀杀人。我倒有意向贤弟借些兵马南下，讨灭两部叛兵，也好有个容身之地。待贤弟占据荆州在内，愚兄掌控广州在外，日后对付王敦也能多些胜算。"

周访说道："兄长需要多少兵马，只管开口。"

陶侃也不客气："三千足矣。"

周访迟疑道："虽说我对王机并不知晓，可与杜弘却有数次交手。此人乃是杜弢麾下独当一面的大将，绝不是什么善茬。三千兵马是不是少了些？"

陶侃苦笑道："若是愚兄连杜弘这个叛军余孽都束手无策，那还如何对付王敦？何况杜曾才是心腹大患，贤弟还要多留兵马，才能收复荆州。"

周访见陶侃意坚，也就不再多说什么。使周抚出去选派精兵，又唤了高宝、许高二将进来，交代几句，命二将受陶侃节制南征广州。

陶侃谢绝周访挽留。休息了一晚，交接过兵马粮草，便往广州开拔。

十数日后，陶侃已至广州边境。

虽说王机、杜弘割据广州已被王敦知晓，可毕竟地处偏远，故而具体情形也不清楚。待陶侃来了广州，才对叛军军情探个明白。

王澄死于王敦暗杀后，王机匆匆领其兵马避祸于广州。唯恐被王敦追杀，故而遣使求告于王敦，欲为朝廷收复交州以求宽宥。王敦忙着荆州战事，对交州鞭长莫及，这才允诺王机所请。只是王机虽有盛名，却无实才，还未赴任，便逼反了交趾豪强梁硕，阻断道路，霸占交州。

王机不能往交州赴任，整日提心吊胆会被王敦加罪。恰逢杜弘被周访击溃逃奔临贺，为求自保依附于王机。两人都是王敦的眼中钉，为求活命，决意铤而走险，索性割据广州，不受朝廷节制。

广州叛乱虽是王机、杜弘挑头，却得本州豪强温邵、刘沈支持，兵马足有万余之众，声势之大远超陶侃预计。高宝、许高二将连劝陶侃，且驻军于始兴，以观贼情。陶侃却是不以为意，领兵直奔广州，于城外一处名唤封口的险地扎下大营。

陶侃此举大出杜弘、王机意料。二人本以为陶侃远来，必不敢孤军深入，故而使温邵、刘沈在沿途城池布下重兵，欲消耗官兵锐气。谁料陶侃竟胆大如此，径直奔赴广州城外，一下子打破了二人部署。

看着杜弘、王机匆匆献上的降书，约定时日便将出城归降，高宝、许高二将心悦诚服。

陶侃却是笑道："杜弘、王机拥兵万余，我等远来广州，怎肯轻易归附？此必缓兵之计。我料杜弘必已急招温邵、刘沈二将领兵回救广州，归降之日便是合围我军之时！"

高宝、许高早在周访那里，就听说过陶侃的丰功伟绩。此番驰奔广州，也让二将对陶侃敬服万分，拜道："将军有何差遣，我等万死不辞!"

陶侃交代一番，二将欣然领命，各自调拨兵马而去。

约定之日，杜弘尽起广州两千精兵，往封口赴约，王机统率城中老弱民夫留守城池。依杜弘算计，温邵、刘沈二将也该奉命回援。只要自己在封口拖住陶侃一时，待两部兵马一到，必能前后夹击，歼灭陶侃部众。一雪长沙兵败之辱，也算是为旧主杜弢报了大仇。

然而杜弘才到封口十数里外，便隐隐觉得有些不安。一路上太过安静，不但看不到半个官兵，就连耕作的百姓都难得一见。而温邵、刘沈二将至少也该有斥候送来军报，却也不见踪影。杜弘身为杜弢大将，久经沙场，什么场面没见过？离封口大营越近，杜弘就越觉得诡异。

遥望官兵军营，就见营门大开全无防备，官兵自顾自地操持杂役，见到远来的杜弘兵马，并没有什么意外，仿若是自家兵马归营一般，竟没有一丝嘈杂。

杜弘依稀看到营中有人迎了出来。似乎是陶侃闻讯，出帐亲迎，以示隆重，可杜弘却是再也不敢前进一步。

望着封口两侧山丘，隐隐透出肃杀之气，杜弘暗道一声不妙，传令兵马速速退还。就在一瞬间，无数飞石自封口后面抛射而出，一下子落在杜弘阵中。幸而离得尚远，伤亡倒也不大。可漫天的飞石，惊得杜弘兵马慌作一团。

杜弘心知诈降已经败露，陶侃也有了准备。连连呼喝，传令兵马尽速回城。封口大营已有大批官兵追杀出来，杜弘部众惊慌之中乱作一团，只能望着杜弘将旗狂奔逃命。

官兵一路追杀，惊得杜弘部众全无抗拒之力。待到广州城外，杜弘苦叹一声。便见城头已是官军旗帜，城门前挑着王机首级，满眼都是惊惧。却是陶侃趁着杜弘诈降之际，派部将许高领兵五百袭取了广州城。

杜弘哪敢停留？领了残兵转道往西逃窜，欲寻温邵、刘沈二将，重整旗鼓再战陶侃。

可一路寻去，也不见二将踪迹。转而北上，渐入小桂境内，便见一处满是尸骸的战场，显然不久前经历一场血战。多是刘沈部众尸骸，旗帜、盔甲、兵器丢得到处都是。显然刘沈引兵而来，在小桂中了埋伏，难怪迟迟没能赶到广州。

杜弘惊魂未定，便听又有杀声响起。正是奉陶侃之命，领兵在此阻击刘沈的高宝兵马。大胜叛兵之后，还未来得及清理战场，便见杜弘败兵来此，匆匆隐藏踪迹，出其不意再次围攻杜弘。

杜弘如何敢迎战？仓皇失措只顾逃命，待逃出广州地域，所存不过数百兵马而已。杜弘没了栖身之地，走投无路，只得壮着胆子，遣人往王敦将军府递了降书。

王敦先前之所以不接受叛军归降，乃是因为杜弢亲近应詹，自然是王敦心腹大患，必要除之而后快。如今杜弢已灭，杜弘颇有些军略，既然肯降于麾下，王敦也惜其将才，遂收归帐下，拜为四品将军。何况王敦为保权势而赶走了陶侃，又逢郑攀众将兵变，手中也少了些能征善战的武将，故而也急需将杜弘这样的降将收为己用。

只是王敦打发陶侃去广州，本想借此除掉陶侃。谁知陶侃出乎意料地平定了广州叛乱。王敦懊悔不已，早知如此，还不如将陶侃软禁于府中便好。如今陶侃在广州站稳脚跟，又不好再与他翻脸。只能顺水推舟，向琅琊王请封陶侃为柴桑侯，食邑四千户。

陶侃在一生最为潦倒艰难之中，柳暗花明，再次于广州开辟出一片新的天地。

第三十一章　长安城破西晋亡，收复荆州东晋兴

陶侃失官于荆州，险些遭王敦暗害，幸而有周访将兵在外，郭舒小心周全在内，这才得脱大难，顺利平定广州叛乱。就在陶侃逃出王敦掌控后的短短一年多时间里，中原局势又发生了新的巨变。

北汉储君之争终于进入了白热化。汉主刘聪即位之初，因根基不稳，只能以先主刘渊嫡子刘乂为皇太弟，然而心中自然更愿意让长子刘粲承继大统。这些年来，刘聪以刘曜征讨关中，以石勒讨伐陕东，对外大肆扩张，挤压晋朝残余势力的生存空间。在内也不断为改立刘粲而努力。

先是对刘粲委以军权，跟着刘曜出征几次叛乱，后来干脆让刘粲独领兵马，征讨河内晋朝割据势力郭默。虽说战事远没有多大规模，可几场仗下来，还是为刘粲积攒不少军功威望。这在崇尚武力的北汉中，无疑为刘粲争夺储位增添不少筹码。随着刘粲声势渐隆，刘聪不住为其加官进爵，短短数年之间，便官拜相国，已然是一人之下万人之上。

明眼人一瞧，便知刘聪父子究竟是什么心思。虽然也有不少人为刘乂仗义执言，可也挡不住越来越多的人聚拢到刘粲麾下，只是这些人多是些幸进小人，而少有真才实学。宦官王沈、郭猗，深得刘聪宠幸，因跋扈用事而与刘乂生仇。为保日后富贵，自然乐得刘粲即位。车骑大将军靳准，有二女月光、月华，生得国色天香而被刘聪看中，皆纳入宫中，并拜为皇后，引得朝野震动。刘乂自然上表劝阻，惹得靳准甚是不快，故而也愿助刘粲夺取储位。

有这些被刘聪宠幸的小人整日在宫里宫外煽风点火，刘聪对刘乂越来越疏远。靳准又为刘粲出谋划策，暗中网罗刘乂罪名。为了将刘乂彻底扳倒，刘粲故意撤去东宫护卫，以示对刘乂并无监视之意，实则加派眼线暗中窥探。刘乂雅好待士，平日就喜好与士人讨教学问，没了外人阻碍，自然与朝臣往来密切。殊不知皆被靳准记录在案，以作刘乂暗通外臣结党营私的铁证。

待时机成熟，刘粲作为监国大臣，使宫人假传旨意于刘乂，言京师近来治安混乱，有晋人谍探兴风作浪。为防京师有变，着令各府加强警备，甲不离身、兵不入库。刘乂信以为真，东宫属臣日夜甲胄在身。刘粲遂诬告于刘聪，言刘乂谋反作乱，已整装待发，将对刘聪不利。

刘聪大惊，王沈、郭猗又从旁煽风点火，言刘乂素有不臣之心。刘聪终是下定决心，命刘粲引兵合围东宫，尽收刘乂亲近朝臣数十人，严刑逼供屈打成招，坐实刘乂谋反冤案。遂废刘乂为北海王，继而遭刘粲暗杀。牵连进谋反一案的大臣、士卒多达一万五千众，皆被刘粲坑杀，永绝后患。

刘聪惺惺作态，为刘乂之死假哭一场。转过身去，便册封刘粲为太子。就在北汉国储之争落下帷幕的同时，晋室长安朝廷也走向了灭亡。

刘曜前后已三次西征长安，虽也曾杀入城中，可最后都在麹允、索綝拼死抗拒之下铩羽而还。究其本末，除了麹允、索綝引关中兵马死战外，更重要的还是有凉州、秦州源源不断的兵马、粮草接济长安。尤其凉州刺史张轨、张实父子，更是对晋室忠心耿耿。

刘曜第四次征讨长安，一改往日策略。转而先攻北地、冯翊两郡，欲以此切断关中与凉州的道路。

麴允匆匆引兵驰援北地，可关中兵马久战疲敝，野战绝非北汉铁骑敌手。麴允只能进军于灵武，四处征集兵马。为了在乱世中拉拢人心，抵御强敌，麴允大肆封官许愿。不少结垒自守的豪强，皆被拜为将军，纷纷领着家兵投效麾下。又有凉州张实所派步骑五千增援，麴允总算凑得三万人马。这才稍有些实力，奔赴北地。

谁知刘曜使人四处放火，驱赶流民，诈称北地郡府已经陷落。麴允信以为真，兵马本就号令不一，听闻已攻破城池，惶恐中还未一战便已溃散。

刘曜一路追杀，麴允连战连败，最终仅在凉州千余残兵护卫下逃回长安。北地、冯翊尽被刘曜所得，关中与凉州的道路终于被北汉切断。长安再无一兵一卒增援，也无颗粒粮食补给。

刘曜得胜之后，乘胜而进，所向披靡。很快兵临长安，轻而易举攻破外城。

麴允、索綝护着皇帝司马业退守内城。然而城中早已粮尽，一斗米值金二两。皇宫中也无存粮，仅剩数十干饼。被麴允小心收纳，每日取些来煮作稀粥献于皇帝。即便这样，也不过坚持了十数日。皇帝都没有饭吃，将士们自然更没有军粮，饥困中逃散干净。唯有凉州千余将士死守不退。

易子相食的惨剧每日都在上演，以至于最后没人再敢独自上街，免得被饥肠辘辘的流民掳去果腹。辉煌的长安空空荡荡，已是一座鬼城。

司马业绝望之中，欲遣使归降于刘曜。索綝却动了心思。为保自家富贵，索綝命使者告于刘曜，言长安存粮足支一年。若汉兵强攻，索綝必以决死之心抗拒到底，汉兵死伤绝不在少数。若刘曜许以索綝车骑将军之职，仪同三司，封万户侯，索綝便献城归降。

索綝那点小算盘被刘曜识破，斩杀其使。传告索綝速速归降，否则城破之日不留一人。

皇帝司马业遂乘羊车，出降于刘曜营中。在麴允、索綝一干朝臣陪同下，被送往北汉都城平阳。

汉主刘聪前番杀了晋帝司马炽，闹得晋室各方割据势力猛攻北汉，此番拜司马业为光禄大夫，封怀安侯，以安晋人之心。麹允深为国破家亡痛哭不止，自尽于狱中。刘聪敬其忠烈，追赠车骑将军，谥为愍侯，而索綝在城破之际谋求私利，被刘聪斥为不忠，斩于市集。

刘曜先后攻破洛阳、长安，晋朝两都皆被北汉所得，就此亡国。刘曜因功封秦王，假黄钺，封太宰、大都督，督陕西诸军事。

随着长安陷落，刘聪自以为天下归于北汉已无从避免，本就沉迷于美色，此后愈发放纵。除了有靳准两女为皇后，又先后册封数人，以至于佩戴皇后玺绶者多达七人。自此刘聪纵情声色，不理朝政，除了生杀大事还要过问，其余皆由太子刘粲处置。而对外用兵，则借重于刘曜、石勒。

眼见北汉吞并关中，一统中原似乎已是定局。对江南的威胁已迫在眉睫，可江东大军还陷在荆州战场的泥潭之中不得脱身。

王敦逐走陶侃后，郑攀兵谏没了借口，在王廙反攻下，连战连败。郑攀本来约了朱伺一并举事，可昔日的战友却以大局为重，对郑攀全不理睬。郑攀只能退往横桑口，归降于杜曾。

莫看王廙逐走了郑攀，可面对兵强马壮的杜曾却是久攻不破，一时僵持不下。

刘曜攻破长安的消息传到江南，无论是王敦，还是司马睿都是惊慌不已。唯恐北汉铁骑在此时渡江南征，建业必然危在旦夕。天可怜见，老天爷再次给了江南一个喘息的机会。

并州刺史刘琨，从司马越执掌大权时起，便驻守晋阳抵御北汉。这些年来虽然败多胜少，可也极大牵制了北汉兵锋。怎奈刘琨兵微将寡，只能借助鲜卑拓跋猗卢大军壮大势力。为拉拢其众，甚至表奏拓跋猗卢为代王。拓跋猗卢虽帮刘琨做了不少事，可随着羽翼渐丰，逐渐喧宾夺主，刘琨反倒慢慢衰败。眼见刘琨在石勒与刘曜夹击下，破败在即，鲜卑拓跋部却发生一场内乱。

拓跋猗卢宠爱幼子拓跋比延，常有废长立幼之心，引得其长子拓跋六修极度不满，日渐有了叛逆之心。拓跋猗卢为扶幼子继位，领兵讨伐拓跋六修，反被击溃，死于乱军之中。虽说拓跋六修大胜，可也没能继承王位，很快便被赶来的援兵围杀。

拓跋部没了首领，一时国中大乱。新旧猜忌，相互攻杀。拓跋猗卢部将箕澹，眼见灭国在即，为求自保，游说各部人马，统率汉、鲜卑、乌桓三万家、马牛羊十万头归附于刘琨。这样一份大礼砸在刘琨头上，使得刘琨声势复振。

刘琨的平地翻身，使得晋人在北方的势力再次抬头。这对北汉来说，无疑是个极大的威胁，尤其对石勒的影响最为深远。石勒为了迅速打压刘琨，命石虎领兵出击刘琨之侄刘演于廪丘，欲扫去刘琨外围势力，才好一举攻灭刘琨。只是石勒虽然如愿攻破了廪丘，却是得不偿失。

鲜卑段疾陆眷原本依附于幽州刺史王浚，却在与石勒交战兵败后，在其从弟段末柸斡旋下，转投于石勒，结为父子。可随着石勒渐渐控制并州以东广大疆域，段疾陆眷另外两个弟弟段匹磾、段文鸯深为不安。石勒派兵征讨刘演，在二人看来，颇有些唇亡齿寒的威胁。唯恐刘琨败于石勒之后，段氏也将被石勒所灭，故而引兵救护刘演，一并退往蓟城。

段匹磾的背叛，让石勒恼火不已，也愈发坚定了讨伐刘琨的念头。省得二人就此结盟，终成心腹大患。石勒没有傻到远攻并州，而是以大军围困刘琨部将韩据于坫城。

刘琨新得箕澹部众，意气风发。正有意征讨石勒，却被人打上门来，恼怒之中不顾拓跋氏新近归附，人心不稳，命箕澹引步骑两万为前锋驰援坫城，又自领兵马为后援。

此举正中石勒下怀，以老弱兵士设疑兵于山前，又连设两道伏兵于路旁。随后石勒以轻骑迎战箕澹，佯做不胜仓皇败退，终是把鲜卑精兵引入伏击。大破箕澹，获铠马万计。

刘琨出击非但无功，反倒连晋阳都降于石勒。大好的形势，再次被刘琨赔个干净。进退不得，只能转投于蓟城段匹磾。

虽说经此一战，石勒再次巩固了在并州以东的绝对优势。可随着段匹磾的背叛，鲜卑段氏发生分裂。石勒后院起火，一时也顾不上出兵南征。

而攻破长安的刘曜，忙着应对晋人对长安的反扑，清理雍州、秦州晋人残余势力，短时间内也难出兵江南。

经刘琨这样一闹，北汉一时顾不上南征建业。虚惊一场的王敦，再也不敢耽搁时日，催令王廙速速讨灭杜曾，结束荆州战事，也好抽身出来，随时应对北汉。然而西征杜曾远比王敦所想要艰难许多。

王廙仗着平定郑攀叛乱，颇有些洋洋得意，得了王敦将令，留长史刘浚驻守扬口大营，匆匆引了大军便向竟陵开拔。

朱伺随陶侃久战沙场，又曾与杜曾交手，对王廙如此轻进极为不安。谏言于王廙，言杜曾奸猾，示弱于官军，意在诱兵深入，扬口大营必是杜曾目标所在。一旦扬口失陷，官兵断绝退路，必为杜曾所败。

王廙却以为朱伺毕竟年过六旬，劝阻西征乃是怯战而已。又是陶侃旧将，更不被王廙信任，故而对朱伺谏言置之不理。

谁知杜曾果如朱伺所料，王廙刚刚离开数日，便引郑攀兵马直击扬口。王廙惊惧之中，急命朱伺回救。朱伺日夜兼程，刚刚奔入营中，叛军便已将扬口团团围住。

守将刘浚眼见叛军势大，惶恐中失了方寸。郑攀家小正囚于营中，刘浚全无退敌之策，便欲斩杀郑攀家小以慑叛军。

朱伺忙止住刘浚荒唐之举。虽是因为朱伺与郑攀有袍泽之情而护其妻儿，也是因为杀人妻儿非但不能解围，反倒激怒叛军。

刘浚只得作罢，唯有和朱伺坚守大营以待王廙援军。怎奈杜曾兵强马壮，王廙又几乎领走所有精锐，营中除了朱伺赶来的千余兵马，余众皆为老弱而已。纵然朱伺勇猛善战，毕竟年老气衰，与杜曾交手数十合，受伤退还。

扬口大营随即被杜曾攻破，刘浚死于乱军之中。朱伺藏于船底，潜游五十余步，方才逃出营外。只是朱伺家小百十余口，皆落在杜曾手中。杜曾将其家眷交由郑攀处置，敬重朱伺护人家小义举，欲使郑攀招诱朱伺。朱伺深以为耻，断然拒绝，随后伤口感染，病逝于甑山。

王廙一路驰援扬口大营，听闻已被杜曾攻陷，刘浚、朱伺双双战死，着急忙慌在女观湖筑起防线。两军大战数场，王廙惨败，退出荆州。杜曾乘胜追击，兵进沔口。武昌危在旦夕。

王敦哪曾想到，西征杜曾非但未能取胜，反倒给武昌引来兵祸。一旦武昌有失，荆州归于杜曾矣。陶侃已被王敦赶走，而甘卓已往湘州赴任，应詹又是刘隗的人，如今能指望上的唯有周访而已。纵然王敦因陶侃而对周访颇为忌惮，然而眼下无人可用，也只能求周访出兵。恰在此时，琅琊王已对王敦失去耐心，亦命周访出征杜曾。王敦只能顺水推舟，将此重任交由周访。为了说动周访尽全力反攻杜曾，王敦甚至许诺周访，若能平定杜曾叛军，便拜周访为荆州刺史。

周访本就与陶侃相约，欲占荆州，作为扳倒王敦的根基，自然欣然应允。于军中选精锐八千，进屯沌阳。

杜曾新胜王廙，威震江沔，听闻周访来了荆州，浑然不惧，集结兵马便来突袭沌阳。

周访精于战阵，早早布好雁形巨阵以逸待劳。杜曾虽然兵马精锐，可连年争战不休，又在扬口、女观湖两次激战，兵马早已困顿，其引以为傲的骑兵也已消耗殆尽，战马十不存一。饶是如此，也杀得官兵只有招架之力。

杜曾本欲直取周访中军，可在雁形巨阵威胁下，杜曾忌惮官兵箭袭，唯有转攻两翼。周访深知此战已是决胜之局。杜曾强弩之末，只要挡住叛军最后的攻势，便是反击之时。遂传下死命，“单翼溃败，鸣三鼓；两翼溃败，鸣六鼓；鼓声不绝，不得退还一步。违令者即斩。”

两军自日出杀至晌午，皆死战不退。到最后，周访把中军也催上前去驰援两翼，仅余八百壮士藏于营中。待到申时，已近黄昏。官军再也抵挡不住叛兵攻势，两翼彻底溃散。

杜曾兴高采烈，虽然其兵马也已到了极限，可眼见攻破周访在即，不去管两翼逃散的官兵，亲引兵马直奔周访所在。

周访岿然不动，仿若已经放弃抵抗。直到杜曾叛军距大营不过三十余步，几乎已经贴到面前，周访这才再次鸣响战鼓。八百壮士，酒足饭饱，养精蓄锐，只等这一决胜时刻，如猛虎出笼一般反扑杜曾叛军。杜曾纵然勇如吕布，此刻也已精疲力竭，又一整天没吃饭，哪里还有气力迎战这些精兵？血色残阳中，杜曾仿若没了尖牙利爪的猛兽，在群狼围攻下，也只有逃命的份儿。杜曾一逃，其兵马群龙无首，转瞬便被击溃，死者数千之众。

杜曾的勇猛威震荆州，这些年来，一直都是杜曾以逸待劳，接连挫败陶侃、王廙。今日终于被周访抓住时机，一举击溃，怎可再给杜曾喘息之机？周访不顾将士阻拦，心知杜曾叛兵已是穷途末路，绝无反击的可能，故而连夜追杀，惊得杜曾败退千里。

汉、沔再次被周访收复。杜曾连襄阳都不敢停留，保了第五猗退守武当。周访随即屯兵襄阳，而江东也第一次把势力延伸到了荆州腹地。

王敦虽喜周访击败杜曾，收复荆州，可也忌惮周访威名，哪敢真把荆州交到其手？借口杜曾未死，没有拜周访为荆州刺史，而是转拜为梁州刺史，算是给了周访一个交代。要知道，梁州远在川地，眼下握在成主李雄手中，周访又怎可能赶去赴任？王敦用一个有名无实的刺史，替换了周访豫章太守的实职，还想把荆州也交到王廙手中。如意算盘倒是好，然而周访早已对王敦的阴险了然于胸，梁州刺史之职暂且受领，可襄阳绝不会交到王廙手中。

随着周访收复荆州，江东终于如愿占据江南半壁江山，暂时没了朝不保夕的危险。琅琊王司马睿的声名一下子响彻南北，给国破家亡的晋人重新带来了希望，也深深震慑了与石勒反目成仇的鲜卑各部。

虽说刘琨惨败于石勒之后，只能投奔于段匹磾。可随着琅琊王的崛起，刘琨这个晋朝官员再次变得炙手可热。段匹磾待刘琨亲密无比，结拜兄弟，互通婚姻。而刘琨也察觉出天下大事的转变，遂与段匹磾歃血为盟，共扶晋室，推刘琨为大都督。继而派其心腹温峤为使，往建业称臣于琅琊王，劝进司马睿早继大位。

鲜卑慕容廆听闻段氏依附于建业，在其汉人官属劝谏下，亦遣使向琅琊王示好。

而长安陷落后，不少官员逃奔江南，有人诈称受皇帝司马业密诏，传位于司马睿。一时引得北方残存的晋朝势力纷纷献表于建业。

如此情形下，司马睿倒也没有急于登基，称皇帝司马业尚在人间，不可擅居大位。在王导一干属官再三劝说下，司马睿退而求其次，暂继晋王之位。

拜刘琨为侍中、太尉，拜慕容廆为龙骧将军、大单于、昌黎公。而刘琨使臣温峤，早在洛阳时便已闻名于世，引得王导、周顗、庾亮等名士皆与其亲善，拜为散骑侍郎，留于建业。

至于建业官属，自然也各有封赏。王导作为建业百官之首，官拜扬州刺史、骠骑将军，加散骑常侍、都督中外诸军事、领中书监、录尚书事、假节；王敦作为征讨荆州主帅，拜侍中、大将军、江州牧。

司马睿早已对王导、王敦心存忌惮，遂拜心腹刘隗为御史中丞，刁协为尚书左仆射，庾亮为中书郎。而王导的至交好友周顗，也渐渐走到司马睿身边，虽和王导还有往来，却对王敦很是反感，拜为吏部尚书。这些人虽远不能撼动王导、王敦的权势，可也足以制约兄弟二人。

数月过后，刘聪眼见善待司马业，并未如愿让晋人对北汉俯首称臣。恼怒之中，在太子刘粲谏言下，斩杀司马业，以绝晋人希望。

如此一来，反倒帮了司马睿一个大忙。没了司马业阻碍，司马睿终于在王导等人劝进下，登基称帝。并在王导力争下，以长子司马绍为皇太子。改元太兴，大赦天下。

已经灭国的晋室社稷，终于在江南得以延续，后世称为东晋。一个新的时代已然来临。

第三十二章　北汉分裂，大好局势在权臣的野心中葬送

陶侃百无聊赖倚在坐榻上，几案上乱七八糟堆满了书简，多是些诗词歌赋，闲来无事打发时间而已。府中公文堆积如山，垒在堂中角落的木匣上面，显然陶侃连看都没看。

眼见到了晌午，有掾属进来请命。陶侃挥挥手，也懒得理会，任由他们把公文重新抬了出去，全权交由他们处置。

府中老仆送来饭食，陶侃朝着几案努了努嘴。老仆会意，把桌上竹简收在一旁，这才腾出些地方，布好酒菜。

陶侃没去吃饭，取来酒盏先饮了一口。就听老仆劝道："老爷素来不善饮酒，还是先用些饭食，垫垫肚子。"

陶侃皱了皱眉头，将那盏酒一饮而尽。

老仆叹了一声，继而堆着笑脸说道："老爷种得那株兰草，今早结了花蕾，两三日便能开花了。"

陶侃不过嗯了一声，便不理会。

那老仆本有心借着兰花逗陶侃开怀一笑，却未如愿，没话找话说道："可惜花圃那间瓦房年久失修，昨日又下了场大雨，已经漏得修不过来。夫人方才命老奴买些砖瓦，重新翻新一下。免得再下了暴雨，伤了老爷的兰花。"

陶侃撇了撇嘴："费那工夫干什么？老夫养花不过打发时间而已。能活就活，活不了便罢！若还要修间新房供着，这便连根拔了去就是。"

那老仆见陶侃又发了脾气，缩了缩脖子，哪敢多言，忙从堂中退了出去。

陶侃气鼓鼓地躺倒在榻上，也没了胃口吃饭，和衣闷头睡去。

倒不怪陶侃对什么事都没了兴趣，而是这几年来连番变故，让陶侃彻底断了希望，再也没有了当年锐气。

自司马睿登基称帝后不久，刘琨以为有了倚仗，遂与段匹磾、段文鸯谋划，欲劝段疾陆眷背弃石勒，一并辅佐晋室。然而段末柸却一心拥戴石勒，生生搅黄了此事。未过多久，段疾陆眷病逝。段匹磾为争夺其兄部众，赶去奔丧，刘琨亦遣其世子刘群领兵护送。谁知段末柸已经抢夺大位，自称单于，击退段匹磾，生擒刘群。

段末柸为吞并段匹磾，厚待刘群，命其传信于刘琨，许以幽州刺史，欲与刘琨里应外合，铲除段匹磾。怎奈书信却被段匹磾截获，恰逢段匹磾领地内汉人官属起兵作乱，惹得段匹磾勃然大怒。真以为刘琨出卖自己，遂将刘琨缢杀于蓟城，连其子侄四人一并诛灭。

可怜刘琨自八王之乱司马越掌权后，只身赴任并州，以一己之力牵制北汉十余年。没有功劳也有苦劳，终是枉死于段匹磾之手。皇帝司马睿却想借重段匹磾制衡石勒，对刘琨之死不闻不问，就连谥号都没有一个。

刘琨死后数月，汉主刘聪骄奢淫逸，生命也走向尽头。临终之前，刘聪总算从荒淫昏聩中警醒，为北汉日后的出路谋划起来。以刘曜为丞相，石勒为大将军，皆录尚书事，受遗诏辅政。两人虽然手握重兵，各自掌控大片疆土，却在京师没有多大权势，都不愿回朝为官，皆辞去刘聪委任。遂改拜刘曜为丞相，领雍州牧；石勒为大将军，领幽、冀二州牧。

刘聪执意厚封二人，实在是他们权势太重。刘曜倒也罢了，毕竟是自家兄弟，这些年感情还算深厚，石勒却不好说了。当年石勒私自吞并王弥，就足以让刘聪对其忌惮了。也只有把本就握在石勒手中的土地，名正言顺交予其手，才能指望石勒念在君臣一场，忠心辅佐北汉。只是刘聪的封赏，依旧被石勒辞谢不受。

刘聪隐隐觉得石勒这般推辞，绝非谦逊，只怕多半已是看不上北汉的官爵了。怅然若失中，刘聪只能封拜刘氏诸子侄、亲信大臣高官厚禄，共保北汉社稷。以刘景为太宰，刘骥为大司马，刘顗为太师，呼延晏为太保，靳准为大司空、领司隶校尉，皆录尚书事。

刘聪安排罢后事，崩逝于平阳。

太子刘粲承继帝位，刚刚登基，便已露出昏君气相。学刘聪一般，先把月光、月华二位太后纳入宫中。日夜荒淫，全无一丝哀戚。靳准对自己女儿失节于刘粲，非但不怒反而暗喜。如此一来，靳准又成了刘粲国丈，愈发得势。军国大事，皆决断其手。

随着靳准权势越来越重，其他辅政重臣便成了绊脚石。靳准使其女月光、月华，整日在刘粲耳边吹着枕头风，终是将刘景众人以谋逆之名，下狱诛杀。

靳准扫清障碍，终于露出食人的爪牙，勒兵入宫，弑杀刘粲。又将平阳刘氏宗亲，无论男女老幼皆斩于东市。就连刘聪都被掘出墓来，斩去首级。靳准尽焚北汉宗庙，自称大将军、汉天王，篡了刘氏社稷。

靳准此举，分明是他野心膨胀之举。虽然趁着刘氏父子昏庸，侥幸夺了北汉都城，可靳准也戒惧刘曜、石勒反扑。自以为铲除刘氏宗族，是替大晋朝报了亡国之仇。遂遣使上表于建业，又将司马炽、司马业二帝灵柩送往江南，向皇帝司马睿示好。欲以此得到建业兵马支持，抵御刘曜、石勒侵袭。

司马睿遣使迎了二帝灵柩往建业安葬，却对靳准这等奸猾小人并无一兵一卒驰援。一者江南初定，正是趁着北汉内乱，休养生息的良机；二者司马睿也乐见刘曜、石勒、靳准争斗，江东渔翁得利。

靳准没能盼来江东援兵，刘曜、石勒却以最快的速度往平阳奔来。靳准惊恐之中，只能集结兵马御敌。石勒统率五万精兵先至，屯兵北原。靳准领兵主动出击，欲一鼓作气先破石勒，才能抓住时间差，回师抵御刘曜。否则待两军皆至，合击平阳，靳准兵少，必败无疑。

石勒虽是为讨伐靳准而来，可目的并不单纯。北汉这些年能扫荡中原，攻灭晋朝，石勒功不可没。随着石勒势力越来越大，虽然名为北汉重臣，实则早已不受北汉辖制。此番迅速奔袭平阳，征讨叛乱为刘氏复仇倒是其次，关键在于趁火打劫而已。得知靳准未坚守平阳，反倒杀气腾腾直奔北原而来，自然猜透靳准心思。

石勒不是傻子，自然不会为了平叛，而与靳准拼个你死我活，平白为了刘氏自损实力。故而坚守不战，以挫靳准锐气。

四个月后，刘曜亦从长安统领大兵逼近平阳。城中北汉旧臣见靳准与石勒僵持于北原，以太保呼延晏为首，纷纷逃离京师投奔刘曜。刘曜毕竟是刘渊养子，这些年为北汉开疆拓土劳苦功高，而平阳刘氏宗亲又已被靳准屠戮殆尽，刘曜便成了帝国名正言顺的继承人。

在呼延晏一干重臣拥戴下，刘曜即皇帝位。改元光初，大赦天下，唯独靳准一门不在赦列。为拉拢石勒继续效力，拜其为大司马、大将军，加九锡，增封十郡，进爵赵公。

靳准眼见久攻石勒不破，刘曜又已杀来，哪敢继续在北原滞留？匆匆领兵撤还平阳。为了分化石勒，免得被刘曜所用，靳准遣使送乘舆、服御，请和于石勒。

石勒气势正盛，哪会理睬靳准？一面绑了靳准使者送于刘曜；一面趁着靳准撤兵，拉拢说降羌、羯部众十余万，迁往所辖郡县安置。

刘曜对那使者好言相劝，送归平阳，欲劝靳准归降。然而靳准为了显示与刘曜决裂之心，激励将士死战，早已将刘曜母兄满门诛杀，断了归降之路。那使者受了刘曜活命之恩，不愿为靳准殉死，说动掌兵大将起事，共杀靳准，推举尚书令靳明为主，复遣那使者献传国六玺于刘曜。

石勒见平阳归降于刘曜，勃然大怒。虽已劫掠北汉十余万众，势力愈发壮大，可石勒的胃口远没有那么小。既然目的还没有达到，石勒随即领兵进军平阳，而其侄石虎也已领兵驰援而来。两军合兵一处，猛攻靳明。靳明连战连败，领平阳一万五千众投奔刘曜。

石勒杀进平阳，掳掠一空，尽焚宫室。又将汉主刘粲以下百十口宗室重新收葬，算是为其攻破国都正了名声。又遣使向刘曜献捷，宣扬自己为国锄奸的功绩。

其实靳明众人早已铲除靳准，又已向刘曜归降，国都平阳本能免去一场兵祸。可石勒却强攻靳明，以至于平阳沦落为一片焦土。石勒此举哪有什么功劳可言？反倒擅作主张攻打国都，往严重说，石勒简直就是谋反作乱！

然而北汉固然兵强马壮，可晋朝仿若百足之虫死而不僵，这些年刘曜在关中连年征伐，虽然最终攻克长安，只是其兵马也早已疲敝。靳准一场叛乱，使得北汉愈发衰败，此时刘曜绝无惩治石勒的实力。反倒要小心安抚，以求石勒能继续为国效力。遂遣使授石勒太宰、领大将军，进爵赵王，加殊礼，出警入跸，如曹公辅汉故事。为表示对石勒的看重，封赏石勒的使者由刘曜司徒郭汜担当。

石勒使团中有一掾属，密告于刘曜。言石勒此番出使，名为报捷，实则探听刘曜虚实。待其使团归去，便会引石勒大军突袭皇廷。刘曜大惊，忙追回郭汜，又将石勒的使团斩杀于集市。

石勒究竟有没有突袭刘曜之心，已是死无对证。只是石勒与刘曜的分道扬镳，已经无可挽回。石勒听闻刘曜出尔反尔，不但收回赵王的任命，更是诛杀自己使团。恼怒之中，留人戍守平阳，大军徐徐退还冀州。

刘曜见石勒退兵，虽然平阳并无多少驻军，可城池破败，已经失去价值，不愿为了一座废都而刺激石勒，亦领兵回师长安。重新立起宗庙，祭拜先祖。

刘曜声称先主刘渊为从民望建国号为汉，如今已破晋室，应正祖先之名，重新拜冒顿单于为祖。因先主刘渊爵位初为卢奴伯，而刘曜亦为中山王，龙兴之地在于赵，故而改国号为赵。

以子刘熙为皇太子，其余诸子皆进爵为王，诸宗室进爵郡王。刘曜攻破洛阳时，曾掳得晋惠帝司马衷皇后羊氏，这些年颇得宠幸。如今刘曜称帝，再次以羊氏为皇后。

羊皇后早年在洛阳时，几经废立，成了宗室、权臣争夺权力的工具。不但没有半分尊贵可言，更是日夜有性命之危。如今受宠于刘曜，这才苦尽甘来，真正得以母仪天下。

石勒归国之后，遣石虎击破段匹磾，扫去北方隐患。听闻刘曜改了国号，石勒效力的北汉算是亡了国。刘渊好歹有恩于石勒，故而石勒这些年虽然势大，可始终以北汉臣属自居。如今北汉亡国，石勒又已和刘曜生仇，终是决意自立门户。

石勒倒也不急于称帝，免得成了众矢之的。遂在张宾众人推举之下，自称赵王，领冀州牧、大将军、大单于。

莫看石勒是个羯人，可这些年招拢不少汉人名士为其效力。石勒称王，这些功臣自然也各有封赏。谋主张宾自然为首功，加拜为大执法，总揽朝政；石虎为单于元辅、都督禁卫诸军事，加骠骑将军、侍中，赐爵中山公。

在张宾筹划下，石勒精简律令，缓和冲突，对汉人的凌辱屠杀得以缓解。又遣使巡行州郡，劝课农桑，国家日趋完善。

随着刘曜、石勒各自建国，北汉分裂为前赵、后赵。南北对峙的格局并未如期出现，压在东晋头顶的阴云出人意料地消散。

前赵又发生巴人大规模反叛，推首领句渠知为主，自称大秦。四山氐、羌、巴、羯应之者三十余万，关中大乱。虽然刘曜刚柔并济，很快平定了叛乱，可也无力与东晋为敌。

而后赵石勒虽然击溃段匹磾，可鲜卑拓跋氏、段氏并未就此衰败，又有慕容氏、宇文氏日渐强盛。鲜卑各部之间相互攻伐不断，对石勒也是不小威胁。尤其慕容廆受了建业官职，更是石勒心腹大患。一时忙于北伐鲜卑，也就无力南征建业。

此消彼长，随着周访收复荆州，江南势头已然盖过北方。这样大好形势摆在面前，晋人再次掀起收复中原的浪潮。

当年长安受困之际，祖逖请命于司马睿，仅以数百家兵，渡江北上。虽然很快募集两千兵马，可在错综复杂的中原也不过是个很小的势力。

北方大乱以来，晋室割据日渐败亡，百姓苦受屠戮侵害，为求保命，纷纷营建坞垒抵御掳掠。这些坞主多则拥兵数千，少则千余。各自称为太守、将军，相互之间有时结盟共存，有时也会自相残杀。

祖逖北上之后，或以招抚，或以征讨，渐渐融合不少坞主，实力日渐壮大。初时石勒还能遣石虎击退祖逖，可随着前赵、后赵的分裂，石勒再也扼制不住祖逖势头。祖逖先后击退数路后赵兵马，终于收复豫州，屯兵于雍丘。

祖逖治军，与将士同甘苦，军纪严明，深得百姓爱戴。豫州境内荒田得以开垦出来，中原再次出现了久违的生机。前来归附祖逖的人不计其数，就连后赵也渐渐有人赶来依附。

祖逖深知乱世中百姓活命不易，对诸坞被迫献质子于后赵者，皆不惩治，任其两属。诸坞主感念祖逖大义，名为赵臣，实则归心于祖逖。但凡后赵有何异谋，皆早早密告于雍丘，使得祖逖提前防备，后赵再无所获。河南之地皆背弃后赵，归附于东晋。晋人在北方残存的割据，以河内太守郭默为首，皆遣使往雍丘，甘愿受祖逖节制。祖逖建此奇功，被皇帝司马睿拜为镇西将军。

石勒忙着北伐鲜卑，眼见祖逖实力突飞猛进。深患之中，为祖逖修缮祖坟，又通书于雍丘，欲与祖逖修好。祖逖志在收复中原，却非迂腐之人。后赵实力尚在，还不是北伐良机。遂与后赵互市，获利十倍，皆用于练兵积谷，以作他日兵进河北用度。

随着祖逖收复河南，兖州刺史郗鉴也总算在兖州立足。当日郗鉴来到兖州时，一州之中竟有三个刺史。如今刘琨败亡，长安朝廷也已陷落，郗鉴有建业做靠山，便成了兖州唯一的刺史。祖逖收复豫州，威慑石勒，郗鉴趁机收拢流民，渐渐已有数万之众。使得建业朝廷在后赵之间，又多了一层缓冲之地。皇帝以此加郗鉴为辅国将军、都督兖州诸军事。

除了祖逖、郗鉴这些早早为建业效力之人，又有不少北方士人百姓甘为朝廷效力。有长广郡掖县人苏峻，洛阳陷落后，便收拢数千家百姓，结垒自保。本也不过是个小小的坞主，可受后赵威胁，遂引其部众跨海来投建业。皇帝感念苏峻远来，拜其为兰陵相，驻守青州，与祖逖、郗鉴的领地连成一线。不但可以保护建业，更能寻机北上，合击石勒。

北方这些年来的风云变幻，无论是刘琨蒙冤而死，还是琅琊王承继帝位延续晋室国祚，或是刘聪病逝、北汉分裂，还是祖逖众人收复旧地、剑指中原，各种消息都能很快传到广州，皆是周访使人告诉陶侃知晓。免得陶侃远在边地，对天下大事不能及时掌握。

陶侃对晋室浴火重生，自然欣喜无比。广州这些年来，陶侃也没有消停下来，打理州郡事务，并无一刻懈怠。广州远离中原，虽然偏僻，却在战乱肆虐的年代，成了一片乐土。在陶侃治理下，百姓安居乐业，疆域安宁。司马睿登基后，以陶侃之功，加拜平南将军，都督交州军事，将南方边境交由陶侃管束。

王敦虽然深为忌惮，可陶侃远在广州，对王敦权势并没有太大威胁，也有意舒缓与陶侃的关系，便不再把陶瞻留于将军府做人质，表奏朝廷拜为广陵相，算是给陶侃有了个交代。

对王敦的示好，陶侃嗤之以鼻。将军府的遭遇，早已让陶侃看透了王敦的嘴脸。只是晋朝在江南雄起，祖逖收复河南，还是让胸怀天下的陶侃再次燃起为国效力北伐中原的豪情。

如今周访平定杜曾叛乱，在荆州渐渐有了抗衡王敦的底气，只要周访能在朝廷有一席之地，陶侃便不会因为地处偏远而被皇帝忘记。陶侃安心治理广州，只等朝廷重新启用自己。待到那时，陶侃与周访同心协力，进能收复中原扬名天下；退可制衡王氏兄弟，免得权臣祸害江东基业，连累无辜百姓。

然而一切再次发生变化。接连数月，无一封书函自荆州送来。陶侃心中难安，遂派人北上查探消息。好不容易有音讯传来，竟让陶侃痛彻心扉，所有的抱负在一瞬间烟消云散。

周访收复荆州后，王敦失信赖下荆州刺史之位。周访为堵住王敦口实，再次领兵进逼武当。杜曾于沌阳兵败之后，元气大伤，再也不是周访对手。接连数次惨败后，被部将反叛，绑缚于周访营前。周访斩杀杜曾，又将愍帝司马业委任的荆州刺史第五猗送于武昌。陶侃旧将郑攀再无音讯，也不知是死于乱军之中，还是被周访暗中护全，亡走天涯。

周访念在第五猗乃是愍帝官员，受杜曾裹挟而与建业为敌，有意放他一条性命。怎奈王敦绝不会放第五猗去往建业，免得再多一政敌，遂于武昌处决。

而王敦委任的荆州刺史王廙，靠着周访之功才得以来到荆州。为了挟制周访，大肆排除异己，将陶侃昔日部将杀戮殆尽，闹得士民怨怒，上下不安。

皇帝听闻此事，早就对王敦心存忌惮，也有意削弱王敦在荆州的势力。遂征还王廙，拜为散骑常侍。以周访之功，拜为荆州刺史。

王敦忌惮周访威名，哪会愿意把荆州交到周访手中？出乎陶侃意料，郭舒或是为了辅佐王敦能借荆州北伐中原，也劝王敦不可将荆州交给周访，而是自领荆州刺史。王敦遂向建业施压，迫使皇帝更改任命，加周访为安南将军，依旧任梁州刺史如故。

王敦再次失信于周访，引得周访勃然大怒。将王敦送来意图安抚的玉环、玉碗摔个粉碎，依旧占住襄阳，坚决不肯交接于王敦。自此，周访务农训兵，任免官吏，将荆州牢牢握在手中。若王敦敢来强夺，便要将他彻底赶出荆州去。

周访早就和陶侃觉察出王敦的野心，虽然随着新皇帝即位，王敦稍稍有所收敛。可王敦在荆州、江州、湘州的专权独断并没有改变。若待他日，皇帝再也容忍不了王敦，周访便能顺江而下，铲除王敦。既为江东除去权臣，也报了自家深仇大恨。

然而苍天无眼。周访剿灭杜曾后仅仅过了一年多时间，便于襄阳病逝，年六十一岁。皇帝感念周访之功，追赠征西将军，定谥号为壮。王敦趁机遣郭舒监周访兵马，襄阳终究还是落在了王敦手中。

听闻此噩耗，陶侃心如刀割。若说周玘是陶侃的知己至交，那周访便是陶侃的生死兄弟。周玘为江南士人的崛起，拼死一搏，却因机密外泄落个郁郁而终。对周玘的亡故，陶侃心痛之余，更多的是敬重。可周访却是陶侃的异姓手足。陶侃不得志时，周访倾心相助；陶侃效力于刘弘时，周访仔细照顾其妻儿老母；陶侃征伐杜弢时，周访披荆斩棘甘为前驱；陶侃陷落王敦之手，最为失意时，也是有周访在外为援，给了陶侃重新振作的勇气。这些年来，两人虽然为国征战聚少离多，可两人的手足之情却是越来越紧密。

周访壮志未酬匆匆病逝，陶侃仿佛被掏空了五脏六腑一般。伤痛欲绝之中，陶侃在广州搭起灵堂，遥祭兄弟，聊表心中哀思。可待从悲痛之中缓过精神来，陶侃更多了些绝望。

周访在时，陶侃在朝廷中还算有人为其代言，故而总有回往江东的希望。如今周访病逝，王敦权势愈发强盛。陶侃本就不容于王敦，何况朝中还有那西阳王司马羕，深得皇帝信任，对陶侃恨之入骨。在这两人压制下，只怕陶侃多是要被朝廷遗忘了。

陶侃来到广州已有数年，如今已是六十二岁之龄。心怀北伐中原之志，故而在广州没有一日懈怠。怎奈周访病逝，陶侃再也没有回到江东的可能，所有的壮志都成了空谈。自此之后，多是要无所事事终老于广州。

广州远离战火，百姓习惯了安逸。即便王机叛乱，也没引起多大的恐慌。在这样安逸的氛围中，一个没了希望的老人，再也提不起精神。自暴自弃，就此沉沦于安逸之中。除了游山玩水，便是种些花花草草，打发无聊的日子。

素来不喜饮酒的陶侃，几乎每天都喝得酩酊大醉。昏昏沉沉中，这才真正体会了当年伏波将军孙秀在洛阳日日买醉的无奈。

陶侃正在榻上睡得迷迷糊糊，老仆却兴冲冲地再次跑了回来，连声嚷嚷：“老爷！有信来了！是建业的信！”

那老仆并不懂多少天下大事，可每次有信函从北方送来，陶侃都很是高兴。只是自周访病逝后，就再也没有一封信送来广州，引得陶侃失魂落魄成这般模样。今日忽然又有信来，那老仆自然兴高采烈，指望陶侃收到信函，能振作起来。

陶侃恍惚中醒来，还当是听错了。见老仆手中果然攥着封帛书，一把抢了过来，迫不及待扯去封印，展开观瞧，却是应詹所书：

士行如唔！荆州一别，已然数载，每忆往事，常念士行之忠义！士行克服荆楚、建功岭南，功名俱盛，正是报效天子、匡扶社稷之时。然神州未安，四方多难。奸佞之臣不以国家为念，争权夺利，遍布党羽，心生不轨，目无尊上。若任其把控军政，则社稷蒙难，国将不国。士行牧守广州，还当以天下为己任，虽休勿休，厉兵秣马，以待天子诏命！

陶侃连读数遍。应詹虽未指名道姓，可所说奸佞之臣显然是指王敦。听闻应詹任巴东监军后不久，便被拜为后军将军，补吴国内史。只是任上还没待多久，便被免了官职。想必也多是受自己牵连，而被王敦借故免去。今日有书信送来，虽然含糊其辞，显然是说皇帝已动了扳倒王敦的念头。应詹虽是白身，可素来与皇帝亲信重臣刘隗亲近。如此说辞绝非捕风捉影，自有其道理。

陶侃本以为余生也就这样了，谁知皇帝终于动了除掉王敦的心思。陶侃对王敦早就恨之入骨，怎奈王敦权势滔天，哪是陶侃一人所能抗衡？既然皇帝有意对王敦下手，陶侃自然乐意效力。忙问老仆："此信何来？"

老仆答道："说是镇北将军前锋司马的亲卫，还在门前候着。"

陶侃忙说："快快唤他进来。"

未过一会儿，一个精干的年轻人走进堂中，才到面前，跪倒便拜："晚辈应诞，代家父向刺史大人行礼了！"

陶侃看着面生，可听他自报姓名，只怕多是应詹的公子。忙虚扶一下，还礼道："世侄既是应思远虎子，为何自称是镇北将军前锋司马亲卫？这镇北将军又是何人？"

应诞回道："事关机密，请准晚辈只言于刺史大人一人知晓。"

陶侃与应詹相熟，自然不会对应诞见外，遂支走老仆，不使外人靠近。就听应诞说道："镇北将军乃是刘隗，已征辟家父为其前锋司马。此番晚辈送信来此，为防机密外泄，不得不隐瞒姓名，免得被外人听去，坏了大事。"

陶侃听闻刘隗从文职转任将军，涉足军旅掌控兵马，再想想应詹书信所言之事，看来皇帝要对王敦动真格的了。只是王敦毕竟势大，打草惊蛇终是不妥。也就难怪应诞这样小心，门前通报也只是说来自镇北将军府。对于偏远的广州来说，又有何人知道这个镇北将军府是什么来路？应诞故意隐去刘隗、应詹姓名，显然他所说的机密之事，必与两人有关。

陶侃问道："陶某远居边郡，自吾弟周士达病逝之后，便不闻朝廷局势。也不知现下究竟如何？"

应诞听陶侃说起周访，叹息道："征西将军智勇过人，远近悦服，又性情谦逊，不与人争功，实乃我晋室中兴名将。镇守襄阳时，征西将军已与祖逖、郭默相结，欲乘北汉分裂之际，挥师中原收复河山。只等天子诏命，便要渡江北上。怎奈有王敦这等权臣掌控军政大权，对天子指手画脚，干政秉权已越来越跋扈。为防王敦兴风作浪，天子也只能暂且搁置北伐之事。幸有征西将军在襄阳盯着武昌，这才逼得王敦不敢轻易生事。怎奈苍天无眼，如此苛待朝廷栋梁，征西将军不幸薨逝，实乃朝廷损失。天子闻听此噩耗，也是哭之甚恸。"

陶侃听闻周访已谋划北伐之事，然而壮志未酬，又是一番叹息。此时没了外人，应诞指名道姓说出王敦，看来应詹书信所言权臣，果然是指王敦了。就听应诞接着说道："征西将军病逝之后，王敦遣郭舒抢占襄阳。又拜征西将军之子周抚为鹰扬将军、武昌太守，兼其将军府从事中郎，借周抚拉拢征西将军部众。没了征西将军威慑，王敦本就已经有恃无恐，偏偏镇西将军祖逖又出了事，这无异让朝廷窘境雪上加霜。"

陶侃正听说周抚竟忘了周访遗愿，甘为王敦效力而有些恼火，又听应诞说起祖逖，忙问："祖逖怎么了？"

"祖逖显功于河南，兵马日渐雄壮，天子遣戴若思为都督，辖制其众。其实以天子之意，乃是以戴若思防备王敦。可祖逖或是对朝廷有些成见，只当戴若思欲夺其兵马。又听王敦与朝廷不和，忧虑之中病逝于营中。天子哪料祖逖竟就这样去了，伤心之中追拜车骑将军。"

陶侃心中连连叹息。当年祖逖仅领数百家兵北上，皇帝可没指望这点人马能有什么功绩。仅仅支应了千人用度、布三千匹作为军资，朝廷待祖逖何其薄也。谁也没料到祖逖真能收复河南！如今祖逖成了事，皇帝派人辖制，任谁去想，都是捡现成的。何况祖逖早年算是游侠出身，颇有些江湖草莽气息，只怕皇帝也未必就相信祖逖的忠心。

这样的猜忌之中，祖逖受制于人，再难有所作为，抑郁之中悲愤病逝，实在让人扼腕痛惜。

应诞又说道："祖逖病逝，王敦又把手伸到了豫州。拜祖逖弟弟祖约为平西将军、豫州刺史，意图借祖约掌控祖逖旧部。如今王敦没了征西将军与镇西将军威胁，再也无从顾及。已经擅杀武陵内史向硕，显然是在排除异己，隐隐有所谋划，欲对朝廷不利。"

陶侃点了点头。当年陶侃被王敦逐出荆州时，便已觉察了王敦野心。王敦以武昌为将军府，都督六州军事。怎奈西有周访，北有祖逖，皆不会对其听之任之。如今两人病逝，王敦自然没了顾虑，其野心再也没有了约束。听应诞言语，皇帝的心腹重臣刘隗应该对王敦有所防备，否则也不会不远千里，借应詹之口给自己传来书信。

陶侃早就对王敦痛恨无比，自然愿意助朝廷一臂之力。遂问道："王敦狼子野心，陶某早已知晓。怎奈此贼权势通天，陶某一人之力绝难抗拒。如今此贼已夺江南军权，又有其族弟王导在建业把持朝政，想要除去此贼着实艰险。不知朝廷有何谋划？"

应詹见陶侃似乎也有意扳倒王敦，忙答道："天子已拜刘隗为镇北将军，都督青徐幽平四州军事、假节，加散骑常侍，率万人镇守泗口；以戴若思为征西将军、都督司兖豫冀雍并六州诸军事、假节，加散骑常侍，调扬州百姓家奴万人为兵，镇守合肥。名为抵御两赵，实为防备王敦。又以湘州刺史甘卓为梁州刺史，代征西将军镇守襄阳，也好从王敦手中重新夺回荆州。王敦失了荆州，本欲遣其亲信部将沈充代甘卓旧职，幸被天子抢先拜皇叔谯王司马承领了湘州刺史。"

应诞又压低了声音："其实王敦还不知晓，祖约虽受了王敦官职，可已被朝廷说服。一旦朝廷讨伐王敦，祖约甘愿为天子效力。而兖州刺史郗鉴，亦不齿王敦行径，若王敦真敢作乱，郗鉴也是朝廷可用之人。还有新近投奔的郭默、苏峻，得天子厚遇，也有匡扶社稷之志。"

陶侃嗯了一声。刘隗谋划颇为周全，不但护卫了建业，又隐隐对王敦形成包围之势。只是这般谋划，似乎还是有些缺陷。

甘卓毕竟曾受王敦恩遇，究竟能不能就此与王敦决裂尚难定论；

司马承贵为宗室，虽得皇帝信任，可也从未听其领过兵马，有无实才抗衡王敦亦不好说；祖约接替其兄兵马，可陶侃却听闻此人并没有什么驭人之才，能否顺利统领兵马出击王敦也在两可之间；郗鉴倒是有忠义之心，可有祖约拦在中间，能不能对王敦构成威胁，皆取决于祖约能否出兵阻截叛兵；至于郭默、苏峻之流，都是新近投奔之人，对朝廷局势并不熟悉，能否下定决心抗拒权臣也是未知之数。

最大的隐患，还有那在建业执掌朝政的王导。若念手足之情，与王敦站在一起，真当了内应，只怕这仗也就不用打了。

如此一来，皇帝对抗王敦也唯有刘隗、戴若思、刁协、应詹众人而已。仅以这点力量讨伐王敦，只怕是微薄了些。

应诞将刘隗所谋和盘托出，却见陶侃面有疑色，知他心中有所顾忌，忙说道："若刺史大人是担心王导就大可不必了。去年，泰山太守徐龛反叛，自称兖州刺史，寇掠济南。王导举荐太子左卫羊鉴为帅，领兵征讨。这羊鉴虽有些名望，可人人都以为他并无统帅之才，之所以能得王导举荐，皆是因为羊鉴乃是王敦舅舅。事后果如众人所料，羊鉴到了下邳，便不敢继续北上，只遣副将征讨叛军。徐龛惶恐中求救于石勒，引来赵兵。羊鉴迟疑不决，错失良机，终是未能及时讨灭叛军。羊鉴出征无功，虽然逃过死罪，却丢了官职。王导举人失察，亦受刁协弹劾。天子念着王导旧功，并未惩治，可已渐渐远离中枢，再也不能像过去那般把控朝政了。没了王导从中作梗，王敦必败无疑！"

虽说陶侃对刘隗所谋多少还是有些顾虑，可王导既然已被疏远，至少建业没有内患，这样一来，还真是多了不少成算。再想想王敦要是真敢起兵反叛，若自己置身事外，被王敦杀进建业，无论王敦会不会篡夺晋室天下，至少王敦在江南的权势再也无人能够撼动，陶侃也只能老死于广州了。

陶侃唯有尽全力一搏，助刘隗讨伐王敦，才有扳倒王敦一雪前耻的希望，才有重回江东、北伐中原的可能。无论成与不成，至少也不会因老死床头而悔恨了。陶侃终是下定决心，说道："既然朝廷有除贼之计，若有陶某效力之处，必然万死不辞！"

应诞听闻陶侃肯为讨伐王敦出力，万分喜悦，拜道：“晚辈代家父拜谢刺史大人高义！不瞒刺史大人，晚辈奉家父之命来广州，若刺史大人肯为锄奸出力，镇北将军便会表奏刺史大人以本职领江州刺史，统兵北上，合击王敦。”

陶侃正色拜道：“陶某只等朝廷诏命！”

应诞大喜，再三谢过陶侃挽留，顾不得歇息一晚，匆匆离了刺史府，往北复命去了。

陶侃亲送应诞出了大门，忍不住心中的欢喜，唤了老仆过来：“去买几车砖瓦回来。”

老仆见陶侃面上难得露出笑脸，只当陶侃想起了花圃之事，想请人修缮。忙乐颠颠地办好了差事，连同砖瓦师傅一并雇来府上。

正要吩咐拉去后院，趁着天色尚早，抓紧时间整修花圃。却听陶侃连连摆手：“去！去！去！老爷我只要砖瓦便好，就卸在门前，要这些师傅做什么？给些银钱，打发他们去吧。”

老仆一阵茫然，只得应命支走了砖瓦师傅。待回来院中，竟见陶侃一人正忙得热火朝天，自顾自地搬着砖瓦送去内院。

老仆吓了一跳，也不知陶侃究竟犯什么病，干起这粗活来。忙赶上前去，伸手便想接过陶侃手中的砖瓦，连连说道：“哎哟哟，我的老爷！这岂是您能干的！这些杂事就让老仆来做好了！”

陶侃却撇了撇嘴：“莫挡道！莫挡道！老爷我是要收复中原的人。安逸了这大半年，再不找些事来做，只怕骨头都要懒到家了！你要是闲得没事，把堂里那些酒盏全都给老爷我丢到江里去，老爷看着就心烦！”

老仆目瞪口呆，愣在原地。也不知那个年轻人究竟给陶侃说了些什么，让陶侃转眼便从颓废中变得生龙活虎起来。殊不知此刻陶侃的心思，早已飞到江州谋划讨伐王敦诸事上去了。

第三十三章　齐心不协力，权臣得江南

陶侃急匆匆地领着兵马，尽速向北奔行。还未走出广州边境，便见迎面来了一队人马。正是奉陶侃之命，北上江州的先锋高宝大军。

陶侃只觉一阵不妙，还未待高宝来到跟前，就远远呼喊："朝廷局势究竟如何？"

高宝连连摇头。待到近前，叹息一声："官兵已被叛军所败，朝廷也落在王敦之手。"

就在陶侃见过应诞后不久，王敦蓄谋已久的叛乱终于爆发。王敦指责刘隗、刁协皆是奸险之徒，败乱朝纲，蒙蔽天子。奏请朝廷，诛杀二人，以正天下。皇帝司马睿自然不允。王敦遂以清君侧之名，于武昌起兵。传檄江南，细数刘隗、刁协之罪。欲征集江南州郡兵马，共往建业，兵谏天子，斩杀逆臣。除了本部人马，王敦念着与甘卓的交情，遣使游说襄阳。又想谯王司马承虽占据湘州，却不过徒有虚名，亦遣使威慑，欲逼其降服。怎奈两处都是碰了钉子。

甘卓本来都已应允，约定时日，往武昌会师。可待王敦点齐兵马，只等甘卓大军一到，便要发兵杀往建业，却只等来襄阳的使臣。非但不是助王敦起兵，反倒劝王敦及时收手。

甘卓出尔反尔，让王敦大惊失色。若甘卓在背后下黑手，此番出兵已是败了一半。无奈中，只得再次遣使去了襄阳。

甘卓枉为名将甘宁后人，实在没什么主意。见王敦又遣使而来，再次动了心思。甘卓部将劝其假降于王敦，待叛军东进之后，于襄阳举事，夺取武昌。只要断了王敦后路，叛兵必败无疑。

可甘卓却言当年受陈敏蒙蔽，一同起兵反叛。后被顾荣、周玘所劝，反击陈敏平定叛乱。虽说甘卓有功于天下，却得了个反复无常的恶名。今日若再这般对待王敦，岂不坐实了甘卓的坏名声？故而左右摇摆，一时拿不定主意。

至于谯王司马承，初至湘州，人生地不熟，难服众心。故而折节相交，拉拢长沙豪强虞悝、虞望兄弟为其效力。以雷霆手段，袭杀王敦留在湘州的党羽，在极短时间内掌控湘州军政。司马承一心辅佐朝廷，哪会受王敦胁迫？明知湘州兵马不足，却也浑然不惧。将王敦使者羁押送往建业，又遣主簿邓骞往襄阳游说甘卓。

这邓骞颇有口才，亦劝甘卓趁着王敦东进，袭取武昌。三言两语，把甘卓比作袭破关羽的东吴名将吕蒙，说得甘卓渐渐有了讨伐王敦的念头。

就在此时，王敦听闻湘州使者去了襄阳，恐甘卓反复，第三次遣使催促甘卓进兵。可坏就坏在这第三个使者乐道融身上。

乐道融虽为王敦部将，却恼怒王敦叛乱。来了襄阳，非但没有劝甘卓增兵武昌，反而劝甘卓直取王敦巢穴。

甘卓见王敦部将都劝自己不听王敦之言，终于拿定主意。传檄远近，斥责王敦倒行逆施，必败无疑。一面遣使传书建业，表奏忠心；一面集结兵马向东进发。又想着与陶侃曾有交集，亦遣使者往广州，邀陶侃一并起兵，北上勤王。

陶侃没有等到朝廷的任命，反倒先得了甘卓书信。得知王敦终于叛乱，而甘卓也有征讨叛军的念头。大喜之中，忙使部将高宝领三千兵马为先锋，陶侃则集结五千余众尽速向北开拔。

只是广州毕竟偏远，又有王敦叛兵阻道。甘卓使者一来一回已然月余。待陶侃闻讯之后北上，又是月余时光。就在这短短不到三个月的时间里，王敦叛乱居然已经结束，而结局偏偏是陶侃最不愿意见到的。

陶侃着实不敢相信，问道："甘卓不是已经出兵了吗？有襄阳兵马袭取武昌，又有司马承在湘州拦截叛军，王敦纵有天大的本事，又如何成得了事？"

高宝叹了一声："别提了。甘卓献书于朝廷，天子欣喜万分，拜为镇南大将军、侍中、都督荆梁二州诸军事、荆州牧。可甘卓兵马还未到武昌，他迟疑不决的性子又犯了，止步不前十数日之久。王敦本来惊惧不已，见甘卓并未杀来，心中稍安。甘卓之侄甘仰为王敦参军，奉王敦之命求和于甘卓。甘卓终是断了袭取武昌的念头。"

陶侃心中一凉，甘卓失信不去武昌，以司马承一人如何挡得住叛军？就听高宝说道："王敦既然已经竖起反旗，便没了退路。见稳住了甘卓，随即迅速进兵。以其亲信魏乂为大将，领精锐甲士两万急攻长沙。长沙经历杜弢之战，城防早已损毁。司马承所倚仗者，唯虞悝、虞望这些豪强的家兵而已，哪里是久战沙场的叛兵对手？短短数日，虞望战死，长沙危急。司马承倒也忠义，不愿放弃长沙，誓与城池共存亡。一面与虞悝苦苦坚守，一面遣使催促甘卓速速进兵。然而甘卓见长沙危殆，忌惮王敦兵马之勇，愈发止步不前。"

陶侃忙问道："刘隗呢？戴若思呢？刁协呢？不都信誓旦旦要为国除贼吗？他们又干什么去了？"

"王敦见司马承已经无足轻重，一刻也不在长沙停留。只命魏乂围困城池，王敦则领着沈充、钱凤、杜弘诸将，日夜向东奔袭。建业危急，天子急招刘隗、戴若思领兵驰援京师，总算赶在叛军之前回到建业。刘隗镇定自若，对叛军之势全无惧色，谏言天子尽杀王导之下王氏族人，与王敦叛军就此决裂，激励将士奋勇杀敌。然而王敦作乱后，王导安守本分，并无僭越之举。天子感念王导对其辅佐之功，也无加害之意。王导整日领着王廙、王彬、王邃诸兄弟，跪在宫外请罪，又求救于好友周顗。周顗面上对王导冷言冷语，可还是上书天子为王导求情。天子也不想与王敦结下血仇，终是没有对王氏族人痛下杀手。反而拜王导为前锋大都督，挂了个平叛主帅的名号。命刘隗、戴若思合兵驻守金城；拜周玘之弟周札为右将军，领兵驻守石头；以刁协都督六军，在金城、石头一线筑起防线，抵御王敦入侵。又再次遣使催促甘卓进兵武昌。”

陶侃仔细琢磨了一下朝廷的布防，倒也无懈可击。只要金城、石头不破，甘卓再突袭武昌，王敦叛军必败无疑。只是甘卓迟疑不决，只怕终是没有遵从诏命。

果然就听高宝说道：“诏书传入甘卓营中，邓骞、乐道融日夜劝说。非但没能说动甘卓，反而适得其反，惹怒甘卓，负气领兵回了襄阳。”

陶侃忙问道：“那金城、石头战事如何？”刘隗、戴若思有没有领兵之才，陶侃并不知道，可周札毕竟是周玘之弟，多少也学得些周玘的本事，按理说该能挡住王敦一时。

谁知高宝却说：“王敦先破石头，朝廷防线转眼崩溃。天子忙使刘隗、戴若思诸将领兵强攻，欲乘叛军立足未稳，重新夺回石头，却都被王敦击溃。气得太子司马绍亲领人马，想与王敦决战，幸而被温峤强行阻住。否则，只怕太子都要死于贼手了。”

陶侃急问：“怎么可能？周札怎会这般无能？”

高宝叹道：“王敦初至，忌惮周家声威，本有意先攻刘隗。降将杜弘却言于王敦，说刘隗死士众多，拥兵两万余众，想要攻破金城绝非易事。周札好利吝啬，人心不附，看似难攻的石头反而易得。王敦遂领兵先取石头，周札未经一战，献城降敌。”

陶侃只觉一阵悲凉。

想周处、周玘父子何等英雄，周札怎就这般不成器？当初周玘起兵，欲尽逐专权的北方世族，机密外泄郁郁而终。周玘之子周勰为父报仇，借周札之名联络江南士人，反而被周札出卖。若就当时而言，周札是为了江南稳固而大义灭亲，也算说得过去。如今却将周家满门的脸面丢个干净，索性降了贼人，真是周家的悲哀。

而那刘隗、刁协、戴若思，义正词严，大义凛然，整天嚷嚷着要为国锄奸。在朝政上与王导夺权倒还有些手段，可真正动了刀兵，真是一无是处，着实空谈误国。

王敦起兵前后还不到三个月，东有刘隗、司马承众将拦截，西有甘卓大军威胁武昌，如此不利情形下居然也能成事，真真让人无奈。

就听高宝接着说道："石头陷落，众将惨败，建业再无阻挡王敦之力。刘隗、刁协逃归建业，天子念二人虽败，却心存忠义，使二人逃命而去。听说刘隗北降了后赵石勒；刁协年老，路途中被人所杀，献首于王敦。"

陶侃摇头叹息，自言自语道："刘隗、刁协败逃，只怕那祖约、郗鉴终是负了誓约。"

高宝答道："祖约见叛军势大，虽然没有助纣为孽，可也按兵不动。至于郗鉴，听说倒也有勤王之心，却被祖约拦在中间，也是有心无力。"

陶侃一阵苦笑："刘隗自诩谋略无双、算无遗策，有他和戴若思掌控江北兵马，并以祖约、郗鉴为助力，又拉拢甘卓威胁王敦腹心，再以司马承切断叛军道路，算上我广州可有可无的兵马，足以置王敦于死地。可刘隗千算万算，算不到甘卓的反复无常，算不到祖约的背信弃义，更算不到周札的软弱和他自己的无能！如今王敦大胜，想来甘卓和司马承也没什么好果子吃吧？"

高宝淡淡说道："朝廷兵败，王敦使人将战报射入长沙。司马承外无援兵，内无粮草，终是被魏乂攻破城池。虞悝受擒被杀，司马承被装入槛车送往武昌。王廙得王敦指使，暗害司马承于道中。唯有司马承主簿邓骞，被魏乂甚为看重，非但免了死罪，还被拜为别驾。"

"甘卓又是如何下场？"

"王敦以天子名义，遣使往襄阳，命甘卓解散兵马。其部将官属，无不劝谏甘卓不可奉诏。言王敦势大，唯有紧握兵权，方有活路。可甘卓也不知犯得什么傻，还真遵从诏命，遣散部众。甘卓天真地以为，这样一来足以向王敦示以归附的诚意。可王敦起兵时，甘卓出尔反尔，险些坏了王敦大事，又岂会被王敦轻饶？终是被王敦买通其部将，与诸子一同被暗杀于自家府中。"

甘卓、司马承皆死，能制衡王敦的人已所剩无几。陶侃有气无力地问道："后来如何？"

高宝答道："王敦大胜之后，反倒不急于去建业。纵兵劫掠江东，威慑天子。天子全无抗拒之力，只得遣王导、戴若思、周顗诸公卿赴石头拜见王敦，探其心意。戴、周二人倒也有些风骨，全然不惧王敦兵威，慷慨陈词，斥责王敦兵犯朝廷。王敦敬重二人，本想留下性命，可沈充、钱凤二将却献谗于王敦，劝王敦斩杀二人，除掉心腹大患。戴若思倒也罢了，周顗却是王导挚友。王敦有心看在王导面上，放过二人。可王导却嫉恨周顗在王家命悬一线时冷言冷语，故而未伸援手。王敦遂杀戴若思、周顗。周顗赴死之前，骂声不绝，刑者以戟刺其口，血流满身。周顗面色不变，容止自若，观者无不流涕。"

戴若思、周顗虽然没有什么领兵之才，尤其周顗在征讨荆州杜弢叛乱时几乎就没帮上什么忙，可在强敌淫威面前，二人怒斥乱党、视死如归，比那兵败而逃的刘隗、刁协，可要强上许多了。陶侃心中肃然起敬，问道："王敦残害忠良，天子又是如何应对？"

"天子再次遣王敦族弟王彬为使，往石头拜见王敦。这王彬与周顗亲善，去了王敦营中，先哭祭了周顗，再去拜见王敦，惹得王敦很是不满。王彬非但不惧王敦怒骂，反而斥责王敦谋反作乱，残杀忠义，图谋不轨，必将祸及满门。"

"王敦总不至于连王彬也杀了吧？"

"那倒没有。有王导在旁劝解，王敦虽怒，还不至于屠戮自家兄弟。而王导此刻从王彬那里方知，周顗并非无情无义，也曾在王家最艰难时，仗义执言，保下王家阖家性命。王导立时痛哭流涕，连呼：'我虽不杀伯仁，伯仁却因我而死。幽冥之中，负此良友！'本是王彬一人哭祭周顗，此时却成了王导、王彬二人抱头痛哭。就连王敦，也有些感念周顗对王家的恩情，为怒杀周顗而后悔不迭。"

陶侃沉默一阵。周顗枉死已经无从挽回，正如王敦对江东的掌控已是无从避免。如今看遍江南州郡，只怕再也无人能够抗衡王敦势力。只怕王敦僭越称帝，都没什么人能够阻拦了。问道："那王敦是否已逼天子禅位？"

高宝答道："大事已定，沈充、钱凤皆劝王敦称帝，可王敦竟出人意料地拒绝了。天子使人拜王敦为丞相、江州牧、进爵武昌郡公，邑万户，也被王敦辞让。”

陶侃点了点头。这就对了！

王敦起兵作乱，声称乃是刘隗、刁协蒙蔽天子，故而兴兵讨伐，清理君侧。如今王敦所指的奸臣皆已败亡，而甘卓、司马承、戴若思、周顗这些能威胁王敦权势的人也被杀绝。王敦实在没有进一步逼迫天子的借口。从王敦大胜之后，止步于石头而不进兵建业，便已能猜出王敦心中也是充满了迟疑和不安。

王敦能得此大胜，侥幸的成分实在太多。若急于称帝，只怕会惹得江东躁动。王敦还没有那个胆量与整个江东为敌。见好就收，维持其权势不倒，便成了最好的结局。

陶侃问道：“这么说，王敦已经回武昌去了？”

高宝惊异道：“刺史大人神算！末将奉命北上，才到湘州，便得知王敦已经攻破石头。末将进无可进，唯有撤还。待末将退兵之时，听闻王敦已经离开石头，回武昌去了。”

陶侃却说：“王敦闹了这么大阵仗，只怕不会这么容易就撤兵吧？”

高宝答道：“听说王敦退兵时也有些无奈。虽然王敦没有称帝，可经此叛乱，已和天子生仇。天子正值盛年，未必没有反击的可能，故而王敦有意废黜天子，改立他人！”

陶侃惊道：“王敦得逞了？”

高宝摇了摇头：“并未得逞。刺史大人猜猜是谁挡住了王敦？”

陶侃迟疑道：“王敦大败官兵，权势滔天，又刚刚杀了戴若思、周顗，只怕朝中无人敢顶撞于他。除非……除非是王导保住了天子！”

高宝点头道：“正是！王导仗义执言，就是王敦都很是意外。虽说王敦双手早已沾满鲜血，可也不会把屠刀架到王导脖子上。且不说王导是王敦族弟，两人多年感情放在那里，王敦就不会把王导怎么样。何况这些年，也多是靠王导在建业主持朝政，王敦才能在外掌控兵马有了今日权势。既然王导坚决反对，王敦也不好闹得兄弟反目，只得作罢。”

王导竟能不顾王家的利益，保下天子，着实让陶侃有些惊异。要知道，王敦得势，对王导是百利而无一害的。依着王敦所想，想必改立了天子，依旧会让王导掌控建业。兄弟俩一人主内一人主外，整个江东仍然牢牢掌控在王家手中。虽说王敦这次兴兵，时机还不成熟，没能以王氏取代司马氏，可王家执掌江东军政时间越长，就越有改朝换代的可能。当年司马家篡夺曹氏江山，不就走的这样的路数吗？可王导却放着王家唾手可得的天下不要，保下了岌岌可危的司马睿，只怕不仅仅是因为两人早年生死与共、创业江东的情谊。

王敦兵犯朝廷，虽然侥幸得胜，可也闹得江东大乱。王家百年积誉毁于一旦。天下忌惮王敦的权势，不敢明言，可心里只怕早把王家骂得狗血淋头。所谓月满则亏，过早得势，必然引得其他世族嫉恨。王家毕竟是北方世族，在江南根基尚浅，一旦成为众矢之的，别说改朝换代是镜花水月，能否保全宗族都是未知之数。

王导能看清这一点，倒也难能可贵，故而绝不会同意王敦改立天子的念头。除此之外，只怕周顗之死对王导的触动也很深。

王敦起兵，按理说王家必然要受牵连，即便不至于死罪，可也难逃牢狱之灾。周顗进言天子，不但救下王氏宗族性命，更让王导能成为平叛主帅，戴罪立功。可王导却因不知周顗的善意，在周顗将死之际未施以援手，以至于良友葬身王敦刀下。王导伤痛之余，感念周顗忠义，也就有了为天子尽忠的心意。

高宝接着说道：“王敦预谋废黜天子不成，忌惮太子年长，两军交兵之际，又曾有领兵冲杀的举动。唯恐太子承继天下，必要与其为难。转而求其次，欲诬以不孝之罪，废黜太子。”

陶侃心道，既然王导保住了天子，自然也不会放任王敦废黜太子。遂说道：“只怕王敦依旧未能如愿。可还是王导的功劳？”

高宝却说：“这次却是温峤保下了太子。温峤奉刘琨之命出使建业后，被王导挽留下来，不久拜为太子中庶子。王敦既然想污蔑太子不孝，自然以淫威逼迫温峤这个太子师傅说太子坏话最是妥帖。谁知温峤全然不惧，当众反驳王敦的栽赃。那温峤口才出众，几句话就说得王敦哑口无言。”

陶侃对温峤有一点印象。当年陶侃在洛阳为伏波将军府舍人，代孙秀去给张华拜寿。与周玘同乘一车，被温峤族兄讥讽一番。幸而温峤解了围，才没让陶侃那么难堪。温峤品行端正，声名远扬，自然不会放任王敦倒行逆施。

高宝接着说道：“有温峤开了头，一时朝中为太子说话的人可就不在少数了。王敦已经杀了戴若思、周顗两个名士，终是没敢再对温峤动粗。改立太子的阴谋随之破灭。”

陶侃却道：“温峤此举虽是出于忠义，可未必没有王导的支持。毕竟温峤刚来建业，便被王导征入府中。两人的关系只怕不比周顗差到哪里去。否则以王敦那刚愎自用的性子，想要杀个温峤，还怕别人骂上几句？”

高宝说道：“或许如此吧。王敦阴谋连番受阻，却又没有撒气的地方。在石头再待下去，也没什么必要，随即回师武昌。不过临走之际，也不是全无收获。虽说王敦辞让丞相之职，却又加以都督宁、益二州。如此一来，江南诸州郡几乎都已受王敦节制。又以其胞兄王含为卫将军，都督沔南军事，领南蛮校尉；以族弟王廙为荆州刺史；以周抚为南中郎将，收甘卓兵马，都督沔北诸军事；还拜了亲信任愔督河北诸军事，盯住祖约、郗鉴；离开石头时，加王导为尚书令，再次把建业朝政抢回王家人手中。又拜了西阳王司马羕为太宰，算是给王家装点门面。”

经高宝这样一说，王敦看似权势更加滔天，可陶侃却隐隐觉察出了王敦的危机。

莫看王敦在军事上大获全胜，却在政治上输个一塌糊涂。不但把王家人数代积累下的声誉丢个一干二净，还闹得与王导、王彬这些族中兄弟生了裂隙。王敦本就因反叛朝廷而声名狼藉，就连他自家兄弟都不愿与其为伍，天下世族又有几人真心臣服其威势之下？温峤为太子高呼，引得朝中纷纷附议，足见王敦不得人心。

陶侃正这样想着，便见北方来了数骑。一瞧服色，便知是朝中使者。

待那数骑来到面前，为首一人宣道：“朝廷有旨！”

陶侃、高宝面面相觑，下马拜领。

就听那人朗声念道：“天下初定，州郡不稳。广州虽远，依旧是大晋疆土。着令陶侃回镇广州，加散骑常侍，以示朝廷恩宠。”

陶侃冷笑一声，这旨意分明出自王敦。虽说自己兵马不多，可还是被王敦忌惮，故而借天子之口，把自己赶回广州去。若执意领兵北上，那便是叛乱生事了。如今王敦大败官兵，正是其威势正盛之时，陶侃领兵北上也已无力回天。见到高宝退还时，陶侃就已有意撤兵，以待天时。既然朝廷遣使而来，还是遵从为妙。

陶侃谢过旨意，却听那使者拜道：“世道艰难，奸佞当道。天子本有意拜陶大人为湘州刺史，却被王敦阻挠，也只得让陶大人受委屈了。”

陶侃听罢此言，不悲反喜。天子似乎并没有就此放弃，依旧在谋划着扳倒王敦。虽说此刻还远不是与王敦正面冲突的时候，可只要这种信念不倒，有天下正义之士辅佐，何愁王敦这等奸佞权臣不败？

陶侃大笑一声，辞别使者。传令兵马，回往广州去了。

第三十四章　篡位不成身败名裂，扬眉吐气回镇荆州

王敦举兵反叛，短短三月便杀败官兵，逼得皇帝司马睿委曲求全。一时之间，江东已成王敦手中玩物，其声势如日中天。然而刚刚回到武昌，王敦亲信党羽、族弟王廙便病逝于荆州，给王敦的大获全胜蒙上了一层阴影。

王敦抑郁之中，以其胞兄王含为荆州刺史，接替王廙。虽说陶侃已经奉命退回广州，可王敦依旧不能放心。以亲信王谅为交州刺史，南下任职。在陶侃身后紧紧盯住广州，免得陶侃再对王敦不利。只是交州已有豪强梁硕作乱，虽说王谅借着王敦声威，好歹到了交州赴任，可招安诱杀梁硕不成，反而再次逼反梁硕，被叛军围困于龙编城。

王谅的受困，并未让王敦过分在意，可北方的局势就不得不让王敦警醒了。

就在王敦兴兵作乱这数月之中，赵王石勒已经以石虎为将，一举攻破蓟城，围杀鲜卑段匹磾、段文鸯部众。石勒得胜之后，听闻江南内乱，祖逖又已病逝，没了心腹大患，忙遣石虎勒兵南下。再次侵入河南，接连攻破襄城、谯城。

祖约难以抵挡，只能退守寿春，豫州大地再次被后赵吞并。可叹祖逖在江北艰难经营数年，趁着北汉分裂，一举收复豫州，大晋本有绝好机会讨伐强虏恢复山河，却因王敦一场内乱，一切再次回到原点。

王敦既然掌控江东，这抵御外敌之事自然该其来管。遂以族弟王邃都督青、徐、幽、平四州军事，北上淮阴，欲阻挡后赵兵锋。可江北没了祖逖这等英雄，王邃哪是石虎敌手？彭城、下邳接连失陷，王邃也只有退守盱眙。

王敦内斗是把好手，可对外征伐着实没什么本事。王邃北伐失利，边关告急。王敦对此毫无办法，也就置之不理，转而把心思放在他认为最重要的事情上面。

就在大晋痛失豫州后，皇帝司马睿外有后赵石勒虎视眈眈，内有权臣王敦居心叵测。忧愤之中，终是崩逝于建业，谥号晋元帝。

可叹元帝恭俭有余，任用王导、王敦，创下江南半壁江山，使得晋室国祚得以延续。却明断不足，终是让王敦尾大不掉。又所托非人，被刘隗、刁协、甘卓误国，大业未复而祸乱内兴，终是没能中兴大晋。

元帝驾崩之际，加拜王导为司空，受遗诏辅政，扶太子司马绍即皇帝位。

王敦自退回武昌后，权倾朝野，目空一切。整日被钱凤、沈充怂恿，渐渐为攻破石头后，仓促退兵后悔起来。王敦这等野心勃勃之人，岂会满足于位极人臣？自然是君临天下方才不负此生，故而慢慢生出篡位之心。尤其王敦近来身体抱恙，隐隐有些不好的感觉。听闻元帝驾崩，王敦哪还顾得了后赵对豫州的侵夺。迅速领兵东进，移镇姑孰。

虽然王敦还未明树反旗，可其心意已是昭然若揭。

司马绍初继位，哪有实力与王敦硬来？加赐王敦黄钺、班剑，奏事不名，入朝不趋，剑履上殿。

伸手不打笑脸人，王敦见新皇帝如此识趣，骄纵之中倒不急于进兵。何况出师必要有名，司马绍如此尊崇王敦，还真挑不出什么毛病来。王敦遂自领扬州牧，以王导为司徒，权势已然达到顶峰。

如此一来，江东大事小事都是王敦说了算，天子已然成了摆设。四方贡品先入王敦府邸，州牧郡守皆出自其门。王敦以沈充、钱凤两个小人为谋主，言听计从。但凡二人诬陷之人，皆被王敦处死。又以周抚、杜弘、邓岳诸将为爪牙，凡有滋扰生事，皆被诸将迅速平定。沈充、钱凤仗着王敦宠幸，凶险骄纵、大起府邸，侵人田宅，剽掠市集，闹得江东一片鼎沸。

周札在王敦兴兵叛乱时，置国家安危不顾，举石头城叛降王敦。然而王敦得势之后，周札非但没有升官加爵，反而因周氏声望被王敦忌惮。在沈充谗言诬告下，王敦以周札结交邪教图谋不轨为罪名，尽收周札宗族兄弟子侄，遣兵围攻会稽。

周札生死存亡之际，仍贪财好利，舍不得动用府库精良兵甲，分发将士的兵器皆是残破淘汰之物，终是惹恼了部众各奔东西。周札被王敦所擒，连其宗族兄弟子侄，皆被屠杀干净。

可叹义兴周氏，在周处、周玘父子努力下，名震江东，终是败落在周札手中。

周札的死轻于鸿毛，却给江东世族上了一剂猛药。原本也只是王敦的政敌不满其恶行，如今王敦连有功于他的周札都未放过，使得投效王敦门下的人不由生出些狐疑来。

王敦族弟王彬，本就对王敦叛乱不满。如今王敦再次兵进姑孰，迁入扬州境内，显然欲对天子不利。王彬忧虑之后数次苦劝，恼得王敦几乎要对王彬痛下杀手，终是念在手足之情，把王彬赶去豫章做了太守。

远在广州的陶侃听闻王敦之事，如此不得人心岂能长久？莫看王敦此时权势滔天，可惹得天怒人怨，其败乱已经近在眼前。陶侃安心下来，且先处置好边郡之事。

交州叛党梁硕已经攻破龙编城，斩杀刺史王谅。王谅倒也有些骨气，面对梁硕的屠刀，绝不卑躬屈膝，惨死于梁硕之手。交州豪族百姓敬重王谅风骨，对梁硕的残暴日渐抗拒。

陶侃瞧出梁硕已是众叛亲离，遂遣部将高宝奇袭交州，斩杀梁硕，迅速平定叛乱。

皇帝司马绍赞叹陶侃之功，忙使人拜陶侃为征南大将军，开府仪同三司，以广州刺史并领交州刺史，将南方边境彻底交予陶侃。又以陶侃之功，拜其次子陶瞻为广陵太守，封三子陶夏为都亭侯。司马绍此举，其实也是在王敦压制下难有作为，故而厚待陶侃，欲引为外援。

司马绍的异动被王敦瞧在眼里，自然不会使其如愿以偿，何况王敦也绝不放心让陶侃一人掌控两州疆土。恰有吏部郎阮放求为交州刺史，王敦自然应允。

对于阮放接管交州刺史，陶侃并没有什么抵触。阮放乃是竹林七贤阮咸族侄，算是名门之后。何况陶侃本就对交州没有多大兴趣，也就把交州拱手相让。

谁知阮放来到宁浦，遇高宝领兵从交州撤还。也不知阮放是忌惮陶侃兵强马壮，还是受王敦指使，欲对陶侃不利。邀高宝赴宴，名为拜谢高宝收复交州之功，实则设下伏兵，欲刺杀高宝吞并其部众。幸而高宝觉察出阮放阴谋，杀散其伏兵，逐阮放去了交州，也就不再追杀。

阮放受此兵败之辱，才到交州不久，便羞愤而死。

阮放毕竟是王敦委派，陶侃虽恼其忘恩负义，可阮放就这样死了，若被外人揣测，只怕陶侃难逃干系。陶侃远镇外州，倒也不惧王敦兴兵来犯。可为防万一，还是加强了戒备。

谁知连过数月，扬州都没有兵马南下。陶侃意外中，遣人北上查探，竟然惊喜地得知，王敦居然已经败亡，其党羽一网打尽。皇帝司马绍终于独揽朝纲了！

且说司马绍厚待陶侃欲为援手，却被王敦阻断之后，又把目光投向江北。

兖州刺史郗鉴有众数万，虽然多是流民百姓，能战之师不足万人，又在后赵侵扰下退守合肥，可毕竟是一股不小的势力。与建业不过一江之隔，遂拜郗鉴为尚书，欲借郗鉴兵马制衡王敦。

王敦自然识破司马绍意图，沈充、钱凤挑唆王敦诛杀郗鉴以绝后患。然而后赵近来侵扰愈发频繁，王敦也不想因杀了郗鉴而让江北的局势愈发难以控制。索性给郗鉴加拜了尚书令征还朝中，罢去其兵权。虽说司马绍少了郗鉴这路兵马为援手，却在郗鉴辅佐下，渐渐谋划出讨伐王敦的策略。

王敦自移镇姑孰后，或是多行不义遭受天谴，身体愈发不好。王敦没有子嗣，遂过继其胞兄王含之子王应为世子。为防备万一，王敦从荆州招了王含、王应父子来了姑孰。拜王应为武卫将军作为自己副手，又以王含为骠骑大将军、开府仪同三司，都督扬州诸军事。

王敦谋图篡位还未付诸行动，却因病重，已然开始谋划身后之事。眼见夺取晋室江山多是来不及了，王敦也有了收手之心。告于钱凤、沈充、王含，待其身死之后，解散兵马，归朝谢罪，有王导在旁庇护，至少也能保全宗族，此为上计也；引兵离开扬州，退守武昌，拥兵自重，依旧向建业纳贡称臣，此中计也；或趁着自己还有一口气在，举兵东进，杀入建业，此下策也。

王敦此言，引得钱凤、沈充万分惶恐。王氏一族或许在王导救护下，还能有条退路，可钱凤、沈充二人恶事做绝，若真归降朝廷，还不被仇家千刀万剐了？遂与王含父子暗中商议，以王敦遗嘱下策为上计。王含父子没什么真本事，可野心绝不在王敦之下，自然支持钱凤、沈充谋划。

王敦此时已经控制不住这些人了。想着自己或许还有些阳寿，也就不再阻挠，日夜谋划起兵之事。以族弟王舒为荆州刺史接替王含，又加拜王彬为江州刺史。虽说这两个族弟并不支持王敦起兵而被疏远，可好歹是自家兄弟，故而留守身后，至少没了后顾之忧。

可王敦万万没有想到，偏偏是自家兄弟最先出卖了自己。王舒之子王允之，因机敏聪慧被王敦喜爱，留在身边伺候饮居。听闻王敦众人谋逆策划，假托归乡省亲辞别王敦，实则径直奔赴建业，将王敦阴谋部署尽皆告于天子。

得知王敦蠢蠢欲动，温峤挺身而出。因为保护过尚未继位的司马绍，温峤深受王敦嫉恨。此刻不顾凶险，孤身前往姑孰。自污名节，称愿为王敦效力。温峤名噪天下，若能归于帐下，自然是一大喜事。可王敦猜疑之中，也不敢重用。

温峤不惜屈身结交钱凤这等小人，就连溜须拍马这等下作之事也都做了。钱凤哪曾想到温峤这等名士，甘心为其效力，惊喜之中引为知己，保荐于王敦，这才消去王敦的猜忌。

丹杨乃是京师咽喉，尚缺府尹。王敦问于温峤，谁人可以担此重任？温峤假意举荐钱凤。可钱凤深知王敦病重，此时不敢离开左右，遂举荐温峤往丹杨任职。温峤推辞一番，拜谢王敦厚遇，信誓旦旦要为王敦盯紧建业。

可待温峤领着王敦兵马到了丹杨境内，径直奔赴石头城，加紧筹备军需，打造城防。明面上看是为王敦前驱，实则暗中防备叛军。

天子见建业门户总算掌控在自己手中，又知王敦病入膏肓，心中才算安稳下来。问计于应詹，愈发坚定了讨伐王敦的信念。

诸事谋划早已翔实，也就不再与王敦虚与委蛇，拜应詹为护军将军、前锋都督，驻守朱雀桥；拜温峤为都督东安北部诸军事，驻守石头；拜郗鉴为卫将军，再次拉拢祖约、苏峻为外援。以姐夫庾亮为左卫将军，亲信旧臣卞壶为中军将军，并招陶侃之子广陵太守陶瞻领兵入卫京师。再次拜王导为大都督、领扬州刺史，担任平叛主帅。虽未予王导以实权，却借王导声名压制王敦。

待安排妥当，天子传诏天下，痛斥王敦叛逆罪行，尽罢其官爵，召天下共讨。

王导听闻王敦病重，假称王敦已死，在家中设起灵堂，为王敦举丧。一时江东皆以为王敦病逝，士气猛涨。

王敦这才知道被温峤算计，恼羞成怒中，决意即刻起兵。本欲招周抚为前锋向建业进兵，可王含素无军功，欲仗着人多势众抢下此功，也好在王敦病逝后，能有足够威望统摄其部众。王敦也怕自己身故之后，王含父子难以服众，遂准了王含所请。以诛杀奸臣温峤为名，拜王含为前锋主帅，引水陆五万大军杀奔江宁南岸。

温峤兵少，而祖约、苏峻又和上次一般作壁上观，迟迟没有南下驰援。温峤眼见王含兵势浩大，自知绝难强行阻截，索性烧断朱雀桥，放弃石头，退往北岸。

王含尚未一战，便见官兵败退，骄纵之中催促大军追杀。怎奈军中船少，只能暂且扎下大营，与官兵隔江对峙。欲待战船齐备，渡江破敌。这时王导传来书信，规劝王含早早收手。可王含利欲熏心，哪听得进王导劝解？

天子眼见此战避无可避，遂亲自督战，于军中募得壮士千人，交由将军段秀夜袭敌营。这段秀乃是鲜卑段匹磾弟弟，自石勒围歼段匹磾后，段秀逃奔建业，投效于天子。段秀虽比不上其兄段文鸯骁勇，可对付王含诸将当真绰绰有余。在段秀统领下，千余勇士趁夜渡江。王含疏于防备，五万大军竟被段秀杀得全无招架之力，数员大将战死段秀刀下。

王含所领兵马，几乎已是王敦全部家当，却因王含的无能，一败涂地。败讯传入姑孰，气得王敦暴跳如雷。王敦有心亲领兵马出征，可此时已病得连站都站不起来了，急火攻心，病逝军中。

临死之际，王敦命王应即刻登基称帝，封拜百官。好歹手中尚有荆、江、湘数州基业，足以与扬州分庭抗礼。

王应答应得倒是痛快。可王敦刚咽气，王应便把王敦遗命丢到脑后。为遮掩王敦死讯，王应以蜡裹住王敦尸骸，埋于大堂之中。随后整日纵酒淫乐，全不理会军政之事。

沈充见王应如此昏聩，不由为王敦所托非人愤愤不已。此时有朝廷使者来到姑孰，许以司空之职，欲劝沈充罢兵。然而沈充却要为王敦尽死节，断然拒绝使者游说，与钱凤点起万余兵马，增援王含。

怎奈王含惨败，使得叛军大势已去。各地世族豪强久受王敦压制，听闻此讯，纷纷集结兵马，诛杀王敦委任的刺史、郡守，阻截沈充，响应朝廷。

沈充纵有天大的本事，也应付不了这种群起而攻之的局面。好不容易与王含会师，硬着头皮从竹格渚强行渡江，欲以一场胜利扭转不利局面。然而刚刚登岸，便遭应詹伏击，死者数千之众，先锋大将杜发也死于乱军之中。

沈充偷鸡不成蚀把米，只得退守宣阳门。迟迟没有现身的祖约、苏峻，见叛军竟然如此无能，送到手上的功劳岂能不取？终是决定起兵支持朝廷，迅速引军南下，再次大破沈充于南塘。

随着祖约、苏峻参战，叛军败局再也无从挽回。一时之间，王敦党羽各自逃散，再也无人敢助沈充一臂之力。

唯有周抚尚不知王敦已死，听闻兵马受挫，遣弟弟周光领兵千人救援姑孰，却被王应推托不见，拒之门外。周光恼火之中，这才听闻王敦已死，忙退兵而还，劝解周抚早早向朝廷请罪。

沈充连战连败，王含恐惧之中，烧毁大营。都未知会沈充、钱凤一声，独领本部人马逃回姑孰。士气涣散之中，兵马沿途逃散。待王含到了姑孰，已是孤身一人。王含与王应商量一番，留在姑孰已是死路一条，王含欲投奔荆州王舒，王应却想求救于江州王彬。王含以为王彬素来忤逆王敦，两人此去江州必不相容，强拉了儿子回了荆州。谁知王彬虽恼王敦，却是真心想救二人，反倒是王舒丝毫不念兄弟之情，收捕王含父子，沉于江水之中。

王含一逃，沈充、钱凤再也无力抵挡官兵，各自逃命。钱凤逃至庐州，被周光所擒，斩首送于建业，以赎前罪。沈充则被其旧将吴儒诱杀于家中，换了三千户的封邑。

王敦被人掘出尸骸，斩了首级，其党羽悉平。可叹王敦本能成为一代中兴名将，却为权势蒙蔽双眼，置国家安危不顾，兴兵作乱。不但让晋朝反攻中原功亏一篑，而且也未得偿所愿，反而落个死后都不安生，留下千古骂名。

声势浩大的王敦叛乱就此平定，天子终于拿走了悬在头上的利剑。随后改元太宁，论功行赏。

以王导为太保，领司徒，封始兴郡公；西阳王司马羕领太尉；温峤为前将军，封建宁县开国公；应詹为江州刺史，封观阳县侯；郗鉴封高平侯；庾亮为护军将军，封永昌县开国公；苏峻赐节，拜冠军将军、历阳内史，加散骑常侍，封邵陵公；祖约为镇西将军，封五等侯；陶瞻为散骑常侍，封都亭侯；卞壸为领军将军，封建兴县公。

天子除了厚封平叛功将，又追封第一次平叛中为国尽忠诸将。追拜司马承为车骑将军，谥号愍王；追拜周顗左光禄大夫、仪同三司，谥号康；追拜戴若思右光禄大夫、仪同三司，谥号简；追拜甘卓骠骑将军，谥号敬。就连早年死于王敦之手的王澄都被追拜荆州刺史，谥号宪。只是周札就有些让人非议了。

虽说甘卓在第一次王敦叛乱中，迟疑不决，给了王敦兵犯朝廷的机会，然而周札开城降敌，可以说是朝廷惨败的罪魁祸首。其后死于王敦之手，也算是恶有恶报。郗鉴、卞壶皆言周札失节而死，不可追封。然而王导虽说权势依旧，可随着王敦败落，王家声势大不如从前。王导为防被郗鉴、卞壶这些新贵架空权势，还是决意替周札说句好话。周札固然死不足惜，可周家的余威尚在，王导劝天子追赠周札为卫尉。如此一来，颇显得王导识大体、顾大局，为其赢回不少声望。

对于如何处置王敦余党，朝上一时分作两派，大多数人深恨王敦一党，即便不加死罪，也当尽皆罢黜官职禁锢终身。温峤却挺身而出仗义执言，认为不可矫枉过正一视同仁。天子又感念王导之功，而王彬、王舒又不与王敦为伍，故而皆不追究。至于周抚虽是王敦爱将，可天子感念其父周访旧功，其弟周光又有擒杀钱凤之功，故而也未受到牵连。

陶侃听罢王敦第二次兴兵始末，几乎不敢相信。

从王含进犯石头算起，到叛军败亡，前后依然只有三个月时光。上一次王敦起兵，也是用这点时间就杀败官兵。这才过去两年时间，朝廷也用了同样的时间，迅速剿灭了叛军，实在出人意料。

然而细细一想，却也在情理之中。两次平叛相比，一是元帝用人失察，刘隗、刁协空谈误国，而新皇帝司马绍却有应詹、温峤、郗鉴这些真才实学之人相助；二是甘卓迟疑不决错失良机，使得朝廷谋划全盘皆输。相较之下，第二次叛乱，王敦虽然身后有王舒、王彬，没了后顾之忧，却因得势以来，排除异己、为祸江东，惹得世族百姓怨气冲天。兵马刚刚受挫，便有铺天盖地的声讨；三是第一次平叛中，司马承、刘隗两路兵马各自为战，难以合力杀敌，苏峻、祖约更是没有参战。而此次对战，应詹、温峤齐心协力，大破叛兵后，终于让苏峻、祖约看清形势，给了叛军最终一击。

对王敦叛乱败亡，落个身败名裂的结局，陶侃只觉终是出了一口恶气。若非王敦的猜忌排挤，陶侃也不会流落到广州边地来。只恨没能亲自领兵北上，助朝廷反击叛军。好在儿子陶瞻奉命护卫京师，总算让陶侃少了点遗憾。

陶侃正为天子重振朝纲欢呼雀跃，就有朝廷旨意传来。拜陶侃为荆州刺史、征西大将军，领南蛮校尉，都督荆、雍、益、梁州诸军事。

陶侃只觉云开雾散，总算熬到了扬眉吐气的一天。吩咐家中老仆，收拾行装。又传令高宝整备部众。待交接罢广州军政，陶侃意气风发，领着本部人马，浩浩荡荡往荆州赴任去了。

第三十五章　保境安民破陋习，厉兵秣马谋北伐

随着王敦叛乱的结束，陶侃终于再次被朝廷委以重任，将荆州要地交由陶侃统辖。

从陶侃第一次在荆州平定张昌叛乱算起，至今已过去二十多年。这二十多年里，陶侃三次救荆州于危难。按理说，自刘弘薨逝后，以陶侃在荆州的威望，足以胜任荆州刺史。然而世道艰难，掌控天下的权臣几经变换，荆州也是先后落入数人之手。司马略、山简、王澄、王廙、周访、甘卓、王敦，都曾掌控荆州。除了周访短短经营的一年多时间还算太平外，其他时间动乱几乎没有停歇过。反倒是陶侃这个有功于荆州之人，因出身卑微而不被人看重。二十多年来，大多时间都是郁郁不得志。好不容易在征讨杜弢时，因军功得了荆州刺史之职，可在事成之后，转眼便被王敦夺去。

如今，陶侃终于来到这片牵绊了他半生的土地，已是六十六岁高龄。虽说烈士暮年，可陶侃依旧壮心不已，摩拳擦掌要把荆州治理成一片太平乐土。赴任之日，荆州世族百姓，无论男女老幼，夹道欢迎，将陶侃热热闹闹迎入刺史府，让陶侃颇感慰藉。陶侃当年在荆州浴血奋战，并没有随着时间的推移而被荆州父老忘却。这些年受王敦排挤打压的委屈，转眼一扫而空。有荆州父老鼎力相助，何愁不能恢复荆州的昌盛？

然而陶侃才到荆州，就发现这次任命还真不是那么简单。不仅仅是因为朝廷看重陶侃早年在荆州的威望，还在于前赵、后赵两国稳住了国内局势，声势复振，隐隐对江南再次构成威胁。

其实在王敦首次叛乱时，石勒便已趁着祖逖病逝、江南内乱之际，大肆夺取江北州郡。怎奈元帝驾崩后不久，石勒的谋主张宾亦身染重病不治身亡。石勒痛失谋主，鲜卑慕容廆又遣其世子慕容皝，袭扰后赵盟友段末柸。石勒遣使游说慕容廆不成，后方不稳，只能放缓了对晋朝的攻势。

待到王敦第二次叛乱，石勒指使鲜卑段末柸部、宇文部，合兵围攻慕容廆。虽然皆被慕容廆击败，可也扼制了慕容廆对后赵的威胁。石勒随即再次挥兵南下，正逢祖约、苏峻、郗鉴皆去了建业勤王，江北一片混乱，大片国土落入石勒之手。

天子司马绍刚刚剿灭王敦叛军，稳住国内局势，听闻江北动荡，便立刻遣祖约、苏峻回防旧地。又拜郗鉴为车骑将军、兖州刺史，都督徐、兖、青三州军事，假节，镇守广陵。

后赵的嚣张气焰暂且被郗鉴众将阻遏，可前赵刘曜已在关中坐稳了江山，隐隐对荆州构成威胁。

且说北汉分裂，刘曜承继君位，改国号为赵，很快平定了巴人叛乱。只因国力衰减，无力南征，故而把目光投向西面，杀入秦州。秦州刺史陈安见赵兵势大，求降于刘曜，又欲亲往赵营朝见。怎奈前赵军中生了瘟疫，就连刘曜都染了病。陈安初降，刘曜恐被其瞧出赵军疫情，推托不见。惹得陈安大怒，引军突袭赵营。

陈安此人力大无比，左手使一口七尺大刀，右手使一柄丈八蛇矛，连杀赵军数员大将，逼得刘曜惨败退还。陈安遂自称凉王，大都督、假黄钺、大将军，雍、凉、秦、梁四州牧。

陈安善待将士，同甘共苦，颇有些人望。猛则猛矣，却不过是匹夫之勇。待赵军从瘟疫中缓过精神来，再次反攻秦州，又调拨军中猛将为先锋，终是围歼其众，斩杀陈安。秦州落入刘曜手中，迁豪强两千余户往长安安置。

前赵吞并秦州，遂与凉州交界。刘曜称帝前，四次征讨长安铩羽而还，多是凉州张轨、张实父子遣兵驰援。刘曜早就对凉州张氏恨之入骨，必要除之而后快。何况凉州刚刚发生一场内乱，张实被邪教蛊惑部将刺杀于幕府，弟弟张茂继承其位。

这对刘曜来说真是千载难逢的良机。尽起赵军二十八万，横渡黄河杀入凉州。莫看赵军人多势众，可刘曜却清醒得很，深知军中多是秦州新降之人，而自己嫡系部众久战疲敝，故而并未强攻凉军。渡河之后，便扎下营盘，按兵不动。

张茂摸不准刘曜的心思，而凉州兵马虽然骁勇，可在前些年驰援长安时死伤无数，又经邪教作乱折损不少，此刻要想与二十八万赵军决战，张茂也实在没有底气。

两军对峙月余，张茂终是绷不住了。遣使称藩于刘曜，献马牛羊、珍宝无数。刘曜大喜，拜张茂为侍中、太师、凉州牧，都督凉、秦、梁、益、巴、汉、陇右、西域、匈奴诸军事，封凉王，加九锡。

就在刘曜班师回朝后，张茂念父兄忠于晋室，凉州却在自己手中向刘曜称臣，羞愤之中突然病逝，传位于兄长张实之子张骏。凉州对前赵至关重要，刘曜遣使追拜张茂太宰，谥号成烈王，拜张骏上大将军、凉州牧，封凉王。

无论张骏对前赵究竟有多少忠心，凉州名义上已归附于刘曜，使得前赵再无后顾之忧，国力日渐增长，总算从北汉分裂时的衰败中恢复过来。

前赵与荆州交界，一旦刘曜遣兵自武关南下，荆州势必危急。王敦叛乱过后，荆州无大将镇守，人心涣散，防备稀松，成了东晋国界的软肋。

何况还有益州成主李雄虎视眈眈，早已对荆州垂涎三尺。说来也怪，天下大乱始于凉州齐万年叛乱，可真正割裂天下的始作俑者，却是因凉州战乱流亡入益州的巴人李特。这二十多年来，无论是中原还是江南，没有一处州郡能够逃过战火肆虐，反倒益州成了无人问津所在。如今大位传至李雄，听闻任人唯贤，休养生息，国力日渐强盛。

王敦叛乱时，李雄遣兵东进，侵入宁州。虽然被宁州刺史王逊击退，可不少郡县实际已落入李雄手中，对荆州着实威胁不小。

如今荆州两线受敌，非大才之人难堪其任，天子这才以陶侃为荆州刺史，将这副重担交到陶侃手中。面对荆州的危局，陶侃并未因为年老而退缩。

荆州两线受敌，以前赵威胁最大。若想专心抵御北兵，自然先当稳住西南宁州。前宁州刺史王逊击退成兵侵犯，有功于朝廷，然而战后病逝于任上。州人推举其子王坚行州府事。王逊在时，已有不少郡县倒向益州，王坚继任后，对这种叛敌之举愈发难以扼制。陶侃以王坚难堪其任，表奏朝廷，以零陵太守尹奉接替王坚之职。尹奉果然不负陶侃厚望，招诱土人效力，对叛国郡守，或刺杀或招降，宁州很快得以平复。

陶侃没了后顾之忧，专心于北方，遣大将高宝领兵严守江防，警惕敌袭。

虽说前赵吞并了秦州，逼降了凉州，国力大涨。然而元帝司马睿驾崩的消息传入凉州，张骏居然痛苦哀号，大哀三日，就差为元帝搭起灵堂遥祭一番了。张骏受的是前赵官职，却为元帝如此悲痛，足见凉州张氏骨子里对晋朝的忠心并未因前赵的逼迫而消失。

前赵国主刘曜自然得知此事。然而前赵此时还真没有实力一口吞下凉州，能得张氏称臣已是最有利的局面，故而也不敢惹恼了张骏，只能对此事故作不知。可张骏对东晋的态度，还是让刘曜难以安心。一时还真不敢对荆州动手，免得刺激张骏，在身后下黑手。

荆州的危局竟这样出人意料地化解了。

陶侃可不满足于现状。陶侃素有北伐中原、恢复河山的壮志。祖逖收复豫州让陶侃万分敬佩，无时无刻不以祖逖功绩激励自己。只可惜那时陶侃正受王敦打压，被赶去了广州，没有机会与祖逖并肩奋战。其后王敦一场叛乱，将一举收复中原的大好时机白白葬送，也让陶侃扼腕痛惜。如今陶侃坐镇荆州，总算有了一展壮志的机会。

只是荆州经杜弢、杜曾叛乱之后，落入王敦之手。王敦在任时，接连向建业用兵，闹得江东自相残杀，实力大损。荆州早已没有了往日的繁荣，百姓流离失所，良田杂草丛生，府库空空荡荡，粮仓颗粒无存。如此贫乏，陶侃哪有北伐的实力？趁着前赵尚有后患，荆州暂无兵祸，陶侃安心治理荆州。收拢百姓，恢复生产，只为时机成熟，北伐中原！

自进入刺史府那日起，陶侃整日忙于军政，没有一刻懈怠。广开言路，无论亲疏远近，皆亲自会面。有利于荆州之言，无有不用。世族百姓各安其业，流民日渐回归故乡。荒田得以开垦，庄稼得以耕作。荆州本就土地肥沃，短短数月，竟已万象更新，没了荒废气息。

这日，陶侃邀了荆州豪族、州郡官吏，往江边巡游。陶侃来了荆州这么久，一直守在府中，哪曾有过游玩？众人得其相邀，何人敢不给这面子？

一行百数十人，浩浩荡荡出了治所，郊游于原野之间。一路上良田一望无际，沟渠通畅便利，稻谷饱满旺盛，长势喜人。用不了月余，便能收获，必是一个丰年。众人皆是满心欢喜，无论真心假意，一个劲儿地恭维，赞叹陶侃功绩。

陶侃面有喜色，在众人陪同下，半日光景已到了江边。

江岸有一船坞，数月前应该还没在此。正热火朝天忙个不停，显然是陶侃使人在此新建。已有不少船舶初具规模，从船坞开了出来，停靠岸边。船工正抓紧配齐桅杆、桨舵、绳索，瞧这阵势，用不了数月，便能造出一支颇有实力的水师。

众人这才明白为何陶侃今日放下府中诸事，有闲心邀了众人出游。不少人叹息陶侃就连游玩都未懈怠军政，荆州必能重振雄风。可也有不少豪门子弟小声嘟囔，好好一场郊游，还要被这等俗务烦扰，直怪陶侃坏了大家雅兴。

陶侃隐约听到那些非议，却不理会。这时，奉命守备船坞的高宝已经得了陶侃军令，出来迎接。

一行人缓缓进了船坞。就见一艘巨舰几乎占满了整座船坞，骨架基本已经完工，船工正忙着安装木板，空气中充斥着木屑和胶漆的味道。

今日众人应陶侃相邀，一是盛情难却，二是借此与陶侃攀扯交情，也好谋个前程。故而除了刺史府的官属，应邀的世族豪门多有年轻一辈赴约。

不少公子自幼锦衣玉食，学的都是些玄学清谈，对造船这等粗役素来瞧不上眼。平日见到了，多是远远避开，免得身娇肉贵，沾染了俗务气息，惹人笑话。可今日却是被陶侃硬生生带来此处。年岁长些的，倒还受得住这刺鼻气息，年纪轻的贵公子，呛得直皱眉头。虽说不敢大声嚷嚷抱怨，可肚子里早已腹诽不停，只想早早离开。

谁知陶侃迟迟没有离去的意思，不厌其烦地查验造船工艺，每一处选材都要过问，连那气味最重的胶漆作坊都要进去瞧上一瞧。

那些个贵公子强忍着作呕气味，好不容易陪陶侃看罢各处劳作，正庆幸总算可以走了。哪料陶侃竟在船坞正中空地，摆下成排座席。众人错愕之中，就见陶侃已经端坐主位。

众人一阵无奈，依次坐了客席。

时已过了正午，众人游了一晌，已有些饥肠辘辘了。陶侃吩咐端上饭食，招待宾客。可船坞里都是船工，哪有什么好厨子？虽说招待宾客的饭菜已经比平常考究许多，可对于食不厌精、脍不厌细的豪门士子来说，这些饭菜只怕连家中的仆役伙食都比不上。

粗茶淡饭索然无味，既无半点荤腥佐餐，也无一杯水酒助兴。刺史府的官属似乎早已对陶侃的伙食习以为常，好歹吃了一些。可那些应邀而来的贵公子，多是愁眉苦脸一口都吃不下去。

这时，陶侃已经吃罢饭食，饮了一口淡茶，朗声问道："今日出游，未知诸位观感如何？"

虽说不少人对今日出游很是扫兴，可陶侃既然引众人巡视船坞，想来多是向人炫耀其功绩。已有人顺着心思上前拜道："刺史大人厉兵秣马，只争朝夕，我等深为敬服。今日得幸观瞧战船，真是大开眼界。有刺史大人镇守荆州，必能强兵富民，还荆州太平。"

此人一开口，引得不少人争相恭维。

陶侃却笑了笑，待众人说罢，这才说道："国家不幸，天下纷乱。外有强敌环伺，内有王敦这等国贼作乱，以至于荆州败乱至此。幸有诸位相助，方有荆州生机。郊游时所见良田、稻谷，还有这战船大舰，皆有诸位之功。故而诚心相邀，与诸位巡游一番，也知道我等平日没有白忙。”

此话一出，又是引得众人一番逢迎。

这时，有一翩翩公子走出座席，来到正中，向陶侃一拜：“久闻刺史大人精于治学，早年更是以玄学造诣而得名士顾荣、乐广垂青。学生不才，倒要讨教一二，还请刺史大人不吝赐教。”

陶侃今日引众人来此，可不仅仅是来巡视农田、战船，是借此有要事交代。还未张口，却被一贵公子发问，心中有些不喜。

魏晋以来，玄学清谈向来被视为雅事，何种场合都有可能被人发问，越是从容应答，越显才学渊博。也有不少士林新秀，借此发问名士，以求一鸣惊人。

陶侃细瞧那公子，高冠玉带，面容清秀，显然非富即贵。手中持着一物，赫然竟是一柄麈尾。

陶侃不由一阵错愕。

要知道，麈尾乃是鹿群首领尾毛制成，虽说材料倒也平淡无奇，却寓意玄学领袖，岂是一般士人所能持有？随着战乱不休，这种玄学清谈已变得越来越没有规矩。早先清谈虽然虚无，可好歹也是研习学问，颇有些讲究。王戎位列竹林七贤，都没资格拿上一拿。如今的年轻人学上几篇文章，便敢自称才学八斗，连这麈尾也变得不值分毫了。

那公子见陶侃半天没说话，还当是被他应允了，轻摇麈尾，衬着清秀面庞，倒也显得很是洒脱，随口说道：“十月获稻，为此春酒，以介眉寿。”说罢，另一只手从袖中抽出一把旱稻，轻轻一托，似有祭祀之状。洋洋得意，只等陶侃回答，便要找寻言语疏漏予以驳斥。

陶侃心中憋了口气。这人所言“十月获稻，为此春酒，以介眉寿”，出自《诗经·国风·豳风·七月》。长诗描述春夏秋冬耕田渔猎，看似诗情画意，实则皆是劳苦之人的辛酸。而此句诗词之意，乃是收获稻谷，制作春酒，祭神以求长寿。

那公子以这生僻诗句作引子，从眼前荆州农耕兴盛入手，暗有道家求长生之意，想必后面还有发问。若单以玄学造诣来说，倒也有些本事。

陶侃却对这公子有何后手全无兴趣。好好一把稻谷，还未成熟，就被他随手拔来，作为清谈的道具。更对《七月》一诗断章取义，只看到求长生的期盼，却见不到劳苦百姓的辛酸。着实可气！

陶侃今日目的，在于打压荆州渐渐恢复生气后，已有所抬头的虚靡浮华风气。既然这公子撞在刀口，正好拿他杀一儆百。

陶侃面色冷峻，问道："用此何为？"

那公子听陶侃说话，很是兴奋。还当陶侃算是接下了自己的发问。稍稍一想，知道陶侃在问手中的稻谷。那公子有意遮掩真实用意，才好继续向陶侃追问，故而若无其事答道："行道所见，聊取之耳。"

陶侃却是勃然大怒："汝既不田，而戏人稻，与贼何异？"

那公子本在与陶侃讨教玄学，谁知陶侃竟突然翻了脸，正惊愕之中，就听陶侃喝道："左右，将这小贼痛打十鞭，以儆效尤！"

那公子吓得面色煞白，只当陶侃是在玩笑。还未反应过来，就被凶神恶煞的卫兵拉到一旁。几鞭下去，已是叫得撕心裂肺，哪里还有半点洒脱之状？

众人本和陶侃聊得融洽，见那公子想与陶侃研习学问，谁知陶侃竟动了手，皆是惊在原地。

用刑已毕，陶侃正色说道："荆州疲敝，百废待兴！农耕刚有起色，正是同甘共苦之时。一把稻谷看似平淡无奇，可你取一把，他揪一把，还不知要平白浪费多少粮食！如今州府积蓄不足，唯有鼓励农桑，才能早早补充军政所需。岂有自毁稻谷的道理？再有胆敢损毁庄稼之举，与其同罪！"

众人唯唯诺诺，哪还敢多言。

就听陶侃气得喘了几声粗气，对那公子说道："念你年岁尚轻，不懂世道艰难，且饶你一遭，再有下回决不轻饶！"

那公子在其仆役搀扶下，脸上红一阵白一阵，龇牙咧嘴，退出座席，自行回了马车歇息。

陶侃转对府中官属说道："昨日吩咐你等准备酒器、樗蒲，可曾带了？”

众人听陶侃使人准备了酒器、樗蒲，看来想要与众人稍稍玩乐一阵，这才舒了口气。

府中官属纷纷拿出了家中所藏的精美器具。玉质的、骨质的、象牙的，甚是精美。看来对陶侃的吩咐，府中官属都是精心挑选，以博陶侃一乐。

谁知陶侃并未摆好阵势与人博弈。又不见有仆役端来酒缸，要这酒器何用？正诧异中，就听陶侃冷冷说道：“将这些无用之物全都丢到江去，权作为我荆州水师祭神了！”

那些官属面色一变，显然事先并不知陶侃要他们准备器具，竟是要丢到江里去的。眼见珍藏多年的器物转眼没入江中，脸上现出割肉一般的痛苦。引得不少应邀的士人连叫可惜，直怪陶侃为何要这般暴殄天物。

百十精美酒器、樗蒲都已丢个干净，陶侃正色说道：“樗蒲者，牧猪奴戏耳，心思放在这里，哪还顾得了军国要事？我荆州如今能收足粮食，养活军民都已不易，哪有余粮酿酒？留那酒器，岂不是惹得你等糟践粮食？刚才那公子，张口就要取粮造酒，也是他该当受刑的缘由。无官在身的士人我不好横加干预，可你等既然在府中做事，就该把心思放到该放的地方上！今日我便替你等做了主，丢个干净，也省得你们不把心思放在正事上面。”

他又叹了一声，说道：“你等也不必可惜，那些个物件价值几何，我三倍赔还。今日之举，只为警醒诸位，玩物丧志绝非空谈！老、庄浮华，亦非先圣之言，皆当摒弃！我大晋立国仅仅二十余年，便落个国破家亡，衣冠南渡。皆是朝中权贵尸位素餐不务正业。整日以玄学清谈为乐，以富贵奢华为荣！前车之鉴近在眼前，万望诸位不可有一丝懈怠！”

陶侃这些话，看似只是说给府中官属，实则也是在告诫今日应邀的世族宾客。这些个人，哪家不是家大业大？纵然荆州纷乱不堪，也不过稍稍吃了些苦头，却从未饿过肚子。如今荆州渐渐恢复生机，眼见粮食产出有了盼头，谁家不是再次奢华放纵起来？若不早早把这奢靡之风打压下去，只怕要荆州府库充盈，还要再多等几个年头。

众人听着陶侃话里有话，哪敢说个不字。就见陶侃拜了一拜，说道："诸位或是江南望族，或是北方豪门。无论南北，皆是国家栋梁。如今强虏荼毒中原，江南不进则退。若待强敌杀过江来，方才梦醒过来，岂不晚矣？富国强兵绝非一句空话，还需诸位齐心协力，才能共渡难关。眼下稻谷收获在即，若我所猜不差，想必各家已和刚才那公子诗词一般，忙着准备酿造春酒了吧！陶某奉劝诸位一句。饮酒误事，徒损粮谷！虽说陶某不会强行下了禁酒令，可还请诸位念在国难当头，且先忍上一忍。"

虽说众人无不对陶侃所言拜服，可世族豪门过惯了奢华无度的日子。陶侃一席话，究竟能起到多少作用，实难预料。可陶侃今日广邀众人，又收拾了那目空一切的贵公子，想必多少也能让这些人有所收敛吧。至少他们想要在刺史府有个前程，也该遵从陶侃的劝诫。

待说罢这些，陶侃吩咐撤了宴席，便欲与众人返程。就在众人各自骑马上车时，有几个老者却在刚才丢弃酒器、樗蒱的地方驻足观瞧。

陶侃只当他们还在为那些沉入江中的器物可惜，又不好发作，且耐着性子等了一阵。

许久才见他们回还，面有惧色，似是有话想说，却又不敢明言。

陶侃问道："诸位耋老，若觉得陶某做得过分了，但请讲来。"如不能让这些士人心服口服，只怕今日出游当真是白忙活了。

却见一人迟疑一阵，说道："刺史大人摒弃陋习，我等敬服。只是有一疑问，若问得不对，还请刺史大人莫要怪罪。"

陶侃倒是有了兴趣："耋老问了便是。"

"大人打造战船究竟何意？"

"自是筹备水师，只为有朝一日杀过江去，收复中原。"

那老者却是摇了摇头："既然大人意在中原，为何要小心收集木屑、刨花？"

听老者一问，众人皆是一惊。远远望着江水，果然不见木屑、刨花漂在水面。显然是刻意收拢，不使落入水中。

当年蜀国覆灭，晋朝新建。王濬在羊祜安排下，驻守益州打造战船，图谋吞并东吴。大量木屑、刨花随江水而下，被吴将所得。猜测晋朝有意对江南用兵，提醒吴主孙皓早做防备。孙皓昏聩，对此警告置若罔闻。才让晋朝一统天下的机会，没有因那些木屑、刨花泄露了机密而失去。

如今陶侃在荆州筹备水师，刻意收藏那些碎屑，若说是怕泄露了军机，未免难以让人信服。毕竟碎屑只会顺江而下，江北的赵兵绝不可能见到。若陶侃真想要瞒着谁的话，也只有建业的天子了。

荆州已经出过一个图谋作乱的王敦。第二次篡逆，只因荆州水师不济，不能顺利渡江杀奔建业，最终落个兵败而亡。如今陶侃大兴船坞广造战船，若真是为了北伐，何故要刻意隐瞒造船的消息？若说陶侃别有用心，还真由不得人不信！

众人越想越慌。若陶侃真有反意，此刻已被人瞧出端倪，既然阴谋外泄，岂会轻饶了众人？就在众人紧张地环顾四周，唯恐陶侃杀人灭口，就听陶侃哈哈大笑数声：“到底是睿智长者，竟能有此见识！”

众人还当陶侃果然有了反心，正想逃散出去。却听陶侃接着说道：“陶侃确实命人仔细收藏碎屑，却非惧怕泄露战船踪迹，而是别有用处！荆州虽处江南，冬日却也偶有冰雪。当年陶某在庐江为吏，遇了大雪，为救主母，冒雪求医。道路湿滑难行，万分凶险，至今记忆犹新。若有木屑铺路，当真能解决了大麻烦。可木材难得，若直接磨成碎屑着实可惜，倒是打造战船时的边角碎料，正好派上用场，也算是物尽其用。”

众人听了陶侃话语，将信将疑。虽说木屑铺路倒也有可能，然而谁知陶侃是不是故意这般说辞诓骗众人？

陶侃见众人并未全信，摇了摇头，笑道：“既然诸位见疑，那陶某也便坦诚相告。近来得了北方军情，石勒再次遣鲜卑宇文部，集结大军围攻慕容廆，反被击溃，败退千里，就连宇文部国都也被慕容氏攻破。那奉命督战的段末柸，羞愤之中仓皇病逝，其弟段牙继位。”

虽说鲜卑慕容廆能再次击败后赵，的确算是一件喜事，可与陶侃的战船有什么关系？众人不明所以，就听陶侃接着说道：“石勒妄图攻灭慕容部的计划落空，南方又有郗鉴众将守备。石勒曾两度南征都是铩羽而还，故而打到淮河一线后，便不敢继续南侵。为了继续扩充势力，石勒转而把目光放到了前赵身上。诸位应该多少知道些，北汉尚未分裂时，石勒名为汉臣，却时常掳掠北汉人口以壮大实力。如今前赵吞并秦州、凉州，对石勒威胁尤甚。因而故伎重施，数次遣兵往前赵掳掠。先是后赵部将石生杀前赵河南太守，掠五千余户。后又扫荡颍川，掳掠万人。继而又有后赵部将石佗袭前赵雁门，俘三千余人，获牛马羊百万头。退兵之际却被前赵部将刘岳伏击，石佗战死，阵亡六千余众。后赵又有部将王腾反叛，攻杀石勒委任的并州刺史，举并州归降前赵。短短不到半年时间，两赵之间已数次交兵。依我之见，刘曜与石勒摩擦不断，必有一场激战。两贼相斗，正是我等挥师北上的绝佳时机。故而陶某已将打造战船、北伐中原之事密奏朝廷。诸位如若不信，大可回到刺史府后，瞧瞧陶某密函副本。”

众人听陶侃说了那么多，总算明白陶侃收集木屑，并非刻意隐瞒建业，悬着的心这才放下。转又一想，陶侃连那些边角余料都要小心收起来留作他用，不由对陶侃的细心和节俭佩服起来。众人本来对陶侃在玩乐奢华一事上的劝诫还有些抵触，此时已然心悦诚服。

经过木屑的风波，众人面色显然多了些真诚，陶侃欣喜不少。在高宝兵马护卫下，一行缓缓离开船坞，开始返程。

不觉沿着江岸走了二三十里路，陶侃远远见到江对岸，依稀有座城池隐隐出现在烟波浩渺之中。陶侃很是感兴趣，向高宝问道：“那是何城？”

高宝看了看，答道：“此是郑城。”

陶侃惊喜道：“难道就是孙吴大都督陆逊在时，所修缮的那座城池？”

高宝答道：“正是此城。”

陶侃远望对岸若有所思。郑城水路便利，自春秋时起，便是兵家必争之地。当年陆逊从曹魏手中夺过此城，作为江东门户，极大牵制了北方对孙吴的威慑。如今郑城地处两赵与荆州交界，其军事重镇的地位愈发明显。若能夺下此城，足以在两赵相斗时，成为北伐中原的堡垒。

陶侃不由问道：“此城现在归于何人之手？”

高宝说道：“原本也是在晋人手中，只是前几个月被后赵部将石瞻所破。”

“石瞻？可是那后赵中山公石虎的先锋官石瞻？”

石瞻不过是石虎麾下部将，陶侃竟连敌军中这等小人物的姓名都了然于胸，足见陶侃对赵军军情的熟悉。高宝敬服道：“正是此人。”

陶侃一阵沉吟。后赵征伐几乎都由石虎承担，这石瞻作为石虎先锋，竟然已经杀到了郏城，难道后赵有意南下？可如今两赵在中原摩擦不断，一场大战酝酿许久，石虎哪有精力两线对敌？

高宝见陶侃对郏城很有兴趣，说道：“刺史大人若是有意，末将夺回此城便是。”

陶侃却摇了摇头：“不可轻举妄动。那石瞻不仅仅是石虎先锋，更是石虎养子，素有万夫不当之勇，深得石虎喜爱。他来郏城，只怕没有那么简单。”叹了一声：“说来也可笑，这石瞻原是汉人，本名冉良。当年东海王司马越弃洛阳东进，声称要与石勒决一死战，却输得一败涂地，致使中原彻底沦丧，士民百万衣冠南渡。冉良率族人自魏郡南下，求建业出兵北伐。江南尚不稳固，元帝自然没有应允，却给了冉良一个建节将军的封号。那时还无人知道，冉良不过是个十一岁的孩童，却凭着天生神力精于骑射，于河内抵御石勒，力挫敌锋。怎奈兵微将寡终是兵败被擒。石勒喜其勇武，便交由石虎收为养子，改为石姓。或是冉良也有羞愧之心，不愿担上助纣为虐的恶名，索性连名字也改了，唤作石瞻。这些年来石虎南征北战，只怕多有石瞻的功劳。”

高宝听闻此言，也是一阵沉默。晋室南迁，多少汉人百姓被朝廷遗弃，死于屠刀之下，却依旧有不少士大夫投效强虏麾下，或是为了保命，或是为了扬名立万，又或是为了向这护不了天下的晋室朝廷复仇，甘心为那些敌人效力。别的不说，单是石勒的幕僚智囊，不就多有汉人出谋划策？高宝也叹了一声，说道："造化弄人，石瞻改名换姓，也终让人不齿。刺史大人也莫忧心，据斥候所探，近来两赵之间争斗愈发频繁，就连郏城守军也被调走不少。听闻城中不过百十守兵，只怕石瞻也已离开了郏城。末将今夜领了百名刀盾手，必能夺回此城。"

陶侃听石瞻已经走了，心中一思量，或许石虎遣石瞻夺下郏城，不过是在清理侧翼，以此为对阵前赵扫清障碍。陶侃不由有些动心，望了郏城许久，终是叹了一声："罢了，不要此城也罢。"

高宝见陶侃分明想要此城，却拒绝自己请命，忙问道："刺史大人不信末将能夺下此城？"

陶侃摇了摇头："非也！非也！如今北方强盛，江南暗弱，能御敌者在于长江。郏城虽好，却在江北，处两赵夹缝之中，数面环敌。虽说趁着两赵交恶，我等必能轻松夺下此城。可郏城远在江北，实难得到江南庇护，故而陆逊得郏城时，遣三万重兵守备，才真正能把此城掌控在手。我等此时哪有那么多兵马守备此城？如今两赵大战在即，我等若奇袭此城，反倒要引得石虎注意，早早防备江南，我等也就没了可乘之机。"陶侃叹息一声："郏城！郏城！现在还不是取它的时候。"

陶侃心有不甘，万分可惜地瞧了一眼郏城，正要转道南下，就见迎面来了一队骑士。一瞧装束，必是朝中使者，只是人人戴孝，让陶侃心中深觉不妙。

就见那队骑士来到队前，通报姓名，连连哀号，走到陶侃车驾前："大将军！陛下驾崩了！"

第三十六章　贵戚逼反边将，东晋危在旦夕

陶侃坐镇荆州，整备水师、积蓄粮草，只等两赵之间再起战事，便能趁机挥师北上，收复失地。然而在这紧要关头，天子司马绍竟然毫无征兆地驾崩了，时年二十七岁，谥号晋明帝。

明帝从登基算起，前后执政还不到四年。就在这短短四年时间里，明帝在极度艰难中，以弱胜强，讨灭国贼王敦，保江南半壁国土稳固。其功绩已胜过元帝司马睿，甚至可以说，是自晋武帝之后难得一见的明主。可惜天不假年，还没来得及大展拳脚中兴晋室，便仓促离世，着实让人可惜。

明帝在世时，借助王导、郗鉴、庾亮、温峤、卞壶众人之力，平定王敦。掌权之后，为防这些功将借此坐大，出现新的权臣，故而更亲近于嫡母元敬皇后的兄弟虞胤，再就是西阳王司马羕、南顿王司马宗兄弟。虽说三人并没有多大功绩，可虞胤算是司马绍的舅舅，而司马羕、司马宗这对兄弟，凭着在宗室中的元老地位，对元帝稳定江南作用不小，故而也被明帝重用，以图制衡平叛功将。

此举让庾亮万分不满。庾亮乃是庾皇后的兄长，堂堂国舅爷，在平叛中忙前忙后，到头来却被司马羕三人排挤在一边，自然怀恨在心。明帝病危之际，司马羕三人封锁宫门，不使外人面圣。庾亮疑心三人有异谋，强闯后宫，谏言明帝废黜三人，只是不被采纳。

经庾亮这样一闹，倒也不是全无用处。明帝驾崩之际，最终以司马羕、王导、庾亮、郗鉴、卞壶、温峤，共受遗诏辅政。而司马宗、虞胤则被挤出辅政大臣序列。

年仅五岁的太子司马衍即皇帝位，尊皇后庾氏为皇太后。庾亮遂与王导众人商议，请庾太后临朝称制，并改由王导、庾亮、卞壶三人辅政，彻底把司马羕三人挤出了权力核心。仅拜司马宗为骠骑将军、虞胤为大宗正，算是稍稍安抚。庾亮身为皇帝舅舅，渐渐把军国大权收拢到自己手中。

对建业的权力更替，陶侃并不怎么上心。虽说初时听闻郗鉴、温峤、卞壶这些后起新贵都能辅政，反倒陶侃这个东晋元老没有这样的荣耀，心中多少有些酸溜溜的。可陶侃更在意的是，就在明帝驾崩的时候，陶侃所预测的两赵之争终于爆发。而东晋在大丧之际，北伐中原的计划只得搁浅。

这场战事的起因，其实与前赵并无多大关联，而是由晋人挑起的。

河内太守郭默原本投效于祖逖，随着祖逖病逝，郭默在后赵的侵夺下，只能向南撤军，转拜为颍川太守。后赵部将石生屯驻洛阳，扫掠河南，数次击败郭默。郭默难敌石生，又被断了南下之路，只得遣使归降于前赵。

前赵国主刘曜，使大将刘岳领兵一万五千众，兵进孟津。又使部将呼延谟自崤山、渑池东进，欲与郭默合兵讨伐石生。

战事初期对前赵很是有利。刘岳攻克孟津，杀敌五千余人，围石生于金墉城。谁料后赵石勒闻讯之后，使中山公石虎率步骑四万，星夜奔赴河南。

石虎不愧是后赵第一猛将，奇袭刘岳于洛阳西。刘岳惨败，身负数箭退守石梁，反被后赵合围。石虎又亲领兵马攻破呼延谟部，斩呼延谟于两军之中。

刘曜大惊之中，御驾亲征。大破石虎前锋石聪于八特阪，屯兵于金谷。石虎非但不惧，分兵围困刘岳，自引骑兵三万迎击刘曜。接连两次夜袭前赵大营，惊得刘曜军心混乱，逃散无数。刘曜无奈之中只得退归长安。石虎也不追赶，回军攻破石梁，生擒刘岳以下将佐八十余人、氐羌三千余人，献俘于襄国。至于刘岳九千降卒，皆被石虎坑杀。借着势头正盛，石虎一鼓作气杀入并州，擒杀叛降前赵的部将王腾，坑杀其部众七千余人。

而引发这场激战的颍川太守郭默，也被石聪所败，孤身一人逃奔建业，其部众皆降于后赵。朝廷以郭默在江北的威望，拜其为北中郎将、监淮北诸军事，使其再次回往江北，收拢余众，与郗鉴、苏峻、祖约合力抵御后赵。

两赵之间一场决战，仅仅持续了两个多月，以后赵大获全胜告终。刘曜这些年好不容易攒起来的家底，在此一战中几乎赔个血本无归。听闻刘曜痛哭七日，积愤成疾。

按照陶侃最初谋划，此刻正是北伐关中的绝佳时机，可朝廷权力更替，使得东晋隐藏的危机再一次爆发出来，彻底打乱了陶侃北伐的计划。

随着明帝驾崩，幼主即位，王导、卞壶名义上与庾亮共同辅政。可面对咄咄逼人的庾亮，王导明哲保身，称病归家。而卞壶秉性耿直，对朝中士大夫的虚浮之风不肯苟同，故而也被士人疏远，以至于军政大事几乎都是庾亮说了算。

庾亮的大权独揽，使朝中暗流涌动也就罢了，但不少军镇也开始受到影响。

豫州刺史祖约，自以为对朝廷功绩远甚郗鉴，却不得辅政大权，就连开府都不被允诺，故而对庾亮颇有怨言。而历阳内史苏峻，在王敦之乱中，给了叛军最后致命一击，在江北很有些威望，势力也越来越大，虽说手中不过万余兵马，却皆是抵御后赵的精锐之师。幼主登基之后，对苏峻亦没有封拜，也让苏峻对庾亮心存嫉恨。

苏峻、祖约掌控兵马在外，深受庾亮猜忌。为防备二人，庾亮派兵修整石头城，积蓄兵马，暗加防备。

这种内外离心的局面，让陶侃深感不安。这时，江州刺史应詹又病逝于任上。

应詹是陶侃恩主刘弘亲眷，曾与陶侃共战长沙，交情非比寻常。自赴任江州以来，前后还不到一年时间，很快就抚平了江州在王敦叛乱后的混乱，故而深受百姓爱戴。应詹临终之际，写信于陶侃，倒也不是交代什么后事，而是痛惜天下纷乱，勉励陶侃报效国家之语。

应詹时年五十三岁，比陶侃年轻不少，正是做事的年纪，就这样令人惋惜地没了，陶侃颇为伤感。朝廷也感念应詹功绩，追赠镇南大将军，仪同三司，谥号烈。继而又以温峤为江州刺史，督江州诸军事，接替应詹之职。

陶侃本对这样的人事更替没有什么感觉。温峤也算良臣，掌控江州也在情理之中。只是让陶侃没有想到的是，温峤没有去江州赴任，而是领兵驻守武昌，这就让陶侃万分不解了。

江北有郗鉴众将防备后赵，荆州有陶侃抵御前赵。相对而言，武昌并没有多大的威胁，故而无须重兵守护。待陶侃细细一想，又派人去建业打听消息，这才恍然大悟。陶侃为不能辅政发过几句牢骚，甚至怀疑是庾亮刻意删去了自己辅政之权。这事已被庾亮知晓，故而派温峤镇守武昌。名为抵御北兵，实则是在防患陶侃！

陶侃本来只是为错失北伐良机而可惜，这时又被庾亮猜忌，当真百感交集。陶侃一心救国，怎就莫名其妙成了朝廷眼中拥兵自重、包藏祸心的权臣？这样的窘境之中，陶侃就更没有北伐的可能了。

相对于晋朝错失北伐良机，后赵石勒可没有什么迟疑。后赵刚刚大破前赵，吞并河南之地。借着士气正盛，遣大将石聪继续南下，兵进寿春。

祖约求救于建业，庾亮只当是借石聪之手除去祖约的良机，对寿春求援文书置之不理。祖约无力迎敌，只能坚城自守，被石聪连破逡遒、阜陵，杀掠五千余人。

庾亮这才觉得不妙。王导也看不下去，请命出征。遂拜王导为大司马、假黄钺，都督中外诸军事，领兵出征。虽说朝廷派兵北上，却没有增援寿春，而是兵屯江宁，防备后赵兵马继续南下。为了挡住石聪，庾亮甚至计划挖断大堤，放水淹没寿春一线，以期阻遏北兵。

眼见寿春危在旦夕，王导兵马又在江宁止步不前，倒是苏峻出于唇亡齿寒的考虑，终是遣兵袭扰石聪，逼得后赵兵马暂且退走。

后赵对寿春的这次攻击，试探性成分居多。虽然没有太大斩获，却诱发了东晋又一场动乱。

庾亮自知寿春一战，祖约、苏峻俨然已是一个鼻孔出气，愈发坚定了除去二人的念头。为了全力对付二人，庾亮自然要先对朝中的政敌下手。

司马宗失去辅政大权后，与苏峻往来密切，显然是想内外联手，对庾亮不利。庾亮先下手为强，指使亲信弹劾司马宗谋反，遣兵收捕。司马宗兵败而死，其族被贬为庶人。司马羕也受牵连，降封弋阳县王。虞胤则被贬为桂阳太守，赶到了南方边郡。

庾亮成功诛杀司马宗，贬黜司马羕、虞胤，自以为一切尽在掌控之中。为了能顺利铲除苏峻，庾亮封拜新近投奔的北中郎将郭默为后将军、屯骑校尉，又以弟弟庾冰为吴国内史。皆整备兵马，随时准备与苏峻开战。

万事俱备，庾亮与王导商议，欲借王导之口，召苏峻回建业任大司农、加散骑常侍，以苏峻之弟苏逸代领其兵马。看似荣耀无比，实则把苏峻骗回建业管束起来。

王导历经多少年的官场沉浮，好歹见过不少世面。苏峻岂是傻子，怎会这么容易被骗到建业来？庾亮此举非但不能扳倒苏峻，反倒激化矛盾，逼得苏峻不得不反。故而坚决反对庾亮之策。

庾亮只当王导贪生怕死，对其劝阻嗤之以鼻。撇开王导不管，将征召苏峻之言表奏朝廷。

满朝文武戒惧庾亮权势，皆不敢忤逆。唯独卞壶力争朝堂，言苏峻掌控强兵，其驻地又紧邻京师，若逼迫过甚，只怕京师一场大乱近在眼前，反倒引得庾亮一番斥责。

驻守武昌的温峤，得知庾亮所谓的必成之策，也觉太过凶险，连番作书劝解，亦难说动庾亮回心转意。

就在众人的反对声中，庾亮一意孤行，传旨于历阳，命苏峻即刻交接军务，回朝任职。

对庾亮这段时日的动作，苏峻怎会没有察觉？然而苏峻毕竟投靠朝廷时日尚短，根基不深。虽说在王敦之乱中，苏峻站对了阵营，得建大功。可依着苏峻的想法，还是更愿意做一个拥兵自重的大将。说到起兵反叛朝廷，苏峻心中多少也没有底。面对庾亮的紧逼，苏峻上表朝廷，欲求转屯青州，暂且避开庾亮。

苏峻的退让，非但没有换来庾亮的妥协，反倒助长了庾亮气焰。连番催促，急命苏峻南下。

苏峻被逼得再无退路，其部将或劝苏峻拥兵自守，或劝其引军南下兵谏朝廷。苏峻终是下定决心，与庾亮决裂。知道祖约对庾亮心怀不满，故而遣使游说祖约，合兵讨伐庾亮。

寿春一战，庾亮对祖约的死活全然不顾，早就让祖约恨之入骨，见苏峻愿意挑这个头，自然乐得相助。当即遣其侄儿祖涣、女婿许柳领兵相助。

眼见苏峻、祖约联军两万余众，磨刀霍霍便要南下。庾亮自以为拥兵数万，一切尽在掌控之中。婉拒了温峤领兵护卫建业的好意，又驳回了郗鉴领兵驰援的请命。以卞壶为右将军，领扬州兵马抵御叛军。

王导劝庾亮趁着叛军未至，切断阜陵，严守江西各处渡口。凭借江东人多势众，压制叛军气焰。若叛军不来，再领兵北上平叛。

庾亮却天真地以为叛军皆是乌合之众，谋反朝廷军心散乱。只要王师一到，必然闻风而逃。故对王导之策全不理会。熟料苏峻以其大将韩晃为先锋，抢先渡江，奇袭姑孰，尽获城中囤积的军粮，惊得不少郡守、王侯早早归顺了叛军。

庾亮这才慌了手脚。京师戒严，急命部将司马流、赵胤、刘超众将引兵驻守慈湖，又以弟弟庾翼领数百亲信往石头督战。

然而江南兵马有长江庇护，这些年来也就和王敦打过几场仗，军士哪比得上整日与后赵兵厮杀的叛军精猛？韩晃大军一路摧枯拉朽，攻破慈湖，斩杀司马流。沿途扫掠诸县，惊得守将闻风而降。

庾亮部将劝谏，言石头城守备严密，叛军必不会傻到强攻石头，多是要走小丹杨南道，直取建业。可在此设下伏兵，一战击溃叛军。

庾亮依旧自以为是，对此谏言置之不理。叛军果然夜走此路。幸而迷失路径，只得草草退兵。

庾亮悔恨之中，命卞壶领赵胤诸将追击退走的叛军，又命郭默速速引兵南下，终是与苏峻大军交锋于西陵。官军再次大败，死伤千数。

卞壶领着败兵退守青溪，被叛军围困营中。官军本就已经人心惶惶，苏峻又放火烧营，一时之间，大火蔓延。卞壶不顾伤痛，迎击叛军，终是与儿子一起死于乱军之中。

官兵追杀叛军未果，反而被苏峻所破。庾亮惊惧之中，亲领兵马列阵于宣阳门御敌。然而官军战败的消息早已传入城中，守兵人心惶惶，哪还有人听从将令？丢盔弃甲，逃散一空。

庾亮此时才知道，领兵打仗绝不是书上说的那样容易。又没有死战到底的勇气，终是在弟弟庾翼和部将郭默、赵胤护卫下，仓皇逃出建业，把朝廷丢给了叛军。而吴国内史庾冰，听闻兄长都已逃离了建业，哪敢独守孤城？还未等叛军杀来，便弃城而逃，找寻庾亮去了。

社稷危亡之中，王导倒是拿出了前所未有的勇气。城破已经无从挽回，好歹要保住天子性命，才能维护住江南半壁江山的稳固。王导领了朝中文武，抱着幼主奔往太极殿。待叛兵杀入宫中，王导众人严斥乱兵，称苏峻觐见天子，兵马岂敢造次？

普通兵士不明所以，真被王导众人吓住，不敢进逼天子。转而涌入后宫，劫掠宫中财宝。见宫廷官宦、内侍衣着华丽，羡慕之中都剥了下来抢个干净，臊得士人宫女只能以草席遮羞。虽说哭声震天，可乱兵只顾抢夺财物，死于乱兵之手的唯有穿甲的禁卫，其余人等敢有抗拒，多是乱揍一通，倒也没有多少人枉死于乱兵刀下，已是不幸中的万幸。

待苏峻洋洋得意来到建业城中，早已没有了反抗。眼见偌大的国都竟然就这样落入手中，苏峻几乎都不敢相信。乐呵呵将宫中金银五千斤、钱亿万、布二十万匹、绢数万匹皆卷入囊中，哪还管朝廷有无金银米粮剩余？

待乱兵将宫中扫荡一空，惊恐的内侍小心查验，这才清理出数石大米，勉强供天子用度。

苏峻叛乱，究其缘由，一者是苏峻自己手握强兵欲争权势，二者也是庾亮逼迫过甚，不得不反。待苏峻从胜利的喜悦中冷静下来后，也要为今后何去何从考虑。

论出身，苏峻算不得名门望族；论根基，苏峻投奔江东不过短短数年。就连王敦权势滔天，第一次叛乱得手后，都没敢取晋室江山而代之，苏峻自然也没傻到君临天下。此时能掌控朝野大权，苏峻已经满心欢喜，故而只有稳住兵变后的局面，才能保住自己的权势。

苏峻借天子名义，大赦天下，唯庾亮兄弟不在赦免之列，以此安抚战败的世族、官兵和州郡百姓。以王导的声望，依旧拜其为司徒如故，稳住朝中百官。被庾亮贬黜赶走的司马羕，此时恬不知耻地站了出来，为苏峻歌功颂德，自然被委以重任，复封为西阳王，官拜太宰、录尚书事，主持朝政。

一切尽在掌控之中，苏峻自居骠骑将军，录尚书事。拜盟友祖约为侍中、太尉、尚书令。出征功将也有封赏，祖涣为骁骑将军，许柳为丹杨尹。

东晋自建立以来，国都第一次被人攻陷。并非北方胡兵所为，倒是将相不和，闹得自相残杀。虽说苏峻抢占了建业，掌控大权。然而庾亮出逃，绝不会善罢甘休。眼见一场新的战事将起，后赵大将石聪也在旁虎视眈眈，只等坐收渔利。

东晋朝廷建立刚刚十年，在腥风血雨中摇摇欲坠。

第三十七章　本欲置身事外，难逃池鱼之祸

陶侃驻守荆州，避开了建业这场无端的纷争，此刻尚不知建业陷落的消息。心中固然对庾亮的猜忌又气又恼，可也懒得去理会，只因陶侃有更重要的事情要忙。

自凉州被迫降于前赵后，张骏虽向刘曜称臣，可张氏素以晋臣自居，故而对前赵久存离意。何况张骏也清楚，刘曜之所以能容忍凉州的自治，不过是暂时没有吞并凉州的实力罢了。待前赵休养数年，必是要铲除张氏的。无论张骏出于大义，还是谋求自保，都需早早做好打算。

故而张骏暗中遣使去了益州，与成主李雄修好。一来可以借助益州兵马，共同抵御前赵；二来也想游说李雄，自去帝号，称臣于东晋。这般一来，凉州、益州与江南连成一片，对两赵形成环围之势，足以合击两赵，恢复河山。至少也让凉州与东晋朝廷有了往来，不再孤军抵御刘曜。

李雄对张骏的示好很是看重。益州毕竟偏居一隅，据险自守足矣，想要开疆拓土已然到了极限。北方秦州已归于前赵，东面荆、宁又有陶侃镇守，长此以往，李雄被封锁于益州，不进则退。既然张骏结好，李雄自然也可以引为助力，共同对付前赵。至于退位之事，李雄没有明言拒绝。而是说承继天命乃是益州士人、百姓共推，并非他贪图荣华。也有心做晋室元功之臣，怎奈中原陷落，东晋又遭内乱，唯有翘首期盼，待时机成熟，便心甘情愿辅佐晋朝。

李雄这番话多是些外交辞令，可还是给了人一线希望，凉州与益州使节往来日益密切。无论李雄究竟有没有可能俯首称臣，只要益州能与晋人和谐相处，打开凉州与东晋往来的关节，这对危难中的大晋来说，已是难能可贵了。

随着刘曜惨败于石虎的消息传入凉州，张骏喜上眉梢。立刻丢弃前赵官爵，与刘曜决裂。自称晋大将军、凉州牧，遣大将韩璞、辛岩领兵数万南渡黄河，号称十万，攻掠秦州诸郡。李雄虽然没有派兵相助，可眼见凉兵势如破竹，两国交往也愈发频繁。

陶侃听闻凉州与益州结盟的消息，自然乐见其成。虽说因为苏峻叛乱，陶侃此刻没有北伐的机会，不能与张骏齐心协力夹击前赵，而李雄也还没有与荆州通使的意向，可陶侃深知此事对天下大势的影响。故而遣斥候紧紧盯着秦州战事，也暗中使人往益州查探消息。

然而刘曜虽败，前赵实力大损，可秦州事关重大，刘曜也不敢马虎。集结最后的万余精锐，以其子刘胤领兵，赶赴秦州平乱。凉将韩璞认为两赵争斗，刘胤必不敢久留秦州，故而兵马虽盛，却不与赵兵强争，于临洮相持七十余日。却没想到后赵大胜之后，见江南有利可图，一时暂无西征前赵的打算，使得刘胤安心在秦州抵御凉兵。

凉州兵马毕竟远来，随着战事越拖越久，粮草日渐枯竭。韩璞只能分兵辛岩，从金城转运补给。终是被刘胤瞅准时机，亲领三千骑兵奇袭辛岩于沃干岭，尽获凉兵粮草，转而南击韩璞大营。凉兵失了粮草，军心大乱，虽然兵马数倍于刘胤，却被赵兵杀得一溃千里，阵亡两万余众，降者数万之多。

秦州被前赵收复，凉州大骇。益州李雄见张骏兵败，也就彻底断了向东晋称臣的打算。

陶侃悔恨交加，若不是庾亮不知天高地厚，闹得江东纷乱，陶侃大可北伐关中。纵然不能一举攻破前赵，张骏也不至于败得如此惨烈，与益州李雄的结盟也不至于断了希望。

就在陶侃恼怒之中，庾亮兵败、建业陷落的消息终于传到了荆州。陶侃痛心疾首，怒骂庾亮无能鼠辈、败坏朝纲。紧接着，便有使者受温峤委派，接连求援于荆州。欲说动陶侃派兵相助，同往建业平叛。

听那些使者所讲，温峤得知苏峻连战连胜，进逼建业时，便已集结兵马向京师驰援。才赶到寻阳，便遇到了兵败西逃的庾亮。庾亮为了说服温峤平叛，拜温峤为骠骑将军、开府仪同三司，又加拜徐州刺史郗鉴为司空，指望两人能速速引兵讨伐叛军。

温峤对庾亮怨愤不已。开战前，温峤、郗鉴都曾请命庾亮，欲引兵护卫京师。庾亮却自以为是，驳回了二人好意。如今被苏峻杀得狼狈不堪，这才想借重温峤、郗鉴，未免太迟了些。然而温峤本就与庾亮交情匪浅，值此国难当头，也只能放下心中的不满，推辞了庾亮的封拜，又分兵于他，共谋讨伐叛军之事。

苏峻兵强马壮，仅以两万人马，便杀得庾亮数万大军溃不成军。温峤自知绝非叛军敌手，故而与庾亮商议，欲征陶侃的荆州兵讨伐苏峻。庾亮一直就对陶侃心存芥蒂，也知陶侃对他很是不满，可自己又没有平叛的本事，也只能放下高贵的身段，委曲求全，求救于陶侃。

陶侃对温峤好歹还有些好印象，可对庾亮就气不打一处来。这等眼高手低的皇亲国戚，陶侃这些年来已经见了太多。明帝司马绍好不容易稳住的东晋江山，转眼就在庾亮手中乱成了一锅粥，真是成事不足败事有余。就在庾亮忙着争权夺势的一年多时间里，两次北伐的良机失之交臂，更让陶侃对庾亮愤恨不已。再想想庾亮对自己的猜忌，不能成为辅政之臣的失落又一次涌上心头。倒不是陶侃看重辅政大权，而是陶侃为东晋朝廷好歹忙活了这么多年，平定了杜弢、稳住了交州，如今坐镇荆州守护国家西境。放眼朝野，能比得上陶侃之功的臣子只怕屈指可数。却依旧被排斥在重臣之外，未免寒了陶侃一片赤诚之心。

陶侃倔脾气上来，哪管庾亮如何显贵，也不买温峤的面子，将那些使者全都赶出了荆州。这时，又有使者前来拜访。

陶侃厌烦至极，都懒得见上一面，只让护卫赶将出去。却听院子里有人连连呼喊："陶荆州数年不见，为国为民的豪情淡了不少，这高高在上的官威倒是大了许多！竟连故人也不肯相见了？"

陶侃听那声音倒是有些耳熟，也不知温峤又寻了哪位故人游说自己。若真是逐走了昔日旧友，未免失了礼数。叹了一声，唤人请那使者进来。

就见一个健硕的勇士步入堂中，皮肤白皙，目光如炬，一缕淡淡胡须，显得有些温文尔雅，只是一对结实的臂膀，印证此人必是沙场宿将。

陶侃看了半天，似是在哪里见过，却又想不起来。也不知那人究竟是什么来路，疑惑问道："恕陶某眼拙，不知足下是何人？"

那人躬身一拜："长沙一战，末将得刺史大人抬爱，收归帐下。怎奈王敦心胸狭窄，放逐了刺史大人，以至于末将无幸辅佐大人开疆拓土。一别数年，这才得以见到刺史大人。末将这些年来，无时不念大人恩情。若非大人保全，末将哪有机会痛改前非，为国效力？"

陶侃恍然大悟。

此人乃是杜弢麾下大将毛宝。长沙城破之后，杜弢弃城而逃，落个身死族灭。毛宝被其主舍弃，心灰意冷中归降于陶侃。毛宝勇猛善战，就连朱伺也仅能和他杀个平手。陶侃惜其勇武，又是官逼民反，情非得已，非但没有将他当做杜弢党羽绑缚朝廷，反而收归帐下，给他一个改过自新的机会。自从陶侃被王敦逐走，毛宝便断了音信，两人足足有十来年没有见过。陶侃如今已是白发苍苍，毛宝也不再是当初那个只会厮杀的武夫，难怪陶侃半天没有认出来。

陶侃惊喜道："原来竟是硕真！这么些年未见，我还不知你已归在温峤帐下。"

毛宝叹了一声："自大人去了交州，王敦便收走了末将兵权，给我了个临湘县令打发出去。只因我出身寒微，曾为叛将，又归在大人麾下，故而不被王敦信任。一个县令能有什么前程？末将失落之中，本有心弃官归隐。可想想大人不也是年近四十才得了个武冈县令吗？大人这些年来，救国救民做了多大的事。若非如此，怎能得荆州百姓如此尊崇？末将以大人旧事自勉，这才安心在临湘做了几年县令。末将是个粗人，不像大人那么多学问，可也知道些礼义廉耻。当年为求活命，不得不杀官造反，既然弃恶从善，那便当学大人这般解民于倒悬。故而兢兢业业，好歹没在临湘出什么差错。后来王敦叛乱，末将幸而不被其信任，才没有做什么祸害朝廷的事。”

听着毛宝这十年来的际遇，陶侃感慨万千。自己当年外放县令，却因益州流民涌入荆州，局势动荡之中又不被郡守信任，不得已弃官归乡。而毛宝受自己所累，被王敦排挤，非但没有自怨自艾，反而在临湘安心干了足足十年县令，好歹保护了一县百姓。仅这一点来说，陶侃还真是比不上他。看着毛宝四十多岁便已显得有些苍老的面庞，显然这些年过得并不如意。想想自己三十多年仕途，几乎大多数时间都被权贵冷落在一旁，望着眼前的毛宝，陶侃仿若又看到了过去的自己。

陶侃感叹一声：“硕真这些年受委屈了。你我主臣一场，既然你来找我，不如还来我府上。依你之才，参军、偏将随你来选。待建功勋，自当表奏你升官加爵。如今北方已是数次动荡，两赵之间已是不死不休。荆州用人之际，正是硕真大展拳脚的时候。”

毛宝喜道：“大人心存收复中原之志，实乃国家之幸，末将敬服。”却又说道：“然而苏峻作乱，国都陷于贼手，若不能平定乱党，重振朝纲，刺史大人又如何安心北伐呢？”

陶侃自然明白这个道理，可心存对庾亮的愤恨，实在不愿去帮他平叛。何况陶侃这些年来南征北战，平了太多叛乱。无论是荆州杜弢，还是广州杜弘、王机，算上交州梁硕，哪一次不是替那些惹下祸的豪门贵胄收拾烂摊子？此时听毛宝提起苏峻叛乱，这才回过神来，毛宝是来替温峤做说客的。淡淡问道：“硕真现在江州刺史府高就？”

毛宝点了点头：“王敦叛乱平息后，温刺史来江州赴任，末将被征入刺史府，拜为参军一职，总算有了为国效力的机会。”

陶侃心中一阵可惜。毛宝一员良将，终是归了别人。有些酸溜溜地说道：“温峤也是做事之人，比那些个只会附庸风雅的纨绔子弟强多了。硕真在其手下做事，也不负一身本领。”

毛宝见陶侃绝口不提出兵之事，显然没有驰援温峤的打算，小心说道：“温刺史固然忧国忧民，怎奈江州兵马微弱。举一州之力，不过七千余众，想要往建业平叛，无异于以卵击石。刺史大人素来心怀天下，难道就愿看着苏峻目无国法、嚣张跋扈？”

陶侃冷哼一声：“他庾亮自己种下的祸根，自己去收拾便好，何须来求我这个心怀叵测之人？硕真不是外人，我也就直言不讳了。庾亮派温峤来江州，可不就是来防备我陶某人的吗？就连苏峻起兵攻陷姑孰，依旧不准温峤东进，还说什么‘吾忧荆州，胜过苏峻，温刺史不可越雷池一步！’真当我不知道吗？他庾亮防备我陶某人，像防贼一般！又何须来求我这个贼人救他？”

毛宝也是有些尴尬。庾亮当日自以为胜券在握，还真说过那样的话，怎就传到陶侃耳中了。忙说道：“刺史大人莫听那些闲言碎语。刺史大人有功于社稷，庾亮怎会说如此不敬之语？必是心怀叵测之徒嚼舌根罢了。温刺史已和庾亮商议，欲共推刺史大人为盟主，全权执掌平叛诸事。贼人势大，也唯有刺史大人能担此重任！”

陶侃却冷冷说道：“硕真不必为庾亮开脱。陶某人这些年在官场，早已见惯了那些豪门贵胄的目中无人。想要我陶某人为他拼上性命，想也别想！苏峻虽然有错，可好歹为朝廷守护国门抵御后赵，就算有些私心谋求权势，可也没有到威胁朝廷的地步。他庾亮为了自家权势，硬是把苏峻污蔑成叛党，这才逼得苏峻不得不反。据我所知，苏峻杀进建业，虽说劫掠宫室财物，却也没有滥杀无辜。硕真，我且问你，当初你在荆州追随杜弢叛乱，不也是被王澄那个豪门贵胄逼得？想想你那些枉死于内乱中的手足弟兄，如今怎么反倒愿意帮庾亮平叛了？”

毛宝沉默一阵，显然被陶侃说到了伤心处。可苏峻叛乱事关重大，为了保住朝廷，只能勉强堆着笑脸，说道：“刺史大人说笑了。杜弢虽然迫于无奈，可一场叛乱闹得民不聊生，落个身死族灭咎由自取。当初刺史大人不也知道叛军的苦楚，可为了社稷安危，不还是领军平叛？今日之事，与往日有何区别？末将不也是仿效刺史大人？庾亮固然有错，苏峻也确有可悯之处。然而叛乱就是叛乱，怎能因同情而视国法于无物？”

陶侃不为所动，咬着牙长叹一口气：“硕真不必多言，江州我是不会去的。硕真且回江州，告诉他庾亮，就说我陶某人边疆外将，不敢越局！”

毛宝见陶侃依旧不肯出兵，摇着头连叹数声：“罢！罢！罢！不去也罢！算是我毛宝看错人了！陶大人如今高官厚禄，哪还用得着像当年潦倒时那般把脑袋别在裤腰带上？温刺史已经整备好兵马。说是陶刺史不去，他便自己先行一步。毛宝虽曾为贼，今日便拼个一死，也算报了温刺史知遇之恩！”

陶侃对毛宝的讥讽并未生气，心中反而一震。听毛宝所言，温峤是铁了心要去建业的。若没有自己兵马为后援，温峤此去只怕必死无疑，而毛宝也是打算为其殉死的。心生护全之意，挽留道：“硕真这又是何苦呢？天下大乱，中土崩裂，收复中原才是正事。硕真不如就留在荆州，也好把这七尺之躯，用在真正该用的地方。温峤与其忙着平叛，倒不如遣使于建业。苏峻已使王导、司马羕主政，好歹二人也能安抚住局势。且与苏峻议和，不就免去了一场兵祸吗？”

毛宝心中一动，却又摇了摇头。苏峻所恨者，庾亮也。想要和苏峻议和，多是要用庾亮的人头来换的。依温峤和庾亮的关系，只怕断然不会听从。深深拜了一拜：“只怕苏峻狼子野心，体会不到大人一番苦心。末将谢过大人厚意，言语冒犯之处，还请大人勿怪！就此拜别大人！”说罢，转身便要离去。

陶侃见毛宝如此决绝，心中一软，有心答应出兵。起身正要挽留，这时却又有使者拜见。陶侃想推脱不见，就听门外一阵哀号，一人裹着白孝，连连推开士兵阻挠，奔入堂中，大声哭诉道：“苏峻贼子，逼死太后，贪暴纵横，京师大乱！朝令夕改，国将不国！可叹荆州乐土，待苏峻豺狼得其所愿，又岂能轻易放过？”

陶侃听那使者一番言语，心中多了些不安。太后乃是庾亮妹妹，苏峻没能抓到庾亮，就拿他妹妹出气，未免有失道义。又听那使者说苏峻在京城胡作非为，原本还想着苏峻能让王导、司马羕主政，还是有些远见的。谁知江南还未稳固，便已开始放纵，使得陶侃对苏峻稳固朝廷的奢望最终破灭。

这时就听那使者继续哭道："可怜陶郡守，心存忠义，以身殉国。临刑之前，骂声不绝，只等陶刺史为他报此大仇，还天下太平！"

陶侃身子一晃，喝问道："你说的陶郡守……是何人？"

那使者哭道："小人不敢胡言。刺史大人的二公子，庐江郡守陶瞻，明知贼兵势大，依旧领兵抵御叛军。西陵一战，卞壶父子战死，陶郡守不幸落入贼手。本想苏峻至少也该念在刺史大人为国为民之功，放陶郡守一条生路，却终是害了他性命。"

陶侃失声痛哭，只觉胸口仿若被人刺穿一般，一口气差点没提上来。瞻儿死了？瞻儿死了！陶侃着实不愿相信！可温峤没必要用这样的言语诓骗自己。

陶瞻是陶侃诸子之中最有出息的一个，也是最孝顺的一个。当初陶侃深陷王敦将军府，是陶瞻身赴险地，甘为人质，换得陶侃外放广州刺史。其后做过几处县令、郡守，颇有些理政之才。而王敦叛乱之际，陶瞻也很有些陶侃的风骨，领兵护卫京师。自长子陶洪病逝之后，陶瞻寄托了陶侃太多的期望。尤其陶侃已经年近七旬，来到荆州之后，已经数次与北伐良机失之交臂。隐隐中也害怕没有机会收复中原，陶瞻就成了能够继承陶侃壮志之人。谁知苏峻戕害陶瞻，让陶侃就此断了念想。两次白发人送黑发人，已让人痛彻心扉。没了今后的希望，更是比杀了陶侃还要绝望。

毛宝看着陶侃伤心欲绝的模样，怕他年事已高，经不住这样的噩耗，忙上前劝慰道："刺史大人节哀，陶郡守求仁得仁，必不愿见到大人这般痛苦。"

陶侃哭了一阵，这才悠悠转醒。瞪着血红的双目，唤道："高宝！传我军令，五日为期，集结三军。敢有迟延者，军法处置！众儿郎随我讨伐叛贼，共赴国难！"

高宝领了将令，忙去征集各郡兵马。毛宝瞧着陶侃如此愤怒，怕他有个闪失，劝道："大人不若使高将军领兵先行，大人等陶郡守灵柩到了荆州，办罢丧事，再往建业不迟。”

陶侃摆了摆手：“瞻儿都能为国舍了性命，陶某又岂能为了爱子而耽搁了大事？”转又愤愤骂道：“苏峻小儿，待陶某杀进建业，取你狗头，祭奠我儿在天之灵！”

第三十八章　江南大乱，顾全大局而与仇人妥协

陶侃受温峤数次相邀，心怀爱子陶瞻之痛，亦出于荆州长治久安的考虑，终是放下对庾亮的诸多不满，决意领兵东征。留部将高宝守备荆州，谨防前赵侵袭。陶侃集结荆州兵马三万余众，与温峤会师于寻阳。

苏峻听闻温峤说动陶侃出兵，心中并无戒惧。庾亮数万大军都是手下败将，陶侃一个快要七十岁的老头子，有何可惧？遂亲领兵马屯于姑孰，以拒西兵。又遣使往淮上，约请祖约出兵助阵。

然而，就在苏峻、祖约出兵杀往建业时，在边境虎视眈眈的后赵大将石聪、石堪，趁着晋朝北境疏于防备，收买祖约部将陈光为内应，奇袭祖约大营。晋兵大败，就连祖约都险些被后赵所擒。祖约受此重创，粮草辎重损失无数。不但无力增援姑孰，反倒召回了祖涣、许柳兵马。

而郗鉴受朝廷征召后，虽然城孤粮少，还要时时提防后赵的侵袭，可还是奉召讨伐苏峻。只是考虑到后赵的威胁，郗鉴并未领兵往寻阳会师，而是在建业东侧抢立营盘，屯据要害，坚壁清野。既能防备后赵，又断了苏峻后路，逼迫叛军粮道。

苏峻外无祖约援军，内受两线夹击，这才有些慌乱起来。着急忙慌从姑孰退兵，撤往石头。又不顾王导力争，逼迫天子司马衍移驾于石头。欲占据坚城，抵御勤王大军。

叛军还未一战，便已后撤，联军士气大盛。各郡多有勤王兵马赶来寻阳会师。

周访之子周抚，在王敦叛乱时甘为叛军所用，虽然事后并未受到牵连，依旧官复原职，可周访的威名却是被周抚败个干净。如今也领兵来了寻阳，算是改过自新。只是周抚此来，并未投奔陶侃，反而归于温峤帐下，让陶侃心中多少有些伤感。

当初陶侃与周访情同手足，然而陶侃被贬斥去了广州后，周访病逝，周抚效命于王敦。叔侄之间终是多了些生分。如今陶瞻这个周家女婿又已战死，陶家和周家之间的情谊算是走到了头。

陶侃也不怪周抚不来投奔自己，便让他安心留在温峤麾下。待平叛中立下战功，也好表奏朝廷厚加封拜，算是为周访尽了一份心意。

陶侃且先放下周抚不想，整日与温峤和毛宝诸将分析斥候带回来的各种情报，细细谋划出兵石头之事。

这日，庾亮忽然过营拜访。

庾亮得势之后，素来把陶侃当成心腹大患。甚至专门委派了温峤盯着荆州，对陶侃像防贼一般。而陶瞻是受庾亮委派，随卞壶北上抵御苏峻。陶瞻战死，庾亮却活着！可以说，陶瞻之死，庾亮也难辞其咎。国仇家恨，陶侃如何不恼庾亮？

早就有人传言，说陶侃来到寻阳，必是要拿庾亮人头以谢天下。庾亮自知深深得罪了陶侃，心中恐惧无比。明知陶侃来到寻阳已有数日，哪敢出来相见？一直躲在营中，借故军务繁忙，就连陶侃、温峤军议，也从来没有参加过一回。今日却不知为何，竟敢过营拜访，倒让陶侃有些意外。

陶侃固然恼怒庾亮目中无人，闹得江南大乱，连累陶瞻丢了性命。可陶侃既然已经决意出兵讨伐苏峻，也不想因为庾亮一个纨绔子弟而与温峤生隙，故而有意放庾亮一马。只是心中的深仇终究放在那里，陶侃实在不想看到庾亮。

陪在一旁的温峤，却劝陶侃见上一面。说庾亮毕竟是顾命大臣，卞壶已死，王导委身于敌，也就庾亮能代表朝廷。若将帅不和，军心也难稳固。

陶侃心知温峤所言在理，沉吟一阵，终是唤了庾亮进来。

就见一个翩翩公子，一身素服，款款走了进来。眉目俊朗，唇红齿白，肤白如玉，风流倜傥。当年被人赞为玉树的王衍，已让陶侃感叹。眼前庾亮的容貌，就算与王衍相比，也是有过之而无不及。依陶侃所知，庾亮已到不惑之年，可瞧着眼前之人，只怕说他三十都说大了。这样一个俊秀人物，纵是再大的火气也先少了三分。

庾亮来到陶侃面前，还没等陶侃反应过来，扑通一声跪倒在地："晚辈庾亮，拜见征西大将军！"

陶侃看在温峤面上，也不与他动怒，冷冷说了句："陶某不过偏僻外将，受不了庾君侯如此大礼！"

庾亮却道："大将军文能保境安民，武能克定乾坤，晚辈才疏学浅，文不成、武不就，与大将军相比，真是井底之蛙。自当如此拜见，方表晚辈仰慕之情。"

虽说庾亮治国理政一塌糊涂，可因玄学造诣，在士林之中颇有声名。陶侃对玄学清谈那套东西很是厌烦，在荆州就予以摒弃。然而同为士人，陶侃也不好过于排斥，免得被士林孤立。庾亮屈尊跪拜，又以晚辈自居，陶侃也颇为受用，火气又消退不少。面上不动声色，依旧讥讽道："庾君侯说笑了。若没有庾君侯之力，哪有朝廷的稳如泰山？再说勇武之气，庾君侯自建业退兵时，被叛军追击。危难之时，庾君侯手挽强弓，一箭便射死了自家船工，立时吓得叛军屁滚尿流，陶某才是自愧不如！"

陶侃话说得客气，实则挖苦庾亮败乱天下。而庾亮狼狈逃出建业时，欲射叛兵却误杀船工也确有其事。毛宝诸将听陶侃说起这事，脸上露出对庾亮的鄙夷之色。

庾亮面上微微一红："皆是晚辈之过，让国家受此危难。可怜我那船工，和晚辈一般，愿为国家效力，却枉死于晚辈之手，如今就连尸首都找寻不回。晚辈哀痛至极，唯有江边遥祭，以表哀思。誓要杀回建业，以叛军之血，洗刷我为国受难的将士冤屈。”

陶侃冷哼一声。

在庾亮眼中，一个船工性命仿若蝼蚁一般，何曾会放在心上？哪会专门去江边祭拜？如此说辞，不过是知道陶侃爱惜民力，故而刻意讨好罢了。说起为国受难，又何止一个误死于庾亮之手的船工？那数万奔赴北方抵御叛军的将士，包括陶侃的儿子陶瞻，不都是庾亮的无能，白白葬送了性命？庾亮一句话倒是说对了，如今江南大乱，皆是庾亮之过。

陶侃想起这些，怒火再次燃起。咬牙切齿，责问道：“听闻君侯当日修整石头，城坚池厚，只怕比建业都要坚固许多。欲以此城防患陶某这等‘佞臣’，如今反倒落在苏峻手中，阻我勤王之师。真是白费了好大一场功夫，与助纣为虐何异？”

见陶侃动了怒气，陪在一旁的温峤忙劝慰道：“陶荆州莫要动怒。庾元规修整石头，无非是为了防备苏峻而已。只因与陶荆州不曾有过交集，不知陶荆州精忠报国之心，故而受些小人蛊惑，多少有些见外之意，却绝无见疑猜忌之心。”

温峤分明是在打圆场。庾亮对陶侃的猜忌由来已久，陶侃又岂会不知？只是温峤这么一说，陶侃刚上来的火气稍稍减退了些。毕竟大敌当前，也该尽弃前嫌。

这时，就见庾亮泪如雨下，一声声哭诉道：“大将军骂的是！明帝中道崩殂，江山尚不稳固。庾某痴心妄想，欲一扫阴霾，重整山河。怎奈才智不足，终是酿此大祸。若以庾某一人性命，能向天下有个交代，大将军拿去便是。只是苏峻狼子野心，对朝廷觊觎久矣。明面上看，是庾某逼反了叛军，实则也是苏峻逼得庾某不得不对他下此狠手。否则待其羽翼丰满，想要剪除此贼更是难上加难。大将军恼我事小，早早攻灭此贼事大。我死之后，还望大将军能以大事为重，挥师东进，还朝廷太平。庾某虽死无恨矣！”

庾亮如此说辞，陶侃一阵沉默。平心而论，庾亮虽有争权夺利之嫌，倒也不是全出于恶意，也是为了朝廷稳固着想。毕竟天子司马衍是其外甥，无论将来庾亮有什么企图，至少在苏峻一事上，多少还是有出于公心的。若把陶侃放在庾亮的位置上，只怕也会有收回苏峻军权的念头。庾亮年岁尚轻，处事自然还是欠些考虑。陶侃在庾亮这个岁数，不见得就比他做得更好。心中怒火渐消，倒是多了些同情和怜惜来。

陶侃叹了一声，上前将庾亮扶起，说道："国事艰难，我等还当同舟共济。庾君侯身负重责，必要心系天下，不可懈怠。"说罢便要把庾亮扶到主帅位置上。

庾亮能被陶侃谅解，已是喜出望外，哪敢坐到帅位？连番推辞："晚辈才疏学浅，怎敢在大将军面前造次？晚辈早已与温太真议定，共推大将军为盟主。这平叛之事，还请大将军运筹帷幄。只要能平定叛乱，晚辈便是在大将军麾下做个小卒，也已是感激涕零了。"

庾亮经历惨败之后，似乎清醒起来，已没有了当初那般妄自尊大。

陶侃点了点头，也就不再推辞，与温峤、庾亮各自坐下，这才说道："既如此，陶某便倚老卖老了。方才陶某正与温刺史商讨敌军之事。苏峻引大军驻守石头，若拼死抵抗，就算我等全力猛攻，势必两败俱伤。如今国家微弱，后赵石聪又在边境作壁上观，朝廷实在经不起太大损耗。郗鉴已在东线结好营垒，对苏峻牵制不小。只是郗鉴毕竟兵弱，对石头的威胁终是有限。故而我与温刺史商议，欲增兵于郗鉴，对石头成夹击之势。"

温峤跟着说道："王导虽被苏峻擒拿，委身于敌。却以太后遗诏，密遣使者昭告扬州，起义兵救护天子。王导族弟王舒，在王敦叛乱时为朝廷守节，并未顺从王敦叛乱，故而并未受牵连，依旧得以任职。得王导诏书，已于会稽起兵。而吴兴太守虞潭、吴国内史蔡谟、前义兴太守顾从，皆欲起兵响应。后将军郭默，听闻义军皆起，共伐苏峻，也已领兵与郗鉴会师。这些人马都在石头以东，若能调拨妥当，必能威慑叛军。"

陶侃点了点头："各部义军虽说有些兵马，只是号令不一，也难撼动苏峻。故而我有意表郗鉴都督扬州八郡诸军事，为东路兵马主帅，表王舒监浙东军事，虞潭监浙西军事，共受郗鉴节制。"

温峤应道："如此最好。"

庾亮却沉吟道："大将军谋划自然成熟。只是庾某以为，王舒毕竟是望族出身，郗鉴却是后起之秀，只怕未必会诚心受郗鉴节制。庾某有心遣弟庾冰往扬州一行，也好从中调停二人。"

陶侃心中不由猜度，庾亮此举显然有让庾冰在东路争功之嫌。兄弟俩一个在东，一个在西，无论哪边成就大功，都对庾家有利。庾亮虽说有些私心，可言语倒也在理，故而允诺道："那便表奏庾冰行奋武将军，往扬州一行。至于主帅，依旧是郗鉴最为稳妥。" 庾冰毕竟在叛军杀来时，弃城而逃，郗鉴老成持重，由他做东路主帅，陶侃才放得下心来。

温峤、庾亮再无异议。几人又商讨许多细节，不觉大半日过去。

众人饥肠辘辘，就在主帅帐中摆起饭食。还未吃罢，忽有斥候来报："北岸行过一队叛军兵马，约有数千之众，算上裹挟的民夫，足有万人之多，押运军粮万斛，似是送往寿春，接济祖约所用。"

祖约被石聪袭破，惨败退回寿春，若得了苏峻粮草补给，必能很快恢复实力，成为联军身后的隐患。陶侃众人刚刚商议在苏峻东线调拨人马，苏峻便在联军北线扶持祖约，还真让人不敢小瞧。

毛宝早早出来请战："末将愿领精兵一千，夺了叛军军粮，省得祖约兴风作浪。"

温峤吓了一跳，斥责道："你怎敢如此信口开河？苏峻叛兵习于步战，我南兵善于水战。先前卞壶北上迎敌，数倍于叛军尚且惨败，以千人南兵阻挡数千北军，本就痴心妄想，还想夺人军粮，未免太过自大了些。"转而对陶侃说道："祖约远在寿春，又有石聪威胁，即便得了苏峻军粮，只怕也难抽调人马南下。不若放了粮队过去，莫在江北徒费兵力，还是集中精力东进，才是要紧之事。"

陶侃知道毛宝的本事，既然敢夸下这样的海口，必然不会让人失望。毛宝虽是温峤部将，可这些年来，一直在临湘做县令，显然温峤还不知毛宝的勇猛。说道："叛军如此嚣张，敢在我军眼皮底下押运粮草，未免太不把我联军放在眼里。三军不可夺其帅，匹夫不可夺其志！岂能视贼可击，而不上岸击敌的道理？若任由叛军来去自如，岂不被叛军小瞧了？我军士气何存？这军粮必须拦下！"

转而问道：“毛参军，本帅问你，千人兵马可够？”

毛宝兴冲冲答道：“千人足矣！若将军不信，末将敢立军状！”

“好！便准你出战！本帅亲领兵马做你后援！”

温峤、庾亮皆是一脸不信。待毛宝领了本部千人渡江而去，陶侃集结数千兵马于南岸，调度好舟船，随时准备驰援毛宝。

夜色渐沉，江面上升起薄雾。残月如钩，冷冷挂在半空。视线所到边际，依稀可见北岸远处隐隐有一行车队，在火把微弱光晕中行走。显然叛军也忌惮南岸联军，不敢在此驻扎，是要连夜赶路，离开这是非之地。

众人等了一个多时辰，眼见叛军车队都快消失在夜色之中，迟迟不见毛宝动手。温峤、庾亮只当毛宝临阵退却，正想劝陶侃回去，待毛宝回来后严惩一番，免得骄兵悍将不服管束。

陶侃却不为所动，笑道：“二公不必着急，今夜必有所获！”

温峤、庾亮还不相信。这时就听斥候叫了一声：“有动静了！”

众人忙望了过去。便见浓浓的夜色里，叛军车队显然乱了起来。隐隐约约的火光之中，有人杀得难解难分。虽说离得太远，听不真切杀声，可那交错的人影、闪烁的火光，还有引燃的车辆，足见两军杀得甚是惨烈。

众人见那里斗得凶狠，皆是紧张得大气不敢喘。也不知毛宝千余人马究竟能不能敌得过叛军近万部众。只等陶侃将令，便欲渡江驰援。

陶侃却是面带笑意：“诸位不必慌张，毛宝必不会让我等失望。”喝了一声：“传令下去，与我点亮火把，擂起战鼓，为毛将军助威！”

震天的鼓声响彻江岸夜空，经久不绝。待天色渐渐发亮，这才见到叛军车马竟向江边走来，显然毛宝已经大破叛军，截获粮草满载而归。

陶侃笑道：“先前准备舟船，不过是等毛将军大获全胜，转运粮草所需罢了。”吩咐兵士划过江去，将毛宝一行连同敌军粮草，陆续接过江来。

毛宝一上岸，不顾一身血污，兴冲冲地跑了过来，拜道：“末将不辱使命，向大帅复命。那叛军倒也都是些硬骨头，受袭之后竟未慌乱，拼死守护粮草，已被末将杀个干净，并未走脱几人。倒是运粮的民夫，多是些苦命人，受累死于乱军之中的倒也无可奈何，其余人等就由他们逃命去了！”

陶侃赞道：“毛将军勇武不减当年，陶某佩服！佩服！”

毛宝却是咧嘴一笑：“这些年整日被县衙那些事纠缠，苦无征战沙场的机会。昨夜总算活动活动筋骨，杀得着实痛快！”

温峤哪曾想到毛宝一介县令，竟有如此武力，实在大出意料，也来贺道：“毛参军旗开得胜，大涨军威。当真可喜可贺！”转对陶侃说道：“如今庐江太守尚有空缺，毛参军既有如此胆识，温某欲保举他出任庐江太守，不知陶荆州意下如何？”

前庐江太守乃是陶侃之子陶瞻，为国捐躯死于苏峻之手。陶侃听温峤提起，心中不由一痛。毛宝如此勇武，又是忠义之人，由他继任爱子旧职，也算没有辱没了陶瞻声名。陶侃点了点头：“温刺史所言极是，我也正有此意。”

联军首战，大破叛军，获敌粮草万斛，士气大盛。待庾冰奉命东去，联络郗鉴各部人马，陶侃、温峤、庾亮，也各自集结部众，得兵四万余众，浩浩荡荡向石头挺进。

第三十九章　叛军骁勇，东征举步维艰

陶侃一筹莫展地看着军图，迟迟没个主意。温峤、郗鉴与毛宝、郭默、周抚诸将坐满了帅帐，一场军议显得甚是沉闷。偶有人窸窸窣窣地说上几句，可真正能说到点子上的，却是一句也没有。

毛宝渡江突袭，大破叛兵截获粮草后，联军顺势兵进石头。一路行来，竟没有遇到丝毫阻拦。众人皆以为叛军心怯，平定叛乱指日可待。士气振奋，人人请战，欲一举攻破石头，以叛军首级换取进身之阶。

庾亮最是主动。自从惨败于苏峻之手，庾亮颜面扫地。此时有四万联军为后盾，心想必能一雪前耻。庾亮身份放在那里，毛宝、周抚诸将哪好与他相争？庾亮抢下了先锋将令，遣其部将王彰偷袭叛军偏师营垒，欲以此得个头彩，谁知王彰奇袭未果，反被叛军杀败。

王彰兵势占优，却惨败而还。庾亮雪耻不成，再一次丢了脸面。羞愧之中，将天子所赐节杖送于陶侃手中。众人皆以为陶侃怨恨庾亮久矣，寻阳时勉强饶过一回，这次怕是必要加罪了。就连庾亮麾下部将都是惊作一团，相互推诿，皆把罪责推给庾亮，想要撇开责任免得受了牵连。唯独败军之将王彰倒是条汉子，一人担下此责，愿以死为庾亮开脱。

陶侃却没有怪罪庾亮的意思。败下此阵已是士气低落，若在此刻落井下石，必然闹得军心愈发散乱。何况陶侃早已与庾亮冰释前嫌，甚至有了些栽培之意。庾亮年纪尚轻，又是朝廷红人，若能历练成才，自然是朝廷之福。陶侃送回了庾亮节杖，言古人三败而后胜，庾亮仅仅两败而已，岂能就此自怨自艾？

陶侃此举，不但激励了庾亮，也安抚住了战败后的军心。然而叛军虽然兵少，却有如此战力，陶侃也不敢小觑。苏峻兵马以步卒为主，南兵却是习于水战。陶侃与温峤商议一番，扬长避短，陶侃屯于查浦，温峤屯于沙门浦，分列两座水营以御叛兵。

这时，东线郗鉴各路义军也起到了相应的作用。苏峻听闻东方兵起，只能分兵迎敌。叛军本就不过万余精锐，攻克建业后，虽然得了不少降兵，可满打满算依旧没有陶侃、温峤兵多。此时再分兵抵御东线义军，石头守兵愈发捉襟见肘。

只是谁也没有想到的是，局势明明对联军有利，可战局却是一再偏向于叛军。东线王舒、虞潭、郭默、庾冰众将，数次与叛军交手，却无一例外兵败。叛军大将韩晃，甚至在击退众将之后，抢回了兰石、宣城。郗鉴无奈之中，只能领着郭默众将与陶侃合军于查浦，东线仅剩王舒、虞潭、庾冰几路人马与叛军周旋。

仗打成这个样子，陶侃着实没有料到。苏峻兵马强盛，只怕比当初的荆州叛将杜曾都有过之而无不及。难怪这些年在历阳，苏峻以万余人马便能挡得住后赵大军，还真是有些手段。若没有反叛，专心抵御外敌，必是朝廷坚盾。如今却把刀剑挥向自己人，当真恼人也。诸将都从初时的兴奋中冷静下来，为如何破敌愁闷不已。

陶侃苦思良久，说道：“为今之计，也只有在石头把苏峻逼上一逼了。叛军毕竟兵马有限，既然东路一时难以取胜，那就在西路施加压力。迫得苏峻首尾难顾，才能找到可乘之机。”

温峤问道：“难不成要强攻石头？”

石头本就是建业屏障，又经庾亮修缮，着实固若金汤。叛军勇猛善战，只怕强攻下来，联军势必死伤无数。即便如此，能不能攻下来，还在两可之间。众人脸上都是现出难色。

陶侃却摇了摇头："十则围之，五则攻之，倍则分之。我军倍于叛军，故而分立大营，逼迫叛军分兵抵御，如此布局并无差错。只是我军立下水营，虽然叛兵绝难攻破，可我军对石头的威慑也着实有限。唯有在江北分立旱寨，才能逼得苏峻把心思全都放在石头，不敢分心于东路。"

众将一听陶侃并无强攻石头之意，稍稍舒了一口气。可一想到要在江对岸安营扎寨，除了毛宝跃跃欲试，其余诸将忌惮叛军勇猛，都是犯了怵。

这时庾亮竟站了出来，问道："大将军欲在何处立营？"

陶侃见庾亮连败之后，竟还有请战之意，不由流露出些赞赏。说道："本将欲在白石筑垒。此处与水寨相距并不算远，可以得水寨驰援。只是毕竟在岸上，叛军一旦察觉我军抢建旱寨，定会派兵阻击。想要在走漏风声前建好营垒，只能连夜赶造。短短一夜时间，营垒必然不会建得太大，想来营中屯驻两千人马已是极限。"

众将皆是倒吸了一口凉气。

白石虽然与水寨不远，可要神不知鬼不觉地在敌军眼皮底下建好营垒，决不能去太多人马，免得泄露了踪迹。故而只能靠那两千人马连夜筑营。这些兵力不但要担负筑营的苦差事，还要时刻提防叛军侵袭。就算提前察觉敌情，求援于水寨，一来一回怎么也要几个时辰。叛军兵强马壮，区区两千南兵，能在新建的营盘上守住这么长时间吗？

毛宝正要请战，庾亮抢先说道："白石事关重大，庾某愿为朝廷走上这一遭。"

在众人惊异之中，陶侃终是允了庾亮所请。于军中调拨两千精锐，待到夜色渐沉，渡过江去，悄悄登上白石。也不敢多张火把，仅仅借着月光，紧锣密鼓忙活起来。

今夜注定无眠。能否顺利建好白石大营，关系到平叛的成败。水寨之中灯火通明，兵不卸甲，诸将皆在营中候命。若苏峻发觉白石异动，领兵抢攻，水寨也好在最短时间内渡江驰援。

真是怕什么来什么。才过三更天，紧紧盯着石头的斥候，便发觉城中忽然大亮。吆喝声、兵器声不绝于耳，显然正在集结兵马，用不了多久，便会杀出城来。庾亮筑营正在紧要关头，此时也就刚刚夯实沙土，两千兵马几乎没有什么可以御敌的工事。一旦受袭，只怕要被叛军赶到江里去了。

陶侃收到斥候所报，心中也是一惊。今夜往白石筑营，行动甚是隐秘。除了参与军议的诸将，就连出征的两千兵马，都是到了白石后才知道要去做什么。按理说绝不会走漏风声。何况陶侃选在今夜筑营，也是经过慎重考虑。

时已入夏，正是东风最多的时候。石头位于大江东北，若东北风大起，陶侃水寨想要驰援白石势必艰难，偏偏今夜风平浪静，使得官兵有充足的时间赶赴白石。从这些日交手来看，苏峻可是个精明人，若没有把握，可不会轻易出击。若苏峻果真发觉了白石的动静，想要趁着营垒尚未建成袭杀官兵，首先就要考虑如何应对官兵水寨对白石的救援。黑灯瞎火的，苏峻必不知白石究竟有多少官兵，一旦两军交上手，僵持不下，再被官兵水寨援军夹攻，苏峻必败无疑。陶侃再三问过斥候，确定石头城中并无调动战船的迹象，看来苏峻并没有阻断官军水师的意图。只怕城中集结兵马，目标并非白石，而是往东路夜袭王舒众将，碰巧被斥候发觉而已。

想通这一点，陶侃稍稍放下心来。一面传令斥候再探敌军动向，一面使人速往东路传递警讯于王舒，谨防叛军夜袭。又命人催促庾亮加快筑营。为了防备万一，陶侃也命营中各部兵马开始集结，登船待命。倒不急于立刻开过江去，免得声势太大，打草惊蛇，反而被苏峻察觉出白石的军情来。

就在众人焦虑地等候中，拂晓的曙光终于照亮了东方，一座坚固的营垒屹立在白石的晨曦之中。叛军斥候从睡梦中醒来，出城巡查，惊恐地发现江边竟多了一座官军大营，慌慌张张报于石头。

苏峻大惊失色。昨夜袭扰东路官军，不知如何走漏了消息，竟然一无所获。正恼怒不已，却听说白石凭空冒出一座营垒来。苏峻哪敢大意，匆匆集结万余人马，杀气腾腾直奔白石而来，都顾不上列好阵势，便催促兵马抢攻大营。

一时之间，白石杀声震天。万余叛兵轮番上阵，四面围攻，短短一个多时辰，已是强攻数阵。莫看庾亮两度败于苏峻，此时还真是激出了些本事。白石大营修得甚是牢固，守军又知水师随时能来救援，安下心来仔细防备叛军，硬是让数倍叛军占不到什么便宜。

眼见天色已经大亮，闻讯赶来的陶侃水师已经出现在江面上，苏峻不过仓促来攻白石，哪有后手防备陶侃？自知攻破白石已无指望，只能愤愤退出战场，趁着官军水师尚未近前，及时抽身退回石头，免得徒增伤亡。

虽然此战并没有给叛军造成太大损失，可陶侃的目的已经达到。总算在江对岸扎下一根钉子，一个足以给石头造成致命伤害的棋子。庾亮也总算没有再让陶侃失望，凭着自己的本事，重新赢回一些声望。

白石一战，陶侃打开了讨伐叛军的新局面，也如愿收到了预想的效果。苏峻果然不敢再分兵东进，暂且放缓了对东路的袭扰。陶侃自然不会让苏峻专心对付自己。西线已经向叛军施压，东路又岂能让苏峻省心？陶侃随即命郗鉴、郭默领军回到京口，在东线重新建起大业、曲阿、庱亭三处大营，再次对石头形成环围之势。

一张无形的大网已经张开，苏峻纵然有石头坚城，可联军几乎已把叛兵与外界隔绝开来。就当陶侃蓄势待发，分遣各部袭扰叛军城池，慢慢收拢围剿之势的时候，忽有紧急军情自九江传来。

祖约自败于石聪退归寿春之后，眼见苏峻形势越来越不妙，心知苏峻一旦兵败，自己必然在劫难逃。明知后赵大军仍在边境等着坐收渔利，祖约还是咬着牙，硬是抽出数千精兵，遣其侄儿祖涣引兵南下。

这些兵马赶去石头已经没有多大作用，转而奔赴九江湓口，欲借此切断联军与荆州、江州的联系。幸亏谯国内史桓宣早早察觉了叛军动向，抢先领兵驻扎皖城，暂且阻挡住了祖涣兵马。只是皖城毕竟兵少，被祖涣攻破只是时间问题，只得求救于陶侃。

一旦皖城陷落，湓口必然不保。陶侃、温峤自荆州、江州远来，若被祖涣断了后路，粮草补给顷刻没了保障，别说攻破石头平定苏峻，只怕数万联军能不能全身而退都是未知之数。

陶侃闻听此讯，哪敢掉以轻心？匆匆调拨兵马，便欲亲往皖城解围。毛宝先前未能抢下白石之功，早已按捺不住。请命于陶侃，言联军围攻苏峻迫在眉睫，陶侃身为主帅，此刻万万离不得石头，否则军心浮动，一旦苏峻得了祖约传讯，领兵反攻过来，只怕数万联军死无葬身之地。

陶侃自然知道毛宝所言在理，也信得过毛宝的本事，遂将此重任交付于他。

然而祖涣身为祖逖之子，颇得其父真传，不但兵法军阵皆得要领，武艺也丝毫不逊于毛宝，就连谋略也颇有章法。毛宝奉命驰援皖城，早已被祖涣料到，刚刚到了皖城地界，便遭遇叛军伏击。毛宝还未看见敌军所在，便被祖涣一箭射穿腿骨。

官兵远来，本就日夜兼程有些人困马乏。自以为叛军必然不知，正好奇袭敌营，抢夺辎重。谁知糊里糊涂陷入重围，主将又已身受重创，兵马立时乱作一团。毛宝不愧勇将之名，值此危难之时，就在乱军之中，使亲兵压住大腿，拔掉暗箭，不顾血流满靴，从容自若，指挥兵马及时堵住缺口，与敌军在夜色中拼杀起来。

祖涣瞧着毛宝骁勇，自引亲兵上前索战。毛宝浑然不惧，与祖涣斗得不可开交。祖涣毕竟年岁尚轻，武功虽然不弱，毕竟没有毛宝老成持重，一时竟难制住毛宝。两军杀了一夜，互有伤亡，眼见天色渐亮，毛宝大腿受伤，也渐渐支撑不住，卖了个破绽退回军中，引着兵马突围而出。

祖涣忌惮毛宝骁勇，也不追赶，随即引军继续围攻皖城。然而毛宝虽然暂退，可皖城事关重大，岂能因为自己一人而耽搁了大事？毛宝裹住创口，收拢住兵马，几乎没有休整，便再次杀向皖城。

祖涣已经击退了官兵一次，哪料到毛宝身受重创，竟会去而复返。只顾着攻城，待发觉身后异动，官兵已经近在眼前。坚守城池的桓宣，总算盼来了援兵，士气振奋之中，杀出城来。祖涣兵马顷刻处于夹击之中，苦战一阵，仓皇北逃。

毛宝小胜一场，领了桓宣，一路追杀。击败驰援祖涣而来的祖约兵马，攻拔东关、合肥，惊得祖约全线退回寿春。

对联军来说，击退祖约兵马，总算保护补给线安全。可对祖约来说，真是屋漏偏逢雨。奇袭九江不成，反而兵败退还，寿春人心大乱。不少部将暗中被石聪收买，再次成了后赵内应。祖约还没喘上一口气，石聪便已兵临寿春。仅仅坚守一月，兵马溃散，祖约只得领了残兵投奔历阳。

皖城之战，起于晋朝平叛内战，却被后赵乘机夺了寿春。虽说此战之后，祖约再无南下之力。可寿春的失陷，对于天下大势来说，晋朝着实得不偿失。

寿春是晋朝江北重镇，落入后赵之手，陶侃、温峤皆是痛惜无比。若是没有这场内乱，正是北伐中原的大好时机。如今非但与这机会失之交臂，反而被后赵南侵下来。两人皆为苏峻的叛乱愤恨无比，此刻也不敢继续向石头进兵，且先停下平叛之事，谨防后赵兵马渡江杀来。

然而出乎两人意料，石聪攻破寿春后，竟未停留，而是裹挟了两万余户百姓退回边境。陶侃、温峤皆是一头雾水。初时只当石聪不敢孤军深入，只能舍弃寿春不要。待使人沿途追查，竟发现石聪、石堪、石瞻各路驻守边境的后赵兵马，除了守备几处紧要城池，其余部众竟都抽调而去，而所有兵马几乎都在向洛阳方向开拔。

后赵如此兴师动众，无外乎将对前赵用兵。陶侃、温峤稍稍放下心来，既然暂时没有了后赵威胁，便速速召回毛宝、桓宣，趁着两赵再起纷争，抓紧时日围剿苏峻。

第四十章　中原两赵相斗，江南战乱不休

联军新建白石、大业、曲阿、庱亭数座大营，一时震慑住了苏峻。叛兵坚守石头，不敢轻易出击。待祖约战败的消息传入城中，叛军愈发惶恐难安。

苏峻部将路永、匡术、贾宁，指责祖约之败，在于王导这些朝臣心怀叵测，透露祖约军情于陶侃，这才让联军寻到可乘之机。故而一致谏言苏峻，请命诛杀王导诸臣，免得再被这些腐儒泄露了军机。

苏峻当年穷困潦倒投奔建业时，是主持朝政的王导力荐于元帝，重用了苏峻。故而苏峻对王导的旧恩存了一分感激之情，又想借助王导的声名为自己的叛乱竖起勤王义旗，因此对王导毕恭毕敬，全无加害之意。而王导虽与祖约之败无关，可东路不少兵将都是王导暗中支持，只是没有什么把柄落在路永诸将手中。苏峻也只当这些人是嫉妒王导的权势，刻意加害罢了。对诸将的再三请命，皆是驳斥回去。

路永诸将见难说服苏峻，又见石头在联军围困下，形势越来越危急。唯恐苏峻败亡不远，转而在王导游说下，背弃了苏峻，护送王导逃离石头，投奔于白石大营。

苏峻这才知道王导出卖了自己。一片好意竟被人弃若敝屣，苏峻纵然悔恨无比也是无可奈何。随着路永诸将的倒戈，苏峻的形势愈发不利。

然而苏峻不愧能征善战之名，各路义军数次试探，皆被愤怒的苏峻杀得败退，竟无人能有所斩获。在联军的退却中，苏峻气势再次膨胀起来。转守为攻，频繁侵扰联军。

初时只派小股人马出城劫掠，时而在西，时而在东。但凡遇到官兵，若有机会便杀伐一阵，占到了便宜就迅速退去，往往官兵援军赶来，早已回了城中。若遇到大队人马，也能仗着马快，避开强敌转而袭扰辎重。联军损兵折将，丢失粮草无数，竟对叛兵无可奈何。

随着时日渐渐推移，联军官兵对叛兵闻风丧胆，时常还未与叛军交手，便已逃之夭夭。别说士卒对叛兵恐惧无比，就连不少部将都没了争胜之心。整天在营中唠唠叨叨，说什么苏峻虽然骁勇善战，却是乱臣贼子，老天自会惩处，无须联军在此苦战。话虽说得好听，不过是劝主帅退兵罢了。

温峤初时对这种言论深恶痛绝，严厉打压，免得军心动荡。然而久战不胜，就连温峤都生出惧意。联军明明占尽优势，却在苏峻的袭扰劫掠中，竟拿石头没有一丝办法。

两军就这样对峙了月余，各部兵马粮草渐渐枯竭。尤其温峤部众受叛军袭扰最是严重，眼瞅着便要断了粮，只得向陶侃借粮。

荆州在陶侃治理下富足安泰，又有新建的水师运送粮草，故而陶侃营中倒是不缺军粮。可对温峤的借粮，陶侃却是狠心拒绝。并非陶侃小家子气，而是开战之初，温峤数遣使节说服陶侃东征叛军，信誓旦旦要为国家除贼。话说得响亮无比，声称良将如云、兵食无忧。言下之意，荆州粮饷都可由江州支应。陶侃婉拒了温峤好意，自备军粮出征。谁知温峤竟连江州兵的供给都难保全。

一种被人欺骗的感觉油然而生，年近七十岁的老爷子，倔劲儿上来，哪还会顾及温峤的面子？何况仗打到现在这个份儿上，固然是苏峻兵马骁勇，可也在于各部义军几乎无人堪当重任，如同一盘散沙，被苏峻杀得全无招架之力。数月之中，也就毛宝两次攻破叛军，庾亮抢建白石挫败苏峻。温峤身为平叛首倡之人，对各部义军也难有效调动，除了其部将毛宝可圈可点外，对盟主陶侃几乎帮不上什么大忙，以至于各部之间几乎没有什么协同作战。

陶侃对这场毫无意义的战争快没什么耐心了。和这样一群人结为盟友，共同平叛，纵有天大的本事，也难对苏峻有什么致命威胁。温峤已对叛军生出惧意，陶侃何尝不想退兵？此种情形下，陶侃又怎会愿意借粮于温峤？

最让陶侃担心的是，荆州地处天下冲要，北有前赵，西有大成，本就两面受敌，需要日夜提防。如今大军东征，荆州空虚，高宝已经数次传书，言益州李雄蠢蠢欲动，已向宁州再次集结兵马。而后赵接连调拨石聪、石堪、石瞻诸将北上，必是与前赵有一场恶战。近些日，也终于有北方军情传回。

自前赵击退凉州张骏，声势复振后，石勒忧心刘曜死灰复燃，决意趁着江南内乱，一举吞并前赵，扫除心腹大患。调兵遣将，合兵四万众，由中山公石虎为帅，自轵关西入，杀进河东。

石虎兵强马壮，所向披靡，一路西征，几乎没有遇到什么像样的抵抗，五十余城望风而降，十数日便已杀至蒲阪。待渡过黄河，便可直奔长安。

前赵灭国在即，刘曜岂会坐以待毙？遣河间王刘述起羌、氐兵马驻守秦州，防备凉州张骏。留太子刘熙、皇子刘胤守备长安。刘曜尽起中外精锐水陆诸军，御驾亲征，救援蒲阪。

石虎西征这些日太过顺利，本以为前赵已是苟延残喘，刘曜必会坚守长安。谁知一夜过去，竟已被前赵兵马抢渡黄河，隐隐与蒲阪遥相呼应，把后赵大军夹在当中。石虎这才知道刘曜竟已来到面前，心中震恐无比，匆匆引兵后撤，欲避开前赵锋芒。然而石虎兵将得知前赵皇帝御驾亲征，慌乱之中，后撤很快便成溃逃。

刘曜纵兵大追，于高候大破石虎，斩杀石瞻。后赵将士枕尸二百余里，军资兵器皆被刘曜收入囊中。石虎逃奔朝歌，刘曜乘胜东进，反攻石生于金墉。决河水灌城，洛阳岌岌可危。又分遣部将杀入汲郡、河内，惊得后赵河南诸郡降于刘曜。

前赵国境紧邻荆州，随着刘曜大破石虎，不但石勒大为惊恐，荆州也是惴惴不安。谁知刘曜会不会趁机南下杀入荆州？高宝知道此事关系重大，八百里加急报于陶侃知道。

陶侃忧心荆州安危，已经有了从石头抽身回师荆州的打算。粮草的多少，便成了能不能守住荆州的关键。如此一来，陶侃就更不会借粮给温峤了。

陶侃写了回书，严拒了温峤所求军粮之事，便要退兵回往荆州。正在这时，就听毛宝过营拜见。

陶侃自然知道毛宝是来做什么，有心推脱不见，可念着两人毕竟有些交情，讨伐叛军毛宝也是功不可没，叹了一声，还是使人叫了毛宝进来。

毛宝与祖涣一战，大腿中箭。本就伤得不轻，可为了救援皖城，硬是不顾伤重，连日奔杀，使得伤口愈发难治。虽然已被军医调理，可还是未好彻底，此刻进了大帐，仍跛着条腿。

毛宝挣扎着要行军礼，陶侃忙站起身来，扶他坐下。就听毛宝拜道："末将听闻大将军想要撤军？"

陶侃见毛宝已经知道，也不瞒他，说道："联军之中，岂是陶某独有此念头？就是温刺史，不也有了退军之心？"

毛宝面有戚容，劝道："大将军本镇荆州，为朝廷守护西境。然苏峻叛乱，分裂江东，末将觍着脸求救于荆州。大将军义薄云天，愿为国讨贼。大丈夫言出必行，既然已经东进，其势不可还也。大将军熟知军事，所谓军政有进无退，杀伐必以死相搏。若遇小挫便生退意，无异于助长叛军气焰，江东动乱无可挽回矣！"

陶侃叹了一声："叛军所向无敌，诸将无人能够抵挡，再耗下去也是于国无用。倒不如及时抽身，保全兵马。不瞒硕真，宁州已经有了敌情，而前赵也已反攻河南，荆州情势危急。陶某实在没工夫留在石头了。"

毛宝却道："大将军！昔日杜弢岂不强盛？大将军不也耗时三年平定叛乱？苏峻小寇，能比杜弢凶悍？荆州虽有警讯，可还未到存亡时刻。大将军此时归去，联军没了主帅，如鸟兽散。苏峻必然横扫江东，国家败在顷刻。试问大将军，没了江东为依靠，荆州岂能独抗强敌？”

毛宝本是杜弢部将，与杜弢相比，苏峻的确远不能及。陶侃一时竟无言以对。何况江东若是动荡不安，荆州就成了三面受敌，想要守护州境，的确如毛宝所言，显然是痴人说梦。

毛宝见陶侃沉默不语，接着说道：“今日之势，已成骑虎，一旦退却，必为虎所食。叛军也非铁打，亦有恐惧之心。大将军若信得过末将，末将这便渡江北上，断敌军粮。若末将战死沙场，大将军再退不迟！”

毛宝本是叛军大将，归效朝廷后，倒比满朝文武更多了些忠君报国之心。此刻不顾伤痛，冒死请战，陶侃怎愿看他送死？劝道：“硕真这又是何苦？苏峻荼毒江东，必为江东所弃。此时叛军正盛，还未到灭贼的时机。稍缓些时日，待其人心离散，便能兵不血刃平定叛乱，又何须在此时一较长短？”

毛宝却决不退让，说道：“国家危难，百姓流离失所，大将军难不成要坐等天雷劈死苏峻不成？末将心意已决，若不能断敌粮道，那末将便以死报国。”

陶侃心中一颤，自知难以挽回毛宝心意，那就尊重他的赤诚救国之心。若毛宝真能断去叛军粮道，也的确能改变此时战局，那便安心平定叛乱，再回救荆州不迟。

叹道：“硕真既有如此豪情，那陶某便如你所愿。加拜你为前军都护，增兵千人于你，准你渡江出战。”沉吟一声：“若能破敌固然最好，若无战机，硕真万万要全身退还。天下动荡难安，日后还有硕真用武之地。”

毛宝听闻陶侃暂时没了退兵之心，欢喜拜道：“末将拜谢大将军。只是温刺史与大将军并受国恩，共讨乱贼。若温刺史粮草不继，败于叛军，大将军纵有亿万粮草，又岂能安心独食？还请大将军借粮救助，同舟共济。”

毛宝身为温峤部将，自然要为温峤考虑。陶侃此时已同意了毛宝的请战，也有意向温峤施以援手。毛宝开了口，正好卖他这个人情。随即调拨粮草五万石，送于温峤军中。

随着百十艘粮船往复开进温峤营中，毛宝独领三千壮士渡江北上。虽说毛宝腿脚不大方便，可勇武丝毫不减。叛军近日连胜，哪曾想到官兵还敢出击，疏于防备，竟让毛宝得了手，尽焚句容、湖孰两处粮草。待苏峻领兵赶来救援，毛宝早已退过江来，数万石叛军粮草已经化为灰烬。

望着江北冲天直上的黑烟，联军士气复振。陶侃、温峤一扫心头阴霾，再不提退兵之事。调拨兵马，便欲趁着叛军失了粮草军心大乱之际，向石头进发。

这时，忽有郗鉴求救文书送入营中。

叛军连战连胜之后，苏峻见西线诸军紧守营垒，不敢轻易出战，遂再次增兵于东线。欲先攻破郗鉴诸营，扫除后顾之忧，才好全心对付陶侃、温峤。故而派其大将韩晃杀奔大业，又以大将管商兵进庱亭。

此战成败对苏峻至关重要。故而苏峻几乎尽出精锐，攻势极为凶猛。尤其韩晃是苏峻麾下第一猛将，莫看只有数千精兵，却杀得大业守将郭默全无招架之力。韩晃又派兵切断营中水源。守军紧邻长江，居然陷入无水可饮的窘境。郭默拼死疏通，却被韩晃杀得大败。营中自掘水井，也是苦无所获，无奈中仅能以粪水度日。郭默眼见难敌韩晃，惊惧之中，竟然弃军而逃。孤身一人潜出城外，投奔于京口。

郭默虽从北方归往建业时日尚短，然而深沐皇恩，短短年余便已高居后将军之位。郭默得朝廷如此厚遇，危难之际置国家于不顾，临阵逃脱，着实让郗鉴震怒无比。一旦大业陷落，京口必然不保，东线崩溃无从避免。

郗鉴痛斥郭默一番，都有心斩杀郭默以正军法。怎奈郭默在北方十数年，先后驻守河内、颍川，孤军奋战抵御前赵、后赵，虽比不上刘琨的本事，可没有功劳也有苦劳。郗鉴念其旧功，终是留下了郭默的性命。

然而叛军的威胁又不能不顾，京口诸将皆劝郗鉴早早退往广陵，以逼叛军锋芒。郗鉴深知京口的重要，坚决不允，誓与京口共存亡。好在郭默虽然出逃，可大业的将士却无退意。失了主将固然让人心寒，守军将士在悲愤之中，反倒激发出了战意。纵然饥渴难耐，依旧以血肉之躯，捍卫大业每一段营墙。

郗鉴有心领兵驰援大业，可京口兵马微弱，轻易南下，只怕非但救不了大业，反倒是羊入虎口，只能求救于陶侃。

听闻大业危急，庱亭也是城破在即。陶侃这才明白毛宝偷袭得手，毁去叛军粮草，除了叛军疏于防备，也与苏峻遣大兵东进脱不开关系。

虽说联军在西线占了天大的便宜，可大业一旦失陷，好不容易在东线立下三处营垒，顷刻间土崩瓦解。平叛以来所有的辛苦，都是白忙一场。

陶侃不敢大意，决意亲领兵马驰援大业。毛宝却劝道："大业远在京口，本就已经失了主将，纵然将士拼死守护，只怕也难坚持太长时间。待我军从查浦赶到大业，只怕营垒早已陷落。倒不如趁着叛军精锐在大业忙于攻杀，我军直取石头。"

陶侃闻言，甚是欣喜，好一个围魏救赵。叛军围攻大业、庱亭正急，石头必然空虚。陶侃随即传令各营，尽起兵马向石头进发。陶侃督水军三万沿江推进，庾亮、温峤领了毛宝、周抚、赵胤诸将，引步卒万人从白石南下。又传书于郗鉴，务必将韩晃、管商叛军牵制在东线十日。

自平叛以来，最大一场战事终于爆发。

联军如此大的阵势杀奔过来，苏峻早已探知消息。句容、湖孰两处粮草损毁，已让石头军心不稳。韩晃、管商又带走大部精锐东征，此时石头城中不过数千人马。苏峻纵然心中惊惧，却不愿死守石头。

城中粮草告急，城池再坚，没有粮草又能守住多久？韩晃、管商也不知什么时候才能回救，若枯守城池，胜算实在太小。故而苏峻急于一场速战。能大破西线联军固然最好，实在不行，把联军刚刚恢复的斗志再次打压下去，也是有利于苏峻的。苏峻这些日连破官兵，对那些南兵的战力着实瞧不上眼。虽然联军水陆并进，可步卒也不过万人而已。苏峻随即强拉城中青壮，补充兵力，在数千嫡系部众威逼下，凑得八千人马，开出城外。欲先破温峤、庾亮，再取陶侃水师。

苏峻以其子苏硕为先锋，引精兵千人，迎头杀进庾亮先锋赵胤军中。北兵的强悍被苏硕发挥得淋漓尽致，如同一条毒蛇，在赵胤军中游刃有余。所到之处，杀得官兵血肉横飞，鬼哭狼嚎。庾亮后队人马迟迟没能补上前线，以至于赵胤数千兵马竟被苏硕打得溃不成军。仅仅一个多时辰，官兵已经没有招架之力，赵胤惊恐之中仓皇后撤。

苏峻喜出望外。苏硕还是头一遭上阵杀敌，还真没让苏峻失望。有子如此争气，真不负自己勇名。众将皆赞苏硕之勇，让苏峻愈发得意。就在军前摆下美酒，为苏硕庆功。

苏峻心中欢喜，在众将劝说下，多饮了几盏，一会儿工夫，已是有些微醺。这时依稀瞧见败乱的赵胤兵马尚未逃远，苏峻豪情大发。称儿子尚能破敌，老子岂能被比下去了？

苏峻兴冲冲跳上战马，取了长朔便往败兵那里追去。众将正在饮酒，一时还未反应过来，就见苏峻已经骑马奔出去好远，仅数名虎卫及时护在身边。众将这才慌了手脚，纷纷上马追了出去。

就见苏峻在数骑护卫下，杀至官兵身前。连斩数人后，终是被官兵发觉。赵胤见苏峻仅有数人而已，惊喜无比。天大的功劳摆在面前，岂能不取？匆匆集结兵马过来围杀苏峻。

苏峻杀了一阵，眼见快被官兵围死，这才惊醒过来，一肚子美酒化作冷汗，顷刻淌个干净。小心谨慎了一辈子，唯一一次放纵，竟陷入绝境之中。苏硕众人已经赶了过来，却被官兵拼死挡住，一时难以靠近。苏峻咬紧牙关，连冲数次，都不能退到苏硕阵中，无奈中转而向相反方向猛杀一阵，总算突出重围，向白木陂逃去。

这时，陶侃水师正沿江而来，远远瞧见数骑叛兵狼狈不堪向北逃窜。陶侃本来都未在意，仔细一瞧，竟然是苏峻本人！陶侃惊喜万分，急命战船靠上岸去，一通箭射，拦住苏峻去路。船上将佐听闻叛军主帅竟然就在眼前，争先恐后杀上岸去。

苏峻战马在与赵胤交锋中已经受创，跛着一条腿越跑越慢，被箭雨惊吓，竟然跌倒在坑中，再也爬不起来。苏峻虎卫舍命不顾，将自己战马献于苏峻，提了长朔孤身来阻官兵，转眼便被砍倒在地。苏峻慌慌张张换了战马，还未跑远，便被官兵投掷的长矛击中，再次跌落下来。

官兵兴冲冲杀到跟前，你争我夺，砍下还未咽气的苏峻头颅，向陶侃请功而去。尸身被没抢到战功的兵士泄愤，斩作肉糜，挫骨扬灰。

骁勇无比的苏峻，本是东晋抵御后赵的坚石。虽然受迫于庾亮而反叛，多少有些无奈，可把屠刀伸向自己人，还是难以改变其利欲熏心的本质。竟然就这样意外地战死沙场，任谁都没有料到。

陶侃士气大盛，急速逼近石头。

第四十一章　北国复归一统，东晋险中平叛

苏峻冒失出击，落个枉死阵前。苏硕叛军转眼落败，都来不及抢回苏峻首级，就匆匆退回石头。

叛军人心惶惶，便欲逃散。然而自知罪大恶极，就算逃出石头，也难躲过官兵追捕，索性拼死一战。共推苏峻之弟苏逸为主，闭城坚守。消息传到大业，韩晃得知苏峻已死，匆匆引兵回救石头。而管商在郗鉴反攻下，惨败于官兵，西逃途中，被庾亮所劫，穷途末路归降其麾下。

随着苏峻毙命，官兵总算盼来了对叛军的围剿。温峤于营中设立行台，传檄州郡，征召两千石以下官员皆往行台应命。那些原本还在观望的州郡，眼见联军大胜在即，或派兵马增援，或送粮草劳军，指望能在最后的胜利中分一杯羹。联军气势愈发雄壮。

就在联军高歌猛进，将对叛军最后一击时，北方有军报传来，两赵之间的战争终于进入白热化。

后赵石虎惨败于刘曜后，叛降郡县无以计数，短短月余，刘曜竟再次拥兵十万之众。当年洛阳被刘曜攻陷后付之一炬，如今仅剩一座金墉孤城。眼见石生绝难坚守得住，后赵国主石勒震怒无比，决意亲征。朝中文臣多是以死劝谏，言刘曜远征千里，必难长久，一国之主实不应轻举妄动。

石勒却力排众议，言刘曜乘一战之胜，围攻洛阳，庸人自然以为其锋不可当。然而刘曜手握十万大军，却连攻百日，竟还拿不下破败不堪的洛阳，足见刘曜兵马早已疲敝不堪。此时出兵，必能一战破敌。若是对洛阳不管不顾，任凭刘曜攻破城池，前赵大军必然渡河北上冀州。莫看洛阳已是一座废城，可毕竟是昔日天下中心，若后赵连这座城池都守不住，人心必然浮动。待到那时，大事去矣！

石勒传下旨意，再敢有阻战者，定斩不赦。遂使襄国内外戒严，留世子石弘领兵万人镇守邺城，又命石聪、石堪诸将领兵会于荥阳，以石虎领兵进据石门。随后，石勒统率步骑四万奔赴洛阳。

石勒虽是一个羯人，可打起仗来着实有些雄才。还未到洛阳，便已有所预见。言刘曜勒兵坚守成皋关，此上策也；于洛水列营，此中策也；若围攻洛阳，此成擒也！

待石勒渡过黄河，惊喜地发现成皋关居然是座空城，而斥候探查，刘曜自大胜之后，骄纵无比，整日与些幸进小人饮酒作乐，哪还顾得上派兵进驻成皋拦截后赵大军？

石勒指天高呼："此乃天意也！"

急招各部兵马会于成皋，得步卒六万，骑兵二万七千众。卷甲衔枚，日夜兼程，短短数日，已经逼近洛阳。

刘曜在那些小人阿谀奉承下，死活不信石勒已经近在咫尺，还当是妖言惑众，凡进言出兵阻敌者，皆被刘曜当成敌军细作，斩首以正军法。直到洛水斥候擒获落单的羯兵，送于刘曜面前。刘曜大梦初醒，方知石勒真来了洛阳。

刘曜这时才慌了手脚，赶忙增派荥阳守兵，却哪还来得及？眼见石勒大军不足一日便要杀奔营前，刘曜匆匆撤去金墉之围，集结兵马陈列于洛阳城西。毕竟有十余万大军，南北绵延十余里，看起来也是颇为雄壮。

石勒听闻刘曜如此布阵，不惊反喜。先引步骑四万进入洛阳，与石生合兵。次日，遣石虎领步卒三万，出城北向西，攻刘曜中军。命石堪、石聪各引精骑八千，出城西向北。

刘曜少年时便喜饮酒，每逢出征，都要饮上数斗以壮胆气。如今年事已高，这嗜酒的习惯不减反增。可年纪放在哪里，饮酒过甚，非但于战无益，反而头昏眼花。见敌军杀出城来，催兵上前迎敌。石虎兵势最盛，刘曜便以大军抵御。才交战未久，就见石堪、石聪引骑兵杀来，刘曜亦领精兵上前阻击，大战于西阳门外。

虽说前赵兵马几乎是后赵两倍，可毕竟多是降卒，见后赵大军杀来，多有临阵倒戈之人。刘曜嫡系部众久战疲敝，从长安一路杀到洛阳，又苦攻数月，人困马乏，哪里是精气神足的后赵精兵敌手？刘曜本就已经疲于应付，这时，石勒又亲领大军自阊阖门杀出，与诸将合击刘曜。

刘曜酒劲儿上来，连马都快骑不稳当，昏昏沉沉便想退兵。却不慎跌入石渠之中，受创十余处。还未来得及换马逃命，便被兴冲冲赶上来的石堪生擒。前赵大军听闻刘曜受擒，纷纷溃逃。石勒驱兵杀戮，斩首五万余级。

石勒大胜之后，留石生驻守洛阳，谋划西征长安，自领余众班师还朝。石勒念刘曜昔日同盟之谊，暂无加害之心，命刘曜传书其太子刘熙，劝长安献城归降。

刘曜虽败，倒也没有失了国主气度。断然拒绝石勒的要挟，转而告于刘熙，勿以其性命为念，必要保住前赵社稷。石勒恼怒之中，遂于襄国斩杀刘曜。

刘曜战败的消息传回长安，太子刘熙方寸大乱。听闻后赵大军已经蓄势待发，不日即将杀入关中，长安精锐又已葬送在洛阳，国都兵微将寡，如何挡得住后赵大军？刘熙与其兄长刘胤商议一阵，舍弃长安，领百官退往秦州。驻扎于上邽，欲借秦州险峻地势继续与后赵周旋。太子都弃国而逃，其余郡县太守、将帅哪还愿留下来等死？有些良心的，将城中裹挟一空，往上邽合军；忘恩负义的，索性直接把降书送去了洛阳。

留守长安的督帅，知道国都绝难保得住，等刘熙、刘胤兄弟前脚刚走，便遣使降于后赵，以长安数十万百姓换取荣华富贵。石勒大喜，当即遣石生自洛阳奔赴长安，接管前赵国都。

虽说刘熙、刘胤兄弟尚在秦州，可前赵国都陷落，就此名存实亡。后赵吞并关中，对东晋而言，绝对不是什么好消息。此事传入江南，陶侃、温峤、庾亮都着了急。唯有尽快剿灭叛军余孽，才能安抚州郡，及时补齐边境戍卫，防备敌兵南下，保全半壁江山。幸好随着苏峻的亡故，平叛变得顺利不少。

留守建业的叛军部将，在晋臣说服下，弃暗投明，归降于联军，将收押的晋朝官员皆送归行台以表诚意。陶侃当即派兵进驻建业，以毛宝守南城，以周抚守西城。而困于石头的天子，在侍中钟雅谋划下，欲逃出城外，投奔联军。怎奈机密外泄，被苏逸抓了回去。钟雅为保幼主，担下此责，死于苏逸之手。

苏逸除去内患，听闻建业已经落入联军手中，忙引苏硕、韩晃并力攻城。毛宝坚守不出，以箭射杀数十人。叛军恼羞成怒，猛攻不休。怎奈建业城高池深，死伤无数也杀不进城去。

韩晃仗着勇猛，激毛宝出城厮杀。若往前十年，以毛宝的闯劲儿，多是会与韩晃大战百十回合。可毛宝早已不是当年只知厮杀的莽夫，自知身负重任，任凭韩晃骂得如何不堪，也决不出城。反倒讥讽韩晃无能，攻不进城来。叛军强攻大半日，也对毛宝无可奈何，又忌惮近在咫尺的陶侃诸军，只得悻悻退回石头。

受此重挫之后，本就人心惶惶的叛军，愈发没了主意。待陶侃大军兵临城下，开始攻城时，苏逸疲于奔命，也难挡得住联军攻势。

苏硕引死士数百，夜出城外，欲袭联军身后，却被温峤察觉，尽灭其众，苏硕受擒被斩首。韩晃惊惧万分，欲引兵突围，怎奈士卒争相逃命，在拥挤的城门相互踩踏，死者万人之多。

联军听闻城中乱起，顺势杀入城中，擒获逃命不及的苏逸，斩首示众。韩晃逃出城外，收拢败兵，欲逃奔故鄣。被闻讯赶来的郗鉴伏击，大破于平陵山，韩晃死于乱军之中。

在石头的混战之中，幼主司马衍竟没了踪迹。陶侃震惧万分，若幼主在混乱中被人误杀，即便平定了叛乱，东晋也将陷入万劫不复的境地。正遣各部人马四处找寻，就听温峤传来消息。幼主已被庾冰部将救护，奔入温峤船中。

陶侃这才长舒了一口气，往温峤营中拜见天子，顿首号哭请罪。

闹得江东大乱的苏峻叛乱，就此彻底平定。待掌控了石头城防，收押了叛军降卒，陶侃、温峤召集诸将入石头共商国是。

郗鉴、王导、王舒、庾冰、毛宝、周抚、郭默众人皆已到场，从叛军手中死里逃生的朝臣也都赴约，唯独少了庾亮。众人等了一阵，使人数次去请，仍未见庾亮赶来。陶侃、温峤等得厌烦，且先办起正事来。

陶侃喝了一声，就见士卒绑着一人推了进来。众人一瞧，正是那甘为苏峻爪牙的西阳王司马羕。

陶侃对司马羕可真是鄙夷至极。此人枉为宗室贵胄，因其尊崇的地位，而被元帝、明帝视作朝廷股肱，实则没有一丝真才实学，反而贪婪任性，向来只顾自家富贵。当年在武昌时，就暗中招诱匪盗，劫掠往来商船供自己挥霍，被陶侃发觉，剿灭其羽翼，断了他财路。回往建业后，也从来没有把匡扶社稷当作己任。为保富贵，向王敦暗送秋波；为求荣华，向苏峻摇尾乞怜。

陶侃这些年久受朝中权贵排挤打压，虽是王敦嫉恨，可也与司马羕从旁污蔑诽谤脱不开关系。待攻破石头，陶侃早让人将此贼抓了起来。苏峻叛乱的元凶皆已伏法，可此次叛乱闹到这般田地，司马羕这等助纣为孽的贵戚岂能轻饶？正好用此贼头颅，警示那些自私自利得没了底线的臣子。免得稍有风吹草动，便要兴风作浪。

此时的司马羕，被众将绑个结实，早已吓得面色惨白，哪还有半分王爷的雍容气度？见到谁都点头哈腰，求为自己美言几句。可在众人义愤填膺中，所到之处皆是一番唾骂。灰头土脸来到前面，见陶侃与温峤一左一右坐在天子下首，吓得连声哭求，妄求保全性命。

陶侃都懒得和他多说一句，义正词严斥责道：“司马羕愧对元帝、明帝信任，陷国家于危难，罪大恶极，当处极刑！未知诸公可有异议？”

虽说陶侃与司马羕多少有些私怨，可司马羕自寻死路，也着实怨不得旁人。何况陶侃身为盟主平定叛乱，此时功劳最大、兵马最盛，又有何人敢为了司马羕这个该死之人得罪陶侃？就在众人一片附议声中，司马羕被推去斩首，结束了可耻的一生。其二子司马播、司马充，孙儿司马崧亦受牵连，一并诛杀。

司马羕一死，那些曾降于叛军的朝臣面上都是现出惧色。无论是受苏峻胁迫，还是惧叛军势大主动归降，都有失臣子之道。

王导身为诸臣之首，得苏峻封拜，为叛军主持朝政，然而暗中扶持东线诸军，也算是身在曹营心在汉，遂向陶侃、温峤拜道："首恶司马羕已经伏法，其余臣子多是因死守建业，不幸落入苏峻之手。纵然被逼担任伪职，可无时无刻不在护卫天子。如今叛乱已平，还当大赦天下，以安人心。"

此言一出，引得不少朝臣响应。

陶侃不由暗自好笑。当年陶侃初投元帝司马睿，受王导相邀，往新亭赴宴。想想那时的王导，意气风发，信誓旦旦要收复中原。然而这些年过去，王导又为收复中原做了些什么？

江东基业是王导一手谋划促成，固然不假。就这一点来说，王导对朝廷、对天下都是功不可没的。然而执掌江东军政这些年来，王导虽然不像他的族兄王衍那般，只顾着玄学清谈而荒废了政务，可为了王家的权势，没有少做打压其他世族的事。周玘之死，在于王家与南方士人的权力纷争；王敦叛乱，源自王家与刘隗、刁协这些北方世族因权生恨；至于眼前的苏峻叛乱，虽是庾亮一手造成，可王导身为辅政重臣，明哲保身，对庾亮一让再让，岂能说与这次叛乱毫无关系？这般一想，江南这些年来内斗不断，哪一次与王导无关？

只是王导为王家争夺权势不假，可好在大是大非面前，还是能站对地方。没有因王敦是自家兄弟，就甘为叛军谋划；也没有因为苏峻的尊崇，就为叛军驱驰。故而王导名节有亏，倒也勉强算是有功于社稷。何况叛乱初定，还真需要王导均衡各方势力，稳定此时混乱的局面。

陶侃还未说话，温峤已经应下："司徒所言切中要害，自当如此。"

陶侃却说："迫降的朝臣事出无奈，没有为虎作伥也便不予以追究。只是不少地方大吏，国难当头之际，畏敌不前，愧对朝廷恩遇，还当严惩以正国威。似那湘州刺史卞敦，仅遣数百人随军，就连军粮都要靠联军供给。如此慢待朝廷，该当槛车收押，交付廷尉共议其罪。”

卞敦乃是为国捐躯的辅政大臣卞壶族兄，在王敦叛乱时，助明帝抵御叛军，也曾为国家尽心尽力。然而在苏峻之乱中，竟然如此懈怠，实在让人匪夷所思。陶侃欲借严惩卞敦，警示那些在国难当头时首鼠两端的小人。

王导与卞敦交情匪浅，忙劝阻道：“卞敦虽有亏朝廷，可其弟卞壶毕竟为国而死。念其旧功，还是不予追究稳妥一些。不如转为安南将军、广州刺史，也算小惩一番了。”

陶侃正有心反驳，就听王导接着说道：“大乱已定，除了赦免群臣之罪，还当封赏有功将帅。如陶荆州、温江州，披荆斩棘、荡除国难，自该提请朝议，厚加封拜。而阵亡将帅，理应追封功绩，以示朝廷对其褒扬。依我之见，卞壶、陶瞻为保社稷战死沙场，而钟雅为救天子舍生取义，都在追封之列。至于弃暗投明的降将，如路永、匡术、贾宁，也当封赏，以安众心。”

陶侃本有心在卞敦一事上与王导再议一番，听王导主动为陶侃请封，连亡子陶瞻也在追封之列，倒也觉得王导考虑还算周全，一时倒也不好意思再与他计较。何况开战之初，陶侃本人也是一再拒绝温峤求援，对卞敦也就不好过于追究了。

这时，温峤却道：“封赏功将、追封忠臣无可厚非。然而路永、匡术、贾宁皆是苏峻腹心，为叛军出谋划策、侵扰州郡，罪大恶极。穷困来投，未足以赎去前罪。留其性命已是法外开恩。若加封拜，岂不是褒扬其叛乱之罪？”

路永三将降于王导，又救其虎口脱险，逃出石头，对王导自然有恩。此刻王导替三人求赏，显然是有私心的。被温峤这样一阻，陶侃这才反应过来。

陶侃习于军事，擅长治理州郡，对朝堂上的为政之道还真是门外汉。王导一面为陶侃、温峤请功，一面又为路永三将美言，差点就被他糊弄过去。天下岂有获罪受赏的道理？王导说好听些是为了稳固朝廷，说难听就是为王家收买人心。再想想王敦叛乱平定后，王导为保王家势力，大肆封赏，就连王澄那些祸乱荆州的小人都在追封之列，实在让人不堪。

陶侃冷笑一声："温刺史所言在理，司徒大人还是莫要这般宅心仁厚的好。陶某这里倒有件礼物要送与司徒大人，还请笑纳！"

众人不知陶侃为何要送王导礼物，就见陶侃已让人捧出一物，送于王导面前。待一观瞧，乃是一杆节仗。

就听陶侃说道："此是先帝赐予司徒之物，却被司徒大人失落于石头。破城之际，幸而被陶某寻来，才未让此等重器被人玷污！虽比不上苏武节仗高洁，还请司徒大人好生收纳。"

王导失节于苏峻，此时被陶侃一说，臊得面红耳赤，哪还好再提为降将请赏之事？

温峤见王导不再提此事，与众人说道："如今叛乱虽已平息，建业也已光复。温某使人探查，怎奈国都已遭叛军损毁，宫阙皆已焚尽。温某欲请旨迁都豫章，未知诸公意下如何？"

豫章在江州地界，如此一来，朝廷等于掌控在温峤之手。无论温峤究竟是为朝廷稳固着想，还是别有所图，扬州世族自然不乐意，纷纷劝阻。言建业虽毁，不如就近迁都会稽。会稽内史是王舒，国都东迁，朝政自然再次落入王家人手中。

对双方的争论，陶侃只觉匪夷所思。关中已被石勒兼并，后赵实力大盛，此时最重要的事在于调兵遣将防备后赵南侵。迁都之事虽也不小，可还不至于在此争论不休。细细一想，迁都关系到多少世族的兴衰，对他们而言，这才是重中之重。陶侃无心争权夺利，国都究竟是东迁还是西行，对荆州都没有什么关系。故而对迁都之事无心干涉，在旁冷眼观瞧。

这时就听王导调和道："孙仲谋、刘玄德都曾有言：建业，王者之宅！此乃龙脉所在。历来帝王，素不以建业丰足或是毁损而舍弃。只要我等励精图治，何愁建业不能复兴？何况北寇虎视眈眈，若朝廷轻易迁都，无异于示弱北寇。朝廷百废待兴，北寇袭来，岂非又一场祸端？无论豫章还是会稽，都不可迁都。唯有修缮建业，才能安抚江南。”

陶侃对王导这一提议倒是赞同，随即附议。众人见陶侃支持，也就不再多言，迁都之事就此不提。正在商讨封赏诸事，就听一人哀哀哭号来了堂中。

天子司马衍年纪尚幼，听众人议了半天，又插不上什么嘴，早已有些烦闷。见那哭号之人进来，惊喜叫道：“舅舅来了！”

正是许久未现身的庾亮姗姗来迟。才到御前，俯下身子扑倒在地，哭号道：“罪臣庾亮拜见天子！”

天子吓了一跳：“舅舅何故如此哀伤？”

庾亮哭道：“祖约、苏峻凶逆，皆因罪臣而起。社稷无辜受此大难，实臣之罪也！纵千刀万剐，不足以谢先帝。臣无颜以对陛下，本欲上表请辞，告老还乡。怎奈身负重罪，不敢擅自逃奔！诚请陛下治臣极刑，以平天下怨愤！”

苏峻叛乱闹得这么大，搅得东晋几乎亡国，罪魁祸首正是庾亮。难怪众人商讨国家大事，庾亮迟迟没有到场。皆因心中有鬼，怕被众臣翻起旧账。一直躲在外面，听众臣惩治罢罪臣，这才壮着胆子进来谢罪。想想平叛以来，与温峤、陶侃浴血奋战，至少也能得二人救护。

温峤与庾亮相厚，自然替他求了情。就连陶侃也早已原谅了庾亮的过失，亦替其美言道：“苏峻叛乱虽因庾君侯而起，却已用沙场之功赎其罪过。陶某愿为庾君侯作保，自此之后，必能知耻而后勇，复为朝廷栋梁。”

天子虽小，却已明白事理。太后已经崩逝，庾亮就成了最亲近之人，又怎会治其罪责？听温峤、陶侃都替庾亮说了话，也忙劝道：“舅舅不可如此自责。苏峻叛乱乃社稷之难，非舅舅一人过失。”

王导与庾亮同为辅政大臣，可自新帝登基以来，庾亮仗着国舅身份把持朝政。卞壶虽是出征而死，可也未必不是庾亮借刀杀人。王导忌惮庾亮权势，只能退避一旁。此时正是王导借题发挥，扳倒庾亮夺回朝权的绝佳良机。怎奈上自天子，下至温峤、陶侃都替庾亮开脱，王导又怎好犯了众怒？只得闷不作声。

庾亮见无人怪罪，心中稍安，性命总算无忧。再次请奏道："虽得陛下、诸公垂怜，不治微臣之罪，可微臣心实不安。就此请奏陛下，辞去辅政之职，求放外镇边郡，抵御北寇，以赎前罪！"

庾亮执政闹得天下大乱，自然没有脸面继续辅政。何况庾亮逃离建业后，与其亲近的世族朝臣早已生隙。反倒是留在建业的王导与苏峻周旋，维护天子、救助群臣，声势再起，很得群臣拥戴。庾亮执政时把王导冷落一旁，自然知道得罪了他，哪还敢留在建业？就算不被王导秋后算账，只怕日后也要仰人鼻息。倒不如舍弃辅政大权，领兵在外，才能保权势不倒。

天子一听庾亮又要离开建业，显然不大开心，挽留道："朕年岁尚小，若无舅舅辅佐，如何治理天下？"

庾亮却道："司徒大人老成持重，由其辅政，天下必安。而温江州首倡义兵讨伐叛逆，贤名远播天下，若能留朝辅政，必是朝廷之幸。"

庾亮虽决意离开建业，可也不放心王导一人辅政。故而举荐温峤，也好制衡王家势力。何况扬州历经战乱后，已成焦土。陶侃掌控荆州，庾亮哪敢去争？把温峤留在建业，江州便空缺出来。江州富足，正好转于庾亮手中。

众人尚不知庾亮的心思，可温峤之功众人皆知，留他辅政，自然得众人拥护。

陶侃身为平叛主帅，并未得庾亮举荐，心中多少有些不乐意。可想一想后赵吞并关中，荆州势必危急。陶侃也不愿去争一个辅政之职，而置荆州于不顾。故对庾亮之言并无异议。

王导面上多少有些不安。虽说王导与温峤也有旧交，可庾亮请辞辅政之权，正好让王导大权独揽。温峤若来建业，势必分去王导权柄，王导又如何愿意？

却听温峤连连辞谢道："司徒大人乃是先帝委任辅政之臣，忠义为先，必是良辅，温某不敢与其同列！今外敌强盛，边郡不稳，温某军务繁忙，实无暇留于朝中，不日便回江州。"

温峤这样一说，陶侃也请奏道：“温江州心系天下，此乃救国之言，微臣也正有此意。石勒吞并刘曜，野心勃勃，垂涎荆州久矣。而益州李雄，数次东侵，宁州也陷危难。边关告急，微臣在此也向陛下辞行，过些日便回荆州。只是荆州治所江陵偏远，微臣请奏移至巴陵。”

江陵在西，靠近关中，巴陵在东，接近河南。如今前赵已经覆灭，后赵声势正盛。故而陶侃将治所东迁，也好与江州并力抵御石勒。

陶侃此言一出，王导众人都是松了口气。陶侃平叛功劳最大，若有意争权，任谁也不敢反驳。却和温峤一般，功成身退，并无抢夺朝政之意，众人自然乐得如此。

王导假意推辞挽留一番，也就欣然领受。战后诸事，就这样议定下来。

数日之后，以平苏峻之功，拜陶侃为侍中、太尉，封长沙郡公，加督交、广、宁州诸军事；温峤为骠骑将军，开府仪同三司，加拜散骑常侍，封始安郡公；郗鉴为侍中、司空，封南昌县公；庾亮出为豫州刺史，领宣城内史，督豫州、江西、宣城诸军事，镇芜湖。追赠卞壸为侍中、骠骑将军，开府仪同三司，谥号忠贞；追赠陶瞻大鸿胪，谥号愍悼世子；追赠钟雅光禄勋。

封赏已毕，陶侃、温峤各自回荆州、江州，郗鉴、庾亮也去往驻地。又分兵赵胤北去历阳，追讨叛军余孽祖约。

随着苏峻战败，祖约已是穷途末路。听闻官兵杀来，弃城而逃，仅领数百人马降于石勒。可叹祖逖北伐中原威名远扬，就连石勒都深为忌惮。如今祖约不但将其兄长声名败个干净，就连性命都要指望石勒保全。时人无不为祖逖扼腕长叹。

第四十二章　荆州警钟再鸣，江州又生逆贼

陶侃高奏凯歌，回到荆州。依前所奏，将治所由江陵移至巴陵。可荆州西境也不可不防，遂举荐周访之子周抚为南中郎将，监沔北军事，屯驻襄阳。当年周访平定杜曾叛乱，守备襄阳，使得郡界太平。陶侃以周抚继承父业，算是对周访有了个交代。

只是陶侃刚刚在巴陵安顿下来，都未来得及遣归各郡兵马重新布防，就有噩耗自江州传来。

温峤离开石头，回师武昌途中，只因平定大乱，心情甚佳，途经牛渚矶，游兴大发。遂领军中将佐、参赞，共游名胜古迹。

见潭水深不可测，人言水下多有鬼怪。温峤博古通今，遂依古书所载，以犀角为烛照耀潭水。果见水下光怪陆离，水族精怪奇形异状，穿红衣乘龙马，熙熙攘攘仿若人间市集。

温峤看着热闹，只觉玄妙，也未多想。当夜便梦水怪族长恶言相向：“与君幽冥殊途，何以犀角照我，扰我清宁？”第二日醒来，温峤便觉中风。刚刚回到武昌，就薨逝于治所，年仅四十二岁。临死之际，亲书信函，送于陶侃。提醒陶侃谨守荆州门户，保东晋社稷稳固。

温峤仓促离世，让陶侃颇感意外。在陶侃看来，温峤虽出自豪门，却以真才实学为国鞠躬尽瘁。比那些自诩风流，实则于国无益的士大夫强了何止千倍。又在平叛时同舟共济，让陶侃颇有些志同道合的感觉。风华正茂，竟就这样没了，着实让人可惜。

如今北方赵国强盛，江南忙于防备敌袭，正是用人之际。温峤的薨逝，不仅仅是朝廷的损失，更让江州成了抵御强敌的缺口，也让陶侃东迁巴陵的意图大打折扣。陶侃伤感之余，上疏于朝廷，为温峤请功。

天子司马衍亦感念温峤救国伟业，追赠侍中、大将军、持节，江州刺史如故。赐钱百万、布千匹，谥号忠武，祠以太牢。又欲在元、明二帝陵寝以北，为温峤独起大墓陪侍先帝。只是劳民伤财，绝非温峤所愿，被陶侃劝阻，这才作罢，就近葬于豫章。

江州刺史便这样空缺出来。王导遂以温峤部将、平南军司刘胤代为江州刺史。

陶侃对刘胤闻所未闻，使人探访一番，才知道来历。这刘胤并非前赵国主刘曜之子，而是正宗的汉室宗亲，高祖刘邦庶长子刘肥后人，曾为幽州刺史王浚部将。自石勒吞并幽州后，刘胤南渡建业，投效于元帝司马睿。因劝进之功，拜为尚书吏部郎。归属温峤麾下后，一直留守豫章，并没有什么雄才大略，否则温峤东征叛军，也不会把他留在江州。据陶侃所知，这刘胤在江州，整日纵酒玩乐，大肆敛财，哪里是个能担负起江州重任的角色？

陶侃上疏朝廷，言刘胤非方伯之才，绝难堪当大任。郗鉴听闻此事，亦上疏附议，提请朝廷另选贤良。一时朝野议论纷纷。多言大难之后，自江陵至建业三千余里，流民数以万计，多滞留于江州。而江州要害之地，刘胤奢侈惰政，即便没有外敌之患，只怕也有内乱。

谁料王导却对此置若罔闻，声称以刘胤为江州刺史是温峤遗愿，硬是堵住悠悠众口。

陶侃仔细查了查刘胤的底细，这才知道，王敦当年与刘胤交情匪浅，而王导也与他多有往来。陶侃恍然大悟！王导不顾众人反对，硬是把江州交给刘胤，无外乎在建业之外培植亲信罢了。

陶侃震怒无比。苏峻之乱刚刚平定，朝廷江山尚未稳固，王导却不顾内外交困，忙着培植势力，未免太不顾全大局了。随即连番上疏，请奏罢免刘胤。一时附议弹劾的文书铺天盖地，王导也架不住这阵势，只得召刘胤先回建业，平息众怒。

然而，新的一场叛乱就此兴起。

自苏峻叛乱平息后，不少征讨功将都追随温峤来了江州，桓宣诸将皆归于温峤帐下。后将军郭默要回驻地，自然也从江州路过。然而还未北上，便得朝廷诏书，被拜为右军将军，回建业任职。

在郭默看来，如此封拜，实为明升暗降。郭默外镇边郡，掌控兵权，待回建业后，看似成了禁军统领，可平日里是没有军权的。唯有战事再起，才会临时配给兵马。以这样的部队迎敌，只怕败多胜少。何况能不能继续掌兵都不一定呢。若朝廷真心抬举郭默，大可在攻破石头时便下诏书。却在回军之际传旨召回，在郭默看来，难保不是王导对他心生忌惮，要收其兵权。故而郭默无论如何都不愿奉诏。

怎奈郭默朝中无人，只能就近求援于新任的江州刺史刘胤，欲请刘胤代其向王导美言。可刘胤素来就瞧不起郭默这个出身寒微的武夫，故而对郭默所请置之不理。郭默无奈中只得东归建业。临行之际，向刘胤求取粮饷财货，好歹得些好处，至少回了建业后衣食无忧。依旧被刘胤断然拒绝。

郭默为此深恨不已。赖在江州，能拖一日是一日。忽有刘胤心腹部将张满的仇家找到了郭默，将刘胤受陶侃众人弹劾之事告于郭默。郭默这才知道刘胤自身难保，正上书朝廷自陈功绩，欲继续留在江州。那告密之人声称刘胤拒不奉诏，若建业强征其还朝，便欲拥兵割据。与张满日夜计议，只是忌惮郭默兵马。若郭默大军还不开拔，便要抢先对郭默下手，除掉心腹大患。

郭默又惊又喜。惊的是刘胤竟要对自己下黑手，喜的是刘胤在江州并不稳固。如今又有谋逆迹象，正好先下手为强，除掉刘胤取而代之。

郭默当夜便动了手，举兵杀入城中。诈称得朝廷诏书讨伐刘胤，敢有抗拒者诛灭三族。刘胤本就不得人心，轻松便被郭默杀进刺史府，连同其心腹部将张满，一并斩首送于建业。又将刘胤经营贪墨的万贯家财，连同娇妻美妾收归己有。随后伪作诏书，传于江州诸郡，为自己起兵正名。

待王导见到刘胤首级，这才觉得事态严重。刘胤果如众人所言，名盛才疏。王导本就忌惮郭默，如今江州反倒落入其手，一旦挥兵东进，刚刚恢复平静的建业立时陷入战乱。王导慌乱之中，不管愿不愿意，都只能承认郭默诛灭刘胤是朝廷旨意，并转拜郭默为江州刺史。

温峤旧将得知郭默抢攻刘胤，篡取江州，犹疑中将此事告知陶侃。而朝廷封拜郭默为刺史的诏书也传入了荆州府。

陶侃震怒无比，更对王导和稀泥的做法恶心至极，怒斥此诏书必是郭默伪造。边境本就危如累卵，江州落入郭默这等人手中，必是大祸一场。

郭默当年在河内、颍川抵御时，好歹还算为国效力。可在征讨苏峻叛乱时，弃城而逃就已让人不齿了。如今又擅杀刘胤，与谋反何异？指不定明天还闹出什么乱子来。

陶侃震怒之中，岂容郭默在江州跋扈？必要趁着郭默立足未稳，以雷霆之势剿灭其众。也好稳固江州，省得赵国南侵时，荆州身后不稳。

平叛大军尚在巴陵驻扎，还未归往各郡。陶侃当即调拨兵马，便欲挥师东进，讨伐叛军。

郭默听闻陶侃出征，惊得手足无措。忙把刘胤财货装了数船，又选了数名美貌姬妾一同送往巴陵，意图收买陶侃。甚至将朝廷任命的诏书原本交于陶侃手中，以证明自己所作所为的确是受朝廷旨意。

如此一来，倒也有不少荆州部将觉得郭默并非谋反。若真要讨伐其罪，也当等朝廷诏书才算名正言顺。何况众人也知陶侃本就对刘胤看不顺眼，郭默除掉此人，不也是替江州除害？郭默做了江州刺史，怎么也比刘胤那个酒囊饭袋要强一些吧。

陶侃却道："天子年幼，怎会传密诏于郭默诛杀刘胤？何况刘胤虽非方任之才，难堪江州刺史要职，可也罪不至死。即便有过，也自有朝廷律法裁决，岂能私加极刑？郭默口口声声，言刘胤图谋不轨，可那告密之人何在？既无人证又无罪证，刘胤已死，当真成了死无对证。郭默仗着有兵在手，篡夺江州，自以为朝廷刚刚平定苏峻叛乱，法度宽简，必不会追究此事，这才目无国法行此滔天大罪。听闻荆州起兵讨伐其罪，惊惧之中讨好于我，不过是他还未掌控州郡而已。一旦羽翼丰满，以他狼子野心，岂会老老实实为国守护江州？"

众将这才没了异声，向江州开拔。陶侃也知讨伐叛逆不能背着朝廷自行其是，故而上疏朝廷请战。亦作书于王导，言："郭默杀刺史便拜为刺史，若杀宰相便拜为宰相？"

王导面子上下不来，回书还为自己开脱。称郭默占据上游，又有船舰水师，故而隐忍其跋扈，使其有地，也好为朝廷抵御外患。

陶侃闻言不由冷笑。王导还指望郭默能念他情谊，为朝廷效力，不过养贼为患而已。不理王导的推脱之词，迅速引兵东进。

庾亮听闻陶侃讨伐郭默，为建战功，自然支持平叛，亦请旨朝廷出征江州。

王导见众怒难犯，也就只得放下脸面，再次转了口风。称郭默矫诏作乱，天下公愤，命庾亮领步骑两万，与陶侃合军，共平叛乱。

郭默见没能劝阻住陶侃，而朝廷又把自己指为叛军，一时方寸大乱。忙传书郡县，命各郡太守领兵驰援，然而响应者寥寥无几。郭默自知绝非陶侃对手，随即领兵南下，逃奔豫章，以避联军锋芒。

陶侃大军来到江州，毛宝、桓宣诸将纷纷赶来会兵。桓宣曾在江北任职，与郭默多少有些交往。有不少人暗中告诫陶侃，要提防大军南征豫章时，桓宣在后作乱。

陶侃却不以为然。祖约叛乱时，桓宣尚且不依附叛军。主动集结兵马于皖城，阻挡叛军南侵，使得陶侃大军没了后顾之忧。虽说陶侃与桓宣没有太深交往，可从桓宣应对祖约的军略来看，还是有些远见和本事的。郭默不过跳梁小丑，岂会得桓宣支持？

为了防备万一，陶侃还是遣使往桓宣那里查访一番。桓宣明白陶侃使者来此何意，遣子桓戎归往陶侃营中。陶侃大喜，辟桓戎为掾属，又表奏桓宣为武昌太守。

眼见数万联军，浩浩荡荡来到豫章。郭默遣兵试探，败得一塌糊涂。只得入城坚守，欲仗着城中粮草丰足，拖垮联军。

怎奈郭默人心不附，仅仅两个月后，便被部将绑缚送于陶侃军中。陶侃遂斩杀郭默父子，传首建业。同党受死者四十余人，其余将帅皆不问罪，以此安抚军心。

王导见陶侃轻松平定郭默，惶恐不已。唯恐陶侃因此怪罪自己，忙加拜陶侃为江州刺史，并把湘州并入荆州，将扬州以西尽皆交于陶侃手中。

陶侃平定江州隐患，深知抵御赵国艰难，对此委任也不推辞。与各部兵马回师之后，将治所从巴陵再次迁入武昌。

让陶侃有些意外的是，庾亮竟对朝廷所有封赏尽皆推辞。当初那个目空一切嚣张跋扈的辅政大臣，竟在平定苏峻叛乱后变得内敛沉稳起来，让陶侃深感欣慰。庾亮身为国舅，虽说此时推掉了辅政大权，可毕竟年岁尚轻，日后必是朝廷重臣。陶侃已经七十来岁，东晋的将来还是要靠庾亮这些人的。陶侃亲作书函送于庾亮，褒扬其高风亮节。庾亮却回书自谦，称平叛皆是陶侃之功。陶侃愈发喜欢上了庾亮这个昔日仇敌。

就在陶侃迅速平定江州郭默叛乱，稳定江南局势后，赵国统一中原的战争终于落下帷幕。

自后赵石生进驻长安后，退往秦州的前赵南阳王刘胤，得了秦州羌、氐部族支持，凑得数万兵马，自上邽杀奔长安，谋求复国。沿途郡县相继归附，增兵助战。石生不过万余之众，只能坚守不出。石勒闻讯后，遣中山公石虎统率精骑两万众驰援长安。

刘胤虽说人多势众，却是杂兵。多是随军劫掠，哪会真心为了前赵拼命？本就号令不一，待石虎杀气腾腾的骑兵来了长安，顷刻间便被杀得四散而逃。

石虎解了长安之围，并不停留。仗着骑兵马快，一路追杀刘胤，横尸千里。前赵太子刘熙都来不及守住上邽，便被石虎杀进城来。

石虎擒获刘熙、刘胤兄弟，连同前赵王公大臣以下三千余人，皆杀于城中。徙前赵文武、秦州大族九千余人往襄国安置，又坑杀支持前赵的五郡羌、氐、匈奴部族各五千人，徙羌、氐十五万众迁往司隶、冀州。

秦陇遂平，前赵就此消亡于历史尘埃之中。自刘渊建立北汉算起，匈奴人在中原纵横驰骋，最强盛时几乎一统中原。然而随着北汉分裂为两赵，匈奴人在中原的势力日渐衰败。纵然刘曜又苦苦支撑了十年，终是回天乏术，被昔日的部将石勒吞并国土，两赵合为一国。中原步入羯人掌权的时代。

赵国群臣劝谏石勒早即皇帝大位。石勒推脱再三，由赵王改称大赵天王，行皇帝事。拖拖延延，待到入秋，终于正式称帝，君临天下。以世子石弘为皇太子，皇子石宏为骠骑大将军、都督中外诸军事、大单于，封秦王；皇子石斌为左卫将军，封太原王；皇子石恢为辅国将军，封南阳王；侄儿石虎为太尉、尚书令，进爵中山王；石虎之子石邃为冀州刺史，封齐王；石宣为左将军；石挺为侍中，封梁王。除了诸子侄得了封赏，功将石生封为河东王，石堪封为彭城王。其余文臣武将也各自封拜不提。

虽说羯人多是奴隶出身受尽欺凌，故而残忍。可石勒建国之后，在谋主张宾影响下，渐渐改掉了羯人嗜杀的恶习，求贤纳谏，从善如流，减轻赋税，惩治贪官，颇有明君气度。

自张宾病逝后，石勒最为信任的文臣乃是程遐、徐光二人。虽说程、徐二人都是汉人，却甘愿为石勒悉心谋划，将赵国经营得颇有生气。如今赵国一统中原，自然要有新的气象。若想得天下民心，除了封赏有功之臣，还当惩恶扬善，重树忠义之名。

祖约这个叛国降将，一下子成了众矢之的。石勒本就瞧不上祖约这个丢尽祖逖脸面的人，经程遐、徐光一说，愈发觉得祖约成了自己光辉形象上的污点。石勒遂将祖约宗族百人尽皆诛杀，妻女分赐诸将，以此向天下宣扬，背信弃义的小人必有恶报。

祖约反叛未果，逃离晋国追讨，却又落入虎口，终是没能躲过天理报应。祖家遭此灭门之祸，独有祖逖庶子祖道重，年仅十岁，得祖逖旧友相救，隐姓埋名遁入空门，算是为祖逖留下一丝血脉。

祖约落个这般下场，陶侃自然觉得畅快。然而石勒称帝，赵国一统中原，对刚刚经历了两场叛乱的东晋来说，无疑是极大的威胁。无论石勒究竟有没有传言那般英明神武，陶侃都不可能向赵国低头，誓死也当捍卫江南半壁国土。

然而局势实在不容乐观。

两赵相斗正急时，凉州张骏趁机再次挥师南下，渡过黄河，抢占金城诸郡，将势力再次推进到黄河以南。石勒欲拉拢张骏，对付割据秦州的刘熙、刘胤兄弟，故而拜张骏为征西大将军、凉州牧，加九锡。张骏对刘曜都不肯俯首称臣，又怎会降伏石勒？故而严词拒绝。待到石虎大破前赵，吞并秦州，石生又攻破金城。张骏外无援手，惊恐中只得向赵国纳贡称臣。

赵国没了凉州这个后顾之忧，转过身来，着手对付东晋，侵扰日益频繁。

赵将刘征率众数千，乘船沿海而下，抄掠东南诸县。竟将触手伸至交州南沙，斩南沙都尉而还。回师后不久，刘征再次沿陆路进兵，寇掠娄县、武进，被郗鉴领兵击退。

刘征两次南征，都不过是试探而已。赵国一统中原后，与东晋有漫长的边界线需要防备，无论哪里出了意外，都可能是一场灭顶之灾。陶侃日夜警备，不敢有一刻懈怠，虽然如此，依旧出了祸事。

赵国荆州监军郭敬，奉石勒之命寇掠襄阳。幸而周抚及早发觉，严阵以待，逼得郭敬铩羽而还。谁知郭敬并未走远，退回樊城偃旗息鼓。声称七八日后，大赵皇帝将引精骑五万亲征襄阳。若周抚不降，便要血洗襄阳。

周抚并未见到赵兵踪迹，只当郭敬败退之后口出狂言而已。谁知数日之后，郭敬悄悄派出骑兵，或以数百，或以千余，隔江饮马梳洗。周而复始，似是兵马无数模样。周抚并不知那些骑兵不过是藏于樊城的郭敬部众，只当石勒当真已经来了襄阳。周抚惊惧之中，将其父周访的威名忘个一干二净，居然弃襄阳而逃，投奔武昌。

郭敬轻而易举进入襄阳。荆州西线郡县惊恐万分，皆降于赵国。

郭敬兵马不足，也未敢滞留于江南。逼迫军民迁往樊城，将襄阳付之一炬，留兵戍卫，自回樊城。

随着荆州西部失陷，长江天险已经不复存在。赵国终于如愿侵入江南，东晋危如累卵。

第四十三章　壮志难酬，抱憾归隐江湖

一叶小舟晃晃悠悠，沿着江岸溯江而上。乌黑的船篷，历经风雨的旧帆，任谁瞧去，都不过是寻常人家的渔船，并不惹人在意。

船首有一小童，正摆弄着一个炭炉，炉上架着一只瓦罐，热气腾腾煮着什么。船尾站个老船工，黝黑的面庞，布满了褶皱，也瞧不真切到底多大年岁。稳稳抓着长舵，向前远远眺望。待看清渡口所在，低下头来，对着船篷里说道："老爷，过了这处渡口，便出了武昌地界。再往前走，只怕还要两三个时辰才有驿站。天色已经不早，要不就在此处上岸歇息？"

船工问罢，船篷里许久没有动静，正想再问一声，就听里面长长哦了一声。船工只当主人已经答应，正想把船摆到渡口，就见船篷内弓腰走出一长者，立在船头，用力伸了个懒腰，花白的须发在江风吹拂下起起伏伏。

船工惊道："老爷，江风不小，您老人家大病初愈，还是坐在篷里别出来的好。若是招了风，可就不好了。"

那长者摇了摇头，也不理会。江边的芦苇长得正旺，依稀可见渡口就在不远地方。渡口边上江水缓慢，种满了一片莲花。硕大的荷叶间，星星点点结了不少莲蓬。船工已把小船贴近渡口，那老者信手揪下一株沾着白霜的莲蓬，抠出一颗如玉的莲子，也未剥去青皮，便丢进嘴里，苦涩的味道瞬间充斥嘴间。

那长者皱了皱眉头，望着已经升起来的残月，长长叹了一声："且不上岸了。此时江风舒缓，夜里多是没有什么浪的。倒不如趁着凉爽，连夜赶路。待到下个渡口，再去驿站投宿。"说罢转身回了篷内。

船工只得从命，把船从渡口重新荡了出来，继续往上游行去。

船中长者正是陶侃。刚刚递交了辞呈，正向封邑长沙归去。

襄阳一战，不觉过去数年，陶侃转眼已是七十六岁高龄。虽然天子司马衍对陶侃抵御外患、力保江山稳固的功绩甚是感激，加拜大将军，剑履上殿、入朝不趋、赞拜不名，使陶侃的声威达到了顶点。这一切都是年少时的陶侃梦寐以求的，然而真正得到的时候，陶侃却是无尽的失落和悲哀。

当年赵将郭敬袭取襄阳，荆州危在旦夕。福无双至祸不单行，益州李雄亦落井下石，遣兵东进，趁着晋军忙于抵挡赵军，如愿以偿吞并宁州。如此危局下，荆州面临被赵、成两国瓜分的局面。荆州乃是东晋西大门，一旦荆州失陷，无论是赵国还是成国，都可顺江而下，一路扫荡江东。

陶侃虽然恼怒周抚弃城而逃，可念着周访的情谊，仅仅罢去周抚官职，好歹保全他一条性命。急命周遭郡县集结兵马，向襄阳进军。留守的赵兵见晋军这么快就杀了回来，也未交手，匆匆退回江北。

陶侃刚刚舒了口气，却又有军报传回。襄阳落入赵军之手后，已被郭敬一把火烧个干净，城池破败，无险可守。郭敬很快引大兵南下，轻松便把晋军赶出了残破的襄阳城。

听闻此讯，陶侃反倒镇定起来。襄阳位于长江以南，乃是荆州重镇。郭敬抢占此城后，居然没有留大兵屯驻，仅仅迁走百姓、烧毁城池了事，所屯兵马又寥寥不足千人。观其意图，襄阳在其眼中，似乎仅仅是充作樊城在江南的前站而已。只怕并未像周抚败逃时所说的那样，石勒已亲征襄阳，不过是郭敬故弄玄虚罢了。既然石勒并未来到襄阳，想来这次赵兵南下，依旧和赵将刘征对江东的侵扰一般，更多是一种军事上的试探，而非战略上的总攻。郭敬运气好，捡了个大便宜，吓走了周抚，这才抢占了襄阳。

陶侃明白了这一点，稍稍安心下来。既然郭敬不过是一支孤军，那荆州尚有挽回的余地。一面遣斥候北上，时刻留意赵军动向，一面暗中调集兵马，为赶走郭敬做好充足准备。

陶侃已是七十多岁，想要冲锋陷阵显然没有可能，故而以桓宣为南中郎将，又以自己第六子陶斌为副，作为先锋，陶侃自引兵马为后援。

这桓宣虽然归于陶侃时日尚短，往日也没有多大名声，可在陶侃讨伐苏峻、祖约时，出其不意阻断叛军，护住陶侃粮道，已让陶侃高看一眼。待见过几次后，无论是行军布阵，还是理政治民都很有些想法，甚至连屯田种地都懂个一二。

陶侃惊喜之中细细一问，方才知道桓宣竟曾是祖逖部将，难怪有这样的本事。祖约背弃其兄长事业，犯上作乱，落个身败名裂。如今有桓宣尚在人间，也算让祖逖之志有了后继之人。故而陶侃甚是看重桓宣，此次西征郭敬，陶侃不用旧将，反而启用了桓宣为先锋。

桓宣没有让陶侃失望。在陶侃安排下，晋军偃旗息鼓隐藏踪迹，任由郭敬对荆州郡县袭扰侵夺，使得赵军误以为陶侃已被吓破了胆，舍弃了荆州。郭敬几次劫掠所获颇丰，骄纵之中全无防备，对外侵扰也越来越远。桓宣偷渡过江，乘着樊城空虚，一举抢下此城，尽俘守兵。

郭敬听闻樊城受袭，慌慌张张回救。桓宣并未死守樊城，反而于涅水设下伏兵，一举击破赵军，尽得郭敬所掠百姓、财货。

赵兵闻风丧胆，仓皇北逃。惊恐地发现，就连新野都已被晋军所得。却是陶侃派其侄儿陶臻趁着赵军南侵，连夺数城。

郭敬兵马败散一空，逃归南阳。赵军侵夺襄阳无果，反而被陶侃收复了北荆州大片土地。虽说江东建立以来，先后也有数次赵军南侵被晋军击退，却多是赵军主动撤还。除了祖逖北伐，还从未有人像陶侃这般，虎口拔牙，从赵军手中夺回土地。一时江东士气大振，陶侃遂命桓宣于襄阳、樊城重筑防线，抵御赵兵。

石勒吃了这样的大亏，岂会善罢甘休？自郭敬败退后，接连遣出数路人马，欲重新夺回北荆州。虽然赵军势大，晋军被再次逼回江南，可在桓宣严防死守下，赵军再也难以推进一步，皆被桓宣击退于襄阳城下。北荆州也不复为赵国所有，成了晋赵两国缓冲之地。石勒眼见攻取荆州无望，只得休兵罢战，遣使往建业言和。

与赵国暂且维持平衡后，陶侃转过头来应对来势汹汹的成国。宁州已被成兵牢牢抓住，陶侃此时也无力夺回失陷的国土，只能且先守住边境。陶侃深知守将责任重大，任人唯贤，不以门户出身为条件，拜曹魏名将毌丘俭之孙毌丘奥为巴东监军，镇守巴郡，防备成军。

当年司马师废黜魏帝，预谋取代魏国。毌丘俭身为魏将起兵反抗，最终兵败被杀，其子孙皆被晋国禁锢不得为官。陶侃却以毌丘奥为将，着实出人意料。毌丘奥不负陶侃所托，严守巴郡，使得成军再也难以东进。

荆州终于从累卵之危中再次安稳下来。

这时，鲜卑慕容廆遣使送书于陶侃，劝陶侃兴兵北伐，慕容廆则从平州南下，两部人马合击赵国，共清中原。

慕容廆虽是鲜卑人，可受的是晋朝官职，拜为车骑将军。这些年来，没少给石勒找麻烦。若真能与鲜卑合击赵国，再让张骏自凉州南下，杀入关中，赵国三面受敌，收复中原不见得是个空想。

然而朝中议来议去，竟无人商讨北伐之事。反倒为是否该在此时厚封慕容廆，而吵得不可开交。

有人劝谏朝廷封慕容廆为燕王，行大将军事，抬高慕容廆身价，使其有足够的地位收服诸部为朝廷所用。又有人怒斥此言，称慕容廆若能为国建功，封官加爵自然无话可说，然而尚无尺功，便为其加封，无异于助长其野心。当年刘琨借助鲜卑拓跋猗卢抗衡北汉，拜其为代王，然而随着拓跋猗卢日渐强盛，反而成了北方新的大患，前车之鉴不可不防。

陶侃对这种争议着实没有兴趣。慕容廆的建议固然让陶侃动心，可陶侃也深知，江东刚刚经历了苏峻、郭默两场叛乱，粮草积蓄消耗殆尽，兵马早已疲敝不堪。能在这样不利条件下，抢回襄阳，维持住荆州的平衡，已经万分不易，此刻北伐的时机尚不成熟。这也是朝中为何没有回应慕容廆北伐的请奏，而是商讨加官进爵安抚其心的原因。

此外，慕容廆书中对王导独善其身的做法颇有些怨言，使得王导深为不满，故而对此事一直拖着不办。陶侃自然不支持未功先赏的言论，可慕容廆毕竟也有忠义之心，遂将自己的想法上疏于朝廷，赏与不赏由朝廷自己考虑，只是莫要拖拖拉拉，寒了慕容廆的心。至于北伐之事，若朝廷允诺，陶侃也会克服万千困难，义无反顾领兵北上。

陶侃终是没有等来朝廷北伐的诏命。转过年来，慕容廆在苦苦等候中病逝于平州，其子慕容皝继承其位。朝廷遣使赠慕容廆大将军、开府仪同三司，谥号襄，算是安抚鲜卑慕容部。只是南北夹击赵国之事就此作罢。

陶侃在万分可惜中，唯有积蓄力量，等待北伐的机会。不觉中，数年过去，陶侃再次等到了千载难逢的良机。

赵主石勒一统北方后，将国都自襄国迁至邺城，又将洛阳定为南都，颇有大国风范。然而国内潜藏的危机却日渐膨胀起来。

石勒起兵之初，多是亲引兵马南征北战，势力日渐壮大后，转而以其侄儿石虎为统兵大将代其出征，几乎所有重要战事都是石虎所为。石勒对石虎也未薄待，官至太尉、尚书令，进爵中山王。石虎三个儿子也各自封王，居于要职，军政大权几乎皆在石虎手中。

可石虎偏偏是个粗暴狂躁之人。这些年来南征北战，但凡所过，无不杀得尸山血海，屠戮平民降兵更是习以为常。这样一个杀戮成性之人，哪有什么知足之心？石虎虽对皇位不敢有什么奢望，可自以为功高无比，对石勒将大单于之位封给石宏甚是不满。

程遐、徐光对石虎的野心心知肚明。太子石弘又是个儒雅文士，若说守护天下或能成为明主，可全无战功绝难管得住石虎。故而程、徐二人数次谏言石勒，小心提防石虎。

石勒初时也不轻信。石虎毕竟是亲侄儿，血浓于水，能助自己一统中原，也能辅佐石弘吞并江东。可随着程遐、徐光进言越来越多，石勒对石虎的信任也渐渐动摇起来。遂命太子石弘提前开始参与政事，秦王石宏、彭城王石堪出镇封地掌控兵马，分割石虎兵权，待石勒百年之后，也好一内一外，顺利接管朝政。

然而石勒对石虎的防备终究是迟了些。在襄阳失利后，石勒的身体一天不如一天，戎马一生终于走到了尽头。石虎发觉石勒病危，抢先进入宫中掌控禁军，假传诏命，诸皇子、群臣皆不得入宫，又召石宏、石堪回到京师。

可叹石勒临死之际，自知已难控制石虎，还以司马氏兄弟自相残杀闹得国家败亡旧事警示石虎，奢望石虎能念血脉亲情，成为赵国的周公、霍光，却终是白日做梦。

石勒驾崩之后，石虎当即兵变。使其子石邃领兵控制皇宫，劫持太子石弘。收押程遐、徐光，当夜害于狱中。石弘惊惧万分，欲让位于石虎。石虎自知时机未到，依旧尊石弘为天子，皇后刘氏为皇太后。自封为丞相、魏王、大单于，加九锡，以魏郡等十三郡为国。拜其子石邃为魏太子，持节、侍中、都督中外诸军事、大将军、录尚书事；次子石宣为车骑大将军、持节、冀州刺史，封河间王；石韬为前锋将军、司隶校尉，封乐安王；石遵封齐王；石鉴封代王；石苞封乐平王；石斌为章武王。文武要职，皆以其亲信党羽替代。待大事已定，这才安葬石勒，谥号赵明帝，庙号高祖。

赵国看似在凶险中平稳过渡，实则权柄已经尽握于石虎手中。石勒尸骨未寒，石虎已经攫取国祚，引得赵国一番震动。

赵国大将石聪，原本为晋人，因战功卓著，被石勒赐姓为石。见石虎掌权，忧心不为其所容，遣使往江东，欲举兵归降。却被石虎早早发觉，拦截其部众，绑缚石聪归朝，被石虎诛杀。

彭城王石堪，乃是石勒养子，被石虎骗回京师软禁起来。得刘太后密诏，逃出京师，欲引兵攻克兖州，反击石虎。怎奈精兵强将多在石虎手中，石堪攻兖州无果，兵败受擒，被石虎炙杀。刘太后也被石虎废黜，密杀于宫中，尊石弘生母程氏为皇太后。

随后，赵国最大一场内乱终于爆发。河东王石生镇守关中，是赵国除石虎外军功最高、兵马最盛的藩王。听闻石虎作乱，心知难逃石虎毒手，说服镇守洛阳的守将石朗，举兵讨伐石虎。

石虎不敢大意，留太子石邃护卫京师，亲领步骑七万众，日夜兼程，抢先攻破洛阳。擒拿石朗，打断双脚后斩首示众，以此警告州郡，随即挥师西进杀向长安。

石生以大将郭权引鲜卑二万骑为前锋，于蒲阪大破石虎前部人马，石虎退还渑池坚守。忌惮鲜卑骑兵骁勇，石虎也不与石生强争，暗中遣使游说鲜卑，临阵倒戈，反攻石生。石生兵败，弃长安西逃，终被其部将刺杀，献首于石虎。石虎徙秦、雍及羌、氐十余万户离开关中，留降将蒲洪镇守长安。

石生部将郭权兵败后，收拢残部退守上邽，引得石生旧部皆来效命。郭权遂遣使建业，称臣于晋，被拜为镇西将军、雍州刺史。

而凉州张骏一直就有借蜀道通使江东的念头，只是被成主李雄阻断。无奈中不惜伪降于成，秘遣使者借着入蜀朝拜的名义，偷偷潜往江东。依旧被李雄识破，滞留于成都。然而随着凉州使者被李雄软禁的消息泄露，那些效命于李雄的汉人日渐不满起来。此时郭权又降于晋朝，使得张骏可以遣使自汉中去往江东。李雄自知难以阻断凉州与江东的联系，又迫于国内压力，只得放张骏使者东去。凉州终于和江东有了联系，朝廷拜张骏为大将军，都督陕西、雍、秦、凉州诸军事，自此使者往来不绝。

随着赵国一场内乱，凉州、秦州与江东勉强连在一起，而益州李雄暂时也不敢对东晋有什么想法。形势一片大好，正是北伐中原，围攻赵国的天赐良机。

陶侃意气风发，便欲联结鲜卑慕容皝、凉州张骏、秦州郭权合击石虎。可这大好局势转眼便已崩塌。

慕容皝继承其父之位后，忌惮庶兄慕容翰、亲弟慕容仁军功，逼得慕容翰逃奔段氏，又与慕容仁大战一场，闹得慕容部内乱不休，哪有时间顾得上与陶侃结盟伐赵？

而石虎得知郭权降于晋朝后，再次引兵四万开赴关中，短短一个月，便攻破上邽，擒杀郭权。凉州再次被赵国阻断，李雄见状，也隔断了蜀道，不使张骏与东晋有所往来。

陶侃筹划多年的北伐大计还未付诸行动，便已败于萌芽之中。

陶侃三十多岁出仕为官，最初也不过谋求光宗耀祖封妻荫子而已。怎奈世族豪门掌权，寒门士子难有出头之日，又逢八王之乱，天下分崩离析。陶侃弃官归乡，只求竭尽所能保护一方父老。虽得恩主刘弘赏识，有了名扬天下的机会，一心北伐中原收复故土，重整河山，却在掌权的王公豪门压制下，难有什么作为。尤其王敦得势，逼得陶侃只能在广州守护国门，浪费了最好的时光。好不容易回到荆州，厉兵秣马、安抚州境，却在内忧外患中痛失了北伐良机。穷尽陶侃一生，南征北战四十余年，可真正与北方之敌交手，也仅仅襄阳击退郭敬一战而已。虽然收复了江北不少国土，可与陶侃一生追求相比，终究是打了不少折扣。如今陶侃已是七十六岁高龄，北伐之志沦为镜花水月，陶侃在伤感中日渐消沉，无限惆怅，身染重病。

虽然天子司马衍对陶侃封赐甚厚，可对陶侃来说，这样的高官厚禄愈发让他无地自容。何况陶侃如今的权势，只怕比当年的王敦都要高出许多，难保朝中不会对他说三道四。既然陶侃在重病之中已经没有机会北伐，倒不如急流勇退，也好保全忠义之名。

陶侃数次向朝廷请辞，迟迟不得天子恩准。近来陶侃身子稍稍舒缓，气色好了不少。可陶侃唯恐这是回光返照，趁着有口气在，再次辞去所有官职。遣使将天子所赐节仗、太尉及八州刺史大印，麾、幢、曲盖一干仪仗皆送回建业。又将荆州军资、牛马、舟船、兵械，详细造册封存库中。把荆州军政暂交于长史，以待朝廷接管。随后陶侃不等朝廷诏命，孤身一人离开武昌，回往封国长沙。

陶侃进到船篷之中，想想一生际遇，怅然若失，叹了一声。

小童已经煎好了药，送了进来。陶侃抿了一口，苦得皱了皱眉头，且先放在几案上晾一会儿。随手翻出陈寿所著《吴书》，看上几篇。

想想当年羊祜在荆州与陆抗对峙的九年时光，吴国终究回天乏术，未能攻入中原。与今日时事一比，也不知朝廷有没有重回故土的可能。唯一让陶侃稍稍安慰的是，奔波大半生，总算没有辜负了恩主刘弘对自己的期望，至少保住了江南半壁国土的稳固。也不知自己身死之后，后世该当如何评说？若能有羊祜、陆抗的一半美誉，此生也便算没有白活。

陶侃正这样想着，就听船外有人呼道：“大将军不辞而别，让故人找得好苦！”

话音刚落，便听有船靠了过来。一人登上小舟，拜道：“庐江太守毛宝，求见大将军。”

陶侃摇头笑了笑。

毛宝身为杜弢降将，借陶侃归顺朝廷后，默默无闻在临湘做了多年县令。苏峻叛乱时，总算有了一展抱负的机会。血战沙场，力破叛军，凭着真本事，被陶侃、温峤举荐为庐江太守。赴任这些年，也颇有些建树，数次击退赵兵袭扰。此时特意来寻陶侃，只怕多是劝陶侃留在荆州的。

陶侃卷起书简，回道：“硕真进来便好。”

毛宝躬身探进篷中，满面愁容，拜道：“末将听闻大将军辞官归乡，本想往武昌劝上一劝，谁知与大将军错过。好不容易赶到驿站，指望能见上一面，可大将军却未上岸。末将紧赶慢赶，总算追了上来。大将军！国家危难，北寇强盛，若无大将军镇守荆州，朝廷如何应对？大将军这一走，若赵兵来犯，可该当如何是好？”

陶侃一听，毛宝果然是来劝自己回去。面上有些愧疚，勉强笑道：“硕真责备的是！陶某原以为这身子骨还能再撑上几年，待有机会，为朝廷西平李雄，北吞石虎。怎奈老不堪用，若占着荆州不放，待哪日病入膏肓，无力主持军政，却有敌兵来袭，才是大大不妙。不如趁着石虎忙于平乱，又有桓宣镇守襄阳，毌丘奥屯驻巴东，边疆尚算安稳，早早辞位，使天子择贤代之，才好让荆州平稳过渡。”

毛宝这些年一直驻守庐江，与陶侃许久未见，只当陶侃是想辞官归隐。谁知进到篷中，见几案上放着汤药，陶侃面色的确不大好，这才相信陶侃果然病重。忙赔罪道：“末将不知大将军身体抱恙，话说得重了，还请大将军见谅。”

陶侃摆了摆手，并不在意。就听毛宝迟疑着问道：“不知大将军以为谁人可以继任荆州？”

陶侃沉思许久，终是说道：“陶某已经表奏朝廷，举荐平西将军庾亮代我之职。庾亮贵为国舅，早些年虽有些过失，却能知耻而后勇，奋勇杀敌，以战功抵消前罪。这些年镇守芜湖，未让赵兵南下，也算能担重任。由他接管荆州，必能保江东安然无虞。”

毛宝听陶侃虽然这样说，可话语间多少有些迟疑，显然对庾亮能不能扛起这份重任，还是有些顾虑的。毛宝有心再问一下，可也知道庾亮毕竟是国舅，陶侃卸任之后，空出这样大的权力，除了庾亮，只怕也无人争得过去。转而问道：“若是如此，朝中该当何人主政？”

陶侃眉头皱了一下：“其实陶某本是外将，对于朝政归属实不该过问。硕真不是外人，我也便告于你知。王导历经三朝，虽然保国祚不失，可先后几场大乱闹得江东疲敝。封赏处罚又多有不公，和稀泥倒是一把好手，实非佐命之才。我本有意上疏天子废黜王导，以郗鉴接管朝政，却被郗鉴拒绝。也只好把朝政寄托于王导，至少保住江东安宁吧。”

对王导的执政之道，毛宝自然明白。王导资历着实不浅，天子对其也很是敬重。祭祀太庙的胙肉，第一个便要赐予王导。每见到王导，必然拱手相拜。授予王导的诏书，多是亲写，张口便是“惶恐言”“敬问”，足见王导在天子心中的地位。这样一个辅政重臣，若是放在盛世，或能成就一番事业。然而在乱世中，但凡遇到大事，往往明哲保身，终究少了些掌控大局的气度。

陶侃退隐之际，将内政托付于王导，外务交予庾亮、郗鉴。平心而论，这样的安排并不完美。可大晋朝自武帝驾崩后，朝政混乱、万事颓靡久矣，岂是陶侃一人便能翻转过来的？

看着陶侃疲乏的面容，毛宝心有不忍。陶侃辛劳一生，为天下做得已经够多了，如今垂垂暮年，也该休息休息了。我毛宝虽然出身不高，可也自有忠义在胸，便拼上性命，替陶侃继续守护这江东基业和百姓安危吧。

毛宝正色拜道：“既然大将军已经安排妥当，末将受大将军恩遇，必当恪尽职守、保家卫国，不负大将军赏识之恩。”

陶侃笑了笑：“庾亮接管荆州，少不得硕真这般良将。能助他一臂之力，便是硕真念着陶某的好了。”

毛宝点了点头，问道：“如今赵国忙于平乱，末将倒有个主意，也想请大将军参详。听闻大将军在荆州时，对那邾城甚是看重。末将已经探明，眼下此城守备松懈，末将有心渡江夺下此城。既能御敌于国外，又可充作北伐的根基，不知大将军意下如何？”

邾城位于江北，地处冲要之地，的确是座不可多得的军事重镇。陶侃当年也的确对此城动过心，却又不得不放弃这个念头。听毛宝也对邾城有了兴趣，陶侃忙劝阻道：“万万不可！邾城孤悬江北，而江东兵弱，若无重兵守护，绝难挡住敌袭。赵军虽逢内乱，可实力未损，一旦抽身围攻邾城，援军又迟迟不能跟进，邾城必为赵兵所破。不瞒硕真，桓宣攻破樊城，名义上我朝已收复北荆州国土，实则并不能派兵驻守。在赵军争夺下，只有退回襄阳，才能继续与赵军周旋。邾城与樊城大致相仿。长江能挡住赵兵南下，也能阻住我军北上驰援。与其徒费兵马粮草，坚守邾城这处鸡肋，倒不如在江南稳扎稳打，以待赵国内乱继续恶化下去。听闻石虎嗜杀成性，刚刚夺权，便已有赵国重臣接连叛乱。虽说尽皆败北，可足见石虎并不得赵国人心，迟早还有一场动荡。待到那时，我朝养精蓄锐，以逸待劳，便能一战收复中原。”

毛宝似有所悟：“末将谨记大将军教诲。未知大将军有什么事能让末将代劳的？末将定然万死不辞！”

陶侃若有所失，沉默许久。终是叹了一声：“陶某还真有一事。本想交代犬子去办，既然硕真来了，我便求你辛苦一番吧。说来惭愧，陶某儿子不少，此时竟无人陪在身边。也怪不得他们，陶某这些年忙忙碌碌一直没个消停，不能为老母尽孝，没给犬子做好表率。母亲病逝时，陶某将她与亡父合葬于寻阳。算来已有十数年未去打扫祭拜，只怕多已荒芜了。陶某近来病体缠身，梦魇之中，时常思念亡父亡母抚育之恩。有心迎回长沙，待陶某百年之后，与父母合葬一处，权当我这个逆子为二老尽孝了。还有我洪儿、瞻儿，先我而去，葬于建业、庐江。也劳烦硕真送来长沙，使我父子相会九泉之下。”

毛宝听到此处，眼角不由一红。陶侃一生为国，上不能孝顺父母，下不能保全妻儿，如此忠义良臣，却被慵懒荒怠的朝廷所误，一腔热血付诸东流，唯有抱憾归隐，只怕死后都不能瞑目了。

苍天何其不公也！

毛宝强忍着哽咽，说道："末将必会办妥此事，大将军不必挂怀。"

陶侃点了点头，端起几案上已经凉透了的汤药，敬道："陶某不能饮酒，权以此药敬谢硕真。"说罢一饮而尽。

毛宝见陶侃已经困倦，告辞道："大将军已经乏了，末将就此拜别！望大将军好生安养，末将这便去迎令尊、令堂与二位公子。"

毛宝辞罢陶侃，回到自己船上，迟迟不愿离去。目送那叶小舟，孤零零地颠簸在江雾之中，终是消失在视线外。叹息一声，调拨船头，转回庐江而去。

后记

公元334年7月，陶侃在辞官回往封国长沙途中，薨逝于樊溪，年七十六岁。晋成帝司马衍追赠陶侃大司马，谥号桓，祠以太牢。

辟土服远为桓；克敬勤民为桓；辟土兼国为桓；武定四方为桓；

克亟成功为桓；克敌服远为桓；能成武志为桓；壮以有力为桓。

陶侃无愧于“桓”这个谥号。时人赞曰：“陶公机神明鉴似魏武，忠顺勤劳似孔明，陆抗诸人远不能及也！”

同月，成主李雄病逝于成都，谥号成武帝，以侄儿李班继承帝位，引发诸子混战，皇位终被李雄第四子李期所得。

同月，晋成帝司马衍加拜庾亮为征西将军，领江、豫、荆三州刺史，假节，都督江、荆、豫、益、梁、雍六州军事，镇守武昌。

11月，石虎废赵主石弘为海阳王，自称摄赵天王。幽杀废帝石弘、太后程氏、秦王石宏、南阳王石恢。

公元335年，赵军大举进攻襄阳，被桓宣击退。此后十年，桓宣在赵军连番侵扰下，以弱胜强，保襄阳不失，时人赞为祖逖、周访再世。

公元337年，石虎自称大赵天王，以世子石邃为天王皇太子。石虎即位后，沉迷酒色，朝政交予石邃。石邃与石虎相比，残暴有过之而无不及，装饰美貌姬妾，斩去首级置于血盘，传于宾客赏玩，又烹煮其肉共食。石邃惧于石虎喜怒无常，忧心储位不保，欲谋作乱，被石虎察觉，废为庶人，尽杀其妻儿满门二十六人，诛宫臣二百余人。改立石宣为天王皇太子。

公元339年3月，庾亮谋划北伐。表奏桓宣为司州刺史，都督沔北前锋诸军事；以其弟庾怿为监梁、雍二州诸军事；以其弟庾翼为南蛮校尉，领南郡太守，镇江陵。不顾陶侃遗嘱，以毛宝为豫州刺史，领精兵万人北渡长江驻守邾城。因资费太重，赵国尚强，北伐一事被郗鉴诸臣所阻。

7月，王导薨逝，年六十四岁，丧葬参用天子之礼，谥号文献，祠以太牢。以庾亮之弟庾冰为中书监、扬州刺史，参录尚书事。

8月，郗鉴薨逝，年七十一岁，追赠太宰，谥号文成，祠以太牢。

毛宝苦守邾城近半年，北伐迟迟没有动静。石虎命养子石闵领大军五万南侵荆州，分兵二万骑攻邾城。毛宝求救于庾亮，庾亮以邾城坚固不遣援兵，命毛宝死守城池。毛宝坚守月余，死者六千众，终为赵军攻破。毛宝突围，渡江时溺死于长江之中。庾亮听闻邾城陷落，自贬三等，被天子婉拒，加拜司空，余职如故。遂以弟弟庾怿接替豫州刺史，监宣城、庐江、历阳、安丰四郡军事，假节，镇守芜湖。

公元340年正月，庾亮因不听陶侃遗言，致使邾城陷落，毛宝枉死，万余将士白白葬送江北，在愧疚中薨逝任上，年五十二岁，追赠太尉，谥号文康。庾亮俊美绝伦，临葬之时，人惋惜叹道："埋玉树于土中，使人情何以堪！"以庾亮之弟庾翼为安西将军、荆州刺史，假节，都督江、荆、雍、梁、益六州诸军事，接替庾亮镇守武昌。

公元346年11月，晋明帝驸马桓温与征虏将军周抚，领兵征蜀。以陶侃镇守荆州时所储备竹头制钉装船。于次年攻克成都，吞并成国。

400多年后，唐德宗在位，陶侃位列武成王庙六十四将。

700多年后，宋徽宗在位，陶侃位列宋武庙七十二将。